Marleen S. Meri

Loreley

Wind & Weite

Wreaders

WREADERS TASCHENBUCH
Band 109

Dieser Titel ist auch als E-Book erschienen

Vollständige Taschenbuchausgabe
Deutsche Erstausgabe

Verlagsleitung: Lena Weinert
Bestellung und Vertrieb: Nova MD GmbH, Vachendorf
Umschlaggestaltung: Jasmin Kreilmann
Illustrationen: Marleen S. Meri
Karte: Jasmin Kreilmann,
Seitenzierden: Dena Taherianfar
Lektorat: Solia Carmen, Johanna Struck
Satz: Leoni Triltsch

www.wreaders.de

ISBN: 978-3-96966-819-1

Für Valentin.
Ich liebe dich.
Ohne dich wäre das Buch ganz mies.

LAROUNIA
ANADYR
NARDA
DARCOS
TETHORO
GLADYS
ENADEM
MARIDAR
ONRO
ADINAFORT
ST. FLAEME
ST. MEADEN
BANITZ
ANEMONEN
ARCHIPEL
NURUSEE
NUMAI
CATAYR
N
W
E
S
3250 MEILEN

ADARER UNION
LANDSTROEM
WANDER MEER
TEMPEL
HAAKUM
JEHRA
THALE
PARCHOW
VANDRATAL
THALHEIM
GLAZA
LYNDENEHR
FELLONIEN
SÜDSTÄMME
ETNGYN
BAGBAR

WREADERS

RÜCKKEHR

»Jermaine!«

Ich beugte mich dicht über die Tischplatte, geradewegs auf Augenhöhe mit der Flasche, die ich neben der entzündeten Petroleumlampe platziert hatte. Mit einer Pinzette drückte ich das kleine, rotbesegelte Schiff gegen das Harz. Ich biss mir auf die Unterlippe, während ich mein Bestes gab, die Hand ruhigzuhalten. Ein bisschen Ruckeln bestätigte, dass es festsaß.

Kurz hielt ich inne und holte Luft, neigte den Kopf. Ich zog die Pinzette aus dem Flaschenhals hervor und ergriff die Bindfäden, die aus der Öffnung herausschauten. Die Augenbrauen konzentriert zusammengeschoben, zog ich an den Fäden und richtete die weinroten Segel auf.

»Ha!«, sagte ich mit triumphierendem Lächeln.

»Jermaine!«, hörte ich Mutter erneut von unten. »Jeanne, Aimée! Kommt ihr zum Essen?«

»Ich bin gleich da!«, rief ich und konzentrierte mich weiter auf das Schiff. Ich wickelte die Bindfäden um den Flaschenhals und verknotete sie mit spitzen Fingern, ehe ich den Korken aufsetzte. Zufrieden hob ich die Flasche auf Augenhöhe und begutachtete mein Werk. Die kleine Galeone stand seinem Original wahrlich in wenig nach – wenn man davon absah, dass sie viel kleiner war. Für einen Moment stellte ich mir vor, wie sich die Segel an den drei Masten im Wind blähten, wie die Galionsfigur mit dem perlweißen Haar mit Gischt benetzt wurde. Beinahe konnte ich die Rufe der Matrosen und das Singen der Takelage in den Ohren klingen hören.

Ich stand auf und stellte das Schiff behutsam zurück zu den anderen ins Regal. Noch einmal strich ich mit dem Daumen über das goldene Plättchen, auf dem der Name der Galeone eingraviert war: Rote Ruby. Sie war mein liebstes Stück in der Sammlung. Vater und ich hatten sie damals besonders aufwendig bemalt, sodass sie nun das beeindruckendste und detaillierteste aller Flaschenschiffe in meinem Regal war. Sie war wirklich schön. Und in erster Linie war sie *unser* Schiff.

»Kinder!«, rief Mutter nicht ohne Ungeduld.

»Ich komme!« Im Bad wusch ich mir rasch die Hände in einer Wasserschale, um den Harz abzubekommen. Mit einem eiligen Blick in den Spiegel fasste ich meine roten Locken zusammen, um den Sonnenbrand im Nacken zu untersuchen, den ich mir bei der spätsommerlichen Hitze zugezogen hatte. Sorgsam zupfte ich das weiße Hemd zurecht, strich über die neue, geschmeidige Lederhose, die ich vor kurzem bei der Schneiderin abgeholt hatte. Ha! Bei meinem Anblick fühlte ich mich wie die Seefahrerin, die ich bald sein würde. Ich funkelte mein eigenes Selbst im Spiegel an, es sollte sich gefälligst ranhalten.

Die Locken band ich mir mit wenigen Griffen zurück, bevor ich mich auf den Weg die Treppe hinab machte. Der verführerische Duft von geräuchertem Fisch stieg mir in die Nase und ich bedachte das Tablett Grauforellen mit einem sehnsüchtigen Blick, als ich die Küche betrat.

Lou knallte gerade schlecht gelaunt die Teller auf den Tisch, die Plätze der Zwillinge waren noch leer. Mutter werkelte an der Arbeitsplatte und summte ein mernausches Volkslied. Aus dem geöffneten Fenster wehte eine frühabendliche Brise in die Stube und gab den Blick auf das glitzernde Meer draußen frei.

Koralle erhob sich gerade vom Fensterbrett. In der Hoffnung, etwas vom Essen abzubekommen, nahm die Katze vor dem Tisch Platz und miaute.

»Ah, Jermaine«, sagte Mutter und bedachte mich mit einem amüsierten Lächeln. »Es ist schön zu sehen, dass du noch da bist. Ich hatte angenommen, du seist aus dem Fenster gestiegen und hättest auf der Fregatte angeheuert, die ich heute Morgen am Pier gesehen habe.«

»Was für eine Fregatte?«, fragte ich und trat an die Arbeitsplatte, um ihr zu helfen. »Eine von hier? War sie schön?«

»Sie stammt aus Ada, glaube ich«, erläuterte sie, woraufhin ich aufgeregt zu gestikulieren begann.

»Meinst du, die Matrosen würden sich mit mir unterhalten? Vater hat gesagt, die nächste Reise der Ruby wird nach Ada gehen und …«

»Ich weiß, ich weiß«, fiel Mutter mir ins Wort und lachte, als ich verlegen die Zeigefinger gegeneinander tippte. »Und nächstes Mal darfst du mitfahren, hat er gesagt. Dann wirst du *endlich* Matrosin und reist auf der Ruby.« Sie wuschelte mir durchs Haar, als wäre ich acht und nicht achtzehn.

Unwillkürlich biss ich mir auf die Unterlippe, weil die Neuigkeiten eine süße Aufregung in mir geweckt hatten. Ich versuchte, mir die ewige Nacht Adas vorzustellen, die Polarlichter und die geheimnisvollen Fjorde – und allem voran das Reisen auf der Ruby, die uns dorthin tragen würde. Nicht mehr lang!

Wir hatten gerade alles Geschirr auf dem Tisch abgestellt, als die Zwillinge in die Küche gestürmt kamen.

»Erste! Erste!«, rief Jeanne, die eine Hand auf die Tischplatte sausen ließ und einen Freudentanz aufführte. Aimée kam von der anderen Seite angelaufen.

»Das ist ungerecht, du hast mich geschubst!«, beschwerte sie sich.

»Hab ich gar nicht!«

»Hast du wo-ohl!«

»Hab ich gar nicht!«

»Hast du …«

»Ihr habt beide gewonnen«, mischte sich Mutter ein, die nach ihrem Stock gegriffen hatte und nun auf dem Stuhl am Kopfende Platz nahm. Dabei entwich ihr ein leises Ächzen. »Kommt, setzt euch hin, wir wollen zu Abend essen.«

»Ist es schlimmer geworden mit deiner Hüfte?« Ich hatte nach der Gabel gegriffen, hielt sie jedoch zunächst nur fest.

Mutter atmete langsam aus, ehe sie mich ansah. »Es geht schon, Jermaine. Keine Sorge.«

»Willst du nicht lieber ein paar Bedienstete einstellen?«, fragte ich. »Es scheitert doch nicht am Geld.«

Sie wedelte abwehrend mit einer Hand. »Nichts da, hier kommt mir niemand Fremdes ins Haus.«

»Aber wenn ich bald mit Vater unterwegs bin …«

»Dann habe ich noch immer drei weitere Töchter, die mir zur Hand gehen können«, sagte sie. Jeanne erwiderte ihr Lächeln, während Lou desinteressiert ihre Nägel betrachtete und Aimée das Gesicht aufstützte.

»Können wir anfangen? Ich hab Riesenhunger«, quengelte sie. Es gelang ihr noch, Mutters Tischgebet auszuhalten, ehe sie nach dem Brotkorb griff.

»Ich habe das Flaschenschiff fertig repariert«, berichtete ich, während ich mir Wasser eingoss.

»Und? Wieder wie neu?«, fragte Mutter.

»Als wäre nichts geschehen. Der Sockel war zum Glück noch heil, deswegen hat es gereicht, die Flasche zu ersetzen.«

»Wirklich merkwürdig, wie es einfach so aus dem Regal fallen konnte«, meinte Mutter und legte ein Stück Fisch auf Jeannes Teller.

Lou stocherte in ihrem Essen. »Vielleicht ja ein schlechtes Omen.« Auf Mutters fragenden Blick hin zuckte sie mit den Schultern. »Ich meine ja nur. Das Schiff ist schon fast zwei Wochen zu lang weg. Sie könnten in einen Sturm geraten oder von Piraten überfallen worden sein … man kann nie wissen.«

»Lou«, sagte Mutter tadelnd. »So etwas wollen wir nicht denken.«

»Ist doch wahr«, murmelte meine Schwester und wandte sich wieder dem Fisch zu.

Ich schluckte, während ich ein Stück Forelle abtrennte. Es stimmte: Die Ruby war nun schon mindestens zehn Tage länger fort als geplant. Zwei Wochen waren eigentlich für eine Strecke geplant, was kombiniert mit dem Rückweg und zwei Nächten in Gladys bedeutete, dass die Ruby ziemlich exakt einen Monat für den Weg benötigte.

Ich verbot mir solche Gedanken, doch auch ich kam nicht umhin, ein wenig Sorge zu empfinden. Immer wieder erinnerte ich mich, wie seltsam Vater bei unserem Abschied gewesen war. Er hatte meine Stirn geküsst und mich in die Arme genommen, so wie jedes Mal, aber er war so … *fahrig* gewesen. So zerstreut, so gedankenlos. Was, wenn das heruntergefallene Schiff doch ein Zeichen gewesen war? Ein schlechtes Omen von Saesora?

Mutter schien das Thema wechseln zu wollen. Sie wandte sich an Lou und wackelte mit den Augenbrauen. »Ines hat morgen Geburtstag. Ich dachte, wir könnten gemeinsam unser weltbekanntes Walnuss-Roggenbrot backen.«

»Hm«, brummte Lou.

Mutter fuhr unbeirrt fort: »Würde es dir etwas ausmachen, wenn du zumindest die Einkäufe für mich erledigst, bevor der Markt schließt? Ich wollte heute noch anfangen, damit der Teig über Nacht gehen kann. Die Liste habe ich schon geschrieben.«

Jetzt sah meine Schwester hoch und stöhnte auf. »Ich bin verabredet,

Mutter.« Ihr Blick huschte in meine Richtung und kreuzte meinen etwas länger als notwendig.

»Ich kann das übernehmen«, warf ich rasch ein.

»Das wäre sehr lieb«, sagte Mutter.

Ich winkte ab und spießte etwas Fisch auf die Gabel. »Dank mir nicht, ich will nur diese adrische Fregatte sehen!«

»Dennoch.« Mutter warf Lou einen Blick zu und griff sich mit einem leisen Laut an die Hüfte, nun beinahe ein wenig theatralisch. »Es ist schön, dass ich auch hilfsbereite Töchter habe.«

»Kann ich mitkommen?«, fragte Jeanne und baumelte mit den Beinen.

Ich nahm ihr Gesicht in eine Hand und strich mit dem Daumen über ihre Wange. »Du natürlich immer. Aimée, willst du auch mit?«

»Nein, keine Lust«, sagte die Kleine und griff nach einer weiteren Scheibe Brot.

»Nehmt das Geld aus der Anrichte«, meinte Mutter, als sie sah, dass wir beide fertig waren. »Ich beginne dann schon mit den Vorbereitungen.«

»Ich muss auch los.« Lou ließ ihren halb leergegessenen Teller stehen und schob den Stuhl zurück.

»Wann kann ich denn wieder mit dir rechnen?«, fragte Mutter.

»Weiß noch nicht«, antwortete meine Schwester. »Wahrscheinlich schläfst du schon. Wir sehen uns morgen, denk ich.« Sie bedachte mich mit einem raschen Blick, dann griff sie nach ihrem dunkelblauen Tuch und verließ das Haus.

Mutter unterbrach das zurückbleibende Schweigen mit einem Seufzen. Man musste kein Experte sein, um zu sehen, dass Lous Verhalten sie unglücklich stimmte. »Fünfzehn ist ein kompliziertes Alter«, murmelte sie und ich konnte ihr nur beipflichten. Und dabei hatte sie nicht mal eine Ahnung, was es mit dieser *Verabredung* meiner Schwester tatsächlich auf sich hatte.

Ich stand ebenfalls auf, ließ mir von Mutter die Liste geben und holte ein paar Münzen. Jeanne küsste sie zum Abschied auf die Wange, dann nahm ich ihre kleine Hand in meine und trat vor die Tür.

Das Kapitänshaus lag auf einer kleinen Hügelkuppe in der Nähe des Stadtzentrums und des Hafens. Die Luft war abgekühlt, wenngleich die Sonne noch keine Anstalten machte, hinter dem Horizont zu verschwinden. Die Fischer kehrten von ihrem Tagewerk in den Hafen zurück, spielende Kinder auf dem Kaiserplatz wurden zum Abendessen gerufen, während in den Tavernen die ersten Lichter entzündet wurden. Unten am Strand ließ jemand einen Drachen steigen.

St. Flaeme war einst klein und beschaulich gewesen und hatte seinen alten Charme auch mit dem florierenden Handelsgeschäft nicht verloren. Es hatte sich zu einer angesehenen und wohlhabenden Stadt entwickelt und wurde als Knotenpunkt von Händlern aus aller Welt genutzt. Obst und Gemüse, Salz oder Baumwolle, Fisch und Edelmetalle wurden aus den nördlichen Kolonien und der Adarer Union eingeschifft. Nicht zuletzt war das meiner Familie zu verdanken – die Ruby besegelte die Meere schon seit langem und stärkte nicht nur die Handelsbeziehungen, sondern auch den guten Ruf von St. Flaeme.

Und irgendwann, ja, irgendwann würde ich auch meinen Beitrag dazu leisten.

Lou einzuholen erwies sich als nicht besonders schwierig. Sie marschierte die Anhöhe hinab und band ihr geliebtes Piratentuch am Hinterkopf über dem kastanienfarbenen Haar zusammen.

»Sie soll sich ihr Brot sonstwo hinstecken«, murmelte sie zu sich selbst, obwohl sie wusste, dass wir sie eingeholt hatten. »Backen hat mir eh nie Spaß gemacht, verdammt.«

»Lou …«, setzte ich an.

»Was?«

»Triffst du dich mit Gideon?«

Sie zögerte kurz, ehe sie nickte. »Sag es ja nicht Mutter!«, schärfte sie mir mit erhobenem Finger ein. »Du auch nicht, Jeanne.«

»Wer ist Gideon?«, fragte Jeanne verwirrt.

»Er ist der Sohn eines ehemaligen Matrosen der Ruby«, erklärte ich, »aber sein Vater ist gestorben, als das Schiff in einen Sturm geriet. Seine Mutter war furchtbar wütend auf Vater – es gab da dieses Hafenfest, auf dem sie ihn vor aller Augen angeschrien hat. Wenig später hat man Mutters Schmuck gestohlen, erinnerst du dich noch daran?«

Sie wog den Kopf. »Ich glaube schon.«

»Alle haben angenommen, dass Gideons Familie das gewesen sind. Die Robinsons hatten nie besonders viel Geld – und immerhin waren sie furchtbar wütend auf uns. Die Familie geriet deswegen in Verruf, Gideons Mutter verlor ihre Arbeit und sie mussten ins Armenhaus am Stadtrand ziehen.«

»Aber waren sie es in echt?«, fragte die Kleine. »Haben sie den Schmuck gestohlen?«

Ich zuckte mit den Schultern. »Das weiß man nicht. Es wurde behauptet, sie hätten die Sachen versteckt.«

Lou ballte die Hände zu Fäusten. »Gideon hat nichts damit zu tun und der Rest seiner Familie auch nicht. Die Leute tun ihnen Unrecht!«

»Und dennoch musst du Mutter erzählen, dass ihr euch mögt. Früher oder später wird sie es ohnehin erfahren«, beharrte ich.

»Dann lieber später«, knurrte sie. Sie blieb an einer Straßenkreuzung stehen und deutete nach links. »Ich muss da lang.« Da Jeanne und ich in die entgegengesetzte Richtung mussten, verabschiedeten wir uns von ihr und schlenderten zu zweit weiter Richtung Marktplatz.

Die Geschichte mit Lou und Gideon beschäftigte mich zugegebenermaßen schon seit einer Weile. Es war schon mehrere Wochen her, dass ich das Geheimnis aufgedeckt und meine Schwester mich angefleht hatte, es niemandem zu verraten. Eigentlich mochte ich Gideon auch und obwohl es schien, als würde er oft in Schwierigkeiten geraten, glaubte ich nicht, dass er etwas mit dem Raub zu tun hatte.

»Warum war Lou so … so …« Jeanne suchte nach einem passenden Wort. »So grummelig?«

»Wenn du in ihrem Alter bist, wirst du das verstehen.«

Ich musste lachen, als sie ein unwilliges Gesicht aufsetzte. »Tut mir leid, Kleine. Aber verliebt zu sein, kann ganz schön kompliziert sein. Mach dir nichts draus.«

»Warst du schon mal verliebt?«, fragte Jeanne.

»Nein«, sagte ich. »Also kann ich es dir sowieso nicht so gut erklären.«

Sie schnaubte unzufrieden, doch es dauerte nicht mehr als zehn Sekunden, bis sie wieder zu einem hüpfenden Bündel geworden war und mir beinahe den Arm ausrenkte. Gemeinsam spazierten wir zwischen den weiß und blau getünchten Fassaden hindurch, während die Möwen über unseren Köpfen kreisten. »Wir kaufen Ei-er, wir kaufen But-ter …« Ich rechnete damit, dass sie gleich stolpern und sich wehtun würde, als sie mit einem Mal wie angewurzelt stehen blieb.

»Ähm … was ist?«, fragte ich irritiert.

»Da! Jermaine, *sieh* doch!« Aufgeregt deutete sie zwischen den Gebäuden hindurch, geradewegs zum Hafen, und als ich ihrem Blick folgte, stockte auch mir der Atem.

Zwischen den gestrichenen Holzblockhäusern konnte ich das glitzernde Meer ausmachen, und weit in der Ferne, gerade mit bloßem Auge erkennbar, zeichnete sich ein roter Punkt ab. Segel. Ein *Schiff*.

Lautes Glockengeläut zerschnitt die Luft und eine kräftige Stimme rief vom Wachturm: »SIE KOMMEN! DIE ROTE RUBY KEHRT ZURÜCK!«

»Sind sie das wirklich?«, fragte Jeanne aufgeregt und sprang an meiner Hand auf und ab. »Kommt Papa zurück? Ja? Ist das unser Schiff?«

»Ja, sicher!« Das Herz klopfte mir bis zum Hals – am liebsten wäre ich auch auf und ab gehüpft. »Komm!«

Mit meiner Schwester im Schlepptau sprintete ich zwischen den Häusern hindurch zum Hafen. Die Ruby näherte sich zügig vom Horizont aus und war schon ein gutes Stück auf uns zugekommen, als wir die Docks erreichten. Die altbekannte, warme Aufregung erfasste mich. Alles war gutgegangen! Vater war wohlauf, die Ruby noch heil! Ada wartete auf mich!

Am Pier hatte sich bereits ein Pulk gebildet, über den sich wildes Stimmengewirr erhob. Da waren Frauen, die ihre Kinder auf den Arm hoben, aufgeregt herumlaufende Jungen, ältere Männer, die ihre Karren stehen ließen und die Brille richteten. Viele St. Flaemer hatten Angehörige, die mit zur See fuhren, und sahen der Rückkehr ihrer Liebsten ebenso erwartungsvoll entgegen wie wir.

»Ich kann gar nichts sehen!«, beschwerte sie sich, als wir uns ein Stück durch die Menge geschoben hatten, und sprang auf und ab. »Jermaine!« Sie schob mit großen Augen die Unterlippe vor.

»Komm her.« Ich streckte ihr die Hand hin, um sie auf den Arm zu nehmen. Da erklang eine Stimme: »Hey, ich könnte das übernehmen.«

Als ich mich umdrehte, fiel mein Blick auf einen jungen Mann – und Lou, die hinter ihm hervorgrinste. Die dunkelblonden, ohne jedwede Ordnung geschnittenen Haare hatte er im Nacken zu einem unordentlichen Pferdeschwanz gebunden. Sommersprossen waren auf seiner spitzen Nase verteilt – weit weniger als bei mir, aber genug, um seinem Gesicht etwas Freches, Ungeniertes zu verleihen. Das schiefe Lächeln war das eines Jungen, der schon eine Menge Unsinn angestellt hatte. Mit seinen fünfzehn Jahren war er drei Jahre jünger und ein wenig kleiner als ich. Lou dagegen überragte er um einen halben Kopf.

»Oh, hallo«, sagte ich überrascht.

»Bist du Gideon?«, fragte Jeanne, die meine Hand umklammert hielt und mit großen Augen zu ihm aufschaute.

Gideon nickte. »Du bist Jeanne, aye?« Seine Stimme war rau – er schien noch nicht ganz aus dem Stimmbruch raus zu sein. »Darf ich so frei sein?« Als er ihr zuzwinkerte, schien es um Jeanne geschehen zu sein. Nur wenige konnten sie von Aimée unterscheiden. Ich nahm an, dass Lou ihm erzählt hatte, dass ich nur mit Jeanne unterwegs war – meine kleine Schwester ahnte davon natürlich nichts.

Lou bemerkte, dass ich ihr einen nachdenklichen Blick zuwarf, und legte die Stirn in Falten. »Was? Du guckst so merkwürdig.«

»Hast du keine Angst, dass Mutter dich sehen könnte?«, fragte ich.

Sie winkte ab und verdrehte die Augen. »Die bereitet doch ihr tolles Brot vor.«

Ehe ich etwas erwidern konnte, streckte sie die Hand aus und deutete auf die Ruby. »Guck mal, da ist Sammy!«

Ich wandte mich um. Das Schiff war inzwischen so nah, dass man die Seeleute oben auf dem Hauptdeck voneinander unterscheiden konnte. Ein kühler Wind war aufgekommen und brachte den imposanten Dreimaster sicher in den Hafen. Zwischen den anderen Matrosen erkannte ich einen jungen Mann mit dunklem lockigem Haar – Sammy.

»Gut«, sagte ich nur.

Lou hob die Brauen. »Sag nicht, du bist *noch immer* beleidigt.«

»Beleidigt?«

»Na, weil er schon vor drei Jahren Matrose geworden ist und du deine Schulbildung abschließen musstest«, sagte Lou und rollte mit den Augen.

»Ich war deshalb nie … *beleidigt*«, sagte ich beleidigt. »Sammy ist mein bester Freund.«

»Ist?«, hakte Lou nach. »War? *Und bester Freund*?«

»Aye«, sagte ich. »Sag mal, spreche ich Adrisch?«

Sie schüttelte den Kopf. »Nein, nein, schon gut. Wollte nur sichergehen.«

Ich pustete mir eine Haarsträhne aus dem Gesicht. Sie mochte mir nicht glauben, aber mit *beleidigt* hatte das wahrlich nichts zu tun. Ich erinnerte mich noch, wie Sammy und ich am Abend seiner Ernennung zum Matrosen miteinander getanzt hatten. Am nächsten Tag war er auf das Schiff gestiegen, ohne mich nochmal anzusehen. Er hatte das sicher nicht böse gemeint, dafür war er viel zu gutherzig. Womöglich hatte er den Kopf einfach woanders gehabt … genau wie all die anderen Male, die er mir in den drei folgenden Jahren mit distanzierter Höflichkeit begegnet war. Ich war nicht beleidigt, doch ich vermisste ihn ziemlich, das traf es viel besser.

Aber jetzt war ich alt genug und konnte meinen Eid ablegen. Und womöglich würde ich damit auch meinen besten Freund zurückerhalten.

»Da sind sie!«, rief Jeanne und drehte mich wieder um. Auf den Zehenspitzen balancierend suchte ich die Rote Ruby, die jetzt nur noch wenige Schritte vom Pier entfernt war, nach Vaters Gesicht ab. Doch in dem allgemeinen Aufruhr, der oben herrschte, konnte ich ihn nicht ausmachen. Womöglich war er noch unter Deck?

Und mit einem Mal machte mein Herz einen unangenehmen Satz. Bei Saesora, etwas stimmte nicht. Es war viel zu *still.* Die Ankunft der Seefahrer war für gewöhnlich mit einer unsagbaren Lautstärke verbunden – freudiges Johlen und Seefahrerlieder erfüllten dann die Luft, Hüte wurden in die Höhe geworfen und der Offizier Willibald Quall ließ sein geliebtes Schiffshorn erschallen. Heute wurde nicht mal gewunken. Stumm, routiniert holten die Matrosen die Segel ein, warfen Taue aus, sicherten einander mit geisterhafter Routine.

Ich dachte daran, dass mein Flaschenschiff wie von Geisterhand bewegt aus dem Regal gefallen und zerbrochen war. Wie merkwürdig sich Vater bei unserem Abschied verhalten hatte, wie zerstreut und unaufmerksam, und mit einem Mal wurde mir ganz schlecht. Götter – dies alles fühlte sich an wie ein unwirklicher, fürchterlicher Traum.

Unter dem Jubel der Schaulustigen kam die Galeone zum Stehen und die Hafenarbeiter vertäuten das Schiff. Das Fallreep wurde ausgelegt und einer nach dem anderen traten die Seeleute herab auf den Steg. Überall waren bloß müde Gesichter zu sehen, erschöpfte Schritte trugen die Matrosen die letzten Schritte zu ihren Familien. Über die Menge, die sich bei den Docks versammelt hatte, hatte sich betretenes Schweigen gelegt.

Vater verließ die Ruby immer zuletzt, ehe er sich von uns in die Arme schließen ließ. Dutzende von Malen hatte ich diesen Augenblick erlebt und doch war es, als stünde ich zum ersten Mal hier.

»Jen«, flüsterte Lou und griff nach meinem Arm. »Irgendwas ist hier faul.«

»Ruhig«, sagte ich, wenngleich ich ihr beipflichten musste. Gerade verließ Sammy das Schiff und ich löste Lous Hand von meinem Arm, während ich ihn beobachtete.

Ich erinnerte mich kaum an einen Moment, in dem ich meinen einstigen besten Freund nicht hatte lachen sehen. Nun beobachtete ich, wie er zu seiner Mutter und seiner Schwester Channa trat und mit ernster Miene das Wort an sie wandte. Seine Mutter machte ein betroffenes Gesicht, Channa hob überrascht die Brauen, während die Möwenfedern, die in ihrem dunklen Haar eingeflochten waren, vom Wind bewegt wurden.

Als Sammy den Blick hob, bemerkte er, dass ich ihn ansah. Wir zögerten. Dann setzten wir uns gleichzeitig in Bewegung, ich bahnte mir einen Weg durch die Menge auf ihn zu, die Distanz zwischen uns beiseiteschiebend.

»Jermaine«, sagte Sammy, als wir voreinander stehenblieben. Für einen Augenblick war es wie damals und ich konnte in ihm lesen wie in einem offenen Buch – sah die Sorgen und die Unruhe, die seine Augen dunkler zu färben schienen.

»Was ist passiert?«, fragte ich und versuchte, meine Stimme am Beben zu hindern. »Es *ist* was passiert, oder?«

»Hör zu«, sagte Sammy und hob beschwichtigend die Hände. »Das ist eine längere Geschichte, die …«

»Ich bitte um eure Aufmerksamkeit!«

Ich zuckte unwillkürlich zusammen. Sammy verstummte und wir wandten uns der Person zu, die soeben vom Schiff herabgekommen und auf eine Kiste gestiegen war. Es handelte sich um Leonard Bai, Steuermann der Ruby und Vaters Freund aus Kindertagen. Der ältere Seemann nahm respektvoll den Dreispitz ab. »Ich wünschte, es wäre anders«, sagte er und der Wind trug seine Stimme über den Pier, klang in meiner Brust wider, »aber wir bringen eine furchtbare Nachricht. Einige von euch werden heute keine Familienmitglieder in die Arme schließen können, weil nicht alle von unserer Reise nach Gladys zurückgekehrt sind. Die Mannschaft der Ruby hat einen schlimmen Fehler gemacht. Unsere Rückreise führte uns durch die Darcosgewässer.«

Ein Raunen ging durch die Menge und das Herz hämmerte in meiner Brust, dröhnte in meinem Kopf. »Und jeder, der heute nicht hier ist, ist dort gefallen oder wurde von den Bewohnern der Insel verschleppt.«

Mit einem Mal war mir schrecklich kalt. Meine Knie fühlten sich so weich an, als würden sie gleich unter mir nachgeben. Während Furcht meine Kehle verschloss, suchte ich die Gesichter der Matrosen nach den vertrauten Zügen meines Vaters ab. Dass ich nach Sammys Arm gegriffen hatte, um meine Hände am Beben zu hindern, war mir gar nicht gewahr.

Ich suchte, suchte nach Vater, doch ich suchte gänzlich vergeblich. Denn er war nicht hier. Er war nicht hier.

Leonard war der Letzte gewesen, der das Schiff verlassen hatte.

SCHIFF OHNE KAPITÄN

Alles war still. Die Welt war still. Sekunden dehnten sich zu Stunden, Tagen, *Ewigkeiten*. Ein kleines, starres Für *immer* verstrich, ehe ein Laut die Ruhe zerriss und ich wieder in der Lage war, mich zu rühren.

Eine Frau schrie. Schluchzen erfüllte die Luft und es bedurfte nicht Lous Reaktion, die Jeanne hastig von Gideons Schultern pflückte, damit ich erkannte, dass es sich um Mutter handelte. Der Stock war ihr aus der Hand gerutscht, sie selbst sackte zu Boden. Sie weinte so bitterlich, dass Aimée ängstlich zurückwich, geradewegs zu Lou und Jeanne, die näher bei ihnen standen als ich.

Ich wandte mich ab und bemerkte erst jetzt, dass ich Sammys Arm festhielt. Tränen standen in meinen Augen, als ich ihn losließ und wir einen betroffenen Blick miteinander tauschten. Meine Brust war fest verschnürt. Nie zuvor hatte ich Mutter so weinen gehört – nie zuvor war ich mir so hilflos vorgekommen.

Aber war Vater wirklich nicht mehr am Leben? Oder war er fort?

Während Lou Mutter zu beruhigen versuchte, erhob ich die Stimme. »Was ist mit Vater?«, fragte ich Leonard. Mir war furchtbar kalt. »Ist er gestorben? Ist er tot?«

»Er ist *nicht tot*«, sagte Leonard, der meinem Blick ruhig begegnete. Kurz war er nicht Steuermann der Ruby, sondern *Onkel Leonard*, der mich bei meiner Seetaufe als Neugeborenes im Arm gehalten hatte, der meinen kleinen Schwestern Süßigkeiten aus fremden Ländern mitbrachte und bei dem selbst Lou ihre schlechte Laune vergaß.

»Er ist nicht tot, aber er ist auch nicht bei uns«, fuhr Leonard sachte fort. »Dein Vater befindet sich unter den Entführungsopfern.«

Entführt. Stumm bewegte ich die Lippen, ungläubig. Ich wollte etwas antworten, doch meine Kehle brachte nichts hervor. Hinter mir erklangen weitere Ausrufe der Bestürzung.

»Und wo ist meine Tante?«, rief eine Stimme aus der Menge.

»Und mein Bruder!«, rief eine andere.

»Mein Onkel!«

Es wurde weiter gerufen, bevor sich wieder das beklommene Schweigen über die Menge legte. Zurück blieb nichts als kalter Wind und meine Seele fror.

»Jermaine?«, fragte Sammy leise.

»Mir geht's gut«, murmelte ich. Mein Körper bebte, die Welt schien verschwommen – ich konnte es nicht begreifen.

Leonard, noch immer bemerkenswert gefasst im Angesicht der fürchterlichen Situation, fuhr fort: »Siebzehn Matrosen und Matrosinnen sind von uns gegangen und weilen im Seelenmeer. Dreiundzwanzig sind wie vom Erdboden verschluckt gewesen, darunter nicht nur Kapitän Gabriel Loreley, sondern auch der erste Offizier, Lucian Seelöw. Der Mannschaft ist es nicht gelungen, sie zu retten, und wir waren gezwungen, sie schweren Herzens zurückzulassen. Ich weiß, dass es eine Menge Fragen gibt«, ergänzte er, »dass ihr wissen möchtet, was genau geschehen ist und wie es jetzt weitergehen soll.« Er holte tief Luft. »Das können wir selbst noch nicht sagen. Sicher ist, dass wir die Verschleppten nicht im Stich lassen werden. Wir machen uns auf die Suche nach Hilfe und holen sie zurück. Das verspricht die Mannschaft der Ruby euch im Angesicht der Götter.«

Zögerndes Murmeln war die Antwort auf seine Worte. Es wollte nicht in meinen Kopf, was Leonard meinte – wie wollten sie die Entführten befreien? Wie konnten sie sicher sein, dass Vater und die anderen noch lebten? Was war dort in den Darcosgewässern geschehen? Und welcher Mensch war überhaupt so unsagbar bescheuert, dorthin zu segeln? So viele Legenden von geheimnisvollen Stürmen, mörderischen Seeschlangen und tückischen Riffen rankten sich um die Gewässer. Jeder Seefahrer wusste, dass man sie umschiffen sollte!

»Ich danke euch für die Aufmerksamkeit. Wer einen Sohn vermisst, einen Vater, eine Tochter oder eine Gemahlin, darf sich an einen der Offiziere wenden.«

Unruhe brach aus, Menschen murmelten und jemand schluchzte. Stimmen wurden laut, während ich zu Sammy blickte, der sich mit betroffener Miene durch die Locken fuhr.

»Ich versteh das nicht«, sagte ich. »Wieso Darcos? Was hat sich Vater dabei gedacht? Ich … warst du dabei?«

»Nicht direkt«, sagte er. »Alles war so durcheinander und dein Vater war so …«

»Ja?«, fragte ich und spürte Tränen in meinen Augen brennen.

»Ebenfalls durcheinander.« Sammy sah aus, als wollte er mich am liebsten umarmen, tat aber nichts dergleichen. »Tut mir leid«, sagte er nur.

»Was?«, sagte ich. »Du konntest doch nichts dafür.«

Leonard trat durch die Menge auf uns zu. Stumm breitete er die Arme aus, als Jeanne näher eilte, und hob meine kleine Schwester auf den Arm. »Wo ist Papa?«, fragte sie mit klammer Stimme.

»Schh, hey. Es wird alles gut«, sagte Leonard.

»Rettet ihr ihn?«, fragte meine kleine Schwester unter einem Schluchzer und auch ich musste mit den Tränen kämpfen. Lou bahnte sich einen Weg zu uns, Mutter und Aimée im Schlepptau. »Ihr rettet ihn, oder?«

»Wir tun unser Bestes. Ich verspreche es.« Leonard verlagerte ihr Gewicht auf seinem Arm und strich ihr tröstend über den Rücken, ehe sich sein Blick auf den Rest meiner Familie legte und er sich an Mutter wandte. Die Stimme des Steuermanns war beherrscht, sein Gesicht aber noch fahl und grau von allem, was hinter ihm lag. »Sobald sich der Aufruhr gelegt hat, treffen sich die Offiziere in der Geschuppten Jungfer. Es wäre mir lieb, wenn ihr Loreleys dabei wärt, Winona«, sagte er. »Du und Jermaine, oder wie ihr wollt.«

»Aye«, sagte ich rasch. Auf keinen Fall wollte ich mir entgehen lassen, die ganze Geschichte zu hören.

»Ich möchte auch dabei sein«, sagte Lou.

»Ich auch«, sagte Aimée, die leicht an ihrer Hand zog.

Obwohl Mutter noch immer mit den Tränen kämpfte, war sie so geistesgegenwärtig, ihnen zu widersprechen. »Kommt nicht infrage, ihr beide geht nach Hause. Lou, Jermaine – eine von euch bringt die Kleinen ins Bett.«

Ich tauschte einen Blick mit Lou, wohl wissend, dass sie dazu ebenso wenig bereit war wie ich.

»Wenn ihr wollt, kann ich die beiden auch mitnehmen«, erklärte Sammy sich da bereit. »Channa und ich können auf sie aufpassen.« Er wies auf seine Schwester hinter ihm, die ungläubig die Augenbrauen hob.

»Wirklich?«, fragte ich.

Sammy nickte. »Ich kann den beiden erzählen, was passiert ist – ohne die Details. Bestimmt haben wir auch noch was zu essen da.« Er warf den beiden ein ermunterndes Lächeln zu, das zumindest von Aimée erwidert wurde.

Mutter wischte sich über die Augen. »Das wäre sehr lieb.«

»Dann sollten wir keine Zeit verschwenden«, meinte Leonard und setzte Jeanne auf dem Boden ab, strich ihr nochmal über den Kopf. Bevor ich ihm und den anderen durch das Gedränge folgte, sah ich Sammy an. Wir versuchten uns beide an einem Lächeln.

»Mögt ihr Kakao?«, fragte er die Kleinen.

»Ja«, sagte Aimée, während Jeanne einwarf: »Aber Mama sagt, wir dürfen keinen vor dem Schlafengehen.«

»Ich glaube, damit können wir heute eine Ausnahme machen«, sagte Sammy, während er beide an die Hand nahm und sie in der Menge verschwanden.

Die Geschuppte Jungfer, die beliebteste Schenke St. Flaemes, erfreute sich wie immer guten Besuchs. Es handelte sich um ein altes, ausrangiertes Segelschiff – eine Brigg – welches man im Hafen fest vertäut und zu einer Taverne umgebaut hatte. Verglichen mit der Ruby, die ganz in der Nähe vor Anker lag, war die Jungfer winzig, doch wenn die Taverne so voll wie heute war, fasste sie gut und gern hundert Personen. Man hatte einige Wände und einen Teil des Oberdecks herausgeschlagen, sodass man sich unter Dach zurückziehen oder unter klarem Sternenhimmel trinken konnte, wenn es beliebte.

Jetzt, als die Sonne den Himmel bereits rot zu färben begann, fanden besonders viele den Weg hierher. Der Geruch von schwerem Alkohol und altem Holz erfüllte meine Nase. Lachen, Johlen und scherzhafte Pöbeleien lagen in der Luft und hallten bis zu den ersten Häuserreihen jenseits der Docks hinüber. Womöglich mochten die Seeleute die Jungfer deshalb so gern, weil sie ebenso auf den Wellen tanzte wie die Ruby. Aus diesem Grund stand in der ehemaligen Kapitänskammer der Brigg ein Konferenztisch für die Offiziersversammlungen, an dem regelmäßig getagt wurde.

Ich betrat einen von Laternen hell erleuchteten Raum. Die Decke war niedrig – einige der Offiziere hatten sich beim Eintreten sicher bücken müssen. Alkoholgeruch drängte in meine Nase, obwohl die Fenster an der

Galerie geöffnet worden waren. In der Mitte des Raums stand ein runder, von Stühlen umgebener Tisch.

Während ich mir etwas zu trinken geholt hatte, hatten sich alle Teilnehmer der Konferenz am Tisch versammelt. Die sieben Offiziere der Ruby mitsamt Leonard waren zugegen, außerdem Vince, ein jüngerer, blasser Matrose, und Vaters Berater Negro. Lou und ich hatten Mutter an einen Platz gesetzt und ihren Stock an die rückwärtige Wand gelehnt. Mutters Hände waren gefaltet, die Augen vom langen Weinen geschwollen. Ihr Haar, so rot wie mein eigenes, hatte sich größtenteils aus dem Knoten gelöst.

Leonard erhob sich und am Tisch kehrte Stille ein.

»Männer – und Frauen«, sagte der Steuermann mit rauer Stimme. »Ich möchte euch zu dieser durch einen Missstand notwendig gewordenen Versammlung begrüßen. Die heutige Konferenz halten wir ab, um unser weiteres Vorgehen zu diskutieren. Obwohl die Geschehnisse der letzten Wochen an unser aller Gemüter zerren, dürfen wir nicht zögern oder gar aufgeben. Da ich als Steuermann vorübergehend das Amt des Kapitäns übernommen habe, obliegt mir das erste Wort.« Er hob die Hand. »Des Weiteren sind Gäste zugegen, die die heutige Versammlung verfolgen werden. Vince, der Zeuge des Kampfes war, wird an unserer Sitzung teilnehmen, um mich wenn nötig zu korrigieren. Außerdem hat sich die Familie Loreley eingefunden, die ich bei dieser Besprechung nicht außenvorlassen will. Wenn es keine Einwände gibt, wäre die Konferenz damit eröffnet.«

Die Offiziere klopften auf den Tisch und Bertram Luv, ein Mann mit freundlichem Gesicht und ausladendem Backenbart, hob seinen Krug zum Gruß. Mir fiel auf, dass sich zwei neue Personen in der Runde befanden – die Notsituation hatte wohl gefordert, dass neue Offiziere nachrückten.

Leonard als Kapitän und zwei neue Offiziere. Das bedeutete, dass drei fehlen mussten. Und tatsächlich erkannte ich, dass auch Vaters zweiter Offizier Alessio Ariel nicht zugegen war.

»Ich schlage vor, wir beginnen die Versammlung damit, die Geschehnisse für die Loreleys zu rekapitulieren«, sagte Leonard. »Wir bitten selbstredend um Diskretion, um keine unnötige Unruhe in der Stadt zu erregen.« Wir nickten und Leonard setzte sich zurück an seinen Platz, um zu erzählen.

»Wir hatten den Hafen von St. Flaeme gerade einige Stunden hinter uns gelassen. Nichts schien unserer Reise nach Gladys im Wege zu stehen ... bis

Kapitän Gabriel die Offiziere zu einer wichtigen Versammlung zusammenrief. Kaum waren wir alle beisammen, legte er diese Seekarte vor uns hin.« Leonard rollte ein Dokument auf, das er auf dem Tisch abgelegt hatte. Ich reckte das Kinn, als er auf eine Stelle auf der Seekarte wies. Es war ein Punkt mitten auf dem Meer, nicht weit entfernt von Kap Allmacht und damit Gladys, um den jemand ein gradliniges Symbol gezeichnet hatte – das allsehende Auge des Sonnengotts Eralys, wie ich erkannte. Es hätte eine willkürlich gewählte Stelle mitten im Ozean sein können, doch ich kannte die Geheimnisse dieses Gebiets allzu gut.

»Da liegen die Darcosgewässer«, sagte Lou, die ebenfalls darüber Bescheid wusste.

Ich bekam eine Gänsehaut, als Leonard nickte.

»Gabriel wollte sie mit eigenen Augen sehen. Er hatte nachgeforscht und war der Meinung, es gäbe passierbare Routen durch die tückischen Gewässer. Die Schiffe seien verschieden nah ans Zentrum der Gewässer gekommen, bevor sie in Strudel gerieten oder aufliefen und sanken. Anhand ihrer Fundorte konstruierte er das Eralysauge um die Insel. Er sagte, man müsse nur einer der Linien folgen und würde womöglich auf eine unentdeckte Insel stoßen.« Leonard seufzte. »Natürlich protestierte ich. Es war ein unmögliches Unterfangen – so viele Schiffe sind in den Gewässern verunglückt und niemals zurückgekehrt. Und die meisten auf der Ruby haben Familien, die auf sie warten. Aber Kapitän Gabriels Neugierde und Mut … und sein Leichtsinn überwogen – er duldete keinen Widerspruch. Und nicht nur Lucian, mit dem Gabriel die Route entdeckt hatte, stand hinter ihm. Die Mehrheit der Offiziere schlug sich auf seine Seite.«

Er ließ den Blick über die Anwesenden schweifen, von denen einige beschämt wegschauten.

»Aber … *warum*?«, entwich es mir. Ich konnte nicht begreifen, wie sich solch intelligente Menschen zu so etwas verleiten lassen konnten.

Bertram, der gutmütige Offizier mit dem Backenbart, sah mich aus traurigen Augen an. »Wenn wa das erklären könnten.«

»*Hos Lumi*, wir wussten nicht, wie uns geschieht«, sagte die blonde Frau, die neben ihm saß. Freydis Havdottír war die einzige Offizierin in der Runde und eigentlich bekannt für ihr lautes Organ und ihr herrisches Sein. Heute war selbst sie kleinlaut. Ihr adrischer Akzent trat deutlicher hervor, als sie sprach: »Was der Kapitän sagte, klang so verlockend. Der Gedanke daran, was sich in den Gewässern verbergen mochte, war wie … *vanvidd*? Wie sagt man auf Thaleanisch?«

»Wie ein Rausch«, kam Leonard ihr zur Hilfe.

Freydis nickte. »Aye. Wir sagen in Adara …«

»Abenteuer zeichnen sich durch Verkennen aus«, sagte eine Stimme von dem Teil des Tisches, der im Schatten lag. Negro richtete sich in seinem Stuhl auf und hob das narbige Gesicht, das unter der Hutkrempe im Schatten gelegen hatte, ins Licht der Öllampen.

»Ahhr ja. Noch immer so beschämt darüber«, brummte er. »Tröstet euch. Ihr konntet nichts dafür. Nur die wenigsten sind stark genug, sich gegen die Macht von Darcos zu behaupten. Es zieht Seefahrer seit Hektoden in seinen Bann und verschlingt sie im Ganzen. Auch unser guter Kapitän ist nicht davon verschont geblieben. Man muss große Macht besitzen oder die Wahrheit über die Gewässer kennen, um dem Bann widerstehen zu können.«

Die Offiziere schwiegen betreten. Einst hatte Negro als Erster Maat meines Großvaters Christopher gedient, ehe er bei einem Piratenangriff verschleppt worden war. Erst nach Großvaters Tod war er wiederaufgetaucht – geschunden, gezeichnet, aber ungebrochen. Was er erlebt hatte, musste schrecklich gewesen sein, denn es hatte ihn nicht nur wertvolle Lebenszeit, sondern auch einige weitere Körperteile einbüßen lassen. Das Glasauge, dessen gräuliche Farbe sich sichtbar vom Goldbraun unterschied, das seine Augen eigentlich hatten, trug er, seit ich ihn kannte. Seine linke Hand fehlte ihm ebenso lang. Negro war keine körperliche Bereicherung mehr für das Schiff, doch sein Wort übte noch immer Macht auf die Offiziere aus.

Leonard ergriff wieder das Wort. »Letztlich steuerten wir die Darcosgewässer also an. Ich erinnere mich gut an die bedrohliche Stille, die in diesen Gewässern herrschte … als würde etwas unter Wasser lauern und nur warten, dass wir vom Kurs abkommen. Doch der Kapitän behielt recht: Solange wir die Route nicht verließen, geschah uns nichts. Auf diese Weise erreichten wir sicher die Insel.«

Ich verlagerte unruhig mein Gewicht. Wieso hatte Vater der Anziehungskraft der Gewässer nicht widerstehen können? Wie sehr mochten sie ihn verändert haben, wenn er Leonards Einwände ignoriert hatte?

»Das Land tauchte am Horizont auf, majestätisch, strahlend. Lockend, als hätte es auf uns gewartet«, sagte Leonard. »Darcos – so nennen wir diesen Ort mittlerweile – war nicht beängstigend. Grün bewaldet, ruhig … es schien beinahe *friedlich*. Als Gabriel die Insel sah, war er unheimlich glücklich. Götter, seine Augen leuchteten … und fast wäre auch ich auf den trügenden Schein hereingefallen.« Er schluckte. »Doch etwas stimmte nicht mit dieser Insel. Irgendetwas stimmte ganz und gar nicht. Es war … die Ruhe, die herrscht, wenn sich ein Raubtier seiner Beute nähert. Doch Gabriel schien das nicht zu bemerken – oder es war ihm egal.

Er wählte ein paar Männer aus – Lucian, Alessio, Vince, einige andere. Als wir an der Insel andockten, begannen sie, den Strand und die Wälder zu erforschen. Wir anderen bewachten die Ruby.« Leonard schüttelte den Kopf, als würde die Erinnerung ihm Schmerzen bereiten.

»Vince kehrte nach einer Weile zurück. Er brachte kaum ein Wort hervor, doch wir begriffen, dass die anderen in Gefahr waren. Gabriel hatte Vince gebeten, Hilfe beim Schiff zu holen. Vince berichtete von einem fremden Volk, das Darcos bewohnte – von Kriegern mit Hummerhänden, mit Haut, die glitschig wie Algen war, und tödlichen Kiefern. Und es waren viele, unzählig viele, sagte er uns – selbst mit Unterstützung wäre es Gabriels Männern nur mit Glück möglich gewesen, zu entkommen.«

Eine Stille breitete sich am Tisch aus, die lauter dröhnte als alles, was ich kannte.

»Wäre ich schneller gewesen, hätten wir sie vielleicht noch …« Vince brach ab, seine Worte versiegten. Mitgefühl stieg in mir auf. Als kleiner Junge hatte Vince beide Eltern an das Margaritenfeuer verloren, eine Krankheit, die bis heute nicht besiegt worden war. Die Betreiberin des Waisenhauses hatte sich einige Wochen später bittend an Vater gewandt. Vince sei zu sensibel – das Waisenhaus zermürbe ihn immer mehr. Vater hatte den kleinen, schmächtigen Jungen auf die Ruby geholt – zunächst als Schiffsjungen, später als Matrosen. Wenige Wochen nach seiner Aufnahme hatte er zufrieden berichtet, wie gut sich Vince mache. Vater hatte ihm ein neues Zuhause gegeben, als das Ende für den Jungen nahe gewesen war. Und nun war Vater nicht mehr hier und Vince hatte ihn nicht retten können.

Leonard ergriff erneut das Wort. »Als wir ankamen, wo Vince die anderen zurückgelassen hatte, waren nur Leichen übrig. Seeleute und Gardisten waren grausam niedergemetzelt worden. Als wir die Männer und Frauen untersuchten und identifizierten, wurde uns aber klar, dass einige fehlten – darunter auch der Kapitän und die beiden Offiziere, Lucian und Alessio.

Die Mannschaft war außer sich. Wir hatten vierzig Matrosen und Matrosinnen verloren, tot oder verschleppt, unser Kapitän einer davon. Es erschien unmöglich, die Insel zu verlassen, auch wenn Negro darauf pochte, dass wir flüchten sollten, ehe man die Ruby in der Bucht aufspürte. In der verzweifelten Hoffnung, dass wir sie noch finden würden, sandten wir einen Suchtrupp aus. Bei Morgengrauen fanden wir den gepfählten Alessio.«

Das Herz schlug mir bis zum Hals und meine Kehle fühlte sich an, als wäre sie mit etwas verstopft, das mich am Schlucken hinderte. Mutter atmete zitternd aus.

»Wir wussten, was mit uns geschehen würde, wenn wir blieben. Negro drängte, jemand sollte das Kommando übernehmen und die Ruby von Darcos wegsteuern, ehe uns alle dasselbe Schicksal ereilte.« Unwillen klang in seiner Stimme, als Leonard dahintersetzte: »Die Mannschaft wählte mich als stellvertretenden Kapitän. So setzten wir schweren Herzens die Segel und kehrten heim.«

Obwohl ich Leonard am liebsten angeschrien hätte, zwang ich mich zur Ruhe. Er konnte auch nichts dafür. Dass er als einziger verbliebener Vertrauter Vaters buchstäblich das Steuer übernehmen musste, war auch so sicher nicht leicht.

Ich ließ den Blick über die Anwesenden schweifen. Beinahe ein Dutzend Mannschaftsmitglieder war um den Tisch versammelt, allesamt erfahrene Seeleute, ausgebildete Matrosen und Vertraute Vaters, hart und scharf geschliffen von der rauen See. Jetzt waren sie blass um die Nase, hatten Ringe unter den Augen und niemand wagte ein Lächeln. Sie litten und sie wussten, dass auch wir litten. Und deswegen konnte ich ihnen nicht böse sein.

»Aber Vater ist nicht tot«, sagte ich. Es klang nicht wie eine Feststellung – viel eher wie ein Flehen, dass es so sein mochte. »Ihr wisst, dass er nicht tot ist, sonst … sonst würdet ihr nicht sagen, dass ihr zurückkehrt.«

Leonard betrachtete mein Gesicht und nickte. »Aye«, sagte er. »Negro hat eine Theorie, um was es sich bei diesen fremden Wesen handeln könnte.«

Negro hob das Kinn. »Wir sind Seefahrer«, knurrte er und sein gesundes Auge glitt ruhelos nach rechts und links. »Wir kennen die Geschichten über die Völker, die in den Tiefen des Meeres und auf dem weiten Ozean leben.

Und einige von euch haben sicher bereits vom Fließenden Volk gehört.«

Ich runzelte die Stirn. Der Begriff war mir schon zu Ohren gekommen, doch ich hatte die Fließenden stets als Legende abgetan.

Negro fuhr fort: »Die Fließenden kamen mit dem Blauen Morgengrauen als Schöpfung unserer Meeresgöttin Saesora. Sie waren ein Volk mit besonderen Fähigkeiten – eine Kreuzung aus Mensch und Meeresbewohner, mit Flossen statt Händen und der Gabe, sich die Kontrolle über das Wasser zu eigen zu machen. Saesora hatte sie als eine Art Garde ausgesandt, damit alles in seinen geregelten Bahnen verlief.

Für eine Weile erfüllten sie ihre göttergegebene Aufgabe und überwachten die Menschen. Diese aber waren unzufrieden mit der Kontrolle, die das Fließende Volk über sie hatte – und irgendwann setzte der Widerstand ein. Und die Menschen hatten trotz ihrer körperlichen Unterlegenheit einen entscheidenden Vorteil, denn Saesora hatte auch den Zorn eines anderen auf sich gezogen.«

»Eralys«, murmelte ich.

»Aye. Der Sonnengott unterstützte die Menschen und versiegelte das Fließende Volk an einem Ort, den es nicht verlassen konnte.«

Er machte eine Pause und warf einen Blick in die Runde, um sicherzugehen, dass wir seine Schlussfolgerung nachvollzogen hatten. Ich betrachtete die Seeleute und sah gemischte Reaktionen – einige schienen auf seiner Seite zu sein, andere blieben eher skeptisch.

»Ich sage es so: Ich hoffe, dass ich mich täusche. Die Fließenden sind kriegerisch, aggressiv, erbarmungslos. Sie schrecken vor nichts zurück, um ihre Pflicht Saesora gegenüber zu erfüllen. Nun befinden sie sich seit dem Blauen Morgengrauen auf Darcos, seit elf Jahrhunderten! Es ist kein Wunder, dass der Anblick von Menschen sie sofort in einen Tötungsrausch versetzt hat. Vince sollte sich glücklich schätzen, dass er ihnen entkommen konnte.« Negro verlagerte sein Gewicht und nickte langsam.

Schweigen herrschte. Die Offiziere starrten in ihre Krüge und selbst Jakob und Freydis waren stumm.

»Und wie gedenkt ihr, sie nun zu retten?«, fragte ich. »Sobald ein Gefangener von der Route erzählt, haben sie, was sie wollen. Alle werden getötet und wenn das Schiff anlegt, kapern diese Kreaturen die Ruby und segeln davon. Wir werden Papa nie wiedersehen.«

Mutter schluckte und Tränen standen in ihren braunen Augen, während ich frustriert von meinem Rum trank. Es fiel mir so schwer zu begreifen, dass all dies wirklich passierte. Mein Traum vom Seefahren, der zum Greifen nah gewesen war, schien unerreichbar weit weg. Wie sollte es mit der Ruby weitergehen ohne Kapitän? Wie sollte es mit uns weitergehen ohne Vater?

Lou griff nach meiner Hand und drückte sie fest.

»Es gibt einen Weg«, sagte Negro da. »Ich nehme an, dass die meisten Seeleute noch am Leben sind. Sie sind dickköpfig genug. Ahrr. Im Übrigen wird das Fließende Volk sie nicht ohne Grund am Leben gelassen haben – diese Kreaturen werden sie solange behalten, bis sie alles aus ihnen herausgequetscht haben, was sie über unsere Welt wissen. Oder bis die Ruby zurückkehrt, um sie zu holen – nur damit sie dann zuschlagen können. Allein können wir nicht gegen sie bestehen«, sagte er, »aber es gibt Hoffnung, wenn wir ihnen klarmachen, dass sich die Menschen geändert haben. Dass sie es mit anderen zu tun haben als denen, die sie vor hunderten von Jahren versiegelt haben. Und es gibt nur eine, die ihnen das so vermitteln kann, dass sie es verstehen.« Sein Auge wanderte umher und fixierte einen nach dem anderen. »Saesora.«

Eine gespenstische Stille folgte seinen Worten. Am Tisch wurden Blicke getauscht, jeder versuchte Augenkontakt aufzunehmen und schien sich doch nicht zu trauen, ich sah Skepsis, Entmutigung –

»Aber niemand hat die Göttin je gesehen«, sagte Lou.

»Das alles sind nur Geschichten«, beharrte Jakob Siren. »Wie können wir uns überhaupt sicher sein, dass es so passiert ist?«

»Und was, wenn sie alle längst tot sind?«, murmelte Mutter mit leiser Stimme.

– aber ich sah auch Hoffnung, und ich fragte mich, was wäre, falls Negro mit seiner Theorie recht behielt. Und das brachte mich dazu, das Wort zu ergreifen. »Wenn es die einzige Möglichkeit ist, muss es getan werden. Wir werden Saesora finden und sie bitten, mit dem Fließenden Volk zu sprechen – und wir werden die Matrosen befreien.«

»Wir?« Leonard hob eine Augenbraue.

»Natürlich *wir*«, schaltete Negro sich ein und brummte zufrieden. »Jermaine ist ein Kind der See. Eine Loreley. Und es hat *immer* eine Loreley an Bord der Ruby gegeben. Manche Traditionen müssen gewahrt werden, nicht wahr?«

Ich nickte. Jetzt, da Negro es sagte, war es mir so klar wie nichts. »Ja«, sagte ich. »Und ich will euch begleiten.«

Negro lehnte sich in seinem Stuhl zurück, hob mit einem zufriedenen Grinsen seinen Krug. »Na dann. Ein Hoch auf die neue Matrosin«, brummte er. »Jermaine Loreley.«

Legenden und Loreleys

»Darf ich auch mit?«, fragte Jeanne, während sie mir eine Schale mit Roggenmehl reichte.

»Au ja!«, schaltete sich Aimée ein. »Und ich! Dann sind wir die drei Loreleys, furchtlose Schwestern und Räucher! Wir schlagen alle Bösen, die Papa was tun wollen, in die Flucht!«

»Das heißt nicht Räucher«, sagte Jeanne. »Das heißt Rächer.«

»Aber das ist doch einer, der die Bösen räuchert, oder?«, fragte Aimée. Als ich mich umdrehte, erwischte ich Aimée, wie sie ein Stück vom Teigklumpen auf der Arbeitsplatte zupfte. »Finger weg!«, rief ich und sie grinste schelmisch.

»Finger weg!«, krähte Flatter von seiner Stange. Leonard hatte den Papagei gestern Abend vorbeigebracht.

»Da fehlt was«, verkündete Aimée. »Es klebt total! Jermaine, du kannst echt nicht backen.«

»Ach, das wird schon.« Ich streute etwas Mehl auf die Platte und bestäubte meine Hände, ehe ich den Brotteig zu kneten begann. »Und nein, ihr könnt nicht mit. Was ist mit Mutter? Und Lou?«

Aimée hob die Hände in die Luft. »Die können ja auch mitkommen!«

Die Tür im Flur öffnete sich, während ich meine Hände verzweifelt von Teig zu befreien versuchte.

»Hallo«, sagte Lou und trat in die Küche, wo sie beinahe sofort von den Zwillingen überfallen wurde. »Lou! Wir fahren alle zusammen auf See!«, riefen sie und umsprangen ihre große Schwester.

»Was?«, fragte Lou und runzelte die Stirn. »Nein, ihr Monster. Nur Jermaine fährt auf See.« Sie schaute zu mir auf und ein Hoffnungsschimmer glomm in ihren Augen. »Oder darf ich mitkommen?«

Ich warf die Hände in einer Mehlwolke in die Luft. »Nicht du auch noch!«

»Ich möchte Vater helfen«, beharrte Lou. »Ich will hier nicht tatenlos herumsitzen, während du zur See fährst, um ihn zu retten.«

»Genau! Wir wollen auch mitmachen und Vater befreien!«, rief Aimée und Jeanne nickte. »Wie echte Heldinnen!«

»Nun hört mal zu«, sagte ich und wischte mir die Hände ab, ehe ich näher zu den dreien trat. »Mutter fällt es schwer genug, eine von uns gehen zu lassen. Sie macht sich Sorgen um Papa, genau wie wir alle, aber mit ihrer schlimmen Hüfte kann sie nicht selbst mitkommen. Sie braucht euch zu Hause.« Ich streckte die Hände aus und Jeanne und Aimée ergriffen je eine, sahen zu mir auf. »Ihr müsst hierbleiben und sie beruhigen – ich muss auf die Ruby.«

Die Kleinen schienen zu verstehen, bloß Lous Mund wurde schmal. »Mutter soll sich eine Haushaltshilfe holen«, sagte sie. »Dann braucht sie keine Glücksbringer.«

Ich verkniff mir ein Seufzen. »Sicher, dass es nicht eigentlich um etwas anders geht?«

Lou warf einen Blick über die Schulter, während sie ihr Tuch am Hinterkopf aufknotete und die braunen Haare ausschüttelte. Während die Kleinen wegliefen, um ein Klatschspiel zu spielen, wandte sie sich mir zu. »Was soll ich denn machen, Jen? Es ist doch, wie ich gesagt habe. Mit Vater würde sich reden lassen. Und jetzt ist es nicht nur, dass ich nicht glücklich sein kann, weil er vielleicht niemals wiederkommt ... ich kann es auch sonst nicht werden, ohne Gideon.«

»Das braucht einfach Zeit«, sagte ich. »Und wenn es ist, bis Vater zurückkehrt. Mutter wird es verstehen – und zwar noch besser, wenn du für sie da bist.«

»Aber sie muss auch für *mich* da sein«, sagte Lou. »Sie muss auch *mich* verstehen! Und ich verlange doch bloß, dass sie zulässt, dass Gideon und ich zusammen sind.« In Lous Augen lag ein ehrlich hilfesuchender Ausdruck. »Ich liebe Gideon«, sagte sie und dann ließ sie sich von mir umarmen.

»Kraah! Ich liebe Gideon«, wiederholte Flatter auf der Stange, während Lou ihren Kopf an meiner Schulter verbarg. Meine kleine Schwester bat mich selten um Hilfe, vor allem nicht in Herzensangelegenheiten. Offenbar belastete es sie doch, Mutter die ganze Zeit zu belügen. »Mutter will das Beste für dich«, sagte ich. »Daran musst du immer denken. Dann musst du ihr nur klarmachen, dass Gideon das Beste für dich *ist.*«

Lou schluckte und nickte. »Ich … ich weiß«, sagte sie. »Jen – ich möchte bloß … ich …«

»Schon gut«, sagte ich.

Meine Schwester schien mit sich zu ringen, bis sie zu weiteren Worten ansetzte. Zögernd rieb sie sich den Nacken. »Kann ich dich was fragen?«

Ich nickte und sagte: »Natürlich, alles.« Doch gerade, als sie Luft holte, wurde sie von einem Klopfen an der Tür unterbrochen. Auf einen fragenden Blick von mir nickte sie und gab mich frei.

Sammy nahm die Hand so rasch vom Knauf, als hätte er sich verbrannt, als ich ihm aufmachte. Einen Wimpernschlag lang sahen wir einander nur an – beide in eine Vergangenheit zurückgeworfen, in der Sammy ständig an unsere Tür geklopft hatte, um zu fragen, ob ich spielen kommen wollte.

Jetzt, da ich nicht mehr so aufgewühlt war wie am Vorabend, konnte ich meinen einstigen besten Freund einer genaueren Betrachtung unterziehen. Beinahe irritiert stellte ich fest, dass Sammy mittlerweile größer war als ich, obwohl er das schon gewesen war, als wir auf dem Marktplatz getanzt hatten. Die dunklen Locken waren nicht mehr so wirr wie damals und er hatte sich angewöhnt, die obere Partie am Hinterkopf zusammenzubinden. Seine Haut war von der Arbeit auf der Ruby noch dunkler, die Handflächen rauer als einst als Kind. Er hatte sich sehr verändert, seit er das letzte Mal geklopft hatte, und ich hatte es wohl auch. Aber das Glimmen in seinen dunkelbraunen Augen erinnerte mich an früher.

»Ich hoffe, ich störe nicht«, sagte Sammy, nachdem wir einander einige Augenblicke gemustert hatten. »Ich wollte fragen, ob alles in Ordnung ist.«

»Also, den Kleinen geht's gut«, sagte ich. »Sie schwärmen von Kakao mit Vanille seit gestern. Sie meinen auch, sie wollen unbedingt, dass du nochmal auf sie aufpasst, weil du so gute Geschichten erzählst und so furchtbar schlecht in Schummelfisch bist.«

Sammy lachte auf. »Da kann ich nichts für! Die beiden sind einfach zu gut im Lügen.«

»Klar«, sagte ich und wir grinsten beide.

»Ich meinte aber so im Generellen«, fuhr Sammy fort. »Gestern war alles so durcheinander und … ich hätte dir gern selbst erzählt, was geschehen ist.«

»Ist schon gut«, sagte ich, weil es mir unangenehm war. Wenn ich ehrlich war, hatte es schon geholfen, dass er dagewesen war, als ich von den Geschehnissen erfahren hatte. »Ich werde übrigens auf die Reise mitkommen. Leonard hat gesagt, ich kann mich vereidigen lassen.«

»Was, wirklich?«, fragte Sammy. »Das ist toll! Es gibt so viele Sachen, die ich dir zeigen will.«

»So wie damals?«, entwich es mir, bevor ich es verhindern konnte.

In Sammys Augen glomm etwas. »Weißt du noch, wie wir den Globus von deinem Vater runtergeworfen und versucht haben, ihn wieder zu kleben?«

»Aye!« Ich grinste. »Und einmal haben wir Leonard an den Mast gefesselt. Bis nachts!«

»Eine meiner liebsten Kindheitserinnerungen!«

Wir betrachteten einander und lachten erst zögernd und dann richtig, und da waren wir doch wieder Kinder.

»Wenn du willst, können wir zum Hafen runtergehen«, fuhr Sammy schließlich fort.

»Das würdest du wollen?«

Er nickte. »Klar!«

Ich setzte zum Sprechen an, als Lou hinter mir erschien. »Sag mal, was ist das da in der Küche … ach, hallo Sammy«, sagte sie. »Jen, bist du etwa nicht mehr belei–«

»*Beschäftigt*?«, fiel ich ihr ins Wort und warf ihr einen warnenden Blick zu. »Doch, bin ich immer noch.« Schließlich hatte sie mir etwas sagen wollen und Sammy hatte uns unterbrochen.

»Mit dem Brot?«, fragte Lou und lachte. »*Du* hast einige Talente, Jen, aber Backen gehört nicht dazu.«

Ich wies mit dem Finger auf ihre Brust. »Du hast dich geweigert, das Walnuss-Roggenbrot mit Mutter zu backen! Ich dachte … vielleicht freut sie sich über …«

»Klebrige Teigklumpen?«, fragte Lou. Sammy räusperte sich, um sein Lachen zu unterdrücken. »Ich kümmere mich darum. Ich kann's besser. Wir sehen uns zum Abendessen.«

»Aber Lou«, setzte ich an, doch sie schob mich aus der Tür.

»Geh mit Sammy und mach dir mal keine Sorgen. Du wirst hier nicht gebraucht. Hast schon genug gemacht. Trotzdem – danke.«

»Ist gut.« Ich legte die Schürze ab, um sie ihr zu reichen. Lou wischte mir etwas Mehl von der Wange. Sie erwiderte mein Lächeln und winkte, während Sammy und ich uns auf den Weg machten.

»Schwestern sind so anstrengend«, sagte ich und blies mir eine Haarsträhne fort.

Sammy lächelte halb. »Aber du hast sie trotzdem lieb?«

»Mehr als alles andere.«

Als wir klein gewesen waren und zusammengespielt hatten, waren Lou und Sammys Schwester Channa oft dabei gewesen. Manchmal waren wir im Meer schwimmen gegangen und hatten so getan, als müssten wir böse Seemonster besiegen. Damals hatte ich die längs verlaufenden Narben auf Sammys Schulterblättern gesehen und er hatte mir erzählt, was er von seinen Eltern gesagt bekommen hatte – da waren früher Flügel gewesen, mit denen er und Channa durch die Luft geflogen waren, bis sie ihnen ausgefallen waren wie Milchzähne. Heute wusste ich besser, woher die Narben stammten. Sammy und Channa waren bei ihrer Geburt an den Schulterblättern verbunden gewesen und durch die Trennung waren die Narben zurückgeblieben.

All das war noch nichts gegen unsere Besuche auf der Ruby gewesen, zu denen Papa und Sammys Vater Lucian uns das ein oder andere Mal mitgenommen hatten. Ich erinnerte mich noch gut daran, wie wir uns über das Brückendeck gejagt hatten und zu der Galionsfigur unter dem Bugspriet hinabgeklettert waren. Sammy und mich hatte etwas verbunden, was Lou und Channa nicht mit uns geteilt hatten – wir hatten beide von ganzem Herzen Seefahrer werden wollen.

Sammy steckte die Hände in die Hosentaschen, während wir die Dockstraße hinabschlenderten. Ich bemerkte, dass er sich mittlerweile den leicht breitbeinigen Gang der Seefahrer angewöhnt hatte, wenngleich er nicht so ausgeprägt war wie bei anderen Matrosen.

»Ich kann kaum erwarten, dass wir endlich wieder etwas zusammen unternehmen. Weißt du, wie langweilig es an Bord ohne dich ist?«, fragte er.

Die Worte kamen ihm wie das Natürlichste der Welt über die Lippen und erfüllten mich mit Wärme. So gelöst, wie er jetzt war, war es, als wäre er mir nie wortkarg oder abweisend begegnet. Ob ihn das Verschwinden seines Vaters gar nicht traurig stimmte?

Im Grunde war es mir gleich. Es war bloß schön, dass er sich ebenfalls gewünscht hatte, mich wiederzusehen.

»Erzähl mir vom Schiff«, sagte ich. »Ist alles so, wie wir es uns vorgestellt haben?«

Sammy wog den Kopf von rechts nach links. »Hilf mir auf die Sprünge. Haben wir uns vorgestellt, dass wir das erste Jahr lang das Deck schrubben, jeden Abend das Essen austragen, Taue aufwickeln und Fässer herumrollen?«

»Hm«, machte ich überlegend.

»Ein wenig entzaubert wird man schon.« Sammy machte eine Pause, ehe er fortfuhr: »Nicht zu vergessen die Dinge, die auf Darcos passiert sind.«

Ich warf ihm einen Blick zu. Den Ausdruck in Sammys Gesicht, als er gestern von der Ruby gestiegen war, hatte ich nicht vergessen. So hatte ich ihn vorher nie gesehen, nie gekannt.

»Das ist alles ein bisschen anders ausgegangen, als wir es uns ausgemalt haben«, sagte ich und streckte die Hand aus, um sie ihm auf den Arm zu legen.

Sammy warf mir bei der Berührung einen Blick zu. »Das kann man wohl sagen. Ich hab mich so auf die nächste Reise gefreut, bevor unsere Väter verschwunden sind. Ich wusste ja, dass du dort sein würdest.« Er sah mich an, ehe ein Lächeln auf seine Lippen trat. »Hey, aber es wird noch immer deine erste Reise mit dem Schiff. Weißt du, was wir am ersten Abend machen müssen? Wenn die Sonne untergeht, kann man von der Takelage aus zusehen, wie die Sterne herauskommen. Dieser Himmel und die See, weißt du – daran sollte alles gemessen werden, was Ahnungslose frei nennen.«

Ich erinnerte mich gut, wie Vater von den Sternen und dem Meer erzählt hatte. »Man soll alles noch deutlicher erkennen können als hier in St. Flaeme, aye?«

»Aye«, sagte Sammy. »Vor ein paar Tagen habe ich sogar die Blaue Bärin gesehen. Um diese Jahreszeit sieht man auch den Sno sehr gut und damit –«

»Énnas Gestirn!«, sagte ich mit einem Anflug von Aufregung.

Sammy nickte. »Dein Lieblingssternbild.«

»Das weißt du noch?«

»Na, sicher.« Als er mein schiefes Lächeln erwiderte, erreichte es seine Augen, und das war alles, was ich mir wünschte. Ich konnte kaum erwarten, dass er mir alles zeigte, trotz der Sorge, mit der ich meine erste Reise antreten würde. Und nun war ich mir auch sicher, dass Sammy und ich wieder beste

Freunde sein würden, wenn wir gemeinsam auszogen, um unsere Väter zu retten.

»Wir sind da«, sagte Sammy mit einem Blick nach vorn. Während des Gespräches hatten wir die Dockstraße durchquert und nun tat sich der Hafen vor uns auf. Ich atmete tief ein. Hier, wo die rollenden Wellen gegen den Stein schlugen und Muscheln an den Strand spülten, waren der Salzgeruch und der rauschende Wind allgegenwärtig. Wie jeden Tag herrschte reges Treiben am Pier, wo die Bewohner St. Flaemes auf und ab liefen, einkauften und plauderten. Möwen kreisten kreischend in der Luft und als ich den Blick in die Abendsonne hob, erkannte ich, dass sich ein paar auf den Masten der Ruby niedergelassen hatten. Sie lag einige Dutzend Schritt vor uns im Wasser und hob sich vom blauen Himmel ab, so imposant und anmutig wie jeher.

»Ich hab das vermisst«, sagte Sammy und als ich ihm einen Blick zuwarf, musste ich feststellen, dass er mich amüsiert musterte.

»Was?«, fragte ich. »Was meinst du?«

»Wie du bei ihrem Anblick dahinschmilzt. Wie aufgeregt du wirst, wenn du vor ihr stehst, und wie begierig du darauf bist, endlich hinaufzukommen.«

»Das stimmt gar nicht«, sagte ich sofort. »Ich mag das Schiff bloß. Sonst nichts!«

Sammy stieß mich sanft an. »Du vergisst, dass du mit deinem besten Freund sprichst. Bei dir hätte kein Mann eine Chance – du hast dein Herz bereits verschenkt, Jermaine, und es gehört der Ruby.«

Ich öffnete den Mund, um etwas zu entgegnen, doch er schüttelte den Kopf. »Hör auf zu widersprechen. Komm, ich will dich nicht auf die Folter spannen. Wenn ich es mir recht überlege …« Sein Lächeln wurde breiter, ehe er rief: »Wer erster ist!« Und ehe ich mich versah, war er losgestürmt.

Die Gunst der Ruby

»Hey!«, rief ich und nahm rasch die Verfolgung auf. Gemeinsam rannten wir die Straße hinab und in Richtung des rotbesegelten Schiffes, das immer größer über uns aufragte, ein mächtiger, majestätischer Ozeankoloss. Hartnäckig versuchte ich, Sammy einzuholen, der knapp vor mir am Pier entlangsprintete.

»Erster!«, rief er und schlug an einem Fass auf dem Steg an. Ich traf eine Sekunde später ein.

»Das war nicht gerecht«, sagte ich und versuchte, zu Atem zu kommen. »Du hast mich geschubst!«

»Hab ich gar nicht!«

Ich stieß gegen seine Schulter und wir grinsten, ehe ich mich der Galeone zuwandte. Von hier aus konnte ich die geschnitzten Verzierungen am Heck gut erkennen, die silberne Herzmuscheln, Götterbildnisse und zweischwänzige Seejungfern abbildeten. Um bis zum Krähennest und den drei Masten sehen zu können, musste ich den Kopf weit in den Nacken legen. Sammy winkte mich mit und gemeinsam stiegen wir über das Fallreep aufs Schiff.

Prompt musste ich zur Seite ausweichen, um nicht mit einem anderen Matrosen zusammenzustoßen. Offenkundig wurde gerade Klarschiff gemacht: Unzählige Seeleute, Offiziere und Schiffsjungen waren an Deck, rollten Fässer, fädelten Taue auf, kletterten in der Takelage und trugen Proviant in den Schiffsbauch. Die Mannschaft war ein Uhrwerk, alle vom ersten Offizier bis zum Barbiersgehilfen hatten ihre Posten und Aufgaben.

»Sammy! Jermaine!« Die Stimme war so tief, dass sie in meinen Ohren vibrierte. Ein hünenhafter, breitschultriger Mann war auf uns aufmerksam geworden und kam auf uns zugestapft. Unter einen Arm hatte er ein Fass geklemmt, welches er mit einem lauten Poltern vor uns auf den Planken abstellte.

»Na, so 'ne Überraschung, ihr hier?« Er schlug Sammy auf den Rücken, der unwillkürlich lachte, während er nicht zu stolpern versuchte.

»Hallo, Danyo.«

»Und du! Jermaine Loreley! Tochter des besten Kapitäns!« Der Hüne hob die Hand zum Gruß und schenkte mir ein breites Grinsen.

»Hallo, Danyo«, sagte ich. Vater hatte Danyo Anisha in einer Kolonialstadt im Süden Larounias aufgestöbert. Danyo hob sich durch seine riesenhafte Größe und die sonorante Stimme von vielen Seemännern ab, aber auch durch seine bedingungslose Treue, wie Vater oft betonte.

»Hab gehört, dass du mit in See stichst«, sagte Danyo. »Freut mich sehr zu hören! Dein Papa hätte sich sicher auch gefreut! Spricht ständig von dir, wenn wir lange mit dem Schiff unterwegs sind, weißt du?«

»Wirklich?«

»Aye.« Danyos weiße Zähne, durch sein breites Grinsen entblößt, bildeten einen starken Kontrast zu seinem dunklen Hautton. »Sagt ständig, dass er dies und das mit dir unternehmen wird, wenn du mit uns unterwegs bist. Dass er dir dann alle Länder zeigt und beibringt, wie man das Vertrauen der Ruby gewinnt.«

Ich hob die Brauen. »So was sagt er zu euch?«

»Na, was hast du denn gedacht?« Danyo richtete sich auf und verdeckte so die Sonne.

Mein Blick fiel auf einen anderen Seemann, der sich aufrichtete und näherkam.

»Gleich wieder Unruhe hier«, knurrte Ferry Seesturm um nahm einen Zug aus seinem Flachmann, ehe er ihn in die Brusttasche seines Hemdes gleiten ließ. »Hoffentlich bin ich schon tot, wenn die Göre hier's Steuer übernimmt.«

Ich unterdrückte ein Seufzen, als er näherkam und sich das unrasierte Kinn rieb. Früher hatte ich mich vor den blutunterlaufenen Augen dieses Seemannes gefürchtet, der mich nie gemocht hatte. Vater hatte mich oft getröstet, wenn er gemein zu mir gewesen war. Aber heute war ich größer als er – und mutiger erst recht.

»Was ist das Problem?«, fragte ich.

»Ich mag keine Leute, die sich was aufs Blut einbilden«, grunzte Ferry.

»Den Kapitänstitel haste dir nicht *verdient*, Loreleybalg. Du hast ihn *geerbt*. Und genauso haste die Arroganz deiner Familie im Geblüt.« Er schüttelte den Kopf. »Und so was aufs Schiff lassen.« Erneut griff er nach seinem Flachmann, während er sich wegdrehte.

»He, Ferry, ich zeig's dir gleich …«, setzte Danyo an, doch ich winkte ab.

»Lasst ihn Ferry sein. Er macht das praktisch seit meiner Geburt so. Ich war vier, da hat er uns schon von der Ruby gejagt, stimmt's, Sammy?«

Sammy lachte. »Aye«, sagte er. »Da hast du mir begreiflich gemacht, dass du heulen kannst wie ein von seinem Rudel getrenntes Seehundjunges.«

»Du bist unausstehlich, wenn du mich aufziehst«, sagte ich und stieß ihn an. »Also gehen wir jetzt weiter?«

»Klar.« Sammy winkte. »Bis später, Danyo.«

Danyo stemmte die Hände in die Seiten. »Bis dann! Jermaine: Spreche bestimmt für die Ruby, wenn ich sage – willkommen in der Mannschaft!« Dann packte er mich und zog mich in eine Bärenumarmung. Und obwohl mir fast der Brustkorb zerdrückt wurde, lachte ich – weil ich wusste, dieses Schiff, diese Menschen würden mein Zuhause werden.

»Vor langer, langer Zeit schöpften die vier Urgötter Larounia. Ihre Namen waren Sar, Phem, Ars und Thal, und sie sahen aus wie böse Ungeheuer, waren allerdings gütige und gerechte Wesen. Sie machten Berge und Bäume, Wasser und Pflanzen, Sonne und Mond. Sie formten Tiere und Menschen. Als ihr Werk vollendet war, zogen sie sich zurück, denn das Schaffen Larounias hatte sie müde gemacht. Aber damit ihr Werk nicht unbewacht blieb, nutzten sie ihre Kraft ein letztes Mal, um Schutzpatrone in die Welt zu setzen. Die nennen wir heute die Götter.

Als die Urgötter zufrieden waren, zogen sie sich zurück und schliefen tief und fest. Ihr Schlaf überdauert so lange, dass sie bis heute nicht aufgewacht sind. Die Götter derweil wandelten auf der Welt: Die Göttin der Geschichten, Rawia, saß nachts am Bett der Kinder und erzählte ihnen von Abenteuern und guten Menschen, bis sie eingeschlafen waren. Der Gott des Schnees, Lumi, ließ funkelnde Flocken in Ada und Dara fallen, damit die Kinder Schlitten fahren konnten. Die Göttin des Meeres, Saesora, ließ die Wellen rauschen und der Gott der Sonne, Eralys, ließ den Himmel strahlen. Für eine lange Zeit herrschte Frieden.

Es geschah aber, dass ein Mann bösen Blutes eine verhängnisvolle Entdeckung machte. Raben hatten die Saat aus seinem Feld gepickt und er wandte sich wütend an Énna, den Gott der Vögel, welcher sich allerdings weigerte, die Frechdachse zurechtzuweisen. Voller Zorn lauerte der böse Mann Énna auf und erschlug ihn. Als Énna tot zu Boden sank, entwich ihm sein Seelenlicht und damit die Macht, über die Vögel zu herrschen. Der Böse fing das Licht in einem Krug. Von da an war er der Herr der Vögel.

Getrieben von Gier zog er aus, um weitere kleine Götter zu töten und ihr Licht zu fangen. Sein Tun hetzte auch andere auf, die ebenfalls ein Seelenlicht besitzen wollten, und bald war kein Gott mehr sicher. Die Welt wurde ein schlechter Ort voller schlechter Menschen und bald wandelte kaum ein Schutzpatron mehr auf Larounia.

Die Wassergötter allerdings – diejenigen, die auserkoren worden waren, um die Bäche, die Seen, die Flüsse oder das Meer zu wahren – versteckten sich. Saesora, die Meeresgöttin, sah das Tun der Menschen voller Schrecken mit an, und fasste letztlich einen schwerwiegenden Entschluss. Mit einer schier unerfüllbaren Bitte wandte sie sich an die anderen Wassergötter: Saesora bat sie um ihre Seelenlichter, damit sie genug Macht hätte, um gegen die Menschen anzustehen. Und ihre Geschwister sagten zu.

Nachdem Saesora stark genug geworden war, verließ sie das Versteck und stellte sich den Menschen entgegen. Als die Sonne aufging, schwoll das Meer an, alle Seen, Flüsse, Bäche und Quellen traten über die Ufer und die Welt ertrank in Wasser. Die bösen Menschen starben in den Wellen und nur wenige Gutgesonnene überlebten das Ereignis, das wir heute das Blaue Morgengrauen nennen.

Saesora nutzte ihre Kraft weiter und schuf einen Turm am Grund des Meeres, in dem sie alle Seelenlichter, die den Göttern von den Menschen gestohlen worden waren, verbarg. Sie versiegelte den Turm und bedeckte ihn mit Wasser, damit die Seelenlichter ganz sicher waren. Dann zog sie Schuppen aus ihrer Haut und schuf daraus eine neue Ethnie: Das Fließende Volk. Dieses Volk sollte achtgeben, dass nie wieder etwas so Furchtbares geschah wie der Seelenlichtraub.

Schließlich, nachdem ihr Werk vollendet war, legte sich auch Saesora schlafen. Die noch lebenden Götter schlummerten viele Jahrhunderte, ehe sie auf die Erde zurückkehrten. Nun wandeln sie wieder unter uns, so wie einst vor dem Blauen Morgengrauen. Einzig von Saesora fehlt noch immer jede Spur.« Ich klappte das Buch zu und griff nach dem Wasserglas, denn mein Mund war vom Vorlesen ganz trocken geworden.

»Aber was ist mit Saesora passiert?«, fragte Aimée und rückte auf dem Bett umher.

»Das ist nicht bekannt.«

Jeanne sog scharf Luft ein und machte große Augen. »Oh! Was, wenn sie noch böse auf uns ist? Wir haben die Fließenden eingesperrt und die hat sie gemacht!«

»Quatsch, dann würde sie ja gar nicht darauf hören, wenn man betet«, sagte Aimée. »Nicht wahr, Jermaine?«

»Aye«, sagte ich.

»Vielleicht ist Saesora einfach auch so erschöpft gewesen, dass sie noch viiiiel länger schlafen musste«, meinte Jeanne.

Aimée kicherte hinter vorgehaltener Hand und stieß Jeanne mit einem Finger an. »Stell dir mal vor, wie die Monster in Betten schlafen.«

Die beiden lachten.

»Es gibt Essen!«, rief Mutter von unten und die Zwillinge sprangen auf und turnten die Treppe hinab, während ich das Buch zurück ins Regal stellte und ihnen folgte.

Unten in der Küche duftete es nach heißer Suppe. Lou war gerade dabei, den Tisch zu decken. Mutter, die am Herdfeuer stand und Suppe aus einem Topf schöpfte, wandte sich uns zu, als wir eintraten. »Ah, Jermaine – ich habe etwas für dich.«

Ich war froh, dass sie gekocht hatte – dass sie sich nicht nur in ihrem Schlafzimmer versteckte wie am Vortag, zeugte davon, dass es ihr besser zu gehen schien.

»Was denn?«, fragte ich.

Sie wischte sich die Hände an der Schürze ab und humpelte ans andere Ende des Raums, um sich zu einer Truhe im hinteren Teil der Küche hinabzubeugen. Sofort wurde ich neugierig. Die dunkelbraune, eisenbeschlagene Kiste enthielt allerlei Seemannsgut und Kostbarkeiten von Vater.

Während Mutter ächzend den Deckel hob und den Inhalt der Truhe durchsah, begrüßte ich Flatter, der wieder in der Küche auf seiner Stange saß. Er ließ mich die gelben Federn auf seinem Köpfchen streicheln und wippte mit dem Bein.

»Finger weg!«, krähte er und gab ein Glucksen von sich, das sich nach Jeannes Lachen anhörte. Ich fragte mich, warum er heute hierbleiben durfte, obwohl Mutter die Tiere zum Essen sonst immer hinausschickte. Weil er der Einzige unserer Familie war, der von der Ruby zurückgekehrt war?

»Hier.« Mutter richtete sich wieder auf und wandte sich mir zu. Sie legte mir einen länglichen, in Leinen gewickelten Gegenstand in die Hände. »Nicht von mir – von deinem Vater.«

Ich wickelte den Stoff auf und entblößte ein blaues Fernrohr aus mattem Metall. »Wie schön«, murmelte ich und nahm es in beide Hände, ließ die Finger über die glatte Oberfläche gleiten.

»Er hat gehofft, dass es dir gefallen würde. Er wollte es dir schenken, wenn du vereidigt wirst.« Als ich aufschaute, schimmerten Tränen in Mutters Augen. »Ich hoffe, es ist in Ordnung, dass ich es dir nun gegeben habe und nicht er.«

Ich nahm sie fest in die Arme und zwang mich, die Tränen wegzublinzeln. »Danke, Mutter.«

»Was gibt es zu essen?«, fragte Aimée, die mit Jeanne im Zimmer fangen spielte.

Mutter löste sich und betrachtete ihre beiden kleinsten Töchter amüsiert. »Es gibt Suppe und fantastisch duftendes Walnuss-Roggenbrot«, sagte sie und hob die Brauen, als die Kleinen schnupperten, während Lou die letzten Schüsseln verteilte. Wir kamen am Tisch zusammen und es wurde still, als Mutter das Gebet zu sprechen begann.

»Oh, Saesora, du ewig Stürmische, die du uns schenkst das Glück der Wellen, das Glück der Winde, das Glück der Freiheit. Oh, Ceral, du ewig Strebender, der du uns schenkst das Glück des Bodens, das Glück der Ähren, das Glück des Lebens. Gepriesen seien eure Namen, gepriesen seien eure Taten – mögt ihr stetig über uns wachen.« Sie unterbrach sich. »Und meine Kinder davon abhalten, vor Ende des Gebetes mit dem Essen anzufangen.« Die Kleinen kicherten.

»Bringst du uns was mit, wenn ihr unterwegs seid, Jermaine?«, fragte Jeanne, während wir die Suppe zu löffeln begannen.

»Au ja!« Aimée nickte. »Eine Kette oder so?«

»Mir wäre es am liebsten, wenn du Vater mitbringen würdest«, bemerkte

Lou und brach ihr Brot.

»Reist ihr wieder nach Gladys?«, fragte Jeanne.

»Nein, nach Jehra«, sagte ich. Die Provinzhauptstadt war offenbar weniger spektakulär, denn die Kleinen verdrehten die Augen.

»Wir hoffen einfach, dass die Göttin es nicht zu schwierig für euch macht, sie zu finden«, sagte Mutter. »Seit Ewigkeiten hat sie sich nicht mehr gezeigt. Manche haben schon aufgehört, an sie zu glauben.«

»Sie wird sich finden lassen«, sagte ich zuversichtlich.

»Also bringst du uns was mit?«, fragte Aimée.

»Mir reicht auch eine Muschel«, sagte Jeanne.

Ich setzte zu einer Antwort an – doch ich wurde von einem hohen Fauchen unterbrochen und im nächsten Moment klirrten die Schüsseln, als Flatter mit heftigem Flügelschlagen auf dem Tisch landete. »Finger weg!«, krächzte er. »Finger weg! Finger weg –«

Koralle sprang mit gesträubtem Fell auf den Tisch und fauchte laut. Mit ausgefahrenen Krallen hieb sie nach dem Papagei, der hysterisch krähte und wirre Worte von sich gab.

»Flatter! Koralle! Sofort runter vom Tisch!« Mutter sprang auf, verzog das Gesicht und hielt mit einer Hand ihre Hüfte, während sie versuchte, den Papageien zu fassen zu bekommen. Er flüchtete und segelte über den Tisch, wobei grüne Federn herabregneten. Lou und ich griffen gleichzeitig nach Koralle, doch die Katze wich aus und schlug mit dem Schwanz meine Suppenschüssel um.

»Ich bin Kapitän Gabriel Loreley! Gabriel Loreley!«

»Flatter!«, rief Mutter zornig.

»Finger weg! Finger weg! Kraaaah!«

Koralle sprang maunzend über den Tisch, den Blick auf Flatter über ihr geheftet. Die Kleinen lachten, Mutter derweil war fuchsteufelswild. »FLATTER! Raus!«

»Finger weg! Finger weg!« Er entwischte ihren Händen.

»Flatter, du dummer Vogel!«, rief Mutter.

Und Flatter sagte: »Ich liebe Gideon!«

Stille folgte. Der Papagei rettete sich auf einen Schrank und selbst die Katze glättete ihr Fell. Mein Blick huschte zu Lou, der alles aus dem Gesicht gefallen war. Auch die Zwillinge machten große Augen.

»Gideon … Robinson?« Mutter spuckte die Worte aus. Sie suchte unsere Gesichter ab, bis ihr Blick an Lou haften blieb.

Meine Schwester lachte hohl. »Ach.« Sie schnitt eine Grimasse, die aussehen sollte wie ein wegwerfendes Lächeln. »*Mutter*. Er ist ein Papagei. Er weiß nicht, was er sagt.«

Offenbar war es Mutter gleich, was sie zu sagen hatte. »Du triffst dich mit einem *Robinson*?!«, fuhr sie auf und die Kleinen zuckten erschrocken.

»Mutter –«

»Ja? Hab ich dir nicht gesagt, dass diese Familie kein Umgang für dich ist? Für keine von euch? Sie sind Abschaum!« Ihre Augen funkelten zornig. »Lou, hast du dich mit ihm getroffen? Sag die Wahrheit!«

Lou schluckte schwer. »Ja.« Ihr auf den Tisch gerichteter Blick hob sich und sie sah Mutter an, in den Augen harte Kälte. »Ja, habe ich.«

»Wie oft?«

Sie schüttelte den Kopf, weil sie es nicht sagen konnte.

»*Louise Loreley!*« Mutters Hand fuhr auf den Tisch nieder und klirrend machten die Schüsseln einen Satz. Aimée begann zu schluchzen. »Du bist eine Kapitänstochter und du hast dich auch wie eine zu verhalten! Und wenn wir dir verbieten, dieses Gesindel zu treffen –«

»Vater hätte es nie verboten!« Lou sprang ebenfalls auf, nun war auch sie wütend. »Er hätte erkannt, dass Gideon kein schlechter Mensch ist und diese Schätze nicht gestohlen hat! Aber du bist blind vor Wut! Du verstehst nicht, was gut für mich ist!«

»Ich verstehe nicht, was gut für dich ist? Ich versuche, dich zu beschützen!«

»Mutter, beruhige dich …«, setzte ich an, doch Mutter wischte meine Hände weg, ehe ich sie berühren konnte.

»Hör auf, über mich zu bestimmen!«, fuhr Lou sie an. »Es ist mein Leben! Wieso verbietest du mir, glücklich zu sein? Wieso bist du so furchtbar?«

»Louise –«

»Nenn. Mich nicht. Louise!«

Mutter wandte das Gesicht ab und kniff die Augen zusammen, in denen Tränen schimmerten. »Geh auf dein Zimmer!« Ihre Stimme klirrte. »Geh mir aus den Augen! Ich will dich nicht mehr sehen!«

Und Lou sprang auf und knallte die Tür zu.

EIN ZWEISCHNEIDIGES SCHWERT

Ich würde meine größte kleine Schwester vor der Abreise nicht mehr zu Gesicht bekommen. Lou verriegelte ihre Tür und ließ niemanden ein. Es war gleich, wie lange Jeanne und Aimée vor ihrem Zimmer auf dem Boden saßen und sich die Zeit mit kleinen Stoffpuppen vertrieben – sie warteten vergeblich. Es war gleich, wie oft ich klopfte und das Wort an sie richtete – oder gegen Holz sprach, denn ich war nie sicher, ob meine Worte gehört wurden. Hätte ich es nicht besser gewusst, hätte ich angenommen, dass Lou längst zu Gideon geflüchtet war. Nur hin und wieder deuteten ein wie durch Fellonierhand verschwundenes Stück Brot oder ein Apfel darauf hin, dass sie sich noch hier befand.

Ich hatte gehofft, dass sie zumindest am Tag meiner Abreise aus St. Flaeme herauskommen würde. Doch als ich in den neu angefertigten Hosen und einem weißen berüschten Hemd vor ihre Tür trat und klopfte, antwortete niemand.

»Lou«, sagte ich. »Mach bitte auf.« Nur Stille, keine Regung. Mein Herz wurde schwer. Mit beiden Händen strich ich mir übers Haar und fuhr den fest geflochtenen Bauernzopf nach. Ich richtete den ledernen Rucksack, der zwischen meinen Schulterblättern lag und mit wenigen Habseligkeiten gefüllt war, ehe ich nochmal klopfte.

»Bitte, ich will dich sehen. Wer weiß, wann ich zurückkehre?« Geschweige denn, ob ich jemals zurückkehrte. Nichts war gewiss – die See war unergründlich und selten berechenbar und ich nur ein Kind, das seine Heimat nie verlassen hatte.

Aber Lou war das egal. Hinter der Tür blieb es totenstill.

Mit zugeschnürter Brust und einem Gefühl, als nagten kleine Fische an meinem Herzen, wandte ich mich ab. Ich sah ihr nach, dass sie niemanden sprechen wollte, bis alles etwas zur Ruhe gekommen war. Nichtsdestotrotz hatte ich ihr kein Unrecht getan, und dass sie sich weigerte, sich von mir zu verabschieden, war nicht nur ungerecht, sondern tat auch ziemlich weh.

Mutter und die Zwillinge begleiteten mich zu Hafen. Wir hatten uns einstimmig entschieden, dass ich Flatter besser wieder mit an Bord nehmen sollte, damit er nicht nochmal mit Koralle aneinandergeriet. Die unglückselige Gelbstirnamazone saß auf meiner Schulter, die Krallen in meine Bluse gegraben und leise zwitschernd. Flatter war seit seinem Fauxpas mit Lou und Gideon ziemlich kleinlaut – offenbar fürchtete er, dass ihm sonst jemand den Hals umdrehte.

Heimat sah anders aus, wenn man dabei war, sie zu verlassen. Ich betrachtete jedes Haus, jeden vorbeigehenden Stadtbewohner, jede Möwe, als hätte ich all das nie zuvor gesehen. Jedes Detail barg ich in meinem Herzen – die Petroleumlampen auf den Veranden, die bei Nacht Muster an die Wände warfen, das Rufen des Zeitungsjungen, den Milchwagen, mit dem ein Stalljunge des Pakoguts von Haus zu Haus zog und süße Milch verteilte. Dort war der Fischer, der die größten thaleanischen Forellen zu bestem Preis anbot, hier Piet, der Gardist, der ebendiese Fische meisterhaft räucherte. Da war der Wachturm, in dem Roland mit seiner Schwäche für Dramen saß, der die Glocke bei Eintreffen eines Schiffes immer zu spät schlug, wenn er gerade an einer spannenden Stelle festsaß. Und hier war der Platz mit der Marmorstatue des ehemaligen Kaisers Bakir, der den Blick kühn gen Meer gerichtet hatte und in die Ferne schaute. Neuerdings sah man immer öfter Kinder bei der Statue herumlungern. Sie hatten sich ein Spiel ausgedacht, bei dem es darum ging, Bananenschalen auf den ausladenden, gewölbten Bart des Kaisers zu werfen. Da in letzter Zeit immer mehr der Schalen auf der Statue gefunden worden waren, war eigens ein Soldat dazu abgestellt worden, Kaiser Bakir zu bewachen. Es sollte die Rabauken in Schach halten – diese schienen seitdem jedoch nur weiter angestachelt.

Ich fragte mich, ob sich etwas verändert haben würde, wenn ich zurückkehrte. All die Jahre hatte ich St. Flaeme verlassen wollen. Aber das lag daran, dass ich mich nach Abenteuer und fremden Orten sehnte – nicht daran, dass ich meine Heimatstadt nicht liebte. St. Flaeme war eine Stadt von Freigeistern, von Entdeckern, Geschichtenerzählern und Weltenbummlern, und ich verehrte sie von ganzem Herzen.

Die Ruby thronte mit ihren eingeholten roten Segeln im Salzwasser am Pier wie eine schlafende Königin.

»Der Wind ist günstig.« Leonard trug seinen dunkelblauen Gehrock, ein seidenes Hemd mit Spitzenbesätzen und einen schwarzen Dreispitz mit Goldborten und zwei eingestickten Königskarpfen. »Unter diesen Bedingungen sind wir im Ruck in Jehra. Und dann schon fast am Ziel, möchte ich hoffen. Aber von vorn – guten Morgen, Familie Loreley. Winona.« Er hob die Hand meiner Mutter zum Mund, welche nickte.

»Hab eine gute Reise, Leonard.«

Leonard küsste auch die Hände der kichernden Zwillinge. Dann schenkte er mir ein väterliches Lächeln. »Schön, dass du da bist, Jermaine. Im Namen der Besatzung heiße ich dich auf dem Schiff willkommen.« Er zögerte. »Da wir so rasch aufbrechen, sind wir bisher nicht dazu gekommen, die neuen Matrosen vereidigen zu lassen. Die Zeremonie ist für den Abend angesetzt. Es schickt sich eigentlich nicht, den Schwur erst nach dem Ablegen zu vollziehen – doch in dieser Situation muss es so sein.«

Ich nickte. Für gewöhnlich wurde der Eid auf dem Kaiserplatz abgelegt und die Zeremonie klang in einem rauschenden Hafenfest aus. Dass dies in der jetzigen Situation ausbleiben musste, war selbstverständlich.

Abschied nehmen war so schwer. Von allen Dingen, die ich an St. Flaeme am meisten liebte, war es meine Familie, die an erster Stelle stand. Jeanne und Aimée umarmten meine Hüfte und baten mich, jeden Tag fest an sie zu denken. »Am besten immer, wenn die Sonne untergeht. Dann gucken wir aufs Meer und denken auch ganz doll an dich«, sagte Jeanne und drückte sich an mich. »Versprochen?«

»Versprochen.«

Mutter umarmte mich mit glasigen Augen. »Wenn mein verfluchter Körper es zulassen würde, Jermaine, ich würde mit dir gehen.«

»Ist schon gut.« Ich griff nach ihrer rechten Hand, die sich nicht auf den Stock stützte. »Sieh, selbst der Kaiser hat ein Gebrechen. Und Vater weiß, dass du mich sofort begleitet hättest.«

Eine Windböe bewegte die losen roten Haarsträhnen, die sich aus ihrer Hochsteckfrisur befreit hatten. »Dein Vater wird stolz auf dich sein, Jermaine.

Und ich auch. Ich bin so stolz auf meine Tochter.« Als sie mich ansah, war es, als musterte sie jede Sommersprosse. »Sei vorsichtig, Jermaine«, sagte Mutter. »Das Meer schenkt uns eine Menge, doch es ist ebenso tückisch.« Sie griff fester nach meiner Hand und in ihren dunkelbraunen Augen tobte ein Sturm aus Emotionen – wohl Stolz, aber auch Kummer und Sorge. Und während ihre Worte mir in den Ohren klangen, kam mir der Gedanke, ob sie sich fragte, ob sie gerade ihre zweite Tochter verlor.

Mit einem wehmütigen Lächeln nickte ich. »Ich gebe auf mich acht. Versprochen.« Und dann: »Mutter?«

»Ja?« Ihre Stimme bebte.

»Bitte vertrage dich mit Lou. Sie hat es nicht böse gemeint.«

Mutter blinzelte und ich sah die müde Enttäuschung in ihrem Blick flackern, ehe sie sich zu einem Nicken durchrang. »Ich werde mit ihr sprechen.«

»Danke«, sagte ich und drückte ihre Hand ein letztes Mal. »Leb wohl, Mutter. Wiedersehen, Jeanne und Aimée.«

Als ich mich umdrehte und über das Fallreep an Bord ging, war es, als ruhte ein Findling auf meiner Brust. Ich hatte mich nicht von jedem verabschiedet.

»Verzeihung, Verzeihung!« Der Sprachenforscher der Ruby, Professor Gogrimm Koalbeurne, rannte mich beinahe um, als ich das Deck erreichte und stehenblieb, um das Geschehen zu erfassen.

»Keine Ursache«, rief ich ihm nach und wich einem Stalljungen mit einem Pako aus, der dieses unter Deck führte. Ich musste schmunzeln. Früher hatten die Zwillinge den Namen des Professors nicht aussprechen können und ihn immer *Goggel* genannt. Der Name hatte sich eingebürgert, da er sich gut mit seinem Sprachstil und dem eigentümlichen Auftreten vereinen ließ.

»Kapitänin Jermaine Loreley!« Danyo war der Erste, der mich an Bord begrüßte. Er zog mich in eine Umarmung, die mich von den Füßen hob. »Deine erste Reise mit deinem Schiff!« Er strahlte wie die Sonne. »Kann es kaum erwarten, mit dir zu reisen! Dir meine Heimat zu zeigen! Das heißt – sobald der Kapitän wieder mit an Bord ist.«

»Richtig«, pflichtete ich ihm bei.

»Guten Morgen.« Sammy kam an Bord, die Daumen unter die Träger seines Rucksacks gehakt und die vordere Partie der Locken zum gewohnten Knoten zusammengefasst. Um den Hals hatte er das rote Tuch gebunden, das ihn als Matrosen in Ausbildung auswies.

»Matrose Seelöw!« Danyos Stimme dröhnte mir ins Ohr und ließ mich zucken.

»Und der andere Matrose Seelöw.« Als Sammy zur Seite trat, kam hinter ihm eine weitere Person zum Vorschein. Ich hob überrascht die Augenbrauen.

»Du kommst mit?«

»Wenn die Besatzung der Roten Ruby die Kapitäntochter aufnimmt, dann wird ihr auch die des ersten Offiziers nicht schaden«, sagte Sammys Schwester Channa und blieb stehen. »Du sagst, es ist deine Pflicht, deinem Vater zu helfen, weil du aus demselben Holz geschnitzt bist, Jermaine. Dasselbe gilt für mich.« Sie nickte mir zu und ein grimmiges Lächeln zuckte über ihre Lippen, das ich erwiderte. »Auf eine gute Reise.«

»Heute Abend nach der Zeremonie«, ordnete Danyo an. »Einweihungskartenspiel beim Abendessen! Nathan hat seine Karten mitgebracht!«

»Ich hätte Schummelfisch dabei«, sagte ich mit liebem Lächeln.

Sammy stöhnte auf. »Alles, nur das nicht.«

»Anker kurzstag holen!«, rief Freydis von der Brücke und Danyo ging rasch wieder an die Arbeit. Auch Sammy legte seine Sachen ab und folgte ihm, während Channa und ich nur unschlüssig stehen blieben. Alle erfahreneren Matrosen lauschten der Steuerfrau, die Befehle vom Achterdeck gab, und setzten sich in Bewegung.

»Anker ist kurzstag!«

»Groß back seeseitig! Fock back landseitig!« Matrosen liefen auf und ab, riefen sich gegenseitig zu und das große Gangspill am Heck wurde in Bewegung gesetzt. Die Flagge des thaleanischen Reiches erhob sich zwischen den Segeln der Ruby – eine goldene Sonne auf purpurnem Grund. Wieder dachte ich an das Uhrwerk, die Ruby als ein Ganzes, das aus vielen bestand.

»Ruder luv, Anker lichten! Passt auf, dass ihr nichts verkratzt!«, rief Freydis.

»Anker an Bord!«, kam die Meldung.

»Fock über! Fahrt aufnehmen!«

Möwen erhoben sich kreischend von den Masten, während das Schiff ächzte. Gischt schlug gegen den Bug, als es sich in Bewegung setzte. »Jouhou!«, riefen die Seeleute und es wurde tatsächlich der ein oder andere Hut geworfen. Ich warf einen Blick zurück nach St. Flaeme und versuchte, diesen Anblick in mein Herz zu prägen. Während ich Mutter und den Zwillingen, die auf und ab sprangen, zum Abschied winkte, kam ich nicht umhin, die Menge auch nach einem anderen Gesicht abzusuchen. Sie war nicht hier – meine größte kleine Schwester, die sich nicht hatte verabschieden wollen.

Channa tauschte ein paar Worte mit einem anderen Matrosen, doch als ich mich umwandte, sah ich jemand anderen an der Reling stehen und auf die Stadt blicken. Langsam trat ich auf den älteren Seemann zu. Obwohl ich mich auf der Seite befand, auf der er das blinde Auge hatte, wandte er den Kopf, als hätte er mich erwartet.

»Na, kleine Loreley?«

»Hallo, Negro«, sagte ich, und nach kurzem Zögern: »Ich … habe mich noch nicht bedankt, dass du dich für mich eingesetzt hast. Also – danke. Ohne dich wäre ich vielleicht nicht hier.«

»Dafür brauchst du nicht Danke zu sagen, das war bloß das Richtige. Ahrr.«

»Es freut mich dennoch, dass du mir zutraust, dass ich eine gute Matrosin werde«, sagte ich. »Ich weiß, dass du Ahnung davon hast.«

»Du bist so sehr wie dein Vater«, sagte Negro mit gutmütigem Lächeln. Wenn er lächelte, sah er nicht bedrohlich aus – einfach wie ein vergnügter alter Mann, der sich an etwas Schönes erinnerte. »Du stehst ihm in deinem Loreleysein um nichts nach. Wie lauteten sie gleich, eure Leiteigenschaften?«

»Mut und Neugierde«, rezitierte ich, was über der Tür zum Kapitänshaus eingraviert war.

»Ahhr, sicher – Mut und Neugierde. Liebst du die See, Jermaine?«

»Aye. Natürlich.«

»Das ist gut.« Seine Stimme war ruhig. »Sie kann wunderbar sein, wenn man ihr den nötigen Respekt entgegenbringt. Dein Vater ist ein bisschen zu leichtfertig mit ihr umgegangen.«

Ich nickte. Mutter hatte mir oft gesagt, dass Mut und Neugierde eine tückische Kombination waren – dass die Loreleys zu einem gefährlichen Leichtsinn neigten.

Negro verlagerte sein Gewicht. »Das Meer ist ein zweischneidiges Schwert, kleine Loreley. Es ist schön und gut, es zu lieben, doch es ist auch wichtig, seiner Macht und seinen Launen Respekt zu zollen. Auf See ist ein furchtloser Mann ein toter Mann. Und eine Frau auch. Denk daran.«

Ich nickte und prägte mir die Worte ein. »Ich werde versuchen, es zu beherzigen.«

St. Flaeme wurde kleiner und kleiner und Negro betrachtete es dabei. »Sicher sind wir alle töricht, dass wir in solche Ungewissheit aufbrechen«, sagte er. »Doch womöglich ist es noch nicht an der Zeit, Abschied zu nehmen. Vielleicht erwartet uns nur ein Wandel.«

»Also beten wir besser nicht nur zu Saesora, sondern auch zu Demnos?«, fragte ich. Auch der Gott von Wandel und Abschied war nämlich lange still gewesen.

»Hmm, Demnos.« Negro stieß sich von der Reling ab und lächelte mich amüsiert an. »Mag sein, mag sein. Nun, ich gerate in Geschwafel. Ich will dich nicht aufhalten – hab einen guten ersten Tag.« Damit neigte er den Kopf und entfernte sich. Und ich kam nicht umhin festzustellen, dass ich seinen Worten gern lauschte, ob sie Geschwafel sein mochten oder nicht.

St. Flaeme war nur noch ein winziger Punkt in der Ferne, als Leonard Vince und Sammy beauftragte, Channa und mir unsere Kajüte zu zeigen und uns auf dem Schiff herumzuführen. Wenn ich ehrlich war, wunderte es mich, dass Vince die Reise angetreten hatte, denn er schien sich noch immer in einer ziemlich miserablen geistigen Verfassung zu befinden.

Jeder Raum, der auf dem dritten Unterdeck freistand, wurde als Kajüte genutzt. Channa und mir hatte man ein kleines Zimmer neben den großen Kajüten der anderen Seeleute zugewiesen. Er war fenster- und schmucklos und enthielt ein halbes Dutzend kleine Kojen für uns und die anderen Matrosinnen in der Ausbildung. In den größeren Kajüten gab es ebenfalls Kojen, doch dort hingen auch Hängematten kreuz und quer. Sammy erklärte uns, dass in seiner Kajüte jeden Abend in einem groß aufgezogenen Ritual ausgewürfelt wurde, wer wo schlafen durfte.

Nur die obersten Offiziere bekamen eigene Schlafräume. Die befanden sich in der Galerie am Heck, wo auch die Kapitänskammer lag. Leonard wollte den Respekt Vater und seinem Hab und Gut gegenüber wahren und war deshalb nicht umgezogen.

Das Innenleben der Ruby setzte sich aus noch mehr Räumen zusammen. Der Schiffsbauch bestand aus sechs Decks: Ganz oben befand sich der Speisesaal, der im Augenblick verlassen dalag. Darunter lag das Ballistendeck, wo die Geschosse der Ruby im Falle eines Angriffs mobilisiert werden konnten. Vince und Sammy zeigten uns die schweren Bolzen und erklärten, dass eine

Balliste von vier Leuten betätigt werden musste – spannen, zielen und feuern, nachlegen.

Unter dem Ballistendeck befanden sich die Kajüten. Neben diesen gab es dort eine Waffenkammer, eine kleine Bibliothek, die Gogrimm Koalbeurne angelegt hatte, und die Krankenzimmer, in denen sich der Schiffsarzt um Verletzte kümmerte.

Achtern lag die Kombüse, neben der die Pakos untergebracht waren. Es gab ein halbes Dutzend davon auf der Ruby, zwei braune, drei weiße und ein geflecktes, und sie streckten uns ihre langen Hälse mit den kleinen Köpfen und hängenden Ohren entgegen. Es roch nach Wolle und Tier, aber das war nicht unangenehm. Die Tiere zeichneten sich durch ihr ruhiges Gemüt und ihre Umgänglichkeit aus, gaben nahrhafte Milch und waren mit weniger Heu und Wasser zufrieden als andere Tiere. Laut Vince bekamen die Pakos sogar Auslauf an Deck, gegen Morgen und Abend, wenn die Sonne nicht so heiß auf ihr wollenes Fell stach. Jeanne und Aimée hätte das sicher gefallen – aber von dem Pferch mit Hühnern neben den Stallungen, in dem das Geflügel auf das Hackbeil wartete, durften sie nichts erfahren.

Den größten Teil des Schiffsbauchs nahmen die etlichen Lagerräume ein, die sich über die letzten beiden Unter- und das Orlopdeck erstreckten. Sie waren sowohl für Proviant als auch für die Waren vorgesehen, die die Ruby aus den Kolonien und fernen Ländern brachte.

Die Decks waren durch Leitern, Treppen und Flure getrennt und ich begann zu ahnen, dass ich zu Anfang Schwierigkeiten haben würde, mich in den Frachträumen zurechtzufinden. Das oberste der drei Lagerdecks verfügte außerdem über eine Besonderheit. Hier befanden sich die Gefängniszellen, die einen abgeschlossenen Gang für sich beanspruchten und Sammys und Vince zufolge in ihrer Zeit auf See nie in Benutzung gewesen waren.

Gerade als die beiden Matrosen unsere Führung durch den Schiffsbauch für beendet erklärten, kam Nathan eine der Treppen herunter. »Auftrag vom stellvertretenden Kapitän. Die Fracht soll katalogisiert werden.« Der junge Matrose zeigte die Papiere, die er mitgebracht hatte.

Vince hob die Brauen. »Wurde sie das nicht längst?«

»Normalerweise schon.« Nathan zuckte mit den Schultern und warf einen Blick auf Channa und mich. »Wir haben aber nicht alles geschafft, weil es so schnell gehen musste. Kapitän Leonard meint, dass das eine gute Übung für die neuen Matrosen ist.«

Channa verschränkte die Arme vor der Brust. »Es klingt ziemlich langweilig.«

»Es *ist* ziemlich langweilig«, warf Sammy hilfsbereit ein.

»Wie viel müssen wir denn katalogisieren?«, fragte ich.

Nathan zuckte die Schultern und fuhr sich durch das rotbraune Haar, das am Schopf einige Locken warf. Bis vor einigen Jahren war Nathan, soweit ich wusste, ein Wildfang gewesen, der oft mit seinem besten Freund Danyo in Schwierigkeiten gesteckt hatte. Die Erfahrungen auf der Ruby hatten ihn Verantwortung gelehrt. »Es reicht, wenn wir ein oder zwei Kammern übernehmen, die anderen neuen Matrosen sind schließlich auch schon dabei.« Er winkte uns in eine der Kammern und setzte sich auf eins der Fässer. Mit den Beinen baumelnd nahm er den Stift zur Hand und setzte seine Lesebrille auf. »Am besten sofort. Ruft mir einfach zu, was in den Fässern und Kisten ist.«

Wir folgten ihm und ich öffnete das Fass neben mir. Auch Channa ergab sich ihrem Schicksal und ließ die Arme sinken, während sie zur ersten Kiste ging.

»Dann können wir ja gehen, aye?«, fragte Vince und machte Anstalten, die Kammer zu verlassen, als Nathan den Kopf schüttelte. »Ihr sollt mithelfen.«

»*Wie* bitte?« Sammy stöhnte. »Vince und ich haben das schon zur Genüge gemacht!«

»Habt ihr was anderes zu tun?«, fragte Nathan.

Sammy machte eine ungehaltene Geste. »Wir sind *unterbesetzt*! Es gibt eine Menge zu tun!«

Nachdenklich musterte ich die Matrosen. Man brauchte nicht sonderlich empathisch sein, um zu sehen, dass es Vince nicht gutging und auch Sammy hatte seinen Vater verloren. Ich nahm an, Leonard wollte ihn und Vince trotz der akuten Unterbesetzung nicht überbeanspruchen. Das war zwar nicht effizient, aber dafür allzu menschlich.

»Befehl ist Befehl.« Vince hob die Hände und ging ebenfalls zu einem Fass. Ihm schien es recht zu sein, nicht mit den anspruchsvollen Aufgaben betraut zu werden. »Äpfel«, sagte er und Nathan trug das ein.

Wir riefen dem Seemann abwechselnd den Inhalt der Fässer und Kisten zu. Sie enthielten vor allem Obst, etwas Getreide, Pökelfleisch und Reisebrot, ebenso wie getrockneten Fisch, catayrische Datteln und Hirse. Es war zweckdienliches Essen, das sich über viele Wochen hielt und in der Kombüse einfach zubereitet werden konnte. Ich ließ eine Handvoll Reiskörner durch meine Finger rieseln. Die Ruby hatte ein vielfältiges Lebensmittelrepertoire, ebenso wie eine bemerkenswert gut ausgeprägte Hygiene. Man mochte das Luxus nennen – für die Seeleute war es ein Segen, weil so Alkoholismus und Krankheiten wie Skorbut vorgebeugt werden konnte.

»Es ist wie eine Trockenübung«, sagte Nathan, als einige Minuten lang nur Namen von Nahrungsmitteln gerufen worden waren. »Ihr habt doch alle schwimmen gelernt, oder?«

Wir murmelten etwas von Vätern und Seefahrern und dass wir es natürlich alle konnten und es nur vernünftig war.

»Gibt es nichts Besseres zu tun?«, fragte Channa. »Lieber schrubbe ich das Deck. Das wäre interessanter.«

»Ich kann auch schreiben«, schlug Sammy vor.

Nathan lächelte ihn freundlich an. »Aye, das freut mich. Das kann nicht jeder von sich behaupten. Was hast du da?«

»Reis.« Sammy bemühte sich um einen feindseligen Gesichtsausdruck. »Warte nur. Heute Abend wirst du bei einer Partie Doppelte Krone dafür bezahlen.«

»Doppelte Krone? Ich dachte, wir spielen Maiden und Matrosen«, protestierte Nathan. »Oder zumindest Fellonische Belagerung.«

»Könnt ihr mir davon die Regeln erklären?«, fragte ich.

Channa verdrehte die Augen. »Dazu wird es nur kommen, wenn wir zuvor nicht vor Langeweile gestorben sind.«

»Findet euch damit ab«, sagte Nathan. »Und Sammy – wenn du beim Reden weniger gestikulieren und mehr Fässer öffnen würdest, ginge das Ganze schneller.«

Sammy hob das Kinn. »Du bist ein Tyrann, Nathan.«

Der Matrose deutete eine Verbeugung an. »Wer weiß, vielleicht lauert das Abenteuer hier drin?«

»Danke«, sagte Channa abwimmelnd.

»Und wie viel Abenteuer lauert schon in einem Lagerraum mit Äpfeln und Hirse?«, fragte ich.

Nathan setzte zu einer Antwort an, aber – *Wumm*! Wir zuckten allesamt zusammen und fuhren zu Vince herum, der kreidebleich war und auf das Fass starrte, dessen Deckel er wieder auf die Öffnung geschlagen hatte.

»Was?«, fragte Nathan über seine Brille hinweg. »Hast du dein Spiegelbild gesehen?«

»Ratten?«, fragte Sammy.

»Spinnen?«, mutmaßte ich.

Vince' Brustkorb hob sich, als er tief einatmete und den Deckel erneut hob. »Nein«, sagte er. »Blinde Passagiere.« Er griff ins Fass – und als er die Hände wieder hervorzog, hielt er niemand anderen am Kragen seines Hemdes gepackt als Gideon Robinson.

MATROSIN

»Gideon?«

Gideon warf mir ein schiefes Lächeln zu. »Hallo, Jermaine.«

Ich starrte ihn an. Gideon war hier. Gideon war hier! Das bedeutete …

Eilig trat ich zum Fass neben ihm, stieß den Deckel herunter und atmete hörbar ein. »*Lou*?!«

»Jen, du darfst jetzt nicht ausrasten …« Meine kleine Schwester richtete sich auf und schaute mich mit großen Augen an. Sie trug ihr Piratentuch, dunkle Hosen und eine weiße Bluse, die ich als meine identifizierte.

»Das ist interessant«, sagte Nathan, der von seinem Fass aufgestanden war.

»Was bei Saesora *tust* du hier?«, brachte ich hervor und hoffte inständig, dass sie nicht aus dem Grund hier waren, von dem ich *dachte*, dass sie deshalb hier waren.

»Wir wollen zusammen sein!«, sagte Lou und meine Hoffnung sank. »Zu Hause können wir es nicht. Mutter wird mir verbieten, Gideon zu sehen – zumindest bis Vater wieder da ist und es ihr ausredet! Und so lange kann ich nicht warten!« Sie schwang ein Bein aus dem Fass und bemühte sich, möglichst elegant herauszuklettern, während ich mir gegen die Stirn schlug.

»Kann mich mal jemand kneifen?«

»Ist doch nichts dabei«, sagte Gideon, während er sich aus Vince' Griff befreite und ebenfalls aus dem Fass kletterte. Sammy sah aus, als würde er gleich laut zu lachen anfangen. Nathan derweil schien ebenso amüsiert wie skeptisch. »Jermaine, warum ist deine Schwester hier?«

»Weil sie leichtsinnig und *dumm* ist«, sagte ich und wies auf Lou und Gideon, die sich mit großen Rehaugen an den Händen nahmen. »Mutter hat was gegen seine Familie und verbietet ihnen, zusammen zu sein. Lou sieht den einzigen Ausweg darin, sich heimlich mit Gideon auf die Ruby zu schleichen!«

»Weil es der einzige Ausweg *ist*«, gab Lou zurück.

»Ihr seid hier, weil ihr euch in St. Flaeme nicht *lieben* könnt?«, fragte Sammy und lachte. »Das ist tatsächlich eher leichtsinnig als romantisch, aber …«

»Das ist *nichts* als leichtsinnig«, schnaubte ich und trat auf meine Schwester zu. »Glaubst du wirklich, Mutter würde dich den Rest deines Lebens einsperren oder zwangsverheiraten? Früher oder später würde sie dir vergeben, so wie sie uns *alles* vergibt!«

»Hast du denn nicht gesehen, wie sie herumgetobt hat, als sie es erfahren hat?«, fragte Lou harsch. »Sie hat Vater verloren, sie war so traurig – und doch hat sie der Gedanke, ich könnte mit Gideon zusammen sein, so wütend gemacht, dass sie solche ungerechten Dinge zu mir gesagt hat. Jen! Du hast es gehört.« Ihr Gesichtsausdruck wurde stahlhart. »Sie hat gesagt, sie will mich nicht mehr sehen. Gut. Dann wird sie mich nicht mehr sehen!«

»Das hat sie nicht so gemeint!«, herrschte ich sie an. »Meine Güte, Lou!«

Nathan wog den Kopf. »Wir sind noch sehr nah an St. Flaeme. Man könnte zurück.«

»Bitte, bitte, schick uns nicht nach Hause!« Lou und Gideon klammerten sich aneinander. »Nathan! Du würdest uns auseinanderreißen!«

Channa rollte mit den Augen und Sammy grinste halbherzig, während meine Gedanken nach Hause schweiften. Wie lange würde es dauern, bis Mutter herausfand, dass Lou weg war? Bis sie sich zusammenreimte, dass sie mit auf die Ruby gegangen war? Was würde sie denken?

… was, wenn Lou uns begleitete und ihr etwas zustieß? Wenn ich sie nicht beschützen konnte?

Nein, sie musste zurück nach St. Flaeme, solange es möglich war.

»Kapitän Leonard wird entscheiden, wie mit euch verfahren wird«, sagte Nathan und machte eine Handbewegung, die sie zum Mitkommen bewegen sollte. »Kommt. Ihr alle.«

»Wieso verdammt hast du mir nichts davon gesagt?«, fragte ich meine Schwester, als wir sie und ihren Freund die Treppen hinauf zum Oberdeck eskortierten.

»Hättest du es mir dann auszureden versucht?«

»Absolut!«

Lou nickte mit schmalen Lippen. »Siehst du?«

Ich schüttelte den Kopf. »Und du!«, sagte ich zu Gideon, als wir den Fuß der Treppe erreicht hatten und uns Sonnenlicht entgegenstrahlte. Ein Blick nach rechts und links gab mir die endgültige Gewissheit, dass St. Flaeme nirgends mehr in Sicht war – um uns herum lag nur glitzernde, endlose See. »Warum hast du nicht widersprochen?«

»Warum hätte ich das tun sollen?«, fragte er. »Was hält *mich* in St. Flaeme? Aushilfsarbeiten?«

»Wie wäre es mit *rationalem* Denken?«

Gideon zuckte mit den Schultern und seine sommersprossige Nase kräuselte sich, als er grinste. Für ihn war das alles nicht mehr als ein Spiel!

Ich seufzte und Sammy trat zu mir. »Keine Sorge, Jermaine. Es wird schon alles gut.«

»Du findest das lustig«, sagte ich anklagend. »Das ist es nicht. Es ist dumm!«

Sammy zuckte die Schultern. »Zumindest konntest du deine Schwester noch einmal sehen.«

»Was geht hier vor?« Leonard kam stechenden Schrittes auf uns zu, dicht gefolgt von Nathan. Sein Auftreten zog die Blicke mehrerer Seeleute auf ihn und einige hielten mit ihrer Arbeit inne, als er bei uns stehen blieb. »Lou, was tust du hier?«

»Ich kämpfe für mein Recht!«, sagte Lou und packte Gideons Arm, während er bekräftigend nickte. »Für die Liebe!«

Nathan versuchte sein Lachen zu unterdrücken.

»So?« Der stellvertretende Kapitän hob die Augenbrauen. »Lou, weiß deine Mutter davon?«

»Sie hat mir verboten, Gideon zu treffen«, erklärte sie, offenbar erleichtert, dass sie endlich jemand ernstnahm. »Aber wenn Gideon an Vaters Rettung beteiligt ist, dann wird Papa milde gestimmt sein und sich für uns einsetzen. Er rettet so viele mit der Ruby! Vince hat er geholfen, als er im Waisenhaus war, Noor und seine Familie hat er vor dem Ertrinken bewahrt … nun muss er uns retten! Mutter wird es dann auch akzeptieren. Du kennst die beiden, Leonard!«

Ich meldete mich zu Wort. »Leonard, Mutter wird verrückt vor Sorge, wenn wir Lou nicht zurückbringen. Ich weiß, wir verlieren wichtige Zeit, aber solange die Chance noch besteht, muss sie zurück. Genauso wie du, Gideon. Deine Familie braucht dich doch.«

Das schien Gideon nachdenklich zu stimmen. Seine Schneidezähne fuhren unsicher über seine Unterlippe, doch Lou umklammerte seinen Arm fest. »Niemals! Leonard, bitte, du darfst das nicht zulassen! Wir können helfen. Wir werden jede Aufgabe übernehmen, die niemand sonst erledigen möchte. Das Deck schrubben und alles!«

»Können wir sie nicht einfach von Bord werfen?«, erkundigte sich Channa.

Die beiden warfen ihr einen irritierten Blick zu, ehe Lou sich erneut aufplusterte. »Wir sind fünfzehn Jahre alt und wir dürfen unsere Ausbildung beginnen. Und wir wollen Matrosen werden!«

»Und nicht von Bord geworfen werden«, setzte Gideon hinzu.

»Das hat Channa nicht so gemeint«, sagte Sammy beschwichtigend.

»Auch wenn es normalerweise eine angemessene Strafe für blinde Passagiere ist«, ergänzte ich.

Meine Schwester schnaubte. »Leonard, du bist mein Taufpate. Hilf uns.«

Leonard sah aus, als würde er überlegen. »Nein, ich kann das nicht verantworten. Du bist die Tochter des Kapitäns – allein der Gedanke daran, dass dir etwas zustoßen könnte ... Winona würde mir den Kopf abreißen.«

»Jermaine ist auch die Tochter des Kapitäns«, protestierte Lou.

»Aye, aber *Jermaine* ist nicht für die Liebe durchgebrannt«, sagte Nathan und sah demonstrativ in eine andere Richtung, als sie ihm einen bösen Blick zuwarf.

»Heißt das, ihr wollt uns nicht mitnehmen, weil wir nicht vertrauenswürdig genug sind?« Mit braunen Augen blickte Lou in die Runde, zu Sammy und Channa, Vince, zu mir, suchte nach Unterstützung. Ich blieb stumm – ich würde nicht zulassen, dass Lou und Gideon damit durchkamen und sich womöglich Gefahren stellten, bloß weil sie etwas Dummes getan hatten.

»Nein.« Leonard fand die richtigen Worte, um Lou von einem Wutausbruch abzuhalten. »Wir werden euch nicht mitnehmen. Gideon, du musst deine Familie unterstützen. Wir wissen nicht, wohin diese Reise uns führt und ob du ihnen in näherer Zukunft Geld zusenden kannst. Und Lou, Winona braucht dich auch. Ihre Hüfte wird es ihr nicht danken, wenn sie den Haushalt allein führen muss.«

»Ihre verfluchte Hüfte ist auch nicht die Entschuldigung für alles!«, schnappte Lou.

»Wolltest du nicht ohnehin in der Bäckerei zu arbeiten anfangen?«, fragte ich. »Ich dachte, das wäre besprochen.«

»Ist doch egal! Das hier ist wichtiger! Und Mutter ...« Meine Schwester brach ab, offenbar nicht gewillt, sich nochmal zu wiederholen.

»Das mit unseren Familien stimmt schon«, sagte Gideon und biss sich abermals auf die Unterlippe.

»Du stellst dich auch gegen mich?«, fragte sie und wollte sich losmachen, doch Gideon hielt ihre Hand fest.

»Ich will bei dir sein. Aber das hier war vielleicht ein bisschen ... überstürzt.«

Leonard trat auf Lou zu, die sich umwandte und zu ihm aufsah. Sein Blick war warm. »Ich verstehe, dass ihr Angst habt«, sagte er. »Aber ich kenne deine Mutter schon lange, Lou, und du kannst mir in einer Sache glauben: Sie liebt dich sehr. Sie wird dir vergeben, wenn du zurückkehrst, ja?«

Lou zog die Nase hoch. In ihren Augen schimmerten Tränen, doch sie herrschte ihn nicht an, drückte nur fester Gideons Hand. »Also wird die Ruby umkehren?«

Leonard seufzte und schüttelte den Kopf. »Nein«, sagte er und ich zuckte zusammen, doch er lenkte sogleich ein: »Wir werden euch in Jehra absetzen und ich sehe mich nach einer Möglichkeit für euch um, dass ihr nach St. Flaeme zurückgelangt. Solange bleibt ihr hier an Bord der Ruby. Wenn du willst, gebe ich dir einen Brief mit, in dem ich für Gideon bürge, Lou. Ich glaube, er ist ein guter Junge.«

Gideon lächelte schief und Lou warf ihm einen langen Blick zu. Dann trat sie vor und schlang rasch die Arme um Leonard, der die Umarmung erwiderte. »Danke«, sagte sie. »Ich hoffe, du bist nicht sauer ... oder wirfst uns von Bord ...«

»Schon gut«, sagte der Kapitän gleichmütig.

Ich seufzte auf und fuhr mir mit beiden Händen durch die roten Haare. Das war gerade nochmal gutgegangen. »Warum ist meine Schwester so schlimm?« Ich warf Sammy einen Blick zu, der mich stumm ansah. »Was ist?«

»Nichts. Ich hab mich nur gefragt, wofür du …« Sammy zögerte und lächelte dann. »Nichts.«

Die Entscheidung des Kapitäns galt. So kam es, dass in unserer Kajüte eine weitere Koje belegt wurde. Gideon bekam eine Hängematte in einem der anderen Räume. Weder Lou noch ihm schien das besonders zu gefallen, doch sie machten nur unzufriedene Gesichter und beschwerten sich nicht – offenbar hatten sie beide verstanden, dass man schon allzu nett gewesen war.

Zunächst machte Lou nur beleidigte Kommentare, als ich in der Kajüte das Wort an sie richtete. Aber als ich meinen Rucksack öffnete und ganz still wurde, trat sie neben mich.

»Was hast du da?«

Stumm hob ich den Kopf und zeigte ihr einige zerknitterte Kinderbilder, die ich zwischen den Sachen gefunden hatte. Da waren Schiffe, kleine Mädchen in St. Flaeme, Papageien und eine steinerne Statue mit Bananenschalen auf dem Bart. Als ich ein Bild entdeckte, auf dem ein Mädchen mit roten Haaren einen Mann umarmte und die Bildüberschrift ›Schermain und Papa‹ las, schluckte ich den Kloß in meinem Hals hinunter.

Lou trat näher, kniete sich zu mir und nahm eins der Bilder, das Jeanne gemalt hatte. Es zeigte Mutter und Lou Arm in Arm. Während sie es studierte, griff ich tiefer in den Beutel und zog eine der kleinen Puppen hervor, mit denen die Zwillinge immer spielten. Später würde ich nach oben an Deck gehen, wo ich den Blick auf die untergehende Sonne heftete, die Puppe über dem Herzen in meiner Bluse steckend, und fest an meine Schwestern dachte.

Lou rieb sich nachdenklich den Nacken. »Vielleicht … ist es echt besser, wenn ich zurückgehe.«

»Die Zwillinge werden mir ziemlich fehlen.« Ich wischte mir Tränen aus den Augenwinkeln. Wir lächelten traurig und dann umarmten wir einander. »Ich dachte, du wolltest dich nicht von mir verabschieden«, sagte ich.

Sie lachte auf. »Das konnte ich nicht. Da steckte ich in einem Fass.«

»Nicht dein bester Plan«, sagte ich amüsiert.

Lou hob mit einem Schmunzeln die Schultern. »Bist du böse?«

Sanft nahm ich ihre Hände. »Ich bin nicht böse. Ehrlich gesagt bin ich ganz froh, dich nochmal zu sehen.«

»Wir sind Schwestern«, sagte Lou. »Loreleys. Wir gehören zusammen.«

Wir umarmten einander noch einmal, ehe ich ergänzte: »Nächstes Mal fragst du mich trotzdem, bevor du dir Sachen aus meinem Kleiderschrank nimmst.«

Später am Abend, als die Nacht hereinbrach und die Zeremonie kurz bevorstand, flocht ich mein Haar zu einem ordentlichen Zopf und zog meine gute Bluse an. Beim Abendessen, das mit einer festen Tischgruppe in der Messe eingenommen wurde, spielten wir einige Partien Maiden und Matrosen. Sammy und ich traten gegen Channa und Nathan an, aber die beiden gewannen die ganze Zeit, weil ich mich nicht auf das Spielgeschehen konzentrieren konnte. Viel zu sehr war ich von der Vorfreude auf die kommende Zeremonie eingenommen. Channa gab sich recht unbehelligt – zumindest versuchte sie es, denn sie fragte uns während des Essens zweimal, ob wir zuhören und überprüfen könnten, ob sie den Eid richtig aufsagte.

Bei dem Gedanken an die Vereidigung spürte ich Aufregung in mir aufsteigen. Den Eid, den die Seeleute aufsagen mussten, kannte ich seit Jahren auswendig. Schon als Kind hatte ich ihn abends im Bett mit Blick auf das silbrig glitzernde Meer vor mich hingesprochen und geträumt. Jetzt würde ich ihn endlich ablegen. Endlich würde ich dazugehören und ein richtiges Mitglied der Besatzung werden!

Bei Anbruch der Dunkelheit wurde die Schiffsglocke geschlagen und wir stiegen aufs Oberdeck. Ein lebendiger Wind war aufgekommen, wirbelte die Haarsträhnen auf, die sich aus meinem Zopf gelöst hatten, und trieb mir Salzgeruch in die Nase. Schwarze Wellen schlugen gegen den Bug. Die Ruby war erhellt von Petroleumlampen und Laternen, die in Eisenvorrichtungen hingen oder von Seeleuten gehalten wurden.

Und der Himmel – bei allen Göttern, dieser *Himmel.* Ein Teppich schimmernder, leuchtender Punkte erhob sich über mir, ein Fächer aus Himmelskörpern und Gestirnen, soweit das Auge reichte. So klar war die Nacht in St. Flaeme nie gewesen.

»Hab ich zu viel versprochen?«, fragte Sammy. Er hatte seinen Mantel übergezogen und die Hände in den Taschen, beobachtete mich mit amüsiertem Gesichtsausdruck.

Ich schüttelte den Kopf. »Es ist überwältigend.«

»Siehst du die vier Sterne, die direkt dort hinter dem Fockmast hervorschauen?«, fragte Sammy und wies nach Steuerbord.

»Das Kreuz des Südens«, sagte ich. »Das nutzen die Seefahrer zur Orientierung. Der helle Stern dort heißt Ars, der darunter Crux. Links Keplar, und rechts …«

»Elma«, sagte Sammy. Er machte eine Geste mit der geschlossenen Hand, um sich zu orientieren, und ich ahmte sie nach. »Ein Stück weiter oben und rechts, dann siehst du das Perlboot. Dort, sieht aus wie eine Schnecke.«

»Aye.«

»Der hellste Stern ist der Nautilus, und gleich daneben liegt die Blaue Bärin.«

Ich neigte den Kopf und nickte, als ich das Sternbild erkannte, das sich schwach am Firmament abzeichnete. »Und Énnas Gestirn?«

Sammy fasste mich an den Schultern und drehte mich nach Backbord. Er wies nach vorn. »Siehst du die vielen hellen Sterne dort neben dem Krähennest? Die nennt man das Schmuckkästchen, man erkennt sie immer recht gut. Ein Stück darunter liegt die Seejungfer. Der mittlere Stern ist der Sno, der auch zu Énnas Gestirn zählt.«

»Da«, sagte ich, als ich das Sternbild entdeckte. Ein Lächeln zuckte über meine Lippen. Einen Augenblick verweilten wir so, die Köpfe in den Nacken gelegt, und betrachteten den fantastischen Himmel. Erst als Offizier Willibald sein Horn erklingen ließ und den Vollzug der Vereidigung ankündigte, löste ich mich aus der Starre. Sammy trat einen Schritt nach hinten und lächelte verlegen, als ich mich zu ihm umwandte. Er machte eine auffordernde Geste. »Komm, sonst verpassen wir alles.«

Die Zeremonie begann. Seeleute versammelten sich auf dem Oberdeck, nur wenige konnten nicht zusehen, weil sie das Schiff auf Kurs hielten. Die neuen Matrosen, etwa ein Dutzend an der Zahl, mussten sich in einer Reihe aufstellen. Channa und ich nahmen nebeneinander unsere Plätze ein.

Die Vereidigung begann mit Leonards Erscheinen, der von der Brücke heruntertrat und gerade aufgerichtet zwischen den Seeleuten hindurch über das Achterdeck schritt. Er warf einen Blick auf die versammelte Mannschaft und breitete die Arme aus. »Seefahrer und Seefahrerinnen – ich heiße euch zur heiligen Eidzeremonie willkommen«, sagte er. »Am heutigen Abend wollen wir diese jungen Matrosen und Matrosinnen in unseren Kreis aufnehmen. Mutig und unerschrocken wollen sie sich der rauen See stellen, die Ruby ehren und schätzen und fremde Weiten erkunden. Wir wollen sie mit offenen Armen empfangen, sie lehren, tapfere und ehrliche Seefahrer und Seefahrerinnen zu werden und ihnen mit gutem Vorbild voranstehen. Wir wollen nachsichtig und geduldig mit ihnen sein und ihnen zeigen, was es heißt, zur Mannschaft der Ruby zu gehören.« Er machte eine Pause und ließ seinen Blick über die Besatzung wandern. Ein zufriedener Ausdruck flackerte in seinem Gesicht auf. »Lasst uns zusammen die Hymne von Thale singen.«

Er stimmte die vertraute Melodie an, ungeschliffene Worte auf seiner Zunge. Die Seeleute streckten die Fackeln und Fäuste in die Höhe und eine Melodie von vibrierend tiefen Stimmen erhob sich um uns, ein Chor aus rauen Seemannsstimmen, fast geisterhaft, fast magisch. Die hellen Stimmen der Frauen verschmolzen mit dem tiefen, dunklen Bariton der Männer, als diese in den Kanon einfielen. Ich war ein Teil dieser Gruppe. Sie würden mich in ihrer Mitte aufnehmen und das war, wo ich hingehörte, das war mein Platz, mein Zuhause.

Als der letzte Ton der Hymne in der kühlen Nachtluft verklang, hinterließ der Gesang eine Gänsehaut auf meinen Armen. Zwei Seeleute öffneten eine Flagge, die eine goldene Sonne auf purpurnem Grund zeigte – die Reichsflagge von Thale. Dies war der erste Teil der offiziellen Zeremonie. Leonard sagte den Namen des neuen Matrosen, der vortrat und vor der Flagge niederkniete. Er griff nach einem Zipfel, den Blick gesenkt, und sagte den Eid auf. Als ihm das »Lang lebe der Kaiser!« über die Lippen gekommen war, zogen die Matrosen die Schiffsflagge der Ruby auf, die ein rotes Schiff auf königsblauem Grund zeigte. Auf die kaiserliche Flagge wurde etwas Meerwasser geträufelt, das in einem Krug aufgefangen worden war. Es folgte der zweite Teil der Zeremonie und der jüngst ernannte Matrose durfte sich aufrichten und in den Kreis der Seefahrer treten. Der nächste Anwärter trat vor.

Einer nach dem anderen wurden die Matrosen vereidigt – und schließlich war ich an der Reihe. »Jermaine Loreley«, sagte Leonard und ich trat unter dem Blick der Seeleute nach vorn. Die Planken knarrten bei jedem Schritt, das Rauschen der Wellen in meinen Ohren konnte mein klopfendes Herz nicht übertönen. Ich sank vor der Flagge nieder, die sich im Seewind aufbauschte, und griff nach einer Ecke, schloss die Finger um den rauen Stoff. Die rechte Hand legte ich auf mein Herz. Anspannung und Aufregung ruhten auf meiner Brust wie Felsen, doch Angst hatte ich keine. Keine Angst, keine Zweifel. Ich hatte gefürchtet, ich könnte die Worte vergessen, sobald ich vor der Flagge niederkniete, doch sie kamen mir so flüssig von den Lippen, als wäre meine Zunge nur gemacht, um sie zu sagen: »Im Lichte des Herrn Eralys, der da ist der Fürst der Götter, schwöre ich seiner Majestät, Thaloan von Adlamér, Herrscher unseres Vaterlandes, und seinem Haus ewige Treue und absoluten Gehorsam in allen Dingen von heute an bis zu meinem letzten Tag. Seinen Namen werde ich ehren, seine Gesetze befolgen und ihm und seinem Reich in Zeiten der Not getrauen Beistand leisten. Dies schwöre ich bei meiner Ehre, meinem Leben und meiner Seele. Lang lebe der Kaiser!«

Die Flagge, die aus meiner Hand glitt, wurde durch die zweite getauscht und ich griff danach, während die Matrosen die erste mit Salzwasser benetzten. So viele hatten diesen Schwur vor mir geleistet. Mein Vater hatte hier gekniet, Sammy, Negro, mein Großvater. Jeder Loreley. Jeder Seefahrer. Die Worte glitten von meiner Zunge: »Im Auge der stürmischen Saesora, die da ist die Herrin der Meere, bekenne ich meine allzeitige und unauslöschliche Liebe zur See und meine Bereitschaft, ihr zu dienen. Auf ihren Wogen lebe ich, in ihren Wogen gehe ich. So auf immerdar mag ich mich in der treuen Obhut meines Kapitäns befinden und seinem Wort stets aufs Genauste folgen, sodass ich meiner Mannschaft und unserem Schiff, der erhabenen Roten Ruby, zur Ehre gereiche. Dies von heute an bis zu meinem letzten Tag. Hoch der Ruby!«

Als ich den Kopf hob, lächelte Leonard mich an. »Ich ernenne Jermaine hiermit zur neuen Matrosin«, sagte er und ich spürte, wie mein Herz einen Satz machte. Nach so vielen Jahren, nach so viel Warten und Träumen hatte sich erfüllt, wonach ich mich immer gesehnt hatte. Mit weichen Knien richtete ich mich auf und ein Lächeln glitt über meine Züge, als mir klar wurde, was geschehen war. Ein Eid. Eine Wahrheit. Mit flatterndem Herzen reihte ich mich bei den anderen Seefahrern ein, sah Leonards zufriedenen Blick und auch Vaters.

Vater. Vater wäre so stolz.

DIE ELMANAUTEN

»Atlas Kandila. Ozeanologin.« Sie streckte dem Verwalter von Tethoro die Hand hin, der sie breit grinsend schüttelte.

»Wie interessant«, sagte dieser. »Ich habe noch nie eine solche Ozeanologin gesehen.« Sie spürte seinen forschenden Blick beunruhigend intensiv auf sich, als er die Brille zurechtrückte und sie von oben bis unten taxierte. »Seid Ihr aus Mernau?«

Sie schüttelte den Kopf.

»Aus Thale zumindest?«

Ein weiteres Kopfschütteln.

»Wirklich interessant.« Er rieb sich das Kinn und lächelte sie an. »Es kommt selten vor, dass Menschen, die nicht aus Thale stammen, die Kolonien besuchen. Beeindruckend, wahrlich beeindruckend. Wer ist dieser Herr? Gehört er zu Euch?«

»Ja. Das ist mein Assistent Nautilus.« Nautilus deutete eine Verbeugung an. »Der Rest meiner Mannschaft wartet unten im Hafen.« Ein Ort, an den Atlas äußerst schnell zurückkehren wollte. Es gefiel ihr nicht, so lange von der Mannschaft getrennt zu sein, und überhaupt reizte sie dieses Gespräch nicht gerade. Die Wahrscheinlichkeit, dass die anderen etwas anstellten, während sie nicht da waren, war allzu groß.

»Was führt Euch in unsere bescheidene Kolonialstadt Tethoro?«, fragte der Verwalter und strahlte noch immer über beide Ohren.

»Wir suchen einen Weg nach Me... durch die Darcosgewässer«, sagte Atlas und sein Grinsen erstarb prompt.

»Die *Darcosgewässer*«, echote er übermäßig betont und kratzte sich am Hinterkopf. »Was wollt Ihr denn *dort*?«

»Forschung«, sagte Atlas. »Schließlich sind die Gewässer interessantes

Territorium für Ozeanologen, nicht wahr?« Sie bemühte sich, nicht über das Wort *Territorium* zu stolpern. Thaleanisch fiel ihr noch schwer, selbst wenn sie sich Mühe gab, schnell zu lernen. Vor allem die höfliche Anrede begriff sie nicht recht und umging sie absichtlich. Der Verwalter hörte ihr den fremden Akzent zweifellos an, auch wenn der nicht so breit war wie der von Nautilus oder gar Ayo oder Sno.

»Ja, das wahrlich ... doch es gibt Gründe, warum man diese Gewässer besser umschiffen sollte«, sagte er lahm. »Immer wieder kommt es zu mysteriösen Zwischenfällen. Schiffsunglücke, Seestürme, Ungeheuer ...«

»Das wissen wir«, unterbrach sie ihn. »Gibt es Informationen, wie man hineingelangt?«

»Ohne dabei auf dem Grund des Meeres zu landen?«, fragte der Verwalter. »Wohl nicht. Meine Dame, bleibt besser an Land oder in sicheren Gegenden.«

»Hat denn nie jemand Vermutungen aufgestellt?«, schaltete sich Nautilus ein. »Gibt es keine Legenden über Wege in die Gegend? Nichts, was man ausprobieren könnte?«

Der Verwalter seufzte. »Junger Mann, Ihr solltet Eure Vorgesetzte nicht so sehr in diesem Unterfangen unterstützen. Ihr werdet genauso wenig wie ich wollen, dass einer so hübschen jungen Dame etwas zustößt, oder doch?«

Nautilus setzte zum Sprechen an, brach jedoch verwirrt ab, und Atlas ergriff wieder das Wort. »Tethoro liegt sehr nah an diesem Ort. Hast du keine einzige brauchbare Information?«

»Zumindest keine, die Euch nicht in den Tod senden würde«, sagte der Verwalter. Er rümpfte die Nase, pikiert über die saloppe Anrede, die ihr herausgerutscht war.

»Das heißt aber, es gibt welche?«, fragte sie ungeduldig.

»Ich bin noch nicht lange hier und kann Euch wenig über dieses Todesmeer erzählen«, sagte er, »aber ich kenne einen Ort, an dem ihr unendliches Wissen erlangen könnt. Dort wird auch ein Weg in jene Gewässer zu finden sein.« Sein Blick glitt erneut an Atlas hinab. »Natürlich gibt es Informationen nicht ohne Preis, das ist einer Ozeanologin sicher bewusst.«

»Was für ein Preis?«, fragte Atlas.

»Ich werde Euch nicht um Euer teures Geld bitten«, sagte der Verwalter. »Ich möchte eine persönlichere Gegenleistung.«

Ehe sie den Mund öffnete, hatte Nautilus nach ihrem Arm gegriffen und knurrte: »Angebot abgelehnt.«

»Meine Dame und mein Herr«, sagte der Verwalter und das breite Grinsen trat wieder auf seine Lippen. »Lasst uns ehrlich miteinander sein – Ihr seht nicht aus wie Ozeanologen.«

»Auf Wiedersehen«, sagte Nautilus und Atlas wollte gerade protestieren, da hatte er den Griff um ihren Arm bereits verstärkt und sie mit sich gezogen.

»Was sollte das?«, fragte sie ärgerlich, während er sie zum Hafen zurückdirigierte. »Ich kann für mich selbst reden!«

»So etwas macht mich wütend«, sagte Nautilus. »Abgesehen davon – *Assistent*? Ich bin nicht dein Handlanger! Wir arbeiten zusammen.« Sie rollte bloß mit den Augen. »Du kannst dieses Angebot nicht annehmen, und selbst wenn du es könntest, würdest du es nicht tun, klar?«

»Natürlich ist mir das klar«, sagte sie.

Nautilus schnaubte. »Ozeanologen! Wir müssen uns entweder neue Kleider oder eine neue Berufung suchen. Niemand nimmt uns das ab – vor allem dir nicht, so grimmig, wie du immer schaust.«

»Ich schaue nicht grimmig«, fuhr Atlas ihn an. »Und ich *bin* Ozeanologin!«

»Aber du siehst aus wie eine Gauklerin«, sagte Nautilus. »Oder bestenfalls Piratin.«

Atlas warf einen Blick an sich hinab – sie trug ein grobes Hemd mit dunklen Hosen, einem wettergegerbten braunen Korsett und ausgetretenen Lederstiefeln. Die Haare fielen ihr in ungeordneten Wellen um die Schultern und nur die obere Partie war behelfsmäßig hochgesteckt und mit einem Tuch aus der Stirn gebunden worden. Sie ballte die schlanken Hände zu Fäusten. Dort, wo sie herkamen, war der Beruf Meeresforscher, oder *Ozeanologe*, nicht gerade das, was man hoch angesehen nannte.

»Ich bin Ozeanologin«, wiederholte sie. »Genau wie du ein Ozeanologe.«

»Genau genommen sind wir nur Elmas Assistenten –«

»Kein Wort mehr!«

Nautilus fuhr sich durch die dunkelbraunen Haare und blieb still.

Die beiden erreichten den Pier und steuerten ein großes, ans Meer angrenzendes Holzgebäude an, vor dem allerlei Boote vertäut waren. Über dem

Eingang hing ein mit Muscheln geschmücktes Schild, auf das man mit blauer Farbe *Werft* geschrieben hatte. Darunter hing, von zwei Ketten gehalten, ein zweites, kleines Schild, das die Aufschrift *und Unterkunft* trug.

»Sieht aus, als könnteter Tethoro bald wieder verlassen, Verehrteste!«, rief der dicke Schiffsbaumeister, als sie vor dem Schiff stehenblieben, das in der Werft lag. Zugegeben, die Schaluppe war eher ein Boot als alles andere. Das stellte Atlas selbst jetzt fest, als sie auf Hochglanz gebracht worden war – doch dieses Schiff genügte voll und ganz. Etwas Größeres hätte eine größere Mannschaft erfordert, und die hatten sie nicht.

»Bleibt es auch heil?«, fragte sie und hielt vor dem Schiffsbaumeister inne, der sein Werkzeug schulterte und sich über das unrasierte Kinn rieb.

»Woraufer wetten könnt! 's ging auch bloß fix, weil ich jute Unterstützung hatte!« Er wies mit seiner großen Hand auf die Gestalten, die von Bord kamen. Voran ging Echo, die ein Lächeln zur Schau trug, als würde sie sich auf ein Piratengemetzel freuen. Grimmig fuhr sie sich über den glatt rasierten Schädel. Hinter ihr tauchten der Reihe nach Ayo, Rami, Jinx und schließlich Sno auf. »Alles repariert! Und kaputt geht Euer Bötchen jetzte auch erstmal nicht mehr – außer Ihr plant, Felsen zu rammen. Aber das habter ja nicht vor.«

»Nein, wir wollen nur in die Darcosgewässer …«, murmelte Nautilus und rieb sich über die behandschuhte Hand.

»Bitte?«, fragte der Werftmeister.

»Nichts.«

»Vielen Dank«, sagte Atlas und neigte den Kopf. »Das war gute Arbeit. Wir werden heute Abend aufbrechen und die Werft nicht weiter blockieren.«

Er winkte ab. »Lasst euch so viel Zeit, wie 'er wollt. Habt ja mehr als jenug bezahlt.«

»Danke«, sagte Atlas und ihre Augenbrauen zuckten. »Einen schönen Tag.«

Als er in der Werft verschwand, scharten sich die anderen um Atlas und Nautilus. »Habt ihr was herausgefunden?«, fragte der kleine Junge mit den blonden, wuscheligen Haaren und der alten Seefahrerjacke und schaute zu Atlas hoch.

»Nichts, was uns weiterhelfen könnte, Sno«, knurrte sie. »Die Statthalter haben nichts als Fischlaich im Kopf. Es ist aussichtslos!«

Jetzt, da die sieben Reisenden wieder unter sich waren, verfiel sie wieder in ihre alten Sprachmuster, schüttelte das Hochthaleanisch ab wie eine fremde Haut.

»Was hat er denn gesagt?«, fragte Echo.

Nautilus wog den Kopf. »Aalglatt war der Kerl. Saesora, ich musste mich zusammenreißen, seine Hand nicht wegzuschlagen, als er sie uns gereicht hat. Hätte mich beinahe übergeben.«

»Und er hat nichts durchsickern lassen?«, fragte Echo.

»Nichts über Mer'Etoth«, antwortete Atlas resigniert. »Er hat sich bloß lustig gemacht, dass wir Ozeanologen sind.«

»Bei allen Meeren, was für ein Pfeffersack«, sagte Echo. »Hast du ihn wenigstens zurechtgestutzt, Schwester?«

»Nein«, sagte Atlas. »Das ist typisch für diese Leute. Sie werden hierher versetzt und es missfällt ihnen, dass sie nicht mehr ihr gut betuchtes Leben in ihren großen Städten führen können. Götter, wie er uns hochgenommen hat. *Ich kenne einen Ort, wo ihr unendliches Wissen erlangen könnt – pah.*«

Rami, ein hochgewachsener Mann mit brustlangen Haaren und Bart und olivfarbener Haut, machte ein ratloses Gesicht. »Mies. Jetzt haben wir ein Schiff, aber wissen nicht, wohin wir segeln sollen?«

Ayo zog einen Apfel aus ihrem dunklen Ölmantel und biss hinein. Mit einer Hand richtete sie die Krempe der Schiebermütze, die ihr geflochtenes Haar zu großen Teilen verbarg. Aufgrund des enormen Größenunterschieds zwischen ihr und Rami wirkte sie noch kleiner als ohnehin. Während er allerdings stets ein wenig steif stand, war jede ihrer Bewegungen aus einem Fluss.

»Das dauert ewig«, murrte Sno und die Elmanautin mit der dunklen Haut streichelte ihm die Schulter.

»Wir finden schon einen Weg, wa Sharri«, sagte Ayo mit mütterlicher Fürsorge. »Du weißt, wie Elma immer gesagt hat: *Wer sich vom Nebel die Sicht nehmen lässt, wird nie ein wahrhafter Seefahrer sein.*«

Ein Stein legte sich auf Atlas' Herz, als Ayo das sagte. Die Stimme ihrer Mentorin klang ihr in den Ohren, Elmas Gesicht, das sie mit einem sanften Lächeln bedachte. *Kleine, unerfahrene Atlas. Es gibt noch viel für dich zu lernen.*

Jetzt war Elma nicht hier, jetzt unterlag diese Bande von Ozeanologen Atlas' Verantwortung – selbst wenn Nautilus behauptete, sie wären gleichgestellt.

Aber nur Atlas hatte Elma etwas versprochen, ehe alles vorbei gewesen war.

Sie warf einen Blick zurück zur Stadt. Die Provinzstadt Tethoro schmiegte sich an einen imposanten Berg, den Tethos, der der Nachmittagssonne am wolkigen Himmel entgegenragte. Ungefähr auf halber Höhe befand sich das Haus des Verwalters, das am höchsten liegende Gebäude der Stadt. Wenn Elma hier gewesen wäre, hätte sie einen Plan gehabt und ihnen die Informationen besorgt, die sie brauchten, um nach Mer'Etoth zu gelangen. Atlas schluckte schwer. Es musste irgendeine Möglichkeit geben … was hätte ihre Mentorin getan?

Sie hob den Kopf, als Jinx ihr eine schmale Hand auf den Arm legte. Ihre Mandelaugen, oder zumindest das Auge, das nicht hinter einer Augenklappe versteckt war, waren auf sie gerichtet. Ihre Hände tanzten durch die Luft. *Zumindest ist die Elma endlich seetüchtig*, sagte sie.

Atlas warf ihr einen fragenden Blick zu. »Die *Elma*?«

Ayos Lippen verzogen sich zu einem Lächeln und sie wandte sich um, wies auf das Schiff, das am Kai lag. »Wir waren so frei, sie zu taufen. Ich hoffe, das war euch recht?«

Atlas tauschte einen kurzen Blick mit Nautilus, der bloß erwartungsvoll die Augenbrauen hob, und trat dann auf die Schaluppe zu. Der Rest der Mannschaft folgte ihr rasch. Sie blieb an der Bordwand stehen und streckte die Hand aus, berührte den blauen Schriftzug – *ELMA*, stand dort.

Es erschien uns passend, schrieb Jinx in die Luft, als Atlas sich zu ihnen umdrehte, überrumpelt und gerührt zugleich.

Auch Rami lächelte sein liebstes Lächeln. »Als Erinnerung an Elma.«

»Irgendwann werden wir zu ihr zurückfinden«, sagte Ayo.

Atlas schloss die Lippen, ihr Mund hatte offen gestanden, wie ihr auffiel. »Die Elma«, wiederholte sie und vor ihrem inneren Auge flackerten Bilder des Schiffs und der Ozeanologin.

»Elma hätte sich riesig darüber gefreut«, sagte Nautilus und lächelte.

»Das wird sie, wenn sie es erstmal sieht«, korrigierte ihn Echo und nickte entschlossen.

Sno schaute strahlend in die Runde. »Dann wird sie ganz stolz auf uns sein!«

Atlas sah ihre Mannschaft einen nach dem anderen an. Die Sonnenstrahlen ließen Echos rasierten Kopf glänzen, spiegelten sich in Nautilus tiefseeblauen

Augen und färbten Ramis olivfarbene Haut schier golden. Ayo wuschelte Sno mit einer schlanken, dunklen Hand durch das blonde Haar, während Jinx Atlas ein sanftes Lächeln schenkte. Dies war ihre kleine Mannschaft, ihre Bande Ozeanologen, und sie verließen sich darauf, dass Atlas den Kurs vorgab.

»Packt eure Sachen zusammen und beladet das Schiff«, sagte sie. »Dann wird schon alles gut werden.«

Die anderen nickten und Ayo legte eine Hand auf Snos Rücken. Jinx folgte ihnen, dann Rami, aber Echo und Nautilus blieben mit ihr draußen stehen.

»Schön«, sagte Nautilus und fuhr mit der Hand über den Schriftzug. »Das habt ihr gut gemacht, Echo.«

»Nicht wahr?« Sie grinste breit und entblößte einen goldenen Schneidezahn. »Jinx hat ihn aufgemalt. Darauf können wir richtig stolz sein. Das reparierte Schiff ist unser Werk.« Sie griff an ihren Gürtel und zog eine kleine Phiole hervor. »Willst du?«, fragte sie Nautilus.

Der junge Mann warf Atlas einen Blick zu, den sie warnend erwiderte. »Ich würde gerne, aber Atlas hat es mir verboten«, sagte er mit albern verstellter Stimme und die beiden lachten.

»Spart es euch für bessere Zeiten«, knurrte Atlas.

Echo rollte mit den Augen. »Du sagst das, weil du es nie versucht hast. Kugelfischgift ist eine bewährte Droge bei Delfinen. Warum sollten nicht auch wir unseren Spaß damit haben?« Erneut bot sie Nautilus den gelblichen Inhalt der Phiole an, der mit bedauerndem Lächeln ablehnte, dann hielt sie es Atlas entgegen, die bloß ein missbilligendes Geräusch von sich gab. »Wie ihr wollt.« Echo stürzte den Inhalt hinab und schüttelte sich vergnügt. »Ah, ich wüsste nicht, wie ich ohne das überleben könnte.«

»Atlas, jetzt freu dich mal«, sagte Nautilus. »Die Elma sieht so schön aus.«

»Ich freue mich«, sagte sie und verschränkte die Arme.

Er stieß sie an. »Werde ich dich jemals lächeln sehen?«

»Nicht, solange es nichts zu lachen gibt.« Atlas musterte die beiden. »Wir müssen uns um diesen Verwalter kümmern.«

Nautilus schnaubte. »Ich wiederhole«, sagte er, »wenn wir uns ernsthafter mit Verwaltern unterhalten wollen, müssen wir etwas an unserem Auftreten ändern.«

Atlas ballte die Fäuste. »*Ich* wiederhole«, herrschte sie ihn an. »Wir können uns nicht ändern! Wir sind, was wir sind. Sollen wir uns hübsch verkleiden und so tun, als wäre nichts unter Jinx' Augenklappe oder Ayos Mantel? Als würdest *du* nichts unter deinen Handschuhen verstecken? Denkst du, das würde helfen? Das würde es nicht! Wir sind nicht normal, Nautilus, und wir können uns nicht so verhalten.«

Nautilus holte tief Luft, setzte allerdings zu ihrer Überraschung nicht zum Widerspruch an. »Ich weiß«, sagte er. »Bitte entschuldige.«

Atlas trat einen Schritt zurück, während Echo hinter ihr die rot geschminkten Lippen einzog und die beiden unglücklich betrachtete. »Elma wäre sicher stolz, wenn sie wüsste, dass wir zu dem stehen, was wir sind.«

Atlas kniff die Augen zu. Die Wut in ihrem Bauch flaute ab und hinterließ nicht mehr als die Sehnsucht nach ihrer Mentorin. »Mir tut es auch leid«, sagte sie und schaute Nautilus an. »Ich wollte nicht wütend werden. Ich weiß, dass du recht hast.«

»Schon in Ordnung.« Nautilus lächelte versöhnlich. »Nun erzähl. Was willst du mit diesem Verwalter anstellen?«

»Das klingt schon besser«, sagte Echo und stemmte die Hände in die Seiten. »Wie ich dich kenne, hast du einen meisterhaften Plan, Schwester.«

Atlas straffte sich. »Nun«, sagte sie. »Er wollte eine Nacht mit mir. Er soll sie bekommen.«

Die Nacht hatte sich über Tethoro gelegt wie ein grauer Schleier. Das Treiben im Hafen war einer nur vom Meeresrauschen erfüllten Stille gewichen. Die an den Docks festgezurrten Fischerboote wogen sich auf den Wellen, bis sie bei Morgengrauen aufs Neue ins offene Meer steuern durften. Kaum ein Licht brannte noch in den Fenstern der weiß gestrichenen Häuser, alle waren zu Bett gegangen.

Auch der Verwalter von Tethoro schlief. Die beiden Wachmänner, die vor der Tür postiert waren, hatten keine Zeit zu bemerken, dass sie angegriffen wurden – zuvor trafen zwei kleine Geschosse ihre Stirn und sie brachen bewusstlos zusammen.

»Diese Schleuder von Sno ist gar nicht so nutzlos, wie ich dachte«, meinte Nautilus beeindruckt, nachdem er die Wachen gefesselt und geknebelt hatte. Er warf eine der Perlen, die er als Munition genutzt hatte, in die Luft und fing sie wieder auf.

Echo schlug die Faust in die offene Handfläche. »Ich sage es seit Jahren: Aus Sno wird ein richtiger kleiner Kämpfer.«

Die beiden gesellten sich zu Atlas, die das Haus bereits genauer in Augenschein nahm. Sie nickte zur Tür. »Echo?«

»Wird erledigt, Schwester.«

Atlas und Nautilus hielten Wache, während Echo unter ihre ausgebeulte Seefahrerjacke griff und sich am Schloss zu schaffen machte. Sie war nicht die beste Schlossknackerin, doch sie hatte einen entscheidenden Vorteil auf ihrer Seite, weswegen sie Atlas' erste Wahl war.

»Musstest du mir ausreden, dass ich mir die Wachmänner vorknöpfe?«, fragte Atlas Nautilus flüsternd, während sie sich mit gezückten Waffen vor dem Haus umsahen.

»Wir wären aufgefallen«, antwortete Nautilus wohl bedacht.

»Sie hätten es verdient.«

Er warf ihr einen warnenden Blick zu. »Du reißt dich auch bei dem Verwalter zusammen, Atlas.«

»Morgen früh sind wir sowieso über alle Meere.«

»Und das ändert nichts daran, dass wir diskret bleiben sollten. Wir wissen nicht, wie schnell sich so etwas herumspricht.« Nautilus' dunkle Augen schimmerten schelmisch. »Ich bin sicher, du kannst ihn auch ohne deine Fähigkeiten auseinandernehmen. Oder unterschätze ich dich?«

»Immer musst du so nervtötend rational sein.« Augenrollend stieß sie ihn an, ehe sie ergänzte: »Danke.«

»Ich bin dein Gewissen. Das ist, wofür ich da bin.«

Echo zischte leise und stieß die Tür mit triumphierendem Gesicht auf, als sie sich umwandten.

»Ich übernehme die Wache. Eure Gesichter kennt er schließlich schon«, flüsterte sie.

Atlas warf Nautilus einen Blick zu, der eine Handbewegung machte, um sie vorzulassen. So trat sie als Erste über die Schwelle und tauchte in das Gebäude ein. Der Geruch von Holz und biederem Männerparfüm trat in ihre Nase. Die Ozeanologin warf einen desinteressierten Blick auf die altbackenen Einrichtungsgegenstände, die das Haus füllten – Vasen, Gemälde in goldfarbenen Rahmen, hässliche Götterskulpturen. Der Ramsch eines älteren Herren, der nichts im Leben hatte außer seine kaisergegebene Autorität. Sie schnaubte.

Nautilus wies mit dem Kinn auf die Türen und sie traten tiefer ins Haus. Atlas blieb wachsam, während sie sich mit lautlosen Schritten durch die Gänge bewegten. Als sie die Treppen hinaufgestiegen waren, trat ein leises Schnarchen an Atlas' Ohren, und sie berührte Nautilus am Arm, um ihn darauf aufmerksam zu machen.

Geräuschlos bewegten sie sich auf den Raum zu und schlüpften hinein. Der Verwalter lag in einem purpurn bezogenen Himmelbett, das faltige Gesicht zur Zimmerdecke gewandt, die linke Hälfte von Mondlicht beschienen. Seine Brille lag neben ihm auf dem Nachtschrank. Atlas rümpfte die Nase beim Gedanken daran, dass er sie am liebsten hier hatte haben wollen.

Nautilus trat links ans Bett, während sie sich von rechts näherte. Atlas hob einen Finger, dann einen zweiten, dann einen dritten – und sie stürzten von beiden Seiten auf den Verwalter zu, packten je einen Arm und fixierten ein Bein mit dem Knie auf dem Bett. Der ältere Herr schreckte auf und wollte schreien, doch Nautilus bedeckte seinen Mund mit einer Hand.

»Und nun schön zuhören«, sagte Atlas. »Wir wollen den Weg nach Mer'Etoth. Oder in die *Darcosgewässer*, wie ihr es nennt.«

Der Verwalter starrte sie mit riesigen Augen an.

»Wenn du schreist, werden wir vor Gewalt nicht zurückschrecken«, fügte sie hinzu.

Wütend verengte er die Augen zu Schlitzen und sagte: »Hm! Mhmhm Hmm mh!« Als Atlas nur die Braue hob, warf der Beamte einen ungeduldigen Blick in Nautilus' Richtung. Der junge Mann nahm die Hand weg.

»Pha!«, spuckte der Verwalter aus. »Wie bei allen Göttern seid ihr hier reingekommen? Die Tür ist dreifach verriegelt und die Wachen …«

»Die können dich nicht hören«, sagte Atlas, zog ein Messer und hielt es ihm an die Kehle. »Der Weg in die Darcosgewässer. *Jetzt.*«

»J-jehra!«, stammelte er. »Geht nach Jehra. E-es gibt eine Bibliothek dort, wo ihr … wo ihr alles erfahrt, was ihr wissen wollt!«

»Wo liegt das?«, fragte Atlas.

»Thale!«

Sie nickte Nautilus zu, der den Verwalter langsam losließ und sein Hemd lupfte. Eine Karte von Thale war links auf seine Bauchdecke tätowiert. Der Verwalter, der noch immer starr vom kalten Kuss der Klinge war, streckte zitternd eine Hand aus und deutete auf eine Stelle im Nordosten des Kontinents. »D-da – es ist die Haa-Hauptstadt von Mernau! Nicht zu verfehllenn …«

Nautilus ließ die Karte wieder unter dem Hemd verschwinden und holte ein Seil unter seiner Jacke hervor. Mit geübten Handgriffen fesselten die beiden Ozeanologen den Verwalter an einen der Bettpfoten. »Ihr werdet bereuen, dass ihr das getan habt«, knurrte er, nachdem Atlas den Dolch sinken gelassen hatte und er neuen Mut fasste.

Ihre Augenbrauen zuckten. »Du wolltest doch eine Nacht mit mir.«

Wut schwang in seiner Stimme, als er sagte: »Atlas Kandila, wer seid Ihr? Ozeanologin sicher nicht.«

Atlas stopfte ihm mit dem Knebel den Mund. »Komm«, sagte sie zu Nautilus und nickte zur Tür.

Echo stieß sich von der Wand ab, als sie aus dem Gebäude traten. »Und?«

»Wir brechen auf nach Thale.« Atlas winkte.

»Oh, toll. Noch mehr Beamte.« Echo rollte mit den Augen.

Atlas hob den Kopf ein Stück höher. »Mit denen werden wir für Elma auch fertig.«

»Die Aussätzigen gegen den Rest der Welt«, murmelte Nautilus.

Sie wandte sich um und warf ihm einen beherzten Blick zu. »Wir sind vielleicht keine richtigen Ozeanologen, aber wir sind auch keine Gaukler oder Piraten«, sagte sie. »Aussätzige höchstens mit Würde.«

»Und was sind wir dann?«, fragte Echo.

Atlas schaute die beiden an. Stolz glomm in ihren Augen. »Elmanauten.«

JEHRAS BIBLIOTHEKEN

Jehra. Turmalingrüne grasbewachsene Hügel, die sich wie ein Kranz um die Stadt schlängelten und über den schroffen ozeangrauen Klippen aufragten. Das prunkvolle Schloss, das dem der Hauptstadt Thalheim in nur wenig nachstand, thronte ganz oben auf der höchsten Klippe. Der Ausblick von dort musste fantastisch sein. Auf einer flacheren Klippe, die sich an die mit dem Schloss schmiegte, befand sich das Herzstück Jehras – die Bibliothek, noch beeindruckender als der Sitz des Herzogs, mit Türmen wie Glas und einer Herrschaftlichkeit, die sie einem Palast gleichkommen ließ. Der Palast der Bücher.

Im Tal zwischen den turmhohen Klippen lag ein Meer aus Stadtmauern und Zinnen. Eine ringförmige Mauer erhob sich auf Fels erbaut aus dem Meerwasser und umschloss die Docks, vorn geöffnet und von zwei Wachtürmen gesäumt, um Schiffen Einlass zu gewähren. Dicht beieinanderstehende Sandsteinhäuser besiedelten das Tal, kleine und große mit dunkelroten oder braunen Dächern, um die sich die Bevölkerung Jehras tummelte.

Und da waren die Statuen. Überall standen sie, Statuen von Herzog Roswen, einige aufwendig verziert, andere eher schlicht, viele aus Marmor oder so teurem Material, dass man sich bloß an den Kopf fassen konnte. Die Statuen pflasterten die Stadt regelrecht – je näher wir Jehra kamen, desto mehr von ihnen wurden sichtbar.

»Götter, da hat jemand ein ziemlich ungesundes Geltungsbedürfnis«, sagte Channa. Sie stand mit verschränkten Armen neben mir, ihr Blick sprang von einer Statue zur nächsten.

»Manchmal habe ich solche Albträume mit ganz vielen Ferrys. Nur, dass die keine Statuen sind. Und sie mir alle Beleidigungen entgegenwerfen«, murmelte ich und hob hilflos die Schultern, als sie mir einen irritierten Blick zuwarf.

Nathan rief nach mir und ich löste die Hände von der vom Salz klebrigen Reling, um mich wieder auf meine Arbeit zu besinnen. »Zeig mir nochmal den Wurfknoten«, sagte er. Mit verschränkten Armen sah er zu, während ich das Tau zu binden begann.

Auch wenn das Seefahren furchtbar anstrengend war, machte es auch riesigen Spaß. Obwohl ich abends todmüde ins Bett fiel und mich um Vater sorgte, war es eine der besten Wochen meines Lebens gewesen. An das ständige Schaukeln der Wellen und das Rauschen des Meeres hatte ich mich gar nicht gewöhnen müssen – auf festem Boden zu stehen, hatte sich nie so richtig angefühlt wie das hier. Kleine Aufträge wie die Ausgabe der Speisen aus der Küche oder die Fütterung der Pakos fielen in unseren Zuständigkeitsbereich. Nach den ersten beiden Wochen wusste ich nicht nur, wie auf See gekocht wurde, sondern auch, wie störrisch Pakos werden konnten, wenn man sie zu stark am Halfter zog. Ich lernte viel über Taue und Winden, Befehlsabfolgen und Segelmanöver, einfach dadurch, dass ich all das ständig vor Augen hatte.

Das Beste waren die Abende, wenn wir die Arbeit niederlegten und uns zum Essen in den Tischgruppen zusammenfanden. Jedes Mal lernte ich ein neues Kartenspiel, lauschte Danyos und Hannos furchtbaren Seefahrerwitzen und ließ mir von Nathan das amüsanteste Seemannsgarn erzählen. Freydis optimierte mein Adrisch, indem sie mir ein paar Schimpfwörter beibrachte. Bei Maiden und Matrosen entwickelten Sammy und ich eine so ausgeklügelte Strategie, dass wir beinahe jede Runde für uns entschieden. Channa verfolgte all das zumeist unbeteiligt, doch manchmal sah ich sogar sie schmunzeln.

Wenn die Nacht hereinbrach, betrachtete ich an Deck den Horizont und dachte an meine kleinen Schwestern. Gemeinsam mit Sammy suchte ich nach neuen Sternbildern am Himmel, mir meiner Endlichkeit im Angesicht dieses atemberaubenden Anblicks unsagbar bewusst.

Es war so schön, das Seefahren. Es war *so* schön.

Ich warf Nathan einen triumphierenden Blick zu, als ich das Tau zuzog und einen Wurfknoten präsentierte.

»Aye, perfekt. Du lernst schnell«, sagte der Matrose und lehnte sich näher, um mir zuzuzwinkern. »Manche Matrosen brauchen Jahre dafür.«

»Nu lob das Weib nicht«, sagte Jakob, der die Worte aufgeschnappt hatte. »Sie kriegt zur Genüge Honig ums Maul geschmiert. So wird sie nicht nur eine unfähige, sondern auch eine unausstehliche Kapitänin.«

»Danke für dein Vertrauen«, sagte ich und lächelte ihn an, obwohl die Worte nicht spurlos an mir vorbeigingen.

Jakob fuhr fort: »Dein Vater war ein arroganter Idiot, Mädel, aber immerhin konnte er seinen Mann stehen. Wie willste das nachmachen, hm?«

»Jakob!«, rügte Freydis ihn vom Brückendeck aus.

»Was?«

Die beiden begannen zu diskutieren, wie ich es nun schon mehrmals erlebt hatte.

»Mach dir nichts draus«, sagte Nathan, als ich einen Seufzer ausstieß.

»Er hat keinen Grund, so furchtbar zu sein.«

Nathan hob die Schultern. »Jakobs Ehefrau zu Hause in St. Flaeme ist ein Drache. Hat ihn schon öfter mit dem Besen vor die Tür gejagt. Alle sagen, er ist nur so feindselig Frauen gegenüber, weil er Angst hat.«

Ich runzelte die Stirn. »Ach. Das wusste ich gar nicht«, murmelte ich, während der ältere Offizier weiter mit der Steuerfrau stritt. Er war eine Pest, aber nun tat er mir auch leid, selbst wenn die Geschichte ein bisschen amüsant klang.

»Jakob ist nicht dein Problem«, sagte Nathan schulterzuckend. »Er redet hinterrücks schlecht über den Kapitän, aber eigentlich respektiert er deinen Vater. Man darf sich nicht von seinem ersten Eindruck täuschen lassen. Nimm Hanno dort. Er stottert und sieht aus, als hätte er nicht viel im Kopf. Dabei ist er unheimlich intelligent, sonst hätte dein Vater ihn nicht so früh zum Offizier gemacht. Wenn er Befehle an Deck gibt, stottert er überhaupt nicht mehr. Hanno sendet all sein Geld an seine Familie in St. Flaeme, wusstest du das? Seine Mutter kann nicht arbeiten – sie muss sich um seine minderbegabte Schwester Anma kümmern.«

»Das hat Vater mir schon mal erzählt.« Ich nickte beeindruckt. »Hanno ist wirklich ein kleiner Held.«

»Aye.«

»Hat jeder Offizier so eine Geschichte?«

»Nun, Noors Vergangenheit, dass Kapitän Gabriel ihn vor dem Ertrinken bewahrt habt, kennst du sicher«, erklärte Nathan. »Freydis für ihren Teil war mal die beste Walfängerin von Ada, aber irgendwas hat sie überzeugt, ihre Arbeit niederzulegen. Sprich sie nicht darauf an, sie redet nicht gern darüber.

Was Erik angeht – sein Vater war einst ein angesehener Offizier der Ruby, habe ich gehört, aber eines Tages auf einer Handelsreise wurde seine Leiche im Hafen von Onro aufgefunden. Abgestochen wie ein Tier.«

»Das ist ja furchtbar«, sagte ich. »Und der Mörder wurde nie gefasst?«

»Nein, das kann jeder gewesen sein.« Nathan hob die Schultern. »Irgendein Betrunkener vielleicht oder ein Gegner der Kolonisation ... womöglich auch einer der Matrosen, der seine Arroganz nicht länger ertragen hat. Erik steht seinem Vater nämlich in nichts nach. Sei's drum.« Er wies auf Bertram, der gerade seine Pfeife entzündete. »Offizier Bertram hat soweit ich weiß keine Probleme. Wenn er nach Hause zurückkehrt, stellt sein Ehegatte ihm den köstlichsten geräucherten Fisch auf den Tisch und er zündet sich zufrieden seine Pfeife an.«

Ich schmunzelte. »Und stimmt es, dass Willibald eine Oper über die Seefahrt schreiben will?«

»Das fragst du noch?« Nathan lachte. »Natürlich! Er schreibt seit Jahren daran, will sie unbedingt optimieren. Du musst ihn mal singen hören.« Der Matrose wies auf sich. »Jen, die Offiziere sind ein bunt zusammengewürfelter Haufen. Aber weißt du, was ihnen fehlt?«

»Ein Abenteurer wie Nathan?«, fragte ich mit erhobener Braue.

»Ganz richtig!« Nathan grinste, ehe er nach vorn zeigte. »Jetzt schau, du möchtest sicher sehen, wie wir anlegen.«

Das ließ ich mir nicht zweimal sagen. Ich kam nicht umhin, leise Aufregung zu verspüren, als wir die Tore Jehras durchsegelten, um die das Meerwasser brandete. Sogleich wurde das Anlegemanöver eingeleitet. Neugierig sah ich zu, wie die Leinen hinabgeworfen und an den Pollern befestigt wurden, während Freydis Befehle über das Deck rief.

Jetzt, da die Ruby direkt vor der Stadt lag, waren die Statuen noch deutlicher sichtbar. Überall fand sich das Antlitz Roswens: übermannshohe Bildnisse oder kleine Büsten, sein Gesicht auf Bannern und in Stein gehauen – es war bizarr.

»Das sieht aus, als würde er von jedem, der seine Stadt betreten will, eine Statue als Bezahlung fordern«, sagte Lou, die sich mit Gideon und einem Wischmopp über der Schulter zu uns gesellt hatte.

»Das sieht ziemlich *größenwahnsinnig* aus«, meinte ich und Channa, die sich die Hände an der Leinenhose abklopfte, nickte.

»Idiotisch ist das.« Nathan musterte die Statuen feindselig. »Roswen ist ein habgieriger Mann. Seit dem Tod der seligen Herzogin ist es noch schlimmer als zuvor. Nicht zu fassen, dass dieser Mann Vorsitzender des Mernauschen Rats ist! Den nimmt doch niemand ernst! Wie auch? Roswen denkt sich gern so groß wie Kaiser Thaloan, und weil er dafür zu schwach ist, will er zumindest so tun.«

»Größenwahn«, sagte Lou.

Nathan zuckte mit den Schultern. »Vielleicht Frustration.«

»Ist Roswen nicht ein Mädchenname?«, fragte Channa.

Das Gespräch verlief im Sand, denn Leonard näherte sich unserer Gruppe und blieb stehen, was uns allesamt salutieren ließ. »Kapitän?«, fragte Nathan.

»Guten Morgen«, sagte Leonard. Flatter auf seiner Schulter putzte sein Gefieder. »Ein guter Tag, um Jehra zu erkunden, nicht wahr?«

»Aye«, sagten wir.

»Ich komme, um euch zu bitten, gemeinsam einen Auftrag zu erledigen«, sagte er. »Ich möchte, dass ihr den ersten Besuch in der Bibliothek für mich übernehmt.«

Wir machten große Augen und von Flatter war ein lautes, fast überraschtes Krächzen zu vernehmen.

»Dürfen wir also auch mitkommen?«, fragte Lou.

Leonard warf ihnen einen amüsierten Blick zu. »Alle außer *euch*«, sagte er und sie ließ die Schultern hängen.

»Warum übernehmt Ihr das nicht selbst?«, fragte Nathan.

»Meine Pflichten als Patenonkel rufen«, sagte Leonard. »Während ich mich darum kümmere, dass Lou und Gideon wohlbehalten nach St. Flaeme zurückkehren können, muss jemand das Treffen mit dem Bibliothekar wahrnehmen. Ihr geht natürlich nicht allein – Negro wird euch begleiten. Er weiß ohnehin am besten über die Sagen und Legenden Bescheid, die für uns von Relevanz sind. Nathan, du bist ein erfahrener Mann und weißt, wie mit Fremden umzugehen ist, und Channa und Jermaine …« Er warf mir einen Blick zu. »Dich könnte ich ohnehin nicht davon abhalten, mitzugehen, nicht wahr?«

Ich schüttelte den Kopf.

Leonard nickte. »Dann ist es also beschlossen? Wir haben von St. Flaeme eine Möwe hierher gesendet, die unser Anliegen überbracht hat. Im Antwortschreiben war die Rede von einem jungen Bibliothekar, der unserer Gruppe den Weg durch das Herz Jehras weisen wird. Er soll im Hafen warten. Ich bin sicher, ihr werdet etwas finden, mit dem wir arbeiten können, aye?«

»Aye-aye« sagten Channa, Nathan, Flatter und ich nach kurzem Zögern.

»Dann sollte ja alles klar sein«, sagte Leonard. Ehe er sich umdrehte, hielt er nochmal inne. »Ah, bevor ich es vergesse – Professor Koalbeurne wird euch natürlich ebenfalls begleiten.«

Im Hafen erwartete uns tatsächlich ein junger Mann, der unser unverkennbares Schiff am Kai ausgemacht hatte. Mir schwankte der Boden noch immer phantomhaft unter den Füßen von den Tagen mit Seegang, doch ich war neugierig auf Jehra und vor allem die Bibliothek, die wir entdecken durften. In ganz Thale war das erhabene Gebäude bekannt. Angeblich hatte der erste Herzog Mernaus, der ein sehr belesener Mann gewesen war, eine Seesammlerin zur Geliebten gehabt. Diese hatte ihm einen Samen zum Geschenk gemacht, aus dem die Bibliothek gesprossen war, strahlend wie Kristall oder die Sonne. Es hieß, dass sie noch immer wuchs und manchmal neue Türme und Zinnen so funkelnd wie Edelstein an den Fassaden gefunden wurden, die niemandem bekannt gewesen waren.

Der Bibliothekar, der am Kai zwischen einigen Fässern stand, trug eine rote Robe mit reichen Verzierungen, dunkelblaue Hosen und lederne Stiefel. Unter seinem dunkelbraunen Haarschopf schauten zwei blaue Augen hervor, die uns aufmerksam musterten – beim Nähertreten fiel mir auf, dass das rechte Auge verschleiert war. Der junge Mann war glattrasiert und hielt sich so gerade, dass er mir trotz des geringen Altersunterschiedes, der zwischen uns herrschen musste, Respekt einflößte.

Er versank in einer eleganten Verbeugung und bedachte uns mit einem höflichen Lächeln, als er sich erhob. »Wenn ich Euch aufs Herzlichste in unserer schönen Stadt Jehra willkommen heißen dürfte, verehrte Seefahrer und Entdecker.« Ein kaum hörbarer fellonischer Akzent schwang in seiner Stimme mit. »Es ist mir eine Ehre, mich vorzustellen – mein Name ist Valeryan von Zedernwert. Ich wurde beauftragt, Euch in die heilige Bibliothek zu geleiten.«

Ich fragte mich, was er von uns hielt. Wir waren eine eigenwillige Truppe, wie wir so vor diesem offenbar adligen jungen Mann standen. Nathan und ich sahen noch aus wie durchschnittliche Seefahrer, aber Channa hatte wie jeden Tag Möwenfedern in ihr schwarzes Haar geflochten, Negro stand wie ein schwarzer Schrank ohne Hand und Bein hinter uns und von Professor Koalbeurne, der aussah, als wäre er schon des Öfteren vom Blitz getroffen worden, war gar nicht zu reden.

Es war Negro, der das Wort ergriff. »Wir wünschen Euch einen guten Morgen, mein Herr«, sagte er mit vibrierend tiefer Stimme, bevor er uns knapp vorstellte.

»Einen schönen Tag, wünsche ich.« Der Professor, dessen Name zuletzt gefallen war, verbeugte sich fahrig.

Valeryan musterte ihn mit geneigtem Kopf, bevor er Luft holte. »Ihr seid ein Sprachenkundler?«, fragte er auf Fellonisch.

Vater hatte auf unsere Allgemeinbildung bestanden, weswegen man mir die fellonische Sprache trotz der ewigen Fehde zwischen Thale und Fellonien beigebracht hatte.

»Korrekt. Ich erforsche fremde Kulturen und Sprachenentwicklung«, sagte Goggel, ebenfalls auf Fellonisch, und wippte mit dem Kopf. »Ihr – kommt aus Fellonien?«

Valeryan nickte. »Meine Eltern sind wegen der Bücher gekommen.«

»Fellonien«, murmelte der Sprachenkundler und schien eine Schlussfolgerung zu ziehen, denn sein Blick zuckte über den Boden und er rückte seine Halbmondbrille zurecht. »Das heißt, Ihr seid …?«

»Durchaus, ich bin ein Magier«, bestätigte Valeryan, nun wieder in der Landessprache. »Nur Magier können die Refugien der Bibliothek öffnen – es ist also ein Glück, dass es mich gibt. Nun sagt mir, was gedenkt Ihr in der Bibliothek unserer ehrenwerten Stadt zu finden? Bislang hat man mir bloß berichtet, es habe mit der Entführung des Kapitäns der stolzen Roten Ruby zu tun.«

»Wir wollen den Freischein für unsere entführte Mannschaft«, erklärte Negro grollend. »Sie sind dem geschuppten Pack anheimgefallen.«

»Das Fließende Volk«, murmelte Valeryan. »Ich habe davon gelesen – es schien mir nicht mehr als eine Legende …« Ich konnte sehen, wie er die Hand bewegte, während er Negro musterte, und einige helle Funken stiegen von seinen Fingerspitzen auf. Wenn mich nicht alles täuschte, dann unterzog er den alten Seemann einem Lügentest.

Ich kam nicht umhin, neugierig zu sein, wie diese Magie funktionierte. Thaleaner und Fellonier begegneten einander eigentlich mit Misstrauen – ich konnte mir ausmalen, wie Mutter argwöhnisch die Stirn runzeln würde. Aber Mutter war nicht gebürtig aus Mernau, sondern aus Lysdar. Unsere Provinz war nicht nur unabhängiger vom Kaiser, es war den Bewohnern auch recht gleich, mit wem sie verkehrten, solange die Leute interessant waren. Und Magie war *unheimlich* interessant.

»In dieser Legende steckte mehr Wahrheit, als uns lieb war«, knurrte der Seebär. »Ich nehme an, Ihr wisst, wen wir suchen. Saesora.«

»Die ewig Stürmische, die, die auf den Wogen tanzt.« Valeryans Blick richtete sich gen Himmel. »Eralys, ich bete, dass du diese Seefahrer behütest und leitest in ihrem gefährlichen Unterfangen. Magst du sie bewahren vor Leid, magst du sie sicher in den Hafen der Flutbringerin führen. Dafür bete ich.« Er schaute Negro an. »Ihr wisst, dass niemand Saesora seit dem Blauen Morgengrauen zu Gesicht bekommen hat, auch nicht, nachdem die anderen Götter wiedererwachten. Aber ich bin kein Ungläubiger. Ich weiß, wo es die Informationen gibt, die Ihr benötigt.« Er machte eine einladende Handbewegung. »Folgt mir.«

Als Channa den Statuen auf dem Weg zur Bibliothek einen abschätzigen Blick zuwarf, richtete ich das Wort an Valeryan. »Eure Stadt ist ziemlich schön.«

Valeryan von Zedernwert nickte. »Ein Diamant zwischen Kreidefelsen«, sinnierte er, ehe sich mir zuwandte. »Ich habe Euch noch kein Mitgefühl ausgesprochen. Euer Verlust schmerzt mich sehr. Der Herr Eralys möge Euren Vater schützen, Jermaine Loreley.«

Ich neigte den Kopf. »Ich dachte, in Fellonien glaubt man nicht an die Götter.«

»Mein Herz hängt nicht an Fellonien«, sagte der Bibliothekar. »Ich diene dem Herzog Roswen, dem Kaiser Thaloan und dem heiligen Götterherrn Eralys. Fellonien hat mir meine Magie geschenkt, aber mein Zuhause ist Thale.«

»Wegen der Bibliothek?«

»Wegen der Bibliothek«, bestätigte Valeryan, »wegen meines Kaisers, wegen meiner Religion. Aber der wichtigste Grund ist ebenso obligatorisch wie essentiell – wegen der Liebe meines Lebens.«

Ich lächelte. »So?«

Auch auf seinen Lippen lag ein Lächeln. »Ihr habt Eure Liebe zur See«, sagte er. »Ich habe Malyne. Wir haben alle Gründe, zu tun, was wir tun.« Er wedelte bedeutungsvoll mit seiner Hand, an der ein silberner Ring schimmerte.

Es herrschte einen Augenblick Schweigen, in dem ich die Straßen eingehender musterte. »Wer hat die ganzen Statuen aufgestellt?«, fragte ich.

Valeryan lachte auf. »Der erhabene Herzog hat nach Besteigen des Throns das Gesetz erlassen, dass jede Familie Jehras aufgefordert ist, am Tag des vollen Mondes eine neue Statue aufzustellen. Zum Zeichen ihrer bedingungslosen Liebe und Treue.«

»Ist das nicht teuer?«, fragte ich mit zusammengezogenen Brauen.

Er wies auf ein ärmlich aussehendes Holzhaus, von dessen Fenster ein Windspiel aus mit Glocken behangenen Figuren tanzte. Holzschnitzereien schmückten die Fensterbretter. »Es ist selbstverständlich, dass sich nicht jeder Einwohner Jehras monatlich eine Marmorstatue zulegen kann. Das hat zur Folge, dass die meisten Untertanen Schnitzereien oder andere manufakturelle Bildnisse unseres werten Herrschers anfertigen.«

»Und?«, fragte ich. »Machen sie das ... gern?«

Valeryan blinzelte. »Sagen wir es so: Roswen hat seinen Untertanen nie Schlechtes getan.«

Wir erklommen den Hügel, auf dem sich die Bibliothek dem Himmel entgegenstreckte. Eine schmale gepflasterte Straße, die aus ungleichen Steinen gelegt und alle paar Schritt von kleinen Laternen gesäumt war, führte zum Eingangsportal des imposanten Gebäudes. Valeryan ging mit wehendem Umhang voran, während Channa und ich ihm folgten. Nathan ging neben Goggel, dessen Augen ihm beim Anblick der Bibliothek beinahe aus dem Kopf fielen. Negro hintendran hielt humpelnd Schritt.

Zwei Gardisten mit dem Wappen des Herzogs und starr geradeaus gerichtetem Blick hielten vor dem Portal Wache. Eine Geste von Valeryan ließ sie knapp nicken und wir konnten passieren.

»Wenn ich mit Stolz präsentieren dürfte – die Bibliothek«, sagte er und richtete die Hand auf das Innenleben des Gebäudes – ein Anblick, der mir den Atem verschlug.

Kristallene, bläulich leuchtende Säulen stemmten sich gegen unendlich hohe Decken, lange Wendeltreppen wanden sich in die Höhe und marmorner Boden ließ die Schritte der Bibliothekare und Besucher laut von den Wänden widerhallen. Eine Beleuchtung war bei Tage nicht notwendig, da die Strahlen der Sonne in der gläsern anmutenden Decke in alle Richtungen gebrochen wurden. Es war kein Zimmer, kein Raum – es war ein Saal, eine Halle, ein Gewölbe.

Und überall waren Bücher. In riesigen, endlos langen und hohen Regalen Reihe um Reihe, durch Treppen und Leitern erreichbar. Sie beanspruchten jedes Regal, jeden Gang, jeden Fingerbreit der Bibliothek, der nicht an Durchgänge für die Lesenden vergeben war. Ich konnte mit meinen Augen und meinem Verstand nicht erfassen, welche immensen Mengen an Wissen diese Flure füllten. Hier war so viel Wissen – es fiel mir nicht schwer, zu glauben, dass es unendlich war.

Als ich sah, dass Valeryan unsere Gruppe mit amüsiertem, merkwürdig zufriedenem Lächeln musterte, wurde mir klar, dass mir der Mund offen gestanden hatte.

»Ist es nicht wunderbar?«, fragte er.

»Unglaublich«, sagte Nathan.

»Wahrlich faszinierend«, ergänzte Goggel und rückte seine Brille zurecht.

Der junge Bibliothekar schnaubte belustigt. »Es gibt in der dritten Halle eine breit gefächerte Auswahl an Sprachlexika und Kulturbänden, sollte daran Interesse bestehen.«

»Ich muss meine Pflicht erfüllen«, sagte Koalbeurne, nachdem er sich auf dieses Angebot hin fast an seinem Räuspern verschluckt hatte. »Ja, ja. Es gibt eine Pflicht zu erfüllen.«

»Ist das also nur die erste Halle?«, murmelte Channa unmaßgeblich entsetzt.

Valeryan fuhr sich mit den Fingern durch die Haare in seiner Stirn. »Sicher. Wenn die Herrschaften mir folgen würden – was wir suchen, wird sich nicht an Orten finden, zu denen Besucher für gewöhnlich Zugang haben. Bitte.«

Er führte uns durch die Gewölbe, während wir uns fasziniert nach allen Seiten umschauten. Kein Buch schien es hier zweimal zu geben – einige hatten Einbände, die den Anschein erweckten, als wären sie nie von einer Hand berührt worden, andere waren groß und abgegriffen und rochen nach altem Papier, die Seiten dünn und raschelnd von den vielen Malen, die sie umgeblättert worden waren. Eine Gruppe hochgewachsener Catayrer mit schieferschwarzer Haut trat flüsternd vorüber. Oben auf einer Empore stand eine hübsche Mingna und sprach mit einer älteren Bibliothekarin. Die Menschen schienen aus allen Ländern zu kommen, um diesen Ort zu besuchen.

»Hast du so etwas schon mal gesehen?«, fragte ich an Negro gewandt.

»In all den Tagen, die ich durch Larounia gewandert bin, habe ich eine Menge gesehen, meine Liebe«, brummte er und warf mir einen Blick durch Auge und Glasauge zu. »Auch viel Schönes war dabei. Aber etwas wie das hier? Nein.«

Valeryan blieb vor einem Portal stehen, welches aus ebenjenem kristallenen Material bestand, aus dem die größten Teile der Bibliothek gefertigt worden zu sein schienen. Wie mit silbernem Finger geschrieben schimmerten fremde Buchstaben auf der Tür – es handelte sich um eine Sprache, die nicht mehr bekannt war, denn ich hatte solche Schriftzeichen nie gesehen.

»Die Refugien«, sagte Valeryan. »So unergründlich wie die See, wenn ich so sagen darf.«

»Also ist es wahr«, sagte Negro. »Die Bibliothek wächst.«

»Sie verändert sich«, erklärte Valeryan. »Die Trakte außerhalb der Besuchszonen zumindest. Jedes Mal sieht sie ganz anders aus – selbst dann, wenn das letzte Mal, dass man dort war, gerade wenige Wimpernschläge zurückliegt. Magie, die auch nötig ist, um sie betreten zu können.«

»Dürfte ich fragen, ob Nachforschungen darüber betrieben worden sind?«, fragte Goggel und hob einen Finger.

Valeryan wog den Kopf. »Vor langer Zeit einmal, aber das wurde längst eingestellt. Wir nehmen das Wissen, das die Refugien uns bringen, ohne lang zu fragen. Es reicht, dass es uns geschenkt wird. Wenn ich um Ruhe bitten dürfte.«

Er schloss die Augen und hob die Hände. Die Tür hatte kein Schloss, aber er hatte schließlich gesagt, dass Magie notwendig war, um das Refugium zu öffnen. Ich hatte schon Magie gesehen, aber nur bei Gauklern oder den wenigen verbliebenen fellonischen Händlern, die die Thaleaner mit Zaubertricks köderten, damit ihre überteuerten Waren gekauft wurden. Selbst da war es ein beeindruckendes Schauspiel gewesen, die Magier bei ihrem Tagewerk zu beobachten.

Der typische rauchige Geruch von Magie begann die Luft zu erfüllen und schürte meine Neugierde wie Wind eine Flamme. Rote und goldene Funken begannen zwischen Valeryans Händen zu tanzen und seine Handflächen bunt zu färben. Er wandte sich dem Portal zu, wo die Schriftzeichen zu glühen begannen, immer heller, bis sie wie Sterne leuchteten und sich das Tor mit einem letzten Aufglimmen öffnete.

Die Räumlichkeiten, die vor uns lagen, hatten niedrigere Decken, sodass die hohen Bücherregale fast oben anstießen. Die schimmernden Säulen und Plafonds gab es auch hier. Wenn man durch den Korridor schritt, der sich vor uns auftat, gelangte man ins Zentrum des Raumes, wo eine von Wasserspielen umsäumte Statue aufragte. Zu meiner Überraschung stellte sie nicht Herzog Roswen dar, sondern eine anmutige Seejungfer.

Valeryan fuhr sich durch den Haarschopf. »Bitte tretet ein.«

Wir schritten die hohen Regale entlang, welche sich rechts und links von uns erstreckten. Als ich den Blick auf die Bücher zu meiner Rechten wandte, hielt ich unwillkürlich inne. »Das sind ja alles Seefahrtsbücher!«, sagte ich fasziniert.

Der junge Bibliothekar musterte mich wohlwollend. »Nun«, sagte er. »Die Refugien schenken denen, die sie betreten, das Wissen, das ihr Herz begehrt. Betritt jemand diesen Raum, erscheinen genau die Werke, die sein Herz begehrt. Lasst mich gerne in Beispiel anführen: Professor, richtet Euren Blick bitte gen Backbord.«

Der Professor wandte sich dem linken Regal zu. »Na, da springt mir doch glatt die Makrele über!«, rief er aus. »So viele!« Schon hatte er das erste Buch aufgeschlagen.

»Und irgendwo hier werden auch die Bücher über die heilige Saesora warten, wenn Ihr diese sucht«, sagte Valeryan. »Es liegt an uns, sie zu finden.« Er neigte den Kopf. »Ich bete, dass diese Suche von Erfolg gekrönt sein wird.«

Und so suchten wir. Das Refugium erwies sich als deutlich größer als angenommen – unzählige Regale füllten die Räumlichkeiten, welche wiederum mit allerlei Büchern bestückt waren. Einige von ihnen machten mich wirklich neugierig: Die Bücher über Möwen waren sicherlich Channa zuzuschreiben, die Ratgeber für Kartenspieltechniken mussten auf Nathan zurückzuführen sein. Doch es gab auch Schriften über die Urgötter und Aufzeichnungen aus alter Zeit – Werke über dunkle Geschichten, die mich schlucken ließen. Gleichzeitig fragte ich mich, welcher meiner Begleiter sich für Roland Runenweihs Liebesgedichte interessierte. Und wer für schöne Apfelkuchenrezepte?

Valeryan trat zu mir, als ich vor einem Regal stand, das sich mit der Geschichte des Herzogtums und des Kaiserreichs beschäftigte.

»Ich nehme an, das ist auf Euch zurückzuführen?«, fragte ich.

Er nickte. »Diese Bücher sind hier stets.«

Ich musterte das Regal. »Es sind viel mehr über das Kaiserreich als über Mernau.«

»Auch das war schon immer so.«

Ich musterte den jungen Adligen und hob die Brauen. »Wenn Ihr die Frage erlaubt – der Herzog ist Euch nicht zufällig genauso suspekt wie dem Rest der Bevölkerung Mernaus?«

Ein Grinsen zupfte an Valeryans Lippen. »Ich bin dem Kaiser treu ergeben, weil ich es möchte«, sagte er. »Dem Herzog gehorche ich, weil ich es muss. Aber es ist besser, einen Herrscher zu haben, der vollkommen unfähig ist, als in Tyrannei zu leben. Wo der edle Herr versagt, eröffnet sich uns Freiheit. Unter uns also – ich bin glücklich, solange der werte Herzog herrscht, aber er selbst ist mir gleich. Nun kommt, ich habe etwas entdeckt.«

Rasch schloss ich zu ihm auf. Der junge Bibliothekar hielt mir ein Buch entgegen, dessen Titel in geschwungener Schrift auf dem Einband prangte. »Siehe da«, sagte er und ich hob die Brauen und lächelte. Gebetsbuch der heiligen Saesora, stand auf dem Buch. Valeryan hatte die Bücher gefunden, die wir suchten!

Innerhalb weniger Wimpernschläge hatten sich alle in der Abteilung versammelt, in der die Werke gelagert waren. Bücher über die Meeresgöttin, das Fließende Volk und die Darcosgewässer füllten die Regale, die wir entlangschritten, standen Seite an Seite nebeneinander.

Eine Chronik über die Götter gewährte uns den ersten Aufschluss. Ein Forscher namens Ruben Pawman hatte sich mit dem Verbleib der Göttin befasst und war durchs Land gereist, um geheime Götterstätten zu finden. Nathan fand sie im zweiten Regal und las nach einigem Suchen einen Abschnitt vor:

»Die einzige Stätte, die je auf den Verbleib der Meeresgöttin Saesora hinwies, soll sich nördlich von Thale im Wandermeer befinden. Dort spricht man von

Erscheinungen auf dem Meer, die auf die Göttin zurückzuführen seien. Des Weiteren soll die Insel, anders als die anderen in jenen Gewässern, niemals ihre Position verändern. Bis heute habe ich diese Stätte nie besucht, doch ihre Existenz ist aufgrund der schweren Beweislage kaum bestreitbar. Inschriften und angespülte Überreste wurden auf dem Festland und den übrigen Inseln zuhauf gefunden und die Erscheinungen und Stimmen ließen sich von anderen Entdeckern bereits als Wassertänzerinnen, Dienerinnen der Saesora, identifizieren. Ohne Zweifel befindet sich irgendwo auf diesem Gebiet der Tempel und ich werde ihn mit eigenen Augen zu sehen bekommen, sollte es mir irgendwann gelingen, einen Weg dorthin zu finden.«

Wir schlossen an diesen Fund an und suchten nach Werken, die sich mit dem Tempel beschäftigten. Stunden verrannen, in denen wir zwischen Seekarten und alten Schriften versanken. Die Sonne neigte sich bereits tief über den Horizont, als ich mit trockenen Augen von einem der Bücher aufblickte.

»Götter, lasst uns bitte bald Schluss machen. Wir bedanken uns bei Valeryan und der Kapitän meldet sich zu weiteren Nachforschungen zurück, sobald wir eine Nacht auf das hier getrunken haben«, sagte Nathan.

Negro brummte auf. »Wenn jemand von euch weiß, wo unser Bibliothekar steckt, *dann* könnten wir uns bei ihm bedanken.«

Es stimmte – Valeryan war wie vom Erdboden verschluckt. Erst als Channa aus dem Gang trat und sich dort umschaute, fand sie ihn ein Stück hinter dem Hauptplatz. Sein Gesicht war aschfahl.

»Alles in Ordnung?«, fragte ich, während wir uns bei ihm versammelten.

»Dieser Teil des Refugiums«, sagte er sich zu allen Seiten umsehend, »der ist eben noch nicht hier gewesen.« Sein Blick zuckte zu uns. »Es hat sich in der Zeit, in der wir hier waren, vergrößert«, sagte er.

Meine Glieder wurden starr – ich erkannte, was das bedeutete, noch bevor er es aussprach.

Valeryans Blick war düster. »Jemand ist uns gefolgt«, sagte er. »Jemand ist mit uns hier.«

DIEBE

»Willst du auch?«, fragte Sno, der neben ihr auf der Mauer mit den Beinen baumelte, und streckte Atlas den Apfel hin.

»Danke, nein«, sagte diese, nachdem sie die Frucht in seinen Händen betrachtet hatte.

»Hm. Wie du willst.« Er zuckte mit den Schultern und knabberte mit Unschuldsmiene an dem Apfel.

Atlas warf ihm einen misstrauischen Blick zu. »Hast du den geklaut oder hat Ayo ihn dir gegeben?«

»Hab ihn von Ayo.«

Sie hob die Augenbraue und Sno zog eine Grimasse. »Guuut, vielleicht nicht von Ayo. Aber sei nicht böse, Atlas, du weißt, dass ich ein Meisterdieb bin.«

Gerne hätte sie dem Zehnjährigen widersprochen, doch sie musste ihm zugestehen, dass er für sein Alter tatsächlich ein guter Dieb war. Oftmals fragte sie sich schlechten Gewissens, ob das daran lag, dass er mit ihnen, mit den Elmanauten, aufwuchs.

Atlas lehnte an der Hafenmauer der berüchtigten Bibliotheksstadt Jehra. Die Elma trieb friedlich am Kai, wo sie das Schiff festgezurrt und die Hafengebühr mit einer von Ramis Perlen bezahlt hatten. Einige weitere davon klimperten in einem Beutel, den Echo an ihrem Gürtel befestigt hatte.

Jehra, Hauptstadt der Provinz Mernau in Thale, war ganz anders als Tethoro. Unzählige Gassen und Winkel erstreckten sich über das Tal zwischen den hohen Kreideklippen, Burgmauern und Zinnen woben ein Netz aus altertümlichen und neuartigen Bauten. Die Bibliothek erschien fast fehl am Platz in dieser zivilisierten Stadt, wie sie sich so hell von der weißen Klippe abhob. Atlas konnte der Legende der Seesammlerin beim Anblick dieses fantastischen Gebäudes zweifellos etwas abgewinnen. Nachdenklich musterte sie vier Bibliothekare, die in violetten Roben vorbeirauschten und angeregt miteinander schwatzten. Sie verschwanden hinter einer Biegung, während Atlas den Blick weiter über die Stadtbewohner schweifen ließ. Während Tethoro eine Stadt war, die sich noch im Wachstum befand, war Jehra ein vor Leben strotzendes Gewimmel.

Sie lauschte dem Stimmengewirr schon eine Weile, während Sno neben ihr an seinem Apfel knabberte und Fetzen von Nautilus' und Echos Gespräch in die Geräuschkulisse einflossen. Und obwohl sie kein Gespräch direkt verfolgte, drang ein Wort an ihr Ohr, das sie aufhorchen ließ.

Darcosgewässer.

Atlas' Blick fuhr herum und sie entdeckte ein Mädchen und einen Jungen, die sich an den Händen haltend den Pier entlangschlenderten. Das Mädchen hatte ein dunkelblaues Tuch um ihr Haar gebunden, der Junge trug die blonden Haare in einem zerzausten Pferdeschwanz.

»... Leonard gehört, dass es Refugien geben soll und sich die Bibliothek deshalb ausdehnt.« Das Mädchen untermalte seine Worte mit ausschweifender Gestik. »Weil man dort alles erfahren kann, was das Herz begehrt. Warum lässt er uns nicht mitkommen? Ich meine, ich will dabei helfen, Vater von der Insel zu retten. Aber ich fänd's auch interessant zu wissen, was in Jens, Channas oder Nathans Büchern stehen würde.«

»Ich wüsste lieber, was in deinen stünde.« Der Junge grinste frech und stieß sie an.

Atlas' ganzer Körper war angespannt. Ohne zu zögern setzte sie sich in Bewegung und ging auf das Paar zu, bevor die beiden außer Sichtweise geraten konnten. »Entschuldige«, sagte sie und zwang sich zum Thaleanisch. »Du hast über die Darcosgewässer gesprochen?«

Das Mädchen drehte sich um und musterte sie unverhohlen. »Wer will das wissen?«

»Atlas Kandila, ich bin Ozeanologin.«

»Ozeanologin?«, wiederholte der Junge stirnrunzelnd.

»Ja«, knurrte Atlas, die keinen Nerv dafür übrighatte, sich erneut rechtfertigen zu müssen, »und ich interessiere mich für diese Gewässer.«

»Nun, wir auch«, sagte das Mädchen, »aber Informationen gibt es nur gegen ...«

»Bezahlung, natürlich.« Atlas musste einen Seufzer unterdrücken, doch sie fand eine Perle, die irgendwann auf der Reise den Weg in ihre Tasche gefunden hatte. Sie reichte sie dem Mädchen, welches den kleinen Gegenstand mit großen Augen entgegennahm und zwischen den Fingern drehte. Der Junge betrachtete das Schmuckstück ebenfalls ungläubig.

»Also?«, fragte Atlas ungeduldig und die beiden blickten auf.

»Ich muss erst unseren Kapitän fragen, ob ich Euch davon erzählen darf«, sagte das Mädchen und ließ die Perle in ihre Tasche gleiten.

Atlas' Augen wurden schmal. »Wie *bitte*?«

»Eigentlich sollten wir auch zurück an Bord.« Der Junge wies auf das rotseglige Schiff.

Atlas spürte Zorn in sich aufsteigen. »Nun hört mal gut zu, Bälger«, knurrte sie. Ihre Finger wanderten über ihre Seefahrerjacke und legten den Blick auf einen Dolch frei, der dort versteckt war. »Ich mag es nicht, wenn man Späße mit mir treibt. Und wenn«, sie suchte nach dem richtigen Mehrzahlwort, fand es nicht und nickte beiden zu, »*du* und *du* mich nicht wütend machen wollt, bekomme ich lieber rasch meine Informationen.« Ihre Hand schloss sich um den Griff ihres Dolchs und das Mädchen wich unwillkürlich nach hinten. Ihr Freund biss sich auf die Unterlippe.

»Wir, äh … wollen dorthin reisen, weil mein V-vater entführt wurde«, erklärte das Mädchen. »Meine Schwester und ein paar andere von der Besatzung sind in die Bibliothek gegangen, um dort etwas herauszufinden. In den … den Refugien erfährt man alles, was man möchte – und das kommt natürlich gelegen, wenn man es … mit den Fließenden zu tun hat.«

»*Fließende*?«, wiederholte Atlas.

»Legendäre Fischwesen – die leben auf einer Insel in den Gewässern. Und weil Saesora sie erschaffen hat, wollen wir sie erstmal um Hilfe bitten, damit sie die Fließenden besänftigt. Könntest du die Hand von dem Dolch nehmen, bitte?«

Atlas zuckte nicht mit der Wimper. »Mer'Etha«, sagte sie mit beinahe lautloser Stimme und die beiden tauschten einen irritierten Blick. »Ich habe das richtig verstanden, deine Schwester und ihre Freunde sind gerade in den Refugien?«

»Aye …«, sagte das Mädchen.

Sie nickte und sah die beiden scharf an. »Gut. Kein Wort über dieses

Gespräch zu eurem *Kapitän*, ist das klar?«

»Ganz klar«, sagten die beiden und das Mädchen murmelte ein »Komm, bloß weg hier«, ehe sie sich aus dem Staub machten und zum Schiff hasteten. Atlas wusste, was zu tun war.

Fünfzehn Minuten später traten die vier Bibliothekare aus einer Gasse hervor und begaben sich eiligen Schrittes zur Bibliothek. Die Kapuzen ihrer violetten Gewänder hatten sie tief in die Stirn gezogen und die Hände in den weiten Ärmeln verborgen. Der voranschreitende Gelehrte hob den Kopf. Als er einen blonden Jungen auf einem Dach sitzen und den Daumen in die Luft strecken sah, glitt ein zufriedener Ausdruck über seine Züge.

Ayo, Rami und Sno machten das schon. Die richtigen Bibliothekare würden für die nächsten paar Stunden, bis die Elmanauten über alle Meere waren, keinen Laut von sich geben.

Schweigend schritten die vier Gestalten den Hang hinauf. Die Soldaten am Eingangsportal ließen sie beim Anblick der vertrauten Kutten passieren und in die Bibliothek treten. Atlas schaute sich unter ihrer Kapuze zu allen Seiten um, bis sie einen Lageplan des Gebäudes entdeckte. Betont langsam schritt sie näher, um ihn zu studieren. Während sich Echo und Jinx unter die Leute mischten und Bücher studierten wie gewöhnliche Gelehrte, gesellte sich Nautilus zu ihr. Beide betrachteten die Karte.

»Da oben«, murmelte Atlas. »Die Treppe hinauf, dann um diese Biegung und noch eine Treppe höher. Dort muss es sein.«

»Bist du sicher, dass das eine gute Idee ist?«, fragte Nautilus. »Ich möchte ungern bis zu meinem Lebensende im Kerker dieser Stadt verweilen, mit Insekten als einzige Freunde.«

»Du machst dir zu viele Sorgen, das wird schon fließen. Wir dürften uns eben nicht erwischen lassen«, sagte sie. »Komm.«

Die beiden durchquerten die Halle, während Jinx und Echo ihnen unauffällig folgten. Ihre Schritte hallten laut in dem großen Gewölbe wider und Atlas zog sich die Kapuze tiefer ins Gesicht, warf verstohlene Blicke nach rechts und links. Sie erklommen die Treppe, dann folgte die Kurve, eine weitere Treppe. Schließlich tat sich ein langer, verlassener Gang vor ihnen auf, an dessen Ende sich ein hohes Portal erhob.

»Kein Schloss«, stellte Echo fest, als sie das Tor begutachteten, und hob eine beringte Braue.

»Es ist Magie notwendig, um es zu öffnen.« Atlas griff unter ihre Robe und zerrte ungeduldig an dem nicht nachgebenden Stoff, ehe sie ein Lederband unter ihrem Haar und der Kapuze hervorzog. Ein opaleszierender Ammolit war daran befestigt. Atlas strich mit dem Daumen über das Muster auf der gewundenen, erhärteten Schnecke – rote und grüne Schimmer jagten darüber. Sie hielt das Artefakt in die Höhe.

Aber du weißt doch, was es für deine Magie bedeutet, schrieb Jinx in die Luft und betrachtete Atlas skeptisch.

»Sie hat recht, du darfst nicht übertreiben. Es macht dich schwach und irgendwann wirst du dich nicht mehr erholen«, pflichtete Nautilus ihr bei.

Atlas hob zu einer Antwort an, wurde aber unterbrochen, als Jinx ihre schmalen Hände auf das Artefakt legte und es ihr wegzunehmen versuchte.

»Jinx, hör auf«, sagte Atlas – sanfter, als sie den traurigen Ausdruck im unbedeckten Auge ihrer Freundin sah. »Ich mach schon. Das sind nur kleine Fische.« Mit etwas größerem Kraftaufwand als zuvor zog sie Jinx den Gegenstand aus der Hand und richtete ihn auf die Pforte. Atlas schloss die Augen, während die anderen ihr besorgte Blicke zuwarfen. Jinx wich sogar einen Schritt zurück, als Licht in dem schimmernden Ammoliten aufglomm.

Atlas' Kiefer mahlten. *Ruhig bleiben. Lass es sie nicht sehen, sie brauchen es nicht zu sehen*, sagte sie sich. Sie spürte, wie der Magieverlust an ihren Nervenenden zerrte – vor allem im Rücken, an den Schulterblättern, wo sich winzige Insekten in ihre Haut zu graben schienen. Erst das Geräusch der sich öffnenden Türen ließ sie die Übertragung abbrechen und die Hände senken. Sie taumelte und griff haltsuchend nach Nautilus' Arm, um ihren Herzschlag zu beruhigen und die Haarsträhnen fortzustreichen, die ihr in die Stirn gefallen waren.

»Alles in Ordnung, Schwester?«, fragte Echo.

»Alles gut.« Atlas hielt Nautilus' Arm noch einen Augenblick, während sie den Ammoliten zwischen ihren Kleidern verbarg.

»Du übernimmst dich«, sagte Nautilus und legte ihr eine Hand auf den Rücken, was sie nur widerstrebend geschehen ließ. »Atlas.«

»Es ist ohnehin schon zu spät«, entgegnete sie, ohne sich zu spezifizieren. »Kommt jetzt.«

Da ihre Freunde sich wohl oder übel geschlagen geben mussten, huschten sie einer nach dem anderen hinein und verteilten sich im Raum. Echo blieb bei Atlas, während Nautilus und Jinx sich von ihnen trennten und nur hin und wieder Sichtkontakt suchten und sich austauschten. Die Sprache ihrer stummen Freundin kam ihnen dabei zugute.

Atlas hatte sich noch keine Gedanken gemacht, welche Konsequenzen es nach sich zog, dass sich der Kapitän dieses Schiffs auf Mer'Etoth befand – darüber würde sie später nachdenken. Sie konnte Stimmen in den Gängen in ihrer Nähe hören und blieb stetig wachsam. Die strahlenden Decken und Wände boten ihnen keine Möglichkeit, in den Schatten unterzutauchen.

Die Stimmen waren nun ganz nah und Atlas und Echo verbargen sich hinter einem Regal. Als Atlas um die Ecke lugte, erblickte sie einen Tisch, um den einige Personen versammelt waren. Ein Mann mit wirrem, weißem Haar und einer Halbmondbrille saß neben einem furchteinflößenden Hünen im dunklen Ölmantel. Ein breiter Hut verdeckte die auf das Buch vor ihm gerichteten Augen. Ihm gegenüber befanden sich ein verwegen aussehendes Mädchen mit zusammengezogenen Brauen und weißen Möwenfedern im Haar und ein schmal gebauter, junger Mann mit rotbraunem Lockenschopf. Er hatte sich einen Kohlestift zwischen die Lippen geklemmt und las ebenfalls konzentriert. Neben ihm erhob sich gerade eine rothaarige junge Frau vom Tisch.

Atlas wagte es, sich vorzubeugen, um die Titel auf den Bänden entziffern zu können..

»Braucht ihr noch etwas?«, fragte das rothaarige Mädchen.

»Bring bitte nochmal das Werk von Pawman«, sagte der Hüne mit dem Ölmantel und winkte mit einer Hand, an der mehrere Finger fehlten.

Atlas schlüpfte in ihre Deckung, als die junge Frau vorüberging, und kam wachsam wieder hervor. Sie überflog über die Buchtitel und fand einige Male das Wort *Saesora*, konnte manchmal auch *Meer* erkennen oder F*ließendes Volk*.

Da hielt sie inne.

Die ersten Könige und die Götter. Mitnichten ein verheißungsvoller Titel – doch bei den Meeren, es handelte sich um kein gewöhnliches Buch. Dies war kein Hochthaleanisch wie die anderen Werke. Dies war Alt-Erali – eine Sprache, von der die Thaleaner behaupteten, ihre eigene Zunge stamme von ihr ab.

Alt-Erali, oder nur Erali, wie sie selbst es nannten, war ihre Sprache.

Atlas wandte sich Echo zu und schrieb ein paar rasche Worte in die Luft. Ihre Schwester im Geiste fuhr sich mit gerunzelter Stirn über den rasierten Kopf und nickte.

Atlas' Blick wanderte wachsam hin und her, während Echo unter ihre Robe griff und die ausgebeulte alte Seefahrerjacke darunter fortschob. Atlas war ganz aufgeregt. Sicher würde dieses Buch ihnen Aufschluss geben, wie sie weitermachen sollten. Nicht mehr lang, dann würden sie sich auf Mer'Etoth befinden.

Echo ließ ihre Robe wieder hinabfallen und hielt mit triumphierendem Lächeln das Buch in die Höhe. In der anderen Hand hielt sie einige mit Tinte beschriebene Notizblätter. Beide beugten sich über das Buch und überflogen die Schriftzeichen, die für ihre Augen viel leichter zu entziffern waren als für die der Menschen. *Die ersten Könige und die Götter. Vom Aufstieg Thales unter Eralys' schützender Hand, der Wiedergeburt der Adarer Union unter Lumi und der ersten Magierin und Hochkönigin Felloniens, deren Macht ein Geschenk der stürmischen Saesora gewesen sein soll.*

Atlas zuckte zusammen, als ein Rufen erklang: »Freiherr von Zedernwert!«

Schritte wurden laut und die Elmanautinnen huschten rasch außer Sichtweite.

»Hier, hier!«

Atlas spähte um die Biegung und entdeckte die Gruppe zwischen den Regalen. Sie konnte den Bibliothekar an seiner auffallend prunkvolleren Kleidung erkennen – und er schien sehr besorgt.

»Jemand ist uns gefolgt. Jemand ist hier mit uns.« Er wandte sich zu den anderen um. »Wir dürfen nicht zulassen, dass hier etwas gestohlen wird. Bei diesem Refugium handelt es sich um heiliges Erbe. Diebe hier drin wären nicht auszudenken!«

»Dann suchen wir nach den Eindringlingen«, hörte sie den Seefahrer mit dem rotbraunen Haarschopf sagen. Atlas und Echo tauschten einen alarmierten Blick.

»Wir sind viel zu wenige«, erwiderte Valeryan. »Diese Personen sind in das Refugium eingedrungen, das bedeutet, sie werden auch in der Lage sein, mit einem von uns fertig zu werden, wenn er allein durch die Gänge flaniert! Nein, so nicht – alle sofort zum Eingang. Ihr seht furchteinflößend genug aus mit euren Entermessern. Ihr werdet Wache halten, während ich Soldaten holen gehe.«

»Geht klar«, sagte der junge Seefahrer und die Gruppe setzte sich in Bewegung. Atlas griff nach Echos Hand und die beiden huschten Richtung Ausgang. Als die Elmanautin daran dachte, was Nautilus über die Verliese gesagt hatte, setzte sich eine schleichende Panik in ihre Kehle fest.

Freiheit oder Kerker, *Freiheit oder Kerker*. Sie mussten zu dieser Tür gelangen, ehe die Seefahrer es geschafft hatten – noch bevor sie den Eingang versperrten und die Soldaten einließen, die sie sofort festnehmen würden. Und dann foltern und womöglich töten. Denn sie hatten nicht nur die Refugien aufgebrochen, sie waren auch –

Ein Poltern zerriss die Luft.

»Was war das?«, rief jemand.

»Da hinten!«

Noch mehr Gegenstände schepperten zu Boden und Atlas wurde klar, dass es sich um Bücher handeln musste. Ihr Kopf flog herum und im selben Moment stürmte jemand an ihr vorüber gen Ausgang. Eine Person in einer violetten Robe, zierlich unter dem weiten Stoff und mit kohlschwarzem Haar. Jinx!

»*Meine Bücher!*« Das war der Bibliothekar. »Haltet sie fest! Die Refugien –«

Atlas bemerkte erst, dass sie wie erstarrt gewesen war, als Echo sie packte und anschrie. »Los!«, rief sie und sprintete hinter dem Regal hervor, Jinx dicht auf den Fersen und direkt auf das Portal zu. Da war Nautilus! Einen Gang weiter fegte er die Bücher aus den Regalen, sodass sie sich auf dem Boden verteilten, zerknickten oder kaputt gingen.

»*Nautilus!*«, brüllte Atlas und riss sich von Echo los.

»Atlas, lauf weg!« Er sah sie an und sie schaute zurück, doch da waren schon zwei der Seefahrer herangeeilt und stürmten auf ihn zu. So würde er es nicht schaffen – das war aussichtslos!

»LAUF!«

Sie wollte ihm helfen, sie wollte es so sehr – sie *musste*. Doch Atlas warf einen hektischen Blick zum Portal und sah Jinx und Echo daran zerren – sie brauchten das Artefakt. Deshalb machte sie kehrt und stürmte zu ihnen, die Kette hervorrupfend, während sich ihre Schritte überschlugen. Niemand widersprach, als sie schlitternd zum Stehen kam und den schimmernden Ammoliten auf die Pforte richtete. Die Stimmen tobten um sie wie ein Seesturm.

»Lasst mich los!«

»Am Tor!«

»Sie dürfen nicht entkommen!«

»Schwester, beeil dich!«

Der erneute Magieverlust raubte Atlas fast die Besinnung und ihre Beine drohten wegzuknicken, als das Tor endlich aufging. Keuchend fiel sie gegen Jinx, die sie rasch stützte. Atlas warf einen hastigen Blick über die Schulter zu den Seefahrern und füllte ihre Lungen mit Luft.

»Lauft!«, brachte sie hervor, während sie Jinx' Hände von sich löste. Ihre Freundinnen stürmten mit wehenden Kutten los und verließen das Refugium in die Freiheit. Die Treppen hinab, schneller, schneller, ganz gleich, ob sie Aufsehen erregten. Ein weiterer rascher Blick nach hinten ließ Atlas den jungen Bibliothekar ausmachen, der wutgetrieben aus dem Refugium ans Geländer stürmte. Im nächsten Augenblick erfüllte seine Stimme die gesamte Bibliothek: *»Haltet die Diebe! Haltet die Diebe aus dem Refugium!«*

Sie sprinteten weiter, Haken um die verdutzt dreinblickenden Menschen schlagend, jeder nur ein Fetzen, der an Atlas vorbeijagte. Jinx und Echo rannten vor ihr, ihre Schwester im Geiste hatte das Buch fest in den Armen. Da war der Ausgang!

Und dort waren Soldaten! Vier Gardisten stellten sich ihnen in den Weg, mit leichter Rüstung und dem Fürstenbanner bekleidet, bewaffnet mit Hellebarden und Kurzschwertern. Stolpernd kamen die drei Elmanautinnen zum Stehen. Atlas packte Echo, mehr aus Reflex als alles andere, schob sie hinter sich, riss die Robe auf und griff nach dem Dolch unter ihrer Jacke. Eine Wache bewegte sich auf sie zu und Atlas tauchte unter dem in die Luft fahrenden Schwert hindurch, wich zur Seite. Ein Versuch, auf den Nacken des Mannes zu zielen, wurde abgewehrt. Atlas wich einem weiteren Schlag aus und dann noch einem, ehe sie ihm mit einem gezielten Stoß gegen den eher dekorativen Helm die Besinnung rauben konnte.

Als sie sich umwandte, sah sie, wie Echo der Hellebarde eines Wächters auswich. Atlas griff nach einem Leuchter auf dem Pult und warf sich in den Weg. Hell klang Metall auf Metall, als sich die Spitze der Hellebarde zwischen den Gliedern verhakte. Es dauerte einen Augenblick, bis sich der Soldat befreit hatte. Diese Zeitspanne genügte Echo, um ihn zu umrunden und den Griff ihres Dolchs gegen die frei liegende Schläfe zu donnern. Mit scheppernder Rüstung ging der Soldat zu Boden.

Atlas rang nach Luft. Die beiden jungen Frauen wollten sich dem nächsten Angreifer zuwenden … aber es war niemand mehr da. Niemand außer Jinx. Ihr nicht unter der Klappe verborgenes Auge war riesig groß, ihr Mund stand offen, ihre Brust fuhr auf und nieder.

Sie hielt keine Waffe.

»Jinx«, sagte Atlas.

Die Stimme des jungen Bibliothekars zerriss die Luft. »Haltet sie endlich!«

Mehr Soldaten näherten sich von hinten und Echo packte Jinx, die taumelte und auf dem nassen Boden auszurutschen drohte. Atlas folgte ihnen, doch ihr letzter Blick galt dem Bild in ihrem Rücken. Sie wusste nicht, was sie zu sehen erwartet hatte, als sie sich umdrehte – Nautilus? Da waren bloß Dutzende von Soldaten. Und ein Gefängnis, aus dem nur drei von ihnen entkommen waren.

DER GELIEBTE KAPITÄN

»Was für ein inkompetenter Haufen!« Valeryan von Zedernwert starrte die Soldaten mit seinem gesunden Auge nieder. »Wäre ich der Herzog, würde ich euch allesamt eures Amtes entheben!«

Leonard näherte sich über das Fallreep, dicht gefolgt von Nathan und einigen rubyschen Gardisten – und Lou und Gideon, denen es gelang, sich in dem Aufruhr unbemerkt dazuzustehlen. Der stellvertretende Kapitän bedachte alle mit einem prüfenden Blick, ehe er das Wort erhob: »Was genau ist geschehen?«

Negro machte schwerfällig ein paar Schritte vor und begann zu erläutern: »Kapitän, unsere Nachforschung war von Erfolg gekrönt.« Er deutete auf den Professor, der einige Abschriften in die Höhe hielt. »Aber es gab einen Zwischenfall. Eindringlinge in den Refugien, die ein Buch gestohlen haben.«

»Das Buch muss zurückgebracht werden«, beteuerte Valeryan. »Es war Unrecht, es zu entwenden. Das Heiligtum unserer Stadt ist entweiht worden! Diese Verbrecher wissen nicht, was sie getan haben ...« Er raufte sich verzweifelt die Haare. »Die Refugien ... leer. Sie haben sich nicht mehr gefüllt!« Er wandte sich den Soldaten zu. »Bloß, weil *ihr* sie nicht aufhalten konntet!«

»Immerhin haben wir einen«, versuchte sich einer der Soldaten zu verteidigen.

»Ja!«, herrschte Valeryan ihn an. »Doch einen ohne *Buch*! Einen, der keinerlei Information preisgibt!«

»Wie sahen die anderen aus?«, fragte Leonard. »Wie viele waren es? Wir können Suchtrupps zur Verfügung stellen, wenn Ihr wünscht.« Er richtete sich dabei an Valeryan, der zerknirscht nickte.

»Sie trugen alle die violetten Roben der Bibliothekare«, begann er zu erklären. »Aber drunter sahen sie aus wie Wegelagerer! Diebe, oder ...

Piraten! Ja, Piraten!«

»Die eine war eine Mingna«, erinnerte ich mich. »Ziemlich klein und zierlich. Mit schwarzem Haar, einem flachen Gesicht und fast schwarzen Mandelaugen mit einer Augenklappe. Sie war sehr schnell, hat nichts gesagt.«

»Die zweite hatte einen glattrasierten Kopf«, fuhr Channa fort. »Wie Danyo, nur mit hellerer Haut. Sie hat große Ohrringe getragen und Ringe in den Augenbrauen. Spitze Nase, rot geschminkte Lippen und ein goldener Zahn.«

»Die letzte, na, die hatte einen Gesichtsausdruck wie Channa«, ergänzte Nathan, woraufhin diese ihm einen wütenden Blick zuwarf. »Genau, so. Sie war recht klein und trug ein Tuch in der Stirn. Die Haare waren braun und zerzaust. Sie hatte auch Ringe, in den Augenbrauen und hier in der Nase. Da an der Wange hatte sie ein Muttermal und unter der Robe trug sie Piratenstiefel, wenn ich richtig gesehen habe.«

»Die habe ich auch getroffen«, sagte Lou da. Alle Köpfe fuhren in ihre Richtung.

»*Was?*«, fragte ich.

»Gideon und ich sind ihr unten am Pier begegnet«, erklärte sie. »Ich ... Sie hat gesagt, wir sollen ihr berichten, was wir über die Darcosgewässer wissen. Sie hatte einen Dolch und meinte, sie wüsste, wie man ihn benutzt ... also haben wir ihr alles erzählt.«

Ungläubig starrte ich sie an.

»Warum habt ihr mir nichts gesagt?«, verlangte Leonard zu wissen.

»Du warst nicht da, weil du eine Unterkunft für uns gesucht hast«, erklärte Gideon genervt. »Und danach warst du auch zu beschäftigt und hast gesagt, wir sollen später wiederkommen!«

»Bei Eralys«, stöhnte Valeryan.

Leonard ließ sich nicht beirren. »Hat diese Diebin euch irgendwas über sich gesagt?«

Lou tippte unschuldig die Zeigefinger gegeneinander – eine Geste, die ich von mir selbst nur zu gut kannte. »Sie meinte, ihr Name laute – äh, Atlas? Atlas Kandelaber, oder so. Und sie sei eine Ozeanologin. War irgendwie gruselig, sie hat so komische Wörter gesagt, mit einem ganz merkwürdigen Akzent. Sie hat gehört, wie wir von Darcos gesprochen haben, deswegen hat sie uns angesprochen ...«

»Man sollte die beiden an Bord festbinden, sonst stellen sie sofort was an«, meinte Channa und meine Schwester warf ihr einen finsteren Blick zu.

»Wir konnten nichts dafür! Jetzt guckt, das hier hat sie uns gegeben.« Leonard hob die Braue, als sie eine murmelgroße, cremeweiße Perle aus ihrem Ausschnitt zog und ihm hinhielt. »Als Preis für die Informationen. Das heißt, bevor sie mich bedroht hat. Sie hat mir die gegeben, als wäre sie nur einen Apfel wert. Ich dachte, es muss eine Fälschung sein. Nehmt die, ich will sie gar nicht.«

Leonard steckte die Perle ein. »Hört mal.« Er sprach beherrscht, doch man sah ihm an, dass er sich zusammennehmen musste. »Alles, was wir tun, und alles, was der Ruby widerfahren ist, muss ein Geheimnis bleiben. Nur Ausgewählte dürfen davon erfahren, und das auch nur, insofern man uns versichert, dass das Schweigen nicht gebrochen wird. Sollte euch jemand auf Darcos ansprechen, *lügt*. Und wenn ich euch nochmal nicht zuhören will ... zwingt mich dazu. Aye?«

»Aye«, sagte Lou und lächelte stirnrunzelnd, während Gideon aufhörte, seine Unterlippe zu malträtieren.

»Das Wesentliche.« Negro ergriff das Wort. »Das ist eine wichtige Information. Es bedeutet, dass diese Personen – diese *Ozeanologen*, wie sie sich nennen, ebenfalls auf der Suche nach Wissen über Darcos waren.«

»Sie könnten Lücken füllen«, sagte ich mit einem Anflug von Aufregung. »Sie könnten etwas Relevantes wissen. Wo Saesora zu finden ist.«

»*In erster Linie* haben sie das Heiligtum Jehras entweiht«, warf Valeryan ein. Sein Mund war eine harte Linie. »Wenn die Refugien nicht mehr funktionieren – wer weiß, was dann geschieht. Wir brauchen dieses Buch, *sofort*.«

»Dann werden wir nach dieser *Atlas* und ihren Begleiterinnen suchen lassen«, sagte Leonard. »Ich sende meine Gardisten aus. Keine Sorge, werter Herr, es liegt in unser aller Interesse, dass die Refugien in ihren Ursprungszustand zurückversetzt werden. Und dass dieses Buch seinen Weg zurück in die Bibliothek findet.«

»Danke«, sagte Valeryan, »ich bringe Euch mehr Vertrauen entgegen als dieser kompetenzfreien Bande.« Er wies auf die Soldaten.

»Das ehrt mich«, sagte Leonard höflich. »Wir werden das Buch wieder in Euren Besitz bringen. Die Gardisten von der Ruby wurden vom Kaiser gestellt und haben die entsprechende Ausbildung genossen, sie werden kaum versagen.«

»Wie beruhigend.« Der junge Bibliothekar seufzte und seine Schultern sackten hinab. »Dann ist es wohl Zeit, den Herzog zu informieren. Er wird nicht erfreut sein.«

»Ich werde Euch natürlich begleiten«, sagte Leonard, »um das Vorhaben bestätigt zu wissen. Meine erste Offizierin und Steuerfrau wird sich solange um die Besatzung kümmern, wenn einer von euch das weiterreichen könnte.« Er warf einen Blick in die Runde. »Einer von euch sollte als Augenzeuge vor den Herzog treten. Negro?«

»Aye.« Der Seebär humpelte ein Stück nach vorn, während Valeryan seine Robe richtete und nickte. »Habt Dank. Ich sehe, Ihr seid Euch dem Ernst der Situation bewusst. Das ist mehr, als ich von anderen sagen kann.«

Die Garde der Ruby suchte die ganze Nacht und den darauffolgenden Tag erfolglos nach der mysteriösen Atlas und ihren beiden Komplizinnen. Herzog Roswen, so hatte sich nach der Audienz an Bord herumgesprochen, hatte einen ausgewachsenen Nervenzusammenbruch erlitten, als er von dem Diebstahl und den starren Refugien gehört hatte. Es ging das Gerücht um, dass er sein Bett seither nicht mehr verlassen hatte. Nathan machte einen Scherz darüber, dass Roswen sicher mit einer Puppe im Arm schlief, die aussah wie er. Obwohl ich darüber lachte, war ich vor allem besorgt. Es schien, als wäre die imposante Bibliothek um einiges kleiner als zuvor. Das Refugium war nur noch eine Besenkammer gewesen, als wir nach dem Diebstahl zurückgekehrt waren. Ob die Bibliothek weiter schrumpfen würde? Was würde geschehen, wenn niemand das gestohlene Buch zurückbrachte? Würde Jehra sein Heiligtum verlieren?

Auch in der Stadt hatte sich herumgesprochen, dass etwas mit der Bibliothek nicht stimmte, obwohl man Wert darauflegte, dass die Nachricht nicht die Runde machte. Vor allem Valeryan von Zedernwert war voller Sorge, was sich darin äußerte, dass er täglich drei Dutzend Mal die Ruby besuchte und fragte, ob die Gardisten schon etwas herausgefunden hatten. Aber die Diebe waren wie vom Erdboden verschluckt.

Leonard hatte die Erkenntnisse, die wir in der Bibliothek getroffen hatten, mit Negro überprüft und über die genaue Lage der Stätte gemutmaßt. Gemeinsam hatten sie den Ort ausgemacht, an dem der Tempel zweifellos liegen musste. Sie waren bereits erste Routen durchgegangen und hofften, bald aufbrechen zu können. Wir durften nicht vergessen, dass uns die Zeit davonrannte – jeder Tag konnte Vaters letzter sein.

»Was macht ihr da?«, fragte Sammy und lehnte sich über das Geländer zum Puppdeck.

»Wir nähen«, sagte Channa. »Sieht man das nicht?«

Sammy setzte sich zu uns auf die Stufen und nahm ein Hemd zur Hand, um die geflickte Stelle zu begutachten. Er wog den Kopf von rechts nach links. »Wer hat das gemacht?«

»Ich, also … *ich*«, sagte ich und tippte die Zeigefinger gegeneinander.

Sammy lachte. »Jermaine, du nähst wie ein Seemann nach einer langen Nacht in der Geschuppten Jungfer.«

Ich ließ den Kopf hängen. »Ich weiß. Ich hätte bei Mutter besser aufpassen sollen. Aber ich will keine Näherin sein, sondern Seefahrerin!«

»Muss ich dir sagen, dass …«

»Ich weiß! Auch die müssen nähen können. Das ändert nichts daran, dass ich es nicht kann.«

Sammy nahm eine Nadel aus dem Kästchen und fädelte den Faden auf. »Komm, ich zeig es dir.«

Das hatte Channa schon versucht, aber nach zehn Minuten aufgegeben und gesagt, dass ich schlicht Übung bräuchte. Die Fischerin nähte um einiges besser als ich – auch wenn sie Nähen hasste, wie sie mir erklärt hatte. Womöglich hatte sie einfach das nötige Fingerspitzengefühl, schließlich flocht sie jeden Morgen diese Möwenfedern in ihr Haar.

Ich stellte mich furchtbar an, das wusste ich selbst. Mindestens fünf Mal war mir heißer Schmerz durch einen Finger gejagt, als ich mich versehentlich mit der Nadel gestochen hatte.

Sammy hatte begonnen, die Hose zu nähen, die ihm als erstes in die Hände gekommen war. »Schau, wenn du den Faden durch die losen Maschen ziehst, sieht man fast gar nicht, dass da mal ein Loch war. Und jetzt abwechselnd hier drüber und drunter … dann eine Schlaufe legen, zweimal durchziehen … und fertig. Gar nicht so schwierig, oder?«

»Angeber.« Ich warf ihn mit einem Hemd ab und Sammy lachte.

»Was ist das eigentlich?«, fragte ich und wollte nach dem Buch greifen, das er auf der Treppe hingelegt hatte.

Ehe ich es zu fassen bekommen konnte, hatte Sammy es aus meiner Reichweite gebracht. »Das? Ach! Gar nichts, nur – Kram.«

Fragend neigte ich den Kopf zur Seite. »Du zeichnest immer noch?«

Auf Sammys Wangen zeichnete sich leichte Röte ab, als er abwehrend gestikulierte. »Aye, schon«, sagte er. »Aber du brauchst dir das nicht anzusehen, das ist … keine große Sache, weißt du? Es würde deine Augen beleidigen.«

Ich warf Channa einen Blick zu, als sie aufstöhnte. »Hör nicht auf Sammy«, sagte sie. »Wäre er nicht so selbstkritisch, würde er wissen, dass er richtig gut ist.«

»Du hast reingeschaut?«, fragte Sammy empört.

Ich erkannte meine Chance und hakte ein: »Dann darf ich auch, oder? Wir sind schließlich beste Freunde. Sind wir doch wieder, oder?«

Mir war nicht ganz klar, warum Channa schon wieder mit den Augen rollte. Sammys Mundwinkel zuckten. »Aye. Die besten Freunde.«

»Jetzt zeig ihr das Bild von Flatter und …«

»Schon gut, ich suche eins raus«, unterbrach Sammy seine Schwester und begann zu blättern. Ich rückte näher, als er mir das aufgeschlagene Buch reichte. Es handelte sich um eine Kohlezeichnung einer Silbermöwe mit gespreizten Flügeln, ein voller Mond hinter ihrer Silhouette. Ich neigte fasziniert den Kopf. Während Sammys Bilder früher bloß Kritzeleien eines Kindes gewesen waren, zeigte dieses Bild eine verwaschene, traumverlorene Realität, gebannt auf Papier.

»Die ist ja wunderschön«, entfuhr es mir.

Sammy lächelte verlegen. »Freut mich, wenn sie dir gefällt.«

Ich schmunzelte. »Mit Möwen habt ihr es aber auch, nicht wahr?«

»Seht mal, wer wieder da ist.« Channa wies mit dem Kinn nach vorn. Sammy und ich hoben die Köpfe, um zu beobachten, wie Valeryan von Zedernwert das Schiff betrat. Er trug dieses Mal keine rote Robe, dafür aber einen gleichfarbigen Gehrock mit goldenen Ornamenten und dunkelblauen Hosen dazu. Nathan trat zu ihm und die beiden wechselten ein paar Worte.

»Leonard hat diese Ratsversammlung einberufen«, sagte ich und stützte das Kinn auf eine Hand. »Wahrscheinlich ist Valeryan ebenfalls geladen.«

Nathan verwies auf die Tür unter dem Achterdeck, verabschiedete sich von Valeryan und steuerte dann auf uns zu.

»Leonard will die Versammlung gleich beginnen«, sagte er. »Jermaine, er meint, du sollst was lernen, deswegen darfst du dabei sein.«

»Ach«, sagte ich und hob die Brauen. Ich tauschte einen Blick mit den anderen. »Dürfen Sammy und Channa mitkommen?«

Nathan runzelte die Stirn. »Eigentlich ist das keine öffentliche Versammlung …«

»Schon gut«, sagte Sammy und stieß mich an. »Worauf wartest du? Das Nähzeug läuft nicht weg.«

»Schade«, sagte ich, ohne mich zu konkretisieren, und kam auf die Beine. »Gut, dann stelle ich mich Jakobs blöden Kommentaren eben allein. Ich informiere euch über alles, was passiert ist.«

»Und lass nichts aus«, sagte Sammy und stellte beide Daumen auf.

Nathan war ungewohnt ernst, als ich ihm zum Konferenzraum folgte. »Hör zu, es wäre gut, wenn du dich ruhig verhältst. Und nur sprichst, wenn du dazu angewiesen wirst. Und nicht wütend wirst.«

»Klar. Ich werde stumm dasitzen«, versicherte ich.

Nathan hob die Brauen. »Lass dich einfach nicht treffen, aye?«

»Schon verstanden«, sagte ich. »Das sind alles nur Menschen.«

»Wunderbar.« Nathan grinste mich an. Er hatte dabei diese Grübchen, die nur auftauchten, wenn er angespannt war. Genau wie ich schien er noch nicht bei vielen Versammlungen zugegen gewesen zu sein.

»Warum bist du überhaupt dabei?«, fragte ich.

»Ich soll protokollieren.«

»Ach, echt? Ich hab gehört, Leonard lässt dich zurzeit dauernd den Papierkram erledigen. Warum ausgerechnet du?«

Nathan winkte abwehrend. »Ach, keine Ahnung. Womöglich bin ich einfach sein Mädchen für alles? Aber vielleicht«, ergänzte er mit einem Funkeln in den Augen, »ich meine, es ist Wunschdenken, aber *vielleicht* will er mich bald zum Offizier machen. Immerhin hatte ich meine Ausbildung auf der Kadettenschule damals fast fertig, bevor … ich sie verlassen habe, und – na ja, die Chancen stehen nicht schlecht, aye?«

»Meinst du wirklich?«

Nathan hob die Schultern. »Er hat es nicht direkt gesagt. Aber womöglich hat ihn mein Können mit der Schreibfeder überzeugt. Mein G ist sehr schön geschwungen, finde ich.«

»Dein Können beim Knotenbinden kann es jedenfalls nicht gewesen sein«, zog ich ihn auf. »Danyo hat mir erzählt, dass du dich beim Wurfknotenbinden bis heute verhedderst. Jetzt weiß ich auch, was du damit meintest, dass *manche Leute* Jahre dafür brauchen!«

»Du brauchst Danyo auch nicht alles zu glauben!«, protestierte Nathan und ich lachte. Ich würde ihm gönnen, Offizier zu werden. Selbst wenn er beim Knoten nichts taugte, Nathan war nicht dumm und würde seine Rolle sicher gut ausfüllen.

Der Konferenzraum befand sich wie die Offizierskajüten in der Galerie am Heck. Ein schwerer Tisch stand in der Mitte des Raumes, in den eine große Karte Larounias gekerbt worden war. Buntglasfenster mit abstrahierten Götterbildnissen und Meerjungfrauen schmückten die rückwärtige Seite und auch die Balken und Pfeiler waren mit eingeschnitzten Figuren versehen. Eine von ihnen zeigte Ruby Loreley, die erste Kapitänin des Schiffs. Jemand hatte drei Kerben auf ihrer Wange hinterlassen, die ihr einen verwegenen Ausdruck verliehen.

Um den Tisch verteilt standen die Stühle, die von den Offizieren besetzt wurden. Die meisten von ihnen waren bereits anwesend und auch Valeryan von Zedernwert saß an einem Platz.

Ich trat an den Tisch und betrachtete die eingekerbte Karte. Es fiel mir oft schwer, mir vorzustellen, dass Larounia einst anders ausgesehen und es weniger Wasser und mehr Landmasse gegeben hatte. Die bekannte Welt war ein Mosaik aus kleineren und größeren Inseln – der runde Kontinent Thale nur eine davon, und gleich daran anschließend das verfeindete Fellonien.

Mein Blick glitt von der Karte ab, als Nathan mir bedeutete, auf einem der Stühle Platz zu nehmen, die er hereingetragen hatte. Er selbst ließ sich neben mich fallen und griff nach einer Feder und seiner Lesebrille.

Alle Offiziere waren versammelt und das allgemeine Tuscheln flaute ab, bis alle schwiegen und dem stellvertretenden Kapitän aufmerksame Blicke zuwarfen.

Dieser räusperte sich. »Ich möchte die Versammlung für eröffnet erklären«, sagte er. »Wir werden heute von unserem Gast Valeryan von Zedernwert unterstützt. Nathan und Jermaine sind zugegen, da sie beim Diebstahl des Buchs anwesend waren. Wir kommen heute zusammen, um zu besprechen, wie es von hier aus weitergeht.« Er warf einen Blick auf die Papiere und Karten, die er vor sich auf dem Tisch abgelegt hatte. »Auf einer der Inseln im Wandermeer soll sich ein Tempel von Saesora befinden, von dem aus man angeblich die Göttin errufen kann. Es wäre möglich, diesen Tempel in wenigen Tagen zu erreichen.«

»Von wo aus man die Göttin errufen *könnte*?«, wiederholte Erik Wyking, einer der neuen Offiziere, mit skeptischer Miene. Seine dunklen Augen unter dem dichten Haarschopf schauten forschend. Er hatte ein Fuchsgesicht – eine spitze Nase und ein Kinn, das durch den ordentlich getrimmten Bart länglich erschien. »Das bedeutet, es ist nicht klar, ob wir diese Reise umsonst antreten?«

»Deswegen ist geplant, noch mindestens eine Woche hier zu verbringen, um in den Bibliotheken nach weiteren Hinweisen zu suchen«, fuhr Leonard fort. »Die Fährte ist gut, aber alles bleibt ungewiss und vage. Selbstredend ist Recherche nötig, bevor wir aufbrechen.«

»I-i-ich d-dachte, die Bib-bibliotheken wären n-noch immer g-g-geschlossen«, sagte Hanno Barents.

»Das sind sie«, sagte Leonard. »Allerdings nur für die Stadtbevölkerung. Der werte Freiherr von Zedernwert hat sich bereiterklärt, uns Zugang zu den Räumlichkeiten gewähren. Die Refugien sind aufgrund der … nun, *Katastrophe*, die sich während des Besuchs zugetragen hat, nicht betretbar, doch es ist möglich, die anderen Trakte der Bibliothek zu durchsuchen. Das wäre auch gleich der nächste Punkt – die Refugien sind bislang weiterhin leer geblieben. Die Gardisten haben Jehra durchkämmt, konnten die Diebe allerdings nicht aufspüren. Der Hafenmeister berichtete, die Ozeanologen wären mit einer Schaluppe gekommen, die sie die *Elma* nannten und die schon vor dem Diebstahl den Hafen verlassen hat. Es liegt nahe, dass die drei Entkommenen Verbündete hatten, die das Schiff zur Flucht bereitgehalten haben. Nun befinden sie sich mit dem Buch auf dem offenen Meer – in welcher Richtung ist ungewiss.« Er warf einen weiteren längeren Blick auf die Dokumente. »Diese Menschen haben Informationen über Darcos und Saesora. Auch für unser Unterfangen wäre es also interessant, sie zu finden – nicht nur aus Nächstenliebe gegenüber dieser Stadt.«

»Kapitän, wie stellt Ihr Euch des vor?«, unterbrach ihn Bertram Luv und rieb über seinen dichten Backenbart. »Diese sogenannten Diebe sind weiß Eralys wohin gesegelt und wir sollen se nun suchen? Dafür wollt Ihr die Mission aufgeben?«

»Aye«, sagte Noor. »Es ist wichtig, die Mannschaft zu retten, nicht irgendwelchen dahergelaufenen Dieben hinterherzuschippern! Wir sollten die Informationen aus der Bibliothek sammeln und so schnell wie möglich zu diesem Tempel.«

»Dem möchte ich beipflichten«, sagte Freydis. »Der Kapitän hat immer Priorität.«

Willibald Quall brummte etwas Unschlüssiges.

Mein Blick huschte zu Valeryan, der sich in seinem Stuhl bewegte, das Kinn auf eine Hand stützte und dann wieder seine Position veränderte. Er wirkte äußerst unzufrieden.

»Wie ich es sehe, ist es von höchster Wichtigkeit, dieses Buch wiederzufinden. Nicht nur für uns – viel eher geht es doch darum, dass dieser Stadt ihr Frieden wiedergebracht wird.« Erik sah Noor scharf an. »Glaubst du nicht, dass Kapitän Gabriel gewollt hätte, dass wir das vorziehen, Noor?«

»Wir können das Buch suchen, sobald der Kapitän zurück ist«, erwiderte dieser. »Mit seiner Hilfe wird es viel einfacher, an das Buch zu gelangen.«

»Haha – *was*?« Erik lachte auf. »Und woher soll er wissen, wo die Diebe sind? Hat er ein magisches Artefakt, das ihm den Weg zeigt?«

»Er ist ein Loreley.« Negros brummende Stimme vibrierte im Raum. »Er weiß, wo die Ruby ihn hinträgt. Er weiß, wie er die Wellen für sich zu nutzen hat.«

Erik quittierte dies mit einem verächtlichen Schnauben.

»Käpten Gabriel hat uns alltied sicher den Weg jewiesen«, sagte Bertram, während er ruhig seine geliebte Pfeife stopfte und anzündete. »Er wird es können.«

»Zurzeit ist er auf einer Insel im Nirgendwo, die er im Wahn selbst betreten hat, und gibt kein Lebenszeichen«, sagte Erik.

Ich schluckte. Was Erik sagte, klang, als wollte er Vater gar nicht zurück. Was hatte Nathan gleich über den Offizier erzählt? Sein Vater war in Onro erstochen worden. Womöglich nahm Erik Vater übel, dass er ihn nicht beschützt hatte? Ich verlagerte mein Gewicht und musste mich schon jetzt schwer beherrschen, um mein Versprechen an Nathan zu wahren.

»Ich sag, dass wa weiter unser altes Ziel verfolgen«, brummte Bertram und blies Rauch aus seiner Pfeife. Tabakgeruch erfüllte die Luft. »Wir sind hier, um abzustimmen, wie weitergemacht werden soll – ich wähle den Käpten.«

Ein Räuspern erklang. »Entschuldigt«, warf Valeryan ein, »aber Euch ist bewusst, dass ich Euch nicht mehr in die Bibliotheken eintreten lasse, wenn Ihr mir nicht helft, richtig?«

Erik lachte in die darauffolgende Stille.

»Es besteht die Möglichkeit, dass sich die Diebe auf demselben Weg wie wir befinden«, bemerkte Leonard. »Sie haben uns auch Notizen gestohlen und könnten zum Tempel aufgebrochen sein. Unter diesen Umständen wäre es gleich, wie wir entscheiden.«

»Und das, was im Buch steht, könnt' ja auch intressant für de Rettung sein«, warf Willibald ein.

»Aye, aber wo wollen wir denn hin?«, fragte Bertram kopfschüttelnd.

Negro lehnte sich in seinem knarzenden Stuhl zurück. »Durchaus eine berechtigte Frage.«

Sorgenvoll stützte ich das Kinn auf die Hände. Das alles klang furchtbar! Vor allem Erik schien gar nicht an der Rettung der Mannschaft interessiert und versuchte, die anderen Offiziere aufzustacheln. Natürlich, er war mit der Entführung aufgestiegen und wollte seinen Posten nicht aufgeben – auch wenn es bedeutete, Männer und Frauen dem Tode zu überlassen.

Ob noch mehr Matrosen gegen die Rettungsaktion waren? Eriks aufrührerische Worte könnten bei ihnen Anklang finden! Meuterei auf der Ruby? War das möglich?

»Woher wissen wir überhaupt so sicher von den Zielen dieser Diebe?«, fragte Jakob Siren.

»Eine der Diebinnen hat Lou vor dem Einbruch darauf angesprochen«, erläuterte Leonard.

»So?«, fragte Erik. »Wir haben das Dilemma des gestohlenen Buches einer *Loreley* zu verdanken?« Sein Blick traf meinen und auf sein Fuchsgesicht trat ein schmales Lächeln. Ich wandte den Blick zwar nicht ab, doch auf meinen Unterarmen breitete sich eine Gänsehaut aus.

»Lasst des Mädel«, sagte Willibald diplomatisch und rümpfte den Seelöwenschnauzer. »Sie konnt' nix dafür. Wenn se nix gesagt hätte, wär se womöglich verletzt worden.«

»Nu, aber wenn es tatsächlich das Verschulden des Weibs ist, dass dieser Diebstahl stattfand, dann müssen wir helfen«, sagte Jakob. »Unsere Mission muss hintenangestellt werden. Die Götter wissen, was geschieht, wenn die

Refugien leer bleiben.«

»Ich werde nicht zulassen, dass wir unseren Kapitän im Stich lassen!«, entgegnete Noor und verschränkte die Arme. Zwischen seinen Brauen, gleich oberhalb der pigmentlosen Flecken an seinen Augenlidern, bildete sich eine steile Falte.

»Tun wir ja nicht«, sagte Jakob. »Wir schieben die Rettung nur auf.«

»Es gibt nicht mal einen Anhaltspunkt, wohin diese Schaluppe unterwegs ist!«, schnappte Noor.

Erik schnaubte. »Wie weit können sie mit ihrem Bötchen schon gekommen sein? Wahrscheinlich ist das nicht mal hochseetüchtig.«

»Einen Eid zu schwören, hat bei Familie Wyking wohl nicht sonderlich viel Bedeutung, *vaskeklutt*«, bemerkte Freydis.

»Ich sage ja nicht, dass man den Kapitän danach nicht weitersuchen kann«, erwiderte Erik.

»Wie kannst du so sein?« Noor sprang auf und funkelte Erik an. »Die Mannschaft braucht uns *jetzt*!«

»Und diese Stadt braucht uns auch *jetzt*!« Erik war ebenfalls aufgesprungen, doch ehe er etwas hinzufügen konnte, fuhr Leonards Faust mit einem Krachen auf den Tisch. Alle zuckten zusammen und die beiden Streithähne ließen sich reflexartig auf ihre Stühle sinken.

»Schluss jetzt!«, sagte er. »Ich will nichts mehr hören! Erik, bitte erinnere dich, dass du einen Schwur auf deinen Kapitän geleistet hast. Muss ich dich an die Worte erinnern?«

Erik schluckte hörbar und schüttelte den Kopf. »Nein, Kapitän.«

Valeryan seufzte. »Wenn es nur etwas gäbe, was den Dieben gehörte und sich in unserer Reichweite befindet. Ein wenig Magie und es würde uns zeigen, wohin seine Besitzer unterwegs sind.«

»Was ist mit dem Gefangenen?«, fragte Nathan. »Wäre es nicht gut, ihn hier auf dem Schiff zu haben, wenn wir das Boot der Diebe verfolgen? Vielleicht hat er Informationen, die nützlich sein könnten, oder trägt etwas Hilfreiches bei sich.«

»Dass er hier besser aufgehoben ist als im Kerker, ist uns allen bewusst«, sagte Valeryan. »Doch Herzog Roswen wird ihn nicht herausgeben. Und was er bei sich trägt, wird uns bloß zu ihm führen.«

Leonard zog etwas aus seiner Tasche – die Perle, die Lou von der Diebin erhalten hatte. »Was ist damit?«

»Ja!« Valeryans Augen leuchteten und er griff nach dem Schmuckstück. »Ja! Damit geht es! Aber ich werde einige Tage brauchen, um den Zauber zu wirken, denn es ist kein einfaches Unterfangen.«

»Tut es«, seufzte Leonard. Er rieb sich die Schläfe, als hätte er Kopfschmerzen. Als er den Kopf wieder hob, spiegelte sich Entschlossenheit in seinen Augen. »Wir werden so lange in der Bibliothek forschen. Dann brechen wir auf, um die Diebe zu finden, und retten anschließend unsere Mannschaft.«

»Aus Eurem Mund klingt es beinahe einfach«, sagte Valeryan, offenbar zufrieden mit dieser Ausführung – ganz im Gegensatz zu mir.

»Leonard«, sagte ich aufgebracht. »Du kannst die Mannschaft nicht im Stich lassen.«

»Ich lasse sie nicht im Stich«, erwiderte der Kapitän ruhig.

Entgeistert schüttelte ich den Kopf. Nathan sah mit finsterem Blick von seinen Dokumenten auf, doch ich sprach weiter: »Was, wenn es diese Tage sind, die über Leben und Tod entscheiden?«

Jakob stöhnte. »Ich wusste, das Weib mischt sich sein.«

»Na und?«, fuhr Freydis auf. »Zumindest sagt sie etwas Sinnvolles!«

Während sie gleichzeitig ihre Krüge hoben und erbost tranken, erhob Leonard das Wort. »Jermaine«, sagte er. »Negro sagt, die Mannschaft wird auf der Insel am Leben gelassen, bis wir kommen. Was mit Jehra geschieht, wenn das Buch nicht gefunden wird, wissen wir nicht. Wir müssen diesen Menschen helfen. Sie sind zahlreicher und in akuterer Gefahr.«

»Vater und die anderen sind *auch* in akuter Gefahr«, protestierte ich.

»Das weiß ich«, sagte Leonard schärfer.

»Kapitän, Jermaine hat doch recht«, sprang Freydis mir bei.

»Aye«, sagte Noor.

Leonard seufzte. »Alle Stimmfähigen sollen sich an der Entscheidung beteiligen«, sagte er. »Wer ist dafür, Darcos anzusteuern?«

Noor, Freydis, Hanno und Bertram hoben die Hände. Frustriert sah ich zu. Nathan und ich waren keine Offiziere – wir durften nicht mitbestimmen.

»Wer ist dafür, Jehra zu helfen?«

Leonard stimmte selbst dafür, Erik und Jakob, Willibald und zuletzt und nach reichlichem Zögern auch Negro.

»Dann ist es beschlossen«, sagte der Kapitän. »Sobald alles vorbereitet ist, brechen wir auf, um die Diebe zu finden.«

»So ein Mist!«, fluchte ich am Abend, als ich mit Sammy am Pier spazierte. »Warum hat Leonard das gemacht, hm?«

»Damit Valeryan bei seinem nächsten Besuch nicht das Schiff zerlegt?«, schlug Sammy bereitwillig vor.

Wütend trat ich ein Steinchen weg. Ich balancierte auf einer flachen Mauer, während Sammy mit den Händen in den Jackentaschen neben mir schlenderte. Die Sonne versank als rotorangener Feuerball im Meer, färbte den Himmel warm und das Wasser dunkel.

»Er ist doch Papas bester Freund«, sagte ich. »Er kann ihn und die Mannschaft nicht im Stich lassen!«

»Jetzt beruhige dich. Leonard will nur das Richtige tun.« Ich warf ihm einen geringschätzigen Blick zu und er setzte hinzu: »Sieh, er hat auch Erik zurechtgewiesen. Um ihn würde ich mir viel eher Sorgen machen. Offenbar will er das Schiff lieber versenken, als den Kapitän zurückzuholen und seinen Posten aufzugeben.«

Ich sprang von der Mauer und kam auf dem Boden vor Sammy auf. Seine dunklen Augen musterten mich fragend. »Sammy, ich hab Angst. Erik und Jakob mischen die Offiziere auf, Leonard stellt die Rettung hinten an …« Ich schüttelte den Kopf. »Was, wenn wir es nicht rechtzeitig schaffen? Dein Vater ist auch auf Darcos. Genau wie meiner.«

In der untergehenden Sonne erschienen Sammys Züge schärfer als sonst, die Augen dunkler. »Vielleicht ist es ja gut so«, sagte er nach einem Augenblick.

»Was?« Ich glaubte, mich verhört zu haben.

Sammy wandte den Blick ab. Mit dem Daumen fuhr er die Adern an seinem Unterarm nach. »Vielleicht ist das ein Zeichen. Vielleicht sollten wir die Göttin besser nicht finden und nicht zurück nach Darcos. Weißt du – Channa und mein Vater …«

Ich runzelte die Stirn, als er abbrach. »Sammy, was redest du da?«

»Ich meine nur … nein, es ist dumm. Entschuldige.« Er berührte meinen Ellbogen, als ich die Arme um meinen Körper schlang. »Hey – Leonard weiß, was er tut. Ich würde einfach Vertrauen haben.«

»Vielleicht hast du recht«, sagte ich nach kurzem Schweigen und er lächelte mich an. »Dann lass uns zurück zum Schiff gehen.«

Wir traten den Heimweg an.

SAESORAS GESCHENK

Warm und hell stieß die Sonne vom Himmel herab und tauchte das Meer in blendendes Licht. Soweit das Auge reichte nur Wasser, kein Landstrich, kein Ufer, keine Insel, an der der Blick hängen zu bleiben vermochte. Bloß die glitzernden Wogen, die um die Schaluppe tanzten, während sie ohne Wind ruhig dahinglitten. Sanft wog sich das Schiff auf den Wellen, friedlich im Vergleich zu jenem Tage, an dem sie unbarmherzig im Sturme gen back- und steuerbord gerissen worden war, mit prasselndem Regen, der das Oberdeck langsam anfüllte und die Segel vor Nässe triefen ließ. Atlas erinnerte sich an jene Nacht. Sie erinnerte sich gut.

»Faellona Mondhöh war die Prinzessin eines kleinen Fürstentums. Als sie ein Kind war, gerade fähig, sich selbst auf den zwei Beinchen zu halten, da spielte sie so übermütig am Ufer eines Flusses, dass sie ins Wasser fiel und davongespült wurde. Die Mutter und der Vater fürchteten, dass das Kind verloren sei. Es geschah aber, dass eine schöne Frau in langem Kleid mit dem Mädchen in den Armen erschien. Sie tropfte, als wäre sie aus Wasser gemacht – Schuppen lagen auf ihrer Haut und Seerosen sprossen in ihrem Haar. Sie sprach: ›Euer Kind hat ein Herz aus Gold. Es soll unter meinem Schutz stehen, denn es ist gut und wird einmal gerecht herrschen.‹

Es war die heilige Saesora, die dieses Versprechen gegeben hatte, und sie hielt es von da an. Mit jedem Tage, den das Kind heranwuchs, wurde es weiser und anmutiger und jeden Tag betete es zu seiner Schutzpatronin, da es wusste, dass es ihr zu großem Dank verpflichtet war.

Als sie Fürstin wurde, trug es sich zu, dass ein Monster ins Reich kam, das groß und böse war und spitze Hörner und scharfe Zähne hatte und dessen Körper in heißen Flammen brannte. Die Bestie bedrohte nicht nur das Land Faellonas, sondern auch die umliegende Reiche. Die junge Fürstin, die mitansehen musste, wie ihr Reich dahingerafft wurde, betete zu Saesora. Aber als die Göttin versuchte, das schreckliche Ungetüm zu bezwingen, war das Monster so heiß, dass Wasser in seiner Nähe verdampfte und sie zu verbrennen drohte. Sie rief Faellona zu sich und sprach: ›Ich kann das Monster nicht bezwingen, aber ich will dir helfen. Ich gebe dir dieses Schuppenkleid – es soll dir die Kraft verleihen, die du benötigst.‹ Sie kniete sich zu ihr und streifte dem Kindlein ein Kettenhemd über, das schillerte wie Fischschuppen. Da fühlte Faellona, wie sie eine Kraft durchströmte, als wäre sie selbst eine Göttin, und als sie die Hände erhob, stoben Funken aus ihren Fingerspitzen, die in allen Farben des Regenbogens leuchteten.

›Ich will dir diese Magie geben‹, sagte Saesora. ›Das Monster verbrennt mich, denn meine Haut ist Wasser, aber du kannst es mit meiner Kraft bezwingen.‹

Da ließ Faellona ihr Pferd satteln und bereitmachen. Sie nahm ihre liebste Lanze, trug die Magie, die Saesora ihr geschenkt hatte, in ihrem Herzen und preschte zu dem Orte, wo das Monster wütete und tobte. Da ließ sie Funken um die Schnauze der Bestie tanzen, dass es nach seiner kitzelnden Nase hieb und sie abschlug. Und als das Biest vor Schmerzen jaulte und zu Boden fiel, da nahm Faellona ihre Lanze und stieß sie ihm zwischen die Augen, dass es schrie und brüllte und bald tot dalag.

Faellona wurde von den Fürsten gefeiert, die sie gerettet hatte. Da erschien ihnen Saesora und sprach: ›Faellona hat Tapferkeit bewiesen und soll eine Herrscherin in eurem zersplitterten Land sein. Schwört, ihr und ihrem Geschlecht ewig zu dienen und Treue zu erbringen, und ich werde dem ganzen Land Magie schenken, damit noch eure Kindeskinder und deren Kinder zaubern können. Das ist mein Geschenk.‹

So geschah es, dass die Göttin ihren Zauber an alle Bewohner des Reiches weitergab. Da sie nicht jeden einzeln auf die Stirne küssen konnte, blies sie ihren Atem über die Lande – und jeder Fürst, jeder Bauer und jedes Kind bekam ein Stückchen ihrer Göttlichkeit. So hatte ein jeder ein bisschen, aber niemand so viel wie ihre Hochkönigin: Faellona Mondhöh.« Ayo blätterte um und nickte.

»Vielleicht ist das die Perle in der Muschel! Saesora schweigt uns gegenüber, aber die Fellonier können noch mit ihr sprechen«, sagte Rami.

Die goldenen Armreife an ihrem Handgelenk klapperten gegeneinander, als Ayo das Buch zuklappte. »Dann ist es glasklar. Wir brauchen jemanden aus dem Geschlecht dieser Faellona, der Saesora bittet, uns anzuhören, damit wir ihre Hilfe bekommen können.«

»Und sie hilft uns, nach Mer'Etoth zu kommen«, sagte Sno.

»Das ist doch Möwendreck«, entgegnete Echo. »Warum ignoriert Saesora uns? Warum spricht sie zu dahergeschwommenen Felloniern, aber nicht zu uns, hm?«

»Vielleicht hat sie nicht bemerkt, dass wir da sind«, meinte Rami. Er streckte sich und es knackte leise. Sno verzog das Gesicht. »Lass das, das klingt gruselig!«

Atlas ignorierte sie und legte die Hände flach in den Schoß. »Es spielt keine Rolle, *warum* Saesora uns gegenüber schweigt. Wir wissen jetzt, wo wir hinmüssen. Mit gutem Wind sind wir in zehn Tagen an der Küste und können herausfinden, wo sich diese Königsfamilie befindet.«

»Und dann?«, fragte Echo. »Wollen wir einfach in deren Schloss marschieren und auf ihre Gutmenschlichkeit hoffen? Und falls der nächste Vorschlag sein sollte, wieder irgendwo einzusteigen – unser letzter Einbruch lief alles andere als gut.« Ärgerlich kramte sie nach dem Kugelfischsekret. Atlas knirschte mit den Zähnen, als sie die Flasche aufschraubte. Bilder durchzuckten sie, eines, zwei, von der Flucht, toten Soldaten und Nautilus, der gepackt wurde und sie ein letztes Mal ansah, ehe sie ihn zurückließ. *Lauf.* Er hatte sich entschieden, sie zu beschützen, und Atlas hatte das zugelassen. Saesora, sie wollte so gern zurückkehren – aber in Jehra wurde nur darauf spekuliert, dass sie Land betraten, um sie in die Kerker zu stecken.

Auch Echo saßen die Flucht aus der Bibliothek und ihr knappes Entkommen noch in den Knochen. Nachts hörte Atlas, wie sich ihre Schwester im Geiste unruhig hin und her wälzte und unverständliche Worte murmelte. Aber vor allem Jinx war zerschlagen von den Ereignissen – sie hatte sich an den Bug der Elma zurückgezogen und blickte reglos aufs glitzernde Meer. Das Auge, das nicht unter einer Augenklappe verborgen lag, war glasig. Jinx hatte nicht gegessen, sie hatte nicht getrunken. Manchmal weinte sie stumm. Atlas wusste, das war nicht nur wegen Nautilus.

»So wie es klingt, sind die Fellonier Saesora wohlgesonnen«, sagte Rami. »Ich wette, diese Königsfamilie wird ganz umgänglich sein und uns sogar freiwillig helfen, wenn die hören, dass wir ihre Göttin suchen.«

»Da wäre ich mir nicht sicher«, entgegnete Echo und nagte an dem Stecker in ihrer Unterlippe. »Menschen sind unberechenbar. Wir haben es doch erlebt.«

»Nicht die Hoffnung aufgeben, *Sharri*«, sagte Ayo mit mütterlicher Zuversicht. »Wer keine Hoffnung wahrt, dessen Schiff ist zum Kentern verurteilt. Willst du ein bisschen Orange?«

»Nein danke. Ich will mich *betrinken*«, knurrte Echo.

»Atlas, was meinst du?«, fragte Sno mit erwartungsvollem Blick.

»Aye«, sagte Rami. »Wird alles gut?«

Atlas hatte keinen Schimmer, was sie in Fellonien erwarten würde. Es konnte ein Spiel mit kleinen Fischen werden oder ein Selbstmordkommando. Sie spürte den Druck der kommenden Gefahren schwer auf ihren Schultern lasten. Die anderen vertrauten darauf, dass sie alles in Ordnung brachte. Doch sie hatte schon einen verloren – wer versicherte ihr, dass die anderen in ihrer Hand sicher waren?

Am Schluss sagte Atlas ihren Freunden, was sie hören mussten – was auch sie selbst hören musste. »Klar, wir halten schließlich zusammen. Das hätte Nautilus so gewollt … und wenn alles durchgestanden ist, ist es vielleicht nicht zu spät für ihn.«

Sie tauschten erwartungsvolle Blicke. Sno lächelte und die anderen nach einem Augenblick auch. »Worauf warten wir also?«, fragte der kleine Elmanaut.

»Aye«, sagte Atlas, während der Wind über ihren Rücken fuhr und die Segel füllte. Alle gingen wieder auf Posten, als sie das Steuer ergriff. »Auf nach Fellonien!«

RACHEFELDZUG

Etwas stimmte nicht. Irgendetwas stimmte ganz und gar nicht, als wir eine Woche nach der Offiziersversammlung zu Valeryans Stadthaus gingen, um die Perle abzuholen. Es war nicht die Tatsache, dass der junge Freiherr nicht wohlauf aussah, mit den zerwühlten Haaren, dem unrasierten Kinn und den matten, mit Ringen unterlegten Augen. Es war nicht das Funkeln der Perle in seiner Hand, denn fellonische Magie machte mich nicht misstrauisch.

Etwas anders bescherte mir ein ungutes Gefühl. Obwohl es gerade früher Abend war und die Sonne längst nicht untergehen sollte, hatte sich dämmrige Dunkelheit über die Straßen Jehras gesenkt. Regenwolken waren schuld – Regenwolken, die den Himmel bedeckten und keinen Sonnenstrahl durch ihre dicke Decke ließen. Als wir die gewundene Straße hinaufstapften und vor der Tür des Stadthauses einige Worte mit Valeryan wechselten, traf ein erster Regentropfen auf meine Nasenspitze. Ich richtete meine Jacke, während ich einen nachdenklichen Blick zum Himmel warf.

»Die Benutzung ist simpel«, sagte Valeryan, der die Perle präsentierte, die elfenbeinfarben in seiner Hand lag. Er wandte sich nach rechts und wir beobachteten mit geneigten Köpfen, wie die Perle golden zu pulsieren begann. Als er den Körper nach links drehte, erlosch das Leuchten. »Im Augenblick müsst ihr nach Osten. Bis zu den verdammten Dieben.«

Er ließ die Perle in ein Säckchen plumpsen, zog die Kordel fest und schien zu überlegen, wem er es in die Hand geben sollte. Leonard hatte nur eine kleine Gruppe losgesandt, um dem Freiherrn die Ehre zu erweisen. Sie bestand aus Sammy und mir, die wir spontan mitgekommen waren, Negro sowie drei Gardisten als Eskorte. Einen von ihnen kannte ich schon länger aus Erzählungen – sein Name war Julean Runenstätt und er befand sich schon eine Weile im Dienst der Ruby. Vater berichtete oft von seinem Mut, der ihn eines Tages in den Rang eines Kommandanten aufsteigen lassen würde. Julean war ein hochgewachsener, schlaksiger junger Mann mit einem schmal geschnittenen Gesicht und liebem Lächeln. Seine Augen hatten zwei verschiedene Farben – grün und blau. Er war mit der Frau vermählt, die auf dem Markt die köstlichen Honigwaffeln verkaufte.

»Erwartet deine Frau nicht euer erstes Kind?«, hatte ich ihn gefragt, als wir vom Hafen zu Valeryans Haus gegangen waren.

»Oh ja!«, hatte Julean geantwortet. Er war ganz hibbelig geworden und in seinen Augen hatten Sterne gefunkelt. »Vier Monate noch. Bis dahin sind wir wieder zurück in St. Flaeme, *hoffentlich.*«

Valeryan entschied sich, Negro das Säckchen zu geben, der es in die Tasche gleiten ließ. »Wann werdet ihr aufbrechen?«, fragte der Bibliothekar und ich nahm an, dass er kaum abwarten konnte, dass wir das Buch endlich zurückbrachten.

»Die Ruby ist fast klar Schiff«, brummte Negro. »Bei Sonnenaufgang werden wir aufbrechen und das Buch zurückholen.«

In der letzten Woche hatten wir gefühlte Ewigkeiten in der Bibliothek recherchiert und nun konnte ich es nicht abwarten, die Diebe zu finden, damit wir Vater und die anderen endlich retten konnten. Lou und Gideon sollten am Morgen in eine Unterkunft umziehen und auf das Schiff warten, das sie nach St. Flaeme zurückbrachte. Mit Leonard hatte ich seit der Offiziersversammlung nicht mehr gesprochen. Meine Hand berührte den Ring, der seit neustem oben in meiner Ohrmuschel steckte – Sammy und ich hatten sie uns vor wenigen Tagen beiden stechen lassen, ein einziger Lichtblick in diesem Durcheinander.

»Sehr gut«, sagte Valeryan. Sein Blick glitt die Klippen hinauf, die sich hart vom wolkengrauen Himmel abhoben, und er betrachtete nachdenklich das Schloss. »Ich hätte euch gern geholfen wegen des gefangenen Diebes«, sagte er, »aber mir sind die Hände gebunden. Der Herzog würde ihn nie herausgeben, jetzt, da er ihn einmal in seinen Fängen hat.«

»Etwas anderes war nicht zu erwarten«, knurrte Negro. »Ahrr. Aber vielleicht könntet Ihr uns eine Möwe zukommen lassen, wenn er redet.«

Valeryan nickte. »Ich werde euch so schnell wie möglich kontaktieren, sollte sich etwas ergeben.«

Plack, plack, plack. Regentropfen trafen auf das Pflaster. Einer fiel auf meine Nasenspitze und als ich die Hand zum Haar hob, war es regenfeucht. Ein bedrohlicher Donner rollte über den Himmel. In der Stadt war es merkwürdig still.

»Kommt. Zeit für den Heimweg«, sagte Negro und brach damit das unbehagliche Schweigen. Unwetter füllten die Albträume jedes Seefahrers. Vater hatte mir haarsträubende Geschichten davon erzählt, wie der Regen das Deck glitschig machte und tapfere Matrosen bis auf die Knochen durchnässte, wie Wind und Sturm an den Segeln zerrten und Blitze und turmhohe Wellen das Schiff entzwei zu teilen schienen. Ich fröstelte. Wir waren noch im Hafen, hier war es sicher.

Sicher.

»Wir werden einander wiedersehen, wenn ihr mit dem Buch zurückkehrt«, sagte Valeryan noch. »Es war mir eine große Ehre. Ich bete zu Eralys für eure Sicherheit und eure Rückkehr und hoffe ...« Er verstummte. Ein Schrei war vom Hafen zu uns heraufgedrungen. Einer, zwei – als sie sich weiter mehrten, wandte ich mich angespannt um und schaute die Straße hinunter.

Mit einem Mal ging alles ganz schnell. Mehr Schreie, Gerenne und ein Bersten von Holz wurden laut, immer mehr sich nähernde Menschen und dann ... ein knackendes Knurren, ein ... Fauchen.

»Da stimmt was nicht«, sagte Julean, die Hand an seinem Schwertgriff. Die drei Gardisten hatten instinktiv einen Halbkreis um uns gebildet. Sammy und ich warfen einander beunruhigte Blicke zu. Aufregung wallte in mir auf, verschloss mir die Kehle und ließ mein Herz heftig klopfen. Gedanken überschlugen sich in meinem Kopf – war auf dem Marktplatz ein Tier ausgebrochen, war es eine gefährliche Kreatur, hatte sie Menschen verletzt? *Was* machte so ein *Geräusch*?

Menschen rannten vom Hafen herauf. Frauen, die ihre Röcke rafften und ihre Kinder in die Arme zerrten, Männer, deren Schritte sich überschlugen und die panische Blicke zurückwarfen, kleine Mädchen und Jungen an ihren Händen oder allein, als ob sie um ihr Leben rannten. Nein, nicht *als ob* – sie *rannten* um ihr Leben. Ich sah sie straucheln, so schnell liefen sie, sah Todesangst in ihren Grimassengesichtern, sah ...

»Oh, bei Saesora!«, stieß ich hervor und taumelte rückwärts gegen Sammy, während Julean und die beiden anderen Gardisten ihre Schwerter aus den Scheiden rissen und Kampfhaltung annahmen.

Die Kreaturen bestanden aus Moder und Tang und Schuppen und Brackwasser. Schlängelnd und krabbelnd bewegten sie sich auf der gewitterüberschwemmten Straße, die langen, mit Stacheln gerüsteten Schwänze peitschten hin und her, ihre mit Schuppen besetzten, glitschigen Körper glänzten feucht. Jeder Schritt wurde von einem schmatzenden Geräusch begleitet, jedes Innehalten ihrer stockenden Körper von einem Blick aus rollenden Augen. Die erste Echse war groß wie ein Pony, doch da waren auch andere, dreimal so mächtig, mit rubinroten und smaragdgrünen Sprenkeln auf den schlammfarbenen Schuppen, wie Blut und Gift. Rasiermesserscharfe Zähne wurden sichtbar, als sich eine der Echsen aufbäumte, auf die Hinterbeine hinauffuhr und mit den Klauen einen flüchtenden Stadtbewohner niederriss, ehe sie die Zähne in seinen sich windenden Leib schlug. Schreie zerrissen die Luft – ein Blitz spaltete den totengrauen Himmel, als die Echse den Mann im Ganzen verschlang.

Eine Frage wand sich in meiner Kehle, zwängte sich zwischen meinen Lippen hervor, und ich wandte mich mit bebender Stimme an Negro: »I-ist das … das Fließende Volk?«

»Nein«, sagte er kalt. »Das sind verdammte Lakerten.« Er verstummte, als die Gardisten uns zurückstießen, weil eine der Kreaturen fauchend und gurrend an uns vorbeistob. Zwei weitere folgten, einige vorbeistürzende Bürger verfolgend. Mein Herzschlag drohte mich zu ersticken, als eine Echse das reißzahnbewehrte Maul aufriss. Gleich darauf wurde mein Sichtfeld vom Rücken eines Gardisten verdeckt.

»Rein! Sofort!«, rief Valeryan und wir machten kehrt, flüchteten hinter die Tür seines Hauses, wo einer der Gardisten hastig den Riegel vorschob und die Geräusche von außerhalb dämpfte.

»Was bei allen Meeren war *das*?«, fragte Sammy mit heftig gehendem Atem. Auch ich bekam kaum Luft, obwohl es bloß drei Schritte gewesen waren, die ich gerannt war.

Valeryan trat ans Fenster und warf einen Blick hindurch, ehe er zurückzuckte, da eine Echse knurrend vorüberkrabbelte. »Ich hab so was noch nie gesehen«, sagte er. »Lakerten – das sind Legenden. Nie hat sich auch nur einer hierher gewagt. Wie haben sie es über die Mauern geschafft?«

»Was sind diese … diese Dinger?«, fragte ich, während mein Blick von dem Freiherrn zu Negro huschte.

»Ein Magier hat sie versehentlich geschaffen.« Valeryan war zu einer Truhe getreten, deren schweren Deckel er hob, ehe er fast gänzlich darin verschwand. »Ein gescheitertes Experiment mit kleinen Eidechsen. Da er seine Schöpfung nicht rückgängig machen konnte, die Kreaturen aber sehr hörig waren, fertigte er ein Diadem an, das die Echsen an den Besitzer binden sollte. Damit sie keinen Schaden anrichten können.« Er hielt inne. »Dass sie nun hier sind, bedeutet wohl, dass das Schmuckstück in falsche Hände geraten ist.«

Die Angestellten seines Hauses – ein Dienstmädchen, ein Hausdiener und ein kräftiger Mann, womöglich ein Gärtner oder dergleichen, hatten sich bei uns im Wohnraum versammelt. Die beiden Ersteren zitterten am ganzen Leibe, die geweiteten Augen auf die Silhouetten an den Fenstern gerichtet. Vage kam mir in den Sinn, dass Mutter nie Bedienstete gewollt hatte, und ich fragte mich klamm, ob ich sie und die Zwillinge je wiedersehen würde. Der Sonnenuntergang … war die Sonne untergegangen? Bei Saesora, ich hatte es bei den vielen Wolken nicht erkennen können. Ich musste ihn doch ansehen und an die Kleinen denken, ich musste doch –

»Ich schlage vor, wir kehren umgehend zum Schiff zurück«, sagte Julean.

»Du willst da raus?«, fragte Sammy. »An diesen Dingern vorbei? Mit *Negro*? Entschuldige, Negro.«

»Die Ruby wartet nur auf uns. Sobald alle an Bord sind, können wir verschwinden.« Juleans Stimme blieb ruhig, doch seine Miene war angespannt. »Wir dürfen sie nicht warten lassen. Das wäre ohnehin fatal! Oder meint ihr, diese Tür würde im Zweifel ewig standhalten?«

»Also, ich muss doch sehr bitten!«, schimpfte Valeryan und streckte den Kopf aus der Truhe. »Das hier ist doch keine Bruchbude!«

Ich versuchte mir vorzustellen, wie es auf dem Schiff aussehen mochte. Bilder zuckten wie Blitze durch mein Bewusstsein, von Echsen an Deck, von Besatzungsmitgliedern – Channa, Vince, Danyo – die von ihnen verschlungen wurden wie der Bürger zuvor direkt vor unseren Augen, von Leonard, der im strömenden Regen auf dem glitschigen Achterdeck stand und Befehle brüllte, die niemand befolgen konnte … von Lou, in die Ecke gedrängt von einem dieser Ungetüme.

»Wir werden euch schon beschützen«, versicherte Julean. »Wir kehren zurück.«

Valeryan richtete sich auf und hielt zwei große, in ledernen Scheiden steckende Schwerter in den Händen. »Ich will diesen Überfall auf meine Heimat nicht beschönigen«, sagte er, seine Miene undurchdringlich, »aber lasst mich zumindest anmerken, dass diese Echseninvasion eure Chance sein könnte, unbemerkt ins Verlies zu gelangen und den Gefangenen zu befreien.«

Kurz herrschte Stille.

»Die Soldaten des Herzogs sind doch trotz allem nicht dumm«, sagte Julean. »Sie ... sie würden uns keinen Weg in die Verliese lassen.«

Valeryan deutete hinaus. »Bei diesem Chaos womöglich doch.«

Die Angst um meine Schwester saß in meiner Kehle und hinderte mich am Sprechen. Negro aber nickte. »Aye. Der Dieb ist eine Chance.«

»Mit dir gemeinsam? Du kannst kaum laufen, schon gar nicht rennen! Wir würden so eine Mission nie in die Tat umsetzen können!« Ich dachte daran, dass Julean Vater werden würde und sicher nichts lieber wollte, als umgehend aus diesem Albtraum zu entkommen. Wir *alle* wollten fort von hier.

Negro neigte den Kopf, ließ alles über sich ergehen. »Ich bin mir dessen bewusst. Gebt mir eine Eskorte von einem Mann, wenn ihr mich beschützen wollt. Ein Gardist. Wir werden gemeinsam zur Ruby zurückkehren und Leonard sagen, er soll das Schiff halten, bis ihr zurückkehrt.«

»Und Jermaine und Sammy setzen wir solchen Gefahren aus?« Julean wies auf uns. »Kommt nicht infrage. Wenn überhaupt geht einer allein!«

Negro betrachtete ihn ruhig. »Wenn ihr mich nicht dabeihaben wollt, muss Jermaine euch begleiten. Niemand sonst weiß, wie der Dieb aussieht.«

Alle Blicke wandten sich mir zu und ich ... ich fühlte mich, als müsste ich mich übergeben, doch ich nickte. »Wir müssen ... müssen diese Chance ergreifen«, brachte ich hervor.

»Dann bin ich auch dabei«, sagte Sammy sogleich und ich wandte ihm den Blick zu. »Ich lass dich nicht alleine«, sagte er, was mir trotz allem ein Lächeln entlockte.

»Bei allem, was mir lieb ist«, murmelte Julean, ehe er die Schultern straffte. »In Ordnung.« Wir wussten alle, dass es getan werden musste. Wir mussten nur an den Wachen vorbei. Und die Echsen überleben.

Ich schaute Valeryan an. »Wie kommen wir da rein?«

»Die Kerker liegen tief in den Klippen«, sagte der Bibliothekar. »Es gibt ein Tor unten am Hafen, wenn ihr das Gitter aufbrecht, müsstet ihr durchkommen. Es war ein alter Geheimgang, wahrscheinlich für die Mätresse eines Herzogs oder dergleichen.« Er wühlte in einer Schublade, ehe er Julean etwas in die Hand drückte. »Die Schlüssel. Nicht verlieren.«

Sammy neigte den Kopf. »Woher habt Ihr die denn bitte?«

»Ich habe doch bereits des Öfteren erwähnt, wie lieb ich den Herzog gewonnen habe«, sagte Valeryan mit einem angespannten Grinsen, während er sich das Schwert umlegte. »Wilfred«, sagte er zu dem hünenhaften Bediensteten und streckte ihm das zweite Schwert entgegen. »Begleite mich.«

»Werdet Ihr mit uns kommen?«, fragte ich.

»Nein.« Er hob den Kopf und musterte mein Gesicht. »Mein Mädchen ist da draußen. Malyne. Sie befand sich bis eben in ihrer Bäckerei.« Ich schluckte schwer und als ich einen weiteren, anderen Blick auf ihn warf, wurde mir klar, dass diese angespannte Miene eine Maske der Angst war – dass er verzweifelt versuchte, nicht in Panik zu geraten beim Gedanken daran, dass sich seine Gemahlin dort draußen befand und er hinausgehen würde, um sie zu retten. Valeryan war Bibliothekar, Stratege, wenn man es hochnahm, aber er war kein Kämpfer. Und dennoch war er so tapfer.

Und wir. Wir würden auch gehen.

Ein Hämmern an der Tür ließ mich zusammenfahren. »*Lasst uns rein!*«, schrie eine hysterische Stimme. Fauchen erklang. »BITTE! LASST UNS REIN!«

Ich war nicht sicher, ob Valeryan Anstalten gemacht hätte, die Tür aufzusperren – doch er wäre so oder so nicht dazu gekommen. Ehe er einen Finger rühren konnte, drangen ein knirschendes Fauchen und gurgelnde Schreie durch die Tür – gleich darauf ein Krachen, als sich etwas gegen die Tür warf. Einmal. Und nochmal.

»Die kommen hier rein!«, rief ein Gardist. »Verdammt, die kommen!«

Sammy packte sein Entermesser, die einzige Waffe, die ein Matrose bei sich trug und die eigentlich für die Arbeit an Bord gedacht war, und ging in Kampfhaltung. Ich griff ebenfalls nach meinem Messer, das an meinem Gürtel in einer Lederhalterung steckte. Mir blieb noch Zeit, es richtig zu umfassen, ehe die Tür aus der Halterung brach, stöhnend vor uns zu Boden ging und eine heftige Windböe, sprühenden Regen und einen fauchenden Lakerten mit peitschendem Schwanz hereinbrachte.

»Ihr habt meine schöne Tür kaputt gemacht!«, rief Valeryan entrüstet, verstummte allerdings und taumelte rückwärts, als die Echse auf ihn zu krabbelte und nach ihm schnappte. Die wässrig gelben Augen rollten wie wahnsinnig, ihre gespaltene Zunge fuhr immer wieder aus dem Maul und die Füße, die mit Saugnäpfen besetzt waren, hinterließen schmatzend Dreckspuren auf dem Parkett.

Als sich die Echse aufbäumte und auf Valeryan stürzen wollte, stürmte Julean vor und eilte ihm zur Hilfe. Gleichzeitig glitten zwei weitere Echsen herein, eine kleinere und eine größere. Die eine sprang direkt zu den zitternden Bediensteten, woraufhin erneut ein Gardist Stahl aufblitzen ließ. Die dritte Echse krabbelte auf die letzte Wache, Sammy, Negro und mich zu. Schlammfarbenes Blut rann aus einer Wunde an ihrer Seite, die gespaltene Zunge schoss vor, als sie uns mit zuckendem Kopf musterte. Ein knackendes Knurren entkam ihrer Kehle – mein Magen rebellierte. Der Lakerte bäumte sich auf und ehe ich mich versah, hieb ich reflexartig nach ihm, traf nicht gut und hinterließ nur einen flachen Schnitt an seinem Kopf, aus dem Blut hervorrann. Das Kreischen, mit dem die Echse das quittierte, klang mir in den Ohren, ihr stinkender Atem stob mir entgegen und brachte meinen Kopf zum Sirren. Dann taumelte sie drei Schritte zurück und musterte uns mit herausfahrender Zunge, starr. Bei Saesora! Ich zitterte am ganzen Körper. *Gleich würden die mächtigen Zähne zuschnappen und einen von uns verschlingen – nur Sekundenbruchteile noch …*

Doch die Echse fraß uns nicht. Erneut kam sie gefährlich dicht an mich heran, näherte sich dann Sammy bis auf eine Armlänge Abstand – und dann wandte sie sich ab und sprang in Richtung des Bibliothekars.

»Wie?«, stieß Sammy hervor und keuchte.

»Wir könnten Hilfe gebrauchen!« Mein Blick zuckte zu Valeryan, der gerade einer Echse mit einem unkoordinierten Sprung auswich. Julean hielt ihm geschickt die zweite vom Hals, die sich gerade von uns abgewandt hatte. Sie schien bloß an Julean vorbeisetzen zu wollen, um zu Valeryan zu gelangen. Es war mir unerklärlich.

Unser Gardist wollte ihnen zur Hilfe eilen, dicht gefolgt von Sammy und mir, doch Julean brüllte: »Negro, zum Schiff!« und die Wache war gezwungen, umzukehren und mit dem alten Seemann, der hinter ihr herhumpelte, das Haus zu verlassen.

»Viel Glück!«, hörte ich Negro rufen und mir entwich ein freudloses Auflachen. Glück war alles, worauf ich setzte!

Sammy und ich rannten weiter zu Valeryan und Julean, um sie zu unterstützen. Ich spürte die Übelkeit noch immer in meiner Kehle, als ich mich schräg hinter der Kreatur positionierte. Sie fauchte, der Schwanz peitschte wütend hin und her, während Sammy entschlossen auf sie einschlug und Julean so davor bewahrte, zwischen die tödlichen Kiefern zu geraten. Die Echse wirbelte herum, offenbar angestachelt durch ihre Verwundungen. Eher instinktiv reagierte ich, als der Lakerte auf Sammy zusprang, hob das Entermesser und trieb die Klinge schnell und scharf in die Schulter des Monsters. Ein Brüllen zerriss die Luft und mir gelang es bloß noch, den von braunem Blut bedeckten Säbel aus der Wunde zu reißen.

»Pass auf!«, rief Sammy – viel zu spät. Der Lakerte traf mich wie ein herabstürzender Fels. Ehe ich mich versah, wurde ich durch die Luft geschleudert, prallte mit voller Wucht gegen eine Kommode und … dunkel.

Mein Kopf dröhnte, meine Schulter pochte dumpf. Stöhnend drehte ich mich auf den Bauch und stützte mich auf einen Ellbogen, tastete nach der schmerzenden Schulter. Ich packte das Entermesser, das neben mir auf dem Boden lag, und blinzelte meine Sicht scharf. Ein Kreischen durchzuckte den Raum und ich sah mit an, wie der Lakerte, der mich soeben fortgestoßen hatte, mit zuckenden Gliedern zu Boden ging. Sammy hatte ihm das Messer in den Rücken geschlagen und das Mark durchtrennt. Mit schwer gehendem Atem taumelte er nach hinten, als der Echsenkörper zuckte und in sich zusammensank.

Ich versuchte auf die Beine zu kommen und stützte mich versehentlich auf die Schulter, die heftig protestierte. Und dann … dann sah ich die Echse bei den Bediensteten, sah den Gardisten, der sie zu verteidigen versuchte – sah, wie die Kreatur ihn fortstieß und das schluchzende Dienstmädchen packte. Ich hörte, wie sie schrie, das Monster schrie – und ich war mir im Nachhinein sicher, ich hatte auch geschrien, als der Lakerte sie packte und verschlang. Es war das Letzte, was er in seinem Leben tun sollte. Im selben Augenblick setzte der Gardist vor, den Schwertgriff mit beiden Händen umfasst, und trennte ihm den Kopf mit einem brachialen, wutgetriebenen Schlag von den Schultern. Der letzte Lakerte ging fast gleichzeitig zu Boden, Juleans Klinge zwischen den Augen.

Es war still in Valeryans Stadthaus. Seeleute, Gardisten, Bibliothekar und Bedienstete starrten einander in roher Fassungslosigkeit an.

»Ist jemand verletzt?«, fragte Julean dann.

»Nein, es ist jemand *tot*«, sagte der andere Gardist.

Sammy war zu mir geeilt und half mir auf die Beine. »Götter, ich dachte, du würdest sterben!« Er umarmte mich, ließ jedoch sogleich von mir ab, als ich wegen der Schulter scharf Luft einsog. »Alles in Ordnung?«

»Mir geht's gut«, sagte ich abwehrend. »Ist nur geprellt oder so.« Mein Kopf fühlte sich schwer an und bei jeder Bewegung jagte zuckender Schmerz durch meine Schulter, doch ich versuchte, nicht daran zu denken. Schwach lächelte ich Sammy zu, um ihm zu zeigen, dass er sich nicht zu sorgen brauchte. Nicht um *mich*.

»Rosera ...« Valeryan schritt auf den toten Lakerten zu, der seine Angestellte verschlungen hatte. Er selbst schien keine Wunden davongetragen zu haben. In seinem Auge jedoch glomm Schmerz auf und ich hörte ihn ein Gebet an Eralys in die Stille murmeln. »Ich danke Euch für die Hilfe«, sagte er. »Ohne Euch hätte ich das nicht überlebt.«

Julean schüttelte den Kopf und Sammy lächelte halbherzig.

Ein Fauchen hallte durch den Raum, als eine Echse vor der Tür entlangpreschte, und ließ uns zum Wesentlichen zurückkehren. »Der Gang, der zu den Verliesen führt, befindet sich am westlichen Ende des Hafens«, erklärte Valeryan. »Ein Gitter mit dem Wappen Mernaus. Leicht zu erkennen.« Er neigte den Kopf. »Bitte sterbt nicht.«

»Ihr auch nicht«, sagte ich und er nickte mir zu. Es ging nicht nur darum, dass wir ihm das Buch beschaffen sollten, dass wir die letzte Chance für die Refugien waren. Der junge Bibliothekar hatte uns liebgewonnen, und ich ihn irgendwie auch.

»Wilfred«, sagte Valeryan, seine Stimme wurde fast von dem Auffahren eines Lakerten draußen verschluckt, »wir müssen zu Malyne!« Sammy, Julean, der letzte Gardist und ich folgten ihnen hinaus, als die beiden das Haus mit gezückten Schwertern verließen.

Draußen herrschte Anarchie. Wind und Regen peitschten durch die Luft, auf die Stadt hernieder, durchnässten jeden von uns innerhalb von Sekunden bis auf die Knochen. Blitze erhellten den Himmel und Donner brüllte wie ein in den Wolken wütendes Ungeheuer. Und Menschen überall, Menschen jagten stolpernd über die Straßen, fielen, schrien, trugen ihren Todeskampf gegen die Ungetüme aus, die durch die Stadt wüteten – tötend, mordend, ohne Grund.

»Da lang!«, rief Julean und lief voraus, während ich von all den Bildern taumelte, die auf mich einprasselten: Eine flüchtende Frau, die einem Lakerten gerade so entkam, eine Echse, die getötet auf dem Boden lag und deren Inneres sich nach außen kehrte, ein Mädchen, das … das rannte und … und seine Puppe fallen ließ, sich umdrehte, um nach ihr zu greifen, ehe sein Arm von einer Kreatur gepackt und abgerissen wurde. *Saesora*. Meine kleinen Schwestern. Was, wenn das meine kleinen Schwestern wären?

Eine Hand ergriff meine, als ich unter dem Gewicht dieses Gedankens wankte. »Jermaine«, flüsterte Sammy – zumindest klang es wie ein Flüstern bei der herrschenden Lautstärke, obwohl er schreien musste. »Sieh es dir nicht an. Du musst wegsehen! Du schaffst das sonst nicht!«

Ich schluckte und nickte.

Der Weg zum Hafen hinab gestaltete sich einfacher als gedacht. Im Grunde genommen war es sogar *lächerlich* einfach, von den Lakerten unbemerkt zu bleiben, während wir über die von Regen überschwemmten Straßen hasteten. Nur zwei Echsen wurden auf uns aufmerksam, da sie mitten auf dem Weg zwei Stadtbewohner bedrohten und uns so den Durchgang versperrten. Die beiden Gardisten schlitzten sie auf, ohne selbst schlimmere Wunden davonzutragen.

Als wir durch das Stadttor zum Hafen hinunterhasteten, sah ich, wie die Echsen mit ihren saugnapfbestückten Füßen über die Mauer in die Stadt kletterten, als gäbe es die Schutzmaßnahme überhaupt nicht. Unser größtes Problem war der Regen, der die Straße so glitschig machte, dass ich mehrmals ausglitt und gefallen wäre, wenn Sammy nicht fest meine Hand gehalten hätte, um mich davor zu bewahren.

Schließlich gelangten wir im Hafen an. Julean bog nach links ab und bahnte sich einen Weg zwischen den kämpfenden Lakerten bis zum Rand, wo der Pier in einer zerklüfteten Felswand mündete und sich die Mauer zum Wasser hin erhob. Auch über den äußeren Mauerring krabbelten die

Echsen – der Strom an Ungeheuern mochte nicht enden.

»Die Lakerten«, stieß ich hervor, als wir vor einer rostigen Gittertür zum Stehen kamen, »sie haben uns gar nicht angegriffen! Als wären wir unsichtbar.«

»Alle bis auf ein paar«, sagte Sammy und strich die Haare fort, die ihm regennass ins Gesicht fielen. Erst dafür ließ er meine Hand los und ich drückte sie mit einem klammen Gefühl an die Brust. Ein Blitz zuckte über den Himmel und malte ein schauerliches Muster.

»Weil wir sie angegriffen haben«, sagte ich und warf einen Blick nach hinten. Die Echsen behandelten uns hier in der Ecke wie Luft. »Im Haus von Valeryan haben wir die Waffen gegen sie erhoben. Sie haben sich verteidigt. Auch die gerade auf der Straße haben wir angreifen müssen. Aber alle anderen haben uns in Ruhe gelassen! Nur uns, Negro und die andere Wache!«

Julean hantierte mit Valeryans Schlüssel. Das Gitter schien zu klemmen, weswegen er sein Schwert zur Hilfe nahm, um es aufzuhebeln. Sobald er sich kurz gesammelt hatte, stemmte er sich mit aller Kraft gegen den Haken. Er brauchte drei Versuche, ehe das Gitter nachgab und sirrend aufsprang. Pfützen standen in dem dahinterliegenden, düsteren Gang.

»Lasst uns einfach beten, dass sie nicht anfangen, uns anzugreifen«, sagte Julean. »Kommt.« Er tauchte in den dunklen Gang. Ich folgte ihm, dann Sammy. Der letzte Gardist bildete die Nachhut.

Der Gang war eng und düster und roch unangenehm modrig. Es ging aufwärts und nach rechts, tiefer und tiefer in die Klippe. Meine Finger stießen gegen etwas an der feuchten Felswand, als ich mich vorantastete, und ich erkannte eine Metallhalterung für eine längst erloschene Fackel.

»Seid ihr da?«, fragte Julean und wir bejahten.

Im Nachhinein konnte ich nicht sagen, wie lange wir uns durch den Gang tasteten. Es hätten Minuten sein können, Stunden oder Tage. Die Anspannung meiner Gefährten war greifbar in der Luft – alle wussten, wir durften nicht zu lange brauchen, damit die Ruby und die Besatzung nicht länger als nötig der Gefahr ausgeliefert waren. Sie warteten nur auf uns. Sie warteten und sie kämpften.

Lou … Nein! Nicht daran denken. Wegsehen, hatte Sammy gesagt, und nicht daran denken, was geschehen *könnte*.

Endlich flackerte ein Licht am Ende des Ganges auf und Kampfgeräusche drangen an mein Ohr. Lakerten, auch hier!

Julean verließ den Tunnel als Erster und winkte uns mit hinaus. Vor uns lag ein stiller Gang, dieses Mal von Fackeln beleuchtet. Rechts und links waren Zellen mit kleinen Gitterfenstern. Obwohl wir nicht mehr im Geheimgang waren, war es nicht minder feucht, nicht minder kalt. Ein Schauer jagte über meinen Rücken. Ich hatte damit gerechnet, dass die Kerker unangenehm sein würden, doch dies war kein Vergleich zu den Zellen der Ruby oder dem Gefängnis von St. Flaeme. Dort wurde immerhin Rücksicht auf das Wohlbefinden der Gefangenen genommen – Herzog Roswen schien dem keine Bedeutung beizumessen.

Zögernd liefen wir weiter, während Julean mir zuflüsterte, einen Blick in jede Zelle zu werfen und nach dem Dieb zu suchen.

In der ersten Zelle hockte ein ächzender alter Mann mit langem Bart und vom Alter tiefen Furchen. In der zweiten lag ein jüngerer, von dem ich nicht sagen konnte, ob er lebte oder tot war.

Nicht denken. Hör auf zu denken.

Ich ging weiter und schaute durch die kleinen Fenster.

Wenige Schritt weiter zweigte ein neuer Gang nach rechts ab und Julean warf einen unauffälligen Blick um die Ecke. »Lakerten«, flüsterte er überflüssigerweise, denn ihr Zischen und Fauchen war unverkennbar.

»Hey!«, rief da eine Stimme und ich zuckte zusammen. Von vorne näherte sich ein Wachmann. »Wer seid ihr? Was treibt ihr hier?«

Heiße Panik schoss mir durch die Adern und ich wollte kehrtmachen und die Flucht ergreifen, doch Julean befahl: »Wartet!« und packte meinen Arm, denn er hatte das alarmierte Knurren gehört. Mein Herzschlag drohte mich zu ersticken, als der Wachmann näher und näher kam. Er erreichte die Stelle, an der der Gang einen anderen kreuzte und *flatsch* – wurde mit einem Schmatzen von einem Lakerten gegen die Wand geworfen. Ehe die Kreatur den Gardisten verspeisen konnte, hob Julean das Schwert und ließ es auf ihren Kopf niedersausen, trennte ihn vom Torso, und das Tier kippte verendend zur Seite. Julean hockte sich hin und angelte den Generalschlüssel aus einer Tasche des Gardisten, der sich zu meiner Erleichterung schwach regte.

Wir durchsuchten die Zellen weiter. Bald schon wurden die schweren Türen von bloßen Gittern abgelöst und es wurde einfacher, die Gefangenen zu taxieren. Immer wieder drangen Schreie zu uns oder wir mussten uns vor Echsen und Wachen verstecken. Es verging eine Ewigkeit, bis wir in den richtigen Gang gerieten. Ein Lakerte schlug gegen ein Gitter, versuchte fauchend, durch die Stäbe an eine Gefangene zu kommen. Zwei Zellen weiter, tief ins Innere gekrochen, kauerte der Dieb.

»Dort!«, sagte ich. »Das ist er!«

Julean reichte mir den Schlüssel. »Dich kennt er. Vielleicht begleitet er dich freiwillig.«

Ich bezweifelte das, nickte aber. Meine drei Gefährten postierten sich mit gezückten Schwertern und Entermessern vor der Zelle. Mit zitternden Fingern schloss ich auf. Der Dieb, der das Geräusch des Schlüssels hörte, hob den Kopf und beobachtete mich. Ich winkte und bedeutete ihm, zu mir zu kommen. Als er sich nicht rührte, huschte ich in die Zelle und kniete mich zu ihm.

Der junge Mann sah müde aus, an seiner Stirn glänzte ein Bluterguss und er drückte den offenbar gebrochenen linken Arm an die Brust. Seine dunkelblauen Augen musterten mich jedoch wachsam. »Sag mal«, in seiner Stimme schwang ein Akzent mit, der fremd in meinen Ohren klang, »seid ihr irre? Was bei den Seejungfern macht ihr hier?«

»Wir wollen dich mit aufs Schiff nehmen«, erklärte ich, »wir brauchen dich.«

Er warf einen Blick in Richtung der Echse, die die Jehranerin in der Zelle zu fassen bekommen hatte. Es knirschte, als Knochen brachen, und die Gefangene stieß einen letzten Schrei aus. »Ihr seid doch bescheuert«, knurrte er.

Langsam wurde ich ungeduldig. Ich wollte keine Sekunde länger hier sein! »Willst du bleiben, bis der Herzog dich umbringt?«, fragte ich scharf.

Der Dieb schluckte, blickte auf seinen verwundeten Arm und schüttelte abermals den Kopf.

»Dann komm«, sagte ich. »Uns wird nichts geschehen!«

»HE!« Ein Rufen. Dann: »Eindringlinge in den Kerkern!«

Der Dieb zögerte noch immer, doch ehe er protestieren konnte, griff ich nach seinem unverletzten Arm, zog ihn auf die Beine und schubste ihn vor mir her aus der Zelle. »Bereit!«, brüllte ich in Juleans Richtung und der Gardist schloss zu uns auf. Er lief wieder voraus, hastete mit dem Schwert in der Hand um Ecken und schlug Haken, hinter ihm der Dieb, dann ich, dann

Sammy, dann der letzte Gardist. Dahinter die Wachen. Und *dahinter* eine Horde fauchender Lakerten.

Mein Magen spielte verrückt – ich hatte absolut keine Ahnung, wie Julean den Weg wiedererkannte, da jede Biegung gleich aussah, doch er war so zielsicher, als sei er schon unzählige Male hier gewesen. Da, der Ausgang! Julean kam zum Stehen und zerrte ächzend an der schweren Eisentür. Gerade da erreichten uns die Wachen und hoben ihre Klingen. Es gelang dem Gardisten, der die Nachhut gebildet hatte, sein Schwert hochzureißen und einen Schlag abzuwehren. Schweiß rann unter seinem Helm hervor und Todesangst blitzte in seinen Augen auf. »RENNT!«, brüllte er und Sammy schob mich rückwärts weg, während ich den Gardisten anstarrte, zusah, wie er einen weiteren Schlag parierte. Wie die Lakerten in das Gemenge brachen, die Gruppe durchpflügten und die Wachen und den Mann, dessen Namen ich nicht mal gekannt hatte, zertrampelten und zerrissen.

»Jermaine!« Sammy drängte mich weiter. Ich machte kehrt und rannte durch den düsteren und glitschigen Gang, rannte hinter Julean und dem Dieb her, rannte bis ins Freie. Regen prasselte auf uns herab und das Toben der Echsen brandete in meinen Ohren auf, sobald ich an die frische Luft kam. Schlitternd kam ich zum Stehen. Gardist und Gefangener standen ignoriert von den Kreaturen an der Kaimauer und starrten aufs Meer.

Mein Herz geriet ins Stolpern.

Im Hafenbecken, hinter der äußeren Mauer, vor dem Pier, schwebte eine kristallblau leuchtende Frauengestalt. Wallendes Haar umfing das junge, schön anzusehende Gesicht, ein bläulicher Schimmer lag auf dem wohlgeformten, von Seide umhüllten Körper. Auf dem weißen Haar thronte ein glänzendes Diadem in schimmerndem Silber, das sich wie spitze Felsen aus der Lockenpracht erhob. Es war alles Wasser. Die ganze Gestalt schien aus Wasser zu bestehen, zerbrechlich wie Glas. Haar und Kleid schäumten und flossen zu Boden, wurden eins mit dem Meer. Das Einzige, was nicht aus Wasser bestand, war das Diadem. Und auf ihrem Gesicht lag ein Ausdruck solch unbändiger Wut, dass kein Zweifel war, dass sie der Grund für Jehras Untergang war.

»Ist das …«, stammelte ich.

Sammy, der neben mir stand, schloss den Mund und schluckte. »Die Seesammlerin«, murmelte er.

Mir wurde klar, warum die Echsen uns nicht bedrohten – wir waren nicht aus Jehra, wir hatten mit dem Herzog nichts zu tun, waren nicht hier groß geworden. Sie wollten uns nicht bestrafen.

Und da wurde mir noch etwas klar.

Etwa zweihundert Schritt entfernt, fast überstrahlt vom Leuchten der Gestalt auf dem Wasser, die die Lakerten beschwor, blähten sich die roten Segel der Ruby im Wind. Gischt peitschte gegen die Galionsfigur, Regen färbte das Holz dunkler, und sie fuhr, sie *fuhr*, sie legte ab.

»Die Ruby!«, brüllte ich. »Verdammt, die Ruby!«

Und der Dieb murmelte: »Wir werden sterben.«

BELÉN

Warmer Sonnenschein trat durch die hohen Fenster des Wasserschlosses und tauchte die Gänge in goldenes Licht. Belén schritt seit geraumer Zeit diese Gänge entlang, musterte die vielen prunkvollen Statuen und Schätze des fremden Palasts. Das seidige silberblonde Haar, das am Hinterkopf zu einem kunstvollen Netz einander überkreuzender Strähnen gewoben war, glitt über ihren Rücken, wenn sie den Kopf in den Nacken legte, um die Deckengemälde zu betrachten. Sie schmückten jeden Flur des kristallenen Wasserschlosses, erzählen von lang vergangenen, legendären Schlachten des fellonischen Königshauses. Ihre Vorfahren und die Angehörigen des Geschlechts von Elynth, denen dieses Schloss gehörte, hatten sie Seite an Seite geschlagen und gewonnen. Sie fand das Gemälde der Salzwiesenschlacht zwischen Elynth und Yra, erkannte die Seeschlacht um die Muschelbucht gegen die Thaleaner und wie Faellona, die erste Hochkönigin Felloniens, das Biest erschlug.

Schließlich seufzte sie und trat ans Fenster. Belén interessierte sich für Geschichte, für ihr Reich und auch für diese Gemälde, doch sie hatte sie nun so lange angeschaut, dass sie sie auswendig konnte. Bilder betrachten. Statuen, Vasen. Betrachten, betrachten, betrachten.

Belén warf einen sehnsüchtigen Blick auf die Bucht, wo bunte Wimpel wehten, Girlanden von Haus zu Haus hingen und farbenfrohe Stände vor einem glitzernden türkisfarbenen Ozean lockten. Magiefunken leuchteten überall, schimmernde Gebäude wie aus Glas erstreckten sich in prachtvollen Häuservierteln die Gassen entlang. Glaza war landauf, landab bekannt für den sagenhaften Markt der Wunder, der die ganze Woche abgehalten wurde. Wie gern hätte sie ihn noch einmal von nahem gesehen. Es geschah viel zu selten, dass sie einem fellonischen Bürger nah genug kam, um das Wort an ihn zu richten.

Wenn es nach ihrem Vater ging.

Rondys von Hohenmond war hier, um eine wichtige Angelegenheit mit dem Castor von Elynth zu besprechen und nur, weil sie ihn angebettelt (und mit ihren unglaublich guten Zitronenwölkchen bestochen) hatte, war sie überhaupt hier. In Beléns Geist hatte ein Plan Gestalt angenommen, der sie vor Vorfreude in Ekstase versetzt hatte. In der unbekannten Umgebung von Elynth eröffneten sich Möglichkeiten, die ihr in den gewohnten Gängen zu Hause nicht geboten wurden. Fremde Menschen, die sie nicht direkt erkannten, geheime Dienstbotengänge, die unbewacht verblieben ... nur Hendryk hatte sie überzeugen müssen.

Belén warf einen Blick in Richtung ihres Leibwächters, der ihr lautlos wie ein Schatten durch die Gänge gefolgt war und sich unauffällig an der Wand positioniert hatte. Sie kannte ihn bereits ihr halbes Leben und mochte es eigentlich lieber, wenn er ihr nicht bloß als Statue Gesellschaft leistete.

Belén stieß einen zweiten, nachdrücklichen Seufzer aus und warf dem Leibwächter einen auffordernden Blick zu. Hendryk blieb stumm. Erst, als sie einige Augenblicke gewartet hatte, sprach er: »Wünscht Eure Hoheit etwas?«

»Bitte«, sagte sie, »einmal noch.«

Seine Haltung wurde etwas weniger steif als zuvor. »Hoheit«, sagte er, »Ihr wollt schon wieder ...?«

Sie hielt den Blick fest auf ihn gerichtet. »Ein letztes Mal, bevor wir abreisen. Danach bin ich ganz still. Ich werde nie wieder um etwas bitten.«

Hendryk lachte freudlos. »Und das von einer Prinzessin zu ihrem Leibwächter.«

Belén hob amüsiert eine Augenbraue. »Ah, natürlich könnte ich es auch als Befehl formulieren. Hendryk, geleite mich hinab auf den Markt von Glaza.«

»Das würde Euch sicher glücklich machen. Aber ich muss die Befehle befolgen, die Euer Vater mir erteilt hat.« Hendryk begann, an seinem Kinnbart herum zu nesteln, was Belén als gutes Zeichen deutete. »Befehle, die ich schon gestern ignoriert habe. Und die vier Male, die wir zuvor unten waren, ohne dass jemand davon gewusst hat.«

»Und niemand hat etwas bemerkt«, sagte sie. »Eine unscheinbare Bedienstete und ein Gardist! Es ist niemandem aufgefallen.«

»Shh! Nicht so laut!« Hendryk ließ die Schultern hängen, als sie ihn nur abwartend ansah. »Hoheit, es ist und bleibt gefährlich.« Seine Stimme war schwach, sie hatte ihn fast weichgeklopft. »Das Risiko, dass wir entdeckt werden, wird doch nicht geringer. Und stellt Euch nur vor, ihr geratet in Gefahr. Diebe, Verbrecher … die Welt dort unten ist … fürchterlich! Gar nicht so, wie Ihr meint.«

»Hendryk!«, unterbrach sie ihn unwirsch. »Erzähl mir Neues. Ich habe alles gesehen, sogar die gefährlichen Stellen, an denen des Nachts der Nymphenstaub verkauft wird. Du hast sie mir gezeigt! Und gegen die Taschendiebe weißt du mich wohl zu verteidigen, sonst wärst du ein ziemlich nutzloser Leibwächter.«

»Prinzessin, Ihr verletzt meinen Stolz.«

Sie schmunzelte. »Ich weiß.«

»Ein letztes Mal?«

Feierlich nickte sie. »Danach werde ich es nie wieder mit einem einzigen Wort erwähnen.«

Wie immer wählten sie einen Nebenhof, der für gewöhnlich vom Personal genutzt wurde und über den Waren ins Schloss und hinaustransportiert wurden. Belén, die leisen Nervenkitzel verspürte, als sie sich durch die Tür hinausstahlen, sah sich neugierig um. Sie trat einem Myrtal-Wapiti aus dem Weg, das ein Reiter durch den Hof führte. Das mächtige Geweih des Tiers war mit schimmernden Metallstücken geschmückt. Belén spürte sein warmes Schnauben auf der Haut und lächelte schwach.

Überall herrschte reges Treiben. Dienstmädchen und Boten eilten von Tür zu Tür. Essen wurde herumgetragen und Karren, die von kräftigen Hirschen über das Pflaster gezogen wurden, suchten nach einem Halteplatz. Dienstmädchen, die sich eine inoffizielle Pause gönnten, hielten in einer Ecke einen Plausch. Eine spielte mit ein paar Magiefunken, die sie in kleine Vögel verwandelte und dann wieder zerfallen ließ.

Niemand, der sich im Hof des Palasts aufhielt, bekam mit, dass sich die Prinzessin ungesehen aus dem Gemäuer stahl.

Belén trug ein pastellgrünes, hochgeschlossenes Kleid mit einer Schürze, die traditionelle Kleidung der Elynther Dienstmädchen. Hendryk hatte vollen Einsatz gezeigt und war auf die Avancen einer Bediensteten eingegangen, die ihm schöne Augen gemacht hatte. Als sie ihn in den Trakt der Bediensteten mitgenommen hatte, hatte er ein Kleid von dort entwendet. Belén amüsierte sich jedes Mal wieder und spürte ihre Wangen erröten, wenn er berichtete, wie das Mädchen in den Waschküchen über ihn hergefallen war. Spätestens an der Stelle, an der die alte Wäscherin in der Tür auftauchte, Hendryk eines der Kleider an sich riss und die Flucht ergriff, musste sie laut lachen.

Sie liebte das Kleid. Sie liebte die goldenen Stickereien am Saum, den Kragen, der über dem Schlüsselbein mit einer kleinen Schnalle verschlossen war, und den Aufschlag der Ärmel. Es war auf einfachere Weise verspielt als ihre Seidenkleider, welche ebenfalls in den typisch fellonischen Pastelltönen gehalten waren. Um ihre Schultern lag ein dunkelbrauner grober Umhang. Das verräterisch lange, hellblonde Haar wurde von einer Haube verborgen. Beim ersten Mal hatten sie die geheimen Dienstbotengänge nach draußen genommen, was viel aufwendiger gewesen war – die Verkleidung machte das weitaus komfortabler.

»Die Prinzessin von Hohenmond verlangt erneut die Schwarzbeerpastete«, sagte sie zu einem der Gardisten, der das Tor bewachte. »Sie schickt uns, um sie zu holen.«

»Bitte, immer durchgehen«, sagte der Gardist, nachdem er einen Blick auf ihren Arm geworfen hatte. Ein silbriges Mal zierte ihr Handgelenk, das sie als Bedienstete auswies. »Aber nicht wieder so lang wegbleiben, sonst gibt's bald Ärger von der Hoheit.«

»Man muss eben immer lange anstehen«, sagte Belén und Hendryk tippte sich mit einem Grinsen an den Helm. Gemeinsam spazierten sie die Straße hinab. »Siehst du?«, fragte Belén, als sie außer Hörweite waren. Mit den Fingern strich sie über das silberne Mal, das daraufhin verschwand. »Es funktioniert jedes Mal. Kein Grund zur Sorge.«

»Warum lasse ich mich wieder und wieder darauf ein?«, murmelte Hendryk eher zu sich selbst, lachte dann aber ergeben. »Es ist schlimm genug, dass ich Euch magische Tricks beibringe, aber dass Ihr Eure Kräfte nutzt, um Male zu fälschen, setzt dem Ganzen den Funken auf.«

»Die Sicherheitsvorkehrungen sind nicht streng genug«, meinte Belén gleichmütig.

»Es rechnet niemand mit solch übermächtigen Fähigkeiten wie Euren«, sagte Hendryk augenrollend und sie lachte.

Sie schlenderten durch die Gassen der Stadt in Richtung Hafen, wo der Markt der Wunder lag. Häuser, perlweiß und belegt mit silbrigem Schimmer, als bestünden sie ganz aus Magie, erhoben sich rechts und links von ihnen in den Himmel. Überall plätscherten arkane Wasserspiele – Springbrunnen mit Figuren stolzer Wapitireiter oder anmutiger Magierinnen, Rinnen mit schmalen, funkelnden Bächen und kleine Wasserfälle, die von den Dächern plätscherten und in Becken mündeten. In Beléns Heimat Felidor war die Architektur an ihrem Familienwappen, dem Sichelmond, orientiert – überall schwebten funkelnde Lichter wie Sterne, das Schloss funkelte wie reines Silber. Hier in Elynth stand alles im Zeichen des nahen Meeres.

Noch waren wenige Menschen auf den Straßen unterwegs, doch wenn Belén genau hinhörte, erklangen bereits Stimmen, Musik. Das Lächeln, das sich auf ihrem Gesicht ausbreitete, war voller Vorfreude. Die Besuche hier versetzten sie jedes Mal in ungemeine Aufregung. Aber es war auch wichtig, dass sie hier war, sagte sie sich. Nur hier unten war sie den Menschen nah genug, um sie eines Tages, wenn sie den Thron bestieg, zu verstehen.

Als die Musik und das Lachen zu einer lauten Symphonie angeschwollen waren, öffnete sich die Straße vor ihnen und gab den Blick frei auf Himmel, Meer und den lebendigen Markt. Mit funkelnden Augen sah sich Belén um. Ein Netz aus Lichtkugeln breitete sich über den Ständen aus, reichte weiter, als sie sehen konnte. Die Bäche zwischen den Buden bildeten ein Delta an jeder Kreuzung – ein Symbol dafür, dass alle Stände miteinander verknüpft waren. Zwischen den verschiedenen Bezirken, in denen Schmuck und Stoffe, Speis und Trank und schöne Künste feilgeboten wurden, verliefen silberne Brücken. Zahllose Menschen bewegten sich auf den dicht gefüllten Gassen.

»Vorsicht!« Drei Kinder liefen lachend vorüber und ließen Beléns Umhang im Wind aufwehen. »Ich fang dich, ich fang dich!« Entzückt schaute sie ihnen nach, ehe sie Hendryk winkte und Prinzessin und Gardist ins bunte Treiben des Markts eintauchten.

Wunder gab es allemal. An jeder Ecke warteten faszinierende Dinge, aus fernen Ländern und mit wundersamer Magie geschaffen. Es duftete nach Gewürzen, süßen Zitronengebäcken und warmem, verführerischem Pilzragout und auch das Meer schmeckte Belén salzig auf den Lippen. Gaukler sprangen in schillernden Kostümen über die Straßen, boten magische Tricks dar oder trugen Stücke mit Streichinstrumenten und Flöten vor. Es klang so schön. Die Lieder und die Stimmen, dieser Aufruhr und diese Ruhelosigkeit. Jedes Mal fühlte sie sich schier erschlagen von all den Eindrücken, die sich ihr boten. All die Geräusche und Gerüche und Anblicke! So etwas hatte sie zu Hause nie gesehen – nicht von nahem.

»Und? Stellt es Eure Hoheit zufrieden?«, fragte Hendryk.

»Erst, wenn wir die catayrische Händlerin gefunden haben! Und diese getrockneten Früchte noch mal …«

»Schon gut! Dann nichts wie los«, sagte Hendryk mit hilflosem Lächeln. »Damit wir auch pünktlich zurück sind.«

Die Tuchhändlerin, die ihnen empfohlen worden war, fanden sie als Erstes. Belén bewunderte die feinen Stoffe und das gegerbte Drachenleder, das die catayrische Reisende mit säuselnder Stimme feilbot. Sie durfte das Leder befühlen, das glatt war, wenn sie in eine Richtung strich, rau in der anderen. Gegenüber saß eine junge Frau an einem Brunnenrand und spielte ein fremdes Instrument. Zu ihren Füßen saß ein kleiner weißer Hund, ein silbernes Band um den Hals gebunden. Er gab ihr die Pfote, als Belén eine fellonische Krone vor ihm hinlegte. Von da spazierten sie weiter in den Bezirk, von dem es so verführerisch duftete.

Hendryk folgte Belén auf Schritt und Tritt und warf den Menschen um sich herum argwöhnische Blicke zu, um eine aufkommende Auseinandersetzung im Keim zu ersticken. Fast den ganzen Nachmittag geleitete der Leibwächter sie durch Glaza und erklärte Belén, was sie nicht verstand. Am liebsten hätte sie auch den ärmeren Vierteln einen Besuch abgestattet, in denen sie ihrer Meinung nach am meisten gelernt hatte. Noch immer wurde ihr ganz flau, wenn sie daran dachte, wie der ältere Bettler auf der Straße sie angesehen hatte. Ihm hatten beide Beine gefehlt. Sie erinnerte sich auch gut an die jungen Mädchen in den knappen Kleidern, wie verführerisch sie die Hüften gewogen und die Lippen gespitzt hatten. Sicher waren einige jünger als sie selbst gewesen. Belén wollte dorthin zurück, doch als sie unauffällig auf das Viertel zusteuerte, schob Hendryk sie entschieden in eine andere Richtung.

Er kaufte zwei Schalen von Beléns geliebtem Pilzragout, das traditionell auf dem Markt verkauft wurde, dazu eisgekühlten Tee und eine Packung getrockneter Apfelringe. Sie aßen gemeinsam auf einem Brunnenrand, während Belén eine Schar Fangen spielender Kinder beobachtete. Das Meer rauschte in der Muschelbucht und Möwen kreisten über dem Himmel, während sich die Sonne auf den Horizont zubewegte und den Himmel in Feuer tauchte. Das Lichternetz über ihren Köpfen erwachte zum Leben.

Belén fütterte eine Möwe mit einem Stück ihres Brots. »Das war schön heute«, sagte sie, als sie einen der letzten Apfelringe aus der Tüte fischte. »Schade, dass es das letzte Mal war.«

»Ja. *Unheimlich* schade«, sagte Hendryk mit funkelnden Augen.

»Hmm«, machte Belén schmunzelnd. »Ich weiß schon. Du wärst lieber mit diesem Dienstmädchen hier gewesen! Aber leider musstest du mit deiner langweiligen Prinzessin vorliebnehmen.«

»Man mag Euch vieles nachsagen, Hoheit«, sagte Hendryk und leerte sein Glas, »aber langweilig seid Ihr nicht.«

Belén knabberte an ihrem Apfelring. Sie musterte die Lichter über ihren Köpfen und das rauschende Meer, die Sonne, die sich über den Horizont senkte. »Wenn du einen Ort auf der Welt besuchen könntest«, sagte sie, »welcher wäre es?«

Eine Weile schwieg Hendryk. »Zuhause«, befand er dann. Als sie ihm einen überraschten Blick zuwarf, zuckten seine Mundwinkel. »Ich war ewig nicht dort. Namos ist wunderschön um diese Jahreszeit. Die Weizenfelder säuseln und die Wälder leuchten wie aus Gold. Es würde Euch gefallen.«

»Das würde ich gerne sehen.« Belén grinste. »Genauso wie die Taverne, in der du dieses Mädchen vor seinem großen Bruder beschützt hast. Wie war das gleich? Du hast dich ihm mit einem Besen entgegengestellt?«

»Mit einer Forke«, korrigierte Hendryk. »Und ich war fünfzehn! Ich hatte keine Ahnung, wie man mit Magie umgeht. Ich hab erst viel später gelernt, wie ich hilflose Prinzessinnen zu beschützen habe.«

»Klar.« Sie lachte.

»Und Ihr? Was würdet Ihr sehen wollen?«, fragte Hendryk. »Nein, lasst mich raten. Die Observatorien von Danicwart.«

Belén überdachte die Frage. Sie wollte diese Observatorien unbedingt sehen – Danicwart grenzte an Elynth und verfügte über eine Vielzahl Sternenwarten, in denen Astronomen den Nachthimmel erforschten. Belén hatten die Theorie, dass Sterne kristallisierte Magie verstorbener Fellonier waren, stets unheimlich interessant gefunden, selbst wenn es sich um Spekulationen handelte. Wenn sie keine Kronprinzessin gewesen wäre, hätte sie an einer der Akademien studiert. So musste sie sich mit dem Teleskop zufriedengeben, das ihr Vater ihr zum letzten Luminarium geschenkt hatte. Mittlerweile kannte sie die Namen der meisten Sternbilder auswendig und zu Hause in Felidor bestand die Decke ihres Gemachs aus einer Kuppel, durch die sie den Himmel betrachten konnte, wenn sie einschlief.

Aber wollte sie deshalb nach Danicwart? Nicht in die Wüsten von Catayr, zu den Drachen, in die geheimnisvollen Dschungel im Osten, das ferne Mingnai oder das sagenumwobene, von Gefahren umgebene Anadyr?

»Ich glaube«, sagte sie nach einer Weile, »ich möchte nach Thale.«

Hendryk fiel alles aus dem Gesicht. »*Was?*«

»Ja«, sagte sie ruhig. »Du weißt schon, dort, wo die furchterregenden Göttergläubigen wohnen. Die ohne Magie. Ich hab Riesenangst!«

»Was *wollt* Ihr dort?«, fragte Hendryk. »Die Thaleaner würden Euch umbringen, wenn ich Euch erinnern darf.«

»Du würdest mich ja beschützen«, sagte Belén.

»Ja, sicher. Vor einer Horde Fanatiker mit Mistgabeln!« Hendryk warf die Hände in die Luft und messingfarbene Funken stoben auf.

»Ich möchte von nahem sehen, ob diese Menschen wirklich so furchtbar sind, wie man ihnen nachsagt«, sagte Belén. »Ich mache mir lieber ein eigenes Bild, als zu glauben, was andere sagen.«

»Zu den Funken, Euch ist nicht zu helfen«, sagte Hendryk geringschätzig. Dann zuckte er mit den Schultern und lächelte. »Aber da ich Euer Freund bin, habe ich trotzdem etwas für Euch.«

Belén musterte das Objekt, das er aus der Jackentasche zog. »Eine Muschel.« Sie nahm sie in die schmalen Hände und drehte sie hin und her, bewunderte die Windungen und Erhebungen und strich über die Stacheln, die aus dem Rücken erwuchsen. Sie war kleiner als ihre Faust. Zwei Löcher waren hineingebohrt und eine Kordel hindurchgefädelt worden, sodass man sie um den Hals legen konnte. »Wofür hast du sie gekauft?«

Hendryk lächelte lieb. »Ich dachte, Ihr wollt womöglich eine Erinnerung an Glaza.«

Belén sah ihn an und schüttelte den Kopf. »Das kann ich nicht annehmen«, sagte sie. »Du musst mir nichts kaufen, ich habe genug.«

»Aber nicht so was«, sagte er. »Nehmt es als Geschenk von mir. Damit Ihr Euch auch immer daran erinnert, was wir erlebt haben. Euer Vater bezahlt mich gut genug, die paar Münzen schaden nicht.«

Auch wenn es sie quälte, ließ sie sich die Kette umlegen und im Nacken zuknoten. Als sie den Kopf hob und die geflochtenen Haare unter der Kette hervorzog, lächelte sie warm. »Danke.«

Hendryk fuhr sich über den Bart. »Bitte. Und wenn ich ganz ehrlich bin, fand ich es auch schön. Obwohl ich natürlich viel lieber Zeit mit dieser Bediensteten verbracht hätte als mit der langweiligen Prinzessin Belén. Zum Glück habe ich heute Abend schon etwas geplant.« Belén lachte hell, als Hendryk mit den Brauen wackelte. Sie legte die Hand um die Muschel, die angenehm schwer um ihren Hals lag. Belén stellte erneut fest, wie schön es war, einen Freund zu haben. Hendryk war immer da – damit schenkte er ihr etwas, was noch viel schöner war als die Muschel.

Ihr Name drang an ihr Ohr und ließ sie und Hendryk alarmiert den Kopf heben. Als sie sich umsahen, entdeckten sie zwei junge Frauen, die allerdings nicht mit ihr, sondern *über* sie sprachen:

»… so schön wie Prinzessin Belén!«, rief eine. Ihre dunkelblonden Locken flogen, als sie eine Drehung vollführte und etwas in die Höhe hielt.

»Lass mich sehen.« Die zweite junge Frau, etwas rundlich und wie das Erste etwa in Beléns Alter, beugte sich über den Gegenstand, den ihre Freundin präsentierte. Auch die Prinzessin lehnte sich unauffällig nach vorn, um besser sehen zu können, worum es sich handelte. In ihrer Hand lag eine cremefarbene, murmelgroße Perle.

»Wo hast du die her?«, fragte die Zweite mit großen Augen.

»Ein Junge am Hafen direkt neben dem Lagerturm führt Zaubertricks vor.« Die Blonde fuhr über die Perle und ließ sie in ihrer Kleidtasche verschwinden. »Er rief mir zu, ich sollte mein Glück wagen und ein Spiel mit ihm spielen. Sprach wirklich, wirklich schlechtes Fellonisch, muss man sagen. Er hatte zwei Becher mit der Öffnung nach oben auf ein Brett gelegt und hielt eine Perle in der Hand. Wenn ich errate, unter welchem Becher sie liegt, sagte er, dann bekomme ich sie geschenkt. Also hab ich ganz genau verfolgt, wie er die Perle unter einen Becher legte und sie verschob. War ganz einfach, dachte ich. Aber als ich auf einen Becher zeigte, war er leer! Ich war richtig enttäuscht, ich dachte, die Perle wäre mir sicher, doch er hatte mich ausgetrickst. Als er sah, wie traurig ich war, sagte er, ich sollte einen Blick in meine Tasche werfen – und als ich hineingriff, war dort das Schmuckstück!«

»Sag nicht!«, rief ihre Freundin aus. »Das geht doch gar nicht.«

»Zumindest nicht, wenn man kein erfahrener Magier ist.« Die Blonde nickte. »Ich war so begeistert, ich hab ihm die Schwarzbeerpastete überlassen, die ich von der alten Gendra gekauft hatte.«

»Dann muss es dich beeindruckt haben.«

»Meine Liebe.« Das Mädchen nahm sie bei den Händen, »ich kann mir hunderte dieser Pasteten kaufen, wenn ich Lust habe! Diese Perle muss ein Vermögen wert sein!«

»Glaubst du, der Junge ist noch da?«, fragte die Dunkelhaarige. »Glaubst du, er hat mehr solcher Perlen? Ich will so was!«

»Lass es uns herausfinden«, sagte die Blonde und griff ihre Hand fester. »Aber vorher holen wir uns zwei Pasteten. Ich bezahle!«

Als die beiden in der Menge verschwanden, warf Belén Hendryk einen Blick zu. »Hendryk?«, fragte sie gedehnt.

Er rang mit sich. »Hoheit?«

»Ich weiß, wir sollten auf direktem Weg die Pasteten kaufen und zum Schloss zurückkehren, aber …« Sie lächelte treuherzig.

»Hoheit!«

»Nur gucken.« Sie betrachtete den hohen Hafenturm, der sich schräg rechts von ihnen gegen die untergehende Sonne erhob. Hafenarbeiter nutzten die letzten Sonnenstunden, um mit den magiebetriebenen Lastenzügen Kisten in den Turm zu ziehen. »Dann gehen wir direkt zurück.«

Hendryk seufzte. »Was mache ich mir eigentlich vor?«, murmelte er. »Ich kann Euch keinen Wunsch abschlagen. *Niemand* könnte Euch einen Wunsch abschlagen.« Und so half er ihr vom Rand des Brunnens und die beiden verschwanden in der Menge, während sich die Sonne tiefer und tiefer über den Himmel senkte.

Die Marktplätze leerten sich bereits und Belén entdeckte den Stand des Zauberjungen schon aus der Ferne. Mit beherzten Schritten bahnte sie sich einen Weg durch den versiegenden Menschenstrom und steuerte auf den Jungen zu, der hinter dem behelfsmäßigen Tisch stand. Hendryks leichte Rüstung schepperte, als er seine Schritte beschleunigte, um ihr auf den Fersen zu bleiben.

Bei dem Stand handelte es sich bloß um ein paar Bretter, die auf zwei Fässer gelegt worden waren. Darauf hatte der Junge drei Becher verkehrt herum aufgestellt. Der Kleine war vielleicht zehn, so wie die Kinder der Küchenfrau, die immer durch die Gänge und Gärten im Schloss huschten und nicht selten Ärger machten. Er trug eine schmuddelige Jacke in einem dunklen Braun, sein Haar war blond und verwuschelt. Ehe Belén nähertrat, lungerte er auf einem Fass herum, doch als er sie entdeckte, sprang er auf und grinste überschwänglich.

»Näher, näher«, sagte er und Belén hob die Brauen, als sie feststellte, dass er *Thaleanisch* sprach. Sie beherrschte die fremde Sprache nicht perfekt, da die Fellonier es natürlicherweise vermieden, die Sprache ihrer Feinde zu lehren – als Prinzessin von Hohenmond aber hatte sie Kenntnisse in allen großen Sprachen erlangen müssen. Außerdem wurzelte das Hochthaleanisch im Alt-Erali, der früheren Weltsprache, in der man sie eingehender unterrichtet und die ihr sehr gefallen hatte.

»Prinzessin, ein Thaleaner, das ist mir nicht geheuer«, sagte Hendryk.

»Das ist kein Thaleaner«, erwiderte sie. »Sein Akzent ist stärker als der eines adrischen Walfängers. Außerdem ist er ein kleiner Junge, was soll er mir tun?«

»Schöne Frau«, sagte der Junge und grinste zu ihr herauf, als sie stehenblieb und einen Knicks machte.

»Guten Tag, junger Mann. Ich habe gehört, Ihr könnt zaubern?«

»Zauber! Spiele spielen.« Seine Augen wurden schmal, wenn er grinste, und Belén fand ihn irgendwie süß, auch wenn er ein Frechdachs sein musste. »Ein Spiel?« Der Junge zog etwas aus seiner Tasche, ließ es geschickt von hinten über seinen Kopf hinwegfliegen, fing den kleinen Gegenstand auf und präsentierte ihn den beiden. Belén neigte den Kopf zur Seite. In seiner Hand lag eine traubengroße Perle. Sie musste ausgesprochen wertvoll sein, wenn sie echt war. Ob er zu einer Schmugglerbande gehörte? Oder mochte es einfach eine Attrappe sein, die er leichtsinnigerweise mit Magie gemacht hatte? Sie beschloss, Vorsicht zu wahren, auch wenn es sich um einen kleinen Jungen handelte.

Hendryk neben ihr hatte sich versteift. »Nur eine Runde«, sagte er streng.

»Versprochen.« Belén bedachte ihn mit einem amüsierten Blick und nickte dann auf die Frage des Jungen hin. Der nahm die Perle und legte sie unter den mittleren der drei Becher. »Aufpassen«, sagte er wichtig und begann, die Becher zu verschieben. Er tauschte den mittleren mit dem rechten, den linken mit dem mittleren und den rechten mit dem linken. Belén, die sich vorgebeugt hatte, verfolgte das Spiel konzentriert. Hendryk war noch aufmerksamer, beobachtete allerdings den Jungen und nicht die Becher. Perle links, Perle Mitte …

Der Junge lehnte sich zurück. »Wo ist Perle?«

»Da.« Belén zeigte auf den linken Becher. Er grinste sie an und seine Augen wurden erneut klein, dann hob er den linken Becher … und er war leer.

»War falsch«, sagte er und sie machte ein trauriges Gesicht. Dann hob der Zauberjunge den mittleren Becher, schaute verwirrt und sah auch unter dem letzten nach – ohne die Perle irgendwo aufzufinden. »Wo, wo ist Perle …«, murmelte der Junge und wuselte suchend umher, ehe er innehielt, den Kopf hob und sein Blick ihren traf. Belén begegnete seinen dunkelblauen Augen, beobachtete, wie sich seine Gesichtszüge veränderten, Erkenntnis darauf trat. Mit einer ungeahnten Geschwindigkeit schnellte er vor, um nach ihr zu greifen. Sie zuckte überrascht zurück, doch ehe er sie ansatzweise erreichen konnte, flammte messingfarbene Magie auf und der kleine Zauberer wurde zurückgestoßen. Seine Hände flogen zusammen und wurden von unsichtbarer Kraft niedergedrückt.

»Kein Anfassen«, sagte Hendryk scharf, als der Junge ihm einen erschrockenen Blick zuwarf. Der Soldat musterte ihn scharf, ehe er ihn freigab. Belén, deren Herz einen erschrockenen Satz gemacht hatte, beobachtete, wie sich der Kleine verwirrt auf den Hintern fallen ließ. »Zauberei …«

»Das gehörte zum Trick«, sagte Belén.

Hendryks Blick war vernichtend. »Wenn der Trick beinhaltet, dass er Euch anfasst, dann machen wir bei dem Trick nicht mit.«

Belén konnte es ja verstehen. Als Prinzessin wurde sie selten unvorbereitet angefasst und es wäre ihr sicher unangenehm gewesen, wenn der Junge nach ihr gegriffen hätte. Dennoch empfand sie Mitleid mit dem Kind. Es hatte ihr nichts tun wollen und saß nun mit verwirrtem Gesichtsausdruck auf dem Tisch, weil er nicht mal verstand, was da gesprochen wurde.

»Du hättest dennoch nicht so grob sein müssen«, sagte sie.

»Du«, sagte der Junge da und zeigte auf Hendryk. »Du.« Sein Finger wies auf Belén und er tippte sich ans Ohr.

Der Gardist schien irritiert, streckte aber die Hand aus und griff Belén hinters Ohr. Als er die Hand zurückzog, hielt er die Perle darin.

»Finden!«, rief der kleine Junge zufrieden, während Hendryk die Perle skeptisch betrachtete und dann einen prüfenden Blick in seine Richtung warf. Belén klatschte beifällig in die Hände. »Das war wunderbar.«

Hendryk wollte ihm die Perle zurückgeben, doch der kleine Zauberer schüttelte den Kopf. »Für dich.«

»Oh, wir brauchen keine Schätze«, sagte Belén, obwohl sie nicht mal sicher sein konnten, ob die Perle tatsächlich ein Schatz war. Sie zog zwei Münzen hervor und reichte sie dem Jungen, welcher sie mit breitem Grinsen entgegennahm, die Perle aber weiter ablehnte. Er griff hinter sich und holte einen Beutel hervor, dessen Kordel er aufzog, um ihnen den Inhalt zu präsentieren. »Hier.«

Belén staunte nicht schlecht – das Säckchen war bis zum Rand mit Perlen gefüllt. Prinzessin und Leibwächter tauschten einen Blick und beschlossen in stiller Einvernehmlichkeit, zu glauben, dass es sich um falsche Perlen handeln musste. Selbst wenn sie Schmugglerware sein sollten, würde dieses Kind sie nicht für zwei Münzen auf dem Marktplatz verkaufen.

Hendryk wurde zunehmend unruhig und da die Sonne dem Horizont bereits gefährlich nah gekommen war, beschloss Belén, sich zu verabschieden und auf den Heimweg zu machen – doch eine Stimme unterbrach sie.

»Na, was ham wa 'n da?« Das Knurren ließ sie kehrtmachen, Hendryks Hand legte sich sogleich auf sein Schwert. Vier Männer hatten sich hinter ihnen aufgebaut.

»Also stimmt's wohl.« Sie sahen schmierig aus und trugen dreckige und löchrige Kleidung. Der vordere Kerl, der gesprochen hatte, schüttelte sich das gescheitelte, fettige Haar aus der faltigen Stirn und grinste, wobei er faulige Zähne entblößte. »Man hat uns gesacht, es gäb hier was zu holen. Schicke Perlen«, sagte er.

»Aye, schicke Perlen.« Der fette Kerl links von ihm grinste unverhohlen auf Beléns Dekolleté. Sie verschränkte mit einem Gefühl von Ekel die Arme, während sich Hendryks Griff um das Schwert verstärkte. Belén konnte bis hierher riechen, wie die Männer nach Alkohol stanken.

»Schatz her«, bellte der dritte mit kehliger Stimme. Seine Stirn stach hervor wie bei einem Ochsen. Der vierte hinten sah aus wie eine Krähe und obwohl er nicht sprach, war sein Grinsen ausgesprochen bedrohlich. Es musste sich um Hafenarbeiter oder dergleichen handeln, die nach der Schicht hier herumlungerten.

Der kleine Junge musterte die Männer mit schiefgelegtem Kopf. Seine Haltung war angespannt und er schien zu wissen, dass diese Kerle nicht ungefährlich waren, obwohl er nicht verstand, was sie sagten.

»Haste nicht gehört, Junge?«, fragte der erste. »Er hat gesagt, Schatz her!«

»Unauffällig rückwärtsgehen«, murmelte Hendryk und Belén machte einen Schritt nach hinten. Ihr war übel geworden, so sehr klopfte ihr Herz – sie hoffte inständig, dass sie es dieses Mal nicht zu weit getrieben hatten.

»Na, wo wollta denn hin?« Der Kerl, der so gierig auf ihre Brüste gestarrt hatte, setzte vor und wollte sie packen, doch ehe er sich versah, sang eine Stahlklinge und Hendryk hielt ihm sein Schwert entgegen. »Keinen. Schritt. Weiter«, knurrte der Gardist.

Der Hüne machte ein verdutztes Gesicht, als die Schwertspitze beinahe seine Nase berührte. Auch die anderen drei erstarrten.

»Du beschützt 's Mädel aber ganz schön genau dafür, dass sie 'ne Dienstmaid is'«, sagte der erste. Langsam zog er ein Messer von seinem Gürtel.

»Schatz«, knurrte der mit der kehligen Stimme, zeigte auf die Perlen und der kleine Junge zuckte.

»Und Mädchen«, setzte der andere hinzu, der noch immer Hendryks Schwert im Gesicht hatte.

»Ich würde das lieber nicht versuchen«, sagte der Soldat.

Die Hafenarbeiter lachten schallend und Belén trat unauffällig einen Schritt hinter Hendryk. Die Angst war ihr in die Knochen gekrochen und ließ sie frösteln. »Und was soll passier'n, *wenn* wa's versuchen?« Der Hüne, der das Wort führte, baute sich neben seinem Freund auf. Hendryks Schwert fuhr von einem zum anderen. »Was willste dann schon machen?«

Der Gardist war ein exzellenter Schwertkämpfer und passabler Magier, aber viel kleiner als die Hafenarbeiter. Beléns Blick zuckte umher und sie wünschte sich inständig, dass die Stadtwache auf sie aufmerksam wurde, auch wenn auffliegen würde, dass sie sich hinausgeschlichen hatte. Doch sie konnte keine Soldaten entdecken.

»Schätze!« Nun brüllte der Kerl, der offenkundig kein anderes Wort sagen konnte. Da rief Hendryk: »Fangt doch!«, und warf seine Perle in ihre Richtung, riss das Schwert hoch und zog es dem linken Hünen scharf durchs Gesicht. Er jaulte auf, Hendryk rief: »Lauf!«, und Belén wirbelte herum und wollte die Flucht ergreifen. Kaum hatte sie zwei Schritte getan, packte sie der vierte Kerl, die Krähe, und schlang mit dreckigem Grinsen einen Arm um sie. Belén schrie vor Angst und Ekel und wehrte sich in seinem Griff, während er den Säbel hervorzog und an ihre Kehle hob. »STOPP!«, rief sie. »Hendryk!« Doch Hendryk bekämpfte drei Schläger zugleich und konnte ihr nicht zur Hilfe kommen.

Sie spürte, wie ihr der Alkoholgestank und die Angst Tränen in die Augen trieben und stieß ein Wimmern aus, als die Säbelklinge ihren Hals berührte. »Bitte … nicht«, brachte sie hervor. Schmutziges Lachen drang an ihr Ohr. Und dann – dann erstickte das Lachen, die Krähe sackte in sich zusammen und Belén landete strauchelnd im Staub. Der Zauberjunge stand vor ihr, in der einen Hand eine Schleuder, in der anderen eine Perle. Keuchend starrte sie zu ihm hinauf, als er das kleine Geschoss in den Beutel gleiten ließ und die Hand ausstreckte. »Komm«, sagte er. Nach einem raschen Blick auf die Krähe, die sich heiser stöhnend aufrichtete, und Hendryk, der gegen die drei anderen kämpfte, ergriff Belén die Hand des Jungen und ließ sich auf die Beine helfen. Mit einer überraschenden Kraft zog er sie hinter den Stand, um den Turm herum, immer weiter. Belén stolperte mehrmals, während sie ihm folgte, weil er so schnell lief. Die Möwen hier krächzten lauter, die Kampfgeräusche wurden dumpf und als sie weiterrannten, erkannte sie, dass sie in einem verlasseneren Teil des Hafens angelangt waren. Sie umrundeten den Turm und schlängelten sich zwischen Frachtgut hindurch – und dann lief sie beinahe in den Zauberjungen hinein, der unangekündigt stehenblieb.

Belén brauchte sich nicht nach dem Grund umzusehen. Um sie herum standen Menschen, junge Frauen und Männer, etwa ein halbes Dutzend, die einen Halbkreis gebildet hatten und ihnen jeglichen Weg versperrten. Ihr Blick zuckte von einem zum anderen. Ihre Kleidung war ebenso schmuddelig und obskur – ausgebeulte Seefahrerjacken, abgetragene Kleider, Ringe in Ohren, Brauen und Nasen. Belén rang nach Luft und machte einen Schritt zurück, während ihr Herz raste und sich in ihrer Kehle ein Schrei nach ihrem Leibwächter verdichtete. Waren das Kumpanen dieser Kerle?

»Freunde«, sagte der Zauberjunge, und da stolperte Belén nach hinten und wollte die Flucht ergreifen. Doch ehe sie sich weiter rühren konnte, traf etwas Hartes ihre Stirn und löschte jeglichen Gedanken.

Und dann war alles still.

SALZ UND BLUT

Der Weg bis zur Roten Ruby was eine Odyssee aus Schreien, Blut und Donnergrollen. Im Nachhinein erinnerte ich mich nicht, wie lang wir gelaufen waren – es waren sicher nur wenige Minuten gewesen, doch die hatten sich angefühlt, als wäre der Mond über den ganzen Himmel gewandert. Der Regen behinderte die Sicht und durchnässte uns bis auf die Knochen. Immer wieder mussten wir über umgestürzte Karren und zertrümmerte Marktstände klettern und Lakerten ausweichen, die aus dem Wasser krabbelten und sich auf die Jehraner stürzten. Ich versuchte, keinen Blick für die Sterbenden zu haben – *nicht daran denken*, wir mussten uns um uns selbst kümmern.

Wir kamen so langsam voran. Bei jedem Blitz fuhr der Blick aller zum Schiff, das sich vom Pier entfernt hatte, aber nur noch langsam oder gar nicht zu bewegen schien. Jedes Mal fürchteten wir, die Ruby könnte wie vom Erdboden verschluckt sein.

Das Hafenbecken war eine schwarze, wogende Masse aus wildem Wasser und den triefenden Körpern der Lakerten. Ihre Schuppen flackerten silbrig, wenn sie durch die Wasseroberfläche stießen. Die Seesammlerin, die wie eine Totengöttin mit dem Diadem auf dem Haar die Arme erhob, wachte mit erhabenem Auge über das Geschehen. Es fiel mir nicht schwer, mir auszumalen, wie Saesora den Menschen am Tag des Blauen Morgengrauens erschienen war, als sie die Flut über Larounia gesandt hatte.

Sammy stützte mich, als ich strauchelte und zu fallen drohte. »Alles gut?« Er war durch den prasselnden Regen kaum zu verstehen.

Ich wollte nicken, doch es gelang mir nicht.

»Sieh mal, das Schiff bewegt sich nicht mehr!« Sammy wies nach vorn.

»Die lassen sie in Ruhe, aye?«, fragte ich. »Wir sind doch aus St. Flaeme!

Sie lassen Lou in Ruhe, oder?«

Er zögerte. »Leonard hat sicher alles getan, damit Lou in Sicherheit ist«, sagte er schließlich. Als ich nickte, winkte er mich mit. »Jetzt komm!«

»Und wie kommen wir hin? Sollen wir etwa rüberspringen?«

Sammy setzte zu einer Antwort an, sagte aber nur: »Wir schaffen das schon!«

Ich schaute zu den anderen. Julean lief voran, das Schwert erhoben. Immer wieder warf er Blicke nach hinten und vergewisserte sich, dass wir mithielten – ansonsten versuchte er, uns das Feld nach vorn zu öffnen. Der Dieb rannte hinter ihm. Es wäre ein Leichtes für ihn gewesen, in dieser Situation wegzulaufen, doch er war sich offenbar im Klaren darüber, dass es das Beste war, die Stadt auf schnellstem Wege zu verlassen.

Es dauerte nicht mehr lang, bis wir das Schiff erreicht hatten. Auch auf dem Steg tummelten sich die Lakerten überall. Die Ruby war etwa zwei Dutzend Schritt vom Pier entfernt – nah genug, um an Deck bekannte Gesichter auszumachen, aber zu weit weg, um an Bord zu gelangen. Mir stülpte sich der Magen um, als ich sah, was auf dem Schiff vor sich ging: Die Ungetüme, mitunter dreimal so groß wie ein erwachsener Mensch, zerrieben die Matrosen, schnappten und hieben nach Leibern und Säbeln. Die Gardisten wehrten die Angriffe ab, doch auch die Matrosen kämpften erbittert und schlugen mit Entermessern, Haken oder sogar Suppenkellen und Fassdeckeln nach den Monstern. Kadaver toter Echsen ebenso wie Seeleute, deren Eingeweide sich nach außen kehrten, hingen über die Reling. Ich entdeckte eine junge Frau, die mit mir den Matrosenschwur geleistet hatte und gerade von einer Echse aus der Takelage gepflückt wurde. Hilflos sah ich mit an, wie das Monster ihr den Bauch aufriss. Ihre Schreie waren bis hierher zu hören.

»Kein Weg hinüber!«, rief der Dieb und warf uns einen auffordernden Blick zu, während ich wankte und die Hände im nassen Haar vergrub.

»Da!« Sammy deutete nach vorn. Auf der Ruby sah ich Vince zur Reling stürmen. Er trug eine Strickleiter in den Armen, die er rasch befestigte und entrollte. Immer wieder warf er Blicke nach rechts und links, von wo Negro und Lou auf ihn einredeten. Bei Saesora, *Lou*. Eine Last von tausend Felsen fiel von mir ab, als ich sie wohlauf sah. Götter, es war so eine Erleichterung, dass sie sich beim Angriff auf dem Schiff und nicht in der Stadt befunden hatte – nun würde sie mitkommen, egal wohin, keine Frage.

Als Vince soweit war, schauten alle drei hoch, winkten heftig und gestikulierten in Richtung Leiter.

Ich warf einen Blick in das Brackwasser zu unseren Füßen und wankte vor Grauen. Lakerten tummelten sich da drin – wahrscheinlich noch weit mehr, als man mit bloßem Auge erkennen konnte.

»Uns bleibt keine Wahl.« Julean nahm den Helm vom Kopf und schüttelte das von Schweiß und durchgeronnenem Regen nasse Haar aus. Er öffnete die Schnallen an seinem Brustpanzer und warf ihn zu dem Helm, löste Arm- und Beinschienen. Mit fahrigen Fingern ergriff er den Ring, den er an einer Kette um seinen Hals trug, hob ihn an die Lippen, drückte einen Kuss darauf. Ich hörte ihn etwas murmeln, »Breanne«, den Namen seiner Gemahlin. Der Gardist musterte uns und sagte: »Sterbt nicht.«

Ich brachte nur eine Grimasse zustande, während Sammy stumm nickte. Seine Hand drückte meine und erst, als er losließ und ein leerer Raum zurückblieb, wurde mir klar, dass er sie vor einer Weile wiederergriffen hatte – oder war ich es gewesen? Sammy holte tief Luft und sprang mit an den Körper gezogenen Beinen ins Wasser. Der Dieb hängte sich an seine Fersen und noch ehe Julean mich dazu auffordern konnte, füllte ich meine Lungen mit Luft, holte Schwung und sprang ebenfalls.

Die Kälte explodierte eisig kalt um meinen Körper, als ich unter die Oberfläche tauchte. Für einen Wimpernschlag stieß ich hilflos mit Armen und Beinen durchs Wasser, unfähig, die Augen in dem kalten, brackigen Wasser zu öffnen. Panik drohte mich zu übermannen. Heiße Stiche durchfuhren meine Haut, meine Glieder wie gelähmt, und erst, als mein Kopf die Wasseroberfläche durchstieß und ich hastig den frischen Sauerstoff einsog, konnte ich wieder einen klaren Gedanken fassen. Schwimmen! Ich begann, mich in Richtung der Ruby zu bewegen, keuchend und von rohem Überlebenswillen getrieben. Den Blick richtete ich fest auf Sammy und den Dieb, die vor mir herschwammen, die ich im schwappenden, lebendigen Wasser nicht verlieren durfte. Die rettende Leiter schien so nah und zugleich unheimlich weit entfernt. Meine Beine stießen taub durchs Wasser, meine Augen brannten vom Meersalz und Haarsträhnen behinderten mir ständig die Sicht.

Das Wasser war rot. Ich hätte es in der Dunkelheit nicht gesehen, doch ich wusste es in dem Augenblick, in dem meine Hand etwas streifte, das sich anfühlte wie andere Finger. Hektisch fuhr ich zurück und schluckte dabei

Wasser, das ich hustend ausspuckte.

Ich schmeckte Salz und Blut.

Und das war ein Geschmack, den ich für die nächsten Tage nicht mehr aus dem Mund bekommen würde. Wann immer ich ein Hafenbecken ansah, würde ich an die toten Körper von Menschen denken, die von den Echsen zerfleischt worden waren und auf den Grund des Meeres sanken. Ich schwamm in einem nassen Grab. Meine Kehle schnürte sich zu und ich biss die Zähne fest aufeinander, drängte die aufsteigenden Tränen zurück. Unerbittlich schwamm ich weiter.

Mittlerweile war die Ruby sehr nah gekommen. Ihr Bug warf kleine, unscheinbare Wellen, die hinterlistig über meinen Kopf hinwegspülten, mich kichernd von einer Seite zur anderen schubsten. Ein Wimmern entwich mir. Vater hatte dieses Schiff hunderte Meilen fortgesteuert, doch niemals war mir die Ruby so weit weg vorgekommen. Sie ragte kolossal groß über mir auf – tausend Schritte waren die rettende Reling und das Deck entfernt.

Das Brüllen einer Echse hinter mir ließ mich zusammenzucken und ich stieß mit den Beinen kräftiger durchs Wasser, erreichte die Leiter endlich. Ich sah den Dieb flink wie ein Wiesel aus den Wellen hinaufklettern. Sammy hingegen trieb neben der Leiter, eine Hand auf einer Sprosse liegend, obwohl er als erster da gewesen war.

»Alles in Ordnung?«, fragte er und half mir zur Leiter.

»Mir geht's gut«, keuchte ich.

»Rauf mit dir.«

»Du zuerst.«

»Jermaine«, sagte Sammy. »Rauf mit dir.«

Für einen Augenblick hielt ich seinem Blick stand, ehe mir klarwurde, dass er keinen Widerspruch duldete. Schweratmend griff ich nach den höheren Sprossen und zog mich hinauf.

Jeder Schritt über die Leiter fühlte sich an, als trüge ich Blei in meinen Taschen. Die mit Wasser vollgesogene Kleidung erschwerte jeden Schritt. Tritt um Tritt troff es aus meinen Stiefeletten, von meinem Rücken, aus meinem Haar. Die Schreie waren mit einem Mal merkwürdig weit weg, unter mir, um mich, aber ich war oben. Es verging eine Ewigkeit, doch dann waren da Lou und Vince, die nach meinen Armen und Schultern griffen und mir über die Reling halfen. Ich konnte keinen Fuß auf festen Boden setzen, ohne dass meine Beine unter mir nachgaben und ich niedersackte. Keuchend stützte ich mich auf die glatten Planken. Alles war verschwommen – das Blut, das sich mit Regenwasser mischte, die Rufe der Matrosen. Irgendwo hörte ich Leonard Freydis anherrschen: »Du kannst die Ruby nicht in Bewegung setzen, wenn nicht alle an Bord sind!«

»Und dafür unser aller Wohl riskieren?!«, brüllte die Steuerfrau zurück.

»Bist du verletzt?«, fragte Lou und kniete sich neben mich.

Ich griff nach ihr. »Bist *du* verletzt?«

Sie schüttelte den Kopf. »Ich hatte solche Angst!« Meine Schwester wollte mir um den Hals fallen, doch das Brüllen einer Echse ließ uns zusammenfahren.

»Sammy! Julean!« Mit zugeschnürter Brust kam ich hoch und stürzte an die Reling. Auf der Leiter sah ich Sammy, gerade so weit unten, dass er sich außerhalb unserer Reichweite befand. Mit weißen Fingerknöcheln klammerte er sich an die Sprossen, den Blick nach unten gewandt, wo Julean auf der Leiter mit einem Lakerten rang. Sein Stiefel musste die Echse getroffen und diese auf ihn aufmerksam gemacht haben.

»Sammy, komm hoch!«, brüllte Vince und beugte sich so weit vor, dass ich befürchtete, er würde vornüberkippen.

»Lou, Vince, holt dieses Fass mit Kartoffeln!«, befahl Negro. Sammy warf einen Blick nach oben. Sein Kiefer mahlte, während er einen weiteren Schritt tat, dann noch einen. Er wollte Julean nicht allein lassen. Niemand wollte, dass Julean dort unten war, doch niemand konnte ihm helfen.

»Lass mich los! Lass mich los!«, brüllte Julean und ich spürte, wie sich meine Augen mit Tränen füllten, während Sammy das Ende der Strickleiter erreichte. Negro und ich halfen ihm über die Reling, wo er sich keuchend die nassen Locken aus dem Gesicht schüttelte. Er taumelte leicht, als er die Hände um die Reling schloss.

»B-breanne«, hörte ich Sammy sagen. »Er sagt die ganze Zeit … Breanne.«

Ich schluckte, dachte an Juleans Kind und dass es nur noch vier Monate waren und wollte nichts, *nichts* lieber, als ihn dort wegzuholen.

Lou und Vince brachten das Fass und stellten es ächzend auf. Negro, der zu ihnen humpelte, stieß den Deckel weg und griff nach einer Handvoll Kartoffeln. »Worauf wartet ihr eigentlich?«, brüllte er und trat an die Reling, ehe er die Kartoffeln auf die Echse zu werfen begann. Niemand von uns zögerte. Mit vereinten Kräften ließen wir die Kartoffeln auf den Lakerten regnen, wobei wir versuchten, Julean nicht zu treffen. Die Echse bekam einige heftige Schläge auf den Kopf und rutschte ein Stück ab. Wütend schnappte sie in unsere Richtung, woraufhin sie von Vince mit einer weiteren Kartoffel getroffen wurde. »Nimm das!«

»Werft!«, brüllte Negro und ich schleuderte der Echse die Geschosse entgegen. Sie rutschte ein weiteres Stück tiefer, und dann ging alles ganz schnell. Julean stieg mit hastigen Tritten die Strickleiter herauf, die Echse krabbelte ihm fauchend nach, sprang … und schnappte zu.

Julean schrie und klammerte sich an die letzte Sprosse der Leiter. Aufgeregte Rufe wurden laut und erst im Nachhinein wurde mir klar, dass auch ich gebrüllt hatte. Arme streckten sich nach Julean aus, packten seine Handgelenke und zerrten. Die Echse hatte sich an seinem Bein festgebissen. Tausend Hände hielten ihn und zogen an ihm und der unerbittlichen Echse … und mit einem Schmatzen und dem Knacken eines brechenden Knochens wurde Julean leicht und ließ sich über die Reling ziehen.

Schreie überall. Ich schmeckte das Salz und Blut noch immer, als ich die brüchigen Lippen befeuchtete. An Deck war Blut, auch unter meinen Fingern, als ich mich wiederaufrichtete. Wann war ich gefallen? Negro rief nach einem Heiler, Lakerten brüllten ohrenbetäubend, als sie über Bord gestoßen wurden. Julean schrie ununterbrochen.

Und da erkannte ich, dass wir uns während des Kampfes in Bewegung gesetzt hatten. Dass die Ruby fuhr, in Richtung offenes Meer, und das offenstehende Hafentor durchquerte. Das Schiff nahm an Fahrt auf, die Segel blähten sich. Die letzten Lakerten flohen über die Reling, als sie bemerkten, dass ihr Ziel bald ein Punkt am Horizont sein würde.

Ich streckte die Hände aus und das leichte Nieseln, zu dem der prasselnde Regen geworden war, färbte das Blut auf meinen Handballen hell. Das Gewitter ging vorüber.

Und als ich den Blick hob, sah ich, dass es die ganze Zeit nicht Nacht geworden war. Dass sich die Sonne gerade erst über den Horizont senkte. Ich dachte an Jeanne und Aimée und meine Mundwinkel zuckten.

»Es ist schön, dass du noch lebst, große Schwester.« Lou war neben mich getreten.

Ich lächelte halb und blinzelte, als meine Sicht verschwamm. »Ich finde es auch gut, dass du noch hier bist, kleine Schwester. Du bleibst, bis ich dich persönlich in St. Flaeme absetzen kann.«

Wir umarmten einander, während die Nacht anbrach.

Julean wurde zu Amrar, unserem Schiffsarzt gebracht, der sein Bestes tat, um ihm das Leben zu retten. Es würde dauern, bis er sich erholt hatte, und sein Bein war für immer verloren, doch wie es aussah, würde er überleben. Ständig musste ich daran denken, wie er den Namen seiner Gemahlin gesagt hatte, und mir wurde ganz kalt.

Als ich mich nach dem Blutbad an Deck umsah, wurde mir mulmig zumute und ich ließ mich auf eine Kiste sinken. Nur vage nahm ich wahr, wie man mir in eine Decke brachte und sich jemand um meine verrenkte Schulter kümmerte. Ich wurde in den Waschraum gebracht, wo ein großer Wasserbottich stand, und verschwendete eine Ewigkeit damit, mir den Schmutz und das Blut vom Körper zu waschen. Schließlich schickte man mich zu unserer Kajüte, wo ich eine Garnitur Kleidung fand, die Lou bereitgelegt haben musste. Ein müdes Lächeln glitt über meine Lippen – diese Sachen hatte ich nicht selbst eingepackt, sondern es waren welche, die sich meine Schwester ›geborgt‹ hatte.

Ich zog die Nachtwäsche über und krabbelte in die Koje. Das Schiff wiegte mich in seinen Armen und unter den Stimmen und Geräuschen, die von oben zu mir drangen, war ich eingeschlafen, sobald mein Kopf auf dem Kissen lag.

Ich hatte keinen guten Schlaf. Albträume plagten mich, von Echsen groß wie Häuser oder Paläste, die die Bibliothek zerschmetterten. Kristallscherben prasselten auf Jehra nieder. Da waren Echsen mit unzähligen Armen, die in jeder Pranke jemanden umklammert hielten – Lou, die Zwillinge, Sammy, Vater – und zu zerquetschen drohten. »Jermaine, hilf uns!«, »Jen, hilf mir!«

Rotes Blut.

Als ich erwachte, war ich nassgeschwitzt und atmete schwer. Ich stützte mich auf die Ellbogen und sog scharf Luft ein, als ich mein Gewicht auf die rechte Schulter verlagerte. Vorsichtig richtete ich mich auf und sah die anderen Matrosinnen in den Kojen liegen. Sie schliefen tief und fest.

Ich war versucht, zu Lou unter die Decke zu schlüpfen. Wir hatten das früher gemacht, wenn wir uns vor den bedrohlichen Schatten in unseren Zimmern gefürchtet hatten. Entweder war ich zu ihr oder sie zu mir geschlichen, und dann hatten wir uns flüsternd Geschichten erzählt und die Schatten mit Kerzen vertrieben.

Ich hatte den Blick noch auf meine Schwester gerichtet, doch ich verwarf den Gedanken. Sie musste dringend schlafen. Außerdem waren die anderen im Zimmer und das war irgendwie merkwürdig.

Kalte Luft traf auf meine verschwitzte Haut, als ich die Decke beiseite schlug und die nackten Füße auf dem Boden absetzte. Im Dunklen streifte ich Hemd und Hosen über und schlüpfte in meine feuchten Stiefeletten. Vorsichtig, um die Schulter nicht zu strapazieren, zog ich meine Jacke über. Das Haar band ich im Nacken zusammen und verließ den Schlafraum auf leisen Sohlen.

Der Flur lag verlassen da, nur beleuchtet von dem schwachen Licht, das aus der Luke drang. Ich kehrte den Kajüten den Rücken zu und stieg die Treppe hinauf. Der Morgen graute, doch die Sonne war noch nicht aufgegangen und der Himmel lediglich in blasses Blau gekleidet. Die Wellen rauschten laut – oder vielleicht kam es mir bloß so vor, weil es das einzige Geräusch war. Matrosen kletterten in der Takelage und unterhielten sich gedämpft. Walöllampen, die bald gelöscht werden würden, schaukelten quietschend im Wind.

Ich entdeckte Leonard und Negro an der Reling und trat auf die beiden zu. Ein goldenes Schimmern ging von Negros Händen aus, in denen Valeryans Perle lag. Der Kapitän war der erste, der mich entdeckte. »Jermaine«, sagte er. »Es tut mir furchtbar leid. Freydis hat das Kommando zum Ablegen gegeben – ich habe das natürlich unterbunden, aber …«

»Es ist schon gut«, sagte ich. »Sie … sie wollte nicht warten. Ihr konntet nicht wissen, wann wir ankommen. Das wäre schon richtig gewesen.« Es weckte dennoch ein klammes Gefühl, dass die Offizierin uns zurückgelassen hätte. Ich hatte sie immer sympathisch gefunden – nun hatte mein Vertrauen einen gehörigen Knacks abbekommen.

Leonard betrachtete mich warm. »Hör mal, das war sehr mutig, was ihr gemacht habt.«

»Es ist ein Gardist dabei gestorben und Julean …« Ich schluckte. »Hat man Nachricht von Valeryan erhalten?«

»Nicht in dieser Nacht«, sagte Leonard. »Ich bin sicher, er wird von sich hören lassen und berichten, dass es ihm gutgeht.«

Ich ließ den Blick von ihm zu Negro wandern. »Die Lakerten haben angegriffen, weil das Buch weg ist«, sagte ich. »Weil die Bibliothek entweiht wurde. Die Seesammlerin hat das sehr wütend gemacht …«

»Legenden sind Legenden, solange Menschen dumm und skeptisch sind«, sagte Negro. »Nur deshalb heißen so viele ungelogene Geschichten nur *Geschichten*.«

»Warum hat sie ihre Schergen erst jetzt auf die Stadt losgelassen?«

»Weil diese Kreaturen nur lebensfähig sind, solange sie nass bleiben«, knurrte Negro. »Sie mussten auf den Regen warten.«

»Das heißt, Jehra ist sicher, solange es nicht regnet.«

»Aye. Und das ist gut, denn noch ein Angriff kann Jehra in die Knie zwingen. Ich habe selten gesehen, dass eine Stadt in einer Nacht so zu Kleinholz verarbeitet wurde.«

Ich wandte den Blick auf die Perle, die in seiner Hand nur schwach pulsierte, da er sich mir zugewandt hatte. Mit einem Mal war ich nicht mehr wütend auf Leonard, weil er zuerst die Diebe suchen und dann Vater retten wollte. Was ich heute gesehen hatte, hatte meine Meinung geändert. »Was denkt ihr, wie lange es dauern wird, bis wir das Buch zurückbringen können?«

Die beiden blieben mir die Antwort schuldig.

Ich vergrub die Hände in den Jackentaschen. »Wie viele haben wir denn verloren?«

Leonard schüttelte den Kopf. »Von einem Dutzend Jehranern in der Besatzung ist die Hälfte gestorben. Hinzu kommen nochmal ungefähr genauso viele andere, die bei der Verteidigung des Schiffes gefallen sind. Die Verletzten halten sich in Grenzen – etwa ein Dutzend, die eine Weile nicht einsatzfähig sind. Die meisten kommen wieder auf die Beine.«

»Es ist gar kein Blut mehr an Deck«, sagte ich.

Leonards Blick war gütig, aber um seinen Mund lag ein ernster Zug. »Sicher, die Ruby ist sofort klar Schiff gemacht worden. Es muss weitergehen. Es darf nichts zum Stillstand kommen.«

In mir stieg ein schlechtes Gewissen auf. Die anderen hatten so viel getan und sich den Toten, dem Blut und den kaputt gegangenen Teilen der Ruby gewidmet. Ich dagegen war in mein Bett gestiegen und schlafen gegangen. »Ich hätte dabei sein sollen.«

Leonard legte mir eine Hand auf den Rücken und ich sah zu ihm hinauf. »Du hast sehr viel geleistet. Wir waren an Deck und haben die Ruby verteidigt, wie es unsere Pflicht war. Ihr dagegen wart ganz allein dort unten. Dass ihr so lang durchgehalten und es sicher hierhergeschafft habt, ist euch hoch anzurechnen. Du bist noch furchtbar jung, Jermaine. Du hast Ruhe verdient, mach dir deshalb keine Vorwürfe.«

»Jermaine?« Die Stimme ließ mich den Blick wenden. Sammy blieb stehen, sah Leonard an und neigte höflich den Kopf. »Kapitän. Hallo, Negro.«

»Guten Morgen, Sammy«, sagte Leonard. »Was machen deine Verletzungen?«

Sammy rollte mit den Schultern. »Schon viel besser. Und wie geht es dir?«, fragte er an mich gewandt.

»Gut«, log ich. »Leonard – was ist mit dem Dieb passiert?«

»Wir haben ihn in eine der Zellen gebracht und ihm zu essen und trinken gegeben«, erläuterte er. »Es geht ihm soweit gut. Er hat Decken und Wasser, und wenn mich nicht alles täuscht, hat Lou ihm sogar eine Packung Kekse gebracht.«

Ich hob die Brauen. »Sicher wird er es lieben, dass wir ihn wieder in eine Zelle gesteckt haben.«

»Der Kurs muss korrigiert werden«, meldete Negro sich zu Wort, der sich mit der Perle weggedreht hatte. Sie pulsierte stärker, wenn er sie gen backbord richtete.

»Na dann.« Die beiden nickten uns zum Abschied zu und Leonard begann, die Matrosen und Matrosinnen an Deck zu befehligen.

»Es sieht so friedlich aus«, sagte ich mit einem Blick über die Ruby. »Kaum zu glauben, dass hier vor kurzer Zeit solches Chaos geherrscht hat.«

Sammy nickte. »Wir waren noch die halbe Nacht beschäftigt, alles wieder instand zu setzen und die Verletzten zu Amrar zu bringen. Die Beschwerden über sein Arbeitspensum können wir uns sicher die nächsten drei Jahre anhören.«

»Du hast geholfen?«, fragte ich ungläubig. »Ich dachte, sie hätten dich auch weggeschickt.«

»Wollten sie«, sagte Sammy. Er lächelte müde. »Bin aber trotzdem geblieben.«

Ich sank gegen die Reling. »Toll. Und ich?«

»Du hattest sehr viel hinter dir«, sagte Sammy und lehnte sich neben mir an. »Weißt du eigentlich, was wir alles …«

»Aye, das hat Leonard schon gepredigt. Aber du warst auch dort. Du hast mir geholfen, bist unten geblieben, als wir an der Leiter waren …«

»Ich hab doch gesagt, ich lasse dich nicht alleine«, fiel Sammy mir ins Wort. »Außerdem hab ich schon andere Dinge hinter mir.«

Wir sahen einander an. »Auf der Insel?« Als er keine Antwort gab, stieg ein schlechtes Gewissen in mir auf. Unwillkürlich tippte ich die Zeigefinger gegeneinander. »Entschuldige. Ich hätte nachdenken sollen.«

Sammy blickte auf das Meer, ohne zu antworten, und ich glaubte beinahe, er würde das Thema totschweigen. Dann aber begann er zu sprechen. »Ich hatte solche Angst damals. Ich hab Leonard begleitet, als er die Matrosen gesucht hat. Der ganze Strand war von Leichen übersät. Die Toten … das waren Menschen, mit denen ich zuvor gegessen und gelacht habe. Ich … ich dachte …« Er hielt inne, schluckte hart. »Jermaine, ich hab nichts gemacht, um es zu verhindern. Und sie sind gestorben, weil …«

»Du warst nicht schuld daran«, entgegnete ich sogleich.

»Nein? Ich wusste doch … ich hab …«

»Was hast du gewusst?«, fragte ich, als er abbrach.

»Nichts.« Sammy wandte sich dem Meer zu. »Ich hatte einfach im Gefühl, dass … dass auf dieser Insel nichts Gutes wartet. Aber als Vater und der Kapitän die anderen da rausgeführt haben, hab ich nichts gemacht, um sie aufzuhalten.«

Ich berührte ihn am Arm. »Das heißt nicht, dass du schuld bist.«

Sammy sah mich nicht an, hob die Schultern. »Nein. Wahrscheinlich nicht.«

Wir schwiegen. »Glaubst du, so was kann man irgendwann vergessen?«, fragte ich.

»Nein«, sagte er. »Aber vielleicht können wir irgendwann damit abschließen.«

Sanft legte ich meine Hand auf seine. »Danke, dass du mir geholfen hast. Da unten, als wir auf den Straßen waren.«

»Dafür bin ich da«, sagte Sammy. »Dein bester Freund.«

Als ich den Blick nach oben wandern ließ, betrachteten mich warme, dunkle Augen. Und als Sammy den Arm ausstreckte, rückte ich näher und lehnte den Kopf an seine Schulter, während er die Hand auf meinen Oberarm legte und sie dort ruhen blieb.

DAWEA

Belén war nicht sicher, wie lange sie in diesem merkwürdigen Dämmerschlaf verweilt hatte. Als sie endgültig erwachte, begrüßte sie das heftige Stechen ihrer Schläfe. Ihre Lider flatterten gegen das gleißende Licht. Es schien zu hell, um die Augen richtig zu öffnen, das Kreischen der Möwen über ihrem Kopf zu laut, um einen klaren Gedanken zu fassen. Ihr Kopf tat so weh. Sie tastete mit einer Hand über ihren Hinterkopf und stieß auf verklebte Strähnen, wo ihr Haar zu dem kunstvollen Netz gewoben war. Die bloße Berührung ihrer Stirn jagte Schmerzen bis in ihr Rückgrat.

Was war bloß geschehen?

Benommen richtete sie sich auf. Ihre Finger suchten nach Halt und ertasteten eine hölzerne Wand zu ihrer Linken, die wenig weiter oben zu enden schien. Erst als sich ihre Sicht schärfte, erkannte Belén mit Schrecken, dass es sich um eine *Schiffswand* handelte. Etwas flatterte in ihrer Brust, als sie die flache Reling ergriff, sich hochzog und einen Blick hinüberwarf. Nur Meer. Blaues Meer und blendender Sonnenschein, soweit das Auge reichte.

»Bei allen Funken«, murmelte sie. Wo war Glaza? Oh, wo war Hendryk? Belén spürte Panik in sich aufbranden – eine ungekannte Angst tränkte ihre Knochen. Sie erinnerte sich an Flucht, doch was war dann geschehen? Menschen, da waren Menschen gewesen. Piraten? Hafenarbeiter? Mit fahrigen Bewegungen drehte sie sich um, um zu sehen, wo sie gelandet war.

Ihr Mund öffnete sich und sie begann, nach Atem zu ringen. Da stand ein *Wesen* auf dem Deck, das man kaum als Mann identifizieren konnte, auch wenn er auf den ersten Blick einer zu sein schien. Das schwarze, lange Haar, das vereinzelt zu Zöpfen geflochten war, die olivfarbene Haut und die Muskeln, die unter der Haut seiner Arme, seines Rückens und der Schultern lagen, legten diesen Schluss nahe. Doch da war etwas, das anmutete wie *Muscheln* und *Seepocken* und *Algen*, und all das sah aus, als wüchse es direkt aus seiner Haut. Der Zauberjunge, der sie hinters Licht geführt hatte, stand dieser Monstrosität gegenüber und hatte sich vorgebeugt, die Zunge zwischen die Zähne geklemmt. Er knibbelte an etwas in seinem Brustkorb herum. Als er einen kleinen, runden Gegenstand hervorzog und mit einem triumphierenden »Ha!« in die Höhe hielt, entwich Belén endlich ein Schrei und die beiden wurden auf sie aufmerksam.

»Die Prinzessin!«, rief das Muschelmonster und unter seiner schmal zulaufenden Nase erblühte ein Lächeln. Sein schwarzes Haar wippte ihm über die nackte Brust, als er auf sie zukam. Beléns Blick heftete sich auf die Öffnung in seinem Brustkorb, über die sich eine breite Muschel wölbte. Sie war von Seepocken übersät und direkt darunter bewegte sich etwas wie eine ... wie eine *Zunge* hin und her.

Ihr wurde übel vor Grauen. Hastig krabbelte sie gegen die Reling, während sich ein weiterer Schrei aus ihrer Kehle löste. Kalter Schweiß legte sich auf ihre Haut. Auch der dämonenverseuchte kleine Junge, der sie wieder mit diesem spitzbübischen Grinsen bedachte, beruhigte sie nicht. Dämonenverseucht? Ja! Das mussten Dämonen sein, geschaffen aus den finstersten Gedanken, die ein Fellonier fassen konnte, die –

»Es tut mir leid, dass ich dich umgehauen habe«, sagte das Monster. »Ich hoffe, du nimmst es mir nicht übel! Es war eher aus Reflex, weil du versucht hast, wegzulaufen, und wir brauchten dich ja. Sonst hätte der ganze Aufwand schließlich gar nichts genützt!«

»Was ist hier los?«, fragte eine Stimme. Beléns Kopf fuhr herum, sie sah zwei weitere Gestalten vom Unterdeck heraufkommen. Ihr Herz begann zu holpern. Sie hatte diese Personen gesehen, unten im Hafen, doch sie war sicher, dass sie da nicht solche ... *Monster* gewesen waren.

Es waren zwei junge Frauen, die aus der Tür in die Unterdecks traten. Die eine hatte einen kahl rasierten Schädel und runde Ohrringe und musterte sie mit abschätzigem Blick. In den Armen hatte sie einen ... einen *Oktopus*. Die andere trug ein Hemd, das in einem faltenreichen, knöchellangen Rock steckte. Der Rücken des Hemds war aufgeschnitten und daraus sprossen, wie grauenvolle Flügel, tentakelhafte, orangerot gestreifte Rückenstachel. Was war das für ein Monster? Eine Sirene? Eine Totenfee? Ein Dämon gar?

Die Fee wandte sich um und die Stacheln wölbten sich weich im Wind. Ihr

Blick bohrte sich in Beléns, die glaubte, gleich einen Herzanfall zu erleiden.

»Ich hoffe, ihr habt ihr keine Angst gemacht«, sagte die Totenfee.

Belén sprang auf und versuchte, über Bord zu springen.

»Stopp!«, rief das Muschelmonster und die Prinzessin schrie, als es mit rauen Händen nach ihr griff.

»Fass mich nicht an!«, fuhr sie auf. »Ich ... ich habe ... Waffen!« Als er verwirrt an ihr hinabblickte, nutzte sie das, um einen zweiten Fluchtversuch zu unternehmen. Dabei stolperte sie über etwas Glitschiges und taumelte mit einem rauen Schrei zurück. Der Oktopus hatte sich zu ihnen geschlängelt und sah mit runden Augen zu ihr herauf. Belén hob die Hand, um die silberblaue Funken tanzten, eher aus Reflex, als um dem Tier wehzutun. Doch ehe sie etwas tun konnte, was sie bereut hätte, packte jemand ihr Haar und zerrte sie nach hinten. Belén schrie auf, als Schmerz über ihre Kopfhaut zuckte. Kalt legte ich eine Klinge an ihre Kehle. »Wenn du die harte Tour willst, *gern*«, knurrte die Todesfee.

»Nicht!«, stieß Belén hervor, die Finger um die Handgelenke der jungen Frau hinter ihr geschlungen. »Ihr macht einen riesigen Fehler! Lasst mich auf der Stelle los! Seid ihr Piraten? Dämonen? Oder Monster – wisst ihr was? Es ist mir vollkommen *gleich*, was ihr seid, aber ihr werdet mich auf der Stelle ... ah!« Die Welt kippte auf die Seite und ehe sie sich versah, traf sie hart auf dem Boden des Schiffsbauchs auf. Bevor sich Belén aufrichten konnte, wurde die Luke zugeschlagen und sie war in Dunkelheit gehüllt.

»Das hat ja wunderbar funktioniert, ihr Seepocken!«, hörte Belén die Totenfee sagen, während sie sich aufrichtete und mit schmerzverzerrtem Gesicht den Ellbogen rieb. Die Dunkelheit drückte unangenehm auf ihre Brust, weswegen sie rasch ihre Magie weckte. Funken tauchten den Raum in schwaches Licht und ließen die aufwallende Furcht abklingen.

»Nenn mich nicht Seepocke! Das finde ich gemein!« Das Muschelmonster.

Eine andere Stimme sagte: »Die beiden können auch nichts dafür. Du bist sensibel wie ein toter Fischkopf, Schwester.«

»Das Mädchen hat sich gerade fast umgebracht! Der ist nicht zu helfen!«

»Ich sagte doch, wir hätten es mit Bedacht angehen und ihr erstmal Poda vorstellen sollen. Prinzessinnen mögen süße Tiere. Nicht?«

»Na, sie sah eher angeekelt als entzückt aus. Sicher kennt die verwöhnte

Seeanemone Oktopus nur auf dem Teller.«

Belén schnappte empört nach Luft, als sich eine tiefere Frauenstimme einschaltete.

»Nun hört auf. Ihr habt ihr Riesenangst eingejagt, wa Sharris. Kein Wunder, dass sie so panisch reagiert hat.« Eine Pause. »Ich spreche mit ihr – allein. Da, gib mir was von dem Wasser. Dann wird sie sicher kooperieren.«

Angespannt lauschte Belén, als sich Schritte näherten. Die Tür wurde geöffnet und eine junge Frau mit ebenholzfarbener Haut trat die Stufen herab.

»Bleib weg!«, rief Belén und hörte, wie sich ihre Stimme überschlug.

»Ganz ruhig«, sagte die Gestalt und Belén, um deren Hände Funken tanzten, hielt inne. Das Gesicht der jungen Frau wurde von unten mit goldenem Licht beschienen – und das Leuchten trat aus einer Muschel hervor, wie Belén überrascht feststellte. Die Züge ihres Gegenübers waren ebenmäßig. Kluge, kohleschwarze Augen begegneten ihr über vollen Lippen und einer breiten, flachen Nase. Das lange Haar, das unter einer Schiebermütze hervorschaute, hatte die junge Frau zu kleinen Zöpfen geflochten. Über ihren Schultern lag ein schwarzer Ölmantel, in dem ihr kräftiger, aber wohlgeformter Körper schier versank. »Ich heiße Ayo«, sagte sie, als sie sich zu ihr kniete.

Belén zögerte. Der Name stieß etwas in ihrem Bewusstsein an. Ayo war ein Stern über dem Kreuz des Südens. War das ein Deckname?

»Hier«, sagte Ayo und reichte ihr einen Becher. Ihre Stimme war dunkel für eine Frau, doch überraschend warm. »Trink.«

Zögernd griff Belén nach dem hölzernen Becher und schnupperte an der klaren Flüssigkeit. Sie konnte nicht sicher sein, dass es sich um Wasser handelte, doch ihre Kehle fühlte sich an, als hätte sie Staub geschluckt. Deswegen setzte sie den Becher an die Lippen und trank gierig. Wohltuend floss das Wasser ihre Kehle hinab.

»Du kannst dir Decken nehmen, wenn dir kalt ist. Wir schlafen hier unten zusammen, es gibt also eine Menge davon. Hast du Hunger?«, fragte Ayo und zog eine Orange aus ihrem Mantel. Zögernd nickte Belén, woraufhin die junge Frau ein Messer hervorzog, um die Schale abzutrennen. Sie reichte ihr ein Stück, in das Belén begierig die Zähne grub. Der süßliche Geschmack breitete sich in ihrem Mund aus und sie musste ein erleichtertes Seufzen unterdrücken. Sie verschlang die Frucht in Windeseile und wischte den Mund mit der Hand ab, obwohl ihr das missfiel.

»Gibt es noch mehr?«

Ayo lächelte und ihre weißen Zähne blitzten auf. »Ihr habt lange nichts gegessen, *Dawea*. Eine ganze Nacht und einen ganzen Tag, bis zur nächsten Nacht.«

Erst als Belén hörte, wie sie *Dawea* – Prinzessin – sagte, wurde ihr klar, dass sie *Alt-Erali* sprach. Und sie selbst hatte genauso geantwortet, nicht wahr? Aber Alt-Erali wurde nirgends mehr gesprochen. Heute beherrschte kaum jemand die Sprache fließend, und wenn, dann waren es Professoren und Sprachenkundler.

Auch die anderen Gestalten, die ihr auf diesem Schiff begegnet waren, hatten Alt-Erali gesprochen. Diese Leute sahen nicht unbedingt gebildet aus – eher wie *Monster*, und immerhin hatten sie sie entführt. Wieso beherrschten sie diese Sprache?

Belén bedachte das Mädchen vor sich mit misstrauischem Blick. Der Gedanke an die Entführung stellte die Fragen hintenan und ließ die Wut die Überhand ergreifen. »Ihr habt mich entführt!«, sagte sie, nun bedachter die fremden Worte formulierend. »Zu den Funken, was fällt euch ein, euch an mir zu vergreifen?« Sie senkte argwöhnisch die Brauen. »Seid ihr Dämonen?«

Ayo schüttelte den Kopf. »Nein. Keine Dämonen.«

Belén hatte mit einer ähnlichen Antwort gerechnet. Sie hatte nie einen Dämon zu Gesicht bekommen, doch nichts, was aus böser Magie und abgründigen Gedanken entsprang, würde etwas so Unschuldiges tun wie ihr eine *Orange* anzubieten. Und Dämonen verwendeten sicher keine Muschellampen, richtig?

»Bringt mich zurück nach Glaza«, sagte sie eindringlich. »Zu eurem eigenen Besten. Mein Vater ist der mächtigste Mann Felloniens und er wird euch aufknüpfen oder im Kerker verrotten lassen, wenn ich nicht heimgebracht werde. Ich bin kein Dienstmädchen, ich bin Kronprinzessin von Felidor und man wird nach mir suchen lassen!«

»Wir wissen, wer du bist, Dawea Belén Aelwa Faellona von Hohenmond«, sagte Ayo ruhig.

Belén holte Luft. »Ich verlange eine Erklärung. Was verdammt seid ihr und was soll das?«

Aye betrachtete sie ernst. »Wir brauchen deine Hilfe, Dawea.«

Ein Strahl Mondlicht fiel die Treppe herab und erhellte den Schiffsbauch. Belén sah eine weitere Person eintreten und ihr Herz schlug ein Stakkato, als sie sah, dass es sich um die Totenfee handelte. »Ich …«, setzte sie an und wollte nach hinten krabbeln, doch Ayo legte die Hand auf ihren Arm.

»Das ist bloß Atlas«, sagte sie. »Die tut nichts.«

»Sie hat mir ein *Messer* an die Kehle gehalten«, protestierte Belén.

»Nur, damit du Poda nicht wehtust.«

Belén öffnete den Mund, erwiderte jedoch nichts. Sie verengte die Augen zu Schlitzen und erkannte, dass die Stacheln verschwunden waren – oder dass die Fee sie unter dem Hemd und dem Korsett verborgen hatte.

»Hat sie sich beruhigt?«, fragte sie in abschätzigem Ton.

»Aye«, antwortete Ayo, während Belén die Lippen zu einer harten Linie zusammenkniff. Sie würde keine Angst zeigen, auch wenn sie fürchtete, diese … *Atlas* könnte sie mit einer Berührung zu Tode kommen lassen. Ob es sich um mutierte Magier handelte? Magie nutzten sie immerhin, zumindest gemessen an der leuchtenden Muschel. Womöglich waren sie abtrünnige Freibeuter und hatten sie entführt, um Lösegeld zu verlangen! *Atlas* jedenfalls war ebenfalls ein Stern, und Sterne waren in der fellonischen Weltanschauung äußerst wichtig. Es mussten Decknamen sein.

»Sie ist es sicher?«, fragte Atlas, die sich zu ihnen kniete.

Ayo nickte. »Zweifelsfrei. *Dawea* Belén, Nachkommin der ersten Königin Faellona.«

Atlas wandte sich an Belén, die von einer zur anderen sah und versuchte, sich einen Reim auf all das zu machen. »Du verstehst, was ich sage?«, fragte sie mit abschätziger Stimme.

»Natürlich«, knurrte Belén. »Und ich verlange, sofort nach Fellonien zurückgebracht zu werden!«

»Wenn du mit uns zusammenarbeitest, wirst du in Windeseile wieder zu Hause sein«, sagte Atlas.

»Wenn ich *was*?« Beléns Finger zuckten. »Wie redest du mit mir? Ich will eine Erklärung für das hier und vor allem will ich *heim*, verstanden?«

Atlas stieß einen Seufzer auf und legte die Muschel neben sich ab, die ihr Gesicht und das dunkelbraune, lockige Haar in goldenen Schein tauchte.

»Du sollst deine Erklärung bekommen, *Dawea*. Dafür musst du den Mund halten. Geht das in Ordnung?«

Belén suchte nach einer Antwort, fand aber keine. »Sprich«, sagte sie bloß.

Die Totenfee nickte. »Ich heiße Atlas und wie du bereits gesehen hast, gehöre ich zum Fließenden Volk – oder zu den Mer'Etha, falls dir das mehr sagt. Ja?«

Sie neigte verständnislos den Kopf und Atlas seufzte. »Hör zu, wir haben keine Zeit zu verlieren. Die Darcosgewässer. Schon mal davon gehört?«

»Ich ... flüchtig«, sagte Belén stirnrunzelnd. Sie meinte, sich an Legenden von Schätzen und versunkenen Schiffen zu erinnern. Doch Geschichten von so weit weg drangen selten von hinter Thale bis nach Fellonien durch.

»Wir kommen von da. Nach dem Blauen Morgengrauen hat deine Göttin Saesora unser Volk geschaffen, um auf die Menschen aufzupassen. Die allerdings waren falsch und hasserfüllt und versiegelten unser Volk auf Mer'Etoth. Hunderte von Jahren waren die Mer'Etha dort verborgen, bis man uns vergessen hat. Wir waren auch da drin, aber wir haben's rausgeschafft.« Atlas vollführte eine Handbewegung, die das Schiff einschloss. »Ayo, Sno, Rami, Jinx, Nautilus, Echo und ich. Das einzige Problem ist, dass wir noch jemanden da drin haben. Unsere Mentorin Elma. Und die brauchen wir.«

Belén hob die Hände. Nun war sie nicht nur verstört, sondern vollkommen verwirrt. »Ich verstehe überhaupt nichts«, sagte sie. »Von vorn. *Saesora* hat euch *gemacht*?«

»Sie nahm ihre Schuppen und schöpfte das Wasser aus der See und formte daraus eine Gestalt. So erschuf sie den ersten Mer'Etha – den ersten Fließenden. Sie machte ein Dutzend davon. Und nach und nach ließ sie immer mehr aus der Gischt entsteigen. Es ist zwanzig Jahre her, dass ich aus den Fluten gekommen bin und am Strand von Mer'Etoth über den Sand lief.«

»Hast du deshalb diese ... Dinger auf dem Rücken ...?«, fragte sie und rieb sich über die Arme. Eine Gänsehaut lag darauf. Diese Leute waren nicht nur Monster, sie waren auch Verrückte. »Diese Flügel?«

»Das sind keine *Flügel*, sondern meine Hartstacheln«, sagte Atlas und klang beleidigt. »Mer'Etha meiner Art werden Feuerflossen genannt. Ihr Gift ist tödlich.«

Belén beschloss, die letzte Bemerkung, die wie eine Warnung geklungen hatte, zu überhören. »Ich verstehe immer noch nicht, was das mit mir zu tun hat«, sagte sie stattdessen.

Atlas warf die Hände in die Luft. »Weißt du, ich dachte eigentlich, ich könnte die Geschichtsstunde überspringen. Ich dachte, einer *Dawea* wird ein gewisser Grad an Bildung zuteil.«

»Ich hatte genug Geschichtsstunden in meinem Leben«, gab Belén zurück. »Wie soll ausgerechnet ich euch helfen, dahin zurückzukehren? Was erhofft ihr euch durch mich? Ich höre diesen Humbug zum ersten Mal und wüsste nicht, wie ich euch helfen könnte.«

Atlas beugte sich vor und Belén zuckte unwillkürlich zurück. »Du bist die direkte Nachfahrin von Faellona«, sagte sie scharf. »Die Legende besagt, dass Saesora deiner Vorfahrin zur Gründung Felloniens verholfen hat und euch die Magie gab – seither ist sie Schutzpatronin eures Reiches und deiner Familie. Uns gegenüber hüllt sich Saesora in Schweigen, obwohl sie unsere einzige Möglichkeit ist, um nach Mer'Etoth zu kommen. Doch deiner Familie hat sie ewige Treue geschworen. Deswegen bist du diejenige, die uns unterstützen wird, *Dawea* – du bist unsere letzte Chance, Elma dort wegzuholen.«

Ihr Blick war fest auf Belén gerichtet und diese konnte darin lesen – konnte die lang verborgene Verzweiflung sehen, den Hilferuf. Für einen Augenblick konnte sie vergessen, wie tödlich diese Leute aussahen, und verzeihen, dass sie sie auf ihr Boot verschleppt hatten. *Beinahe* tat es ihr leid, was sie sagen würde.

»Ich muss euch enttäuschen«, sagte Belén. »Ich kann euch nicht helfen. Saesora spricht nicht zu mir, denn ich glaube nicht an sie.«

Wie dein Vater

»Was soll das sein?« Wütend warf Ferry das Segeltuch fort, das ich ihm gereicht hatte. »Das reißt, sobald wir es wieder aufhängen! Saesora, du bist wirklich zu nichts nütze!«

»Ferry, bitte! Die anderen gucken schon«, sagte mit einem hastigen Blick über das Deck.

»Sollen sie doch! Ich rufe gerne noch lauter! Dann wirst du mir zumindest beim nächsten Mal nicht mehr zugeteilt!« Ferry trat gegen den Nähkoffer, mit dem er mich ausgestattet hatte, und funkelte mich an. Der ältere Seemann war mir nah genug, dass mir sein Alkoholatem in die Nase biss. »Ist das Absicht? Bist du dir zu fein für so was? Kapitän Gabriels hochwohlgeborene Tochter?«

»Was kann ich dafür, dass ich nicht nähen kann? Ich hab dir gesagt, du sollst mir etwas anderes zu tun geben!« Ich schnaubte wütend. Er sprach so voller Abscheu von Vater, dass es mich vor Wut beben ließ.

»Deine Extrawünsche ziehen vielleicht bei Leonard, aber nicht bei mir! Bei mir kann man sich nicht alles erlauben! Selbst wenn man die Tochter von *Kapitän Gabriel Loreley* ist!« Ferry funkelte mich aus wässrigen Augen an. »Und so was nennt sich Matrosin! Kapitänstochter!«

»Leonard wird das alles erfahren!«, drohte ich.

»Was? Dass ich die Sprotte nicht mit Samthandschuhen angefasst habe?« Ferry trat auf mich zu und obwohl er kleiner war als ich, wich ich unwillkürlich einen Schritt zurück. »Du bist genau wie dein Vater! Ich sollte dich von Bord werfen, genau wie ihn, ehe er übergeschnappt ist!«

»Spricht nicht so über ihn!«, fuhr ich ihn an.

»Sonst was? Ich schwöre dir eins, ich werde nicht unter dir dienen, wenn du genauso irre wirst wie er! Du hast deinen Vater am Ende nicht erlebt,

Mädchen! Du hast keine Ahnung, was wir hier durchgemacht haben!«

Ich ballte die Hände zu Fäusten und wollte ihm eine Antwort entgegenwerfen, doch da trat Offizier Bertram zwischen uns. »Beruhigt euch«, sagte er und hob die Hände. »Ich denk, es wär gut, wenn ihr beide eine kleene Pause voneinander macht. Oder soll ich den Kaptain holen gehen?«

Ich wandte den Blick von Ferry ab und erschrak, als mir klarwurde, dass ich vollkommen vergessen hatte, wo wir uns befanden – und dass alle an Deck unseren Streit mitangehört hatten. »Sch-schon gut«, sagte ich rasch, während sich Ferry mit einem Schnauben abwandte. Bertram nickte mir zu und entließ mich damit ebenfalls.

Eilig begab ich mich unter Deck – erleichtert, den Blicken der anderen Matrosen so entgehen zu können. Meine Hände bebten noch immer und kurz überlegte ich, doch zu Leonard zu gehen, doch ich verwarf den Gedanken. Eigentlich ging es nicht um Ferry. Sondern um das, was er über Vater gesagt hatte.

Die Tür unserer Kajüte fiel hinter mir ins Schloss. Stille umfing mich, nur das Meerrauschen von fern füllte meine Ohren mit schwachem Klang. Mein Herz war schwer und mit einem Mal standen Tränen in meinen Augen. Warum sagte Ferry, er hätte Papa längst von der Ruby stoßen sollen? Wie war er denn gewesen, ehe er entführt worden war? Anders als der, den ich gekannt hatte? Wenn ich die Augen schloss, sah ich wieder, wie er mich beim Abschied auf die Stirn geküsst hatte, so abwesend, teilnahmslos, als wäre ich ihm gleichgültig. Mit mulmigem Gefühl dachte ich daran, wie das Flaschenschiff ohne Grund vom Regal gefallen war. Ein schlechtes Omen, hatte Lou gesagt.

Ich war immer stolz gewesen, wenn man mich meines Vaters Tochter genannt hatte. Nun war ich nicht sicher, was es bedeutete, die Tochter von Gabriel Loreley zu sein.

Ein sachtes Klopfen an der Tür ließ mich den Kopf heben. »Ja?«, sagte ich.

Die Tür schob sich auf und Sammy trat ein. Er machte hinter sich zu und wippte unschlüssig auf den Fersen.

»Hallo«, sagte er.

»Hallo«, sagte ich.

»Ich wollte nur fragen … na ja …« Er hielt inne. »Ist alles in Ordnung?«

Ich zuckte mit den Schultern. »Geht. Alle haben mitangehört, wie Ferry meinen Vater als wahnsinnig bezeichnet hat. Und mich auch, abgesehen davon.«

»Du musst nicht auf das hören, was Ferry gesagt hat«, entgegnete Sammy, aber ich schnaubte bloß.

»Nicht? Wie ist Vater denn gewesen, bevor er entführt worden ist? Warum sagt Ferry solche Dinge? Oder sind die komplett aus der Luft gegriffen?«

Sammy zögerte. »Das ist nicht so einfach.«

»Warum nicht? Es erscheint mir sehr einfach! Immerhin bist du mein bester Freund, du solltest mir solche Dinge nicht verheimlichen!« Ich machte eine ungehaltene Pause. »Oder machst du jetzt wieder zu, so wie die letzten Jahre?«

Sammy zuckte zusammen und sofort wurde mir klar, dass ich zu weit gegangen war. »Nein, halt«, sagte ich, als er zu einer Antwort ansetzte. »Das ist nicht gerecht. Du bist nur gekommen, weil du nach mir sehen wolltest, und ich …« Ich hob die Hände. »Tut mir leid.«

Sammy trat tiefer in den Raum. »Schon in Ordnung – du hast recht damit. Ich hätte mich längst entschuldigen sollen, dass ich keine Zeit mehr für dich hatte.«

Ich strich mir die Haare hinter die Ohren. »Damals dachte ich, du magst mich vielleicht nicht mehr.«

»Keine Sorge.« Sammy lachte trocken. »Das liegt sehr weit weg von der Wahrheit. Du … ach Jermaine, es gibt Dinge, die ich dir einfach nicht sagen kann.«

Zögernd neigte ich den Kopf. Zuletzt war Sammy immer wieder so merkwürdig gewesen. Ich hatte einen Verdacht geschöpft, den ich nur ungern aussprechen wollte – doch ich brachte ihn dennoch über die Lippen. »Hör mal, seit dein Vater nicht mehr da ist, bist du so … im Reinen mit dir«, sagte ich vorsichtig und wir ließen uns aufs Bett sinken. »Ich will dir nicht zu nahetreten, aber … Lucian hat dich oder Channa nie … du weißt schon, er war nie grob zu euch, oder?«

»Du meinst, ob Vater gewalttätig war?«, fragte Sammy.

»Ich weiß nicht«, sagte ich die Fingerspitzen gegeneinander tippend. »Ich dachte, du wolltest vielleicht nicht, dass ich es herausfinde, und deswegen warst du so … verschlossen, oder …« Ich schluckte. »Ich dachte, du bist froh, dass er weg ist – weil du gesagt hast, dass es so gut ist und wir ihn gar nicht zurückholen sollten. Ich möchte dir nichts unterstellen, aber ich dachte …«

Sammy unterbrach mich sanft. »Jermaine, ich kann aufrichtig sagen, dass mein Vater nie so die Hand gegen uns erhoben hat.«

Ich sah, dass er ehrlich war, und ein schlechtes Gewissen stach in meiner Brust. »Habe ich voreilige Schlüsse gezogen? Tut mir leid, das wollte ich nicht.«

Sammy lächelte irgendwie gerührt. »Schon gut. Ich habe merkwürdige Sachen gesagt. Ich hab's dir leicht gemacht, so was zu denken. Und eigentlich … ist es auch schön, dass du dir darüber Sorgen gemacht hast.«

Zögernd lachte ich. »Ich freue mich eigentlich bloß, dass ich meinen besten Freund zurückhabe.«

»Aye, den hast du wieder«, sagte er und zog mich in die Arme. Sammy roch nach Salz und seine Finger zogen sanfte Kreise auf meinem Rücken wie Möwen über dem Schiff.

»Kannst du mir trotzdem sagen, wie Vater war, bevor er auf die Insel ging?«, fragte ich vorsichtig.

Sammy verlagerte unwillig sein Gewicht.

»Sag schon.«

Er holte tief Luft. »Er war anders. Er war … zuvor war er gut und warmherzig. Dann wurde er kälter. Hatte oft Streit mit den Mannschaftsmitgliedern, auch mit den Offizieren. Am Schluss geriet er mit jedem wegen der nichtigsten Dinge aneinander.«

»Leonard hat gar nichts davon erzählt«, murmelte ich.

»Was soll er auch sagen? Wahrscheinlich will er selbst nicht glauben, wie dein Vater am Schluss war. Die Wahrheit ist … dass dein Vater sich in dieser Zeit ziemlich verändert hat.«

Ich nickte. Die Auseinandersetzung mit Ferry hatte mich einen Entschluss fassen lassen. »Sammy«, sagte ich. »Ich … ich möchte in Vaters Kajüte. Ich wette, dass er dort ein Reisetagebuch oder dergleichen liegen hat, und ich würde mir das gerne ansehen. Mich selbst davon überzeugen, wie er war.«

Unsere Blicke trafen sich. »Von mir aus«, sagte er, »wann soll es losgehen?«

Wir besorgten uns die Generalschlüssel von Freydis und gingen hinab zur Kapitänskammer am Heck. Die Tür war mit einem wunderschönen, altephorischen Gemälde der Ruby versehen, das ich schon oft bewundert hatte. Als ich den Schlüssel ins Schloss steckte, grub sich etwas Schweres in meine Brust und ich hielt inne.

»Schließ schon auf«, drängte Sammy.

»Ich … ja.« Ich drehte den Schlüssel herum.

Mir eröffnete sich ein Raum, der ein ganzes Stück größer als unsere Kajüte war. Bei uns gab es kein Fenster – hier reihte sich gleich ein halbes Dutzend aneinander. Die äußeren bestanden aus Buntglas wie im Konferenzraum. Die beiden mittleren waren durchsichtig und ich konnte auf das schäumende Meer hinter der Ruby blicken. Direkt davor stand ein schwerer Schreibtisch, der wie alle Möbelstücke aus Dunkelbuche gefertigt war und auf dem ein paar Seekarten und Dokumente lagen – genau wie in Vaters Arbeitszimmer in St. Flaeme. Daneben befanden sich ein Globus, ein Kompass, ein Sextant. Rechts vom Schreibtisch stand eine Kommode, hinten eine Truhe mit schmiedeeisernem Schloss, links führte eine weitere, offenstehende Tür in einen Schlafraum, wo ich ein großzügiges Bett entdeckte. An der oberen Kante des Kleiderschranks hing ein dunkelblauer Dreispitz.

Ich trat an den Schreibtisch, während Sammy die Tür hinter uns ins Schloss fallen ließ. Vorsichtig strich ich die auf der Tischplatte verteilten Karten und Dokumente beiseite. Zwischen den Papieren erschien ein kleines Buch mit Ledereinband, das ich mit klammen Fingern ergriff.

»Hier«, sagte ich, als ich die erste Seite aufschlug.

»3. Agasty im Jahr 1347 n. B.M.«, las ich. »Aufbruch nach Gladys. Nach Gladys? Gladys ist Nebensache auf dieser Reise! Darcos ruft nach mir und ich verspüre das lockende Kitzeln eines Abenteuers. Es singt in der Takelage, es erfüllt mein Herz. Meine Mannschaft hat keine Ahnung, was sie erwarten wird!«

Sammy warf einen Blick über meine Schulter, als ich weiterblätterte.

»8. Agasty. Ich werde Alessio von meinen Plänen berichten. Bestimmt wird er begeistert sein.«

Blättern.

»9. Agasty. Alessio war angetan von meiner Idee. Er hilft Lucian und mir bei der Planung. Ich bin sehr froh, dass Lucian mich auf die Spur der Darcosgewässer gebracht hat.«

Ich zögerte. Wie gern hätte ich Sammy gefragt, wie sein Vater gewesen war, wenn er Vater auf diese Idee gebracht hatte. Ob er sich auch verändert hatte? Doch ich wagte nicht, ihn zu fragen, nachdem ich gerade erst ein falsches Urteil gefällt hatte.

»Komm, lies weiter«, sagte Sammy sanft.

Ich nickte, blätterte weiter.

»Das hier ist eine Woche später entstanden. Ich plane mit Alessio und Lucian. Tag um Tag wächst meine Begeisterung, Gladys ist längst nichtig. Wenn ich nachts in meinem Bett liege, rauben mir die Gedanken daran, was ich in den Gewässern vorfinden könnte, meinen Schlaf und die Finger zittern mir vor Unruhe. Ich bin rastlos, und nur die Reise in die Darcosgewässer wird meine Gier nach Wissen stillen können. 15. Agasty. Habe Leonard von meinen Plänen erzählt. Er sagte, ich soll heimfahren und mir das aus dem Kopf schlagen. Pah! Leonard weiß nicht, dass ich es zu Hause keinen Tag aushalten würde im Wissen, dass ich die Darcosgewässer nicht aufgesucht habe, obwohl ich ihnen so nah war. Niemals würde ich es ertragen, niemals könnte ich so weiterleben. Ich bin nicht sicher, was Leonard im Schilde führt, doch er kann mich nicht hinters Licht führen. Glaubt er, dort etwas vor mir verheimlichen zu können? Er hat ohne seinen Kapitän gewettet! Leonard wird auf mich hören, solange er auf meinem Schiff fährt.« Ich hob den Kopf. *»Er hat geglaubt, Leonard wollte ihn aus Boshaftigkeit davon abhalten, in die Gewässer zu fahren. Er dachte … Leonard hätte etwas dort versteckt?«*

»Bei Saesora, er hatte wahrlich …« Als ich mich zu Sammy umwandte, brach er ab. »Ich meine … entschuldige.«

»Ist schon gut«, sagte ich hölzern.

Ich blätterte um und wünschte im Nachhinein, ich hätte es nicht getan.

»17. Agasty. Ich muss in die Darcosgewässer. Ich bin nicht mehr Herr meiner Sinne. Ich schlafe nicht. Ich kann nicht atmen. Ich habe der Mannschaft eröffnet, dass wir den Umweg machen. Es gab gemischte Reaktionen. Auch negative. Ist mir gleich. Ich bin der Kapitän und wer mir widerspricht, ist nicht würdig, auf der Ruby zu dienen, und wird nicht mehr mit uns fahren. Falsch sind die Menschen, die sich hier gegen mich wenden, sie sind falsch und waren es immer. Die Mannschaft zählt nicht. Sie ist nicht, was wichtig ist. Wichtig ist nur … ich muss in die Darcosgewässer. Ich muss in die Darcosgewässer. Ich muss in die Darcosgewässer.«

Ich schluckte und als ich weiterblätterte, wurden meine Augen groß. Große, unordentliche Buchstaben sprangen mir entgegen, ein, zwei Wörter pro Seite, Tintentropfen, Tränenflecken, die die Schrift verschmierten.

Ich muss in die Darcosgewässer.

Ich blätterte, Seite um Seite, es ging immer weiter.

Darcosgewässer.
DARCOS
GEWÄSSER
Ich kann nicht atmen. Ich muss es sehen. Muss es sehen.
Ich muss. Ich muss. Ich MUSS.
Gewässer Darcosgewässer
Ich muss sie sehen.
ICH STERBE SONST.

Mit einem Geräusch wie eine Erstickende schlug ich das Buch zu und Sammy griff nach mir, schloss mich fest in die Arme.

Ich hatte es schwarz auf weiß. Mein Vater war ein Wahnsinniger.

Und wir zogen aus, um ihn retten.

GÖTTERGLÄUBIGE

»Was soll das heißen, du glaubst nicht an sie?« Atlas war zurückgewichen.

Die Dawea funkelte sie an. »Wir glauben schon seit vielen Jahrhunderten nicht mehr an die Götter. Wahrscheinlich ist das an euch vorbeigegangen, während ihr auf eurer Insel abgekapselt wart, aber *Saesora*, diese angebliche *Göttin*, von der ihr sprecht ... die ist bloß ein Hirngespinst fanatischer Kultisten und Thaleaner.«

Atlas schüttelte aufgebracht den Kopf. »Saesora hat dir die Magie gegeben. Sie hat deiner Vorfahrin geholfen, die Bestie zu bezwingen! Wir haben es gelesen, hier, in diesem Buch.« Sie zog es hervor und streckte es Belén entgegen, die einen skeptischen Blick darauf warf.

»Das ist ein Märchenbuch«, sagte sie. »Und überhaupt. Warum hat Saesora das Biest nicht selbst bezwungen, wenn sie so mächtig ist?«

»Weil sie verbrannt wäre. Es steht so geschrieben!«

»Aber die kleine Faellona konnte es? Es war Saesoras Macht, die sie erhalten hat. Sie müsste das auch gekonnt haben. Das ist völlig sinnentleert!« Etwas Mitfühlendes lag in Beléns blauen Augen. »Die Magie kam nicht von Saesora, sie war immer da – sie ist ein Geschenk in sich, aber nicht das einer Göttin.«

»Und wie erklärst du dir dann, dass es uns gibt?« Atlas hätte am liebsten ihre Stacheln hervorgeholt, wollte der Dawea vor Augen führen, was sie war, und sehnte sich zugleich nach dem tröstenden Schutz der giftigen, orange-weißen Hartstachel.

»Eine Laune der Natur«, sagte Belén. »Eine magische Mutation. Sei ehrlich – wenn es Saesora geben sollte, warum schweigt sie? Warum hat sie euch nicht längst befreit, wenn sie eure Schöpferin sein soll? Das ist Humbug, mehr nicht.« Mit einem trotzigen Ausdruck reckte sie das Kinn und ein

Schatten fiel über den Bluterguss an ihrer Schläfe. »Ich würde sagen, dass es mir leidtut, aber das wäre gelogen.«

Die Feuerflosse schnaubte. Sie konnte nicht begreifen, was sie hörte. Sie hatte gehofft, diese junge Frau könnte mit Saesora sprechen wie mit einer Freundin oder wäre zumindest in der Lage, sie *irgendwie* zu rufen, doch nichts dergleichen war der Fall. Belén *glaubte* nicht mal an Saesora. Atlas suchte nach Worten, die nicht kommen wollten.

»Lasst ihr mich wieder nach Hause?«, fragte die Dawea.

Atlas schwieg unter den hervorschwappenden Gedanken. Belén *musste* ihnen helfen. Selbst wenn sie nicht an Saesora glaubte, so war sie ohne Zweifel die Nachfahrin Faellonas und als solche stand ihr die Unterstützung der Göttin trotz allem zu. Saesora würde womöglich wütend auf sie sein, weil sie nicht mehr an sie glaubte. Sicher war sie furchtbar verletzt! Deswegen schwieg sie – doch sie würde Belén erhören, wenn sie es versuchte.

»Du wirst nicht nach Hause zurückkehren«, sagte sie.

»Was?«, fragte Belén. »Aber … ich bin nutzlos für euch!«

»Das ist Fischlaich«, sagte Atlas. »Wir werden schon herausfinden, was nötig ist, damit sie deinen Ruf erhört. Und dann wirst du sie herholen und sie wird uns Elma bringen.«

Belén schüttelte den Kopf. »Wahnsinnig. Ihr seid *wahnsinnig*.«

»Atlas«, sagte Ayo und legte ihr eine Hand auf den Arm. »Bist du sicher, dass das etwas bringt? Sie wird sich keine Mühe geben. Es wird sinnlos sein.«

»Sie wird sich Mühe geben *müssen*, wenn sie am Leben bleiben will«, knurrte Atlas.

Belén machte große Augen.

»Lass doch«, versuchte Ayo Atlas vergeblich zu beruhigen.

»I-ich kann es gar nicht allein«, sagte Belén. »Selbst, wenn ich wollte. Es … gibt eine Sache, einen Gegenstand, den ich brauche, wenn ich Saesora rufen soll. Faellonas Schuppenkleid!«

Atlas, die sich hatte erheben wollen, horchte auf. »Weiter.«

Belén starrte sie an. »Es ist im Palast zu Hause«, sagte sie mit merkwürdiger Langsamkeit, als würde sie Buchstaben für Buchstaben sorgsam aneinanderreihen.

»Du glaubst doch nicht, dass wir darauf reinfallen«, sagte Atlas unwirsch. »Dein Palast liegt hunderte Meilen vom Meer weg. Und wenn wir dich erstmal dorthin gebracht haben, wirst du keinen Finger mehr rühren.«

»Zu den Funken, ich brauche aber das Schuppenkleid«, sagte Belén. »So steht es in jeder verfluchten Legende! Faellona trug ihr Kettenhemd aus tausend Schuppen, als sie das Biest bezwang. Es ist unfassbar mächtig und so weiter! Erst nach dem Kampf wurde ihr die Magie von Saesora endgültig geschenkt – vorher hatte sie die Begabung nur durch das Schuppenkleid. Und wenn ich mit eurer Göttin sprechen soll – ganz abgesehen davon, dass das ohnehin nicht funktionieren wird, weil es sie nicht *gibt* –, dann brauche ich dieses Hemd, damit sie mich erkennt.«

»Und warum sollten wir dir glauben?«, fragte Atlas.

Belén bedachte sie mit einem finsteren Blick. »Ich kann euch nicht überzeugen. Aber wenn ihr mich zu diesem Ritual drängt und es ohne das Schuppenkleid nichts hilft, habt ihr unnötig Zeit verschwendet. Noch sind wir nah an Fellonien.«

Atlas seufzte tief. Das war nicht zu fassen! Beléns Heimatpalast war ewig weit im Inneren des Landes. Sie hatten Glück gehabt, dass sich die Dawea in Glaza befunden hatte und ihnen in die Arme gelaufen war, doch so einfach hatte es nicht bleiben können. Insofern die junge Frau die Wahrheit sagte.

Misstrauisch musterte Atlas Belén. Sie konnte ihr nicht verübeln, dass sie wütend war – immerhin hatten sie sie niedergeschlagen und verschleppt. Doch trotz all dem fühlte sie kein Mitleid mit der entführten, ungläubigen Dawea.

Eine Nachfahrin Faellonas, die nicht an ihre eigene Vergangenheit glaubte. Es hätte ihr beinahe ein freudloses Lachen entlockt.

»Darf ich zumindest raus aus dieser Dunkelheit?«, fragte Belén, als Atlas sich erhob.

»Nur, solange du dich nicht über Bord stürzt.«

Belén kam auf die Beine. Ayo stützte sie sachte. »Eine höfliche Anrede wäre außerdem nicht verkehrt«, sagte sie, als sie vor Atlas stehenblieb.

»Ich bin kein Dienstmädchen«, entgegnete die Feuerflosse, ehe sie den Schiffsbauch verließ.

Kühle Seeluft strich über ihr Gesicht, das Rauschen der Wellen begrüßte sie mit einem besänftigenden Kuss. Die Sonne war hinter dem Horizont verschwunden und am Himmel erschienen die ersten Sterne. Atlas steuerte auf Rami und Echo zu, die am Bug plauderten. Poda hatte sich um Echos rechten Arm gewickelt, sein Körper saß auf ihrer Schulter. Ein Fangarm spielte mit ihrem Ohrring, was sie gleichmütig hinnahm. Rami hatte sein Hemd übergezogen, sodass die Muschelhaut verdeckt war, die Torso und Schultern schmückte.

»Wir müssen den Kurs wechseln«, sagte Atlas. »Die Dawea sagt, sie braucht ein Kettenhemd, das in ihrem Palast ist.«

Die beiden stöhnten auf.

»Das kann nicht dein Ernst sein, Schwester«, sagte Echo. »Wir haben sie und dann so was?«

Atlas hob die Schultern. »Ich werde mir schon was überlegen.«

»Saesora, wären wir doch auf unserer Insel geblieben«, murrte Rami, ehe er nach Jinx und Sno rief. Er erklärte ihnen die Lage und sie begannen, an den Tauen und Segeln zu werkeln, während Echo das Steuer übernahm.

»Ich stelle dir die anderen vor«, sagte Ayo zu Belén und wies auf die Elmanauten. »Die mit dem Oktopus ist Echo. Der kleine Junge heißt Sno. Das Mädchen mit der Augenklappe ist Jinx und das da ist Rami.«

»Ah«, sagte Belén matt und setzte nach einem Augenblick dahinter: »Ihr heißt ja alle wie Sterne.«

»Echt?«, fragte Sno. »Welcher ist der Sno?«

Belén stieß einen Seufzer aus. »Da oben die vielen hellen Sterne – die sind das Schmuckkästchen. Darunter liegt eine Linie, die Seejungfer.«

»Ja, sehe ich!«

»Der Stern in der Mitte, der gerade so hell leuchtet, das ist der Sno.«

»Zeig mir auch Rami«, sagte Sno.

Sie betrachtete ihn mit Argwohn. »Ich denke, das reicht erstmal.«

»Dawea, erlaub mir noch zu sagen, dass du schön wie eine Austernperle bist«, sagte Rami aufrichtig.

Belén trat einen Schritt nach hinten. Ihr Blick zuckte zu den Stellen, an denen Rami die Muschelhaut verbarg. »... danke.«

»Tut mir wirklich leid, dass ich dir wehgetan hab«, hörte Atlas ihn beteuern. »Eigentlich bin ich nicht so. Der Plan war eben, dass wir uns die Dawea ins Boot holen, um mit Saesora sprechen zu können.«

»*Ins Boot holen?*«, wiederholte Echo. »Heilige Seejungfer. Ich würde lachen, aber ich komme mir vor, als wäre ich in Möwendreck getreten.«

»Nicht fluchen«, mahnte Ayo.

Während sie weitersprachen, trat Atlas an die Reling und gewährte sich einen Augenblick Ruhe. »Saesora«, murmelte sie und griff sich an die Schläfe. Die Situation verursachte ihr Kopfschmerzen und der Ammolit, der schwer wie ein Felsklumpen auf ihrer Brust lag, half nicht unbedingt.

Wären wir einfach auf unserer Insel geblieben, hatte Rami gesagt. Ja, hatten sie denn eine Wahl gehabt? Ihre Hände schlossen sich um die Reling, ihr Blick war auf den Ozean gerichtet. Atlas erinnerte sich, wie Elma ihnen damals von der Schaluppe erzählt hatte, die auf Darcos gestrandet war. Wie sie das Schiff wieder seetüchtig gemacht hatten – wie sie des nachts aufgebrochen und von den anderen Mer'Etha dabei ertappt worden waren. Atlas erinnerte sich an Elma, die zwischen ihnen zurückgeblieben war – an den letzten Blick, den sie geteilt hatten, ehe ihre Mentorin sie aufgefordert hatte, ohne sie abzulegen. Damals hatten sie Elma nicht beschützen können. Würde es ihnen nun immer noch nicht gelingen?

Atlas wurde aus ihren Gedanken gerissen, als Jinx an ihrem Arm rüttelte. Ihre Freundin deutete in die Ferne, doch Atlas blieb kaum Zeit, ihrem Hinweis zu folgen. Denn da erklang ein Krachen, ein Splittern, und das Schiff schaukelte wild, ließ Atlas taumeln und an der Reling Halt suchen.

»Was bei allen Funken dieser Welt!«, stieß Belén hervor, die sich an Ayo klammerte.

»Ein Angriff!«, brüllte Rami über das Deck. Und während Tumult ausbrach, alle durcheinanderzulaufen begannen und Jinx mit großen Augen auf die Beine kam, setzte sich Atlas in Bewegung. Sie wankte quer über das Deck, bis sie am Heck innehielt und hinabblickte.

Ein riesiger Pfeil, so dick wie ihr Arm und so lang, wie Sno groß war, steckte in ihrem Schiff und durchbohrte den Innenraum zur Hälfte. Ein Ballistenbolzen.

Und als sie den Blick hob, sah sie ein Schiff über sich aufragen.

TOTER FEIND

Die Zellen der Ruby bereiteten mir stets ein ungutes Gefühl. Auch heute hatte ich eine Gänsehaut, als ich die Tür hinter mir ins Schloss fallen ließ und den Schlüssel abzog.

Müde sah ich mich um. Die Zellen auf der Ruby waren in schummriges Licht getaucht und die rostigen Stangen und Innenräume hoben sich nur schemenhaft vom Mittelgang ab. Die Sonne drang kraftlos durch die matten Scheiben, die in die Fenster eingesetzt worden waren. Es war still hier – es gab nur einen Gefangenen.

Ich hatte kaum geschlafen, nachdem Sammy und ich in der Kammer von Vater gewesen waren. Die Einträge in seinem Tagebuch hatten tiefere Spuren hinterlassen, als ich erwartet hatte. Mit einem Mal war ich nicht mehr sicher, was ich wirklich wollte: Befreien mussten wir ihn in jedem Fall, natürlich – doch was, wenn er ein anderer sein würde, wenn er heimkehrte? Was, wenn er nicht mehr liebevoll und löwenherzig, neugierig und mutig sein würde?

Wenn er bloß noch ein Wrack war, von seiner Mannschaft verachtet und wahnsinnig geworden durch die Darcosgewässer und ihren Bann?

Ich wollte nicht daran denken. Ich wollte auch nicht darüber sprechen. Vor allem wollte ich nicht, dass *Lou* davon erfuhr, die sicherlich ebenfalls schockiert sein würde. Wir hatten Vater anders gekannt – und im Gegensatz zur Besatzung der Ruby hatten wir nicht miterlebt, wie sehr er sich verändert hatte. Noch nicht?

Ich konnte bloß abwarten und hoffen, dass die Gefangenschaft Vater wachgerüttelt hatte. Er sollte sein, wie ich ihn kannte. Ich vermisste ihn doch so, wie er gewesen war.

Ich trat auf die Zelle zu, die zuvorderst lag, und ging in die Hocke. Der Gefangene lag ausgestreckt auf einer Decke auf dem Boden, seine alte Jacke als Kissen umfunktioniert, und faltete ein Stück Papier. Neben ihm standen die leere Holzschüssel, in der ich ihm gestern den süßen Reis gebracht hatte, und der leere Becher, in dem Kaffee gewesen war. Er machte keine Anstalten, sich zu mir umzudrehen, obwohl er mich zweifellos gehört hatte.

Ich blickte auf das Buch, das ich ihm beim letzten Mal mitgebracht hatte, und machte ein entsetztes Geräusch. »Musstest du unbedingt *Der siebte Mahlstrom* kaputtmachen?«, fragte ich und wies auf die herausgerissenen Seiten. »Das war mein Lieblingsbuch! Wunderbare Literatur, Ainda Breol hat sich selbst übertroffen. Ich hatte dir auch *Das Geisterschiff von St. Troibour* mitgebracht. Das war furchtbar, das hättest du gerne zerstören dürfen.«

Stille. Nur das leise Papierrascheln.

Ich schob die Schüssel durch die Gitterstäbe. »Heilige Götter. Ich lasse das hier stehen. Ist Kartoffelsuppe, hab eigenhändig geschält.«

Es war nicht so, als könnte ich das nicht verstehen. An seiner Stelle hätte ich mich auch nicht mit mir unterhalten, selbst wenn ich mein Bestes tat, um ihm seinen Aufenthalt möglichst angenehm zu gestalten. Gemeinsam mit den anderen hatte ich einen Plan ausgeheckt – wir hatten Decken gesammelt, neue Kleidung zusammengesucht und brachten einmal täglich eine Waschschüssel in die Zellen. Der Dieb bekam Kaffee und trockene Kekse aus Lous Vorrat, Gesellschaftsspiele oder Bücher, mit denen er sich beschäftigen konnte. Einmal war Nathan mitgekommen, um ihm *Doppelte Krone* beizubringen, doch der Dieb hatte sich nicht darauf eingelassen.

»Wenn du was brauchst, sag einfach Bescheid«, sagte ich, ehe ich mich aufrichtete. Ich ging auf die Tür zu, stieg die schmalen, ausgetretenen Stufen hinauf. Als meine Hand am Türgriff lag, erklang eine Stimme:

»Ich kann Thaleanisch nicht lesen.«

Ich drehte mich um. Der Dieb hatte sich aufgerichtet und musterte mich.

»Das wusste ich nicht«, sagte ich. »Entschuldige.«

Er neigte den Kopf. »Würdest du wirklich helfen wollen?«

»Wenn es in meiner Macht steht?«

Er winkte mich zu sich und ich trat näher, hockte mich vor das Gitter. Der Dieb rückte ebenfalls heran. Er hatte das herausgerissene Papier zu den anderen gelegt, die er neben sich deponiert hatte. Jedes war zu einer anderen Form gefaltet: Ein Delfin, eine Muschel, ein Granatapfel, ein Wassertropfen, ein Fisch und ein Oktopus.

»Bring mir Handschuhe«, bat der Dieb. »Bitte.«

»*Handschuhe?*«, wiederholte ich stirnrunzelnd.

»Keine Fragen.« Seine blauen Augen musterten mich.

»Also – ja«, sagte ich zögernd. »Was sollen es denn für Handschuhe sein?«

»Egal, irgendwelche.«

Ich musterte den Dieb. Womöglich prüfte er, ob ich es ernst meinte oder nur so tat, als wollte ich ihm helfen. Sein gebrochener Arm war von Amrar erfolgreich behandelt worden und nur noch leicht bandagiert, den anderen hatte er vor meinem Blick abgeschirmt, sodass ich nicht herausfinden konnte, warum er nach Handschuhen fragen mochte. Aber waren da nicht merkwürdige Linien auf seiner Haut gewesen, als er das Papier gefaltet hatte?

Vielleicht wollte er etwas verbergen, für das er sich schämte. Vielleicht waren da Narben. Vielleicht ...

»Also?«, fragte er nachdrücklich.

Ich nickte. »Klar. Ich werd Handschuhe besorgen.«

»Danke.« Kurz sah es aus, als sei das Gespräch beendet, doch dann hob er erneut den Blick. »Meine Freunde«, sagte er, »habt ihr sie bald gefunden?«

»Negro hat gesagt, wir werden sie heute einholen.«

Er murmelte einen kaum zu verstehenden Fluch und wandte den Blick ab.

»Nun hör mal«, sagte ich. »Ihr habt eine Stadt dem Untergang nahegebracht. Es ist nur gerecht, dass ihr bestraft werdet.«

»Ihr werdet meine Freunde töten«, sagte er.

Ich stockte. »N-nein, wir nehmen sie nur gefangen.«

»Dann Herzog Roswen«, knurrte er. »Ihr bringt meine Freunde zu ihm, dort sterben sie. Ihr bestraft Töten mit Töten, was daran ist gerecht?« In seiner Stimme klang eine Verzweiflung, die Mitleid in mir weckte. Er hatte sich für seine Freunde geopfert, damit sie nicht in Gefahr gerieten. Und dabei war er gescheitert. Er hatte sie nicht genug beschützen können, dass ihnen die Flucht gelang, und das nur unseretwegen.

Aber warum hatte ich dieses ungute Gefühl dabei? Die Diebe hatten ein unsagbares Unheil über Jehra gebracht, und wie Gesetz und Moral es verlangten, segelten wir ihnen nach, um sie den Preis dafür zahlen zu lassen. Es war gerecht, wenn sie starben. So viele waren durch sie gestorben.

»Wolltet ihr, dass diese Menschen sterben?«, fragte ich. »Habt ihr das

Buch absichtlich gestohlen, damit die Seesammlerin Jehra bestraft?«

»Nein«, sagte der Dieb.

Ich hielt inne. »Es war keine Absicht, doch das macht euch nicht unschuldig.«

»Und deshalb muss getötet werden?« Er hob das Kinn. »Was Jehra geschah, ist fürchterlich. Das haben wir nicht gewollt. Wir wollten nur in die Darcosgewässer.«

Ich nickte.

»Aber wenn wir das gewusst hätten, hätten wir das Buch nicht fortgenommen«, beteuerte er. »Was geschah, tut mir leid. Den anderen auch. Wir bringen das Buch zurück und die Echsen sind fort. Reicht das nicht?«

Langsam schüttelte ich den Kopf. »Ich fürchte nicht.«

Er seufzte und fuhr sich mit der Hand über das Gesicht, durch die wuscheligen Haare, und nun bekam ich einen kurzen Eindruck von den Tätowierungen, die darauf gestochen waren. Bilder von Seekarten. Fasziniert betrachtete ich die feinen Linien. Wollte er deshalb die Handschuhe? Um die Karten zu verstecken?

»Wie heißt du?«, fragte der Dieb und ließ die Hand sinken.

»Jermaine.«

Er runzelte die Stirn. »Jer-maine? Was ist das für ein merkwürdiger Name ...«

»Ein ganz gewöhnlicher im Westen von Mernau. Dort heißt man so – Jeanne, Ines, Louise, Emma, Jermaine. Mein Vater hat ihn mir gegeben.«

»Dein Vater ist ein sonderbarer Mann.«

Ich lächelte schwach. »Ja, vielleicht. Und wie heißt du?«

»Nautilus«, sagte er.

»Wie der Stern? Und der Tintenfisch in der Muschel?«

Er nickte.

»Wo hast du den Namen her?«, fragte ich verblüfft.

»Ich hatte ihn einfach«, sagte er schulterzuckend.

»Deine Freundin in der Bibliothek ... die, die mit meiner Schwester gesprochen hat. Ihr Name war Atlas, oder?«

Er nickte. »Atlas.«

»Ihr habt so seltsame Namen«, meinte ich. Woher kamen sie, dass sie so genannt wurden, oder benutzten sie diese Namen zur Tarnung? Womöglich hatten sie sich alle nach Sternen benannt – das erschien mir bei Seefahrern nicht unwahrscheinlich.

Nautilus schien beleidigt. »*Dein* Name ist sonderbar«, sagte er und ich schnaubte amüsiert.

»Thaleanisch ist nicht deine Muttersprache, richtig?« In Nautilus' Aussprache schwang ein fremder Akzent, und manchmal nutzte er diese merkwürdig altertümlichen Begriffe.

»Nein, nicht diese verschandelte Sprache«, sagte er.

»Verschandelt?« Ich hob eine Braue und hoffte, dass dies eine Chance war. »Nautilus, woher kommt ihr? Und was wollt ihr in den Darcosgewässern?«

Es blieb still, ehe Nautilus zu einer Antwort ansetzte, die ich nie zu Ohren bekommen würde. Denn bevor ein Wort über seine Lippen gekommen war, ertönte lautes Rufen und ein Horn wurde an Deck geblasen. Wir hoben die Blicke.

»Was war das?«, fragte Nautilus.

»Ich denke, wir haben deine Freunde gefunden.« Ich wollte mich aufrichten, doch durch die Gitterstäbe griff eine der Kartenhände nach mir und zwang mich innezuhalten. »Jer-maine«, sagte Nautilus. »Mach, dass sie nicht sterben.«

Ich stockte, fand keine Worte, doch er gab mich auch so frei. Eilig kam ich auf die Beine und ignorierte die Taubheit, die das lange Verharren in der Hocke hervorgerufen hatte. Es waren viele Stufen vom Kerker bis nach oben und mein Atem ging schnell, als ich die letzte Etappe antrat. Auf einem Fass sah ich ein Paar Arbeitshandschuhe liegen und steckte sie in meinen Gürtel. Mit sicheren Tritten nahm ich die letzte Treppe und erreichte das Oberdeck.

Die Nacht war eingebrochen und tauchte die Ruby und das Meer in Tintenblau. Ich drehte mich um die eigene Achse, suchte nach dem Ursprung der Aufregung. Eine Menschentraube hatte sich auf Backbord gebildet, wo Matrosen wild durcheinanderschnatterten und aufs Meer hinausdeuteten – unter ihnen Channa und natürlich Lou und Gideon.

»Das Buch ist unser!«

»Endlich haben wir sie eingeholt!«

»Jehra ist befreit!«

Ich versuchte, mir Durchgang zu verschaffen oder zumindest auszumachen, worauf die Seeleute zeigten. Kein Zweifel, wir hatten die Diebe eingeholt, aber welches Bild mochte sich mir dort unten bieten? Ungeduldig schob ich mich an einem der Seemänner vorbei und beugte mich über die Reling. Da! Eine kleine Schaluppe!

Man hatte eine Strickleiter zum Schiff der Diebe hinuntergelassen und einige Seeleute waren an Bord gegangen. Die Schaluppe war lächerlich winzig im Gegensatz zur imposanten Ruby, die zwanzig Mal so viele Besatzungsmitglieder brauchte, um überhaupt seetüchtig zu sein.

Unten war ein Kampf ausgebrochen. Ich beobachtete die miteinander ringenden Gestalten, die Leute von der Ruby gegen die Diebe. Es schienen mehr an Bord zu sein als die drei, denen wir in der Bibliothek begegnet waren. Der Kampf musste schon eine Weile dauern, denn obwohl die Fremden sich gut schlugen und mit ihrem Säbeln in gefährlicher Grazie um ihre Feinde wirbelten, schienen die rubyschen Gardisten die Überhand zu gewinnen. Es gelang ihnen, ihre Kontrahenten einzukreisen.

»Niedliches Boot, oder?« Channa war an meine Seite getreten und lehnte sich an die Reling, während sie neugierig auf das Geschehen unten auf der Schaluppe hinabblickte. Die Besatzung des kleinen Schiffes wurde eingekesselt, dingfest gemacht und einer nach dem anderen die Strickleiter heraufgestoßen.

»Hast du darüber nachgedacht, dass diese Menschen alle sterben werden?«, fragte ich.

Channa hob eine Braue. »Du nicht?«

Wir lösten uns von der Reling, als die ersten Gefangenen an Deck kamen. Die Menschentraube verlagerte sich in die Mitte des Decks und bildete einen Kreis, der nur eine Lücke auf Höhe des Zugangs ließ, von wo die Besatzung der Elma hochkam. Alle wollten sie sehen, die Buchdiebe.

Die erste Person war das Mädchen mit dem langen schwarzen Haar und der flachen Nase. Ihre mandelförmigen Mingnaaugen, von denen eines unter einer Augenklappe verborgen war, fuhren hin und her, als sie die vielen Menschen um sich herum erblickte, und sie strauchelte, weil sie sich in ihrem knöchellangen Kleid verhedderte. Sie trug keine Waffen, wurde aber dennoch in Ketten gelegt.

Hinter ihr folgte das Mädchen mit dem rasierten Kopf, das sich heftig im Griff des Gardisten herumwarf und versuchte, sich zu befreien. Sie stieß wütende Flüche in einer Sprache aus, die ich nicht verstand. Die junge Frau mit dem wilden Blick, *Atlas*, die Lou in Jehra getroffen hatte, folgte ihr und machte die Gardisten zur Schnecke: »Lasst Echo zurück aufs Schiff! Sie braucht Poda!« Ihre dunkelbraunen Locken flogen, als sie den Kopf herumwarf und den Soldaten, der sie fesselte, wüst beleidigte.

Als Nächstes kam ein kleiner blonder Junge, wenige Jahre älter als die Zwillinge. Er war schmutzig, trug eine abgewetzte, zu große Seefahrerjacke und seine Wangen waren voller Sommersprossen. Der Kleine bekam eine Hand des Gardisten zwischen die Zähne, biss kräftig zu und entkam beinahe. Nur, weil zwei weitere sich auf ihn stürzten, konnte er gefasst werden.

Hinter ihm erschien ein vollschlankes Mädchen mit dunkler Haut, einem riesigen Ölmantel und schwarzem, zu vielen Zöpfen geflochtenem Haar unter einer Schiebermütze. Ihre vollen Lippen waren ernst und sie ging aufrecht und stolz hinter dem kleineren Jungen. Die nackten Füße bewegten sich mit tänzerischer Grazie.

Ich betrachtete die beiden nachdenklich. Sie waren nicht in der Bibliothek gewesen.

Dann kam der letzte Angehörige der kleinen Schiffsbesatzung. Der Mann war viel größer als die beiden Soldaten, die ihn die Leiter hochhievten – eher stützend als sichernd –, doch er machte keine Anstalten, von seiner Stärke Gebrauch zu machen. Seine Haut war olivfarben, das rabenschwarze Haar war im Nacken zu einem Knoten gebunden. Der junge Mann taumelte zwischen den Gardisten, nur halb bei Bewusstsein und kaum in der Lage, sich auf den Beinen zu halten. Sobald er festen Boden unter den Füßen hatte, knickten sie weg und er sank auf das Deck, wobei etwas an ihm oder *in ihm* zu knirschen schien. Als er die Hände von der Brust nahm, lagen darin … Muschelsplitter.

Rufe wurden unter seinen Freunden laut – »Rami!«, riefen sie. »Rami!« – und ich tauschte einen Blick mit Channa. Etwas ging nicht mit rechten Dingen zu.

»Was geht hier vor?«, fragte Leonard. Er war aus der Menge hervorgetreten und musterte die Gardisten, die die Gefangenen festhielten.

»Kapitän Leonard, im Kampf wurde dieser Mann gegen eine Wand geworfen und verhält sich seitdem … so.« Der Soldat wies auf den jungen Mann, der sich krümmte.

Atlas fluchte ungehemmt. »Was habt ihr getan?«

Leonard nickte zu dem Verletzten. »Seht nach, was unter seinem Hemd ist.«

Ein Gardist trat vor und griff nach dem jungen Mann, nahm das Leinenhemd und zog es hoch.

Ein Raunen ging durch die Menge und ich weitete die Augen. Mit einem Mal war mir ganz schlecht.

»Das würde erklären, woher sie die ganzen Perlen haben«, murmelte Channa. Ihre Hand spielte mit einer Feder.

Leonards Adamsapfel hüpfte, als er schluckte und sich an Atlas wandte, die keine Ruhe gab. Ihre Augen funkelten wie die einer Wölfin, sie reckte trotzig das Kinn in die Höhe.

»Habt ihr alle ... Muschelhaut?«, fragte Leonard.

Atlas knurrte. »Wir können noch ganz andere Dinge.«

»Bei Saesora, *Kapitän*.« Es war die Stimme von Vince auf der anderen Seite der Menschenmenge. Er war bleich wie ein Geist. »Kapitän, ich glaube, ich habe so was gesehen. Auf der Insel. Verdammt, ich glaube, die gehören ... zum Fließenden Volk.«

Die Menge wurde unruhig. Getuschel erhob sich über die Ruby wie ein Bienenschwarm. Channa verschränkte die Arme und lächelte merkwürdig.

»Aye«, drang Negros Stimme aus der Menge und er humpelte auf Leonard zu. »Das hätte ich mir denken können. Wer sonst sollte so dumm sein und versuchen, nach Darcos zu gelangen, wenn nicht Fließende, die ihre Leute befreien wollen?« Er lachte bärenhaft. »Das heißt, außer uns.«

»Wir wollen unsere Leute nicht befreien«, fuhr Atlas ihn an. Nautilus' Akzent schwang auch in ihrer Stimme – ein fremd klingender Schwung, irgendwie altertümlich. *Alt-Erali*, begriff ich.

»Sie haben das Buch mit Absicht mitgenommen, um Jehra in den Untergang zu stürzen!«, rief jemand in der Menge.

»Ja! Sie wollten die Jehraner auslöschen!«, pflichtete ein weiterer Seemann dem bei. Mehr und mehr Stimmen wurden laut und beschimpften die Fließenden in ihrer Mitte. In mir drängte das Bedürfnis herauf, mir die Ohren zuzuhalten. Ich wusste nicht, was ich glauben sollte. Diese ... Kreaturen wollten die Menschheit auslöschen, hatten Vater entführt und mit Sicherheit hatten sie auch die Bibliotheken zerstören wollen. Aber Nautilus hatte so ehrlich geklungen. Was davon sollte ich glauben? Was *wollte* ich glauben?

»Schluss!«, sagte Leonard laut und wandte sich an einen Gardisten.

»Habt ihr das Buch?«

»Ja, Kapitän.« Er reichte ihm ein kleines, in Leder eingebundenes Buch, unscheinbar dafür, dass es solchen Schaden angerichtet hatte.

»Danke«, sagte der Kapitän. Er wandte sich an Atlas und wies auf Echo, die sich noch immer heftig im Griff des Gardisten wehrte. »Was will deine Freundin?«

»Ihren Oktopus«, sagte Atlas, als wäre das glasklar. »Sie sind aneinander gebunden! Er ist ihr *Na'Erath*.«

Ihre Zunge sagte das Wort so scharf und hart, dass ich zusammenzuckte. Diese Sprache schien aus den Tiefen des Meeres zu entstammen – so uralt und archaisch wie die See selbst.

»Ihr Seelentier«, sagte Negro nickend.

Leonard hob nur die Brauen. »Sucht ihren Oktopus und bringt ihn ihr.«

Die Gardisten zögerten. »Kapitän, seid Ihr sicher?«

»Wir wollen sie dem Herzog lebend bringen«, sagte er. »Die Gefangenen kommen in die Zellen. Wenn ihr zurück seid, dann versenken wir das Schiff.«

»*Nein*, nicht die Elma!«, brachte Atlas hervor und auch unter den anderen Gefangenen brach erneut Aufruhr aus. Und während sie sich wehrten, trat ein Soldat der Ruby die Leiter herauf. Erneut rollte eine Welle leisen Tuschelns über das Oberdeck. Der Gardist hielt ein weiteres Mädchen am Arm. Obwohl ihr einfaches, minzegrünes Kleid vor Schmutz starrte und ihre Knie zerschrammt und blutig waren, obwohl sie äußerst wütend zu sein schien, war unübersehbar, welche naturgegebene Schönheit sie besaß. Ihre Züge waren fein wie die einer Königin und sie hatte die Statur einer Puppe. Das Haar glitt über ihren Rücken wie flüssiges Silber, am Hinterkopf zu einem kunstvollen Netz gesponnen.

»Kapitän Leonard, ich habe diese Frau gefunden, die sich unter Deck versteckt hat!«, rief der Gardist voller Aufregung und kam mit ihr auf Leonard zu. »Sie behauptet, eine Prinzessin aus Fellonien zu sein.«

»Das ist wahr.« Die Stimme der jungen Frau war hell und warm wie Honig. Sie befreite sich aus dem Griff des Gardisten und rieb sich beleidigt den Ellbogen. »Ich gehöre nicht zu diesen Taugenichtsen«, sagte sie in einwandfreiem Thaleanisch. »Ihr mögt Thaleaner sein, aber ich bin dankbar, dass Ihr mir zur Freiheit verholfen habt, Herr. Ich hoffe, Ihr seid so gnädig, mich sicher nach Hause zu geleiten. Mein Vater würde Euch reich belohnen.«

Leonard, der sie aufmerksam gemustert hatte, hob die Brauen. »Meine Dame, dürfte ich einen Namen erfahren?«

Sie trat auf ihn zu. »Kapitän – mein Name ist Belén von Hohenmond, und ich bin Tochter des Hochkönigs von Fellonien.«

Einigen Seeleuten stand der Mund offen und ich zupfte unruhig an dem Ring in meinem Ohr. Leonard vollführte eine ungerührte Verbeugung. »Unter diesen Umständen ist es mir eine Ehre, Euch als meinen Gast zu wissen. Erlaubt mir die Frage – aus welchem Grund haben diese Fließenden Euch entführt? Wisst Ihr das?«

Ein aufgeregtes Nicken war die Antwort. »Das kann ich Euch sagen«, sagte Prinzessin Belén. »Diese Kreaturen wollten mich für ein obskures Ritual missbrauchen, um ihre Göttin zu errufen. *Saesora*. Sie faseln von einer Insel und hantieren mit einem Märchenbuch, in welchem sie die Geschichte Felloniens gelesen und mich daraufhin als Auserwählte auserkoren haben. Sie glaubten tatsächlich, *ich* könnte diese Göttin errufen. Ein Glück, dass Ihr gekommen seid, bevor Schlimmeres geschehen konnte und sie mich in mehrere Teile gespalten hätten oder dergleichen. Kapitän ... was schaut Ihr denn so?«

Leonards Miene war starr geworden. Sein Blick fuhr zu den Gefangenen, dann wandte er sich an Negro und sie begannen zu tuscheln. Ich warf Channa einen Blick zu, die bloß die Brauen hob.

Als Leonard nickte, begann Negro schallend zu lachen. »Was für ein Wink des Schicksals«, sagte er kichernd. »Oh, das ist amüsant. Dass diese Fließenden, diese Diebe, uns geradewegs eine Auserwählte in die Hände spielen!«

Beléns Blick fuhr nach rechts und links und mit einem Mal schien sie sich allzu bewusst, dass sie von den Leuten der Ruby umzingelt war. Sie wich zurück. »W-was meint Ihr damit? Kapitän?«

»Eure Hoheit, würde es Euch etwas ausmachen, uns ein wenig Gesellschaft zu leisten?«, fragte Leonard. »Denn auch wir sind auf dem Weg in die Darcosgewässer und könnten von Eurer Hilfe Gebrauch machen.«

»W-was?«, stieß Belén hervor.

»Es wäre uns wahrlich lieb, wenn Ihr Euch einverstanden erklärt«, sagte Leonard zögernd. »Wir würden Euch selbstredend entlohnen und Ihr bekämt auf diesem Schiff alles, was Euch beliebt.«

Die Prinzessin wich zurück und schüttelte den Kopf. »Damit ich mir nicht vorkomme wie eine Gefangene? Warum *fragt* Ihr überhaupt? Ihr braucht mir nicht vorzugaukeln, dass ich eine Wahl hätte!«

»Sie kann euch nicht helfen«, schaltete sich Atlas ein. »Die *Dawea* sagt, sie kann Saesora nicht errufen, wenn sie ihr Kettenhemd nicht hat.«

Negro stieß erneut ein brummendes Lachen aus, als Atlas' Stimme versiegte. »Wirklich intelligent von dem Mädchen, zu missbrauchen, wie unvertraut ihr mit dieser Welt und ihrer Geschichte seid«, sagte er amüsiert. Er warf einen Blick in die Runde. »Nun kommt, dieses Mal will ich nicht derjenige sein, der es besser weiß. *Wir alle* wissen, dass Prinzesschen Götterlos ihre Entführer zum Narren gehalten hat. Wer möchte diesen Fließenden erklären, dass sie betrogen wurden?« Er wandte sich an Belén. »Oder wollt Ihr ihnen selbst offenbaren, wie die Wahrheit lautet?«

Die Prinzessin verengte die Augen zu Schlitzen. »Was soll das? Wie redet Ihr mit mir?«

»Wie es sich gehört für ein ungläubiges Pack!«, spuckte Negro aus.

»Negro«, sagte Leonard mahnend, doch der ältere Seemann überging ihn kommentarlos.

»Na los, Prinzesschen Götterlos!«

Belén schluckte. »Das Schuppenkleid … ist nicht in Fellonien«, sagte sie so unwillig, als quälte sie jedes Wort. Sie wandte den Kopf und ihr Blick fiel auf Atlas. Die Hände hatte sie zu Fäusten geballt. »Schon seit Jahren nicht mehr. Es war in einer Festung westlich der Muschelbucht, bei der es sich einst um ein Jagdanwesen der königlichen Familie gehandelt hatte. Die Thaleaner griffen diese Festung an und waren siegreich. Es folgte eine Plünderung, woraufhin das Schuppenkleid in ihren Besitz überging. Heute … befindet es sich in Thalheim, in der Festung des Kaisers.«

»Ganz recht«, sagte Negro zufrieden und Atlas funkelte Belén böse an, deren Kiefer vor aufkommender Verzweiflung angespannt waren. »Und deshalb wird uns der Weg nach Thalheim führen. Und Ihr begleitet uns.«

»Mein Kapitän, wenn ich etwas einwerfen dürfte.« Es war Offizier Erik, der aus der Menge hervortrat. »Eine Entführung der fellonischen Kronprinzessin kann schlimme Folgen nach sich ziehen. Etwa einen offensiven Krieg zwischen unseren Nationen. Seid Ihr sicher, dass Ihr nicht ein wenig übertreibt? Es wird Chaos geben, wenn die Fellonier erfahren, dass ihre Prinzessin von Thaleanern entführt worden ist.«

»Wer sagt, dass es Thaleaner waren?«, fragte Negro. »Es war das Fließende Volk.«

Erik öffnete den Mund, schloss ihn jedoch wieder.

»Wir haben Belén hier gefunden und an Bord genommen«, sagte Leonard diplomatischer als sein Vorredner, »und wir *können* sie nicht zurückbringen. Jedes thaleanische Schiff würde von den Felloniern zerstört werden. Es ist nur klug, die Prinzessin zunächst an einen sicheren Ort wie Thalheim zu bringen, von wo man die Fellonier verständigen und eine vorläufige Waffenruhe aushandeln kann.« Er musste bezweifeln, dass der Kaiser es Fellonien so leichtmachen würde, sprach es aber nicht laut aus.

Negro setzte dahinter: »Und während wir warten, dürfte Prinzesschen Götterlos genug Zeit haben, uns zu unterstützen.«

»Ihr tut noch immer, als wäre dies keine Entführung«, sagte Belén.

»Kapitän, wir haben den Fisch gefunden«, rief ein Gardist, der von der Elma an Deck stieg, dicht gefolgt von zwei weiteren. Er hielt seine Hellebarde weit unten und streckte sie mit leicht angeekeltem Gesichtsausdruck nach vorn. Um den Stiel der Waffe ringelte sich ein Oktopus.

»Gebt ihn dem Mädchen«, sagte Leonard.

Der Gardist hielt den Stab in Echos Richtung, die sich nach dem Tier streckte. »Hier … dein Fisch.«

»Er ist kein *Fisch*«, knurrte Atlas, doch ihr Blick wurde weicher, als sie sah, wie sich der Tintenfisch um Echos Hals wickelte und sie zu umarmen schien. Die Fließende lächelte müde.

Leonards rechte Hand war an seine Schläfe gewandert. Er sah Echo nicht zu, wie sie das Wiedersehen mit ihrem Oktopus teilte. Auch die Prinzessin bedachte er keines Blickes mehr. »Der Plan hat sich geändert. Ich brauche zehn fähige Matrosen, die sich in der Lage sehen, die Elma nach Jehra zu steuern.« Er deutete auf einige Seeleute und sagte ihre Namen. »Bertram, du führst sie an. Nathan, du gehst auch mit.«

»Aye«, sagte der bärtige Offizier und Nathan salutierte gehorsam. Sein bester Freund Danyo schnitt eine traurige Grimasse.

»Gut«, sagte Leonard. »Die Gefangenen werden mit euch kommen und dem Herzog ausgeliefert – ebenso wird er das Buch erhalten. Die Ruby wird nach Thalheim reisen und eine Audienz beim Kaiser erbitten. Oh,

Götter – wir haben bald Adlamérische Woche. Er wird beschäftigt sein, doch irgendwie wird es schon gelingen. Wir werden versuchen, an das Kettenhemd zu gelangen, euch in Jehra auflesen und die Göttin zu beschwören. Auf ein Wiedersehen also.« Er wandte sich an die Gardisten. »Es fehlt noch der Gefangene unter Deck. Er und die Übrigen kommen zurück auf die Elma.« Sein Blick traf den von Atlas nicht mehr, obwohl sie ihn voller Verachtung anstarrte. »Abführen«, sagte er, sein Zögern war kaum herauszuhören.

»Halt!«

Ich war still gewesen. Die ganze Zeit hatte ich mich nicht eingemischt, kein einziges Mal. Ich hatte die Worte aus meinem Mund verbannt, ihnen verboten, hervorzudringen. Jetzt aber – jetzt konnte ich nicht länger schweigen.

»Jermaine, du kannst deine Klappe einfach nicht halten«, murmelte Channa, als ich vortrat und Leonard sich zu mir umdrehte.

»Die Fließenden sind bekannt dafür, den Tod der Menschen zu wollen«, sagte ich. »Sie wollen von der Insel, um uns für das, was unsere Vorfahren ihnen einst angetan haben, zu bestrafen.«

»So wie diese Kreaturen Jehra zerstört haben!«, rief ein Seemann.

»Ja«, sagte ich, »womöglich. Bloß hat der Dieb, den wir in Jehra gefangen genommen haben, mir etwas anderes berichtet.«

Leonard hob die Brauen. »Er hat mit dir gesprochen?«

»Aye, und er hat sich für das entschuldigt, was in Jehra geschah.« Mein Blick war fest auf den stellvertretenden Kapitän gerichtet. »Er empfindet Reue für das, was geschehen ist. Er sagt, es war keine Absicht.«

»Lügner!«

»Elendes geschupptes Pack!«

»Ich weiß, dass wir ihnen nicht glauben können.« Meine Stimme blieb laut und meine Worte deutlich, um die Rufe zu übertönen. »Und ich weiß, dass sie diese Strafe verdient haben, ob es beabsichtigt war oder nicht. Ich möchte nicht gut reden, was geschehen ist. Ich will ein Zugeständnis machen!« Ich ließ den Blick über die sechs Gefangenen schweifen. »Es war ihr Volk, das meinen Vater verschleppt hat. Aber soweit wir wissen – und Herzog Roswen weiß – waren es nur vier von ihnen, die in den Bibliotheken waren. Diese drei«, ich wies auf den kleinen Jungen, die schwarze junge Frau und den Verletzten, »sind nicht dabei gewesen. Und wie dumm wäre es von uns, sie dem Herzog auszuliefern, wo sie so wichtige Informationen für uns bereithalten könnten? Über die Insel, über ihr Volk, über die Göttin.«

»Sollen wir die drei auf dem Schiff behalten, damit sie nachts über uns herfallen?«, fragte Erik.

»Wozu haben wir Zellen?«, fragte ich. Mein Blick fiel wieder auf Leonard. »Ist das nicht klug? Lass sie uns hierbehalten und hören, was sie zu sagen haben. Die anderen vier können wir nicht beschützen, aber diese?«

Eine Ewigkeit lang blieb es still. Auf Leonards Gesicht lag ein Ausdruck, den ich nicht deuten konnte.

»Gut«, schloss der Kapitän dann und wir nickten.

»Gut«, sagte auch ich.

Die drei Geretteten – der Muschelhäutige, der kleine Junge und das Mädchen mit der schwarzen Haut – wurden unter Deck gebracht, während die anderen auf die Schaluppe zurückkehrten. Sie hatte ich nicht retten können – sie würden ihre Schuld begleichen müssen. Prinzessin Belén hatte sich von den Umstehenden abgewandt und lief zur Reling. Ihre Schultern bebten und mit dem Handrücken fuhr sie sich über die Augen.

»Dir ist klar, dass du gerade unsere Feinde gerettet hast«, sagte Channa mit erhobener Braue.

»Diese Wesen wissen mehr über Vater«, sagte ich. »Sie können helfen und sie *werden* helfen.«

Channa nickte. »Aye. Wenn ihnen nicht zuvor ein Apostel deines Kapitänsvaters die Kehle durchtrennt.«

Ich wollte etwas erwidern, doch mein Blick fiel auf eine Gestalt, die von einem Gardisten aus dem Schiffsbauch geführt wurde. *Jermaine, sorg dafür, dass sie nicht sterben*. Eilig ging ich auf Nautilus zu, der sich immer wieder umwandte – er musste einen Blick auf seine drei geretteten Freunde erhascht haben und versuchen, sie nun noch ein letztes Mal zu sehen. Der Gardist blieb stehen, als ich den beiden entgegentrat, und Nautilus' seeblaue Augen musterten mich. Eine Weile sahen wir einander mit ernstem Blick an. Ich reichte ihm wortlos die Handschuhe. Der Gardist ließ zu, dass Nautilus danach griff und sie überstreifte. Ich betrachtete seine tätowierten Hände und fragte mich, welche Gaben sie verbergen mochten.

»Danke«, sagte der Fließende und ich nickte stumm. Er meinte nicht die Handschuhe.

PRINZESSIN AUF DEM MEER

Belén behielt die Fassung, bis die Tür hinter ihr ins Schloss gefallen war. Dann entwich ihr ein Schluchzen, an dem sie beinahe erstickte. Ihre Finger fanden die Kante des Tisches, der am Kopf der Kajüte stand, und sie ließ sich schluchzend auf den Hocker davor sinken, vergrub das Gesicht in den Armen. »Verdammt«, fluchte sie, nicht besonders hoheitsvoll, aber dafür umso adäquater, was die Situation betraf. »Verflucht!«

Oh, sie war so wütend! Was fiel diesem Kapitän ein, einfach über sie zu entscheiden? Was fiel diesem Seemann mit dem fehlenden Bein ein, sie vor versammelter Mannschaft bloßzustellen? Die Seeleute hielten sie für klein und dumm! Sie dachten, Belén würde ihnen schon vertrauen mit ihrem schönen Schiff und ihren schönen Kleidern, doch sie würde ihnen diesen Gefallen nicht tun. Oh nein, sie würde keine Gelegenheit verstreichen lassen, dieses Schiff zu verlassen zu versuchen, ehe diese Menschen ihr obskures Ritual mit ihr abhalten konnten. Verrückte waren es, diese idiotischen Thaleaner! Hatte sie Hendryk nicht gerade noch gesagt, sie wünsche sich, Thale zu Gesicht zu bekommen? Was hatte sie sich gedacht? Das hatte sie nun davon, dass sie sich solche dummen Dinge wünschte! Man hatte ihr doch immer gesagt, die Thaleaner seien rückständige Fanatiker!

Sie konnte nicht glauben, welches Pech sie gehabt haben musste, aus den Fängen dieser Kreaturen entkommen zu sein, nur um in die Hände von Menschen zu taumeln, die ebenfalls dieses Hirngespinst einer Göttin errufen wollten. Sie würden sie für etwas missbrauchen, das zum Scheitern verurteilt war und Gefahren barg – schließlich wusste sie nicht, was sie in diesem Ritual überhaupt zu tun hatte. Und im Übrigen brachten sie Belén zu ihrem *Kaiser*, wo sie womöglich als Gefangene oder Tote enden würde, um an ihr ein Exempel für Fellonien zu statuieren!

Sie hatte doch nur etwas lernen wollen. Was hatte sie angerichtet, als sie Hendryk überredet hatte, mit ihr das Schloss zu verlassen?

Zu den Funken, sie hatte auch seinen Tod zu verantworten – denn sie konnte sich nicht vorstellen, dass ihr Vater ihn ungestraft gelassen hatte, nachdem er als Leibwächter versagt und seine geliebte Tochter nicht beschützt hatte. Hendryk hatte versucht, sie zu überreden, nicht wieder in die Stadt hinabzugehen. Ihre Hand umschloss die Muschel, die noch immer um ihren Hals hing, so fest, dass die Stacheln ihr in die Handfläche drückten.

Wenn du einen Ort auf der Welt sehen könntest, welcher würde es sein?

Zuhause.

Würde Hendryk jemals nach Hause zurückkehren?

Für eine lange Zeit konnte sie sich nicht beruhigen. Belén weinte und fluchte und schlug auf die Tischplatte, dass ihre Fäuste brannten. Erst ein zaghaftes Klopfen an der Tür ließ sie aufblicken. »Prinzessin?«, drang eine dumpfe Stimme von draußen zu ihr hindurch.

Hastig wischte sich Belén über die Augen und blinzelte in das Licht, das durch das Fenster ins Zimmer fiel. Mit den Fingern versuchte sie, ihr zerzaustes Haar zu glätten, und erhob sich. Das Schiff schwankte ungewohnt und sie spürte, dass ihr flau im Magen war, selbst wenn sich darin kaum etwas befinden konnte. Mit leicht zitternden Knien trat sie zur Tür, griff nach der Klinke.

Ein Mädchen und ein Junge standen vor ihr und machten große Augen, als sie sie erblickten. Das Mädchen hatte braunes Haar, um die ein dunkles Tuch gebunden war, und war nur wenige Zentimeter kleiner als Belén selbst. Der Junge, blond, stand hinter ihr, die Hände in die Hosenträger gehakt, der Mund ein Stückchen geöffnet vor Staunen.

»Ja?«, fragte Belén, als sie nach einer Weile noch immer kein Wort gesagt hatten, und brachte sie dazu, sich aus ihrer Starre zu lösen.

»Prinzessin«, sagte das Mädchen und machte die Andeutung eines Knickses, während sich der Junge verbeugte, als wäre es das erste Mal, dass er dies tat. »Wir sollen Euch diese Kleider bringen. Falls Ihr was Neues anziehen möchtet.« Sie zeigte ihr einen Stapel Kleidung, und der Junge hielt ein Paar Stiefeletten in die Höhe. Belén betrachtete beides kritisch.

»Das sind Hosen …«

»Ich weiß. Ich meine …« Das Mädchen neigte erneut den Kopf vor Belén. »Ich meine, wir haben keine anderen Kleider, tut mir leid.«

Belén musterte sie. Die Matrosin trug ebenfalls Hosen und eine weiße Bluse mit Spitzenbesatz, die ihr etwas zu groß zu sein schien und weit um ihre schmale Statur fiel.

»Na gut«, sagte Belén und machte den beiden Platz. Sie fühlte sich schmutzig und wollte das Dienstmädchenkleid gern loswerden, selbst wenn sie es gegen eine Hose tauschen musste. Wenn sie ehrlich war, wünschte sie sich auch ein ausgiebiges Bad. Doch obwohl das Mädchen und der Junge sauber aussahen, war sie nicht sicher, wie es auf einem Schiff mit der Hygiene gehandhabt wurde. Sie wollte lieber nicht nach einer Bademöglichkeit fragen, wenn das bedeutete, dass sie sich daraufhin in einer kleinen hölzernen Wanne wiederfinden würde, die mit kaltem, bereits von zehn schmutzigen Seemännern genutztem Wasser gefüllt war.

Das Mädchen legte die Kleider auf der Kommode neben dem kleinen Bett ab, während der Junge die Schuhe daneben auf dem Boden abstellte. Unsicher musterte die Matrosin Beléns gerötete Augen. Belén reckte das Kinn. Sie wollte im Angesicht dieses Mädchens nicht schwach aussehen.

»Ich bin Lou«, sagte die Matrosin, als sie den Mund öffnete, zögernd und irgendwie schüchtern.

Belén nickte. »Hallo. Lou.«

»Und das ist Gideon.«

»Hallo, Prinzessin.« Er versuchte ein Lächeln, das sie nicht erwiderte. »Ihr habt schönes Haar, nur so.«

»Hört, was wollt ihr noch von mir?« Belén musterte die beiden abwartend.

»Mein Vater ist der Kapitän dieses Schiffes«, setzte Lou an. »Sein Name ist Gabriel Loreley. Er ist ein guter Mann, Prinzessin. Er ist der beste Vater, den ich mir vorstellen kann. Doch leider ist er nicht hier. Er ist nicht hier, weil … weil man ihn entführt und eingesperrt hat. Und diese Entführer – das waren Fließende, genau wie bei Euch. Wenn Ihr nochmal entführt würdet, würdet Ihr nicht auch wollen, dass man Euch hilft?«

»… doch?« Belén glaubte, sich verhört haben. »Ich hätte gern jemanden, der mir hilft, wenn ich *entführt* werde.«

Lou rieb sich verunsichert den Nacken, als sie den Sarkasmus in ihrer Stimme hörte. »Wir *entführen* Euch nicht. Wir erbitten Eure Hilfe«, sagte sie. »Leonard ist ein sehr freundlicher Mann – Papa sagt immer, wenn es nur friedfertige Seeanemonen wie ihn gäbe, wäre die Welt verloren. Der Punkt ist, er würde nie jemanden entführen.«

»Dann sollte er seine Handlungen nochmal gehörig überdenken«, sagte Belén trocken.

Lou fuhr unbeirrt fort. »Die Sache ist, wir können Papa nicht alleine helfen. Wir brauchen Saesora, um ihn zu befreien, und mit uns will sie sich nicht unterhalten. Ich ... ich glaube, Leonard denkt, mit Euch spricht sie eher.« Sie schluckte. »Wisst Ihr, meine Schwestern und ich, wir vermissen Papa schrecklich. Eigentlich wollen wir bloß, dass er wieder bei uns ist. Dafür brauchen wir Euch.« Sie senkte den Blick, zog die Schultern an. »Das wollte ich nur sagen.«

Belén betrachtete das Mädchen und ihren Freund, der sich auf der Tischplatte hingesetzt hatte und mit den Beinen baumelte. Sie trat auf Lou zu. »Es tut mir leid, was mit deinem Vater geschehen ist.«

»Mir tut es leid, dass Ihr weinen musstet«, sagte Lou. Obwohl Belén damit gerechnet hatte, dass sie davon wusste, ließ sie solche Ehrlichkeit zusammenzucken. »Leonard wollte Euch auch nicht wehtun. Seht, ich glaube, es wäre wirklich dumm, einfach von hier nach Fellonien zu segeln. Eure Leute müssten sicher nur blinzeln und tausend Schlangen würden sich um unser Schiff schlingen.«

»Na«, sagte Belén. »Das sind Schauermärchen.« Sie machte eine Pause. »Aber ich schätze auch, die Leute in Thalheim werden mich nicht mit Mistgabeln und Fackeln jagen?«

Lou und Gideon sahen sich an und prusteten los. »Wer hat Euch das denn erzählt?«, fragte Gideon, und Lou lachte: »Niemand benutzt heute noch *Fackeln*. Hahaha, Prinzessin! Es gibt Weißwalöl. Das ist ...«

»Wir haben auch Weißwalöl«, sagte Belén. »Wir nutzen es als Lederfett und stellen Futter für die Wapitis her.«

»Es brennt eine Ewigkeit«, sagte Lou noch immer kichernd. »Viel nützlicher als Fackeln. Wie macht Ihr denn Licht in Fellonien?«

Belén zögerte und ließ sich dann doch hinreißen. Sie hob eine Hand und kleine blaue Funken erschienen, tanzten um ihre Hände. »Mit Magie.«

»Wooow!« Lou und Gideon betrachteten die kleinen Funken voller Faszination. Belén, die angenommen hatte, dass die beiden sich fürchten würden, lächelte schwach.

»Junge, das ist abgefahren! Und stimmt es, dass ihr Blitze aus euren bloßen Händen schießen könnt?«, fragte Gideon.

»Einige können das, ja.« Belén verschwieg, dass sie selbst nicht genug Unterricht dafür gehabt hatte. Sie besaß zwar theoretisch ausreichend Magie, doch unbedachtes Experimentieren auf dem offenen Meer wäre fatal, wenn sie nicht ertrinken wollte.

»Könnt Ihr meine Gedanken lesen? Was denke ich gerade?«

»Du hast eh nur Seewasser im Hirn«, neckte Lou ihn.

»Stimmt es auch, dass ihr diese Riesenelche in Euren Armeen habt? Und werden in Fellonien wirklich Marionetten aus den Kadavern gefallener Thaleaner für Puppentheater gemacht?«

»Gideon«, zischte Lou, als Belén verstört die Stirn runzelte.

»Schon gut. Und *nein*«, sagte sie, und dann, nur um sich zu vergewissern: »Also habt ihr auch nicht vor, mich für euer Ritual zu, ähm ... *opfern*, verstehe ich recht?«

Sie schüttelten die Köpfe. »Wir sind ja keine Unmenschen«, sagte Lou.

Beléns Herz wurde leichter.

»Sagt mal – sollen wir Euch zum Schiffsarzt bringen?« Gideons Blick war auf ihre Knie gefallen, die von ihrer Flucht in Glaza aufgeschürft und blutverkrustet waren. Belén zögerte. Ihr Ellbogen tat auch ziemlich weh, seit Atlas sie die Treppe hinabgestoßen hatte.

»Und wollt Ihr ein Bad nehmen?«, fügte der Matrose hinzu.

Lou nickte. »Wir haben wunderbare Wannen unten, so gut wie bei mir zu Hause, und danach fühlt Ihr Euch sicher besser.«

Und da nickte Belén.

Mit den luxuriösen Wannen, die Belén von zu Hause kannte, waren die Waschzuber der Galeone natürlich nicht vergleichbar. Sie erfüllten allerdings ihren Zweck und enthielten sogar dampfendes heißes Wasser. Die aufgeschürften Stellen brannten, als sie in die Wanne tauchte, und Belén sog scharf Luft ein.

Sie wusch ihr Haar aus, nutzte dabei das Duftöl, das sie auf dem Regal fand, und trocknete es, indem sie mit den durch Magie erwärmten Händen darüberfuhr. Anschließend verbrachte sie unnötig lang damit, das Haar zu ihrer liebsten Frisur zu flechten – dem Netz verschränkter Strähnen an ihrem Hinterkopf, dass sie auch ohne ein Dienstmädchen zustande brachte. Die neuen Sachen passten halbwegs, bloß die Hose war ihr ein wenig zu groß. Die Stiefeletten hatten Schnürsenkel, die man vor dem Zubinden in kleine Messinglaschen haken musste. Hinzu kam ein beiger, weicher Pakowollmantel mit Reverskragen, der sie vor dem kalten Wind an Deck schützen würde.

Lou wartete vor der Tür des Waschraums. Sie sprach mit gedämpfter Stimme mit Gideon, unterbrach sich allerdings, als sie Belén entdeckte. »Hübscher Mantel«, sagte das Mädchen. »Das ist meiner. Puh, und Eure Haare sind so schön. Nun kommt, uns nach.«

Sie führten sie durch den Schiffsbauch zum Behandlungszimmer und Belén schaute sich zum ersten Mal richtig um. Rasch stellte sie fest, dass sie Lou und Gideon Respekt dafür entgegenbrachte, wie gut sie sich zurechtfanden. Sie selbst war kaum in der Lage, sich in den unübersichtlichen, gleichförmigen Gängen zu orientieren.

Auf ein Klopfen hin wurde geöffnet und ein Mann in Hendryks Alter mit dunklerem Teint und an den Seiten nach hinten geflochtenem Haar stand Belén gegenüber. Amrar, wie sich der Schiffsarzt vorstellte, sah ziemlich überanstrengt aus, doch er ließ Belén auf einer Pritsche Platz nehmen, wo sie ihre Knie freilegte.

»Bitte nichts anfassen«, sagte er, als Lou sich neugierig zu den Phiolen streckte, die auf einem Regal standen und mit Schildchen versehen waren. »*Lou*«, schalt er sie erneut und sie ließ die Hand sinken.

»Bei Saesora, du hast heute aber gute Laune«, sagte sie beleidigt.

»Normalerweise behandle ich Schnittwunden, gequetschte Daumen, verstauchte Knöchel«, knurrte Amrar, während er sich vor Belén hinhockte und den Korken von einem Fläschchen entfernte, von dem ihr Alkoholgeruch in die Nase biss. »Seefahrerwunden. Von der Arbeit. Und nun?« Er bewegte sich unzufrieden. »Abgetrennte Gliedmaßen, gebrochene Rippen, zerbissene Lungen ...«

Amrar tupfte Beléns rechtes Knie mit einem in Alkohol getränkten Tuch ab und sie sog Luft ein, als es zu brennen begann. »Keine Angst, es muss nicht genäht werden«, sagte er. »Wirklich eine Seltenheit. Eine Wunde, die nicht lebensgefährlich ist.«

»Was ist denn geschehen?«, fragte sie, als er von ihr abließ und sie die Zähne nicht mehr aufeinanderpressen musste. »Sprecht Ihr von der Schlacht auf der Insel? Als der Kapitän verschwunden ist?«

»Das war ja erst der Anfang«, sagte Gideon und Amrar kehrte ihre Handfläche nach außen, um auch diese zu versorgen.

»Die meisten Matrosen, die bei diesem Massaker dabei gewesen sind, waren sofort tot«, erklärte der Schiffsarzt. »Nichts mehr zu machen. Der Angriff in Jehra aber hat mir meine Kammer gesprengt. *Yab Baba Sun*, ich musste in eine Großraumkajüte umdisponieren, damit ich überhaupt genug Platz für all die Verwundeten hatte. Heute noch liegen Männer dort flach und haben gebrochene Knochen und Verletzungen.« Er seufzte. »In Catayr hatten wir solche Probleme nicht. Aber ich musste mich ja überreden lassen, ein Schiffsarzt zu werden.«

Lou hüstelte gekünstelt. »Du Seeanemone.«

»Nun hör aber auf, Lou«, rügte Amrar, bevor er sich wieder Belén zuwandte. Diese warf der Kapitänstochter einen Blick zu und beobachtete, wie Gideon sie an sich zog und die beiden mit schelmischem Lächeln einen Kuss teilten.

»So.« Der Catayrer entkorkte eine weitere Flasche, die eine grüne Kräutertinktur enthielt, und tränkte ein Tuch damit. »Catayrische Zaubermittel«, sagte er mit schmalem Lächeln. »Keine echte Magie wie bei Euch, aber ebenso effektiv.«

Der Sud fühlte sich angenehm kühl auf ihren Knien und Handflächen an. Belén war nie jemandem aus Catayr begegnet und fand es interessant, einen solchen kennenzulernen. Sie war versucht, ihn zu fragen, ob er ihr ein paar Worte in seiner Sprache beibringen könnte. Doch dann dachte sie daran, dass auch er zu ihren Entführern gehörte, und entschied sich dagegen.

»Es wird nicht lange dauern, bis es verheilt ist«, sagte Amrar. »Sagen wir, wenn es morgen nicht weg ist, ist mir etwas nicht geglückt.«

»Danke«, sagte Belén und erhob sich.

Da schob sich die Tür zum Nebenraum auf. Dunkle, auf den Schiffsarzt gerichtete Augen und ebenholzfarbene Hände, die sich um eine Holzschale gelegt hatten, wurden sichtbar. »Amrar. Ich brauche Neues«, erklang eine tiefe, melodische Frauenstimme, ehe sich der Blick der jungen Frau auf Belén legte. »Dawea«, murmelte Ayo.

»Gib mir das«, sagte Amrar, als Belén erstarrte.

»W-warum dürfen sie hier frei herumlaufen?«, fragte sie.

»Weil sie sich ohnehin nicht davon abbringen lassen, solange ihr Freund hier vor sich hin stirbt.« Amrar nahm die Schale und füllte sie mit Wasser. »*Yab Wata*! Ich verstehe immer noch nicht, warum man ihn zu mir gebracht hat. Ich bin auf so was nicht vorbereitet.«

»Rami ist hier?«, fragte Belén.

»Ja, ach! Ramen, Rami, ihr Freund eben.« Amrar reichte Ayo die Schale zurück, die sie mit merkwürdigem Blick entgegennahm. Obwohl ihre Haut dunkel war wie warme Erde, glaubte Belén zu erkennen, dass sie blass geworden war. Sie selbst hatte unsagbare Furcht, sogar Ekel vor der Muschelhaut empfunden, doch sie kam nicht umhin, über die ruppigen Worte des Schiffsarztes zusammenzuzucken.

Lou schien es ähnlich zu gehen. »Wird er denn wieder?«, fragte sie.

»Keine Ahnung. Ich kenn mich nicht aus. Ich bin *Arzt*, kein Muschelforscher.«

Aus dem Nebenzimmer drang ein entkräftetes Stöhnen. Belén fasste sich ein Herz und trat auf die angelehnte Tür zu, schob sie sacht auf. Lou reckte den Hals und blickte über ihre Schulter.

Das Muschelmonster lag auf einer Pritsche, die Augen geschlossen. Schweiß stand auf seiner Stirn und ließ sein rabenschwarzes Haar feucht glänzen. Die Hände öffneten und schlossen sich krampfhaft. Mit angewiderter Faszination starrte Belén auf die bloße Haut des Fließenden. Seine Muschelhaut war vollends zerbröselt, aufgeplatzt, und schien an den Enden noch weiter abzusplittern. Die Zunge der Auster – oder was auch immer sich da unterhalb seines Brustkorbs auf und ab bewegte – schien zu zappeln, hing halb frei, weil die Hälfte seines Bauchs abgebröckelt war.

»Ist das im Kampf geschehen?«, fragte sie.

»Man stieß ihn«, erklärte Ayo mit brüchigem Thaleanisch. »Er fiel hin. Rami wollte sich ergeben, doch waren diese Männer grob. Warteten nicht, ob er sich ergibt.« Sie warf dem Schiffsarzt einen bösen Blick zu, obwohl der gar nichts dafür konnte.

»Hat er Schmerzen?«, fragte Belén, als sich Ramis Hände erneut krampfend zu Fäusten ballten.

Ayo nickte. »Schmerzen. Angst.«

Belén spürte eine Gänsehaut auf ihre Arme treten. »Wird er sterben?«

»Ich weiß nicht. Muss Zeit sagen. Manchmal Muschel heilt und es bleibt nur Wölbung.« Ayo formte eine Kuhle mit der Hand, um zu zeigen, was sie meinte. »Aber es ist viel kaputt und vielleicht …« Sie brach ab und ihre vollen Lippen begannen zu zittern. Ehe Belén wusste, was sie tat, hatte sie ihr die Hand auf den Arm gelegt.

»Ich hoffe, er wird wieder gesund.«

Ayo nickte und fuhr sich über die Augen. »Danke«, sagte sie. »Euer Herz ist gut, Dawea. Ich spüre das.«

Belén dachte noch an diese Worte, als sie mit Lou und Gideon die Kammer verließ. Die beiden erzählten ihr ausschweifend davon, wie das Essen auf der Ruby zubereitet wurde, doch Belén war zu abgelenkt, um ihren Worten Gehör zu schenken. *Euer Herz ist gut*. Sie hätte Rami den Tod dafür wünschen können, dass er sie niedergeschlagen und auf dieses Schiff verschleppt hatte. Doch Belén war ein aufmerksamer Mensch, was vor allem daher rührte, dass sie alles verstehen wollte. Es war ihr immer als das Beste erschienen, zuerst zu beobachten und dann zu urteilen. Diese … *Fließenden* hatten sie entführt – aber das bedeutete nicht, dass sie herzlos waren. Belén war nicht bereit zu vergeben, dass man sie verschleppt hatte. Doch sie war reflektiert genug, um zu begreifen, *warum* sie es getan hatten. Und Mitleid zu empfinden, wenn jemand litt.

»Wir können Euch leider keine Gesellschaft leisten, wir müssen das Essen ausgeben«, sagte Lou, als sie vor der Tür zum Speisesaal stehen blieben.

Belén, die ihnen die ganze Zeit nicht zugehört hatte, zuckte beim Anblick der Tür und den dahinter hervordringenden Geräuschen. »Kann ich nicht lieber in meiner Kajüte …«, setzte sie an und verstummte, als Gideon die Tür beherzt aufstieß.

Alkohol- und Schweißgeruch, aufgeregtes Schwatzen und Gejohle drangen Belén entgegen. Lou ergriff ihre Hand und führte sie ins Innere des Raumes. »Keine Sorge, das Essen ist klasse. Aber natürlich nur, wenn ich koche. Könnt Ihr kochen?«

»Ich glaube, ich möchte lieber gehen«, sagte Belén, der beim Anblick der vielen Matrosen ganz unwohl zumute wurde. Zwei Männer prosteten ihr mit den Krügen zu, als sie vorübergingen, einer pfiff. Am anderen Ende des Saals brach ein Tisch in Gejohle aus und eine stämmige Matrosin sprang jubelnd auf die Beine, was fast die Bank nach hinten umwarf. Belén wünschte sich in ihre Gefängniskajüte, oder noch besser in ihr stilles Bett mit dem Sternenhimmel zu Hause.

»Ach, keine Panik, alle sind nett«, sagte Lou abwinkend. »Ich bring Euch was zu essen vorbei. Setzt Euch am besten hier rüber. Hallo zusammen!«

»Kleine Loreley!«, brüllte ein schwarzer, hünenhafter Matrose in einer Lautstärke, dass Belén die Ohren klangen. Er zog Lou zur Begrüßung in eine schmerzhaft aussehende Umarmung.

»Belén isst heute mit euch, geht das in Ordnung?«, fragte Lou, als sie sich wieder losgemacht hatte.

»Klar, willkommen, Prinzessin!« Der Matrose grinste sie breit an und Belén war zu überrumpelt für eine angemessene Reaktion. Lou und Gideon entfernten sich, was sie mit merkwürdiger Wehmut geschehen ließ. »Ich heiß Danyo«, stellte sich der Matrose vor. Er wies nacheinander auf die anderen am Tisch. Neben Danyo saß ein blasser, ziemlich schmächtiger Matrose, der an einem Stück Schiffszwieback knabberte. Das rothaarige Mädchen ihm gegenüber hatte dieselbe spitze Nase wie Lou, anders als sie aber unzählbar viele Sommersprossen an jeder sichtbaren Stelle ihrer Haut. Sogar auf den Händen, mit denen sie gerade ein Kartenspiel durchmischte. Der junge Mann neben ihr hatte die Gesichtszüge einer Person mit Wurzeln aus Maridar und dunkle lockige Haare, die im Nacken zusammengefasst waren. »Das sind Vince, Jermaine und Sammy.«

»Guten Abend«, sagte Vince und Jermaine musterte sie mit neugierigem Blick.

Sammy lächelte freundlich: »Spielt Ihr Karten? Wir wollten gerade eine neue Partie anfangen.«

»Aye, wir spielen Fellonische Belageru...«

»Ich glaube, wir spielen lieber Maiden und Matrosen«, warf Sammy hastig ein, als Belén die Stirn runzelte.

»Oh«, sagte Danyo und verstummte peinlich berührt.

Sammy bewahrte seine Höflichkeit. »Also, Vince, bist du wieder Wachtmeister?«

»Aye«, sagte Vince. »Aber du und Jen dürft nicht gemeinsam spielen. Ihr seid zu gut zusammen, das wäre ungerecht für die Prinzessin.«

»Na, ausnahmsweise. Kommt, Ihr könnt Euch zu mir setzen, dann erkläre ich Euch die Regeln«, sagte Sammy und rückte zur Seite, während Jermaine unter dem Tisch durchtauchte und sich neben Danyo auf die Bank setzte. Belén nahm zögernd Platz und Sammy begann zu erläutern: »Also, Maiden und Matrosen ist eigentlich ganz einfach. Man spielt immer zu zweit gegeneinander, während der Wachtmeister, in diesem Fall Vince …«

»Verzeiht«, unterbrach Belén ihn, da sie der Gedanke nicht losließ, »darf ich vorher etwas wissen? Dieses Fellonische Belagerung – was ist da Ziel des Spiels?«

Sammy stockte verunsichert. »Fellonische Belagerung? Äh, die, äh …«

»Ich weiß nicht, ob das jetzt das Richtige ist«, kam Jermaine ihm sacht zur Hilfe.

Vince sagte: »Das sieht auch ganz anders aus, als es ist, müsst Ihr wissen. Wir … wir spielen das einfach, weil es ein gutes Konzept hat. Eigentlich ist das ziemlich dumm.«

»Wir Seeleute haben nichts gegen Fellonier«, bestätigte Jermaine. »Es könnte genauso gut Catayrische oder Adrische oder Thaleanische Belagerung heißen, dann würden wir es auch spielen.«

Sammy lachte. »Sagt, Hoheit, habt Ihr etwas gegen eine Partie *Thaleanische Belagerung* einzuwenden? Ich wollte schon immer wissen, wie es ist, ein Magier zu sein. Wir nehmen einfach die Katapultkarten und machen daraus … Feuerzauber oder …«

»Magische Blitze!«, sagte Danyo.

»Genau, und der Kommandant kommt nicht aus Phyllishort, sondern aus … Prinzessin, was meint Ihr?«

Belén dachte an Hendryk. »Namos?«

»Aye, perfekt. Und die Streitkräfte? Wie heißen nochmal diese Tiere in Eurer Kavallerie?«

»Myrtal-Wapitis«, sagte sie.

»Ha, das wird super!« Sammy strahlte sie an. »Jermaine, verteil die Karten. Passt auf, die Regeln gehen so …«

Geblendet blinzelte Belén ins Sonnenlicht. Der morgendliche Seewind an Deck kühlte ihre Haut und vertrieb die Müdigkeit. Salzgeruch drang in ihre Nase und das Rauschen der Wellen füllte ihre Ohren. Das Meer war ruhig und der Wind bauschte die Segel sanft, aber beständig auf. Durch die weiße Wolkendecke sandte die Sonne nur schwache Strahlen herab und wärmte ihr kaum die Haut.

Zu den Funken, sie war nicht sicher, ob sie die letzten Partien *Thaleanische Belagerung* nicht besser sein gelassen hätte. Schlaf hätte sie ohnehin keinen bekommen – als sie nach Mitternacht in ihre Kajüte zurückgekehrt war, war sie zwar schrecklich müde gewesen, hatte aber nicht einschlafen können. Ihre Glieder waren furchtbar steif und spätestens die Worte der Matrosen, dass sie Thalheim bereits in einer Woche erreichen würden, hatten sie bei genauerem Nachdenken in ziemliche Panik versetzt.

Sie sah den Kapitän auf dem erhöhten Deck stehen, das sich am hinteren Teil des Schiffs befand. Jermaine stand daneben und unterhielt sich im Plauderton. Einige ihrer Locken hatten sich aus dem Knoten gelöst, den sie daraus gebunden hatte. Belén entdeckte einen Papagei auf ihrer Schulter, der bei einem Wort aus dem Mund des Kapitäns ein Krähen ausstieß.

»Hoheit.« Kapitän Leonard verbeugte sich, als er sie erblickte, Jermaine winkte. »Hattet Ihr eine angenehme Nacht?«

Belén tauschte einen Blick mit der Kapitänstochter, deren Mundwinkel zuckten. »Nun, das Schwanken war ein wenig ungewohnt.«

»Ich hoffe, Lou und Gideon haben sich gestern zu Eurer Zufriedenheit benommen«, sagte Leonard.

»Ja, sie waren äußerst freundlich.« Belén zuckte unwillkürlich zusammen, als der Vogel die Flügel spreizte und losschnatterte: »Kraah! Ich liebe Gideon.«

»Er kann ja sprechen«, sagte sie überrascht.

Jermaine, die dem Papagei mit Daumen und Zeigefinger den Schnabel zuhielt, nickte. »Manchmal mehr, als ihm guttut.«

»Wie können wir Euch helfen?«, fragte Leonard.

Belén schluckte. Am gestrigen Tag war ihr klargeworden, dass diese Thaleaner weder Monster noch Fanatiker waren. Sie waren höflich, fürsorglich und verständnisvoll. Würden sie dann nicht auch begreifen, worum sie sie bitten wollte?

»Was geschieht, wenn wir in Thalheim sind?«, fragte sie. »Was wird mich erwarten? Ihr spracht von der Adlamérischen Woche – da wird gefeiert, dass die Kaiserfamilie auf dem Thron sitzt, nicht wahr?«

»Aye«, sagte Leonard. »So wie es aussieht, werden wir am Tag des Eröffnungsballs ankommen. Aber ich habe einige Kontakte in Thalheim – wir werden schon an eine Audienz und das Schuppenkleid gelangen.«

»Na, wunderbar«, sagte sie hölzern. »Wenn dieser Kaiser weiß, dass ich dabei bin, wird er ohnehin alles stehen und liegen lassen.«

»Nun, das bleibt zu hoffen«, sagte Leonard.

Belén biss sich auf die Unterlippe. Ehe sie sich daran hindern konnte, hatten sich die Worte ihren Weg hinaus gebahnt. »Kapitän. Bitte bringt mich nach Fellonien zurück.«

Leonard seufzte. »Sobald Ihr uns geholfen habt, Hoheit –«

»Nein.« Sie unterbrach ihn. »Ihr seid keine Feinde Felloniens, nicht wie andere Thaleaner. Aber wenn Ihr mich zum Kaiser bringt, dann wird es zu spät für mich sein, um heimzukehren. Ihr wollt mich nicht als politisches Druckmittel.«

Leonard zuckte unwillkürlich. »Nein. Darum geht es nicht.«

»Und doch würde es so enden«, sagte sie, »Der Kaiser lässt mich nicht mehr gehen. Nicht, solange Fellonien und Thale in einem solchen Verhältnis zueinander stehen.«

Etwas glomm in Leonards Blick, dann wandte er das Gesicht ab. »Es gibt keinen anderen Weg.«

Zu Beléns eigener Überraschung legte sich bloß dumpfe Ernüchterung über ihr Herz. »Das Ritual wird ohnehin nichts nützen«, widersprach sie matt.

»Hoheit«, mischte sich Jermaine ein. »Ihr müsst viele Vorfahrinnen haben, die mit Saesora sprechen konnten. Steht nirgendwo geschrieben, wie sie mit der Göttin in Kontakt getreten sind?«

Belén hob den Blick. »Niemand spricht mit Saesora«, sagte sie ein wenig ungeduldig. »In Fellonien glauben die Menschen nicht an Götter, vor allem nicht in meiner Familie.«

»Oh«, sagte Jermaine, und dann nach einer kurzen Pause: »Aber warum nicht? Ich habe Eralys schon dreimal gesehen. Bei der Hochzeit des Bürgermeisters, bei dem Besuch des Kaisers in St. Flaeme und bei der Einweihung des neuen Rathauses.«

Belén verdrehte die Augen. »Ihr Thaleaner glaubt doch schon an göttliches Wirken, wenn sich das Licht einmal schräg in einer Kuppel bricht.«

Jermaine lachte. »Ihr könnt richtig witzig sein, wisst Ihr das?«

Verstimmt knirschte Belén mit den Zähnen. »Ich jedenfalls habe Eralys noch nie gesehen. Überhaupt, ich muss euch nicht beweisen, dass es die Götter *nicht gibt*, ihr müsst beweisen, dass es sie *gibt.*«

»Aber Ihr müsstet sie doch spüren«, entgegnete Jermaine. »Ihr als Nachkommin von Faellona solltet Euch *sicher* sein, dass sie existieren. Kein Wunder, dass sich die Götter euch Felloniern nicht zeigen, wenn ihr alle so stur seid.«

Belén stieß leise Luft aus. Sie hätte der Kapitänstochter eine ganze Menge über das *Spüren* erzählen können. War Jermaine in der Lage, ein kleines Magieflämmchen in ihrem Inneren zu spüren und unter Kontrolle zu bringen? Würde sie auch das Gute in denjenigen sehen, die sie gegen ihren Willen verschleppt hatten? Zu gern hätte Belén gefragt, wie Jermaine so etwas fragen konnte, wenn sie selbst nicht spürte, wie Sammy sie mit Blicken liebkoste, wann immer er sie betrachtete. Stattdessen sprach sie davon, dass Belén etwas bemerken sollte, was nicht existierte.

»Ich habe sie nie gespürt«, sagte Belén.

»Habt Ihr es je versucht?«, fragte Jermaine. Der Papagei gab einen Krächzlaut von sich, als Belén nichts zu antworten wusste.

Kapitän Leonard räusperte sich. »Jermaine, die Prinzessin ist sicher hungrig. Sag Lou, sie soll etwas zu essen besorgen.«

»Aye-aye.« Jermaine knickste vor Belén und wandte sich zum Gehen. Während der Kapitän ein Kommando rief, trat Belén an die Reling und schloss die Hände darum. Ihre Finger klebten vom Salz, das daran haften geblieben war. Das Meer rauschte in der Tiefe um das Schiff. Sie schloss die Augen, lauschte dem Ozean und wog langsam den Kopf, wie im Takt. Was lauerte dort im Meer? Eine Göttin? Wohl kaum. Aber hatte sie überhaupt einmal versucht, sie zu spüren …?

»Bin ich neuerdings ein Kammermädchen?«, hörte sie Lou irgendwo hinter sich jammern.

Beléns Augen öffneten sich und sie zuckte leicht, ehe sie sich energisch abwandte. »Saesora gibt es nicht«, murmelte sie. »Es *gibt* sie nicht.«

Sie würde sich nicht eingestehen, dass sie für einen Augenblick nicht sicher gewesen war.

STADT AUS PERLMUTT

Im Grunde hatte Channa recht gehabt: Ich hatte den Fließenden den Kopf gerettet.

Was hatte ich bezwecken wollen? Gerechtigkeit? Oder waren es bloß der verdammte Mut und die verfluchte Neugier gewesen, die mich dazu gebracht hatten, mich einzumischen? Die dumme Leichtsinnigkeit, die böse Zungen den Loreleys nachsagten?

Götter, aber ich hatte doch etwas in Nautilus gespürt, das von mehr als brutaler Kälte zeugte. Ich konnte die Grausamkeit der Fließenden aus den Legenden nicht mit der Menschlichkeit vereinen, die er während unseres Gesprächs gewahrt hatte. Hatte er mich belogen? Konnten diese Kreaturen Menschen so glaubwürdig hinters Licht führen? Und warum hatte er sich in der Bibliothek für seine Freunde geopfert?

Ich wünschte, ich hätte ihn noch einmal sprechen können, ehe er auf die Elma gebracht worden war. Zu ihm hatte ich eine Verbindung aufbauen können – anders als zu den dreien, die nun an Bord waren. Bei ihnen mussten wir ganz von vorn beginnen.

All die Zweifel und widersprüchlichen Gedanken zerrten am Tage an meiner Konzentration und raubten mir in der Nacht den Schlaf. Warum waren diese Fließenden frei? Wie waren sie von der Insel entkommen? Hatten sie Saesora doch errufen wollen, um ihr Volk von Darcos zu befreien und Unheil über die Menschen zu bringen?

»Darf ich dich etwas fragen?«, fragte ich Vince, als wir kurze Zeit vor unserer Ankunft in Thalheim nebeneinander die Schoten einholten. Ein letztes Mal zerrten wir kräftig an den Tauen, ehe Freydis von oben einen Daumen aufstellte.

»Frag nur.« Mit geübten Griffen schlang der Matrose das Schot um einen hervorstehenden Haken und ich begann, den Tampen aufzuwickeln. Vince war dünn geworden und seine Haut hatte die Blässe nicht verloren, die seit den Ereignissen auf Darcos an ihr haftete. Vince, das Waisenkind, das Vater davor gerettet hatte, im Waisenhaus der Verzweiflung zu erliegen. Ich sah ihn selten lächeln und er wirkte, nun, irgendwie *grau*, als hätten seine Sorgen die Farben an ihm verblassen lassen. Einzig das rote Halstuch leuchtete hell.

»Auf der Insel«, sagte ich, während ich meinen eigenen Atem beruhigte, »die Fließenden. Sahen sie aus wie die drei unten?«

Eine Weile blieb Vince stumm, wickelte Taue und sah mich nicht an.

»Oh, war ich unsensibel?«, fragte ich.

Er schüttelte den Kopf. »Nein, nein. Ich ... ich kann es nur nicht gut zusammenfassen.« Der junge Matrose sammelte sich. »Einige von ihnen waren unheimlich hässlich. Halbe Fische mit entstellten Gesichtern oder runzlige alte Frauen. Andere waren schön, beinahe menschlich. Ich glaube, das sind die Gefährlichsten – die, die aussehen wie du und ich. Sieh, von denen unter Deck können wir nur bei dem mit der Muschelhaut erkennen, was er kann. Die anderen beiden ... die können wer weiß was. Und wenn sie allein gewesen wären, hätte uns nichts daran gehindert, sie mit Menschen zu verwechseln.«

»Land in Sicht!«, brüllte ein Matrose vom Ausguck und Vince und ich schauten uns suchend um. Ja, dort zeichnete sich ein Streifen Festland am Horizont ab, auf den die Ruby zusteuerte. An Deck brach Aufregung aus, als das Manöver zum Anlegen eingeleitet wurde. Jemand rief mir etwas zu und ich setzte mich in Bewegung, um zu helfen.

Bei unserem Eintreffen in Jehra war ich beeindruckt von der größer werdenden Stadt gewesen, von dem fantastischen Anblick, der sich von der Ruby aus auf das Panorama aus Dächern und Klippen bot. Thalheim war eine andere Klasse von Stadt.

Die Wachtürme kamen zuerst in Sicht. Sie reihten sich in gleichmäßigen Abständen rund um die Landzunge, auf der die Hauptstadt Thales erbaut worden war, ragten aus dem schäumenden Meer empor wie Stachel, wachten über Thalheim. Von keiner Seite aus war es möglich, die Stadt anzugreifen, ohne dass sofort die Verteidigung eingeleitet würde.

Die Wächter ließen das Schiff passieren, und als die Türme vorübergezogen waren, war ich gezwungen, innezuhalten. Zu betörend war der Anblick der perlmuttfarbenen Stadt, die sich vor uns erhob, erstreckte, *erstrahlte*. Eine

Stadt, so glänzend wie die aufgehende Sonne, wie kristallen glitzerndes Meer. Türme weiß wie Flachs und goldbraun wie Bernstein thronten hinter den Mauern, die sich den schützenden Armen eines Gottes gleich um die Stadt schlossen. Kletterpflanzen, Efeu und fliederfarbener Blauregen schlängelten sich an den Gebäuden empor, und terenzianische Götzenbilder aus Marmor thronten auf der weißen Mauer. In der Ferne, auf einem flachen Hügel, erhob sich in strahlendem Gold das kaiserliche Schloss. Noch waren wir zu weit weg, um das Innere der Stadt in Augenschein nehmen zu können, obwohl ich so gern mehr, *alles* gesehen hätte.

In Mernau beheimatete Seefahrer kannten Jehra und niemand hatte bei unserem Eintreffen dort so fasziniert an der Reling gestanden wie ich. In Thalheim dagegen erwischte ich zahlreiche Seeleute dabei, wie sie mit großen Augen innehielten.

Das Zuhause des Kaisers, das Herz von Thale.

»Erspar es mir, Robinson!«

Ich beobachtete gerade, wie Leonard einige Worte mit einem Beamten am Pier wechselte, als die Worte meiner Schwester zu mir drangen.

»Aber Lou«, sagte Gideon und nagte händeringend an seiner Unterlippe, doch sie schüttelte den Kopf.

»Du starrst ihr die ganze Zeit in den Ausschnitt!«

»Na ja, sie hat eben …« Er verstummte und schlug sich die Hand vor den Mund.

»Du kannst mir gestohlen bleiben!«, keifte Lou. Sie schien etwas hinzufügen zu wollen, setzte dann aber nur ein »Rhm!« dahinter und wandte sich wütend ab.

»Ärger?«, fragte ich, als sie auf mich zusteuerte.

Lou zog wütend die Nase kraus. »Sprich mich am besten nicht darauf an. Götter, sieh nur, die Stadt ist wirklich hübsch. Die ganzen Türme! Wie Perlen. Ich wünschte, es gäbe jemanden, mit dem ich das alles erkunden könnte.« Sie warf Gideon einen missbilligenden Blick zu.

»Geh doch stattdessen mit deiner liebsten Schwester«, sagte ich großzügig.

Lou winkte ab. »Ich komme klar. Hey, aber es soll ein paar schöne Lokale hier geben, warum gehst du nicht mit Sammy aus?«

»Klar, wieso nicht?«, fragte ich. »Wir haben ewig nichts mehr zu zweit unternommen. Und gemeinsam Essen soll ja die Freundschaft stärken.«

»Ja. Die *Freundschaft*«, sagte Lou und rollte mit den Augen, was mich bloß irritiert die Stirn runzeln ließ. »Götter, ich geb's auf.«

»Jermaine, Lou!«, rief Leonard und wir wandten die Köpfe. Er war mittlerweile wieder an Deck bei Prinzessin Belén, die Flatter mit ein paar Körnern und getrockneten Früchten fütterte. In dem Blick, den sie der Stadt zuwarf, lag keine Faszination – eher Respekt, kühler Trotz und womöglich ein wenig Stolz. Obwohl Belén Distanz zu uns wahrte und sich an Bord eines Schiffs wahrscheinlich niemals ganz wohlfühlen würde, musste ich ihr eingestehen, dass sie durchaus sympathisch war. Sie war klug, bisweilen sogar witzig und hatte das Zeug zu einer talentierten Kartenspielerin. Und womöglich half sie uns nicht so ungern, wie man erwarten könnte.

Meine Schwester und ich salutierten. »Ja, Kapitän?«, fragte ich.

»Wir wollen bald in die Stadt aufbrechen«, sagte Leonard. »Begleitet ihr uns?«

»Ehrlich?«, fragte Lou mit großen Augen.

Er nickte. »Sicher. Die Verwaltung von Thalheim brennt sicher darauf, die Kapitänstöchter kennenzulernen.«

»Beide?«, hakte sie ungläubig nach.

»Aye.« Leonard wartete wohlwollend ab, bis Lou die Information verarbeitet hatte – dann jauchzte sie und warf sich in seine Arme, sodass er lachend zurücktaumelte.

»Danke, Leonard!«, jubelte Lou. »Du bist der beste Pate und Kapitän und Onkel!«

Wenig später waren wir in frisch gewaschene Blusen und Hosen geschlüpft und verließen das Schiff mit einem halben Dutzend Gardisten im Schlepptau. Sammy winkte vom Deck, während Channa mit grimmigem Gesichtsausdruck ihre Möwenfedern ordnete und Gideon bekümmert hinter Lou herschaute.

»Geht es, Eure Hoheit?«, fragte ich an Prinzessin Belén gewandt, da sie taumelte, als sie festen Boden unter den Füßen bekam.

»Ja, es ist schon gut«, sagte sie und strich sich mit geschlossenen Augen das Haar zurück. »Etwas schwindlig.«

»Wenn man von Bord kommt, schwankt immer alles ein bisschen.«

»Sorgt Euch nicht, ich falle schon nicht in Ohnmacht. Höchstens durch den Stress.« Als ich lachte, hob sie den Kopf. »Was daran ist lustig? Ich bin eine Dame gehobenen Standes. Es müsste in meiner Natur liegen, vor Aufregung ohnmächtig zu werden.«

Ich neigte den Kopf. »Ihr habt drei Nächte in Folge bis nach Mitternacht mit uns Karten gespielt. Ich glaube, Ihr seid nicht wie andere Damen gehobenen Standes.«

Belén schien nicht sicher, ob das eine erstrebenswerte Errungenschaft war, denn sie straffte bloß die Schultern und wandte sich dem Stadttor zu.

»Kannst du dir das vorstellen?«, raunte Lou, während wir das Tor durchquerten. »Vielleicht begegnen wir bald dem Kaiser! Wir Loreleys. Das ist genau das, was ich gebrauchen kann, nachdem Gideon so ein Idiot war.«

»Aye«, sagte ich wohlwollend. Ich machte mir keine allzu großen Sorgen wegen des Streits der beiden – bisher hatten sie sich nach spätestens einem Tag immer wieder vertragen.

»Und Leonard nimmt mich freiwillig mit. Ich erlebe was und muss es nicht heimlich machen! Das ist mir das letzte Mal passiert, als … noch nie?«

Ich lachte auf. »Leonard ist bestimmt stolz, dass du so lieb zu Belén warst.«

Meine Schwester zuckte gleichmütig die Schultern. »Ich glaube, sie brauchte einfach eine Freundin«, sagte sie. »Sie tat mir leid. Und … ich wollte auch nicht, dass sie denkt, dass wir schlechte Menschen sind. Wir sind doch keine schlechten Menschen, oder?«

»Ich glaube nicht«, sagte ich.

Sie tippte die Fingerspitzen aneinander. »Hat Vater den Kaiser eigentlich mal getroffen?«

»Aye, Vater hat mir erzählt, dass er einen besonderen Stoff aus Catayr für ihn besorgen sollte.« Eine Erinnerung begann auf meiner Haut zu kribbeln – von warmem Betttuch, Sternenlicht und Vater, wie er mir durchs Haar strich und mit liebevoller Stimme Geschichten erzählte. Heimat, es war ein Gefühl von *Heimat*. »Das Tuch war weich wie Federn und golden wie die Morgensonne. Der Kaiser schrieb ihm, er solle es eigenhändig entgegennehmen und ihm ebenso eigenhändig überreichen. Vater befolgte den Befehl aufs Genauste und brachte das goldene Tuch sicher verpackt bis vor die Schlosstore von Thalheim, obwohl er sich dafür gefährlichen catayrischen Dieben und Schmugglern stellen musste. Weil Kaiser Thaloan so zufrieden mit ihm war, machte er ihm ein Dutzend Gardisten zum Geschenk – nun, zumindest hat Vater das so behauptet. Angeblich wollte der Kaiser sogar noch ein Schiff drauflegen, aber Papa hätte die Ruby natürlich niemals eingetauscht.«

Lou lachte auf. »Ich kann mir genau vorstellen, wie er das sagen würde.«

»Ich auch«, sagte ich und wir kicherten beide.

Während unseres Gesprächs hatten wir das Stadttor durchschritten. Nun, da wir uns im Inneren Thalheims befanden, verfielen wir in stummes Bewundern, fasziniert von all den Wundern der imposanten Stadt.

Die Gebäude waren perlengleich, mit Dächern aus Ziegel, Fensterläden aus hellem Eichenholz und ausladenden Veranden. Brunnen schmückten die Marktplätze, die wir überquerten, und niedliche, mit Fahnen versehene Buden verkauften Lebensmittel und Schmuck. Die eher einfach gekleideten Bewohner dieses Viertels strömten die Straßen entlang, ob des bevorstehenden Festes in reges Treiben versetzt. Überall hingen Wimpel in Purpur und Gold, Flaggen wehten auf den Dächern, Fenster wurden gesäubert und die Kletterpflanzen an den Wänden gestutzt. Plakate schmückten die Fassaden, die die Attraktionen der kommenden Feiertage kundtaten. Die Adlamérische Woche war die Extraklasse einer Feierlichkeit – Bälle, Hafenfeste, Schanknächte und Paraden bildeten das Zentrum dieser Tage, die Bürger Thalheims trugen ihre schönsten Kleider und die Wichtigen des Reiches kamen von nah und fern, um den Festlichkeiten im Palast beizuwohnen.

Und wir waren hier. Wir waren in Thalheim und würden dem Kaiser begegnen, und der Gedanke an etwas so Aufregendes ließ beinahe ein Glücksgefühl in mir aufkeimen – wären da nicht Vater und die drängende Zeit gewesen.

Es änderte nichts daran, dass ich mich nicht sattsehen konnte an dieser wundersamen, lebendigen Stadt, die so anders war als St. Flaeme, so anders als Jehra sogar. Auch Lou stand vor Staunen der Mund offen.

Leonard führte uns in ein höherständigeres Viertel, das die Schönheit und schlichte Eleganz der Häuser unten noch übertraf. Wo ich schon bewundert hatte, dass es überhaupt ein solch sauberes an den Hafen angrenzendes Viertel gab, übertrumpften die Häuser der höheren Schicht das Ganze noch. Die Gebäude waren reich verziert mit Ornamenten und Götzen im altterenzianischen Barockstil, welcher als schönste künstlerische Strömung der letzten Jahrhunderte galt. Sogar der ein oder anderen Kaiserstatue begegneten wir – weit bescheidener, als es in Jehra der Fall gewesen war. Es gab keine

Tiere, die herumgescheucht wurden, nur Damen in hochwertigen Kleidern, Edelmänner mit Pferden, Spielleute und Maler, die schöne Künste darboten. Auch hier wurden die Häuser aufwendig geschmückt, Lichter zierten die Fassaden und Lampions schwebten an Leinen über unseren Köpfen. Es war so faszinierend – wie mochte es erst sein, wenn die Nacht hereinbrach und die Festlichkeiten ihren Lauf nahmen?

»Du hast gesagt, du hast Kontakte bei der Verwaltung«, sagte ich zu Leonard, der uns zielstrebig anführte. »Welche denn?«

Der ehemalige Steuermann setzte zum Sprechen an, schüttelte dann aber den Kopf. »Weißt du, das ist sehr schwierig zu erklären. Ich erzähle euch ein anderes Mal davon, ja?«

»Aber dieser Verwalter hilft uns?«

»Das hoffe ich zumindest«, sagte Leonard.

Lou fragte: »Verwalter ist wie Bürgermeister, oder?«

»Aye.«

»Und die passen für den Kaiser auf die Stadt auf?«

»Aye.«

Sie schnaubte. »Du bist sehr einsilbig heute, weißt du?«

Leonard stieß einen Seufzer aus. Ich fand, dass er blass um die Nase geworden war. »Wisst ihr, wenn euer Vater wüsste, was wir vorhaben …«

Meine Brust fühlte sich eng an. »Du willst aber nicht aufgeben, oder?«

Leonard schüttelte sogleich den Kopf. »Nein.«

Wir erreichten den Magistratspalast wenig später. Er thronte majestätisch auf einem weiten, leicht erhöhten Platz, auf dem das Pflaster in größer werdenden, konzentrischen Kreisen ausgelegt war. Sie schlossen sich um einen Brunnen, aus dem eine lange Säule in die Höhe erwuchs. Steinerne Löwen, aus deren Mäulern Wasser sprudelte, schmückten den hellen Marmor. Das Magistratsgebäude selbst wurde von beigefarbenen, spiralförmig zulaufenden Säulen gehalten, die in Gold mündeten. Überall fanden sich weiße und goldene Ornamente und Blütenmuster. Über dem offenen Eingangsportal waren geschwungene Alt-Erali-Worte eingraviert.

Belén blieb stehen, als Leonard durch das Tor schritt, und hob den Blick zu den Schriftzeichen. Die Kapuze, die sie übergestreift hatte, verbarg ihr silberblondes Haar. Lautlos murmelte sie die in Gold geprägten Worte: »*Mein Gesicht im Licht des höchsten Gottes, Eralys.*« Sie sagte das beinahe ehrlich –

als würde sie tatsächlich an die Götter glauben, die die Jahrhunderte ihrem Volk ausgetrieben hatten.

Belén schüttelte den Kopf, wie um einen Gedanken loszuwerden, und ich folgte ihr, als sie über die Schwelle trat.

Drinnen war es angenehm warm und roch nach einem schweren, mandelartigen Duftöl. Lou und Leonard sprachen mit einer Dame in einer schieferfarbenen Uniform, die auf Leonards Wort hin nickte. »Wir haben Eure Nachricht empfangen, Herr. Eure Gardisten dürfen gern hier ausharren. Die Verwaltung erwartet Euch bereits.« Sie bedeutete uns, ihr zu folgen.

Die Bedienstete führte uns durch einen mit Teppich ausgelegten Gang. An den Wänden hingen Ölgemälde, auf denen die Verwalter und Beamten in Gold eingefasst worden waren – weißhaarige Männer mit Backen- und Spitzbärten und strengem Gesichtsausdruck, auf Leinwand gebannt wie Helden der Schlacht. Ein ebensolcher Verwalter würde uns gleich erwarten. Ich biss mir auf die Unterlippe, tippte die Zeigefinger gegeneinander. Leonard war ein autoritärer und ernstzunehmender Mann, doch er war auch freundlich – würde ein Verwalter wie die Männer, die von den Wänden auf mich herabstarrten, uns überhaupt ernstnehmen? Wir hatten die Prinzessin bei uns – doch wir hatten auch meine dumme kleine Schwester und mein vorlautes Mundwerk. Ich beschloss, dieses Mal kein Wort zu sagen, wenn ich nicht ausdrücklich aufgefordert würde. Wirklich, ich nahm es mir fest vor.

»Bitte, mein Herr. Die Damen. Die Verwaltung wird Euch nun empfangen.« Die Bedienstete war vor einer schweren Tür stehen geblieben und klopfte sacht an.

»Bitte herein«, erklang eine Stimme, die mich die Stirn runzeln ließ. Das Dienstmädchen öffnete uns, neugierig folgte ich Leonard hinein … und mein Atem verfing sich in meiner Brust.

An dem schweren Schreibtisch saß eine Frau, die mit einer Feder ein Dokument bearbeitete. Sie blickte auf, als wir eintraten, und musterte den Steuermann, der nach vorn an den Tisch trat, mit aufmerksamem Blick.

»Leonard«, sagte sie.

»Hallo, Maiva.«

Lou und ich tauschten einen irritierten Blick, während sich die Bürgermeisterin erhob und langsam den Tisch umrundete. Sie war eine große Frau mit blondem, kinnlangem Haar, dunkelgrünen Iriden und einer hellen Uniform.

Sie trat vor Leonard und betrachtete ihn mit forschendem Blick. Die beiden verweilten für einen Wimpernschlag so, ehe Maiva ausholte und Leonard heftig ohrfeigte.

»Was für ein Hund du bist«, knurrte sie. »Nach so vielen Jahren kehrst du zurück und willst einen Gefallen von mir?«

Leonard rieb sich die Wange. »Maiva«, wiederholte er.

»Als deine Nachricht eintraf, war ich mir unsicher, wie ich damit nun umgehen soll«, sagte sie. »Ich war eigentlich glücklich, dir niemals wieder in die Augen sehen zu müssen.«

Lou neben mir bedeckte ihren Mund mit dem Handrücken, um nicht zu kichern.

Leonard beteuerte: »Du brauchst mir nicht zu vergeben, was damals geschehen ist …«

»Das will ich dir auch raten, denn ich habe nicht vor, dir *irgendetwas* zu vergeben!«, knurrte sie. »Unsere Rechnung lässt sich nicht begleichen.«

Leonard betrachtete sie aufrichtig. »Nichts könnte ihren Tod je wiedergutmachen. Das weiß ich.« Er holte Luft. »Das vergebe ich mir selbst nicht.«

Erneut fuhr Maivas Hand hoch und traf seine andere Wange. »Wie beruhigend«, schnappte sie. Als Leonard nichts mehr dahinter setzte, seufzte die Bürgermeisterin. »Gut, Leonard«, knurrte sie. »Ich bin bereit, dich anzuhören. *Trotz allem*. Obwohl du es nicht verdient hättest.«

»Danke, Maiva.« Leonard hob die Hände. »Ich würde dich nicht mit meiner Anwesenheit behelligen, wenn es nicht dringend wäre.«

»Das glaube ich dir Feigling tatsächlich.« Sie taxierte ihn abschätzig. »Ich sehe, du hast es zum Kapitän gemacht? Was ist mit Gabriel geschehen?«

»Eben darum geht es«, erläuterte Leonard. »Gabriel wurde in den Darcosgewässern verschleppt.«

»In den *Darcosgewässern*«, wiederholte sie und hob die Brauen. »Na! Dann ist er verloren.«

»Nun, nicht ganz.« In verkürzter Weise berichtete Leonard von den Ereignissen auf Darcos und der Entführung. Er unterbreitete Maiva Negros Plan, Saesora um Hilfe zu bitten, um die Fließenden zu besänftigen, und erklärte, dass die fellonische Prinzessin dabei helfen sollte. Auf Maivas Frage hin, wie bei allen Göttern er plante, an diese zu gelangen, wies er neben sich und Belén trat vor.

»Darf ich vorstellen? Prinzessin Belén von Hohenmond.«

Belén streifte ihre Kapuze ab und die Verwalterin schmunzelte. »Aha. Ich hole dann meine Gardisten, wenn es recht ist? Der Kaiser wird begeistert von eurem Fund sein.«

»Nein!«, rief Leonard sofort und Belén machte große Augen, während mein Herz einen Satz tat. Maiva begann laut zu lachen.

»Wer wäre ich, einen alten Freund zu verraten, Leonard?«, fragte sie und hob provozierend eine Braue. »Seid ihr in den fellonischen Palast eingestiegen oder wie seid ihr an sie gekommen? Zutrauen würde ich es euch.«

Leonard stieß hörbar Luft aus. »Ein glücklicher Zufall hat sie auf unser Schiff gebracht.«

Sie lachte auf. »Ihr hattet schon immer mehr Glück als Verstand, wenn es um so etwas ging. Nur offenbar hat Gabriel es zu weit getrieben.« Nun glitt ihr Blick zu uns und sie musterte erst mein Gesicht, dann das meiner Schwester. »Ihr seid seine Töchter, nicht wahr?«

»Maiva, das sind Jermaine und Lou, Gabriels älteste Töchter«, sagte Leonard.

Sie nickte. »Das fällt mir nicht schwer zu glauben, ich sehe es ihnen an den Nasenspitzen an. Und ihr seid aufgebrochen, um euren Vater zu befreien, schätze ich?«

Wir nickten.

»Loreleys eben. Mut und Neugierde, hab ich recht? Er hat oft genug davon philosophiert, euer Vater.«

»Ihr kanntet ihn also?«, fragte ich.

»Wir hatten das Vergnügen vor langer Zeit«, bestätigte Maiva. »Damals war ich keine Verwalterin und er kein Kapitän. Leonard war kein Steuermann und meine Schwester war am Leben.«

Stille folgte auf ihre Worte. Ich warf Leonard einen prüfenden Blick zu und erschrak vor dem Ausdruck auf seinem Gesicht. Einen Blick wie diesen hatte ich erst einmal an ihm gesehen – am Tag, an dem die Ruby in St. Flaeme eingelaufen war und er den Familien vom Verschwinden oder Tod ihrer Liebsten hatte berichten müssen. Götter, hier ging es nicht um eine alte Liebschaft zwischen Maiva und Leonard – hier ging es um etwas ganz anderes.

Es war Maiva, die das Schweigen brach. »Nun habt ihr also eine Prinzessin und einen Tempel, in dem ihr eure Zeremonie abhalten könnt. Mir erschließt sich nicht ganz, was ihr von *mir* wollt.«

»Es fehlt noch eines«, sagte Leonard. »Das Schuppenkleid von Faellona. Ein legendärer Gegenstand, dem große Magie innewohnen soll …«

»… und der sicher in einer Vitrine im kaiserlichen Schloss ausgestellt ist«, vollendete Maiva seinen Satz. »Ich verstehe. Ihr benötigt eine Audienz beim Kaiser?«

»Durchaus«, sagte Leonard.

»Das wird nicht einfach.« Sie wandte sich ab und trat an den Schreibtisch, wo sie nach den Dokumenten griff, an denen sie gerade gearbeitet hatte. Sie sah sie durch und nahm einen Stift. »Audienzen sind rar, vor allem in Wochen wie dieser. Und sicher rennt euch die Zeit davon.« Sie hörte auf zu schreiben und wandte sich Leonard zu, um ihm das Dokument zu überreichen. »Wie gut, dass heute bei Einbruch der Nacht eine Kutsche vor eurem roten Schiff warten wird, die euch geradewegs zum Schloss bringt.«

Sprachlos betrachtete Leonard das Dokument, ehe er den Kopf hob. »Das ist eine Einladung für den Maskenball.«

»Das ist wahr«, sagte Maiva. »Wir brauchen die Prinzessin dort bloß den Richtigen zu präsentieren. Womöglich werdet ihr schon in wenigen Tagen in den kaiserlichen Thronsaal geladen und könnt Thaloan euer Vorhaben unterbreiten.«

Leonard schüttelte den Kopf. »Danke, Maiva.«

Sie war so nah an ihn getreten, dass sie nur eine Handbreit voneinander entfernt waren. Obwohl Maiva groß war, musste sie ein Stück zu Leonard aufsehen – ihre Augen allerdings funkelten raubtierhaft genug, dass sie den geringen Größenunterschied wettmachte.

»Ich hoffe, du weißt den Gefallen zu schätzen«, sagte sie. »Du hättest ihn nicht verdient. Deine Schuld vor den Göttern kannst du niemals mehr begleichen.«

Mit kühlem Lächeln trat sie zurück und warf einen Blick in die Runde. »Ich hoffe, ihr alle habt schöne Kleider«, sagte sie. »Und könnt tanzen. Wir sehen einander dann heute Abend.«

»Ein Ball!«, sagte Lou begeistert, als wir aus dem Magistratspalast traten. »Ein richtiger Ball auf dem Schloss!«

Ich schüttelte den Kopf. »Kann ich auf dem Schiff bleiben?«

»Wir stehen alle auf der Liste, also werdet ihr mich auch *alle* begleiten.« Leonards Stimme klang forsch genug, dass Lou die Stirn runzelte.

»Was war das da drin, Leonard?«, fragte ich. »Wer war diese Frau?«

»Maiva Liebfried«, sagte er und fügte nichts mehr hinzu.

»Und wer ist sie? Woher kennt ihr euch? Was ist damals passiert?«, bohrte Lou ungeduldig nach.

»Ein anderes Mal«, sagte der Steuermann zwischen zusammengebissenen Zähnen, ehe er stehen blieb. Sein Blick glitt an uns hinab, dann musterte er auch Belén, die sich die Kapuze wieder über den Kopf gezogen hatte. »So könnt ihr nicht auf den Ball«, sagte er, während er den Lederbeutel an seinem Gürtel mit fahrigen Bewegungen befühlte. »Wir müssen euch etwas zum Anziehen besorgen.«

Lou schien Luftsprünge machen zu wollen. »Danke, Leonard!«

»Muss ich wirklich mitgehen?«, fragte ich erneut.

Leonard machte eine zustimmende Geste. »Sonst willst du doch immer überallhin mit.«

»Aber es ist ein *Ball*«, protestierte ich. »Ich *hasse* Kleider. Lieber schrubbe ich ein Jahr lang das Deck, als eins anzuziehen! Und ich kann doch gar nicht tanzen.«

»Dann solltest du es schleunigst lernen«, sagte der Kapitän und nickte in die Runde. »Kommt. Eure Hoheit.«

Aber eine Seefahrerin gehört doch auf das Meer, dachte ich, als wir hinter ihm hertrotteten. Nicht in einen Ballsaal.

»Du willst wirklich nicht mitkommen?«, entrüstete sich Lou neben mir. »Jedes Mädchen in dieser Stadt, jedes Mädchen in St. Flaeme träumt davon, einmal auf den Ball im Schloss zu gehen. Der Palast soll aus purem Gold sein, das Essen so fein wie von Göttern gemacht und die Musik so schön, dass man die ganze Nacht nur tanzen will. Ich habe mir immer gewünscht, einmal dort zu sein.«

Ich verschränkte die Arme. »Und *ich* habe mir immer gewünscht, Seefahrerin zu sein.«

»Und was ist mit Jeanne und Aimée?«, fragte Lou. »Willst du ihnen nicht davon erzählen, wenn wir zurück sind? Oder Kontakte dort knüpfen, das könnte dir doch später helfen oder so? Und willst du nicht, dass Vater stolz ist?«

Entrüstet weitete ich die Augen. »Götter, diese Karte spielst du nicht aus.«

Lou verschränkte die Arme. »Vater würde sich so freuen.«

Ich warf einen Blick in Leonards Richtung, der nur nickte, dann stöhnte ich. »Na schön. Aber ich probiere nur ein Kleid an. Nur *eins.*«

Wir fanden ein Kleidergeschäft im Marktviertel, das recht ansehnlich aussah und sich in angemessenem preislichem Rahmen zu bewegen schien. Lou stürmte aufgeregt um mich und plapperte von Bällen und Tanzen und Träumen, Belén begleitete uns mit skeptischer Miene. Als wir in das Geschäft traten, postierten sich die Wachen vor den Türen. Während Lou zwischen den Puppen hin und herlief und die Kleider bestaunte, blieb Leonard vor der Theke stehen, wo eine junge catayrische Schneiderin einen Kleidersaum bestickte.

»Wir suchen Verkleidungen für den Ball heute Abend«, sagte der Kapitän.

»Den Maskenball!« Sie erhob sich von ihrem Stuhl und ich sah ihre Augen funkeln. »Oh, es geht ein Traum in Erfüllung!«

Sie erklärte uns die losen Inspirationen, die sie beim Schneidern zu unseren Kleidern gehabt hatte: Lou ging als Papagei, Belén war der Nachthimmel und ich ein grüner Mandarinfisch. Leonard hatte sich entschieden, als legendärer Kapitän Dunbar Dreispitz zu gehen.

Selbst ich musste gestehen, dass die Gewänder handwerklich ziemlich umwerfend aussahen. Sie bestanden aus schimmernden Korsagen und bodenlangen, mehrlagigen Röcken, die in einem sanften Bogen an den Hüften hinabfielen. Lous Kleid war an den Schultern und hinten mit Arafedern geschmückt, ebenso wie die Maske mit dem kleinen Schnabel. Das von Belén war dunkelblau mit unzähligen Pailletten, die wie Sterne funkelten. Leonard hatte seinerseits eine Uniform mit dunkler Hose und einem silbern bestickten Gehrock erworben, dazu einen Dreispitz mit gleichfarbiger Borte. Mein Kleid derweil hatte hinten einen mehrlagigen Schleier, der die Schwanzflosse des Mandarinfischs darstellen sollte. Auf der Korsage waren gewundene Ornamente eingestickt, inspiriert von der Musterung der Fischschuppen.

Sicher würden Belén und Lou wunderschön aussehen. Götter, aber ich? Am liebsten hätte ich Leonard gefragt, ob ich nicht in seine Kapitänsuniform schlüpfen könnte. Womöglich wäre er sogar einverstanden gewesen, doch ich bezweifelte, dass wir dieselbe Kleidergröße hatten.

Es blieb noch eine Stunde bis zum Einbruch der Nacht, als wir wieder beim

Schiff ankamen, und die verbrachten wir in den Waschräumen. Lou steckte mir nach einem ausgiebigen Bad das Haar mit Nadeln hoch, flocht Muscheln in die Locken und half mir, die Korsage hinten zuzubinden.

»Ich kann nicht mal tanzen«, protestierte ich, doch Lou drohte mir mit einer ungefährlich aussehenden Haarnadel. »Jeder kann tanzen!«

Als ich die Treppen zum Oberdeck erklomm, hielt ich die Schuhe mit den verflucht hohen Absätzen noch in der Hand. Sehnsüchtig glitten meine Hände über die hölzernen Geländer. Nie war es mir so schön vorgekommen, einen Abend auf der Ruby zu verbringen, und wenn ich das Deck schrubben oder gar nähen müsste.

Lou trat vor mir an Deck. Offenbar hatte sie sich spontan wieder mit Gideon vertragen, denn als er mit leuchtenden Augen die Seide betrachtete, fiel meine Schwester ihm fröhlich um den Hals. Belén stieg als nächstes hinauf, ignorierte die Blicke der Seemänner und auch den Pfiff eines Matrosen. Ich atmete tief durch und trat ebenfalls nach oben.

Niemals, nicht mal als ich das Segel abgerissen hatte, war mir so unwohl gewesen. Ich hatte das Gefühl, die Seeleute sahen mich an, als wäre ich ohne Kleidung vor sie getreten. Die Haut unter dem Korsett juckte, ich fürchtete bei jedem Schritt zu stolpern, selbst wenn ich die Schuhe in der Hand balancierte. Die Haarnadeln zwickten, meine Schultern und Arme waren entblößt und das minzfarbene, fließende Kleid war so lang, dass es ohne die Schuhe über den Boden strich. Von dem Schleier gar nicht anzufangen! Wenigstens die Planken unter meinen Fußballen knarrten vertraut, als ich über das Deck ging und versuchte, die Blicke der Matrosen zu ignorieren. Oh, ich musste so verkleidet aussehen, so dämlich, so …

»Wie schön«, sagte eine Stimme und ich wandte mich rasch um. Sammy stieg Röte in die Wangen, als unsere Blicke einander trafen. »Ich meine, schönes Kleid«, erklärte er sich hastig.

»Danke«, sagte ich und stieß einen Seufzer aus. Ich griff nach seinem Arm, um mich ausbalancieren zu können, und schlüpfte in die hohen Schuhe. »Ich bin ein grüner Mandarinfisch. Toll, oder?« Als ich losließ, lächelte Sammy. »Wenn es dir gefällt, willst du für mich gehen?«

»Nah, ich glaube, grün ist nicht so meine Farbe«, sagte er und wir lachten.

»Ich komme mir lächerlich vor«, murmelte ich dann. »Ich sehe lächerlich aus, oder? Sag es ehrlich.«

Sammy betrachtete mich. Sein Blick legte sich auf mein Kleid, die Maske in meiner Hand, die Muscheln in meinem Haar und die Sommersprossen auf meinen Wangen, und meine Hand wanderte mit einem plötzlichen Anflug von Unsicherheit zu dem Ring in meinem Ohr.

»Du siehst nicht lächerlich aus«, sagte Sammy. »Du bist schön, Jermaine.« Er zögerte und setzte dann zu einer Frage an: »Weißt du, ich hab gesehen, dass es da dieses Lokal gibt, und da habe ich mich gefragt, ob wir nicht …«

»Sind alle bereit?«, fragte Leonard da und ich hob den Kopf. Der Kapitän wies auf die Kutsche, vor der ein Schimmel mit den Hufen scharrte und schnaubte.

»Bereit!«, rief Lou und ich wandte mich nochmal um.

»Ich muss mich beeilen. Was wolltest du sagen?«

»Ich wollte sagen …« Sammy hielt inne und lächelte. »Ich wollte sagen, viel Glück.«

»Danke, werd ich brauchen.« Kurz fanden sich unsere Hände und ich drückte seine zum Abschied. Dann wandte ich mich zu Leonard und wir verließen das Schiff.

Vogel ohne Käfig

Beinahe fühlte sich Belén wie zu Hause, als sie aus der Kutsche geleitet wurde und dem prachtvollen Schloss einen ersten Blick widmete.

Sie war die Imposanz großer Paläste gewohnt – sie lebte in einem solchen und hatte bereits eine Vielzahl fellonischer Königshäuser von nahem betrachtet. Ihr eigenes Schloss in Felidor mit den funkelnden Sternenlichtern und seinem mystischen Glanz machte sicher eine Menge her. Und auch das Wasserschloss von Elynth, die plätschernden Wasserfälle und der glatte, bläulich schimmernde Stein hatten sie in Staunen versetzt.

Trotz allem musste sich Belén eingestehen, dass ihr das Kaiserschloss, das nun in goldenes Licht gehüllt vor ihr in den sternengefächerten Nachthimmel ragte, durchaus imponierte. Grün erstreckten sich die ersten Ausläufer der Gartenanlage um das Schloss herum. Belén entdeckte Dahlien und spätblühende Kletterrosen, Efeu und Blauregen, Lindenbäume, die sich orange färbten. Ein langer Atemzug trug einen verführerisch süßen Blütenduft zu ihr herab.

Eine reliefverzierte Freitreppe führte vorbei an sorgsam gepflegten Rosenranken und kleinblättrigen Büschen und wies zum Eingangsportal. Rechts und links von der Tür erhoben sich Inkarnationen Eralys' aus weißem Marmor, so detailliert, dass sie nur ein Meister seines Handwerks angefertigt haben konnte.

Belén hatte oft gehört, dass der klassizistische, alterenzianische Barock das Beste aus allen Kunstrichtungen in sich vereinte – den Prunk und das, was die Thaleaner in den Jahrhunderten über Architektur und Bildhauerei gelernt hatten.

Die Fassade bestand aus Sandstein und hellem Marmor, eingefasst in goldene Reliefs und Stuck, weiße Säulen und Zinnen. Balkone und Terrassen,

Galerien und Arkaden fanden sich überall, die typischen Rundbogenfenster bildeten lange Reihen wie golden erleuchtete Perlen. Bildnisse nie gesehener Götter zierten das Mauerwerk, Götzenbilder und Gargoyles schmückten Kragsteine und Erker. Das Bauwerk erstreckte sich nach rechts und links in mehreren Flügeln mit risalitartig hervorspringenden Ausbuchtungen und Gesimsen. Mondglanz spiegelte sich auf den Turmdächern und ließ diese funkeln, als seien sie mit Sternenstaub bedeckt.

Über der Freitreppe, die zum Eingangsportal führte, entsprang ein pastellenes Fresko, das von Wasser überspültes Land zeigte. Bei genauerer Betrachtung handelte es sich nicht um bloße Landmasse, sondern eine Kreatur von irritierender Anmut, die sich schlafend zusammengerollt hatte. Auf dem Rücken sprossen Gras und Pflanzen, die gedrehten Hörner waren die Wurzeln und Stämme mächtiger Bäume. Eine junge Frau stand auf dem Rücken des Wesens, streckte die Hände nach einem Adler aus, der einen Lorbeerkranz im Schnabel trug. Neben ihr bezwang ein Jüngling eine Schar ungetümer Meereskreaturen, die aus dem Meer entstieg. In Gold gehüllt thronte eine Gestalt über ihrem Antlitz, schützend die Hände über ihnen ausgebreitet. Im Hintergrund entdeckte Belén dunkel eine von Meer umwobene Silhouette und einen funkelnden Turm, um den unheilvolle Wellen spülten.

Es war ein Schloss von zugleich betörender und bedrohlicher Schönheit. Und hätte Belén es nicht besser gewusst, wäre sie sicher gewesen, dass überirdische Kräfte beim Bau geholfen hatten.

Lou betrachtete das Schloss voller Ehrfurcht und auch Jermaine schien beeindruckt von dem Anblick, der sich ihnen bot. Belén musste der Kapitänstochter eingestehen, dass sie in dem Gewand ein wenig verkleidet aussah. Jermaine war eine hübsche junge Frau – doch es war eher eine robuste Schönheit, die sie an sich hatte. Die opulente Brokatuniform, die die als Freibeuterin kostümierte Maiva Liebfried trug, wurde von ihr mit einem sehnsüchtigen Blick quittiert.

Leonard, der als letzter aus der Kutsche stieg, legte Lou eine Hand auf die Schulter. Er nickte Belén zu, dann traten sie alle gemeinsam auf das Eingangsportal zu.

Soldaten, die in stoischer Befehlsausführung und voller Rüstung stumm wachten, erwarteten sie am Absatz der Treppe. Ein purpurner Teppich rollte sich den langen Gang hinab und dämpfte ihre Schritte, als sie eintraten.

Schwatzende Gäste kamen ihnen entgegen, eine maskierte Frau am Arm eines herzlich lachenden Edelmannes.

Beléns Blick glitt an den marmornen Sockeln vorüber, die in gleichmäßigen Abständen rechts und links entlangliefen. Auf jedem lag eine schimmernde Kugel, aus der goldenes Strahlen hervordrang. Sie verspürte einen schwachen Stich beim Anblick der Lichter, und erst nach einem Augenblick wurde ihr klar, warum: Sie erinnerten sie an die Sternenlichter zu Hause. Belén hatte Heimweh, und dieser Gedanke ließ ihr beinahe die Tränen in die Augen steigen.

Als der Flur in eine Halle mündete und Belén daraus hervortrat, übersprang ihr Herz erneut einen Schlag. Fasziniert legte sie den Kopf in den Nacken, beinahe erschlagen von dem Ausmaß des riesigen Gewölbes. Wie weit oben mochte die Buntglasdecke liegen, die die Halle in Licht hüllte? Wohin führten all die stuckverzierten Treppen, die sich um sie wanden, in die Höhe schraubten und reckten, schimmernd wie aus Gold gefertigt?

Eine Gruppierung marmorweißer Statuen fand sich auf einem flachen, glatt geschliffenen Plateau im Mittelpunkt des Raumes. Bei genauerem Betrachten erkannte Belén, dass die dargestellten Gestalten einen Kampf austrugen. Die Figuren waren so kunstvoll gefertigt, dass sie beinahe glaubte, sie würden beginnen, sich zu rühren, um mit der Anmut von Tänzern die Schwerter zu schwingen. Zarte Marmorseide floss über die Körper, Äderchen und Falten schmückten die Haut. Das Haar lockte sich im typischen terenzianischen Stil. Das Zentrum der Darstellung bildeten ein Mann und eine Frau, und sie bekämpften eine Gruppe von Nixen.

»Epha und Phyllis von Adlamér«, sagte Jermaine, die ehrfürchtig neben sie getreten war. »Ein Geschwisterpaar. Als das Wasser nach dem Blauen Morgengrauen wieder abfloss und Thale aus dem Meer aufstieg, bekämpften sie die Kreaturen aus den Untiefen der See und beanspruchten das Land für sich. Sie gründeten Thale neu, auf den Ruinen eines vergangenen Königreichs.«

»Ich weiß«, sagte Belén etwas unwirsch. »Ich kenne die Geschichten. Ich war bloß … nun, verunsichert, um wen es sich hier handelt.«

Jermaine nickte. »Ich verstehe.«

»Die beiden waren auch auf dem Fresko am Portal, nicht wahr?«

»Aye«, sagte Jermaine. »Mit Eralys als Schutzpatron und Saesora, wie sie die Flut gebracht hat.«

»Und was war das für ein … Wesen in der Erde?«

»Der Urgott Thal. Er schläft unter Larounia, sagt man.«

Belén stieß ein Schnauben aus. Sie wünschte, sie könnte diesem Mädchen klarmachen, dass es sich bei diesen Märchen um Staatspropaganda handelte. Trotz ihrer Skepsis war sie allerdings auch beeindruckt – von der Virtuosität dieser Künstler, von der Geschichte der Geschwister sowie von der Tatsache, dass Jermaine diese kannte.

»Wie aus der Asche ist Thale aus den Fluten entstiegen«, sagte sie.

Die Kapitänstochter warf ihr einen Blick zu. »Ganz Larounia.«

Lous aufgeregtes Winken erregte die Aufmerksamkeit der beiden, woraufhin sie die Plattform umrundeten und zu den anderen traten. Ein reich mit Ornamenten verziertes Portal ragte vor ihnen auf, aus dem gedämpfte Musik an ihre Ohren drang.

»Leonard meint, wir müssen uns Namen ausdenken«, sagte Lou aufgeregt.

»Es ist Tradition, bei einem Maskenball unter einem anderen Namen unterwegs zu sein«, erläuterte Maiva. Belén nickte, in Fellonien war das ähnlich.

»Denkt euch etwas aus, bevor wir hereingehen«, sagte Leonard. »Eure Namen werden ausgerufen, wenn ihr eintretet.«

»Hättest du mir das nicht eher sagen können? Ich kann mir doch nicht mal eben etwas aus den Fingern saugen«, beschwerte sich Lou.

»Nimm einen Namen, das zu deiner Rolle passt«, sagte Maiva. »Du gehst als Papagei. Wie wäre es mit Ara Rotfeder?«

»Hmm«, machte Lou. »Hmm …! Ich kann mich nicht entscheiden, gehen auch mehrere Namen? Ihr habt doch auch mehr als einen, Prinzessin, nicht wahr?«

»Das stimmt«, sagte Belén.

»Vergesst nicht, dass wir nicht zum Vergnügen hier sind«, mahnte Leonard.

»Oh, keine Angst«, sagte Jermaine mit genervtem Blick auf ihre Schuhe.

Auch Lou schien empört. »Ich nehme das sehr ernst!«

Maiva lächelte. »Lass Lou ihren Spaß, Leonard. Du hattest selbst welchen in deiner Jugend, obwohl du dich offenbar nicht daran erinnern kannst.«

Leonard betrachtete sie scharf. »Wir sind auf der Suche nach dem Kaiser, das ist nicht witzig. Lou, Jermaine – ihr bleibt bei der Prinzessin.«

Sie nickten, nur Belén selbst hatte längst einen anderen Plan gefasst. Sie wusste von einer fellonischen Botschaft in Thale – mit ein wenig Glück würde ein Botschafter aus ihrer Heimat sich hier auf dem Ball aufhalten. Wenn es ihr gelang, ihn aufzuspüren und sich ihm zu offenbaren, würde er womöglich helfen, nach Hause zu kommen. Womöglich? Nein, es stand außer Frage, dass er das tun würde!

»Ich wäre dann bereit«, sagte Lou.

»Wohlan.« Auf einen Wink Leonards hin zogen die Soldaten, die das Portal zum Ballsaal bewachten, die beiden Türflügel auf. Musik erhob sich aus dem Saal und Lachen und Tanzen, und Belén atmete tief ein.

»Musstest du eigentlich unbedingt als Piratin gehen?«, raunte Leonard.

»Als was denn sonst?«, fragte Maiva. Sie zupfte an einer in Locken gelegten Haarsträhne, ehe sie Leonards Arm ergriff. »Cara Bellem war die reichste Freibeuterin der Weltmeere. Wobei ich kurz überlegte, nachdem ich dich traf – beinahe wäre ich doch lieber als Emma Stedlin gegangen. Oder Janou Liebfried?«

»Götter«, murmelte Leonard und beugte sich vor, um dem Zeremonienmeister, der sie oben auf der Treppe erwartete, seinen Namen zuzuflüstern. Maiva wandte sich ihm ebenfalls zu und sagte etwas in sein Ohr.

»Freibeuterin Cara Bellem«, rief der Diensthabende aus, »mit Begleitung, Kapitän Dunbar Dreispitz.« Die beiden schritten die Stufen hinunter und Belén trat hinter Lou und Jermaine vor, erhaschte einen Blick auf den prunkvollen Ballsaal, eine erste Duftnote der köstlichen Speisen. Die Treppe führte links hinab in den Saal, das Geländer war mit Gold überzogen.

Lou hatte rasch ihren Namen genannt und richtete sich nun gerade auf.

»Papagaia Gabrielle Anemona Jen Jeamée Schokolind Robinson«, sagte der Zeremonienmeister mit leichtem Stirnrunzeln und Lou trat erhabenen Schrittes in den Saal und auf die Treppe zu. Jermaine schlug sich die Hand vor die Stirn, ehe sie vortrat und sich an den Zeremonienmeister wandte.

»Meera Mandarin«, rief er aus und Jermaine begann, umständlich die Treppe hinabzustöckeln.

Belén holte tief Atem und wandte sich schließlich als letzte dem Ballsaal zu. Mit einem abwesenden Handgriff richtete sie ihre dunkelblaue Maske. Sie tat einen Schritt, einen weiteren, und dann eröffnete sich der Ballsaal vor ihr wie ein aufschlagender Fächer. Lachend und schwatzend bewegten sich die Menschen in den aufwendigen Kleidern und prunkvollen Masken auf dem marmorweißen Boden. Sie wirbelten tanzend umeinander, stießen mit kristallin schimmernden Kelchen an und ruhten auf dunkelblau bezogenen Diwanen. Der nachtfarbene Umhang glitt hinter ihr über den Boden, als sie auf den Zeremonienmeister zutrat, sich zu ihm beugte und in sein Ohr raunte.

»Stella Quarzmond«, verkündete er und Belén hob das Kinn, stieg die Treppe hinab. Unten am Absatz erblickte sie Leonard und Maiva, die bei einigen anderen Gästen standen und sich gerade zwei Sektgläser reichen ließen. Die Loreleyschwestern befanden sich auf der gegenüberliegenden Seite an der Buffettafel. Die beiden wollten auf Belén zugehen, um ein Auge auf sie haben zu können – doch ein junger Mann in brokatverziertem Gehrock grätschte dazwischen und nahm das Gespräch auf, sodass die Schwestern gezwungen waren, sich abzuwenden.

Belén nutzte die Gelegenheit und verschwand in der Menge, um sich auf die Suche nach dem fellonischen Botschafter zu machen. Schwach klopfte ein schlechtes Gewissen gegen ihre Brust. Auf eine merkwürdige Weise hatte Belén die Loreleyschwestern liebgewonnen und es tat ihr leid, sie und ihren Vater sich selbst zu überlassen. Aber beim Firmament, sie konnte ihnen ohnehin nicht helfen! Energisch verdrängte sie das funkenhafte Schuldgefühl. Belén schloss eine Hand um den Umhang, fasste ihn zusammen, und tauchte in die Menge aus Thaleanern.

Oh, wie fremd fühlte sie sich zwischen all diesen Menschen, vor denen man sie stets gewarnt hatte, die jeder zu Hause als Feind bezeichnete. Die schnatternden und lachenden Gestalten, die vielen Farben, die klirrenden Gläser ... all diese Eindrücke, die ihr eigentlich vertraut waren, klangen unangenehm in ihren Ohren wider. Das ein oder andere Mal zuckte sie zusammen, wenn jemand nah an ihrem Ohr auflachte oder ihre Hand einen Rocksaum streifte. Der Patriotismus der Seefahrer hatte sich in Grenzen gehalten – hier im Ballsaal handelte jedes zweite Gespräch von Politik und Vaterland und jedes dritte war eine Hasstirade über Fellonien. Zu ihrer eigenen Überraschung sehnte sich Belén nach dem Schutz der Matrosen. Selbst wenn sie gerade dabei war, einen Fluchtweg aufzudecken, war sich Belén sicher, dass die Seefahrer sie nicht verletzen wollten – nicht zuletzt, weil sie ihre Hilfe brauchten.

Die Suche nach dem Botschafter aber *musste* sie allein vollbringen. Nicht, dass sie besonders erfolgreich darin war, ihn zu finden: Obwohl Belén

Ausschau nach dem fellonischen Blau und Silber hielt und mit so vielen thaleanischen Gästen anstieß und schwatzte, dass ihr ganz mulmig zumute wurde, schien es nirgends einen Anhaltspunkt zu geben, wo sich der Mann befand. Immerhin hatte sie herausgefunden, dass sein Name Fergus von Grünhain lautete – dass niemand mehr über ihn wusste, zeugte davon, wie sehr die Thaleaner die Fellonier schätzten. Höchstwahrscheinlich war er nicht mal zu diesem Fest eingeladen worden! Was hatte sie sich gedacht? Ihre Nationen waren verfeindet! Warum sollte der Kaiser einen Feind zur Eröffnung seiner heiligen Woche einladen?

Seufzend stellte Belén ihr Glas auf einem Tisch ab. Der Saal beengte sie – ihre Wangen waren erhitzt und die Luft unangenehm stickig, die Nähe zu den vielen Thaleanern erdrückend. Die junge Magierin entdeckte eine gläserne Tür, die den Weg ins Freie wies, und trat darauf zu.

Kühle, wohltuende Luft stieß Belén entgegen, als sie sich hinausschob. Sofort legte sich ihre Unruhe. Sie warf einen prüfenden Blick über die Schulter. Niemand schien ihr Verschwinden bemerkt zu haben und auch keiner von der Ruby war in Sicht.

Belén wandte sich vom Ballsaal ab und trat die Stufen hinunter, die in den Garten führten. Zweifellos war dies ein hübscher Ort – von ebenso überirdischer Anmut wie alles an diesem Schloss, wenngleich sie offenbar einen besonderen Bereich der Anlage gefunden hatte. Auch hier erleuchteten die mystischen Kugeln den Weg, doch die Blüten und Gewächse schienen absichtlich nachlässiger behandelt. Kletterpflanzen hatten sich um die Sockel gewickelt wie an den Hausfassaden unten in der Stadt, die Äste der Bäume hingen tief und die Statuen, die auch hier wachten, waren zwischen Hecken und Büschen so verborgen, dass man danach suchen musste. Ein verwunschener Garten, dachte sie, *und gerade durch seine Imperfektion schön.*

Belén schritt über das Pflaster und genoss die Stille, die sie umfing. Ein sanfter Wind streichelte ihre Wange, als sie ein flaches Mauerwerk erreichte, von dem aus sie den Kuss von Sternenhimmel und Meer betrachten konnte. Unwillkürlich hielt sie inne. Irgendwo auf der anderen Seite des Ozeans wartete ihr Zuhause.

Warum lief sie nicht einfach weg? In diesem Garten suchte sie niemand. Ob sie ein Schiff finden könnte, dass sie nach Fellonien brachte?

Unsinn, schalt sie sich. Sie hatte nicht einmal Geld! Sie könnte versuchen, die nötigen Münzen zu erarbeiten oder ihr Ballkleid verkaufen, doch würde das nicht viel zu lang dauern? Die Leute von der Ruby hätten sie gefunden, bevor sie einen Fuß auf ein fremdes Schiff setzen konnte. Und überhaupt, welches Schiff fuhr von Thalheim nach Fellonien? Keines! Der Schiffsverkehr zwischen den Nationen war seit Jahren eingestellt.

»Helft mir«, sagte sie zu den Sternen, ihren Ahnen, die stumm auf sie herabblickten. Nichts geschah.

Ihre Hände ballten sich zu Fäusten. Sie konnte nirgendwohin. Sie war verloren. Ihre Hoffnung – *verloren*.

Rarr! In den Tiefen des Gartens erklang mit einem Mal ein Geräusch, das Belén unwillkürlich zusammenfahren ließ. Ein hohes Fauchen, dann ein aufgeregtes Flattern und Zwitschern. Still, alles war still.

Oder nicht? Es raschelte im Gebüsch und Belén wandte sich hastig um. Mit starren Gliedern musterte sie das Dickicht, mit einem Mal nicht mehr froh um die Abgeschiedenheit der verwunschenen Gärten. Totenstille, wieder. Hatte sie ... nein, das hatte sie sich sicher nicht eingebildet!

»Seht Ihr da ein Gespenst?«

Mit einem erschrockenen Schrei wirbelte sie herum. »Bei allen Fun... Göttern!«, stieß sie hervor, als ihr Blick auf die Gestalt fiel, die sich unbemerkt genähert hatte.

»Verzeiht, ich wollte Euch nicht erschrecken«, sagte der junge Mann und ein Grinsen zuckte über seine Lippen.

Belén runzelte die Stirn. Im Mondglanz und mit der Maske hatte sie ihn zuerst für Leonard gehalten. Der Fremde glich ihm ungefähr in Statur und Haarfarbe, seine Stimme hatte dieselbe Melodik, die der des Kapitäns anhaftete. Bei genauerer Betrachtung aber erkannte sie, dass dieser Herr viel jünger als Leonard war. Das kastanienbraune Haar trug er nicht im Pferdeschwanz, dafür war es kurz, und ihm stand ein wohlgepflegter Vollbart, der Leonard ebenfalls fehlte. Sein eleganter, hochwertiger Gehrock war mit goldenen Applikationen versehen, ein purpurner Umhang darüber verschlossen. Unter der Maske verborgen musterten sie dunkle, aufmerksame Augen.

Belén hatte den Humor in seiner Stimme nicht überhört und kam nicht umhin zu fragen: »Ach nein?«

Der Fremde trat näher. »Oh Eralys, bitte glaubt mir. Mit der Unterstellung, Euch mit Absicht geschadet zu haben, könnte ich nicht leben.« Er musterte sie. »Obwohl es schon sehr reizvoll war, wie Ihr dort so in Gedanken versunken standet.«

Belén öffnete den Mund, schloss ihn wieder. »Das ist ziemlich gewagt von Euch. Es soll in der Natur von jungen Damen gehobenen Standes liegen, bei zu viel Stress in Ohnmacht zu fallen.« Ihr erschloss sich noch immer nicht, warum ständig alle über diese Aussage lachten, doch auch der junge Mann schnaubte amüsiert.

»Junge Dame gehobenen Standes, ich bitte um Entschuldigung. Aber ich mache keine Witze. Ich meine, das wäre ziemlich spannend – soweit ich weiß, soll der Geist der einstigen Kaiserin Adelaide hier durch die Wunschgärten spuken. Vor allem in Nächten wie diesen keine Seltenheit. Man nimmt sie als weißen Schimmer wahr.«

»Ah?«, sagte Belén nur.

Sie musterte den jungen Mann erneut. »Moment«, sagte sie und wies auf ihn. »Ihr wart vorhin dabei, als dieser Herr von der Handelskammer über das Walöl philosophiert hat.«

»Waldemar Derpel? Durchaus«, sagte der Fremde.

»Stimmt es, was Ihr da gesagt habt?«, fragte sie. »Dass man aus Weißwalöl Feuerwerke machen kann?«

Er lächelte irritiert. »Ja. Götter, woher kommt Ihr? Das weiß doch jeder.«

»Von weit weg, glaubt mir«, sagte Belén abwehrend. »Da gibt es solche Feuerwerke nicht. Stimmt es auch, dass man aus Weißwalöl Bomben bauen kann, wie Herr … Derpel meinte?«

»Das ist ebenfalls wahr«, sagte der junge Mann.

»Warum wurde das niemals im Krieg verwendet?«

»Es ist erst seit jüngster Vergangenheit bekannt, dass das möglich ist«, erläuterte er. »Und es wurde nicht für klug befunden, das Wissen weiterzutragen, ehe der nächste Krieg anbricht. Schließlich verfügt auch Fellonien theoretisch über das nötige Material, um sie zu bauen, und der Kaiser will keine Vorteile einbüßen.«

»Ich verstehe«, sagte Belén, der kalt geworden war. Sie war froh um den brüchigen Waffenstillstand, den ihre Nationen zurzeit pflegten – sie wollte nicht wissen, welche Verheerung diese Bomben zurücklassen würden, wenn sie in Fellonien niedergingen. Was dieser Waldemar Derpel erzählt hatte, hatte nicht verheißungsvoll für ihre Heimat geklungen.

Sie folgte dem Fremden zu der Mauer, auf die er zugegangen war. Mit hinter dem Rücken verschränkten Armen blickte er aufs Meer hinaus.

»Wenn der Kaiser einen solchen Vorteil hat, plant er dann, bald den Waffenstillstand beizulegen?«, fragte sie vorsichtig.

Der junge Mann fuhr sich über den Bart. »Ich glaube, dem Kaiser ist der Frieden momentan ganz genehm.« Er warf ihr einen Blick zu, als sie leise ausatmete. »Erleichtert Euch das?«

Belén zögerte. »Ich … ich bemühe mich, immer alles zu verstehen. Aber warum es Krieg gibt, das will sich mir einfach nicht erschließen.«

Eine Weile betrachtete der Fremde sie. »Wisst Ihr«, sagte er, »ich glaube, Ihr seid nicht wie andere junge Damen gehobenen Standes.«

»Wie meint Ihr das?«

»Nun, Ihr macht Euch Gedanken. Nicht jede Dame würde sich für die Verwertung von Walöl interessieren.« Er lächelte wieder. »Außerdem seid Ihr nicht in Ohnmacht gefallen, als ich Euch erschreckt habe – es muss also etwas geben, das Euch von anderen unterscheidet.«

»Ja. Ich spiele Maiden und Matrosen bis weit nach Mitternacht«, sagte Belén und er lachte auf.

»Ihr seid also eigentlich Seefahrerin?«

»Das würde ich nicht behaupten. Ich spiele nur ihre Kartenspiele.«

»Kommt Ihr von Arrakum und seid bis nach Thalheim übergesetzt?«

Belén schüttelte den Kopf. »Ihr seid ebenso neugierig wie ich, mein Herr. Erzählt mir lieber von Euch. Was treibt Ihr hier?«

»Hier in den Gärten? Ich observiere Vögel. Ich bin Ornithologe, wisst Ihr?«

Sie hob die Braue. »Und die Wahrheit?«

Der Fremde lachte. Er lachte viel und echt, was sie auf sonderbare Weise erfrischend fand. »Ihr fragt auf einem Maskenball nach der Wahrheit? Ich brauchte ein wenig frische Luft. Dann traf ich eine junge Dame gehobenen Standes, die offenbar einem Geist begegnet war und sich als ausgesprochen gute Gesellschaft herausstellte. Oh Götter, vergebt mir, ich habe mich noch gar nicht vorgestellt, wie es sich für einen Maskenball gehört. Gestatten, Terenz von Adlamér.«

»Terenz«, wiederholte sie den Namen und musterte seine Verkleidung, die von wohlgewählter, bescheidener Eleganz war. »Der Zweite, nehme ich an?«

»Wohl wahr.«

»Der Nationalheld von Thale.« Sie neigte den Kopf. »Ziemlich hochgegriffen.«

»Ich bin auch nur ein Sterblicher«, sagte ›Terenz‹ und legte die Hände auf sein Herz. »Sagen wir es so, als kleiner Junge habe ich mir gewünscht, wie Terenz zu sein. Und jetzt …«

»Seid Ihr noch immer irgendwie ein kleiner Junge?«

»In gewisser Hinsicht?« Die beiden musterten einander und Belén lächelte schwach. Manchmal kam sie sich auch vor, als wäre sie ein winziges Kind.

»Und Ihr?«, fragte Terenz. »Verratet mir ebenfalls einen Namen, mit dem ich nichts anfangen kann.«

»Stella Quarzmond«, sagte sie.

»Weil Ihr der Nachthimmel seid?« Als sie nickte, musterte er den Himmel über ihnen – wolkenlos, mit einem halb vollen Mond am Firmament. »Stella Quarzmond«, wiederholte er. »Wisst Ihr, dass es eine fellonische Königin namens Stella gibt?«

Beinahe wäre Belén zusammengezuckt. »Nein, wusste ich nicht«, sagte sie rasch und zwang sich, hinzuzufügen: »*Götter*, ich hätte mir einen anderen Namen aussuchen sollen.«

»Ach, sorgt Euch nicht.« Terenz winkte ab. »Stella ist eine respektable Frau, finde ich. Was Kriegsangelegenheiten betrifft, so wahrt sie zumeist Neutralität. Sie ist nicht an Expansion interessiert, sondern an Wissen – sie hat diese Observatorien und Astronomieakademien, in welchen Sterne und Himmelskörper erforscht werden. In Fellonien gibt es eine Theorie, dass die Magie nach dem Tod zum Himmel aufsteigt und ein neuer Stern entsteht.«

»Ha!«, machte Belén und hoffte, dass ihre Stimme nicht zu weit in die Höhe geschnellt war. Natürlich wusste sie von Stella von Serín und ihrer Forschung – sie verehrte diese Frau beinahe noch mehr als ihre eigene Mutter. Erst einmal war sie der Königin begegnet, mit vierzehn Jahren, und damals war sie so aufgeregt gewesen, dass sie kein Wort hervorgebracht hatte. »So was können sich auch bloß Fellonier ausdenken.«

»Ja, ist Humbug«, sagte Terenz. »Aber während sie sich damit auseinandersetzen, machen sie auch viele sinnvolle Entdeckungen. Gerade erst wurden im Philosophenkolloquium von Vandratal neue Erkenntnisse über die Flugbahn des merkwürdigen Schattens am Himmel vorgestellt. Wir sind der Meinung, dass es sich um den Urgott Ars handelt, die Fellonier verfolgen da natürlich andere Theorien. Oh, und mit dem Serín-Teleskop, das zuletzt entwickelt wurde, lassen sich nun auch mehr als zehn Millionen Lichtjahre entfernte Himmelskörper betrachten. Man hat da dieses neue Sternbild entdeckt …«

»Die kleine Möwe«, sagte Belén.

»Ja, genau. Wart Ihr schon mal in Vandratal beim Kolloquium?«

»Nein, Ihr?«

Terenz wollte antworten, doch da erklang das merkwürdige Fauchen erneut und Belén machte einen erschrockenen Satz. »Da! Jetzt habt Ihr es auch gehört! Nicht wahr?«

Ein weiteres Mal zerriss das Geräusch die Luft, dicht gefolgt von einem aufgeregten Tschiepen und Geflatter. Terenz schmunzelte. »Na, das haben wir gleich. Könntet Ihr bitte meinen Arm loslassen, Stella?«

Mit roten Wangen ließ Belén die Hände sinken. Ihre Finger gruben sich stattdessen in den Stoff ihres Kleides, als sie zusah, wie Terenz auf das Dickicht zutrat und unter den Zweigen hindurchtauchte. »Seid vorsichtig!«, rief sie, ehe sie sich ein Herz fasste und ihm folgte.

»Junar!«, hörte sie den jungen Mann mit strenger Stimme rufen. Sie schob sich an den Zweigen vorbei, wobei sie versuchte, ihr Kleid nicht zu beschädigen. Ein aufgeregtes Miauen erklang und dann sah sie einen goldenen Schweif im Dickicht verschwinden. Eine Katze, mehr nicht.

»Kommt, Stella Quarzmond.« Terenz war in die Hocke gegangen und machte eine auffordernde Handbewegung.

Belén trat neben ihn und beugte sich hinab. »Oh«, sagte sie. Im Gras lag ein kleiner Vogel, kaum größer als ihre Handfläche. Sein Gefieder war von hellem Braun, nur das Köpfchen, Rücken und Schwanzfedern besaßen schwarze Flecken, während der Bauch weiß war. Auf den abgespreizten Flügeln befand sich jeweils ein kleiner Halbmond. Der Vogel rührte sich nicht, doch die winzige Brust hob und senkte sich in kurzem Takt.

»Das arme Ding«, sagte Belén leise. »Wollte die Katze ihn fressen?«

»Ja, das ist furchtbar. Als würde sie nicht genug zu fressen bekommen.« Terenz verdrehte die Augen.

Belén hockte sich neben ihn. »Ist er verletzt? Oder warum fliegt er nicht weg?«

»Sie ist bloß in Schock verfallen. Das passiert schon mal in solchen Situationen«, erklärte er ruhig.

»Können wir helfen?« Belén hatte in ihrer Ausbildung zur Magierin Beruhigungszauber an Mäusen erlernt und hätte diesem kleinen Wesen gern die Angst genommen. Aber sie traute sich nicht, die Funken tanzen zu lassen, solange Terenz sie für eine Thaleanerin hielt.

»Nein, wir machen gar nichts. Sie schafft das schon alleine. Kommt, wir setzen uns hier hin. Nicht zu nah, sonst fürchtet sie sich bloß noch mehr.« Terenz nahm den Umhang ab und legte ihn ins feuchte Gras. »Na los«, sagte er, als Belén zögerte. Sie setzte sich und richtete ihren Rock.

»Ein Sichelzalp«, erklärte Terenz und deutete auf den Vogel. »Seht Ihr die weißen Stellen an den Flügeln, die wie Monde aussehen? Danach sind sie benannt. Die Männchen haben blaue Streifen am Käppchen. Schaut, dieser hat keine, es ist also ein Weibchen.«

Belén schmunzelte. »Sagt bloß, Ihr seid wirklich Ornithologe.«

»Meine Talente sind vielseitig. Mal bin ich Ornithologe, mal Astronom, mal ein Kaufmann. Mal rette ich junge Damen gehobenen Standes vor Geistern oder Entführern. Oder Katzen.«

Belén zögerte. Dafür war er etwas spät.

»Danke, dass Ihr ihr geholfen habt. Nicht wegen mir, sondern um des Vogels willen«, sagte sie. »Ich hätte sie ungern in den Klauen einer Katze gesehen.«

Terenz winkte ab. »Oh, dankt mir nicht, ich will bloß mein Gewissen reinhalten. Eigentlich bin ich fürchterlich, müsst Ihr wissen. Profitorientiert und machthungrig …«

»Den Eindruck hatte ich bislang nicht«, sagte sie. »Ich glaube nicht, dass jeder das Herz hätte, einen hilflosen Vogel zu beschützen.«

Terenz neigte den Kopf. »Junge Frau, Ihr seid zu gut zu mir«, erwiderte er. »Ich trage eine Maske. Wir treffen einander unter Bedingungen, in denen für die Wahrheit wenig Raum ist. Aber es freut mich dennoch, dass Ihr eine solch hohe Meinung von mir habt. Stella. Kann ich etwas tun, damit ich nochmal dieses begeisterte Funkeln in Euren Augen sehe, wie eben, als wir über die Sterne gesprochen haben? Oh, seht her.«

Der kleine Sichelzalp richtete sich auf, schüttelte sein Gefieder aus. Mit halbem Lächeln beobachtete Belén, wie Der Vogel ein paar Schritte hüpfte, sich dann in die Luft erhob und in das Geäst der Bäume flatterte.

»Sie hat es geschafft.«

»Ich habe doch gesagt, sie kann sich selbst retten«, sagte Terenz. »Sie brauchte nur einen Anstoß. Kommt, ich habe eine Idee.« Er erhob sich und half ihr auf. Neugierig folgte Belén ihm zurück zum Ballsaal. Ihr fiel auf, dass Terenz das linke Bein ein wenig nachzog – er tat es mit solch beherrschtem Gleichmut, dass es sie davon abhielt, zu fragen, ob ihm etwas fehlte.

Vor der Tür bedeutete Terenz ihr zu warten. Nach einem Augenblick kehrte er mit einigen Sachen zurück. »Hier, nehmt das.«

»Charmant«, sagte Belén, als sie begutachtete, was er ihr gegeben hatte. Es handelte sich um zwei Kristallgläser und eine Flasche catayrischen Perlweins, außerdem zwei kleine Schokokuchen sowie seinen Umhang.

Terenz wies an der Schlossmauer hinauf. »Geht da die Treppe hoch, ich komme gleich. Hmm. Wisst Ihr, eigentlich ist es noch etwas zu früh, aber ich kläre das schon. Wünscht mir Glück, ja?«

Voll Neugierde blickte Belén dem jungen Mann hinterher, als er in der Dunkelheit verschwand. Sie erklomm die Treppenstufen, die ebenso waren wie der Rest des verwunschenen Gartens: nicht perfekt, ausgetreten und ungleichmäßig, aber irgendwie gerade richtig.

Schließlich erreichte sie eine kleine, marmorne Terrasse, von der man einen guten Blick auf Thalheim und die Gartenanlagen des Palasts hatte. Belén stellte die Gläser auf der Balustrade ab und strich sich das Haar aus dem Gesicht. Mit den Fingern fuhr sie über den feinen, purpurnen Stoff von Terenz' Umhang. Er roch nach Zedernholz und Kaminfeuer, und nun auch ein wenig nach frischer Luft.

Unwillkürlich zuckte Belén zusammen, als unten etwas mit lautem Zischen zum Leben erwachte. Mit einem hohen Pfeifen erhob sich ein Feuerwerkskörper in die Luft und zersprang in bunte, funkelnde Lichter. Weitere folgten ihm und Belén sah staunend zu, wie die kleinen Lichtpunkte herabschwebten.

»Da ist es wieder«, sagte eine Stimme und sie wandte den Kopf. Terenz lächelte sie an. »Das Funkeln.«

Belén blickte zum Himmel hinauf, ohne zu wissen, was sie sagen sollte. Feuerwerkskörper zerplatzten golden über ihren Köpfen, die Lichter sanken in Funkenschauern herab und verglühten, ehe sie den Boden berühren konnten. Unter den Detonationen und dem hohen Zischen erklang entrüstetes Rufen aus den Gärten.

Belén begriff. »Ha… habt Ihr das Feuerwerk etwa selbst gezündet?«, fragte sie. »Ohne Erlaubnis?«

»Wolltet Ihr bis Mitternacht warten? Manchmal muss man nachhelfen.« Terenz entkorkte den Perlwein und füllte die Gläser.

Belén atmete tief ein. Leichter Rauchgeruch stieg ihr in die Nase – derselbe Geruch, der auch Magie anhing, wenn sie ihre Funken zum Leben erwachen ließ. Zu Hause in Felidor waren die Decken mit Lichtern geschmückt, sie funkelten an den Fenstern, in den Springbrunnen, in der Luft. Belén war so fasziniert vom Anblick der Feuerwerkskörper und gleichzeitig so ergriffen von Heimweh, dass ihr Herz schmerzte.

»Hey. Gefällt es Euch nicht?«, fragte Terenz.

»Was?« Erst da wurde ihr klar, dass ihr Tränen in die Augen gestiegen waren. »Oh, ich … entschuldigt«, sagte sie etwas hilflos. »Es ist nur so … so überwältigend … es sieht genauso aus wie …«

Er nahm ihr die Schokokuchen ab, die sie noch immer hielt, und Belén wandte das Gesicht ab, um unter der Maske die Tränen fortzuwischen. »Verzeiht«, sagte sie erneut. »Es ist … ist wunderbar, wirklich. Es liegt nicht an Euch.«

»Na, immerhin. Ich würde Euch nicht traurig machen wollen«, sagte Terenz. Dann lächelte er frech. »Nun, und Hauptsache, Ihr fallt nicht in Ohnmacht. Ich wüsste nicht, wie ich Euch dort die Treppe hinabbekommen sollte.«

Belén runzelte die Stirn, ehe sie zu lachen begann. »Das wäre ja wohl Euer Problem, Ihr habt das hier in die Wege geleitet!«

Terenz grinste, das Gesicht halb vom glimmernden Feuerwerk erleuchtet. »Götter, wo wart Ihr mein bisheriges Leben?«, fragte er. »Hier, setzt Euch, auf den Umhang.«

Er half ihr auf die Brüstung, wobei er die Hände mit möglichst diskreter Höflichkeit um ihre Taille legte. Belén ließ sich das Glas Perlwein reichen. Sie stießen an, während die Feuerwerkskörper über ihren Köpfen in Licht zergingen. Sie aßen Schokokuchen und leerten ihre Gläser. Und obwohl Belén sich nach Hause wünschte, obwohl sie in einem fremden Land mit feindlich gesonnenen Menschen war … verspürte sie einen Funken Glück.

»Und jetzt?«, fragte sie, als das Feuerwerk verklang und Dunkelheit und

Stille zurückblieben.

»Jetzt ist es langsam Zeit, zurückzugehen, fürchte ich.« Terenz half ihr von der Brüstung und führte sie zur Treppe.

»Ich wünschte, wir hätten ein Kartenspiel«, sagte sie, als sie hinabstiegen und durchs Gras zum Ballsaal gingen. Die ersten Gäste kehrten ebenfalls aus den Gärten zurück, von wo sie das Feuerwerk betrachtet hatten. »Im Spiel soll sich ja die Wahrheit enthüllen. Dann hätte ich vielleicht herausgefunden, ob ich Euch nicht doch richtig eingeschätzt habe.«

»Ihr meint mein gutes Herz?«, fragte Terenz. »Das existiert leider nur einmal im Jahr, Stella. In einer Nacht wie dieser, an der ich jemand anders sein kann als für gewöhnlich.«

Sie blieb vor ihm stehen. »Das glaube ich Euch nicht.«

Terenz neigte den Kopf. In seinen Augen spiegelten sich die Lichter aus dem Ballsaal, als er sie musterte – dann zog er sie in eine sanfte Umarmung. »Ich fand es schön«, sagte er. »Und wäre ich unverschämt, würde ich Euch jetzt eine Frage stellen. Aber heute bin ich nicht unverschämt.«

»Ich fand es auch schön.« Belén löste sich von ihm und blickte in das halb von der Maske bedeckte Gesicht hinauf. »Was für eine Frage ist es denn?«

»Hey, Prin- Stella!«, rief da eine Stimme und Belén wandte sich rasch um. Lou trat aus der Tür und kam auf sie zu.

»Was machst du denn hier?«, fragte Belén.

»Ich habe Euch überall gesucht. Wir dachten, Ihr wärt ... also, man kann es Euch nicht verdenken, aber wir dachten eben ... na ja, Ihr wisst schon!«

»Ich bin nicht weggelaufen«, sagte Belén knapp. »Ich habe mich nett unterhalten.«

»Mit wem denn?«, fragte die Matrosin und sah sich um.

»Mit ...« Belén wollte auf Terenz weisen, doch ihre Hand verharrte in der Bewegung. Er war verschwunden.

»Unwichtig«, sagte sie stattdessen. »Komm, wir gehen rein.«

Doch als sie Lou in den Ballsaal folgte, kam sie nicht umhin, schwach zu lächeln. Es hatte sich schön angefühlt. Wenn es auch nur ein Wimpernschlag gewesen war.

GUTE KAPITÄNE

»Oh, bei Eralys und Saesora und allen Göttern unter den Sternen«, murmelte ich, und nahm einen kräftigen Schluck Brombeerwein. Alkohol würde womöglich helfen – zumindest dabei, das fehlende Gefühl in meinen Füßen zu vergessen.

Argwöhnisch beobachtete ich den jungen Maskierten, der mich die vergangene Stunde über die Tanzfläche gewirbelt hatte. Er beachtete mich nicht mehr. Stattdessen führte er eine andere Dame auf die Fläche, die er mit Blicken und Worten zu umgarnen versuchte. Götter, so war es für uns beide wahrlich das Beste.

»Meera! Hast du schon diese Kuchen probiert?«

Ich setzte das Glas ab, aus dem ich noch einen Schluck getrunken hatte, und wandte mich meiner Schwester zu. Sie war neben mich getreten und hielt einen kleinen Schokoladenkuchen zwischen Daumen und Zeigefinger. Prinzessin Belén ging an ihrer Seite.

»Stella hat sie mir gezeigt, sie sind ganz fantastisch!«, fuhr Lou fort.

»Ich kann mir vorstellen, dass der Kuchen dir schmeckt, *Schokolind*«, knurrte ich. »Wo bist du gewesen?«

»Na, ich habe etwas gegessen.« Lou warf sich das letzte Stück Schokokuchen in den Mund. »Mas sieht man boch«, sagte sie kauend. »Moh, und ich mabe Phella wiedergephumden. Mieso phragst du?«

Ich wies auf den Tänzer. »Weil du mich einfach mit diesem schäbigen Proleten dort allein gelassen hast!«

Schulterzuckend schluckte sie. »Wieso bist du nicht auch weggelaufen?«

»Nun, das Gefühl in meinen Füßen hatte sich schon vor dir von mir verabschiedet. Ich habe ihn nur loswerden können, indem ich ihm sagte, dass er schmierig wie ein Aal ist.«

Lou verdrehte die Augen. »Götter, du bist echt nicht für Männer gemacht.«

»Das rechtfertigt nicht, dass du einfach abhaust!«

Belén, die sich denselben Wein wie ich nahm, musste ein Lachen unterdrücken. Zur Entschuldigung bot Lou mir einen weiteren kleinen Schokokuchen an, den ich mit bösem Schnauben entgegennahm. Er schmeckte gut, das musste ich zugeben.

»Oh, ich will auch so gern tanzen«, sagte Lou und blickte auf das Meer aus Kleidern und Schimmern, das durch den Ballsaal wirbelte.

»Versuch's ruhig. Wenn das nächste Mal jemand kommt, dann bist du an der Reihe.« Ich verputzte den Kuchen und wischte mir die Hände an einer Serviette ab.

»Nicht mit irgendeinem dahergelaufenen Weiberhelden«, sagte Lou abwehrend. »Ich will *mit Gideon* tanzen.«

»Ich melde, Gideon ist nicht hier.«

Sie seufzte. »Saesora, aber alles andere kommt mir vor … als würde ich ihm Unrecht tun. Ich will mich nicht vergnügen, wenn er nicht hier sein kann. Ich wünschte, er wäre dabei.«

Ein müdes Lächeln trat auf meine Lippen. Obwohl ich nicht romantisch veranlagt war, begriff ich, dass Gideon Lou sehr wichtig war. Keine Streiterei hatte einen Keil zwischen sie treiben können, und dass sie sich sogar weigerte, mit jemand anderem zu tanzen, zeigte aufs Neue, wie treu sie ihm war. Gideon handhabte das hoffentlich ebenso, wenn er nicht die Rache ihrer großen Schwester zu spüren bekommen wollte.

Zwei Maskierte lösten sich aus der Menge der Tanzenden und traten auf uns zu. Die Dame, die kein Kleid, sondern Hosen trug, hatte sich beim Herrn eingehakt.

»Warum musste ich ein Kleid tragen?«, fragte ich. »Maiva hat auch eine Uniform an.«

Die Verwalterin strich mir tröstend über die Schulter. »Keine Angst. Wenn du erst in die Fußstapfen deines Vaters trittst und Kapitänin der Roten Ruby bist, wirst du auch in einer Uniform zu jedem Ball kommen können«, sagte sie. »So wie *Dunbar Dreispitz* hier.«

»Kapitänin?«, wiederholte ich. »Ihr glaubt, ich werde einmal Kapitänin sein?«

»Wer weiß, was die Zeit bringt?«, fragte Maiva. »Vorher musst du bloß

Dunbar aus dem Weg schaffen.«

Leonard, der zwei Gläser mit funkelndem Holundersekt an sich genommen hatte und eines davon an die thalheimsche Verwalterin weitergab, wechselte das Thema: »Gibt es schon etwas Neues, was den Kaiser angeht?«

»Nichts«, sagte ich und hob mein Weinglas, um den beiden zuzuprosten. Lou schaute von einem zum anderen, schien sich allerdings nicht zu trauen, auch zum Alkohol zu greifen, was weder Leonard noch ich zugelassen hätten.

Maiva nippte an ihrem Sekt. »Ich denke, die Tatsache, dass wir uns auf einem *Maskenball* befinden, macht das Ganze schwieriger als erwartet. Zum Glück habt ihr mich. Ich habe bei einem Tanz den Kammerherrn enttarnt, an den es sich zu wenden lohnen würde. Prinzessin, wenn Ihr mir folgen würdet? Ihr werdet Eindruck schinden.«

Belén nickte und stellte ihr Weinglas ab, um der Verwalterin zu folgen.

Unwillkürlich schmunzelte ich, als ich sah, wie Lou mit sehnsüchtigem Blick zur Tanzfläche schaute. »Mann, ich fühle mich so allein ohne Gideon.«

Ich lächelte grimmig. »Sicher läuft er gerade ruhelos an Deck auf und ab und vermisst dich. Das ist ja auch sehr schlimm, einen ganzen Abend getrennt von dir zu sein. Ich wette, er tut kein Auge zu und schrubbt die ganze Nacht freiwillig das Deck.«

»Was für eine schreckliche Vorstellung!«, rief Lou aus.

»Und auch die Innenräume.«

»Wie fürchterlich«, jammerte sie.

Leonard verfolgte das Gespräch amüsiert. Er schien glücklich, einen Augenblick Ruhe vor Maivas Sticheleien zu haben und stattdessen bei uns zu verweilen. »Nächstes Mal nehme ich dich zur Sicherheit besser nicht mehr mit.«

»Nein«, widersprach Lou. »Das ist es nicht. Ich bin dir unheimlich dankbar, aber ich kann mich nicht richtig amüsieren, wenn ich mit niemandem tanzen kann, weil mir alle fremd sind.«

Der Kapitän bot ihr den Arm. »Nun, gestattest du einem langjährigen Freund der Familie, dich auf die Tanzfläche zu führen?«

In Lous Augen glommen Sterne. Leonard war stets wie ein Onkel für uns gewesen, hatte an Feiertagen mit uns am Tisch gesessen und sowohl Lou und mich als auch Jeanne und Aimée bei unserer Seetaufe in den Armen gehalten. Nun ließ Lou die Hand auf seinen Arm sinken und wurde unter die Tanzenden geführt. Mit warmem Blick sah ich zu, wie sie voreinander stehen blieben. Sie nahmen Tanzhaltung ein und begannen, sich mit sanften Schritten im Kreis zu bewegen, wobei Lou zu Leonard aufsah und lächelte, als sie seinem väterlichen Blick begegnete.

»Verzeiht, meine Dame«, sagte eine Stimme zu meiner Rechten und ich wandte überrascht den Kopf. Ein hochgewachsener, etwas rundlicher Mann war an mich herangetreten. Seine in blauen Brokat gekleidete Haut war dunkel wie Ebenholz und ein ergrauter Backenbart umschloss das freundliche Gesicht mit dem kahlen Kopf. Die Augenpartie wurde selbstverständlich von einer Maske verborgen, in einer Hand hatte er einen eleganten Gehstock. Als der Fremde mir ein höfliches Lächeln schenkte, blitzten seine Zähne weiß auf. »Ich möchte nicht, dass Ihr glaubt, ich hätte Euch belauscht«, sagte er und in seiner Stimme schwang ein kaum hörbarer südstämmischer Akzent, »dieser Teil Eurer Unterhaltung drang nur zufällig an mein Ohr. Aber hörte ich da, dass von der Roten Ruby die Rede war? Bedeutet das, Kapitän Gabriel ist sein Vorhaben tatsächlich geglückt und er ist aus den Gewässern zurückgekehrt?«

Ich blinzelte, brauchte einen Augenblick, um die Worte zu verstehen. »Ihr kanntet meinen Vater?«

Der Edelmann nickte. »Wir trafen einander in Gladys. Wenn Ihr erlaubt, stelle ich mich mit meinem echten Namen vor: Ich heiße Darjan Suwahi, Verwalter der nördlichen Kolonien bei Kap Allmacht.«

Der Name traf mich wie ein Schlag. »D-darjan Suwahi«, echote ich, mit einem Mal ganz aufgeregt. »Ihr seid kein Verwalter, Ihr seid Kapitän der Nayeli! Nicht wahr?«

»War«, korrigierte Darjan gutmütig. »Seit einem halben Jahrzehnt bin ich nun Verwalter.«

Sprachlos starrte ich ihn an. Vater hatte mir manchmal von der Nayeli erzählt, von Kapitän Darjan, der in den rudimentären Verhältnissen der südlichen Kolonien aufgewachsen und sich dort mühsam seine Mannschaft zusammengeklaubt hatte, um mit ihnen ein altes, eingemottetes Handelsschiff wieder seetüchtig zu machen. Lange hatten sie die Seewege zwischen Thalheim und den Hüttenstätten besegelt, um Kakao, Baumwolle und Erdfrüchte auf den Kontinent zu bringen. Darjan Suwahi war eine Legende unter Seefahrern, die sich aus der Umklammerung der Armut losgelöst und zielstrebig ihren Weg bestritten hatte.

»Es ist mir eine große Ehre.« Ich knickste ehrfürchtig.

»Bitte«, sagte der Verwalter. »Ihr macht mich verlegen. Ich bin auch nur ein Mann, nicht weniger umwoben von Sagen als Euer werter Vater. Ich nehme doch an, Ihr seid seine Älteste? Jermaine?«

Das Herz schlug mir bis zum Hals und in meiner Brust zappelte ein Fischlein. »Ihr kennt meinen Namen!«

»Habe ich mich also nicht getäuscht«, sagte Darjan amüsiert. »Sicher, Gabriel hat von Euch gesprochen, als ich ihn traf.«

»Hat er das? Und hört auf, mich zu mit Ihr anzusprechen, bitte!« Ihm gegenüber kam ich mir vor wie ein Kind, nicht wie die Dame, als die er mich behandelte.

»In Ordnung. Ich bin Darjan.« Ich hatte das Gefühl, in Ohnmacht zu fallen, als er mir mit kräftigem Händedruck die Hand schüttelte. »Nun, Jermaine, sagst du mir, wo Gabriel steckt? Ich brenne darauf, zu erfahren, wie es ihm geht – und vor allem, was er zu berichten hat.«

Mein Lächeln erstarb. »Ich fürchte, ich muss dich enttäuschen, mein Vater ist nicht hier. Er ... er hat es nicht herausgeschafft.«

Darjans Gesicht verdüsterte sich ebenfalls. »Oh, bei Saesora«, sagte er. »Es ist also doch wieder geschehen. Ah, *manani*! Die Ruby ist gesunken?«

»Nein. Nein, die Ruby ist zurückgekehrt«, sagte ich.

Darjans Blick war voll Unglauben. »Aber wie?«

»Weil seine Route sicher war. Das war nicht das Problem.« Ich vergewisserte mich, dass niemand unser Gespräch mitanhören konnte, ehe ich zu erklären begann: »Es gibt eine Insel in den Darcosgewässern. Vater und ein Teil der Mannschaft sind dort. Die Ruby allerdings ist nach Hause zurückgekehrt. Wir ... wir wissen nicht, ob die Vermissten noch am Leben sind, doch wir werden versuchen, sie zu befreien. Wir geben unser Bestes.«

»Aye?« Der Blick des alten Seemannes wurde weicher. »Und du begleitest die Ruby, Jermaine. Du musst deinen Vater sehr lieben.«

Ich schlug die Augen nieder. »Ja«, sagte ich. »Ich wollte immer werden wie er.«

Stille herrschte zwischen dem alten Seefahrer und Verwalter und mir. Dann fasste ich mir ein Herz. »Wie war er, als ihr einander begegnet seid? Wie kam es dazu, dass er dir von seinen Plänen berichtet hat?« Ich befürchtete

Schlimmes – dieser Mann hatte Vater vor seinem Aufbruch in die Darcosgewässer getroffen, und die Einträge in seinem Reisetagebuch verhießen nichts Gutes.

Darjan blieb eine Weile still. Er bewegte den Wein in seinem Glas und sah seinen Fingern zu, wie sie auf den Knauf seines Gehstocks trommelten. Obwohl ich eine derartige Antwort erwartet hatte, hatte ich das Gefühl, dass sich mir der Magen umstülpte, als ich die Worte laut ausgesprochen hörte.

»Ich hatte viel von dem rotsegligen Schiff und seinem Kapitän gehört«, sagte der Verwalter. »Als ich erfuhr, dass Gabriel Loreley Gladys besuchen würde, erwartete ich das Treffen mit Freuden. Aber, Jermaine, es tut mir im Herzen weh, es sagen zu müssen, doch … die Begegnung verlief gänzlich anders, als ich angenommen hatte. Schon so manchen Seemann und Kapitän haben die Darcosgewässer zu zerreißen gedroht. Es schmerzte, zu erfahren, dass es auch Gabriel Loreley in den Klauen gefangen hielt.«

Ich bebte. »Erzähl mir alles«, sagte ich unverwandt. »Bitte … ich muss wissen, wie er gewesen ist, bevor …«

»Bist du sicher?«, fragte Darjan.

»Ich bin ganz sicher. Bitte lass nichts aus.«

Der ehemalige Seemann stieß einen Seufzer aus und stellte den Wein ab. »Nun – wo fange ich an? Er bat mich um ein Treffen in meinem Arbeitszimmer, um mich unter vier Augen sprechen zu können. Ich empfing ihn am Morgen, während die Ruby im Hafen beladen wurde. Ich begrüßte ihn, ich sagte …«

»Ah, Kapitän Gabriel! Ich hatte Euch erwartet. Bitte, nehmt Platz, gleich hier. Ich habe mich gefreut, dass Ihr mich treffen wollt. Man hört viel von Euch.«

»Dasselbe gilt für Euch. Es ist mir eine Ehre, Euch kennenzulernen, Kapitän Suwahi.«

»Hmm, das erinnert mich an die alten Zeiten. Nun denn, mein Kapitän, bedient Euch bitte und erzählt mir, weswegen Ihr um dieses Privatgespräch gebeten habt.«

»Danke, ich habe keinen Hunger.«

Stille.

»Ist alles in Ordnung? Ihr seid so still … Ist Euch nicht wohl?«

Stille.

»Der Fleckenwal … ernährt sich von jungen Seehunden. Wusstet Ihr das?«

»N-nein, das wusste ich nicht.«

»Aye. Die jungen Seehunde werden an Land geboren und wagen sich nach der Geburt oft nur in Gruppen ins Wasser. Der Fleckenwal erwartet sie dort. Wenn sich eine gute Gelegenheit ergibt … schnellt er vor und schnappt das Tier mit einem Biss.« Stille. »Aber wisst Ihr, was so faszinierend daran ist? Der Fleckenwal tötet sein Opfer nicht sogleich. Ehe er das Junge verschlingt, wirft er es hoch in die Luft und wirbelt es durchs Wasser. Er spielt mit dem Leichnam, wenn er ihn erst in seinem Griff bekommen hat. So lange, bis er es tötet und verspeist.«

»Kapitän, ist alles in Ordnung?«

»Habt Ihr nie … nun, darüber nachgedacht, hinüber zu segeln? Zu den Darcosgewässern?«

»Götter, nein Gabriel, nicht Ihr auch.«

»Sagt nicht, Ihr wollt mich aufhalten. Ich nahm an, Ihr würdet wissen, welche Möglichkeiten sich uns dort bieten. Habe ich mich in Euch getäuscht, Darjan?«

»Oh *manani,* Ihr wisst nicht, was Ihr sagt! Bitte, Kapitän, Vergesst die Darcosgewässer –«

»Ach, hört auf zu reden, solche Worte habe ich schon zur Genüge gehört! Jeder scheint mir vorschreiben zu wollen, was ich zu tun habe! Ich *muss* in die Darcosgewässer segeln – wie es ein jeder Loreley tun würde, wie es ein *Kapitän* tun würde. Götter, Ihr seid ein Feigling, ein alter Mann, nicht mehr!«

»Hört auf!«

»Lasst mich! Lasst mich los!«

»*Genug*! Nun reißt Euch zusammen und kommt zu Sinnen! Seht hinaus, Gabriel! Auf den Strand hinunter! Tag für Tag betrachte ich die Wrackteile da unten. Ich lasse die Leichen einäschern, die die Kinder im Sand finden, verteile ihre Asche in der See, weil niemand sonst sie beerdigen kann. Die Darcosgewässer haben alle getötet! Und ich werde nicht zulassen, dass auch Ihr bald am Meeresgrund liegt!«

»D-das …«

»Gabriel Loreley, wisst Ihr, was mit meinem Schiff geschehen ist?«

»Nein, ich …«

»Ich übergab es an meinem Ersten Maat Tanu, nachdem ich das Angebot des Kaisers angenommen hatte. Ich hielt ihn für einen würdigen Nachfolger, er war mein bester Freund. Und er war ein Entdecker – genau wie Ihr. Unter seiner Führung, so dachte ich, würde die Nayeli eines der angesehensten Handelsschiffe Larounias bleiben. Aber Tanu suchte mich während meines Abschiedsfestes hier auf und unterbreitete mir seinen Plan, die Darcosgewässer anzusteuern. Ich tat alles, um ihn aufzuhalten, doch er ließ nicht mit sich reden. Er war so starrköpfig! Dabei waren es unser Lebenswerk, das er da so leichtfertig aufs Spiel setzte! Am nächsten Morgen war er einfach verschwunden.

Ich war jeden Abend unten am Strand, Gabriel. Ich suchte nach ihren Gesichtern, ich betete zu Saesora, flehte sie um Hilfe an. Und dann rollte ich diesen Mast aus dem Wasser, auf dem mit Messerkerben Worte eingeschnitzt waren – und ich wusste, die Göttin hatte mich verlassen. *Eidem. Idir, Tanu. Darjan*. Namen der Mannschaft meiner Nayeli.«

»Aber – die Nayeli liegt in den südlichen Kolonien vor Anker.«

»Das denken alle. Aber das ist ein Schwesternschiff, ein Nachbau, mehr nicht. Wenn bekannt geworden wäre, dass mein Schiff in den Darcosgewässern verunglückt und gesunken ist, hätte das zu viel Aufmerksamkeit auf die Gegend gelenkt und noch mehr leichtsinnige Seeleute wären dorthin aufgebrochen. Schlichtweg, weil die Darcosgewässer sie in ihren Bann ziehen. Ich weiß nicht, was dort lauert – doch es treibt kluge Menschen in den Wahnsinn. Machtvolle Magie ist am Werk, Gabriel, *böse Magie*. Hört auf meinen Rat und tretet den Weg um Saesoras Willen nicht an.«

»Ich …«

»Ja? Schweigt nicht.«

»Es ist meine … meine Pflicht als Kapitän, meine Mannschaft zu beschützen und in ihrem Sinne zu handeln. Meine Ruby – sie ist mir meine engste Vertraute. Wie könnte ich sie in Gefahr bringen? Ohne sie … was wäre ich noch?«

»Oh, ein Glück! Ihr seid zu Euch gekommen, Kapitän Gabriel.«

»Aber …«

»… Gabriel?«

»Aber die Darcosgewässer sind keine Gefahr. Seht, Ihr müsst es Euch ansehen. Ihr werdet Eure Meinung ändern, ja. Hier, die Karte! Ich habe die

Unfälle analysiert, die Positionen der gesunkenen Schiffe markiert, und ich … hier, ich habe eine Route erschließen können. Seht. Seht doch, die Linien formen das Eralysauge! Und wenn wir uns an diese Route halten, dann können wir ins Zentrum vordringen. Schätze, Tempel, Inseln – allein die Vorstellung, was dort zu finden sein könnte! Das sind Chancen, die nicht verstreichen sollten, das hier! Das – das ist Handeln im Sinne der Ruby. Schaut doch her, hier, auf die Karte!«

»Kapitän, das ist nicht, was Ihr wollt! Ihr seid besessen!«

»Das ist Humbug! Wollt Ihr wissen, warum ich das tue? Warum ich dort hinmuss? Ich zeige es Euch! Seht. Seht her. Seht es Euch an! Verzeiht, da sind Knicke, ich trage es immer in meiner Jacke. Ein bisschen schmutzig ist es auch, aber man erkennt alles. Schiffe, Sterne … meine beiden Kleinsten haben das gemalt. Sind – sind sie nicht süß? Und hier – schaut, hier, meine Winona. Ich – ach, ich habe sie gar nicht … Götter, wie ich sie vermisse, meine Winona und meine Kleinen. Und das, das ist Lou. Sie ist schon fünfzehn jetzt. Oh, und das hier, das hier … verzeiht, es ist ein bisschen verschmiert, es ist mal Wasser draufgekommen, aber … *Ahoi, fremde Seefara – haha, ach, so viele Schreibfehler. Ich … verzeiht: Ich heise Jen und ich bin 6 und eines Tages wil ich so sein wie mein Papa. Mein papa mit seinem Schif ist überall auf der Welt bekannt! Ich weis nicht wo du bist, wen du diese Flaschenpost bekomst, aber er war bestimt schonmal da! Papa sagt, ich darf noch nicht mit, weil ich noch zu klein bin aber es dauert gar nicht mehr so lange!*«

»Gabriel, hört auf …«

»*Wen du mich dann …*«

»Hört doch auf zu weinen …«

»*W-wen du mich kennen lernen wilst, ka-kanst du mir ja zurükschreiben! … Gib den Brief dan einfach meinem Papa mit, wen er k-komt. Ich freue mich schon ganz dol, dich kenen zu lernen wen ich Kapiten bin! Herzliche Grüße, Jermaine Loreley*. Oh, Götter, verzeiht. Das ist von meiner Ältesten. Ganz klein war sie. Sie – sie wollte eine Flaschenpost verschicken, aber – aber das Meer hat den Brief direkt wieder zurückgetragen, als sie ihn am Strand zu Hause in die See geworfen hat. Sie ist weggelaufen, es gab Abendessen, und ich habe die Flaschenpost genommen, ich konnte nicht anders, ich hab sie genommen und den Brief eingesteckt. Sie weiß nichts davon, sie weiß das bis heute nicht. Meine kleine Jermaine. *Jermaine*. Jermaine will alles entdecken.

Jermaine würde verstehen, warum ich das tue.«

»Götter, hört doch … hört auf! Tut Euren Kindern den Gefallen und kehrt nach Hause zurück! Nehmt Euer Schiff und seid Euren Kindern weiter ein Vater! Sie können Euch nicht sagen, dass sie Euch lieben, wenn Ihr sie nicht mehr hören könnt.«

»Darjan, Ihr … Ihr versteht nicht, worum es hier geht. Weil ihr mich nicht verstehen *wollt*. Es tut mir leid, mein Herr, dass ich Euch gestört habe. Ich glaube nicht, dass wir uns einig werden. Verzeiht die Störung.«

»Götter, Eure Töchter sind diejenigen, die Euch hoffentlich einmal verzeihen werden.«

»Das war das letzte Mal, das ich ihn sah«, sagte Darjan. »Als die Ruby am nächsten Tag den Hafen verließ, war ich nicht dort, um sie zu verabschieden. Ich … ich denke, ich war einfach nicht in der Lage, zuzusehen, wie sie in ihren Untergang segelten.«

»Ich habe in seinen Tagebüchern gelesen«, flüsterte ich. »I-ich hatte geahnt, dass es so sein würde, aber … aber dass er so wahnsinnig war …«

»Er konnte nichts dafür«, sagte Darjan beruhigend. »Die Darcosgewässer hatten ihn zu fest in den Klauen.«

Der alte Seefahrer verschwamm vor meinen Augen. »Ich …«, stammelte ich. »Ich … es tut mir leid …«

Seine Hand legte sich auf meine Schulter und ich biss mir rasch auf die Unterlippe, damit sie zu beben aufhörte. *Vater, Vater*, hallte es in meinen Ohren wie ein Glockenschlag, schallte über mich hinweg, drohte mich zu erdrücken.

»Wenn er überlebt hat, dann gibt es noch Hoffnung«, sagte Darjan. »Jermaine. Wenn er da drin wirklich überlebt hat, dann ist es seine Mannschaft, die ihn herausholen kann, und *du* bist es, die ihn wieder zur Besinnung bringen kann. Wenn das Schiff auch sein Zuhause sein mag, sein *Anker* ist seine Familie.«

»Ich glaube … ich muss an die frische Luft«, stammelte ich. »Bitte, entschuldige. Ich – danke, dass du mir davon erzählt hast. Das war wichtig.«

»Dank mir nicht«, sagte der Verwalter. »Und wenn es euch gelingen sollte, den Bann zu brechen … dann schreibe mir, wenn dir danach beliebt.«

»Ich … ja«, sagte ich. »Danke.« Als der Seefahrer nickte, wandte ich mich ab und hielt auf die Treppe zu. Hastig verließ ich den Ballsaal, stolperte über den Saum meines Kleides und streifte mir zitternd die Maske von den Augen, um die Tränen fortzuwischen, die mir über die Wangen liefen. Tusche klebte an meinem Handrücken. Tränen quollen aus meinen Augen hervor und mit ihnen kam eine Hoffnungslosigkeit, wie ich sie nie gefühlt hatte.

Oh, was tat ich hier, an diesem Ort? Ich sollte nicht auf Bälle gehen und Verwalter sprechen! Ich sollte Leonard nicht Kapitän nennen, ich sollte keine Prinzessinnen entführen und Göttinnen suchen und auf meine viel zu junge kleine Schwester achtgeben – all das war falsch, es war falsch! Ich sollte doch mit meinem *Vater* die Meere besegeln, von ihm lernen und seinen Trost annehmen. Ich sollte mich von ihm beschützen lassen, wenn Ferry schlecht über mich sprach, ich sollte seinen Geschichten lauschen, wenn wir unter dem Sternenhimmel beisammensaßen. Ich wollte hören, dass er stolz war. Ich wollte *aus seinem Mund* hören, dass er mich liebte! Und ich wollte nicht diejenige sein, die ihn aus seinem Wahnsinn befreien musste, die Fließende und Lakerten bekämpfte und den Worten alter Seefahrer lauschte, die davon erzählten, wie sehr mein Vater *nicht mehr mein Vater war*.

»Ich will dich zurück, Papa«, wisperte ich mit zitternden Knien und bebenden Schultern. »Ich will dich zurück.«

Doch ich war nicht sicher, ob es noch etwas gab, was ich zurückbekommen konnte.

DEM TOD ENTGEGEN

Nie war die Elma Atlas mehr vorgekommen wie ein Gefängnis als in diesen Tagen. Die Elmanauten, einstige Eigentümer der kleinen, doch stolzen Schaluppe, saßen dicht gedrängt im Halbdunkel ihres Schiffes, zitternd und angespannt und verzweifelt auf der Suche nach einem Ausweg. Zwei Lichtstreifen, die aus Spalten in dem mit Brettern ausgekleideten Loch in der Bordwand drangen – dort, wo der Ballistenbolzen eingedrungen war – waren Atlas' einziger Anhaltspunkt dafür, ob es Tag oder Nacht war. Es hatte etwa zehn Tage gedauert, bis die Elma in Fellonien angekommen war, und sie vermutete, dass sie weitere acht bis zurück nach Jehra brauchen würden. Sieben davon waren vergangen und die Sonne erhob sich nun, am letzten, unweigerlich über den Horizont.

Die Matrosen und Matrosinnen der Ruby, die die Schaluppe steuerten, brachten ihnen bei Tages- und Nachtanbruch Essensrationen. Atlas wollte sich gern über sie beschweren, doch dafür, dass sie sie in den sicheren Tod führten, waren sie verflucht gütig. Sie hatten Echo sogar einen Bottich mit Meerwasser gebracht, als sie gefürchtet hatte, dass Poda austrocknen würde. Nun schwamm der Oktopus zufrieden in einer kleinen Blechwanne.

Sie bekamen Essen, sie hatten Decken, um sich zu wärmen – bloß Licht fehlte. Die magischen, leuchtenden Muscheln befanden sich außer Reichweite oben in einer Kiste. Im Halbdunkel war es, als hätte man Jinx geknebelt – ihre Hände konnten keine Worte mehr formen. So wusste Atlas nur durch die schweißnassen Finger, die ihre Hand fest umklammerten, mit Gewissheit, dass ihre Freundin noch da war.

Immerhin war Nautilus wieder bei ihnen. Atlas war so erleichtert gewesen wie selten, als man zu ihnen hinabgestoßen hatte. Nie zuvor hatte sie jemanden so innig umarmt – und das, obwohl ihre Hände gefesselt waren.

Aber Nautilus' Anwesenheit brachte sie ebenso wenig weiter wie Echos Pläne, Poda die Luke öffnen zu lassen und in die Freiheit zu stürmen. Der Ammolit war ihr schon am ersten Tag abgenommen worden, als Atlas einen Seemann damit zu verbrennen versucht hatte – er befand sich nun in der Obhut der Matrosen.

Solange sie gefesselt waren, blieb eine Flucht unmöglich. Ihre letzte Hoffnung war womöglich Jinx mit ihren Kräften – doch ihre stumme Freundin schluchzte leise, sobald jemand deswegen auch nur das Wort an sie wandte.

Die Luke wurde aufgestoßen und Sonnenlicht fiel in den Schiffsbauch. Ein leises Murren erklang, als Echo aus dem Schlaf gerissen wurde.

Ein junger Mann trat die Stufen hinab, ein Tablett mit vier Schalen in beiden Händen balancierend. Atlas kannte den Matrosen mittlerweile – sie hatte die rotbraunen Haare, die sich in seine Stirn wellten, und das gewinnende Grinsen aus der Bibliothek wiedererkannt. Nathan war sein Name.

»Hier, esst was«, sagte er und stellte ihnen die Schalen hin. Echo griff mit ihren gefesselten Händen nach einer Schüssel, platzierte sie vor sich auf dem Boden und begann, den Haferbrei zu löffeln. Nachdem Nathan herausgefunden hatte, dass sie Fisch liebte, legte er jedes Mal eine gepökelte Makrele für sie mit auf das Tablett. Auch Nautilus nahm eine Schüssel, aß allerdings nicht selbst daraus, sondern wandte sich an Jinx, die sich wie immer weigerte, etwas zu sich zu nehmen.

»Wann sind wir da?«, fragte Atlas.

»Bald kommt Land in Sicht«, sagte Nathan merkwürdig langsam.

»Also dürfen wir nun sterben?«

Sie hatte begriffen, dass es ihm nicht behagte, wenn sie ihn direkt konfrontierte, und Gefallen daran gefunden, den jungen Mann damit zu quälen. Nathan lockerte mit ernster Miene seinen Kragen. »Ihr solltet alle etwas essen«, sagte er. »Ihr bekommt so bald vielleicht nichts mehr.«

»Aye«, murmelte Nautilus. »Der Kommandant der jehranischen Wache war bei meinem letzten Besuch in den Kerkern nicht gerade spendabel.« Er strich Jinx über die Schulter. »Komm, iss auch was.«

»Ist alles in Ordnung mit ihr?«, fragte Nathan, als Jinx das Gesicht abwandte.

Atlas knurrte. »Was geht es dich an?«

Der junge Seemann warf ihr einen finsteren Blick zu. »Nun hör mal«, sagte er. »Das ist ziemlich ungerecht. Wir versuchen, es euch hier so bequem wie möglich zu machen, aye? Es gefällt uns auch nicht, euch in den Tod zu schicken.«

»Dann tut es nicht«, sagte Atlas geradeheraus.

Nathan verdrehte die Augen. »So einfach ist das nicht! Jehra braucht das Buch und der Herzog will *euch*. Und es ist nicht so, als hättet ihr keine Strafe verdient.«

»Wir wollten nicht, dass das mit Jehra geschieht«, beteuerte Atlas. Nautilus neben ihr nickte.

Mit Bedauern betrachtete Nathan sie. »Dann tut es mir leid für euch.«

»Du hast gefragt, wie es Jinx geht«, murmelte die Feuerflosse. »Ihr geht es schlecht. Sie braucht ihren Frieden. Stattdessen fürchtet sie um ihr Leben.«

Nathan schluckte hart. »Esst was«, sagte er dann und wandte sich ab.

Atlas seufzte und griff nach einer Schüssel, ungelenk durch ihre gefesselten Hände. Sie verspürte keinen Appetit, doch essen sollte sie dennoch.

Sie hatten in der vorletzten Nacht versucht, das Schiff wieder an sich zu nehmen. Poda hatte das Schloss in der Luke geöffnet und Atlas hatte sich hinausgeschlichen, um als erstes an den Ammoliten zu kommen. Es war ihr geglückt, einer Matrosin eine schmerzhafte Verätzung im Gesicht zuzufügen, doch jemand hatte die Luke zugeschlagen, als Nautilus hinausklettern wollte, und er war darin eingeklemmt worden. Atlas hatte sich davon ablenken lassen und es war den Matrosen gelungen, sie zu Boden zu ringen. Noch in derselben Nacht hatte man ihnen die Hände gefesselt und ihre Stacheln abgebunden.

Oben brach Gemurmel aus und ein Ruck ging durch die Elma, die zum Stehen kam. Die Luke öffnete sich erneut und gleißendes Sonnenlicht stieß in den Schiffsbauch. Die Matrosen stiegen herab und zogen die Gefangenen auf die Beine, wobei Jinx lediglich von einem festgehalten wurde, Nautilus, Echo und Atlas von zweien.

Poda wickelte sich um Echos Bein, ehe sie nach oben geführt wurden. Ein letztes Mal bekam Atlas einen Eindruck von dem Holzgeruch der Planken, dem Knarzen, wenn man Schritte darauf machte, und dem Rauschen des Meeres um das Schiff – dann wurde sie über das Fallreep hinabgestoßen und verließ die Elma für immer.

Am Fuß des Schiffes bildete sich bereits eine Menschentraube. Der Offizier der Ruby, ein Mann namens Bertram mit einem großen Backenbart und einer wunderschönen Tabakpfeife zwischen den Lippen, neigte gerade den Kopf vor einem Mann in Rüstung, der mit forschen Schritten auf ihn zumarschierte. Der Soldat war vergleichsweise jung, trug einen dunkelblauen Umhang über der rechten Schulter und den polierten Helm unter einen Arm geklemmt. Das schmale Gesicht wurde von fast lächerlich hohen Wangenknochen, dichten Brauen und einer definierten Kieferlinie dominiert. Er war irritierend hochgewachsen, mindestens einen halben Kopf größer als Rami.

»Gestatten, Kedrick Wellentriel«, sagte der Soldat, als er erhobenen Hauptes vor den Seeleuten stehen blieb. Seine bernsteinfarbenen Augen funkelten. »Oberbefehlshaber der jehranischen Garde, nachdem unser ehemaliger Kommandant beim Angriff der Monster auf tragische Art und Weise zu Tode gekommen ist. Ihr bringt die Gefangenen?« Seine Katzenaugen hefteten sich auf sie. Atlas spürte ihr Herz gegen ihre Rippen schlagen, als ihr das sadistische Glimmen entgegenblitzte.

»Wir bringen die Jefangenen und das Buch«, sagte Bertram und zeigte den Lederband, den er in den rauen Händen hielt. Er sprach mit Mernauer Dialekt, was es für Atlas kompliziert machte, ihn zu verstehen.

Die Mer'Etha betrachtete die Menschen, die sich um ihn versammelt hatten, und versuchte, die Chance einzuschätzen, dass eine Flucht möglich war. Ihr Mut sank, als sie erkannte, dass knapp ein Dutzend von ihnen das Wappen des Herzogs trugen. Gegen so viele Soldaten würden sie nicht ankommen. Wütend wand sie sich in der Umklammerung der Seefahrer – nicht um zu fliehen, sondern eher, um die anderen Elmanauten vor dem gierigen Blick des Oberbefehlshabers zu schützen.

»Es wurde auch Zeit«, sagte Kedrick. »Es war ein großes Glück, dass es in diesem Echsennest nicht nochmal geregnet hat.«

»Nu muss in Jehra keiner mehr bange sein.« Bertram überreichte ihm das Buch. »Weitere Zerstörung wird es nicht jeben.«

Atlas wandte den Blick auf die Stadt und selbst wenn es ihr widerstrebte, verknotete sich ihr Magen. Jehra lag in Trümmern. Die Straßen waren wie leergefegt, kaum jemand traute sich noch vor die Tür. Die wenigen, die sich hinausgewagt hatten, sprachen nicht, warfen unruhige Blick zum Himmel, um zu sehen, ob sich eine dunkle Wolke abzeichnete. Kinder weinten. In den Hauswänden klafften Löcher, die nur notdürftig mit Brettern ausgekleidet waren. Die Statuen, über die die Elmanauten so gespottet hatten, lagen in rauen Mengen umgestürzt und zerbrochen, zersprungen und verdreckt auf Stapeln.

Was hatten sie getan?

Atlas schluckte schwer. Obwohl sie nicht sterben wollte, obwohl sie wusste, dass der Herzog ein verrückter Mann war und obwohl sie sicher war, dass sie das Buch gebraucht hatten, um so weit zu kommen, fühlte sie, dass die Schuldgefühle wie gefräßige Motten in ihr flatterten. Hätte es anders verlaufen können? Hätten sie nicht lesen können, während sie im Refugium waren, anstatt das Buch mitzunehmen? Nein, diese Möglichkeit hatte es nicht gegeben. Und dennoch – Atlas hatte wenig Gutes über die Menschen zu sagen, doch sie wünschte ihnen nicht, dass sie starben. Sie war nicht wie die anderen Mer'Etha.

»Nun«, sagte Kedrick ungeduldig. »Das sind also diejenigen, die dieses unsagbare Unheil über Jehra gebracht haben?«

»Aye«, bestätigte Bertram und wies auf Atlas, Echo, Jinx und Nautilus. »Des sind die vier Deven.«

Kedrick trat nach vorn und kam Atlas und ihren Freunden so nah, dass ein gezielter Treffer mit ihren Giftstacheln ihn sofort getötet hätte – wären ebenjene Stacheln nicht abgebunden unter ihrem Hemd verborgen gewesen. Hilflos musste sie mit ansehen, wie Kedrick zu Echo schlenderte und sie taxierte. »Was ist das?«, fragte er und trat unsanft gegen Poda, der um ihr Bein gewickelt war. Echo knurrte böse und zerrte an den Fesseln, wurde allerdings von den Matrosen und zwei herbeieilenden Gardisten festgehalten.

»Ihr solltet noch was wissen«, sagte Bertram und kratzte sich nachdenklich an der Schläfe. Atlas musterte ihn, das ergraute Haar und die freundlichen Augen, und zog die Brauen zusammen. Bertram hatte das Kommando über die Elma gehabt und sie gut behandelt. Auch ihm fiel es nicht leicht, sie ans Messer zu liefern. »Die da sind Fließende. Womöglich habter in Mären schon von ihnen gehört, mein Herr – sie sollen jedenfalls eine Schöpfung von Saesora sein und verfügen über sünnerlike Gaben.«

»Ach, wirklich? Wie interessant«, sagte Kedrick und beugte sich zu Echo, die ihm trotzig entgegenblickte. »Und was kannst du?«

»Was du siehst«, gab Echo zurück und wies mit dem Kinn auf Poda.

»Was ist denn das für eine Gabe?« Er lachte und richtete sich wieder zu seiner vollen Größe auf. »Ein alberner Tintenfisch?« Er gab einem Soldaten einen Wink. »Wirf ihn ins Meer oder hack ihn in Stücke.«

»Nein!«, rief Echo und wehrte sich noch vehementer. Atlas und Nautilus wollten ihr zur Hilfe kommen. Auch Jinx versuchte, sich zu befreien.

»Mein Herr!«, warf Bertram ein und trat mit erhobenen Händen nach vorne. »Die Jestalten haben uns bereits offenbart, dass das Mädel ohne den Oktopus nicht überleben kann. Es wäre doch 'ne Schande, sie nu sterben zu lassen. Macht den Herzog nicht düll. Er will sie lebend sehen.«

»Das stimmt«, wandte auch Nathan ein. Atlas' Blick fuhr zu ihm hinüber, als er mit leichtem Schwanken in der Stimme hinzufügte: »Etwas anderes sind die ja gar nicht wert, aye? Sie sollten durch die Hand des Herzogs sterben.«

Als Kedrick nicht sofort antwortete, sagte Atlas: »Bevor du Poda tötest, wirst du ohnehin an uns allen vorbeimüssen.«

Der Soldat wandte sich ihr zu und seine Raubtieraugen fielen auf sie. »Ihr habt doch gehört«, befahl er den Gardisten. »Lasst den Oktopus los. Sagt, habt ihr alle so nutzlose Fähigkeiten?« Er sah Atlas direkt an, und sie funkelte mit hartem Blick zurück.

»Unsere Fähigkeiten sind nicht nutzlos«, grollte sie, die Stimme tief von Wut. »Die Mer'Etha können Wellen aus dem Ozean steigen lassen, die ganz Jehra überspülen werden. Sie können dich in Fische und Muscheln und Wasser verwandeln. Sie haben Reißzähne wie Piranhas und tödliche Klauen wie Hummer und Stacheln so giftig wie Feuerfische. Sie sind stürmisch und unberechenbar wie die See, die die Menschen so gut zu kennen glauben. Und sie sind wütend, weil sie erschaffen wurden, um Menschen wie dich zu töten und die Welt frei von Bösem zu machen. Wir sind Kinder von Saesora und wenn wir mit dir fertig sind, dann wirst du uns niemals wieder nutzlos nennen.«

Es war still geworden, nur das Meer antwortete rauschend auf Atlas' Worte. Sie atmete schwerer.

»Ach«, sagte Kedrick dann. Seine Zähne waren unnatürlich weiß und sein Lächeln so falsch, so schmutzig, es ekelte sie an. »Und wo sind die Piranhas? Die Hummer? Die Wellen? Ich sehe nämlich nichts davon. Alles was ich vorfinde, sind vier lumpige, schwache Drecksstücke.«

Atlas spuckte ihm ins Gesicht und Kedrick stieß einen Fluch aus. Ehe Atlas einen Muskel rühren konnte, schlug er sie so hart, dass ihre Ohren klingelten und sie sich in den Armen der Soldaten wiederfand. Sie brauchte bloß den Kopf zu heben und ein weiterer Schlag traf sie, dieses Mal von der anderen Seite, und sie sackte in sich zusammen. Roter Speichel troff von ihren Lippen.

»Hört auf, ihr wehzutun!«, tobte Nautilus. Jinx weinte.

»In die Zellen!«, bellte Kedrick.

Die Elmanautin hob den Blick, während die Soldaten auf sie zutraten, und schaute zurück zu Bertram. Er sah stumm zu, doch in seinen freundlichen Augen fand sie Sorge – Sorge, *Reue*. Auch in Nathans Blick glomm Mitgefühl und er wandte sich mit gemurmelten Worten an seinen Offizier. Atlas wusste, diese Menschen waren nicht böse. Wenn sie einen guten Plan hätte, dann würden sie ihnen sicher helfen. Doch so? So schien es, als wäre alle Hoffnung vergebens.

Als man sie wegzerrte und Atlas sich im Griff der Soldaten herumwarf, fiel ihr Blick ein letztes Mal auf die Elma, bevor sie zwischen den Häusern verschwand.

Maskenfall

»Werdet Ihr jemals freiwillig mit mir sprechen?«, fragte Kapitän Leonard, als sie aus der Kutsche stiegen und wie am Vorabend zum Schloss hinaufgingen. Belén ließ den Blick an den Mauern emporgleiten. Während das Schloss bei Nacht von goldenen Lichtern beleuchtet worden war, wurde es nun vom Sonnenlicht in hellen Schein getaucht. Dennoch versetzte der Anblick sie in Nervosität.

»Im Angesicht der Situation fällt es mir doch recht schwer, mich mit Euch gutzustellen, Kapitön«, sagte sie.

Die Wachen taxierten sie und als der Kapitän in knappen Worten ihr Anliegen schilderte, ließen sie die beiden ein. Während sie den Gang zur Haupthalle entlangschritten, spürte Belén die Aufregung in sich aufsteigen, die sie bisher verdrängt hatte. Ihr stand eine Audienz bevor, die sie mit dem mächtigsten Mann des verfeindeten Landes zusammentreffen lassen würde. Leonard mochte an ihrer Seite sein, aber selbst wenn er ein freundlicher Mann war, bezweifelte sie, dass er sich im Zweifel auf ihre Seite stellen würde. Der Gedanke drückte mit harter Kälte auf ihre Brust und ließ sie langsamer gehen.

Sie gelangten an ein schweres Portal, das in den Thronsaal führen musste. Lobpreisungen an Eralys rankten sich um die zweiflüglige Tür, vor der sie zum Warten angewiesen wurden. Belén versuchte, Ruhe zu bewahren, selbst wenn es furchtbar schwierig war. Da drin wartete ein Mann, der sie am liebsten tot sehen wollte.

Mit ein wenig Wohlwollen stellte sie fest, dass auch Leonard unruhig schien – immerhin fiel ihm nichts hiervon leicht.

Seine Hand legte sich auf ihren Rücken, als das Portal aufgeschoben wurde und sie unwillkürlich zurückwich. »Ruhe bewahren.«

Belén hinderte ihre Finger am Zittern. *Gerade aufgerichtet. Du magst eine Gefangene sein, Belén, doch es wird dich nicht daran hindern, dich zu verhalten wie eine Königin.*

Sie sah Leonard an, nickte. Gleichzeitig setzten sie sich in Bewegung, durchschritten das Tor und betraten den Thronsaal.

Der Boden war wie ein Spiegel, schimmernd und silbern und mit einem langen purpurnen Teppich versehen, der bis zum Thron des Kaisers führte. Eine endlose Fensterreihe glitt links an ihr vorüber, von wo aus man auf das Meer und Thalheim blicken konnte. Die Sonne stand hinter der Stadt und tauchte den Thronsaal in goldenes Licht, warf Flecken auf den Teppich und wärmte Belén das Haar. Prächtige, gläserne Kronleuchter hingen über ihren Köpfen, dahinter pastellfarbenen Deckengemälden von Helden und Göttern. Soldaten der kaiserlichen Garde in schimmernden, goldenen Rüstungen, mit auf die Harnische geprägten Adlerschwingen, waren in gleichmäßigem Abstand an den Wänden postiert. Und auch die Kugeln befanden sich hier, leuchteten auf ihren marmornen Sockeln, nur überstrahlt vom Licht der Sonne, die Eralys den Thaleanern geschenkt hatte. So reihten sie sich rechts und links vom Teppich entlang bis zu den Stufen, die zum Thron hinaufführten. Dort traf ihr Blick auf den Kaiser.

Den Kaiser.

Den Kaiser?

Belén spürte, wie sich ihr Inneres zusammenzog, als sich ihr Blick auf den jungen Mann auf dem Thron richtete, in einem eleganten Gehrock, den enganliegenden Hosen, dem purpurnen Umhang. Die Krone – *silbern*, wie sie am Rande feststellte – saß auf seinem kastanienfarbenen Haar. Sie hatte diese interessiert erhobenen Brauen nicht gesehen, den Bogen der Nase ebenso wenig – doch die neugierigen, dunkelblauen Augen kannte sie, den ordentlichen, vollen Bart, das kaum merkliche amüsierte Lächeln. Belén betrachtete all dies, betrachtete ihn, während ihre Unterlippe zu beben begann. Das war doch nicht … das konnte nicht … Bei den Sternen und den Funken, was war sie für eine Idiotin?

»Kapitän Leonard Bai von der Roten Ruby und Prinzessin Belén Aelwa Faellona von Hohenmond, Thronerbin von Felidor«, hörte sie den Portier verkünden. Leonard blieb vor Kaiser Thaloan stehen und Belén versteifte sich an seiner Seite. Der Kapitän nahm den Dreispitz ab und kniete nieder, doch sie rührte keinen Muskel.

»Terenz«, sagte sie bloß.

Terenz neigte den Kopf zur Seite. »Guten Morgen, Belén.«

Sie schluckte und schwieg. Nur in ihrem Kopf tobten die Gedanken.

»Nun denn.« Der Blick des Kaisers fiel auf Leonard, der sich nach einer Handbewegung aufrichtete und Belén besorgt musterte. »Leonard Bai, fühlt Euch bitte wie zu Hause. Es ist mir eine ausgesprochene Ehre, Euch als Gastgeber dienen zu dürfen. Dasselbe gilt natürlich für Eure … charmant gekleidete Begleiterin. Man sagte mir, Euer Ersuch sei von immenser Wichtigkeit. Eure Zeit ist knapp, meine ebenfalls, also lasst uns nichts davon verschwenden. Um was geht es hier?«

»Eure kaiserliche Majestät.« Leonard neigte erneut den Kopf. »Tatsächlich ist es ein äußerst wichtiges Anliegen, mit dem wir heute vor Euch treten. Dreiundzwanzig unserer treuen Mannschaftsmitglieder und Freunde sind in den Darcosgewässern verloren – verschleppt worden, um genau zu sein. Darunter ist unser Kapitän Gabriel Loreley.«

»Ach, was. Man hört von versunkenen Schiffen und Seeungeheuern in den Darcosgewässern, aber noch nie ist mir untergekommen, dass dort jemand *entführt* wurde«, sagte Thaloan mit unmaßgeblichem Interesse. »Nun, ich bin ein neugieriger Mensch. Erzählt mir mehr.«

»Die Geschichte ist ziemlich unglaublich, wenn man all das nicht mit eigenen Augen gesehen hat«, setzte Leonard an. Mit wohlgewählten Worten begann er, die Geschehnisse zu schildern, wie auch Belén sie zu Ohren bekommen hatte. Vor ihrem inneren Auge sah sie die Ereignisse des letzten Abends, ihr Zusammentreffen mit Terenz, und sie musste das Bedürfnis unterdrücken, frustriert gegen etwas zu treten. Wieso hatte sie die Zeichen nicht richtig gedeutet? Wieso war sie so dumm?

Thaloan lauschte Leonard stumm, lächelte nicht und wirkte interessiert. Belén würdigte er keines Blickes.

Schließlich sagte der Kapitän: »Die Prinzessin Belén hat sich glücklicherweise … *bereiterklärt*, uns bei unserem Vorhaben zu unterstützen. Ihr fehlt jedoch etwas, um die Göttin errufen zu können. Sie benötigt das Schuppenkleid, das sich in Eurem Besitz befindet.« Er verneigte sich erneut, den Dreispitz mit beiden Händen haltend. »Wir hoffen auf die Erlaubnis, das Schuppenkleid zu verwenden, Eure Majestät.«

Thaloan lächelte höflich. »Schöne Geschichte«, sagte er. »Wenn ich es nicht besser wüsste, würde ich sagen, es handle sich um Seemannsgarn.« Er sprach freundlich, doch Belén hörte stets diesen sarkastischen Unterton in seiner Stimme. Dieser Mensch war so anders als gestern und sie konnte nicht sagen, welches sein wahres Gesicht war – das, was sie auf dem Ball gesehen hatte, oder dies hier.

Leonard räusperte sich. »Majestät, drei dieser Fließenden befinden sich seit den Geschehnissen in Jehra auf der Ruby«, sagte er. »Ich nehme an, sie werden Beweis genug sein, dass ich wahr spreche.«

Belén entging nicht, wie sich die Hand des Kaisers bewegte und einer der Berater, die neben seinem Thron standen, sich zurückzog, um dies zu überprüfen. »Dann ist ja gut«, sagte er. »Ich würde sagen, es kann nichts schiefgehen?«

»Majestät«, setzte Leonard an. »Wir sind uns bewusst, dass unsere Hinweise dürftig und die Erfolgserwartungen … eher gering sind.«

»Gering.« Thaloan betrachtete seine geöffneten Hände und lehnte sich vor, verschränkte sie im Schoß. »Spontan fallen mir sieben verschiedene Gründe ein, warum dieser Plan zum Scheitern verurteilt sein wird.« Der Kaiser neigte den Kopf und wandte den Blick Belén zu. »Ich frage mich, was das für Auswirkungen auf die Prinzessin hat. Wird Saesora ihr gesonnen sein? Belén glaubt nicht an die Götter.«

»Ich …« Leonard hielt inne.

»Belén, was sagt Ihr? Wollt Ihr Euch zuvor konvertieren lassen oder wie lautet Euer Plan?«

Belén öffnete den Mund, suchte nach Worten und schloss die Hände ärgerlich zu Fäusten, als sie keine fand. Leonard neben ihr stieß langsam Luft aus. »Belén ist bereit zu helfen. Das genügt.«

Thaloan musterte ihn gleichmütig. »Vielleicht hättet Ihr nicht nach dem Schuppenkleid fragen sollen, Kapitän. Ich könnte stattdessen versuchen, dafür zu sorgen, dass Eralys uns einen Besuch abstattet. Womöglich ist er ebenso neugierig auf die Prinzessin wie sie auf ihn?«

»Tatsächlich hält sich mein Interesse, mit Betrügern und Scharadespielern zu verkehren, eher in Grenzen«, sagte sie bebend vor Wut. »Im Übrigen, Majestät, wären Kapitän Leonard und ich Euch äußerst dankbar, wenn Ihr Eure Platituden für Euch behalten und zum Wesentlichen kommen würdet.

Wir sind uns der Lücken in unserem Plan bewusst. Gebt uns einfach das Schuppenkleid.«

»Für eine Fellonierin schlagt Ihr Euch ausgesprochen entschieden auf die Seite dieser Seefahrer«, befand Thaloan. »Diese Menschen haben Euch entführt, seid Ihr Euch *dessen* bewusst?«

»Ich beobachte, ehe ich urteile«, erwiderte Belén. »Und ich habe gesehen, dass dies gute Menschen sind. Friedfertig und freundlich. Sie verdienen es, dass ihnen geholfen wird – dass ich es zumindest versuche.«

»Wohl wahr«, sagte Thaloan und lächelte sie an, was sie nicht erwiderte. Er erhob sich und ging ein paar Schritte auf und ab. »Ich schätze die Menschen der Ruby und will Euch gern helfen, Kapitän. Letzten Endes hat Saesora lang geschwiegen und wenn Ihr tatsächlich in der Lage seid, sie zu erwecken, kann dies nur von Vorteil sein. Ihr sollt Eure Chance bekommen, es zu versuchen – das Schuppenkleid, Himmel, sogar eine Eskorte und einen Göttersegen von Eralys, um den Schutz der Prinzessin zu gewährleisten.« Leonard atmete aus und Belén nickte ihm leicht zu, als Thaloan dahinter setzte: »Aber selbstredend nicht ohne Gegenleistung.«

Leonard neigte den Kopf. »Das versteht sich von selbst. Was wünscht Ihr, Majestät? Wir werden alles tun, was in unserer Macht steht, um Eurem Befehl Folge zu leisten.«

»Es ist kein Befehl«, sagte Thaloan. »Eher eine Bitte. Ein Gesuch? Ein Geschäft, könnte man auch sagen.«

Belén wurde kalt, als er innehielt und sich sein Blick auf sie legte. Mit dunkler Vorahnung dachte sie an das, was er gesagt hatte, als sie sich voneinander verabschiedet hatten – *Wenn ich unverschämt wäre, würde ich Euch nun etwas fragen. Aber ich bin nicht unverschämt.*

»Prinzessin, Ihr seid nicht verheiratet, oder?«

Sie hasste sich, als sie zusammenzuckte, straffte wütend die Schultern. »Nein«, brachte sie hervor. »Ich bin nicht verheiratet.«

Thaloan nickte. »Na, wunderbar. Werdet meine Frau und Eure Freunde von der Ruby werden alle Unterstützung bekommen, die sie wollen.«

Belén suchte nach Worten, da schob sich Leonard vor und stellte sich vor sie. »Nein.«

»Leonard, Euch hat niemand gefragt«, sagte der Kaiser. »Es ist Beléns Entscheidung. Ich gebe zu, sie ist unmaßgeblich erzwungen – schließlich wird sich die Prinzessin bewusst sein, dass sie nur auf diese Weise eine Offensive Thales gegen ihren Vater in Felidor umgehen kann. Der Punkt jedoch ist, dass *Ihr* hierauf keinerlei Einfluss übt, Kapitän.«

»Das hier soll nicht politisch sein«, sagte Leonard. Sein Kiefer knirschte, so fest biss er die Zähne aufeinander. »Wir haben Belén versichert, dass sie heil nach Hause zurückkehren kann, und ich bin gewillt, mein Versprechen zu halten.«

»Das hättet Ihr Euch überlegen sollen, ehe Ihr sie hierhergebracht habt«, beharrte Thaloan. Er wandte sich Leonard ganz zu. »Ihr könnt nicht davon ausgehen, dass diese Sache nicht politisch wird, wenn Ihr mir die fellonische Kronprinzessin ins Haus schafft!«

»Ich werde nicht zulassen, dass Ihr sie zu etwas zwingt, das sie nicht will«, entgegnete der Kapitän. Belén schmeckte Galle – ihre Kehle war wie zugeschnürt.

»Ihr solltet achtgeben, was Ihr sagt.« Thaloans Ton war drohend, und, wenn sich Belén nicht irrte, ein wenig gekränkt. »Ich schätze Eure Kühnheit, aber es würde Euch guttun, Eure Zunge zu hüten. Ihr seid nicht ihr Vater oder Anverwandter, Ihr habt keinen Funken Entscheidungsgewalt. Wir wollen Belén selbst sprechen lassen.«

Leonard wandte sich Belén zu und sah dabei aus, als wollte er sie am liebsten an sich reißen und mit ihr aus dem Thronsaal flüchten. Belén spürte ihre Augen brennen. Obwohl sie dem Kapitän nicht ganz vergeben konnte, dass er sie in die Situation geritten hatte, kam sie nicht umhin, gerührt zu sein. Er war tatsächlich bereit, sie um jeden Preis zu beschützen.

Belén zwang sich, die Contenance zurückzugewinnen, und schluckte die Emotionen hinunter, die in ihrem Inneren tobten. Erst dann wandte sie sich mit der glasklaren, vollklingenden Stimme einer Königstochter an Thaloan. »Majestät, ich verlange, Euch unter vier Augen zu sprechen.«

Der Kaiser musterte sie und Belén meinte, etwas in seinem Blick flackern zu sehen. »Nun denn.« Er machte eine Handbewegung. »Bitte, ihr habt sie gehört. Ihr alle – Kapitän, Wachen, seid so gut.«

Die Soldaten und Berater begannen, sich durch die Seitentüren zurückzuziehen. Leonard zögerte lange, doch Belén legte eine Hand auf seinen Arm. Ihr war flau im Magen, dennoch nickte sie ihm ruhig zu. »Es ist in Ordnung«, sagte sie. »Ihr habt Euer Bestes getan.«

Als sich die Tore schlossen und Stille im Thronsaal zurückblieb, wandte Belén sich um und begegnete Thaloans Blick. Der junge Kaiser hatte sich vom Thron erhoben und trat zu ihr herab. Sein Schritt war leicht, wenngleich sie wieder das Humpeln bemerkte – und nun erinnerte sie sich auch an die Gerüchte über das steife Bein des Kaisers, von denen Rondys berichtet hatte. Oh, sie wollte sich verfluchen!

»Ich nehme an, Ihr werdet mich jetzt anschreien«, sagte der Kaiser.

»Anschreien?« Belén holte Luft. »Anschreien ist kein Ausdruck! Ich weiß nicht, wo ich anfangen soll! Ihr«, brachte sie hervor, ihre Stimme rau, finster, »Ihr habt mich *belogen*!«

»Das habe ich nicht«, entgegnete Thaloan. »Wir waren auf einem *Maskenball.*«

»Lasst dieses Phrasenwerfen«, fuhr sie ihn an. »Ihr habt mich ausspioniert und Euch hübsch in Szene gesetzt, damit ich Eurem Charme verfalle? Und nun droht Ihr mir mit Krieg gegen meine Heimat, wenn ich nicht Eure Frau werde?«

»Die *Wahrheit* ist, dass ich den Abend gestern sehr genossen habe«, wandte Thaloan ein und sie schnaubte. »Und großes Potenzial darin sehe, gemeinsam mit Euch einige Dinge zu erreichen. Belén, Ihr seid eine intelligente junge Frau. Eine wichtige Eigenschaft, die ich an vielen anderen ... Damen gehobenen Standes vermisse, wie ich sagen muss. Jemand wie Ihr wird verstehen, in welch prekärer Situation sich die Nationen befinden – und dass ein erneuter Krieg früher oder später unausweichlich sein wird. Wir haben beide Erwartungen unserer Völker zu vertreten, und wir wollen *beide* ein Blutvergießen vermeiden. Unsere Hochzeit könnte diese Probleme lösen.«

»Zugunsten Thales«, entgegnete Belén. »Schließlich wärt Ihr derjenige, der Felidor annektieren würde, nicht wahr? Ihr würdet Hochkönig werden und versuchen, aus dieser Position mehr von Fellonien einzunehmen! Ihr könnt mir nicht erzählen, dass Ihr nicht zum eigenen Profit handelt!«

»Das hat nichts mit Profit zu tun. Das wäre das Beste für beide Nationen! Gemeinsam könnten wir ...«

»Himmel, erstickt doch an Euren Lügen!«, fuhr sie ihn an. »Seht mir in die Augen und sagt mir noch einmal, dass Ihr nicht zum eigenen Vorteil handelt!« Sie trat einen Schritt nach hinten, betrachtete Thaloan unverwandt. In den dunkelblauen Augen sah sie etwas aufflackern, konnte jedoch nicht zuordnen, was es war. »Wo ist der Mann, der mir gestern von Frieden erzählt hat?«

»Belén …«

»Nutzt noch einmal meinen Namen und Ihr werdet erfahren, was ich in diesen Hosen äußerst gut mit meinem Knie tun kann, *Thaloan*«, knurrte sie.

Der junge Kaiser betrachtete sie und da lachte er mit einem Mal. »Götter, Ihr seid … oh – Ihr meint es ernst. Halt, weint Ihr?«

Belén war unfähig zu antworten, weil sie fürchtete, dann keinen richtigen Satz zustande zu bringen. Beim Firmament, sie war so wütend – und zugleich auf solch irrationale Weise enttäuscht. Funken tanzten um ihre Finger und zu ihrer eigenen Frustration schluchzte sie nun doch, während Tränen über ihre Wangen rannen. Sie wollte bloß nach Hause.

»Nein, hört doch …« Kurz war Belén überzeugt, dass Thaloan sie wieder umarmen wollte, aber er tat nichts dergleichen. Der Kaiser kniff die Augen zusammen, die Hände noch erhoben, als könnte er das Gespräch rückgängig machen, wenn er sich nur genug konzentrierte. »Bitte, es tut mir leid. Ich halte Euch für eine fantastische junge Frau. Und ich weiß, dass wir – gemeinsam – eine Menge Dinge bewerkstelligen und als denkwürdige Herrscher in die Geschichte eingehen könnten. Am Schluss wird Frieden herrschen, das wolltet Ihr doch.«

»Aber nicht so.« Belén schluckte die Tränen hinunter, zwang sich zur Ruhe. »Für Gewalt sind keine Waffen nötig, Thaloan. Das *hier* hat nichts mit Frieden zu tun.«

Er ließ die Hände sinken. »Götter, Ihr müsst doch verstehen, warum ich das tue. Ich mache Euch dies als Angebot.«

»Die Alternative ist *Krieg*«, entgegnete sie.

»Die wäre es so oder so.« Für einen Augenblick sah er aus wie gestern, als er sein gutes Herz geleugnet hatte. Worte, die sie nicht hatte verstehen wollen. »Auf dem Ball sagtet Ihr, in mir steckt mehr als Machtgier und Herzlosigkeit. Wenn Ihr noch immer dieser Meinung seid … lasst es uns versuchen.«

Belén holte tief Luft. In ihrem Inneren tobten die Emotionen – die Wut über diese Ungerechtigkeit, das Verantwortungsbewusstsein ihrer Heimat gegenüber. Die Enttäuschung, dass Thaloan sie belogen hatte und auch irgendwie darüber, dass er *Kaiser* war. Die Angst vor einer Zukunft hier. Das Schlimmste war, dass sie es verstehen konnte – dass eine Hochzeit aus Sicht des Kaisers nur sinnvoll war und man eine Offensive so vermeiden konnte.

»Ihr habt gestern gesagt, Ihr wollt Euer Gewissen reinhalten«, sagte Belén. »Ich hoffe, Ihr seid zufrieden mit Euch.«

EINE NACHT LANG

Meine kleine Jermaine.

Ich trat die Stufen zum Oberdeck hinauf. Meine Schritte waren forsch, die Finger meiner rechten Hand fest auf dem Geländer. Halt, ich brauchte Halt. Musste mich festhalten, damit mich die Worte, die noch immer in mir widerhallten, nicht im Ganzen verschlangen.

Jermaine.

Der Fuß der Treppe lag vor mir und ich trat mit einem letzten Atemzug hinaus. Es war dunkel, ein weißer Mond und schummrige Laternen tauchten die Ruby in nächtliches Licht. Lauer Wind war aufgekommen und löste einige lockere rote Haarsträhnen aus meinem zusammengebundenen Haar. *Klär meinen Kopf*, bat ich stumm, schloss die Augen und atmete ein, die Hände in den Jackentaschen vergraben. *Lass mich aufhören, daran zu denken. Feg es einfach weg.* Doch der Wind war seicht und zu schwach, um die Gedanken zu verdrängen.

Jermaine will immer alles entdecken.

Oh, diese Stimme, sie ging mir nicht aus dem Kopf.

Meine Hand zupfte an dem roten Halstuch, während ich an die Reling trat. Das Licht unzähliger bunter Lampions erhellte Thalheim, Lachen und Musik drangen aus dem Inneren der Stadt bis in den Hafen herab. Schwatzende Spaziergänger gingen am Pier entlang. Die Wellen schlugen gegen den Stein, drängten an Land, genau wie ich, weil ich immer alles entdecken wollte. *Wenn ich groß bin, werde ich Seefahrerin.* Saesora, wie mein Vater. Oh, was hatte mich geritten? Was hatte mir mein Durst nach Abenteuer gebracht? Erinnerungen an ein Jehra, das von Leichen übersät war, den Tod vierer Fließender und eine Wahrheit über meinen Vater, die mich zu zerfetzen drohte.

Jermaine würde verstehen, warum ich das hier tue.

Nein, das stimmte nicht! Ich verstand es nicht, ich konnte es nicht verstehen, *Papa, ich kann dich nicht verstehen*. Würde ich es jemals können? Würde er jemals wieder der sein, den ich kannte? Meine Fingernägel gruben sich in das Holz der Reling, doch die Ruby konnte keine Antwort geben.

»Na, du Seepocke?«, fragte jemand. Sammy war neben mich getreten und lehnte sich an die Reling. Er hatte seine graue Jacke übergezogen, die Locken waren zu einem Knoten zusammengebunden. »Ich hab schon befürchtet, du wärst über Bord gegangen.«

Ich zuckte mit den Schultern und sein Lächeln wurde blasser. Dass ich den ganzen Tag in den Lagerräumen verbracht hatte, wo ich niemandem begegnen oder mich erklären musste, brauchte er nicht wissen.

»Stimmt was nicht?«, fragte Sammy.

»Nichts Wichtiges.« Mein Lächeln kaufte er mir nicht ab, es schien ihn bloß besorgter zu machen.

»Bist du sicher? Ist etwas auf dem Ball geschehen, ist dir jemand auf die Füße getreten? Ich würde mich persönlich für dich beschweren.«

Ich lachte auf. »Das würdest du nicht wirklich tun.«

Sammy hob die Braue. »Sehe ich aus, als würde ich lügen?«

Ich seufzte und bemerkte, dass er sein Zeichenbuch in den Händen hielt. »Zeigst du mir ein Bild?«

Sammy zögerte, da hörte ich, wie Channa lauter als nötig unsere Namen und ›schleichende Süßwasserschnecken‹ fallen ließ und uns einen ungeduldigen Blick zuwarf.

»Später, ja?«, sagte Sammy. »Die anderen möchten zum Glanzplatz, feiern gehen. Ich dachte – vielleicht willst du dabei sein.«

»Ihr wollt jetzt feiern?«, fragte ich. »Was ist überhaupt mit der Audienz?«

»Der Kaiser hilft uns«, sagte Sammy. »Wir werden morgen zum Tempel aufbrechen, mit Belén und Schuppenkleid und allem. Eine Eskorte ist auch dabei. Zwei kaiserliche Schiffe.«

»*Zwei Schiffe?*«, wiederholte ich.

Er wog den Kopf nach rechts und links. »Nun, kleine Schiffe.«

»Wie haben Leonard und die Prinzessin das geschafft?«, fragte ich. »Wo sind sie?«

»Die Prinzessin ist auf dem Schloss. Leonard sagt, Kaiser Thaloan will sie heiraten.«

Ungläubig starrte ich ihn an.

»Ich weiß auch nicht mehr.« Sammy hob beide Hände. »Er war ziemlich wütend, als er zurückkehrte. Hat sogar die Tür geknallt. Er meinte, morgen bei Sonnenaufgang wird aufgebrochen. Wir haben entsprechend nur noch heute. Also, begleitest du uns?«

»Ich … ich weiß nicht«, sagte ich. »Unsere Väter sind da draußen in Gefahr, Sammy. Wir können nicht einfach feiern.« Nachdenklich taxierte ich meinen besten Freund. Dachte er an seinen Vater? Noch immer war mir, als wäre er zufrieden, dass Lucian nicht mehr bei uns war. Sammy log fürchterlich, aber manchmal fragte ich mich dennoch, ob meine Theorie von damals einen wahren Kern hatte – anders konnte ich es mir nicht erschließen.

»Was hilft es unseren Vätern, wenn wir hier herumsitzen?«, fragte Sammy. »Die anderen sagen, ihnen fällt die Decke auf den Kopf. Und ich glaube, dir würde es auch guttun, das alles eine Nacht lang zu vergessen.«

Ich betrachtete ihn nachdenklich. Er hatte Vater in seinen letzten Tagen auf der Ruby erlebt, mit mir im Tagebuch gelesen und die Toten auf Darcos gesehen. Sammy wusste von allem, was ich über Vater erfahren hatte – ausgenommen das Gespräch mit Darjan, von dem er aber offenbar ahnte. Sammy *verstand*. Und Sammy sagte, ich sollte für eine Nacht vergessen.

»Ich weiß nicht, ob ich das kann«, murmelte ich.

»Wir können es gemeinsam versuchen«, ergänzte Sammy. »Morgen ist auch noch ein Tag, ja? Aber heute … ist Zeit für andere Dinge.« Als ich trotzdem zögerte, wies er auf die jungen Matrosen. »Sogar Vince kommt mit.«

Ich schluckte. Ja, auch Vince stand dort, ein wenig blass vielleicht und mit einem zaghaften Lächeln auf den Lippen, doch er sprach angeregt mit einer jungen Matrosin.

»Gut«, gab ich mich geschlagen. »In Ordnung. Aber sofort, bevor ich mich umentscheide.«

Sammy lächelte. »Danke, echt. Ich bin sicher, es wird gut. Und sonst hätte ich mit dir hierbleiben müssen und das hätte ich dir sehr übelgenommen.«

»Ich bin mir nicht sicher, ob das nett gemeint war oder nicht«, meinte ich, während ich ihm zu den anderen folgte, die in Gespräche vertieft waren, lachten, scherzten. Für eine Nacht keine Sorgen? Das klang unmöglich. Aber vielleicht …?

»Wir können los, Jen ist dabei!«, verkündete Sammy.

»Na, das wurde auch Zeit«, sagte Channa.

Gemeinsam verließen wir die Ruby und durchstreiften das Hafenviertel. Schon hier wurde an einigen Ecken Musik gespielt und getanzt. Es wurden kleine, private Feiern in Hinterhöfen und alten Scheunen abgehalten, bei denen billiger Alkohol ausgeschenkt und auch der ein oder andere mit Yaba oder silbernem Staub gefüllte Beutel von Hand zu Hand gereicht wurde. Wir ließen diese Viertel hinter uns, geradewegs auf den Glanzplatz zu.

Die Matrosen stießen einander an und lachten laut. Auch Lou und Gideon waren mit von der Partie und meine Schwester, die das Ballkleid wieder gegen ein Piratentuch, *meine* Bluse und lederne Hosen getauscht hatte, riss gerade die Arme hoch, während sie emotional eine Geschichte erzählte. Gideon zog sie mit einem Arm an sich und grinste. Derweil betrübte sich Danyo mit lauter Stimme bei mir, wie sehr er seinen besten Freund Nathan vermisste. Sogar Vince lächelte und legte den Kopf in den Nacken, um die Lampions anzusehen, die sich mit den Sternen maßen.

Nach und nach staute sich eine süß schmeckende Aufregung in mir auf. Wie schön wäre es, wieder ausgelassen sein zu können? Zu tanzen, zu lachen – *ehrlich* zu lachen? Der Beginn meiner Reise mit der Ruby war so aufregend gewesen, dass sich meine Sorge um Vater in Grenzen gehalten hatte, doch die Erkenntnisse der letzten Wochen hatte meine Ängste geschürt und zu einem schwelenden Feuer angefacht. Sollte es möglich sein, dass es für einen Abend wieder war wie zuvor?

Wir durchquerten das gehobenere Viertel und schließlich drang ein Schimmern durch die Häuserreihen, quoll aus der nächtlichen Dunkelheit hervor, und dann erhob sich der Glanzplatz in seiner ganzen Opulenz vor uns. Lichterbündel und Lampions strahlten wie kleine Sonnen, Walöllaternen säumten den weiten Platz. Stände, die Getränke und Essen verkauften, umschlossen die Tanzfläche, auf der sich Menschen umherbewegten. Die Musik war ausgelassen, stürmisch, ungezähmt. Es war nicht wie der gestrige Abend. Es war wie die Stadtfeste in St. Flaeme, wenn die neuen Matrosen eingeweiht wurden, nur größer, noch packender.

Lou und Gideon nahmen sich an den Händen und stürmten zur Tanzfläche. Ein paar Matrosen folgten ihnen, während sich andere den Getränkebuden zuwandten.

»Wollt ihr auch?«, fragte Vince. »Ich gebe was aus.«

»So großzügig heute«, bemerkte Sammy und der schmächtige Matrose lachte auf. Er bestellte vier Krüge, wobei Channa ihm mit lauter Stimme die Aufmerksamkeit der Bedienung verschaffte. Die beiden kehrten mit den Getränken zurück, eins für Vince, eins für Channa, eins für Sammy und eins für mich. Alkoholgeruch erfüllte meine Nase, als wir die Krüge gegeneinander klingen ließen.

Das Getränk würde meinen Kopf stärker brummen lassen als der Traubenwein am Vortag, doch ich empfing das Kribbeln und das leichte Brennen in meiner Kehle dankbar.

»Dann mal los«, sagte Sammy, als wir die Krüge geleert hatten. Ich hob die Brauen, als unsere Blicke sich begegneten. »Wie gut tanzt du?«

»Nicht besser als das letzte Mal, als wir getanzt haben.«

»Bei meiner Ernennung zu Matrosen. Das war ... hm, ziemlich furchtbar.«

»Hey! Du warst auch nicht besser.«

Wir grinsten einander an. »Komm«, sagte Sammy und griff nach meiner Hand, zog mich mit. Wir mischten uns unter die Tanzenden, die Melodien und Rhythmen erfüllten meine Ohren und hallten in meinem Inneren nach, Geigen, Flöten. Wie von selbst begann ich, mich zu bewegen, im Einklang mit den lachenden, wirbelnden Menschen, die uns umringten und den Reedre tanzten. Da waren Sammys Hände, fassten nach meinen, ließen sie los, wir drehten uns umeinander, auseinander, zueinander. Ein anderer Matrose und ein Mädchen waren neben uns, wir tauschten, tauschten zurück, synchron die simplen Schrittfolgen repetierend. Es war kaum möglich, diesen Tanz schlecht zu beherrschen. Und je länger wir uns drehten und schwangen und wirbelten, desto glücklicher wurde ich, desto mehr rückte alles andere in den Hintergrund. Ich spürte ein Lachen aus meinem Innersten aufsteigen – war das möglich? Ein echtes Lachen? Ungestüm hob ich die Hände gen Himmel. Wir waren Leute von der Ruby, die anderen und ich auch, und wir waren gemeinsam hier, um zu feiern, dass wir lebten! Das war richtig, das war gut! Das war, wie es immer hatte sein sollen.

Ein Seefahrerleben für mich, ein ausgelassenes, wildes. So sollte es sein!

Erst als wir vollkommen außer Atem waren und meine Lunge so brannte, dass ich kaum Luft bekam, verließen wir die Tanzfläche.

»Willst du etwas trinken?«, fragte Sammy.

Ich nickte. »Aber denk nicht daran, mir etwas auszugeben! Diese Münzen klimpern so laut, die wollen benutzt werden. Spezialität des Hauses?«, fragte ich an die Wirtin gewandt.

»Markus! Zweimal des Blasse Bockbier!«, donnerte die füllige Dame und stemmte die Hände in die Hüften.

»Sind zwei Galinen plus Pfand!«, erklang es aus dem hinteren Teil der Bude, wo ein schmal gebauter junger Mann das Bier zapfte.

»Also drei? Warum sagst'es dann nicht gleich mit Pfand? Gib mir ma drei von deinen Münzchen da, Mädel.« Sie nahm die Galinen entgegen, biss in eine Münze, dann knallte sie zwei Krüge auf den Tisch, die mit rotgoldenem Bier gefüllt waren. »Trinkt wohl!«

Sammy wies auf eine Mauer in der Nähe, auf der wir uns hinsetzten. Wir grinsten einander zu und ich schlug meinen Krug gegen seinen. »Als Nächstes probieren wir was von dem Stand da«, sagte ich und wies auf eine weitere Bude.

Sammy betrachtete mich. Der Laternenschein tauchte eine Hälfte seines Gesichts in Gold – die Schatten verschoben sich, als er die Braue hob. »Sicher, dass du so viel durcheinandertrinken willst? Ich meine, du bist nicht so …«

»Heute ist egal«, sagte ich und nahm einen tiefen Zug aus dem Krug. »Heute ist alles egal! Ja?«

Selbstverständlich hatte Sammy vollkommen recht – ich war absolut nicht trinkfest und wäre ich vernünftig gewesen, hätte ich mich zusammengerissen. Doch ich wollte alles vergessen, Vater, meine Sorgen und Ängste. Und so kauften wir nach dem Blassen Bockbier einen Narda-Rum, danach ein gutes Weißbier und dann eine Taumelnde Sirene. Der Alkohol tilgte meine Gedanken, machte alles so einfach. Ich fühlte mich leicht und die Geräusche drohten zu verschwimmen. Das Gefühl ließ erst nach, als ich den Kopf ein wenig schüttelte.

Wir mischten uns unter die Menschen, Thalheimer, Seefahrer, Reisende. Thale tanzte auf diesem Platz, und wir Matrosen gehörten dazu – auch wir waren Thale. Wir trugen unsere Nation in die Welt, in Kolonien und fremde Länder und auf Inseln, die niemand kannte. Wir waren die Hände, die die der anderen ergriffen. Und ich hatte Sammys Hand und tanzte.

Neue Getränke tauchten auf, die wir uns gegenseitig austaten und gemeinsam hinunterstürzten, auch Lou und Gideon durften einmal probieren, als sie sich zu uns gesellten. Channa tanzte mit einem hübschen blonden Mädchen, andere Matrosen liebäugelten mit jungen Frauen mit Blumen im Haar und strahlendem Lächeln. Sogar Vince amüsierte sich, seit er von einer jungen Dame im bürgerlichen Kleid zum Tanz aufgefordert worden war. Die Feiernden auf dem Platz stimmten thaleanische Lieder an, Musiker spielten ausgelassen und fröhlich – ein Wirbel aus Klängen und Farben, ein Kaleidoskop aus Licht und Lachen. Wir klatschten im Takt der Lieder in die Hände, stampften mit den Füßen auf, schlugen die Absätze gegen das Pflaster. Die Flöten und Geigen durchklangen die Nacht, ein Strom an Musik, der nie versiegen sollte, schön und wild und voller Rhythmen und Melodien, berauschend – befreiend. Was waren Sorgen? Wer dachte an das Schlechte in dieser Nacht, wer fragte sich, was aus Vätern und Familien werden sollte, die *warteten*, die sich sorgten? Ich dachte nicht daran, sicher nicht! Du *musst wegsehen*, so hatte Sammy gesagt, an dem Tag, als die Lakerten Jehra angegriffen hatten – ein Tag, an den ich heute nicht dachte, natürlich nicht! Ich würde wegsehen, ich *konnte* wegsehen! Ich konnte meinen Blick von Vater wenden, von dem Leid, das mich die ganze Zeit zu erdrücken gedroht hatte. Heute Abend war ich frei! Und so trank ich und tanzte mit Sammy, mit meinem besten Freund, bis sich die ganze Welt drehte und ich tatsächlich taumelte und mein Kopf wie aus Watte war. Ich dachte nicht an Vater! Wen kümmerte es, ein Vorbild zu haben, das dem Wahnsinn verfallen war? Nein, ich lachte bloß, lachte und jubelte und …

»Jermaine, warum weinst du denn?«, fragte Sammy über die Musik und die Stimmen der Tanzenden hinweg.

Weinen. Ich lachte doch? Ich hob eine Hand zu meinem Gesicht und berührte meine Wange. Sie war nass, ja. Sie war nass.

Sammy war zum Stehen gekommen und auch meine Schritte wurden langsamer, bis ich zwischen den Tanzenden stumm vor ihm stand. Ich schluchzte. Die Musik wurde dumpf. Dann hatte ich die Arme fest um ihn geschlungen.

»Schon gut«, sagte Sammy an mein Ohr, seine Finger glitten über meinen Rücken. »Schon gut.«

»Ich will hier weg«, brachte ich hervor.

Er legte den Arm um mich und schob mich zwischen den erdrückenden Körpern hindurch, führte mich an die frische Luft. Langsam, aber stetig ließen wir das Fest hinter uns, Sammy brachte mich die Straße hinunter und hielt mich, als ich über meine Füße stolperte. Worte wirbelten in meinem Kopf umher, wie Papier, das ein Windstoß aus dem offenen Fenster aufgeweht hatte. Kein Gedanke wollte sich fassen lassen – sie waren mir entglitten, ehe ich danach greifen konnte.

»Ich bring dich nach Hause«, sagte Sammy sanft.

»Ich … ich vermisse … ich will …« Meine Stimme versiegte.

»Ich weiß schon.«

Ich wollte Sammy alles sagen, *alles*, doch ich brachte nichts hervor. Mir wurde furchtbar schlecht – einmal musste ich mich beinahe übergeben, hielt taumelnd am Wegrand inne, krümmte mich zusammen. Erst nach einigen grauenvollen Wimpernschlägen flaute das Gefühl ab, hinterließ Schwindel und Knie, die so weich waren, dass sie mich kaum zu tragen vermochten.

»Können wir …«, brachte ich heraus, eine Hand in den Ärmel von Sammys Jacke gegraben. »Bitte, ich muss … mich h-hinsetzen. Nur eine … nur einen Augenblick.«

»Sicher.« Sammy half mir, als ich mich auf dem Boden setzte, und nahm neben mir Platz. Er legte mir seine Jacke um die Schultern, als ich bebend die Knie an den Körper zog. Irgendwo unter meiner Trunkenheit, irgendwo in meinem in Watte verpackten Kopf schämte ich mich schrecklich, selbst wenn oder gerade *weil* Sammy nichts sagte und bloß für mich da war. Sammy war da. Die ganze Zeit war er da. Seine Berührung war warm, nicht kühl wie der Wind und nicht heiß wie die salzigen Tränen, die meine Wangen hinabrannen.

»Kannst du …« Ich verstummte, als meine Zunge die Worte verhedderte, setzte neu an. »Kannst du … was erzählen?«

Sammy schwieg einige Atemzüge lang. Er lehnte den Kopf gegen die Hauswand, betrachtete die Sterne – die blaue Bärin, das Schmuckkästchen, Énnas Gestirn, all die anderen Sternbilder. Es war ganz still, bloß aus der Ferne hörte ich die Musik und das Lachen der Feiernden. Nur Sterne, die lauschten.

»Erinnerst du dich noch an die Nacht meiner Vereidigung?«

»Hmmh«, machte ich. Ich erinnerte mich gut, wenngleich die Erinnerung gerade durch einen Schleier verhüllt war.

»Ich … ich hab die ganze Zeit daran gedacht. Als wir getanzt haben«, sagte Sammy. »Und als ich dich gestern vor dem Ball gesehen habe. Ich meine – du sahst völlig anders aus, aber du hattest diese Muscheln im Haar, genau wie damals.«

»Alles Lous Schuld«, murmelte ich. »Aber ... aber der Abend war schön. Hat mir gefallen.«

Sammy lachte auf. »Götter, das war der schrecklichste Tag meines Lebens.«

»Hä?« Ich runzelte die Stirn. »Du bist vereidigt worden. Das ist doch fan... fata ... ugh.« Angestrengt versuchte ich, meine Zunge richtig zu benutzen, und musste letztlich aufgeben. »Das ist toll.«

»Aye, ist es«, sagte Sammy. »Ich habe den Eid aufgesagt, die Flagge gehalten, auf See und Krone geschworen. Alle haben zugeschaut, alle waren stolz. Ich war auch stolz auf mich. Aber ... aber weißt du, ich musste die ganze Zeit daran denken, dass du nicht mitkommst. Dass ich vor dir Matrose werde und du noch in St. Flaeme bleibst. Ich wusste, das würde dir nicht gefallen.«

»Ich meinte doch schon – das war nicht ... nicht schlimm«, sagte ich mit brüchiger Stimme. Ich hatte nach unserem letzten darüber Gespräch nicht angenommen, dass sich Sammy Gedanken um solche Dinge gemacht hatte. Tatsächlich war ich eher der Meinung gewesen, er hätte damals einfach aufgehört, an mich zu denken. Frustriert vergrub ich das Gesicht in den Händen, als mir bei diesem Gedanken erneut Tränen in die Augen stiegen. »Es war nicht schlimm, dass du ... dass du weggegangen bist. Ich hab's dir gegönnt, echt – ich war nicht beleidigt. Aber – als du auf die Ru-ruby gestiegen bist – da hast du mich nicht mal angeschaut. I-ich dachte, du hättest mich vergessen, *das* war schlimm.«

»Oh, Götter«, sagte Sammy und wandte sich mir zu. »Ich hab dich doch nicht vergessen. Ich habe mich furchtbar gefühlt, weil ich nicht mehr Zeit mit dir verbringen konnte. Weißt du, aber ich dachte, es wäre vielleicht das Beste, wenn wir ... wenn wir nicht mehr so viel miteinander unternehmen.«

»Warum?«, fragte ich. »Warum nicht?«

»Ich wollte nicht, dass dir was geschieht. Und wenn er bemerkt hätte, wie sehr ich dich ... ich ...« Sammy brach ab.

Ich runzelte die Stirn, unsicher, ob die Worte nur in meinem trunkenen Zustand oder generell keinen Sinn ergaben. »Was meinst du?«

»Ich – Götter, ich wollte dir nicht wehtun. Es tut mir leid, dass ich dich verletzt habe, ja?«

»K-klar«, sagte ich und lächelte schwach. »Ich hab dir das längst verziehen. Und du wolltest wirklich ... du wolltest lieber, dass ich dabei bin?«

Sammys Mundwinkel zuckten und er zupfte an seinem Haarknoten, wie um seinen Händen Beschäftigung zu geben. »An dem Abend habe ich überlegt, ob ich mir nicht den Arm brechen könnte, um nicht mitfahren zu müssen. Einfach, damit ich noch bei dir bleiben kann.«

Ich stieß ein Geräusch aus, von dem ich nicht sicher war, ob es Lachen oder Weinen war. »Das sähe dir ähnlich.«

Sammy ließ den Kopf gegen die Hauswand sinken und ich lehnte mich an seine Schulter. Für einen Augenblick schwiegen wir, nah beieinander. »Ich hab dich damals tanzen sehen«, sagte Sammy mit gedämpfter Stimme. »Nicht besonders gut, aber irgendwie süß. Du hast Jeanne und Aimée an den Händen gehalten. Deine Haare waren geflochten und hochgesteckt, mit diesen Muscheln. Du hast gelacht und Scherze gemacht … und als du mich entdeckt hast, hast du mich angelächelt.«

»Ja klar«, murmelte ich.

Sammy zog die Beine an den Körper, den Blick auf die Sterne gerichtet. Er machte eine Geste, um die Situation darzustellen. »Ich ging so auf dich zu – wir begegneten einander in der Menge und du sagtest: ›Herzlichen Glückwunsch, Sammy‹. Und ich antwortete …«

»›Hast du ein Geschenk für mich?‹« Wir beenden den Satz unisono und lachten schwach. »Das hätte dir so gepasst. Man schenkt Matrosen nichts! Und außerdem reichte es ja, dass du … dass du an Bord durftest.«

Sammy lachte. »Du hast gesagt: ›Ich biete einen Tanz. Aber du weißt, ich tanze nicht gut.‹ Jen, wir haben getanzt, bis wir nicht mehr aufrecht stehen und vor Lachen nicht mehr atmen konnten. Ich habe nichts gesagt damals. Aber ich fand dich so schön.«

Ich stockte bei diesen Worten. »Sammy …«

Sammy wandte sich mir zu und wir sahen einander an. Er atmete langsam ein, als müsste er sich beruhigen, bevor er fortfahren konnte. »Ich dachte«, sagte er, »ich dachte, ›Sammy, wieso bist du so dumm? Wie kannst du sie hier zurücklassen?‹«

Sein Blick ruhte weiter auf mir, obwohl ich wusste, dass er innerlich bebte – unter der Haut, wo der Alkohol rauschte und ihm solche Worte gewährte. Wahrheiten. Ich spürte meinen Herzschlag in meiner Kehle, als mir bewusst wurde, was er mir da offenbarte.

»Sammy«, sagte ich, leise.

»Jermaine, ich möchte dich glücklich machen«, sagte Sammy unverwandt. »Ich möchte, dass du immer glücklich bist. Ich möchte glücklich sein, und das bin ich, wenn du da bist.« Ein Schnauben erklang, als er auflachte. »Götter, ich sollte besser den Mund halten. Ich bin betrunken und nutze es aus. Morgen verfluche ich mich sicher, dass ich so ...«

»Sammy«, sagte ich erneut. Mit einem Mal musste ich nicht mehr weinen – da waren nur Augenpaare und Hände, die sich langsam bewegten, unsicher, wie um Erlaubnis bittend, die meinen zu berühren. Da war dieser Geruch von *Meer* und *Wind* und *Salz*, und irgendwo tief in mir die harten Erinnerungen und die Furcht, die mich zum Verzweifeln brachte. Und eine Erkenntnis, die sogar bis in meinen vom Alkohol umwölkten, von Tränen brummenden Schädel drang. Ich war so dumm. Ich verstand nichts von Liebe, und ich hatte es nie gesehen.

»Die ganze Zeit«, murmelte ich. »Die ganze Zeit ...?«

Ich erkannte ihn, konnte alles in seinen Augen ablesen, als er mich unentwegt betrachtete. »Ja«, sagte Sammy bloß.

Da waren Augenblicke, an die ich mich erinnerte, unzählige Dinge – spielende Kinder, Seefahrerkinder, helles Lachen auf der Ruby, Murmelspiele, die goldene Sonne über dem Pier, die ablegende Ruby, verschlossene Türen, tanzen, wirbeln, dunkle Augen und Muscheln, winken, vermissen, stumpfe Augen, umschlossene Hände und Lakerten, eine Schulter, an die ich mich lehnen durfte. Meine Lippen bewegten sich, formten keine Worte. Sammy, *Sammy*.

Sammy verlagerte sein Gewicht und seine Brust hob sich, als er tief einatmete. »Hör mal, das ... ich hätte das vielleicht nicht sagen dürfen. Am besten vergessen wir das, ja? Am besten ...«

Ich ließ ihn nicht ausreden. Meine Hände fanden sein Gesicht und ich legte die Lippen auf seine.

Es war ein Kuss, der berauschender war als der Alkohol, berauschender als all der Rum und das Bier und der Cognac zusammen. Es war ein Kuss unter Sternen, der toste und rollte und schäumte wie das Meer und der die bleiernen Gedanken an Vater gänzlich von der Oberfläche spülte. Sammy löschte jede brennende Wunde und tilgte jeden Gedanken, der meinen Kopf gefüllt hatte. *Sammy, Sammy, Sammy*. Da waren Sammys Arme, die sich um meinen Körper schlangen, Sammys Nacken, den ich unter meinen Fingern spürte,

Sammys Lippen, die auf meinen Mund trafen, sein Geschmack, sein Geruch, der mit dem des Meeres verschmolz. Die Straßen, mein Kopf, leergefegt. Nur Sammy war da, Sammy und ich und die Sterne.

Ein Geräusch entwich ihm und er zog mich enger an sich, die Lippen unentwegt über meine wandernd, seine Hände fest und kräftig. »Jermaine«, murmelte Sammy in den Kuss. »Jermaine.« Wir waren einander unsagbar nah, berührten den anderen an unzähligen Punkten, an Schultern, Knien, Stirn und Nase. Ich drängte nach der Ekstase, die die auf mich einströmenden Emotionen weckten. Götter, ich war ein fürchterlicher Mensch. Sammy war aufrichtiger denn je, und ich … ich war tief verwundet und wollte unbedingt vergessen.

Sammy löste sich und wir rangen nach Luft, meine Brust hob und senkte sich im Gleichklang mit seiner, sie stießen gegeneinander bei jedem Atemzug. Unsere Blicke trafen sich, benommen von Gefühlen, berauscht von Sehnsucht und betrunken von Wahrheit. »Komm«, sagte ich und griff nach seiner Hand, zog ihn auf die Beine.

Im Nachhinein erinnerte ich mich nicht, wie wir auf die Ruby gekommen waren. Das Nächste, was ich wusste, war, dass wir allein auf dem Hauptdeck waren, kein Matrose zu sehen, Sammys Lippen erneut meine trafen, feurig, begierig, und ich mich bereitwillig gegen ihn drängte. Wir waren keine besten Freunde heute Nacht. Waren wir Liebende? Waren wir betrunken und verzweifelt und klammerten uns aneinander, suchten Halt in den Armen des anderen?

Wir liefen die Treppen zu den Kajüten, an seiner Kammer und meiner vorbei, stets unterbrochen von den ungestümen, heißen Küssen, meinen Händen an seinem Hemdkragen, während er mich sacht gegen die Schiffswand drängte. Ich griff nach dem Schlüssel, den ich bei mir trug, seit … seit wann? Warum hatte ich den Schlüssel von Leonard erhalten? Ich erinnerte mich nicht, doch es gelang mir, ihn ins Schloss der Kapitänskammer zu stecken und herumzudrehen, während Sammy mich fest umschlungen hielt. Wir küssten einander durstig, ich vergrub die Hände in seinem Haar und seine Finger tanzten in meinem. Ich schlug die Tür hinter uns zu. Es verstrich kein Augenblick, ohne dass wir einander berührten, keine Gelegenheit, dem Hochgefühl ein Ende zu bereiten. Sammys Hände waren überall, seine Lippen auf meinem Schlüsselbein, meine Lippen auf seiner Drosselgrube.

Da waren sein Hemd und seine Jacke und meine Bluse und seine Haut. Sein Meergeruch und seine Küsse, seine Küsse an jeder Stelle meines Körpers.

Lass uns einfach etwas machen, was dich all das vergessen lässt.

Sammy verstand das.

Und ich vergaß, für eine Nacht.

Gewand aus Schuppen

»Wie lautet dein Name?«, fragte Belén die Zofe, während diese ihr Kleid am Rücken verschnürte.

»Kari«, murmelte das Mädchen und zurrte mit einem solchen Ruck an den Bändern, dass Belén ein Keuchen unterdrücken musste. »Herrin. Ich bin soweit.«

Belén wandte sich um und ihre Mundwinkel hoben sich zu einem wagemutigen Lächeln. Die Zofe war vielleicht fünfzehn. Das dunkelbraune Haar war unter einer Haube verborgen, das einfache Kleid füllte sie noch nicht aus. Sie würde eine hübsche junge Frau werden – wenn sich ihr feindseliger Gesichtsausdruck bis dahin nicht auf ihrem Gesicht einmeißelte.

»Das hast du gut gemacht«, lobte Belén vorsichtig.

»Es ist nicht gerade schwierig«, sagte Kari mit zusammengebissenen Zähnen.

Die beiden tauschten einen Blick, Belén freundlich, die Zofe mit aufeinandergepressten Lippen. Dann sagte Kari: »Habt Ihr noch einen Wunsch, *Herrin*?«

Sie hasste Belén, weil sie Fellonierin war. Belén hatte es sogleich gewusst, als Kari ihr gestern vorgestellt worden war und sie mit forschem Schritt zum Gästezimmer geführt hatte. Jedes freundliche Wort schien an Kari abzuprallen und jede ihrer Antworten klang nach einer Beleidigung.

Nun allerdings, nachdem Belén eine schlaflose Nacht unter der Daunendecke gegrübelt hatte, war sie zu einem Entschluss gekommen: Wenn sie sich unterkriegen ließ, dann nicht von einer kratzbürstigen kleinen Zofe.

Das würde Thaloan überlassen bleiben.

Oder sollte sie Terenz sagen?

Nein, der war er nicht mehr.

Belén zwang sich, nicht daran zu denken, dass sie ihm heute nochmals begegnen würde, ehe sie aufbrach. Es war noch dunkel draußen – Kari hatte sie zeitig geweckt, da die Ruby bereits bei Morgengrauen ablegte. Durch das frühe Aufstehen war ihr merkwürdig übel, ihr Kopf schmerzte vom Schlafentzug. Wie hätte sie schlafen sollen? Das Bett konnte noch so weich sein – es blieb ein Bett im thaleanischen Kaiserpalast. Und außerdem musste sie mit Überraschung feststellen, dass sie sich in den letzten Tagen an das Schwanken der Ruby gewöhnt hatte.

»Lösch die Kerzen«, sagte die Prinzessin und Kari nickte, ehe sie sich über die Lichter beugte. Belén lächelte, als der erste Docht zu rauchen begann. Ihre Finger zuckten und die grauen Schleier bewegten sich koordinierter. Kari richtete sich mit gerunzelter Stirn auf, als sich der Rauch zu einem Vogel formte und gleich darauf auflöste. Sie fuhr zu Belén herum.

»Wart Ihr das?«

Die Prinzessin lächelte und hob die Schultern.

Karis Blick flackerte. Ihre großen Augen musterten sie misstrauisch, ehe sie begriff, dass Belén sie nicht verletzen würde.

»Könnt Ihr ... noch andere Dinge?«, fragte Kari mit schwer unterdrückter Faszination.

»Ein paar Spielereien«, sagte Belén und wies auf die Kerzen. Als Kari sie ausblies, hob Belén die Hand und ließ die Funken tanzen. Die Rauchschwaden verknoteten sich ineinander, ehe ein grauer Falke hervorsprang. Rauch stieg von seinen Schwanzfedern auf, als er das Gefieder schüttelte und die Schwingen ausbreitete, zum Sprung ansetzte. Er zog einen schwelenden Kreis um Kari und steuerte auf Belén zu, die ihn auf der ausgestreckten Hand landen ließ. Als sie die andere darüber schloss und diese wieder hob, stieg ein feiner Rauchfaden auf.

Kari starrte sie mit offenem Mund an. »Wie habt Ihr das gemacht?«

»Es ist nur ein wenig Magie nötig«, sagte Belén. »Wie alt bist du?«

»F-Fünfzehn.«

»Fünfzehn. In deinem Alter bricht der Magiekern auf. Wärst du eine Fellonierin, würdest du gespannt auf den Tag warten, an dem die Funken um deine Finger tanzen. Dann würde man ein Fest für dich veranstalten und du dürftest die Arkane Schule besuchen.«

»Da wird man doch gefoltert«, sagte Kari.

»Niemand wird dort gefoltert. Höchstens mit unheimlich langweiligen Theoriestunden«, sagte Belén amüsiert. »Ich war nur ein Jahr älter als du, als mein Magiekern aufgebrochen ist. Soll ich dir erzählen, wie es war?«

»Ich …« Karis Lippen öffneten sich und bebten. Dann glomm das Misstrauen in ihren Augen auf und sie murmelte ein kaum hörbares »Abschaum« – beinahe, als müsste sie sich erinnern, was die Fellonier waren. »Kommt zum Essen«, sagte sie hölzern und schien es mit einem Mal sehr eilig zu haben.

Belén seufzte. Offenbar hatte Kari eine härtere Schale als angenommen.

Sie wünschte, sie könnte ihre Magie für etwas Nützlicheres als diese Straßenspielertricks aufwenden. Doch zu viel mehr war sie nicht in der Lage. Beléns Magiekern war spät aufgebrochen – da ihre Mutter keine Fellonierin war, hatten ihre Eltern befürchtet, sie könnte gar keine Kräfte in sich tragen. Glücklicherweise war das nicht der Fall gewesen. Ihre Magie war vor vier Jahren gekommen – und sie war so gesund, wild und mächtig gewesen, dass sie beinahe ein Feuerwerk im Salon von Lyndenehr entfacht hatte. Nur der mutige Einsatz Hendryks, der sich mit einem abgerissenen Vorhang auf sie geworfen hatte, um die Funken zu dämpfen, hatte das Schloss vor einem Großbrand bewahrt.

Im Folgenden hatte Belén gelernt, die ungestümen Funken kleinzuhalten und ihre Magie zu einem zahmen Flämmchen in ihrem Inneren zu formen. Ehe es ihr gelungen war, hatte sie Bitterpinienharz zu sich genommen, dessen Genuss die Magie dämpfte und das Beherrschen erleichterte.

Beléns Kräfte waren ausgeprägt und so hatte sie bald die ersten schwächeren Zauber beherrscht. Sie hatte gelernt, Kerzen zu entzünden und zu löschen und Figuren aus feinen Stoffen wie Rauch, Wasser oder Sand zu formen. Suchzauber gelangen ihr im Schlafe, was sich als hilfreich herausgestellt hatte, da ihre Mutter ausgesprochen zerstreut war. Mit Hendryk hatte sie außerdem geübt, Illusionszauber zu wirken – wie den, mit dem sie das Elynther Silbermal auf ihrem Arm geformt hatte. Magie zu nutzen war eine Sache der Übung, brachte furchtbaren Muskelkater auf Höhe des Zwerchfells, wo das Zentrum lag, und erforderte hohe Konzentration. Oft war sie nach einem langen Übungstag wie tot ins Bett gefallen. Dennoch hütete Belén nichts liebevoller als ihre wundersame Magie – fühlte sie doch eine tiefe Vertrautheit, wenn sie nach ihr tastete.

Und trotz allem wusste sie, wie viel vor ihr lag: Mächtige Magier konnten Regen erwirken, fliegen, Feuer entfachen und in die Gedanken anderer eindringen. Ihr Vater, so sagte man, war sogar in der Lage, Blitze zu beschwören und auf Wasser zu gehen. Solch komplexe Zauber blieben ihr bislang verwehrt. Magie wie diese konnte großen Schaden anrichten und war erfahreneren Felloniern vorbehalten. Nein, Belén konnte sich nicht auf ihre Kräfte verlassen, um sich aus ihrer Situation zu befreien. Einen Zauber zu versuchen, den sie nicht geübt hatte, konnte fatale Folgen haben – für ihr Umfeld ebenso wie für sie selbst.

Kari erreichte ein Portal, das von zwei Soldaten geöffnet wurde. »Herrin«, sagte die Bedienstete und trat mit geschürzten Lippen zur Seite.

Der Raum, in dem sie das Frühstück zu sich nehmen würde, war in denselben Farben gehalten wie das restliche Schloss. Belén hatte erwartet, sich in einem Saal wiederzufinden – dieses Zimmer jedoch vermittelte beinahe Gemütlichkeit. Es lag an einer Fensterseite wie der Thronsaal, sodass man auf Thalheim und das Meer hinausblicken konnte. Gold und Weiß trafen einander an den tapezierten Wänden und im gläsernen Kronleuchter an der Decke. Der Raum war zur Hälfte mit Holz vertäfelt und dabei mit wohlgewählten Bildern ehemaliger Herrscher versehen. In einer Raumecke fand sich ein knisternder, heißer Kamin. Ein eleganter Tisch aus Akazienholz, an dem zwei Plätze eingedeckt waren, stand vor der Fensterreihe. Drumherum waren wohlriechender Kaffee, warmes Brot, frische Eier, Sirup und Früchte angerichtet, die Beléns Magen sehnsüchtig knurren ließen.

Thaloan stand vor dem Fenster und blickte auf die erwachende Stadt hinab. Er trug Weste und Hemd, doch die Ärmel waren aufgekrempelt und der Gehrock hing locker über seinem Stuhl. Als Belén eintrat, wandte sich der Kaiser um. »Guten Morgen«, sagte er freundlich. »Ist es Euch genehm, wenn wir gemeinsam essen? Ich hatte das Gefühl, es gibt noch Dinge zu klären.«

Zu viele für ein einziges Frühstück, dachte Belén und musterte ihn kühl. »Wenn Ihr nur deshalb zu einer solch unsagbar frühen Uhrzeit aufgestanden seid, kann ich wohl nichts dagegen unternehmen, nicht wahr?«

Thaloan führte sie zu dem freien Platz und schob ihren Stuhl zurück. »Das wäre kein Problem. Ich stehe immer so früh auf.«

»Zu den Funken, um halb fünf? Auch nach Bällen?«

»Ha! Wer wäre ich? Dann schlafe ich aus. Bis um sechs.«

Belén warf dem Kaiser einen Blick zu, als er ihr gegenüber Platz nahm. »Das ist selbst für jemanden in Eurer Position furchtbar früh.«

»So etwas hat in meiner Familie Tradition. Man sagt sich, Kaiser Terenz der Erste sei noch an seinem Todestag um halb vier in der Frühe auf den Beinen gewesen, um letztmalig Akten durchzuarbeiten.«

»Er war ein sehr pflichtbewusster Mann.«

Thaloan nickte. »Wohl wahr, wie ein Kaiser es sein soll. Aufstehen, ankleiden, herrschen, Land gewinnen, sterben.«

Belén neigte leicht den Kopf. Sie wünschte, sie könnte öfter festmachen, ob er sie hochnahm oder es tatsächlich so meinte. Scherze schienen dem jungen Kaiser mit ebensolcher Galanterie von den Lippen zu gehen wie Wahrheiten – sie zu unterscheiden war offenbar unmöglich.

»Nun«, sagte Thaloan und wies auf das Essen. »Entschuldigt, ich frühstücke gern nur für mich. Das ist Steinofenbrot mit Buchweizen, es sollte noch warm sein. Hier …«

»Was tut Ihr?«, unterbrach Belén ihn.

Thaloan hob den Blick. »Was?«

»Ihr sprecht Fellonisch.«

»Oh, bitte vergebt mir«, sagte der Kaiser. »Aber Ihr sprecht solch wohlgewähltes Thaleanisch, ich muss meine Kenntnisse auch auffrischen.«

»Ihr macht das I zu lang«, kam Belén nicht umhin zu sagen. »Das tun viele.«

»Ah! Ich verstehe«, sagte Thaloan einsichtig. »Ist es Euch recht, wenn ich es nochmal versuche?«

Belén zögerte kurz, ehe sie eine auffordernde Handbewegung machte. »Erklärt mir weiter das Essen, dann sage ich Euch, was Ihr verbessern könnt.«

Thaloan fuhr fort: »Das hier sind Milchreis mit Vanille, Mandeljoghurt, Quarkbällchen … Tannenhonig aus Vandratal. Waffeln mit Honig gehören zu unseren Nationalspeisen, wenn Ihr probieren wollt, ich empfehle sie sehr. Dort stehen gekochte Eier …«

Belén lauschte ihm mit Konzentration. Thaloan sprach kein schlechtes Fellonisch und ihr gefiel, wie weich der thaleanische Akzent die Laute machte.

»Ihr müsst das J aussprechen wie in … hmm, *Joghurt*«, erklärte sie, als Thaloan seine Darlegung beendet hatte. »Ihr sprecht es manchmal aus wie in … wie in *Jermaine*. Und dürfte ich den Joghurt haben?«

Thaloan reichte ihr die Schüssel. »Bitte schön«, sagte er, nun wieder auf Thaleanisch. »Hm, ich muss noch üben. Aber ich bin zuversichtlich.«

Belén tat sich ein wenig Joghurt auf, ehe sie eine Waffel auf ihren Teller legte und nach dem Honig griff. Während sie ihre Tasse mit Kaffee füllte, beobachtete sie, wie Thaloan einen Apfel anschnitt. Die Prinzessin war überrascht über so viel Bodenständigkeit. Sie hatte erwartet, dass sich der Kaiser bedienen lassen würde, doch in diesem Zimmer befand sich kein einziger Bediensteter, nicht mal eine Wache. Belén gefiel diese Ungestörtheit – man erlebte sie nicht oft in einem Palast wie diesem.

»Gibt es Dinge, die ich an meinem Thaleanisch verbessern kann?«, fragte sie.

Thaloan lachte warm. »Euer Wort für ‚neugierig' – das benutzen nur Seefahrer. Und auch ‚klein', Ihr sagt es im Mernauer Dialekt.«

»Wirklich?«

»Ja. Aber das ist irgendwie süß.« Thaloan schob ein Quarkbällchen auf seinen Teller. Als er sah, dass Belén ihn über den Rand der Tasse ansah, lächelte er. »Bitte verzeiht, wie unhöflich, ich habe noch nichts zu Eurem Kleid gesagt. Es steht Euch wunderbar.«

»Vielen Dank«, sagte Belén und stellte die Tasse ab. Das Kleidungsstück war aus schlichter, dunkelblauer Baumwolle, mit einem Rock, der glatt bis zu ihren Knöcheln hinabfiel, langen Ärmeln und einer dezenten Silberstickerei am oberen Teil. »Habt Ihr es ausgesucht?«

»Nein, nein«, sagte Thaloan und gestikulierte abwehrend, während er sich Tee einschenkte. »Ich habe eine erfahrenere Person entscheiden lassen. Ich? Bitte! Erst kürzlich hat man sich über meinen Geschmack beschwert. Ich solle mir meinen Bart abrasieren, er sähe doch zu lächerlich aus und mich würde niemals eine Frau küssen.«

Belén hob die Braue. »Bart«, wiederholte sie.

»Das war nicht lustig«, sagte Thaloan. Mit beleidigtem Gesichtsausdruck berührte er seinen Wangenknochen. »Ich bin außerordentlich stolz auf meinen Bart. Und vor allem verglichen mit den Präferenzen meines Großvaters Bakir ist die Bezeichnung *lächerlich* ziemlich ungerecht. Überhaupt, an Statuen werdet Ihr immer den Bart finden.« Er musste grinsen, als sie ihn musterte. »Ist etwas?«

Belén bestrich ihre Waffel mit Honig. Sie hätte es niemals zugegeben, aber sie mochte den Bart. Thaloan trug nicht direkt einen Dreitagebart, doch er war auch nicht zu buschig – und er hatte etwas Freches, auf das sie nicht recht mit dem Finger weisen konnte. Womöglich lag es tatsächlich daran, dass der ausladende Schnauzer von Thaloans Großvater so lächerlich dagegen aussah.

»Ich kann bloß nicht glauben, dass Euch noch nie eine Frau geküsst hat«, sagte sie.

»Ich auch nicht.«

»Eine interessante Antwort.«

»Interessante Antworten folgen nur auf interessante Fragen.«

Belén schnaubte und beschloss, dass es Zeit für einen Themenwechsel war. »Kanntet Ihr Gabriel Loreley?«

Thaloan nickte, während er sein Quarkbällchen mit der Gabel zerteilte. »Die Ruby wird nicht umsonst von kaiserlichen Gardisten begleitet. Ich pflege, nur die besten Männer und Frauen in leitende Positionen zu erheben. Um mich selbst davon zu überzeugen, dass Gabriel Loreley so kompetent war, wie man ihm nachsagte, ließ ich ihn mit eigener Hand eine Stoffrolle aus Bagbar in Catayr holen. Als er aufbrach, beauftragte ich einen catayrischen Kontaktmann, Gerüchte über das Vorhaben bei Schmugglern und bagbarischen Banden zu säen, was Wegelagerer auf den Kapitän aufmerksam machte. Gabriel widerstand den Bestechungen der Händler, die ihm auflauerten, und entkam den Dieben – angeblich auf spektakuläre Weise, aber ich halte das meiste für Seemannsgarn. Jedenfalls. Als er zurückkehrte, legte er die Rolle vor mir hin und sagte: ›Für Euch, Majestät, doch bitte macht es mir das nächste Mal nicht ganz so schwer.‹ Daraufhin stellte ich ihm ein Dutzend Gardisten zur Verfügung – ein neues Schiff wollte er nicht, da konnte ich auch nicht weiterhelfen.«

Belén hob die Braue. »Ihr habt ihn in Lebensgefahr gebracht, um ihn zu *testen*?«

Thaloan lachte auf. »Ihr sagt das, als wäre etwas falsch daran.« Da sie die Stirn runzelte, setzte er dahinter: »Ich regiere nun seit … hm, seit sechs Jahren. In diesen sechs Jahren habe ich so viel Korruption und Illoyalität erlebt – wenn ich keine absolut verlässlichen Freunde in diesen Mauern hätte, wäre ich ebenso tot wie mein Vater.«

»Ich verstehe«, sagte Belén. »Aber dennoch frühstückt Ihr ohne

Wachen?«

Thaloan lachte. »Ich hoffe stark, Ihr habt nicht vor, mich mit Eurem Brotmesser zu erstechen. Fellonier sollen ja gern den Hinterhalt nutzen, aber ich schenke solchen Pauschalisierungen ungern Glauben.«

Ihre Blicke verschränkten sich ineinander. Auch Thaloan wusste, dass es Worte zwischen ihnen gab, die ungesagt in der Luft hingen. Sie *beide* wussten, dass sie das, was eigentlich wichtig war, bloß fortschoben, obwohl es sich so aufdrängte. Sie waren Feinde, die gemeinsam an einem Tisch aßen, und niemand verlor ein Wort darüber.

In der vergangenen Nacht hatte sie lange gegrübelt und reflektiert, was Thaloan ihr im Thronsaal gesagt hatte. Sicher, eine Hochzeit würde ihm Felidor in die Hände spielen, doch würde ihr Vater das kampflos hinnehmen? Ihre Heirat würde keinen Krieg verhindern, zumindest nicht, wenn Belén selbst keine Diplomatie walten ließ. Zweifellos hatte Thaloan recht: Gemeinsam könnten sie eine Menge erreichen. Sie waren jung, sie besaßen dieselbe intelligente Neugierde und womöglich hatten sie dasselbe gute Herz tief in ihrem Inneren. Doch Belén konnte und wollte diese Gedanken nicht zu Ende denken. Thaloan sympathisch zu finden, war das eine, aber sich von ihm zu einer Heirat drängen zu lassen, etwas vollkommen anderes. Jeder dieser Gedanken kam ihr vor wie Vaterlandsverrat – und außerdem war sie noch immer verletzt wegen des Maskenballs.

Sie nahm einen letzten Schluck aus ihrer Kaffeetasse und fragte: »Wie geht es weiter? Wann brechen wir zum Hafen auf?«

»Wenn Ihr fertig gefrühstückt habt, bringe ich Euch zur Kutsche«, sagte der Kaiser und stockte dann. »Oh, fast hätte ich es vergessen – der Eralyssegen! Euch soll ja nichts zustoßen, wenn Ihr die Göttin beschwört.«

»Eralyssegen?«, wiederholte Belén.

Thaloan legte eine Hand auf sein Herz. »Jeder von Eralys Geweihte kann ihn sprechen und jemanden unter den Schutz des Herrn stellen – seinen Segen weitergeben, wenn Ihr versteht.« Er hob auffordernd das Kinn. »Seid Ihr soweit? Wir können es gleich hier machen.«

»Wie?«, fragte Belén, die sich zögernd erhob. »*Ihr* macht das? Heißt das, Ihr seid auch … von Eralys gesegnet?«

Thaloan nickte. »Eralys hat mich gekrönt. Ich herrsche in seinem Namen, ich lebe unter seinem Schutz.«

Belén entwich ein Schnauben. »Und was bringt das?«

»Nun, so ein Göttersegen schafft nicht nur Legitimität, er bietet auch eine Bindung zum Herrn. Er geht hier beizeiten ein und aus, unterstützt mich bei gewissen Belangen. Außerdem bringt der Segen eine Resistenz gegen Verwundungen mit sich. Ich schneide mich am Papier? Kein Problem. Und wenn Ihr mir Gift in den Tee gemischt haben solltet, würde ich das auch überleben.« Er schmunzelte. »Manche behaupten im Übrigen, mein Blut wäre golden.«

»Das klingt ja nützlich«, sagte Belén skeptisch.

»Ihr glaubt mir kein Wort? Braucht Ihr auch nicht. Eralys wird dennoch auf Euch achtgeben.« Thaloan positionierte sie vor dem dunklen Fenster. »Schließt die Augen. Wir begrüßen ihn.« Er führte die rechte Hand an die Stirn, ehe er sie auf sein Herz legte, und bedeutete ihr, dasselbe zu tun. »Mein Gesicht im Licht des höchsten Gottes, Eralys.«

Belén schloss die Augen und ahmte die Geste etwas übertrieben nach, wiederholte die Worte.

»Nun trinkt das.« Als sie die Augen aufschlug, reichte Thaloan ihr eine Tasse.

Sie schnupperte an der dunklen, dampfenden Flüssigkeit und erkannte Minzduft. Zögernd nahm Belén einen Schluck. Es schien sich um Tee zu handeln – Minze mit einer süßen Note im Abgang und, wenn sie sich nicht täuschte, ein wenig Zitronengras. Die Prinzessin stellte die Tasse auf die Fensterbank.

»Bitte, reicht mir die Hände.«

Zögernd streckte sie die Hände aus und ließ zu, dass Thaloan sie ergriff. Seine Handflächen waren warm und ein wenig rauer als ihre. »Eralys, der du bist das Licht der Welt, der du uns schenkst das Glück der Sonne, des Feuers, des Lebens«, sprach er und Belén schloss die Augen. »Dein Licht soll auf Belén fallen, auf dass du sie auf allen Wegen begleitest und segnest durch deine wunderbare Macht. Du bist Schild und Schutz, du bist Hort und Zuflucht – du sollst auch sie in schützender Umarmung halten, auf dass ihr auf jedwedem Weg nichts widerfährt. Wenn Unglück und Dunkel sie schrecken, sollst du ihr beistehen und Hilfe senden, auf dass ihr kein Leid zugefügt wird. Dein Licht umhülle sie, deine Liebe umgebe sie. Denn du bist es, der uns leitet, jetzt und immerdar.«

Belén schlug die Augen auf, als es vor ihren Lidern hell wurde. Für einen

Wimpernschlag war sie überrumpelt – dann erkannte sie, dass das Licht von den ersten Strahlen der Sonne stammte, die über dem Meer aufblitzten.

»Das habt Ihr so geplant!«, beschuldigte sie Thaloan.

Der lachte. »Oh, ja. Ich habe genau abgepasst, wie lange Ihr zum Frühstücken brauchen würdet. Das habe ich klug eingefädelt, muss ich schon sagen.«

Belén runzelte die Stirn, wieder unsicher, ob er scherzte oder nicht. »Ich spüre gar keine Veränderung.«

»Das braucht Ihr nicht, es hat dennoch funktioniert. Eralys wacht über Euch. Wenn es ganz brenzlig wird, kommt er und hilft Euch – und wenn es, sagen wir, nur *mittelmäßig* brenzlig wird, lässt er mir eine Warnung zukommen und *ich* helfe Euch.«

»Ah? Und wie wollt Ihr das anstellen?«

»Überlasst das mir. Nun kommt, wir wollen die Seeleute nicht warten lassen. Das Schuppenkleid müsste auch gleich an Bord gebracht werden.«

Mit einem Anflug von Aufregung hob Belén die Brauen. »Ist es hier? Darf ich es sehen?«

Der Kaiser musterte sie amüsiert. »Wir können nachschauen, ob es noch da ist. Kommt.«

Sie verließen gemeinsam das Zimmer und bogen links in einen Gang. »Was war das eigentlich für ein Tee, den Ihr mir gegeben habt?«, fragte Belén auf dem Weg.

»Das war Minztee«, sagte Thaloan leichthin. »Den trinke ich am liebsten.«

»Was hatte der für einen Nutzen?«

»Gar keinen, außer, dass es sehr amüsant aussah, mit welcher Ernsthaftigkeit Ihr ihn getrunken habt.« Belén betrachtete ihn irritiert und als der Kaiser lachte, musste sie sich zusammenreißen, um nicht auch zu schmunzeln.

»Ihr haltet Euch wohl für einen Scherzkeks.«

Thaloan lachte. »Schon wieder so ein niedliches Wort.«

Der Kaiser führte sie durch einen weiten Rundbogen und sie erreichten eine Halle, die bei Tage sicher lichtdurchflutet war. Zahlreiche Sockel waren in dem Gewölbe verteilt, teilweise mit purpurnen Kissen versehen. An den Wänden hingen Schwerter und reich verzierte Schilde und Bögen – Waffen, die nicht zum Kampf, sondern für Zeremonien geschmiedet worden waren. Belén ließ den Blick über die Schätze schweifen, Kriegsbeute und adlamérischer Familienbesitz. Schließlich fiel ihr Blick zwei Bedienstete, die an einem Sockel standen und etwas in eine Kiste legten. Thaloan bedeutete ihr, ihm zu folgen, und trat auf die Männer zu.

Die Bediensteten verneigten sich, als sie ihn auf sich zukommen sahen. »Eure Majestät.«

Thaloan hob eine Hand. »Guten Morgen, Viktor. Albert. Die Prinzessin von Fellonien wünscht, das Kettenhemd zu sehen.«

»Natürlich«, sagte der Gardist und hob den Deckel an. Ein anderer Mann zog das Erbstück hervor und hielt es in die Höhe, sodass man es in seiner ganzen Pracht bestaunen konnte. Belén stockte der Atem, als ihr Blick über die schimmernden Schuppen glitt. Es sah nicht aus wie ein Kettenhemd – eher, als hätte jemand ein Kleid aus dem Schwanz einer Meerjungfrau gewebt. Die Schuppen, die das Gewand schmückten, schimmerten blau, doch wenn das Licht anders fiel, dann waren sie grün und in einem bestimmten Winkel sogar golden. Am Dekolleté war das Schuppenkleid mit kleinen Perlen geschmückt, die wie Wassertropfen aussahen.

Belén schluckte.

Das Schuppenkleid besaß eine uralte Macht, das spürte sie sogleich. Die fremdartige Aura überrollte Belén wie eine Welle, ließ Funken hinter ihrer Stirn aufleuchten und kitzelte in ihrem Inneren, wo ihre Magie vergraben war. Wie mächtig sie damit wäre! Sie könnte Berge mit einer Faust zerschlagen und hohe Wellen an den Küsten zerschellen lassen. Sie könnte Gedanken beeinflussen, geradewegs in die Köpfe der großen Männer eindringen und ihren Willen brechen. Sie würde keine Rauchfiguren mehr machen, sie würde ein Land in Rauch aufgehen lassen! Sie wäre eine Königin. Eine Heilige. Eine –

»Belén.«

Sie hob den Kopf und begegnete Thaloans Blick, der ihre Hände mit einer sanften, aber bestimmten Geste genommen und gesenkt hatte. Erst jetzt wurde Belén klar, dass sie nach dem Schuppenkleid hatte greifen wollen. Der Bedienstete war einen Schritt zurückgetreten und auch die Wachen in den Ecken bedachten sie misstrauisch.

Was hatte sie vorgehabt? Was wäre geschehen, wenn sie das Gewand in die Hände bekommen und übergrestreift hätte? War es wirklich so mächtig? Hätte sie Thaloan …?

»Bitte, Albert, Viktor, packt das Gewand wieder in die Kiste«, sagte der

Kaiser mit einer beschwichtigenden Geste und die Bediensteten gehorchten. »Lasst uns allein. Wir werden gleich zu euch stoßen.«

Als sie fort waren, richtete er sich an Belén. »Ist alles in Ordnung?«

Sie hob mit einem Kopfschütteln die Schultern. »Es war so *mächtig* ...«, stammelte sie und zwang sich, den Mund zu halten. »Ich meine, es geht schon. Mach dir keine Sorgen.« Eigentlich hatte sie Angst, unheimliche Angst, doch das brauchte Thaloan nicht zu wissen. In dem Schuppenkleid steckte so viel Magie – was, wenn sie das nicht kontrollieren konnte, wenn sie es anlegte? Es konnte die Mission gefährden, es konnte alle in Gefahr bringen ... *sie* konnte alle in Gefahr bringen.

»Ruhe bewahren«, sagte Thaloan, als sich ihr Atem beschleunigte. Seine Augen ruhten auf ihr. »Mach dir keine Sorgen, Belén. Ich habe selten einen Menschen getroffen, der so einen starken Geist hat – du wirst das schon meistern.«

»Ich ...« Sie schluckte. »Wenn ich ... Bitterpinienharz hätte ... ich könnte meine Magie besser regulieren.«

»Bitterpinienharz?«, wiederholte Thaloan.

»Es dämmt die Magie ein, aber ohne, dass es gefährlich wird. Ich könnte das Schuppenkleid tragen, ohne dass Schaden angerichtet würde.« Sie sah ihn fragend an, als Thaloan nickte.

»Ist gut, ich habe ein paar Kontakte. Da ist dranzukommen. Wenn Kapitän Leonard ein wenig wartet, kann ich dafür sorgen, dass dir welches gebracht wird, bevor ihr ablegt.«

Belén runzelte die Stirn. »Was für Kontakte? So was gibt es hier doch gar nicht.«

»Ah«, sagte Thaloan und winkte ab. »Du weißt schon, ich bin Kaiser. Ich muss den Schwarzmarkt nach außen hin verschmähen, aber das heißt nicht, dass ich einige seiner Dienste nicht gebrauchen kann.«

Belén zögerte, ehe sie nickte. »Danke«, brachte sie hervor. »Das ist ... freundlich.«

»Dir soll nichts passieren. Das ist alles«, sagte Thaloan. Sie sahen einander an und Belén hatte das merkwürdige Gefühl, dass eigentlich irgendetwas geschehen sollte. Dann wandte Thaloan sich ab. »Na los, wir müssen uns beeilen.«

Der Kaiser begleitete sie bis zum Eingangsportal, wo eine Kutsche bereitstand. Ein sanfter Schimmer lag über dem Himmel und bewies, dass sie aufbrechen musste.

»Zeit, sich zu verabschieden«, sagte der Kaiser.

»Du wirst uns nicht begleiten?«

Er schüttelte den Kopf. »Ich habe andere Verpflichtungen. Obwohl ich gern mit einem Taschentuch gewunken hätte.«

»Ach.« Belén hob die Schultern. »Na gut.«

Thaloan lachte. »Macht dich das etwa traurig?«

Beinahe wäre sie zusammengezuckt. »Das tut es natürlich nicht«, erwiderte sie sofort.

Thaloans Blick verriet, dass er ihr nicht glaubte, und Belén war sich selbst nicht sicher, ob sie es tat – doch er nickte und verneigte sich vor ihr. »Prinzessin Belén, auf dass du gesund zurückkehrst. Ich werde dich vermissen, aber Eralys wird auf dich achtgeben und mit etwas Glück auch Saesora.«

Götter gibt es nicht, wollte Belén sagen, doch am Schluss war sie still darüber und sagte nur: »Leb wohl. Und danke. Wegen des Harzes.«

»Immer gern. Wenn du es innerhalb der nächsten Stunde nicht hast, ist jemand gestorben.« Thaloan schmunzelte. »Leb wohl.«

Beléns Mundwinkel zuckten, dann lief sie die Stufen hinab, um in die Kutsche zu steigen.

»Belén!«, rief Thaloan ihr nach und sie sah sich noch einmal um. »Wenn du auf der Reise bist und gerade nichts zu tun hast, kannst du ja darüber philosophieren, wer von uns wen zuerst zu duzen begonnen hat«, sagte der Kaiser amüsiert.

Belén wandte sich wortlos ab, doch während sie die Treppen weiter hinabstieg, lag auf ihren Lippen etwas, das fast ein Lächeln war.

Verbündete

Weder die Sonnenstrahlen, die meine Nase kitzelten, noch die erstaunlich weiche Bettdecke kamen mir sogleich merkwürdig vor. Dafür war ich zu müde und benommen und das Bett fühlte sich viel zu angenehm an.

Ruckartig rollte ich mich zur Seite und beugte mich über die Bettkante. Für einen Augenblick war ich überzeugt, mich übergeben zu müssen. Leise atmend harrte ich so aus, eine Hand gegen die Schläfe gepresst, als würde das die brennenden Kopfschmerzen lindern. Erst langsam flaute die Übelkeit ab, schwand zu einem unangenehmen Gefühl in der Magengegend, und ich ließ mich vorsichtig zurück ins Kissen sinken. Stöhnend legte ich die Hände aufs Gesicht. Mein Kopf fühlte sich an wie aus Blei, meine Kehle war so ausgedörrt, dass das Schlucken schmerzte. Saesora, ich hatte solchen Durst. Warum hatte ich so übertreiben müssen? Es sah mir ähnlich! Wenn ich etwas tat, dann richtig … dummerweise.

Ich rollte mich fort vom Fenster zur anderen Seite –

Und erstarrte.

Heilige Saesora und Eralys, dachte ich, während ich zwischen dem Bett und Sammy hin und her schaute. Er lag auf dem Bauch, einen Arm unter den Kopf geschoben, die Hand des anderen locker vor dem Gesicht liegend. Sein Haarknoten hatte sich geöffnet und die dunklen Strähnen fielen ihm in zerwühlten Wellen in die Stirn. Er sah so friedlich aus, er lächelte sogar.

Mit klopfendem Herzen stützte ich mich auf die Ellbogen und versuchte, durch meine ausgedörrte Kehle zu schlucken. Ich legte das Kinn auf die Brust und betrachtete meine bloßen, sommersprossigen Schultern, musste wissen, ob es war, wie ich befürchtete. Mit einer Hand hob ich die Bettdecke an und spähte auf meinen Körper hinab, ehe ich sie hastig zuschlug. Nicht bei allen

Göttern von Larounia hatte ich im Bett meines Vaters mit meinem besten Freund …?

Sammy regte sich und mein Blick huschte zu ihm, doch er schlief ruhig weiter. Leiser! Vorsichtig schob ich mich von der Matratze, bis ich die bloßen Füße auf den Boden stellen konnte. Auf Zehenspitzen sprang ich zum Fuß des Betts, wo ich nach dem auf dem Boden liegenden Bustier griff und es mir über den Kopf zog. Jeannes Puppe lag daneben, auf das Gesicht gefallen, und ich nahm sie vorsichtig in die Hände. Mit strafendem Ausdruck musterte ich die kleine Figur, ehe ich sie unter die Kleidung steckte – sie hatte mir auch kein Glück gebracht!

Hektisch suchte ich die anderen Kleidungsstücke zusammen, schlüpfte in Hemd und Hose sowie meine Stiefeletten und versuchte, mit den Sohlen keine Geräusche auf dem Holzboden zu machen. Wie spät war es? Hell allemal, und außerdem fuhr die Ruby längst und man würde uns sicher vermissen! Die anderen Matrosen mussten wissen, dass wir das Fest gemeinsam früher verlassen hatten. Dass wir beide verschwunden waren, musste genug ausgesagt haben. Ob sie nach uns gesucht hatten? Hatten sie *hier* gesucht? Bei allen Meeren, ich wollte nicht darüber nachdenken!

Erst, als ich aus der Kammer geflohen war und die Tür hinter mir ins Schloss fiel, erinnerte ich mich wieder an das, was Sammy mir gestern gestanden hatte. Ich hielt inne. Mit dem Rücken lehnte ich mich gegen die Tür, fuhr mir mit beiden Händen durch die offenen Locken und legte den Kopf in den Nacken. Oh, mein bester Freund. Wie hatte ich so dumm sein können all die Jahre? Wie hatte ich *jetzt* so dumm sein können? So fürchterlich, so egoistisch? Ich hatte Sammy benutzt, um mich von meinen Sorgen um Vater abzulenken.

Götter, wie sollte ich ihm je wieder in die Augen sehen?

Es blieb nur die Flucht. Ich sprang die Stufen zum Hauptdeck hinauf. Die Tür war ziemlich laut ins Schloss gefallen und ich vermutete, dass auch Sammy wach geworden sein musste, doch ich wollte mich ihm noch weniger stellen als den neugierigen Blicken der Matrosen, die oben warteten.

Mein Kopf dröhnte, als ich das Deck erreichte, und ich legte eine Hand gegen die Schläfe, um das Pochen in Schach zu halten. Wir trieben bereits auf dem offenen Meer – sicher waren wir schon einige Stunden unterwegs.

»Jen!« Danyos Bariton fuhr wie eine Klinge durch meine Stirn. Der hünenhafte Matrose kam vom Achterdeck herab – dicht gefolgt von Channa.

»Na, hallo! Du hast gestern auch gut zugelangt, aye?«

»Hm«, machte ich. Mein Herz klopfte wie wild. War ihnen aufgefallen, dass Sammy und ich verschwunden waren? Dass ich nicht in meiner Kajüte gewesen war? Sie sahen nicht zwingend so aus – Channas Blick war bloß forschend. Danyo derweil beugte sich vor und musterte mich eingehend. »Hmm, diese Blässe, die Augenringe, wie du meinem Blick ausweichst ... ah, sie fasst sich an die Schläfen, sie ächzt – klarer Fall! Jen hat den Schwertfisch.«

»Schwertfisch«, wiederholte ich lahm.

»Den Kater, nennen es die Landratten«, sagte Channa, als wüsste ich das nicht. »Oder den Morgennebel, sehr nobel. Ich nenne es auch gerne *Möwendreck*, so fühlt es sich nämlich an.«

»Hört mal, wegen letzter Nacht ...«, stammelte ich.

Channa winkte ab. »Vergiss es, wir hatten auch viel getrunken. Aber witzig war's.« Ein Lächeln huschte über ihre Lippen. »Es ist gut, dass Lou so schön schweigen kann.«

»Äh. Was meinst du?«, fragte ich.

»Na, dass es gut war, dass sie mich vor Leonard gedeckt hat wegen letzter Nacht«, erklärte sich Channa, als wäre es das Offensichtliche.

»Du warst letzte Nacht gar nicht an Bord?«

Ungeduldig winkte sie ab. »Ach, Jen! Du wirst doch gesehen haben, dass das Bett leer war.«

Ich stockte. »Ich ... äh, ja ... dachte, du wärst nach mir schlafen gegangen und vor mir wieder aufgestanden«, log ich.

»Das hättest du tatsächlich nicht mitbekommen, nachdem du so viel durcheinandergetrunken hast«, gab sie zurück. »Und, Danyo, wie war deine Nacht?«

Danyo ließ die Schultern hängen und fuhr sich betrübt über den kahlrasierten Kopf. »Gut. Aber Nathan war nicht dabei. Als wir das letzte Mal in Onro waren, *da* haben Nathan und ich gefeiert! Am nächsten Morgen sind wir aufgewacht und da waren drei ...«

»Zu viele Details«, sagte Channa und schob ihn weiter. Als sich die beiden entfernten, atmete ich auf.

Mir wollte ein Stein vom Herzen fallen! Channa hatte die Nacht woanders verbracht, womöglich bei diesem blonden Mädchen. Sie hatte nicht bemerkt, dass ich nicht in der Kajüte gewesen war. Sie hatte keine Ahnung, dass ich mit ihrem Bruder …

Halt! Wenn Lou sie gedeckt hatte, musste das bedeuten, dass sie wusste, dass ich nicht im Bett gelegen hatte. Ob sie Leonard gesagt hatte, dass auch ich unschuldig in meiner Koje schlief?

Ich sah mich zu allen Seiten um und entdeckte Lou schließlich ein paar Teller über das Deck tragen. Eilig steuerte ich auf sie zu, überprüfte dabei, ob Sammy an Deck kam, was glücklicherweise nicht der Fall war. Lou begann anzüglich zu grinsen.

»Hallo, Schwester!«, flötete sie.

Ich blieb stehen und verschränkte die Arme. »Wie viel weißt du?«

»Keine Ahnung, wovon du sprichst«, sagte sie mit Unschuldsmiene.

»Lou, hast du mich vor Leonard gedeckt?«, drängte ich energischer.

»Weswegen?«

»Raus mit der Sprache!«

Sie kicherte. »Schon gut, schon gut! Mach dir keine Sorgen, wenn er fragt, hast du verschlafen. Schwestern sind doch füreinander da.«

»Nicht ohne angemessenen Preis«, murmelte ich und sah sie bereits mit dem Wischmopp wedeln.

»Stell dich nicht so an«, sagte Lou. »Sieh, ich habe sogar den Matrosen gesagt, dass Sammy dich früher nach Hause gebracht hat und du brav in deinem Bett lagst. Kein Grund zur Sorge! Niemand weiß von eurem … nun.« Sie begann wieder zu grinsen.

»Danke, Lou«, sagte ich und musste mir eingestehen, dass es mich ungemein erleichterte, dass sie mich so gut gedeckt hatte.

Lou wackelte mit den Augenbrauen. »War es denn schön?«

»Sag mal!«, stieß ich hervor.

»Ich meine nur, weil ich euch gar nicht wecken wollte«, sagte sie abwehrend. »Ihr habt noch geschlafen, als ich in die Kammer geschaut habe …«

»Du hast uns *gesehen*?«, unterbrach ich sie entgeistert.

Lou zuckte mit den Schultern und stellte rasch eine Hand auf die Holzteller, weil sie ins Wanken gerieten. »Ich habe euch schon mal gemeinsam reingehen sehen, vor einigen Tagen. Ich musste ja sichergehen, dass du an Bord bist. Als du nirgends sonst warst, dachte ich, ich sehe zumindest nach.« Sie lachte mit einem Mal und bedeckte den Mund mit der Hand. »Aber mal im Ernst, Jen, in *Papas* Kammer? Das darf er nie im Leben herausfinden!

Phahaha, stell dir mal sein Gesicht vor, wenn dir das rausrutschen würde!«

Ich wusste nicht, ob ich ihr an den Kragen gehen sollte oder nicht, doch ich musste die Entscheidung auf später verschieben, da ich Sammy aus der Tür zum Unterdeck treten sah. Geistesgegenwärtig stieß ich ein paar Teller aus Lous Händen, sodass sie hinter ein paar Fässer und Tauwerk klapperten. Meine Schwester gab einen empörten Laut von sich, ehe sie den Schüsseln nachlief und sich hinter dem provisorischen Sichtschutz hinhockte. Sie wollte sich wiederaufrichten, als ich neben ihr auf die Planken glitt und ihre Handgelenke packte. »Nicht.«

»Saesora, so schlimm?«, fragte Lou stirnrunzelnd.

»Ich möchte ihn nicht sehen«, sagte ich. »Bitte, ich weiß einfach nicht, wie.« Nach kurzem Zögern nickte sie. Wir setzten uns auf den Boden und lehnten uns gegen die Fässer. Lou stellte die Teller auf den Stapel.

»Was ist denn genau passiert?«, fragte sie ungewohnt einfühlsam.

Ich legte den Kopf in den Nacken. »Wo soll ich anfangen?« Langsam begann ich zu rekapitulieren, was Sammy mir für Dinge gesagt hatte, ließ die Nacht noch einmal Revue passieren. Seine Worte erfüllten meine Ohren wie gestern in den Schatten der Häuser Thalheims.

Oh, Sammy.

»Du kannst dir nicht vorstellen, mit ihm zusammen zu sein«, sagte Lou, als ich hilflos verstummte.

»Ich weiß nicht, was ich denken soll.« Ich erinnerte mich an die Momente seit der Rückkehr der Ruby, all die Zeit, die Sammy und ich gemeinsam verbracht hatten. Ich dachte daran, wie wir einander zum Hafen in St. Flaeme gejagt hatten, wie ich das Schiff bewundert und er mit halbem Lächeln gesagt hatte, niemand könne sich in meinen Augen mit der Ruby messen. Ich dachte daran, wie Sammy meine Hand gehalten hatte, als wir durch Jehra gelaufen waren, als die Stadt dem Untergang nah gewesen war – wie er mich angeherrscht hatte, dass ich vor ihm die Leiter hinaufklettern sollte. Ich dachte daran, wie er mich im Arm gehalten hatte, als wir in Vaters Tagebuch gelesen hatten, wie er dagewesen war, als ich es am meisten gebraucht hatte. Ich dachte daran, wie er mich angesehen hatte, als ich in dem verfluchten Ballkleid an Deck gekommen war. Hatte er mich fragen wollen, ob wir ausgehen wollten?

Was hatte ich die ganze Zeit gedacht? Hatte ich gefühlt wie er? Oder hatte ich mein Herz längst an die Ruby verschenkt?

Ich vergrub das Gesicht in meinen Händen.

»Jen.« Lou legte die Arme um mich. »Was sagt er denn dazu?«

»Er wird aufgewacht sein und darüber geflucht haben, was wir veranstaltet haben«, murmelte ich. »Er hätte mir dieses ganze Zeug ohne das dumme Betrinken nie gesagt – zumindest nicht, bevor er sich sicher ist, dass ich nicht … so dämlich reagiere wie jetzt.«

»Wäre es nicht gut, mit ihm zu reden? Zu klären, was zwischen euch ist? Es geht nur um euch – niemand außer mir weiß davon, nicht mal Gideon.«

»Es ist mir egal, was die anderen denken«, erwiderte ich, obwohl das sicher nicht ganz der Wahrheit entsprach. »Wie soll ich ihm das beibringen? Nach dieser Nacht? Ich will ihn nicht verletzen. Und … und ich will auch nicht, dass wir keine Freunde mehr sind.« Ich stöhnte. »Ich bin so grauenvoll. Eine Idiotin! Ich hab alles vergessen wollen und deswegen … steige ich mit ihm ins Bett? Was bin ich für ein furchtbarer Mensch?«

»Du bist nicht furchtbar«, widersprach Lou sanft.

»Und wie nennst du das dann?«

Sie suchte nach einer Antwort, fand aber offenbar keine. Eine Weile saßen wir schweigend nebeneinander. Ich versuchte, nicht daran zu denken, wie Sammy mich ansehen würde, wenn ich ihm wiederbegegnete. Was sollte ich machen? Ich brauchte ihn, ich wollte ihn nicht verlieren. Unbewusst zupfte ich an dem Ring in meiner Ohrmuschel. Doch als ich Luft holen wollte, fiel ein Schatten auf uns und jemand sagte: »Darf ich fragen, was ihr da treibt?«

Wir fuhren zusammen und schauten hoch, um Negro in der Sonne stehen zu sehen. Er stemmte die Hände in die Seiten und beugte sich mit prüfendem Blick herab. Professor Koalbeurne spähte mit schief sitzender Brille über seine Schulter, auf Negros Schulter hockte Flatter.

»Lou hat ein paar Teller fallen lassen«, sagte ich, während wir eilig auf die Beine kamen. Meine Schwester stieß mich unsanft in die Seite.

»Bloß, weil Jen mich gestoßen hat!«

Negro hob eine Hand. »Wenn ihr eine Beschäftigung benötigt«, brummte er nach einem Räuspern, »es wird Zeit, die Fließenden zu befragen.«

»Die Fließenden!«, rief Lou aus. »Natürlich kommen wir mit.«

Der Seebär hob eine Augenbraue und sein einäugiger Blick fiel auf die Teller in ihren Armen. »Hat Leonard dir nicht gesagt, dass du beim Abwasch helfen sollst?«

Sie schob die Unterlippe vor. »Sollte das etwa ein Test sein, ob ich auch meine Arbeit mache? Überhaupt – ich war gestern ganz anständig. Jen dagegen hat den Schwertfisch!«

Brummend lachte Negro und legte mir eine Pranke auf den Rücken. »Jermaine, du hast den Dieb zum Reden gebracht, jetzt soll es dir auch mit seinen Freunden gelingen.«

»Aye«, sagte ich und selbst Lous Murren konnte mich nicht davon abbringen, ungemein beruhigt zu sein. Ich musste mich ablenken, irgendwie, und gleichzeitig schnitt das Seil mit dem Gewicht stärker in meinen Nacken, während Negro mich voranschob und Goggel uns nachkam. *Feigling*, sagte eine Stimme. W*eglaufen ist die einzige Lösung, die du hast.*

»Du hast dein Hemd übrigens falschherum an!«, rief Lou noch, ehe sie außer Hörweite geriet. Ich ließ mich zurückfallen. Das Hemd war nicht bloß nach außen gekehrt, es gehörte außerdem Sammy. Eine Note des vertrauen Geruchs stieg mir in die Nase und meine Kiefer knirschten.

»Gehen wir nicht zu den Zellen?«, fragte ich, als Negro auf dem dritten Unterdeck die Treppe verließ und durch den Gang humpelte.

»Die Fließenden haben sich längst aus den Zellen ausquartiert«, brummte der Seebär und steuerte über den Flur.

»Warum auch erklären«, murmelte ich.

»Ja ja, einsilbiger Geselle, unser Negro, nicht wahr?«, fragte Goggel und rückte seine Halbmondbrille zurecht.

»Und er weiß so viele Dinge.«

Der Sprachenkundler hob die Schultern. »Wer kann sich das schon erklären, huh? Er war so lange weg!«

»Ein bisschen unheimlich ist das schon.«

»Ich höre, was ihr sagt«, knurrte Negro und drehte sich um. »Was diese Fließenden angeht: Seid auf der Hut mit ihnen, auch wenn sie unbewaffnet sind. Ihre Kräfte sind uns noch unbekannt, ihre Absichten ebenso.«

Goggel nickte. »Aber sicher, aber sicher.«

»Kann ich noch was holen?«, fragte ich, da mir etwas einfiel. »Aus meiner Kajüte?«

Negro machte eine auffordernde Handbewegung. »Dann aber schnell, aye?«

Rasch lief ich zur Kajüte, schlüpfte hinein. Aus der Schublade des Schranks, in der ich meine Seefahrerbücher verstaut hatte, holte ich die Papierfiguren, die Nautilus gefaltet hatte. Zuerst hatte ich vorgehabt, sie wieder ins Buch einzukleben, aber dann hatten die Figürchen mir leidgetan und ich hatte sie gelassen, wie sie waren. Ich nutzte den Augenblick, um rasch etwas zu trinken und die Kopfschmerzen zu lindern. Verfluchter Schwertfisch! Niemals wieder würde ich Alkohol trinken, das schwor ich mir.

Ich überlegte, ob ich mich umziehen sollte, doch Negro war sicher ungeduldig. So zog ich bloß die Jacke über und schob die Papierfiguren hinein, ehe ich zurückkehrte.

»Na, endlich«, sagte der Seebär, als ich zu ihnen stieß. Er war vor der Kammer des Schiffsarztes stehengeblieben und klopfte energisch an.

Die Tür wurde geöffnet. »Guten Morgen, immer herein«, sagte Amrar mit einer Miene, die weit uneinladender aussah, als seine Worte klangen.

»Amrar«, sagte Negro und schob sich seitwärts durch die Tür, gefolgt von Goggel und mir. Der Schiffsarzt schloss die Tür, ordnete sich das geflochtene Haar und verdrehte die Augen.

»Müsst ihr in so einer großen Gruppe kommen? Ihr seht, es ist eng.«

Negro beachtete seine Beschwerden nicht. »Wir sind für die Fließenden hier, wo sind sie?«

»Im Hinterzimmer«, sagte Amrar und wies auf einen Türrahmen, der mit einem Vorhang versehen war.

»Wie geht es der Muschelhaut?«, fragte Negro.

Amrar zuckte mit den Schultern. »Was weiß ich? Ich gebe mein Bestes, doch ich bin Arzt, kein Experte für Weichtiere.« Seine Miene wurde weicher. »Aber ich sage so, das Mädchen und der kleine Junge verbringen Tag und Nacht da drin und wollen partout nicht von seiner Seite weichen.«

Negro seufzte. »Jermaine, hinein mit dir.«

»Ich soll *allein* da rein?«, fragte ich.

»Vorerst ja.«

Ungläubig schüttelte ich den Kopf. »Hast du nicht gerade gesagt, sie könnten gefährlich sein?«

»Aber sie werden bewacht«, grollte Negro. »Du siehst nicht so furchteinflößend aus wie ich und auch nicht so verschreckt wie der Professor – also los.«

Ich presste die Lippen aufeinander. Etwas hatte mich dazu verleitet, diese drei zu beschützen – doch ich brachte ihnen trotzdem Misstrauen entgegen. Nautilus war anders gewesen, als ich mir einen Fließenden vorgestellt hatte, aber das musste nichts heißen. War es richtig gewesen, dass ich den Feind an Bord geholt hatte?

Flatter krächzte. Ich ließ ihn auf meine Schulter klettern – damit ich nicht ganz alleine war.

Unsicher hielt ich vor dem Hinterzimmer inne. Lauerten sie schon auf mich? Würden sie mir an die Kehle springen? Oder nicht? Mit einem letzten Blick zurück, den Negro mit einer ermutigenden Handbewegung quittierte, schob ich den Vorhang zur Seite … und schlüpfte hinein.

Niemand sprang mir an die Kehle, niemand lauerte mir auf. Nein, das Bild, das sich mir bot, war ein anderes, und es brachte mich dazu, stumm innezuhalten.

Das vollschlanke Mädchen mit der dunklen Haut war neben dem Gardisten als Einzige wach. Sie saß auf einer Decke am Boden und hob den Kopf, als sie mich eintreten sah – ihre Brauen zogen sich misstrauisch zusammen. Der kleine Junge hatte den Kopf in ihrem Schoß und schlummerte. Das Haar fiel in seine Stirn, sein Gesicht war friedlich, beinahe wie bei … n*ein, nein, jetzt nicht an Sammy denken*.

Was den Mann anging, den Negro die Muschelhaut genannt hatte – er schlief ebenfalls, wenngleich weit weniger ruhig. Mein Atem stockte, als mein Blick auf ihn fiel. Seine Stirn glänzte vom Schweiß, der Mund war leicht geöffnet und sein Kopf ruckte, als würde er schlecht träumen. Die kaputte Muschelhaut knackte bei jedem Atemzug.

Ich hätte alles sagen können, um dieses Gespräch zu eröffnen – hätte misstrauisch sein oder sie anschreien können, weil ihr Volk meinen Vater verschleppt hatte –, doch als ich diesen verletzten Mann vor mir auf der Pritsche liegen sah, fragte ich bloß flüsternd: »Geht es ihm nicht besser?« Es erschien mir falsch, hier laut zu reden – nicht nur, weil ich jemanden wecken könnte … es war, als störte ich die Ruhe von Toten. Selbst Flatter auf meiner Schulter verhielt sich ruhig.

»Nein«, sagte das Mädchen.

»Wie ist sein Name?«

»Rami.«

Ich betrachtete die splittrige Muschelhaut in Ramis Brustkorb. Die Ränder schienen glatter als damals – es hatte ein Heilungsprozess stattgefunden, wenn auch ein minimaler. Betroffen schloss ich die Lippen. Obwohl sein Torso so entstellt war und selbst im gesunden Zustand alles andere als gewöhnlich ausgesehen hätte, glich Rami unverkennbar einem Menschen, genau wie die anderen beiden. Ich erinnerte mich, wie Negro in der Geschuppten Jungfer vom Fließenden Volk erzählt hatte, wie ich ihn beim Angriff der Lakerten gefragt hatte, ob es sich bei diesen Kreaturen um Fließende handelte. Aber das Fließende Volk, oder zumindest diese Vertreter – sahen uns Menschen nicht unähnlich.

Als ich einen Schritt vormachte, schob sich die junge Frau nach hinten, was mich zum Innehalten brachte. Der Junge regte sich, schlief aber weiter. »Was willst du von uns?«, fragte sie.

»Ich …« Ich stockte. Ja, was wollte ich? »Ich hab euch was mitgebracht.«

Ayo beobachtete mit Argwohn, wie ich in meine Jacke griff und die Figürchen hervorzog. Als sie die gefalteten Papiere erblickte, weiteten sich ihre Augen und sie streckte die Hände aus. Tränen schimmerten in ihren Augen, als sie die Figuren an sich nahm und untersuchte. »Nautilus.« Ihr Lippen bewegten sich lautlos, ehe sie mich ansah. »Wie heißt du?«

»Ich bin Jermaine«, sagte ich und wies auf den Vogel. »Flatter. Und ihr?«

Sie legte ihre Hand auf die Brust. »Ich heiße Ayo. Das ist Sno.« Die Hand fuhr über den Haarschopf des Jungen.

»Wie Sterne«, sagte ich und Ayo nickte. Dann fragte sie: »Jer-maine, warum leben wir? Du hast gerettet. Wieso?«

Ich schluckte. »Ich glaube, es wäre das gewesen, was mein Vater getan hätte.«

Ayo neigte den Kopf.

»Jetzt müsst ihr mir beweisen, dass ich richtig gehandelt habe«, ergänzte ich. »Euer Volk hat meinen Vater verschleppt. Ich möchte wissen, was ihr damit zu tun hattet. Warum wollt ihr in die Gewässer zurück? Wollt ihr die anderen Fließenden befreien? Habt ihr das Buch aus Jehra gestohlen, um den Menschen zu schaden? Was ist mit meinem Vater auf eurer Insel geschehen und ist er noch am Leben?«

»Ich kenne deinen Vater nicht«, sagte Ayo. »Wir Elmanauten wollen Menschen nicht schaden.«

»Und was ist mit den Toten in Jehra?«

»Wir wussten nichts davon«, beteuerte sie. »Wir sind nicht wie andere. Wir wollen nur Elma. Andere Mer'Etha töten, aber wir … wir sind …« Sie suchte nach dem richtigen Wort.

»Du sprichst Thaleanisch nicht so gut, nicht wahr?«

Ayo schüttelte den Kopf.

»Draußen ist ein Mann, der Alt-Erali spricht«, sagte ich. »Wäre es in Ordnung, wenn du mit rauskommst und wir ihn zu Rate ziehen?«

Die Fließende nickte zögernd und erhob sich. Jede ihrer Bewegungen floss dahin, die Füße berührten den Boden so leicht, als wäre sie eine Tänzerin. Obwohl sie versuchte, Sno schlafen zu lassen, wurde er blinzelnd wach. Er richtete sich auf, streckte die Glieder, rieb sich ein Auge. Als er mich erblickte, wurde sein Blick misstrauisch. Ayo sagte etwas und er antwortete, beides auf Alt-Erali, dann nickte er rasch. Dann zeigte Ayo Sno die Papierfiguren, hielt den Wassertropfen und die Silberfrucht in die Höhe und wies auf ihn und sich. Sno lachte. Er erhob sich, schüttelte seine strubbeligen blonden Haare aus, richtete wichtigtuerisch seine Seefahrerjacke. »Sno«, sagte er und zeigte auf sich.

»Jermaine«, antwortete ich.

»Wenn du Ayo wehtun, dann …« Er schlug mit der Faust in die flache Hand.

Ich lächelte. »Keine Sorge, wir tun keinem was.«

Sno neigte den Kopf. »Dein Vogel ist schön.«

»Danke«, sagte ich und streichelte Flatters Stirn.

Ich ließ Ayo und Sno an mir vorbei in die vordere Kammer treten. Negro hatte auf einem Schemel Platz genommen, während Goggel dem Schiffsarzt zusah, der Phiolen beschriftete.

»Das ist Gogrimm Koalbeurne, unser Sprachenkundler. Er studiert andere Völker und ihre Kultur und Sprache. Deshalb kann er Alt-Erali«, erklärte ich und deutete auf Goggel, der bei unserem Eintreten den Kopf hob und sich fahrig verbeugte. Er sagte etwas auf Alt-Erali, ehe er den Fließenden kräftig die Hände schüttelte. Goggel ging stets gebückt, doch er überragte Ayo dennoch. Sno schnitt eine Grimasse.

»Und das ist Negro, ein erfahrener Seemann«, sagte ich.

Negro hob zur Begrüßung die Hand. »Schön, die Bekanntschaft von Fließenden zu machen.«

»Und dort ist …«

»Amrar«, bestätigte Ayo und nickte.

»Wir sind Freunde«, sagte Amrar emotionslos.

Ayo setzte sich neben Sno auf die leere Pritsche. Sie schob die Beine unter den Körper und zog den jüngeren Fließenden näher zu sich, der Flatter fasziniert musterte. Jede von Ayos Gesten hatte ebenso viel Sanftmut wie Bestimmtheit an sich, und obwohl sie nur wenig älter als ich sein konnte, erschien sie bisweilen wie eine weise, bedachte Mutter.

»Du kannst Alt-Erali sprechen und Professor Koalbeurne wird es übersetzen«, sagte ich.

Ayo holte Luft und ließ die fremden Worte über ihre Zunge rollen. Goggel hörte aufmerksam zu und übersetzte, was sie sprach:

»Auf unserer Insel herrscht Hass. Die Mer'Etha lechzen danach, die Menschen zu bestrafen, die sie einst versiegelt haben. Mit jedem Tag wird es schlimmer – nur wenige sind nicht gänzlich dem Wunsch nach Töten verfallen. Wird ein Mensch auf Mer'Etoth angespült, muss er sterben. Zeigt ein anderer Mer'Etha Widerstand, wird er hingerichtet.

Nur wir waren anders – Sno, Rami, die anderen in Jehra und ich. Wir hatten eine Mentorin, die uns zum Besseren erzogen hat. Sie sagt, dass die Menschen andere sind als damals – und dass unser eigentliches Vorhaben darin bestehen sollte, die Gewässer zu verlassen, um dem nahezukommen, was uns einst schuf: Dem Meer und der Göttin.«

»Fließende, die ihrer Bestimmung entgehen«, schloss Negro mit erhobenen Brauen. »Bemerkenswert.«

»Es gibt noch andere wie uns«, sagte Ayo. »Aber die meisten werden von Keplar getötet. Wir haben uns bemüht, unbemerkt zu bleiben.«

Unschlüssig sah ich Negro an. Glaubte er ihr? Seine Miene war unergründlich.

»Es tut uns leid wegen deines Vaters«, beteuerte Ayo auf Thaleanisch und sah mich an. »Er war sicher nicht böse.«

»Habt ihr ihn gesehen?«, fragte ich. »Auf der Insel?«

Sie schüttelte den Kopf und sprach auf Alt-Erali: »Wir haben eine Schaluppe gefunden und seetüchtig gemacht. Wir flüchteten in einer Nacht und durchsteuerten die Gewässer. Wir dachten, wir sterben … doch wie durch ein Wunder erreichten wir das offene Meer. Tagelang trieben wir ohne Orientierung auf dem Ozean – nur, weil wir zusammen waren, sind wir nicht verrückt geworden. Das kaputte Schiff reparierten wir in Tethoro, ehe wir Richtung Jehra aufbrachen. Es hat alles furchtbar lang gedauert. Wir haben deinen Vater nicht getroffen, er muss nach unserer Flucht aufgetaucht sein.«

Als Goggel übersetzt hatte, verlagerte Negro sein Gewicht. »Ahhr. Zeitlich würde das hinkommen«, sagte er. »Und, was denkt ihr, was die anderen Fließenden mit unserer Mannschaft gemacht haben?«

Ayo zögerte. »Sie werden versuchen, aus ihnen herauszubekommen, wie man von Mer'Etoth gelangt. Wenn eure Leute das verraten und erneut ein Schiff wie unseres angespült werden sollte, werden sie die Insel verlassen.«

Ich sah Negro ernst an. »Du lagst richtig mit deiner Vermutung.«

»Ich wünschte, ich täte es nicht«, sagte der Seemann. »Ayo, erzähl mir von den Fähigkeiten der anderen Fließenden – oder Mer'Etha, wie du sie nennst. Wir haben Muschelhäute gesehen und ein Mädchen mit einem Oktopus. Was ist mit den anderen?«

Ayo nickte. »Viele verschiedene Fähigkeiten – einige unnütz oder von geringem Wert im Kampf. Viele der Kräfte haben sich mit den Jahren zurückgebildet, sodass sie keine Gefahr darstellen. Andere tragen gewaltige Macht in sich. Mer'Etha können Menschen in Wasser verwandeln oder turmhohe Wellen beschwören. Manche haben Gebisse wie Piranhas. Einige sind wie Menschen, andere beinahe Tiere. Aber so viele sind voller Hass und das macht jeden von ihnen gefährlich.«

»Und wie gefährlich seid ihr?«, fragte ich.

Über Ayos Lippen zuckte ein Lächeln. »Ungefährlich. Snos Fähigkeiten schaden mehr, als dass sie nützen. Mit meinen kann ich keinen Kampf austragen. Ich bin keine Kriegerin. Ich schenke Leben.« Sie griff in die Innenseite ihres Mantels und zog eine reife Silberfrucht hervor. Es war ein Prachtexemplar – die feinen silbrigen Linien verliefen überall über die ovale Frucht und versprachen den typisch säuerlichen, kribbelnden Geschmack. Ich betrachtete die Frucht, ehe ich den Blick zu Ayo hob.

Mit ernstem Blick zog sich die Fließende die Schiebermütze vom Kopf. Die dicken, zu vielen Zöpfen geflochtenen Haare fielen ihr über die Schultern, und zwischen den Strähnen leuchteten weinrote Traubenstränge, wie eingeflochtene Perlen.

»Sie ist ein nie endendes Reservoir an Früchten«, sagte Negro. »Wahrlich kein Vorteil im Kampf.«

»Aber einer, wenn man sich um seine Familie kümmern muss«, sagte ich. Ayo nickte. Die Elmanauten – das war ihre Familie. Und sie beschützte sie wie eine liebende Mutter.

Negros Miene war nachdenklich. »Ich wüsste zu gern, was euch zurück nach Mer'Etoth treibt. Ihr habt es herausgeschafft – das war doch, was ihr wolltet.«

Ayo antwortete auf Alt-Erali, aber Goggel übersetzte nicht sofort – er stockte.

»Was lässt dich zögern, alter Freund?«, fragte Negro.

»N-nur eine Unsicherheit in der Übersetzung, nichts weiter.« Goggels Adamsapfel hüpfte, als er schluckte und schließlich weiter übersetzte.

»Eine von uns hat es nicht geschafft – unsere Mentorin Elma. Sie hat uns beschützt, nun müssen wir sie beschützen.«

Und da fügten sich die Teile mit einem Mal ineinander. »Ihr habt die gleichen Absichten wie wir«, sagte ich. »Auch ihr habt jemanden in den Gewässern verloren, den ihr liebt.«

Ayo nickte. Goggel übersetzte ihre nächsten Worte. »Ihr seid die gewesen, denen Atlas und die anderen in der Bibliothek begegnet sind. Durch euch sind wir auf die Spur Saesoras gekommen. Wir haben die Dawea für das Ritual zur Hilfe geholt.«

»Ihr habt die Prinzessin ausfindig gemacht, während wir herausgefunden haben, wo sich dieser Tempel von Saesora befindet. Oh Götter. Die ganze Zeit haben wir praktisch zusammengearbeitet.« Ich zweifelte nicht mehr daran, dass diese Fließenden keine bösen Absichten hatten – dass sie nicht nur aussahen, sondern auch *fühlten* wie wir. Sie konnten Freunde, *Familie* sein, sie konnten leiden und Angst empfinden. Sie waren keine Monster. Sie waren auch keine Menschen, doch sie waren nah dran.

»Was ist los?«, fragte Ayo auf Thaleanisch.

»Ich ... ich habe euch zu Unrecht für böse gehalten«, sagte ich. »Bitte, das tut mir leid.«

Ayo beugte sich vor und legte eine Hand auf meinen Arm. Ihre Haut war warm und ihr Blick ebenso. »Vater entführt von Mer'Etha. Jehra zerstört. Macht Vertrauen nicht einfach«, gestand sie mir zu. »Auch wir haben nicht vertraut. Aber ihr seid nicht böse, ihr habt uns drei gerettet.«

Ich nickte. »Das ist wahr und ich glaube, das war auch richtig.«

Wir sahen Negro an, der zustimmend brummte.

»Was passiert mit Sno, Rami und mir?«, fragte Ayo. »Wir sind letzte Elmanauten, die es noch gibt.«

»Nun«, sagte Negro. »Ich werde dies nicht entscheiden. Ich bin nur Berater. Aber wie ich Leonard kenne, wird er von einer Zusammenarbeit nicht abgeneigt sein. Nicht wahr, Jermaine?«

Langsam zog ich die Unterlippe ein und ließ sie wieder los, während ich die beiden betrachtete. Ich hatte sie gerettet, weil ich es für moralisch richtig gehalten hatte. Ich hatte sie gerettet, weil ich der Meinung gewesen war, dass Vater genauso gehandelt hätte. Und als ich Ayo und Sno nun anschaute und in ihnen nicht nur Fließende, Dämonen und Vatermörder sah, hatte ich noch einen weiteren Grund: Wir waren keine Feinde, wir standen auf derselben Seite.

»Ja«, sagte ich. »Leonard wird sicher wollen, dass wir zusammenarbeiten – als Verbündete.«

»*Gemeinsam*, wenn das auch euer Wunsch ist.« Negro streckte die Hand aus und reichte sie Ayo, deren Lippen sich überrascht teilten. Sno stellte sich auf die Zehenspitzen und flüsterte ihr ins Ohr. Sie betrachteten die Papierfiguren von Nautilus in seinen Händen, ehe Ayo nickte. Mit ernster Miene ergriff sie Negros Hand und schüttelte sie. Dann wiederholte sie die Geste mit mir, und auch Sno streckte uns mit grimmigem Blick die Hand entgegen. Negros zufriedenes Nicken erfüllte mich mit Hoffnung. Selbst Goggel schien glücklich, während Amrar, der seine Phiolen beschriftete, uns nur einen ungeduldigen Blick zuwarf.

ERBIN UND UNGLÄUBIGE

»Was ist das?«, fragte Belén mit großen Augen, als sie wenige Tage nach ihrem Aufbruch aus Thalheim an Deck kam und mit vorsichtigen Schritten an die Reling trat.

»Das Wandermeer«, sagte Kapitän Leonard, ohne sie anzusehen. Auf seinem Gesicht lag sorgenvoller Ernst. Auch Jermaine, die neben ihm stand und die Unterarme auf dem Geländer abgelegt hatte, sah nicht begeistert aus, ebenso wenig wie Negro.

Belén richtete den Blick auf die Nebelwand vor ihnen, die das Rot der Abendsonne gänzlich schluckte und bloß schleierhaftes Weiß vor dem Schiff auftürmte. Zwei Wochen segelten sie nun auf dem Meer und der Tempel würde bald in greifbarer Nähe sein.

»Warum heißt es so? Wandermeer?«

»Die Inseln bewegen sich«, sagte der Kapitän. »Sie schwimmen auf dem Wasser und verändern ihren Standort.«

»Sind sie lebendig?«

»Nun, anders als man denken könnte«, sagte Leonard, ehe er von Negro unterbrochen wurde.

»Prinzesschen, kennt Ihr Euch aus mit der Schöpfungsgeschichte dieser Welt?«, fragte er forsch.

Belén hob eine Augenbraue. »Mit der fellonischen oder mit der thaleanischen?«

»Mit der *echten*«, sagte der Seemann und trat schwerfällig auf sie zu. »Die Urgötter Sar, Phem, Ars und Thal haben Larounia geschaffen. Als ihr Werk vollbracht war, zogen sie sich zurück in die Dunkelheit. Um ihre Welt zu schützen, sandten sie die Gesegneten aus, die auf ihren Grund wandeln und ihre Schöpfungen bewahren sollten. Das sind die Götter.«

»Und was hat das mit dem Wandermeer zu tun?«, fragte Belén. Negro machte sie nervös und es gefiel ihr nicht, dass er sie schon wieder über Götter belehrte.

»Nun, wie Ihr sicher wisst, haben sich die Urgötter an verschiedene Stellen der Welt zurückgezogen«, sagte Negro. »Sar soll in den heißen Erdspalt geklettert sein, aus dem später das Monster von Fellonien kroch. Thal schläft unter unserem geliebten Kaiserreich. Wohin Ars gegangen ist, weiß niemand – doch es wird vermutet, dass er der helle Stern ist, der sich am Abend als Erstes zeigt. Phem aber, der Letzte, soll im Wandermeer verschwunden sein. In einem Strudel aus Licht und Wasser tauchte er bis auf den Grund der See. Bei den Inseln, Prinzesschen, handelt es sich um Kreaturen, die beinahe so alt wie Phem selbst sind. Sie sind erstarrt, wie unerweckte Golems – Grund dafür ist die Macht, die von dem schlafenden Urgott ausgeht. Nur wer göttergleiche Macht in sich trägt, kann sie dazu bringen, sich zu rühren. Solange wachen sie über das Wandermeer.«

»Beeindruckend«, sagte Jermaine.

»Märchen«, spottete Belén und hätte sich beinahe die Hand vor den Mund geschlagen, als ihr klar wurde, dass sie es laut gesagt hatte. »Verzeiht«, korrigierte sie sich eilig. »Natürlich billige ich, woran Ihr glaubt. Aber in Fellonien sehen wir das anders.«

Negro schüttelte den Kopf. »Denkt doch, was Ihr wollt, Prinzesschen Götterlos«, sagte er. »Ihr würdet einen Gott nicht erkennen, wenn er leibhaftig vor Euch stünde. Aber Ihr werdet die Wahrheit früh genug verstehen. Vielleicht schon allzu bald.« Damit wandte sich der Seemann ab und humpelte davon. Belén stieß einen Seufzer aus.

»Ruhe bewahren«, beschwichtigte Jermaine. »Negro ist nicht so furchteinflößend, wie er aussieht.«

»Dasselbe gilt für das Wandermeer«, pflichtete Leonard ihr bei. »Die Nebelwand sieht bedrohlich aus, doch davon geht keine Gefahr aus.«

»Nur wie finden wir die Insel, wenn sie sich bewegt?«, fragte Jermaine.

»Nun, der Tempel von Saesora scheint der einzige Ort zu sein, der sich nicht verschiebt«, erläuterte der Kapitän. »Solange wir uns an die Karte halten, kommen wir problemlos durch.« Er richtete den Reverskragen seines Gehrocks. »So die Theorie.«

Jermaine hob die Brauen. »Du hast kein gutes Gefühl dabei?«

»Ich bin gern vorbereitet«, sagte Leonard, »und in diesem Fall habe ich keine Ahnung, was uns erwarten wird.« Auch er nickte den beiden zu und entfernte sich, um einen Befehl von der Brücke zu rufen.

»Und?«, fragte Jermaine. »Seid Ihr aufgeregt?«

»Wegen des Nebels?«

»Wegen der Göttin. Oder glaubt Ihr tatsächlich, dass es sie nicht gibt?«

»Natürlich gibt es sie nicht«, sagte Belén ärgerlich. »Urgötter. Lächerlich.«

Jermaine lehnte sich an die Reling. »Warum begleitet Ihr uns dann?«, fragte sie. »Warum seid Ihr hier?« Sie nickte zu den Schiffen des Kaisers, die mit knappem Abstand rechts und links hinter der Ruby segelten. »Der Kaiser hätte sicher dafür sorgen können, dass Ihr uns nicht helfen müsst. Aber Ihr habt darauf bestanden. Warum helft Ihr uns so bereitwillig, wenn nicht, weil Ihr unsicher geworden seid, was Ihr glauben sollt?«

Belén hielt inne. Etwas verunsicherte sie, machte sie nachdenklich. Hatte sie damals nichts gespürt, als sie aufs Meer hinausgefühlt hatte? Oder war da etwas gewesen?

»Ich halte euch für gute Menschen«, sagte Belén. »Ich will euch helfen, darum tue ich das, was ihr für richtig haltet. Ob ich glaube, dass es Erfolg haben wird oder nicht, spielt doch keine Rolle.« Sie wandte sich ab. »Freut euch einfach, dass ich es tue.«

»In Ordnung«, sagte Jermaine und Belén sah aus dem Augenwinkel, wie sie mit den Schultern zuckte. »Ich hab nichts gesagt.«

Belén nickte und Jermaine wandte sich ebenfalls um. Die beiden jungen Frauen gingen langsam auseinander. Ehe Belén den Niedergang zum Hauptdeck hinuntertreten konnte, hörte sie Jermaine sagen: »Danke übrigens.«

Sie schlief schlecht in dieser Nacht. Womöglich waren es die Furcht vor dem Ungewissen, die Belén in ihrem Bett herumwarf. Womöglich war es die Furcht, die sie um ihre Heimat verspürte und die sie schon des Öfteren wachgehalten hatte. Oder aber sie ahnte in ihrem Inneren, was ihr in den nächsten Stunden blühen würde und dass die Reise ins Wandermeer nur eine Ruhe vor dem Sturm gewesen war.

Mit einem Ruck setzte sich Belén im Bett auf. Das Herz klopfte ihr bis zum Hals und ihre Brust hob und senkte sich heftig. Fahrig strich sich die Prinzessin eine verschwitzte Haarsträhne aus dem Gesicht. *Es ist die Aufregung*, sagte sie sich und streifte die Decke von sich, die sich zu heiß und zu feucht anfühlte. *Keine Panik*.

Sie ließ die nackten Füße auf dem Boden aufkommen und stützte die Ellbogen auf den Knien ab. Mit beiden Händen rieb sie sich übers Gesicht, ehe sie an die Kommode trat, um sich aus ihrem verschwitzten Nachthemd zu schälen und ein neues überzustreifen. Aber als ihr Blick auf das blaue Kleid neben den Nachthemden fiel, drängte etwas in ihr darauf, aus der stickigen Kajüte an die frische Luft zu gelangen. Bloß einmal Atem schöpfen, dann würde sie schlafen können, ohne an ihren Albträumen zu ersticken. Nicht wahr?

Belén griff in die Schublade und anstatt sich in ein neues Nachthemd zu hüllen, holte sie das blaue Kleid hervor und streifte es über. In der eingenähten Tasche befand sich das Bitterpinienharz, das Amrar ihr nach der Abreise mit besten Grüßen vom Kaiser übergeben hatte. Mit raschen Handgriffen band Belén das blonde Haar im Nacken zusammen. Sie hatte sich mittlerweile angewöhnt, es zusammenzustecken, wenn sie an Bord der Ruby war, um den Wind daran zu hindern, ihr Strähnen ins Gesicht zu wehen. Rasch schlüpfte sie in ihre Schuhe, entzündete mit einer funkelnden Handbewegung die Laterne auf der Kommode.

Ihre Schritte machten kaum ein Geräusch, bis auf ein Knarzen, als eine der Planken stöhnte. Belén erklomm die Treppe und trat hinaus, die Laterne mit einer Hand haltend.

Der Nebel verbarg Mond und Sterne und ließ kein Licht durch die dicke graue Decke dringen. Träge hörte sie das Meer rauschen und das Schiff ächzen, doch die Geräusche schienen von der nebligen Suppe wie verschluckt. Kaum eine Menschenseele war auf dem Schiff zu sehen – nur silhouettenhaft erkannte sie einige Matrosen in der Takelage, am Bug und auf dem Achterdeck.

Belén trat an die Reling. Kühle Luft füllte ihre Lungen und sie atmete tief ein und aus, klärte ihren Kopf.

Kind. Seefahrer.

Sie hob den Kopf.

Seeeeeefahrer.

»Was bei allen Funken …« Belén schüttelte den Kopf. Sie musste sich die Stimme einbilden. Es war bloß das Flüstern des Windes im Holz. Das Stöhnen und Ächzen der Ruby, wenn sie sich auf den Wellen wog.

Doch die Stille, die zuvor geherrscht hatte, war zu allgegenwärtig gewesen, als dass man die sonderbare Stimme mit dem Wispern des Windes hätte verwechseln können. Da …

Seefahrer …

Belén schob die Lider zu Schlitzen zusammen. Etwas leuchtete dort, bläulich, doch kaum, dass sie es entdeckt hatte, glitt es fort. Beléns Finger gruben sich stärker in den Stoff ihres Kleides, sie hielt die Laterne höher, um die Nebelschwaden zu vertreiben.

Ihr stockte der Atem. Dort schwebten Wesen auf dem Meer, wie aus Kristall gemacht, aus Wasser und Rauch. *Kind,* sangen sie, ein Säuseln, ein Lied, *Komm, Kind, lausch dem Wellenklang, komm in unsre Mitte, du bist der Göttin nah, so nah, wir schützen ihre Stätte.*

Es war nur ein Traum. Belén trat von der Reling zurück, während sie sich in den Arm kniff und über den Schmerz zusammenzuckte. Kein Traum?

Wiedersehen. Wiedersehen.

Auf dem Wasser tanzten Figuren, weibliche Körper, die nur aus Luft zu bestehen schienen. Belén vermochte nicht zu sagen, wo sie begannen und endeten – sie waberten und verschwammen wie der Nebel selbst. Die Wesen leuchteten bläulich, vor allem die Augen und das Rückgrat, wo ein langer heller Streifen entlangverlief. Das Haar schwebte träge um ihre Körper, während sie sich im Kreis drehten. Denn sie tanzten. Die Gestalten tanzten über dem rauschenden Meer, tauchten in den Nebel und wieder auf, wurden eins mit der Gischt. Schwerkraft schien keine Bedeutung zu haben. Lachen erklang und Gesang von hellen Stimmen, voller Frieden. Wie viele von ihnen sich über den Wogen befanden, vermochte Belén nicht zu bestimmen.

Während die Ruby vom Nebel verschluckt wurde, kamen die Tänzerinnen herauf, schlängelten sich an der Bordwand in die Höhe. Belén wich einen Schritt zurück, zwei, da tauchte die erste Gestalt über die Reling.

Kindlein, Kind, sang sie. Das Gesicht war hübsch, ein junges Lächeln, große Augen. Es gab keine richtige Haut, keine festen Kanten. Die Tänzerin lachte. *Komm, Kind, komm und tanz mit uns, hab keine Angst, vor Nebeln, Sturm. Ihr seid der Göttin nah, so nah, und wir beschützen ihren Turm. Heilige. Heilige.*

Eine zweite Stimme erklang und Belén wirbelte herum. *Wir tanzen, frei, komm tanz mit uns, so wie wir wirbeln, ist es Brauch. So ist es unsre heilige Pflicht, komm, Kind, tanzen sollst du auch.*

Tanz, wisperte eine der Gestalten. *Tanz*. Belén konnte kaum unterscheiden, was sie sagten und was das Geräusch war, das sie machten, wenn sie sich bewegten. Durch die Schlieren erkannte sie, dass auch die anderen Seefahrer von den Wesen umhüllt wurden.

Komm, Kind, komm und tanz mit uns, Göttertanz, Schutz und Pflicht. Saesoras Turm beschützen wir, doch ihn betreten darfst du nicht. Verrat. Verrat. Die Gestalten lächelten und die Schwaden, die sie umgaben, streiften über Beléns Arme.

Wie kannst du atmen, kannst du leben, Habgier steht dir im Gesicht. Gar niemand darf den Turm betreten, dich zu töten, unsere Pflicht. Unsere Pflicht. Unsere Pflicht. Dich zu töten ist unsere Pflicht.

Belén erstarrte. Die Tänzerinnen waren immer nähergekommen und umringten sie nun. Die Blicke hatten sie starr auf Belén gerichtet. Sie wich zurück, doch die kalten Schwaden küssten ihren Rücken und sie fuhr heftig zusammen, stolperte wieder nach vorn.

Holt den Fischersmann. Den Fischersmann. Beléns Blick flog von einer Gestalt zur anderen. Die Tänzerinnen näherten sich unaufhörlich, sie wusste nicht wohin, sie wusste nicht, wie sie sich wehren konnte. Ihr entwich ein Schrei, als das Säuseln der Körper auf sie eindrang, kalte Schwaden wie Finger nach ihr griffen und –

»Schluss!«

Hohe Schreie erfüllten Beléns Ohren – die Nebelgestalten zerstoben. Ihr Blick traf Negros, dessen Augen finster funkelten. Dann knickten ihre Beine weg und sie sackte keuchend zu Boden, blieb schweratmend neben der umgefallenen Laterne sitzen.

»Leonard!«, hörte sie Negro brüllen. »Sie sollen die Geschütze auffahren! Ein Boot bereitmachen und den Anker lichten! Auch die thaleanischen Schiffe! Der Tempel ist gleich hier!«

Leonards Stimme erklang, rief Seefahrerworte, und mit einem Mal schienen unzählige Matrosen um Belén zu wuseln und Aufgaben ausführen. Jemand kniete sich neben sie und ergriff ihren Arm. Als Belén den Kopf wandte, lächelte Lou ihr zu.

»Auf die Beine, Prinzesschen Götterlos. Wir haben keine Zeit zu verlieren«, erklang Negros grollende Stimme. Belén benötigte einen Augenblick, um sich zu sammeln, nachdem Lou ihr aufgeholfen hatte. Wieder hörte sie die Tänzerinnen, sah die bläulichen Schlieren auf dem Wasser wirbeln, wo sie sich materialisiert hatten. *Ruft den Fischersmann. Ruft den Fischersmann.*

Negro drückte Belén eine verkorkte Flasche in die Hand. »Hier, das hält Euch die Wassertänzerinnen fürs Erste vom Hals.«

Irritiert betrachtete sie den Inhalt. »Ist das … Rum?«

»Aye, Prinzesschen Götterlos! Glaubt es oder nicht, aber die Wassertänzerinnen sind schwache Wesen, haben sie sich erstmal materialisiert. Diesen Rum auf sie zu verschwenden, ist zwar schade um das gute Zeug, aber für sie ist das, als würde man Alkohol in eine frische Wunde schütten.« Er spuckte aus. »Mistviecher! Nun los, zum Boot. Habt Ihr das Kettenhemd?«

Belén schüttelte den Kopf und schloss die Hand um das Bitterpinienharz in ihrer Tasche. »Die Soldaten bewahren es auf –«

»Lou!«, bellte Negro. »Hol das Hemd!«

Lous Hände verschwanden, wo sie Belén gestützt hatten, sie lief unter Deck.

»Zum Boot! Oder spreche ich eine der wenigen Sprachen, die Ihr nicht verstehen könnt?«

»Wollt Ihr etwa da *runter*?«, fragte Belén entsetzt und wies aufs Wasser.

»Was glaubt Ihr, wozu so ein Boot gut ist, Prinzess–«

»Hört auf, mich so zu nennen!«, fuhr sie den Seemann mit Panik in der Stimme an. »Ich klettere da nicht runter! Was ist mit diesem … dem Fischersmann?«

Negro packte sie bei der Schulter. Er roch nach Tabak und Alkohol und Schwefel, und sein Blick war auf sie geheftet. »Nun ratet, wer die Einzige ist, die den vertreiben kann! Richtig – Saesora! Und dafür brauchen wir wen? Aye! Euch!« Dann zog er sie in Richtung der Boote. Belén wehrte sich reflexartig. Es wollte nicht in ihren Kopf, dass es soweit war – dass das Ritual kurz bevorstand, während diese Wassertänzerinnen um sie herumstoben und ihren Tod forderten.

Belén wurde losgelassen, als sie bei der Strickleiter ankamen, die hinab zum Wasser führte. Das Meer wogte wie ein Ungetüm. Unten an der Bordwand tanzte das Beiboot mit einer Handvoll Matrosen und Gardisten auf den Wellen. Die Wassertänzerinnen wirbelten in einem Tanz der Toten. Irgendwo brüllte Leonard Befehle und wies Freydis an, das Kommando zu übernehmen.

Beléns Finger gruben sich in die Reling, sie zitterte am ganzen Leibe.

Jermaine hastete herbei und blieb bei ihnen stehen, als Belén noch mit sich rang. »Ayo möchte Rami mit auf die Insel nehmen«, sagte sie zu Negro, während sie mit fahrigen Bewegungen das Haar im Nacken zusammenband. »Sie meint, wenn Saesora erwacht … kann sie Rami vielleicht helfen, wieder gesund zu werden.«

»Sie soll ihn aufs zweite Boot schaffen«, knurrte Negro und machte eine Bewegung mit dem Armstumpf.

»Ich sag's Ayo und wir kommen zurück, ja?«, fragte Jermaine.

»Nichts da!« Die Matrosin wurde gepackt, als sie sich abwenden wollte. Negro funkelte sie an. »Du gehst nicht mit zur Insel. Das ist viel zu gefährlich für einen Jungspund wie dich! Wenn du die Fließenden geholt hast, hilfst bei den Ballisten, verstanden?«

»Aber …«

»Urgötter! Ich habe gefragt, ob du das verstanden hast?!«

Jermaine schluckte. »Verstanden.« Als sie sich umdrehte, stieß sie beinahe gegen Sammy, was beide zusammenzucken und voreinander zurückweichen ließ. Jermaine war verschwunden, ehe Sammy das Wort erheben konnte. Belén war, als würde er ihr nachrufen wollen.

»Wird's jetzt bald, Prinzessin?«, brüllte Negro und Belén zuckte zusammen. Sie wollte gehorchen – doch sie konnte sich nicht rühren, war starr vor Angst.

»I-ich …«

»Was wird das hier?« Leonard trat zu ihnen.

»Prinzesschen Götterlos traut sich nicht hinunter«, knurrte Negro.

Leonard musterte Belén. »Halt das«, sagte er und reichte Negro seinen Dreispitz. Er trat auf sie zu und streckte die Hände aus. »Kommt, Ihr könnt Euch an mir festhalten.«

»I-ich …«, stammelte Belén. »Was, wenn ich runterfalle?«

»Das schafft Ihr«, sagte Leonard ruhig. »Seht, Danyo ist dort unten. Wenn Ihr abrutschen solltet, wäre er sofort da. Kommt, ich helfe Euch, und dann komme ich nach.«

Belén klammerte sich bereitwillig an Leonards Arm. Beinahe hätte sie beim Anblick der schwindelerregenden Höhe erneut protestiert, doch dann fasste sie sich ein Herz und stemmte sich an der Reling hoch. Der Kapitän wies sie an, die Beine auf die andere Seite zu schwingen. Beléns Füße tasteten nach den Sprossen der Leiter, ihre Arme zitterten, ihr ganzer Körper zitterte, doch dann stand sie sicher.

»Jetzt runterklettern. Danyo ist unten, Euch passiert nichts, ja?« Belén nickte. Mit zögernden Tritten begann sie hinabzuklettern. Ihre Finger klammerten sich an die Sprossen, während sie Tritt um Tritt tiefer stieg. Der Weg schien endlos. Belén wagte nicht, hinunterzuschauen – erst, als sie das Wasser laut rauschen hörte und unter sich schwappen sah, wandte sie den Kopf.

»Los, Prinzessin!« Danyo winkte ihr ermutigend und streckte die Arme aus, bereit, ihr hinüberzuhelfen. Sie kniff die Augen zusammen, versuchte, ihre Gedanken auszuschalten, und ließ sich nach vorn sinken, bis der Matrose sie ergriff und sicher hinüberzog.

»Gut gemacht!«, rief Danyo.

Belén beruhigte ihren Atem, während die letzten Seefahrer ins Boot sprangen. Am Schluss folgte der Kapitän. »Rudert!«, befahl Leonard.

Gardisten und Matrosen setzten sich auf ihre Plätze und packten die Ruder, während Leonard Belén zum Bug des Boots lotste und ihr die Schachtel mit dem Kettenhemd reichte. Obwohl es noch verborgen war, spürte Belén die Magie pulsieren und griff eilig nach dem Harz, das in ihrer Tasche vergraben war. Einen Wimpernschlag lang zögerte sie – sie mochte das Zeug nicht sonderlich, weil es die Magie so furchtbar abstumpfte, doch heute gab es keinen Weg drumherum. Belén entkorkte die Flasche, nahm einen tiefen Atemzug und stürzte den Inhalt hinunter.

Die Welt wurde lautlos. Das Harz floss bitter ihren Rachen hinab und Belén zitterte, als sich ihre Magie zusammenkrampfte, welkend wie eine verblühende Pflanze. Die Farben wurden dunkler, das Locken des Hemdes verstummte und zurück blieb ein dumpfes Pochen in ihrem Innersten. Wie jedes Mal fühlte sich Belén benommen, schwindlig, doch sie spürte, dass das Gefühl bereits abklang. Ihre Hände öffneten die Schachtel und zogen das Kettenhemd hervor, von dem keine Gefahr mehr ausging. Sie streifte es über. *Alles gut*, redete sie sich ein. *Alles gut.*

Der Fischersmann, der Fischersmann, er kommt in unsren Nöten, er wird euch in die Tiefe zieh'n, er wird euch alle töten. Fischer, Fischer …

»Kapitän!«, rief ein Gardist und wies im Rudern auf das Meer. Die Wassertänzerinnen hatten einen Kreis gebildet, und zwischen den Schlieren erahnte Belén ein Brodeln aus den Tiefen, ein Blubbern und Zischen und ein Ächzen, das ihr die Galle aufsteigen ließ. Immer mehr verhärtete sich der Gedanke, dass es ein furchtbarer Fehler gewesen war, in dieses Boot zu steigen. »Schneller! Rudert schneller!«, brüllte Leonard, doch das Boot schien kaum von der Stelle zu kommen. Das zweite Beiboot der Ruby, in dem die Fließenden mittlerweile saßen, schaukelte ein Stück hinter ihnen auf den Wellen.

Belén wandte sich angespannt um und musterte die ernsten Gesichter der anderen im Boot, die Gardisten mit versteinerter Miene, Danyo, der mit kräftigen Bewegungen ruderte, Leonard, der sie anwies, durchzuhalten. Hatten sie alle Angst? Denn sie selbst fürchtete sich schrecklich. Zitternd schloss Belén die Hand um die Muschel, die um ihren Hals hing. Was lauerte dort in der Tiefe? Wenn sie starb, würde sie Hendryk wiederbegegnen?

Gerade, als sie den Gedanken zu Ende gebracht hatte, explodierte das Meer.

Im ersten Wimpernschlag war da nichts, nur spritzendes Wasser und Salz in ihren Augen und das Boot, das mit einem Ruck von einer aufrollenden Welle nach vorn gespült wurde. Die Wucht der Welle warf Belén nach vorn in den Bug, wo sie mit einem Schrei gegen die Innenwand stieß und sich heftig den Kopf anschlug. Meerwasser spülte über Belén hinweg und durchnässte ihr Kleid und Haar. Dann erklang ein Röhren, so laut, ohrenbetäubend laut, dass sie den Nachklang in ihrer Brust spürte, und gleich darauf ein Geräusch, als fiele etwas Riesiges aufs Wasser. Tropfen regneten auf das Boot herab, und Belén richtete sich nass und voll fürchterlicher Panik auf. Sie wurde totenbleich.

Die Kreatur, die sich aus den Tiefen des Meeres aufrichtete, war archaisch, gewaltig, *grauenvoll.* Beinahe hätte Belén den Körper als menschlich bezeichnet, nur knochig wie aus Koralle und mit zu langen Gliedmaßen – braun und knarzend und mit zu vielen Armen. Vorne zwei und unten zwei, die die Hände in die Höhe erhoben hatten. Das Wesen war so groß wie die Ruby, obwohl es noch bis zur Hüfte mit Meerwasser bedeckt war. Es hatte einen deformierten Kiefer und eine krumme Nase, doch da, wo sich eigentlich Stirn und Augen hätten befinden sollen, ja dort, da ging das Gesicht in eine gigantische … *Koralle* über, deren Geäst aus dem Kopf herausspross und wie knorrige Finger in den Himmel zeigte. Kiemen bewegten sich am ganzen Körper auf und zu, am Hals, am Brustkorb, an den Armen und Beinen. Und die Hände hielten Netze, grob gewobene, riesenhafte Netze, in denen Fische zappelten und Steine hingen und … und Menschen, wie sie voller Grauen erkannte. Das Ungetüm – *der Fischersmann* – röhrte erneut und seine Hände bewegten sich steif, fuhren hinab und stießen unkoordiniert aufs Wasser. Die Tänzerinnen drehten sich um die Kreatur.

Belén kroch wimmernd zurück, bis sie gegen die Bordwand stieß. Sie wollte nach Hause! Warum war sie hier? Sie wollte in die liebevolle Umarmung ihrer Mutter, sie wollte nicht hier sein!

»Rudert!«, befahl Leonard erneut.

Belén wandte den Blick nicht von dem Fischersmann. Das Monster bewegte sich schwerfällig auf die Ruby zu. Abgehackt röhrte es auf und holte erneut mit dem Netz aus, als mit einem Mal ein Surren ertönte und der Kreatur ein Stöhnen wie von einem uralten Baum entlockte. Der Ballistenbolzen, den die Ruby abgefeuert hatte, hatte den Bauch durchstoßen und gänzlich durchdrungen. Mit einem merkwürdig gedämpften Knallen detonierte die an den Bolzen gebundene Walölbombe und setzte den Brustkorb des Wesens in Brand.

Erneut wollte die Bestie ausholen, doch ein weiterer Bolzen zischte hervor und traf sein Ziel wieder. Dieses Mal durchdrang er die Hüfte und der Fischersmann stolperte zur Seite, Laute ausstoßend, die Belén ewig in den Ohren klingen würden.

Ein thaleanisches Schiff schob sich hinter der Ruby nach vorn und schoss einen weiteren Ballistenbolzen, der dem letzten folgen sollte. Dieses Mal wurde er von der Kreatur abgewendet, indem sie die Hand mit dem Netz vor den Körper hob. Der Bolzen kam vom Kurs ab und trudelte ins Wasser, während das Wesen mit einem Brüllen, das Berge zum Einsturz bringen vermochte, zwei Arme hob und sie auf das Schiff donnern ließ.

Die Reling auf der linken Seite zerbarst. Belén schluchzte. Zum ersten Mal in ihrem Leben hatte sie Todesangst. »Warum greift es uns an?«, fragte sie unter Tränen.

»Es will irgendwas beschützen«, murmelte Leonard neben ihr. »Sorgt Euch nicht. Wir schaffen das schon. Die Ruby schafft das.«

Belén zog die Schultern ein – mit einem Mal fror sie schrecklich. Sie saß ohne Schutz in einem Boot, während ein Ungetüm vor ihren Augen ein Schiff zum Bersten brachte – alles bloß für eine vermeintliche Göttin. Die Prinzessin wandte den Kopf und schaute zu der Insel, die im Nebel so unsagbar nah schien. Hätte sie Zeit gehabt, sich zu konzentrieren, hätte sie vielleicht verstanden, dass sie einen Ruf vernahm, eine Macht, die vom Tempel ausging, um die Erbin zu sich zu holen. Saesora, die Göttin, die ewig Stürmische, die nach ihr rief. Doch gerade verspürte sie nichts als ein unbestimmtes, lockendes Ziehen in der Brust.

Danyo vorn im Boot sprach ein Gebet.

»Das Biest! Da!« Beléns Blick fuhr zum Fischersmann. Die Wassertänzerinnen waren an ihm in die Höhe gewirbelt und umkreisten seinen Kopf wie Schwaden, redeten ihm zu. Mit einem Mal machte es kehrt und wandte sich ihrem Boot auf dem Meer zu. Ein knorriges Bein schob sich vor. Stampfen. Stampfen. Dröhnen.

»Rudert!«, rief Leonard, und dann hob das Ungetüm zwei Arme und fuhr damit durchs Wasser, rollte eine Welle auf, die direkt auf das Boot zuhielt.

»*Festhalten*!« Der Befehl ging im Tosen des Wassers fast unter. Belén klammerte sich an die Reling, als die Welle mit geballter Kraft seitlich gegen das Boot prallte. Es hielt der Wucht nicht stand. Hart wurde Belén zur Seite geschlagen, das Boot bekam Schlagseite, Massen von Wasser rollten über sie hinweg und begruben alles und jeden unter sich. Belén wurde unter Wasser gedrückt, war umgeben von Wasser und sie *atmete* Wasser und strampelte wild mit Armen und Beinen, versuchte panisch, an die Oberfläche zu gelangen. Luft, Luft! Ihre Hände griffen ins Leere und dann, dann war sie plötzlich oben. Belén stieß durchs Wasser und rang nach Atem, hustete heftig.

Für einige Sekunden war sie orientierungslos. »Wo«, brachte sie hervor und ein neuer Hustenanfall schüttelte sie, während sie hilflos durchs Wasser strampelte. Die Kälte war überall, es war so kalt. »Warum?«

»Prinzessin!«

»Leonard!« Der Kapitän schwamm eilig auf sie zu und griff nach ihr, um ihr zu helfen, über Wasser zu bleiben. Belén klammerte sich an ihn und schluchzte. »Wir werden sterben!«, rief sie und hustete, als sich Wasser in ihrer Luftröhre verfing. »Wir sterben!«

»Prinzessin!« Leonards Stimme war eindringlich. Im Schein des brennenden Ungetüms sah Belén seine Augen funkeln, erkannte jede kleinste Narbe und jede Bartstoppel auf seinem Gesicht. »Ich habe Euch gesagt, ich werde für Eure Sicherheit sorgen! Ich habe es versprochen!«

»Und? Ihr konntet es nicht halten!« Ihr Kopf fuhr zum Tempel, der weniger als hundert Schritte von ihnen entfernt aufragte. Das Boot der Fließenden war von der Welle nicht so hart getroffen worden und hatte das Plateau fast erreicht. Belén schaute in die andere Richtung und sah ihr eigenes Boot, das die Seeleute vergeblich wieder umzudrehen versuchten. Soldaten ertranken beinahe in ihren schweren Rüstungen. Und über ihnen, geradewegs über ihnen, näher als die Insel noch, ragte der Fischersmann auf, riesenhaft und unheilvoll und immer näherkommend.

»Es tut mir leid!«, rief Belén, als das Ungetüm die Arme mit dem Netz hob und auf die im Meer treibenden Personen hinabstieß. Kaskaden von Wassertropfen spritzten auf und dann ertönten Schreie, als mehrere Gardisten im Netz hängen blieben und hoch in die Höhe gehoben wurden.

Sterben werden alle hier, seid töricht hergekommen, eure Schreie, euer Tod sind unsre schönsten Wonnen. Ungläubig, ungläubig ...

»Oh ... oh nein.« Belén klammerte sich an Leonard, während Tränen über ihre Wangen strömten und ihr Herz zu zerreißen drohte. Ihr Körper war schwer wie Blei.

»Wenn es Saesora gibt, soll sie uns helfen!« Die Worte hatten sich einen Weg hinausgebahnt, ehe sie darüber nachdenken konnte. »Sie soll uns retten! Wenn ich dafür an sie glauben muss, dann tue ich das!«

Das Ungetüm brüllte und da wurde sie mit einem Mal gepackt und mitgerissen. Leonard zog Belén auf seinen Rücken und teilte mit kräftigen Schwimmzügen die Wellen, direkt auf die Insel zu.

»Ich werde ... nicht zulassen ... dass Ihr sterbt!«, knurrte er. »Dass meine Mannschaft stirbt! Dass mein Kapitän stirbt!« Immer weiter schwamm er, immer weiter, um ihrer aller Leben.

Belén wandte sich um zu dem Ungetüm, das in den nebligen Himmel ragte. Knirschen und Bersten von Holz erfüllten ihre Ohren, als es ausholte und die Fäuste auf die Ruby niedergehen ließ. Schreie waren überall, als es ein riesiges Loch in die Galeone schlug, Matrosen stürzten hinab, Menschen weinten und gerieten ins Netz des Monsters. Belén konnte nicht sagen, ob es Lou war oder Jermaine oder Sammy. Mit den Armen klammerte sie sich an Leonard, der unerbittlich kämpfte, schwamm, während die Anziehungskraft der Insel immer stärker wurde.

Schreie zerrissen die Luft, das Sirren der Ballistenbolzen und das Krachen, wenn einer sein Ziel traf und den Fischersmann zum Taumeln brachte. Sie hatten keine Zeit zu verlieren, es war ihre einzige Hoffnung! Auch wenn Belén dafür aufgeben musste, was sie ein Leben lang zu wissen geglaubt hatte.

Und so betete die ungläubige Prinzessin zuletzt zu den Göttern.

Leonard war ein Held, ein Krieger, ein Kapitän. Er schwamm mit einer unfassbaren Ausdauer, trug sie bis zur Insel, bis Belén die Hände ausstrecken, den Stein ergreifen und von seinem Rücken gleiten konnte. Erst jetzt wurde ihr klar, dass es keine *Insel* war, auf die sie zugesteuert hatten, und kein *Tempel*, der darauf errichtet worden war. Viel eher handelte es sich um ein glatt geschliffenes Plateau, auf dem ein Bogen aus Säulen errichtet worden war, welcher von einem Heiligenschein aus weißem Stein gekrönt wurde.

Leonards Atem ging schwer. »Hoch … los!«, keuchte er.

Belén versuchte, sich hinaufzuziehen. Ihre Hände rutschten an dem glatten Stein ab, doch jemand packte sie und half ihr hoch. Auch Leonard wurde von einem Gardisten an Land gezogen, wo er schweratmend auf dem Rücken liegen blieb. Belén kam auf die Beine und blickte in dunkle Augen, in denen sich ihre eigene wortlose Entschlossenheit spiegelte.

»Danke«, keuchte sie.

Ayo neigte den Kopf. »Dawea, Ihr habt keine Zeit zu verlieren.«

Belén klangen die Schreie in den Ohren, als sie sich dem Zentrum der Insel zuwandte. Ein Marmoraltar war darauf errichtet worden, blickte ihr stumm entgegen. Belén holte Atem, stieß ihn aus und straffte die Schultern. Sie trat näher, wenn auch wacklig auf den Beinen. Das Kettenhemd lag schwer auf ihrer Brust, ihren Schultern, während etwas sie näherzuziehen schien. Die Göttin. Die Göttin. Die Göttin.

»Saesora«, murmelte sie und schloss die Augen, kostete den Namen, lauschte seinem Klang.

Belén hielt vor dem Altar inne. Was sollte sie sagen? Sie kannte keine Gebete, keine Beschwörungsformeln. Sie war Fellonierin.

»Wenn es dich gibt, Saesora«, sagte sie und legte die Hände auf den rauen Stein. Er fühlte sich kühl an, doch es war, als gehörten ihre Hände hierher, als wäre es so richtig. »Wenn es dich gibt, dann wäre das nun der Moment, um dich zu zeigen.« Belén schloss die Augen.

Nichts geschah.

»*Bitte*«, sagte Belén.

Nur Schreie. Sie schlug die Augen auf und schaute aufs Meer hinaus. Das angegriffene thaleanische Schiff bestand aus kaum mehr als Löchern und auch die Ruby hatte einiges abbekommen. Rote Segel hingen in Fetzen. Die Wassertänzerinnen sangen ihren grauenhaften Reigen und der Fischersmann ragte über ihnen wie ein Totengott, der Schiffe und Matrosen unter seinen Fingern zerrieb. In den Netzen hingen Menschen. Im Wasser trieben verzweifelte Menschen. Belén hatte diese Leute zu schätzen gelernt, und wenn sie nichts unternahm, dann würden sie wegen ihr sterben.

»Du musst den Fischersmann zurückrufen«, sagte sie eindringlicher, dieses Mal auf Alt-Erali, und schlug mit den Händen auf den Altar. »Saesora, ich bitte dich. Ich – ich weiß, ich habe nicht an dich geglaubt und ich war nicht die Erbin von Faellona, die du dir gewünscht hast, aber … aber du darfst diese Menschen deswegen nicht sterben lassen. Sie haben an dich geglaubt. Bitte, sie haben doch die ganze Zeit an dich geglaubt.« Sie schloss die Augen, ihre Hände ballten sich zu Fäusten. »Wenn es irgendwas bedeutet, dass ich die *Dawea* bin, dann beweise es mir! Ich stehe dir frei. Nutz mich! Ich bin hier, um dich zu erwecken, und ich bin bereit, mich dafür zu opfern! Ich bin es, Belén, Nachkommin der ersten Hochkönigin Felloniens, ich trage ihr Erbe an meinem Körper und ich trage es in meiner Brust und ich, Saesora, ich rufe dich!«

Und da, ohne eine Vorwarnung, blitzte etwas vor ihren geschlossenen Augen auf, entlockte ihr einen Schrei. Wie Wellen überrollte es sie, fremd und zugleich unsagbar vertraut zugleich. Ein Geruch, ein Geschmack, ein Bild, und mit einem Mal stand Beléns Stirn in Flammen und ihre Brust glomm und sie dachte *Ich brenne!* und *Ich ertrinke!*, denn da war Magie überall. Und dann, mit einem Schrei, löste sie sich auf, Belén, und kein Gedanke und kein Geist und nur Wasser blieben zurück. Wasser, das sie in die Höhe hob und vom Körper lossagte. Wirbel tanzten vor ihren Augen, sie hatte Angst, sie fühlte sich sicher, sie weinte heiße Tränen und sie wusste nichts, und dann …

Dann war sie Saesora.

Wachende Götter

Von einem Augenblick auf den anderen war die Welt ein Inferno aus Flammen und Chaos. Röhren und Gebrüll ließen meine Ohren klingen, Gischt türmte sich im zerwühlten Wasser auf und Feuer regnete auf das salzige, schäumende Meer. Auf meine Zunge hatte sich der Geschmack von Metall gelegt. Wie damals in Jehra, beim Angriff der Lakerten, rangen stoischer Lebenswille und blanke Furcht in meinem Inneren um die Oberhand.

Auf dem Ballistendeck der Ruby herrschte Gedränge, Befehle und Gebrüll drangen an mein Ohr und immer wieder wurde ich von anderen Seeleuten angerempelt. Ein Loch klaffte in der Bordwand, wo der Fischersmann die Galeone getroffen hatte. Matrosen halfen ihren verwundeten Freunden in Sicherheit, während die Ballisten weiter auf das Monstrum auf dem Meer zielten. Meine Hände bebten, als ich den nächsten Bolzen gemeinsam mit Channa in das Gestell hob, ehe die Balliste ausgerichtet und gespannt wurde.

»Nicht in Ohnmacht fallen!«, rief Channa über das Gebrüll hinweg. Sie selbst schien furchtbar angespannt. Ich sah sie zum ersten Mal seit Langem ohne die Möwenfedern im Haar, weil wir direkt aus dem Bett geworfen worden waren. Einige Seefahrer waren nicht mal fertig bekleidet.

»Ich falle nicht in Ohnmacht!« Ich würde eher in Tränen ausbrechen. Das Schiff war kaputt! Und wenn wir nichts unternahmen, würde diese Kreatur uns entzweischlagen! Mein Blick glitt über das Deck– Lou war nicht hier, sie versteckte sich auf den unteren Decks, wo sie hoffentlich bleiben würde. Ich entdeckte Sammy, der die Balliste links mit einem Bolzen belud, und verfluchte mich hundertfach, dass ich so feige gewesen war und nicht mit ihm gesprochen hatte. War meine letzte Chance, Frieden mit ihm zu schließen, verstrichen? Würden wir vorher sterben?

Unsere Hoffnung lag in Beléns Hand.

»Feuer!«, erklang Eriks Stimme und Ballistenbolzen sirrten aus dem Schiff hervor. Durch die Luke erhaschte ich einen Blick darauf, wie sie durch die knorrige Haut des Fischersmannes drangen, der ein erbostes Brüllen von sich gab.

»Das muss doch totzukriegen sein!«, Eriks Fuchsgesicht verzog sich frustriert, während er mit einer Geste dazu anwies, die Ballisten nochmal zu beladen. »Schneller, schneller!« Es war längst zu spät. Ein Donnern erklang, Knirschen, das Splittern von Holz und ein Laut wie der klagende Ruf einer Mutter – dann durchdrangen die Fäuste des Monstrums die Bordwand der Ruby. Sie fuhren auf das Schiff nieder, rissen ein Loch in die Flanke und zerschmetterten den hinteren Teil des Ballistendecks. Holz, Splitter, Menschen, Ballistenteile wurden in die Luft geschleudert und ehe ich schreien konnte, hatte ich das Gleichgewicht verloren und stürzte in die Tiefe.

Splittern. Bersten. Zerschellen. Mein Kopf wollte zerplatzen, als ich auf der Wasseroberfläche aufschlug, meine Haut schien in Flammen aufzugehen. Das Wasser verschluckte mich mit Eiseskälte, schloss die Klauen um mich wie ein gefräßiges Tier. Salz und Kälte und Nässe drangen in meine Nase, meinen Mund, und für einen Wimpernschlag war ich überzeugt zu ertrinken. Dann, von Reflexen getrieben, kämpfte ich mich an die Oberfläche.

Prustend kam ich nach oben und rang nach Atem. Mein Herz überschlug sich, das Haar klebte mir nass und glitschig in der Stirn, während ich mit Armen und Beinen strampelte. Die Wellen, die ich so geliebt hatte, bekämpften mich erbittert.

»Jermaine!«

Hektisch sah ich mich um, die Arme um mich schlagend. In der Ruby klaffte ein riesiges Loch, gab den Blick auf das Innere der ersten drei Unterdecks frei, als handle es sich um freigelegte Organe. Ich schluchzte, für einen kurzen Augenblick von irrationaler Trauer um das Schiff ergriffen. Andere Matrosen trieben um mich herum. Ich sah Negro mit der Hand, die er noch hatte, ins Wasser platschen, ehe er unterging und nicht mehr hochkam. Jemand half Channa in das aufgerichtete Beiboot. Menschen winkten, brüllten, packten Hände, zogen. Ich war viel zu weit entfernt.

Lou? War Lou hier? Nein, Lou war nirgends, oder? Götter, Lou durfte nichts zustoßen!

»Jermaine!«

Das Beiboot war so weit weg.

Eine Welle türmte sich über mir auf und spülte über mich hinweg, drückte mich unerbittlich unter Wasser, wirbelte mich im Kreis. Meine Lungen zogen sich schmerzhaft zusammen, als das schwarze Wasser meine Kehle zudrückte und mir die Luft abschnürte. Es war ein Wunder, dass meine unkoordinierten Schwimmbewegungen mich zurück nach oben brachten und ich erneut die Wasseroberfläche durchbrechen konnte. Verzweifelt versuchte ich, an der Oberfläche zu bleiben, während die nasse, schwere Kleidung mich gnadenlos nach unten zog. Irgendwo über mir ragte die Kreatur in die Luft, furchtbar nah, furchtbar wütend. Flammen, die die Walölbomben gelegt hatten, züngelten auf dem Korallenkörper. Ich musste weg! Aber meine Lungen waren zu leer und meine strampelnden Arme und Beine brachten mich keine Handbreit voran. Als ich den Mund öffnete und einen Klagelaut ausstieß, drang ein Schluck Wasser ein und ich hustete.

»Jermaine!«, rief eine Stimme.

»Sammy«, krächzte ich, »Sammy!« Er packte mich und ich griff nach ihm wie nach einem Anker, strampelte mit den Beinen, drückte ihn beinahe unter Wasser.

»Stopp! Shh!«, machte Sammy, während er versuchte, an der Oberfläche zu bleiben. Er hielt mich fest, hielt mich über Wasser. Meine Bewegungen wurden langsamer, mein rasendes Herz wollte zur Ruhe kommen, als sich sein Griff um mich verstärkte. »Shhh«, sagte Sammy noch einmal – er wurde unterbrochen, als er bis zur Nase unter Wasser gedrückt wurde. »Ich bin da! Keine Angst!«

»Ich muss ... L-lou beschützen! Ist Lou ... i-in Sicherheit?«

»Lou ... Lou ist sicher!«

Ich beruhigte meinen Atem und mein ziellos umherirrender Blick heftete sich auf Sammy. Wir sahen einander an, nach Luft ringend, die Gesichter in Rot und Gold getaucht von den Feuern im knorrigen Körper des Fischersmanns. »S-Sammy«, brachte ich hervor. Zum Sprechen schien es kaum genug Luft zu geben.

»Komm!«, sagte Sammy und schob mich mit Bestimmtheit in Richtung des Beiboots. Mit so kräftigen Zügen wie möglich und stolperndem Herzen setzte ich mich in Bewegung. Das Boot befand sich rechts von uns, war mittlerweile mit einem halben Dutzend Geretteten gefüllt. Leonard und Belén hatten das Plateau bereits erreicht und kletterten hinauf.

Fast hätte sich die Hoffnung in mir geregt, dass wir es rechtzeitig bis zum Boot schaffen konnten, als sich das Röhren hinter mir erhob. Sammy und ich wandten die Köpfe, als das Netz des Fischersmanns pfeilschnell auf uns herabsauste und mit einem ohrenbetäubenden Klatschen auf die Wasseroberfläche prallte. Erneut wurde ich unter die Oberfläche gedrückt, kniff die Augen zusammen, suchte bebend nach Halt. Dann schnitt etwas in meine Haut und ich konnte wieder atmen, füllte meine Lungen. Das Netz wurde hoch in die Höhe gerissen, Luft fuhr an meinen Ohren entlang und als ich die Augen aufbekam, waren die Ruby, die Insel, das Meer, weit unten.

Sammy? Ich suchte nach ihm und entdeckte ihn links von mir im Netz des Monsters. »Sammy!«, rief ich und packte mein Entermesser. Hastig schob ich mich näher und durchtrennte ein loses Stück Seil, sodass wir einander ergreifen konnte. Wir fanden einander hoch über dem Meer, packten den anderen, als würden wir noch immer ertrinken.

»Schnell!«, sagte Sammy mit schwer gehendem Atem und riss sein Messer ebenfalls hervor. Wir begannen hastig, die Seile zu durchtrennen, doch das Material war zu fest, um sich leicht zerteilen zu lassen. Zwei Schnitte hatte ich geschafft, als das Netz wieder hinabsauste.

Für einen Augenblick war es, als wäre ich schwerelos. Mein Magen machte einen Satz – es blieb nicht mal Zeit zu schreien, nicht mal Zeit, sich zu rühren, dann traf ich so hart auf die Wasseroberfläche, dass es sich anfühlte, als würde mein Körper auf eine Metallplatte aufschlagen. Auf meiner tauben Haut war das Wasser kaum spürbar, und dann wurde ich erneut in die Höhe gerissen, das Entermesser glitt fort und fiel dutzende Schritt in die Tiefe.

Rasselnd holte ich Luft. Saesora, wir würden sterben. Wenn es uns das nächste Mal aufs Wasser donnerte, würden wir sterben! So knapp vor dem Ziel und dieses Monstrum würde unser Verhängnis werden.

»Geht es dir gut?«, fragte Sammy und ich spürte seine Hand an meinem Arm, fuhr darüber zusammen. »Bist du verletzt?«

In meinen Augen schwammen Tränen, als ich ihn ansah. Locken fielen ihm feucht und zerwühlt in die Stirn, sein Blick war so besorgt um mich, dass es mein Herz fast zerriss. Gütige Saesora, womit hatte ich das verdient?

»Tut mir leid, Sammy!«, sagte ich. »Ich war ungerecht zu dir! Ich habe dir wehgetan! Es tut mir so leid!«

Kurz schien er irritiert. »Es war mein Fehler!«, erwiderte er dann.

»Nein, hör auf damit!«

Sammy kniff die Augen zusammen und wandte das Gesicht ab. »Können wir später darüber sprechen?«, fragte er, als er mich wieder ansah. Das Ungeheuer in unseren Nacken stieß ein Brüllen aus, so nah, dass es mir durch Mark und Bein ging, und ein Schauer jagte über meinen Rücken.

»Was, wenn es kein Später gibt?«, rief ich. »Was, wenn wir hier sterben? Ich will, dass du es weißt!«

Meine Hand packte Sammys und das ließ ihn mich ansehen, fixieren. Wir waren wieder Kinder, die am Strand durch die Gischt jagten, die gemeinsam schwimmen lernten, die mit sandigen Sohlen durch die Küche zum Abendessen liefen. Wir waren in Jehra, wo er meine Hand gehalten und mich beruhigt hatte, wir waren in der Kajüte, betrunken und ohne Sinne. Und da wurde mir alles klar – weil ich ihn kannte, weil ich wusste, wie Sammy war. Die kalte Erkenntnis traf mich wie brechende Wellen, dabei war sein Blick sanft. »Ich werde nicht zulassen, dass du hier stirbst.« Das Netz war schon viel zu lange ruhig und er lehnte sich zu mir vor. »Beine an den Körper«, sagte er, und dann: »Du bist wunderbar, Jermaine.« Mit einer entschiedenen Geste zerteilte er die Maschen, die mich hielten, ich sackte nach unten und fiel.

Der Sturz dauerte lang genug, dass ich die Beine fest an den Körper ziehen konnte. Als ich aufs Wasser traf und die Oberfläche mich verschluckte, blitzte Licht auf, Gold legte sich über den Himmel und den Nebel und ein letzter, röhrender Ruf brachte das Meer zum Erbeben. Ich tauchte hinauf, öffnete flatternd die Augenlider, während mein Herz mir beinahe die Brust zerriss. Eine Gestalt erhob sich auf der Insel, die Silhouette einer Frau, riesig und wie aus Licht gemacht. Golden gefärbte Nebelschwaden tanzten um sie, als sie die Arme ausbreitete, als wollte sie uns willkommen heißen. Ein Wimmern entwich mir. Die Göttin! Die Göttin war gekommen.

Ich wandte mich um und mein Blick zuckte nach oben. Das Ungetüm hatte den Kopf in den Nacken gelegt und stieß ein letztes Brüllen aus. Saesora rief es zurück! Die Fischernetze tanzten um die umherschwirrenden Arme, die Toten und Lebenden, die darin hingen, wurden herumgeschüttelt wie Puppen. Und dann begann es zu versinken, die Netze fest umklammert, tiefer und tiefer, während ich spürte, wie der Sog an mir zupfte und dann immer stärker riss. Ich wurde von kalten Händen gepackt. »Sammy!«, rief ich, doch ich konnte nur zusehen, wie das Wesen mit den Netzen im Meer untertauchte. Es nahm ihn mit! Der Fischersmann sank, bis das Wasser ihn gänzlich verschluckt hatte und nur noch letzte Luftblasen an die Oberfläche stiegen.

»Sammy!« Meine Stimme war heiser und hysterisch und klang gar nicht nach mir. Ich paddelte bis an die Stelle, wo das Untier verschwunden war. Ich tauchte unter, spürte Salzwasser in meinen Augen brennen, als ich sie aufzwang, doch ich sah bloß Schwärze. Er durfte nicht fort sein, nicht mit Sammy! Nicht Sammy! Meine Kehle brannte, ich musste auftauchen, rang nach Luft und weinte. »Wo bist du?«, fragte ich. »Wo bist du?«

Bläulicher Schein legte sich auf mich und als ich den Kopf hob, sah ich, dass zwei Wassertänzerinnen erschienen waren. Sie sangen und tanzten nicht mehr, doch sie bewegten die Wellen und ... schoben mich sanft in Richtung der Insel, während die Göttin die Arme höher gen Himmel hob und sich die Nebelschwaden langsam verflüchtigen.

»Ihr müsst Sammy retten«, rief ich. »Bitte, helft Sammy. Er ist noch da unten. Das Monster hat ihn mitgenommen, aber er lebt noch!«

Ich wurde einfach weitergetragen.

»Bitte!«, flehte ich. »Bitte, ich kann nicht so tief tauchen. Er ist noch dort. Ihr müsst ihm helfen!«

Doch die Wassertänzerinnen schwiegen, sie sahen mich nicht mal an, sondern schoben mich sanft weiter. Vielleicht konnten sie mich gar nicht hören. Tränen liefen über meine Wangen, mein Wehren und Flehen war nutzlos. Ich konnte bloß zusehen, wie sich die Stelle, an der Sammy verschwunden war, immer weiter entfernte.

Und dann erreichte ich die Stätte und Hände griffen nach mir, hoben mich auf das Plateau.

»Jermaine!« Leonard eilte näher und schloss mich fest in die Arme, noch ehe ich auf die Beine kommen konnte. »Götter, Kind! Geht es dir gut?«

Ich presste die Lippen aufeinander, als mich die Emotionen übermannten. Fest schlang ich die Arme um den Kapitän, meinen Onkel, Taufpaten, und weinte hemmungslos. Die Nebelschwaden verflüchtigten sich gänzlich und hinterließen einen dunkelblauen, sternenbedeckten Himmel, von Gold überzogen, und einen halben Mond, der über uns aufragte. Sammy, Sammy war fort. Sammy war einfach fort.

Leonard hielt mich fest im Arm.

Daran, dass die leibhaftige Göttin mit uns auf der Insel war, wurde ich erst erinnert, als sie die Arme senkte und die Stimme erhob, die warm und wohlklingend über das Meer hallte.

Meine Kinder, sagte sie und Leonard und ich lösten uns voneinander. Es war keine irdische Stimme, keine menschliche. Die Stimme war goldener Regen, rauschende Wellen und brausender Wind, und sie klang im Herzen nach. Saesora stand vor uns wie eine Erscheinung, wie ein Seesturm, wie der Morgen. Sie trug ein wallendes Lichtkleid, das an ihrem Körper hinabfloss wie Wasserläufe und dessen Saum in Rauchschwaden aufging, die sich in die Höhe kräuselten und verflogen. Brust, Schultern und Arme waren mit filigranen, silbernen Rüstungsteilen geschützt. Die Haut schimmerte von bläulichen Schuppen. Ihr wallendes Haar war im Nacken zusammengesteckt und das anmutige, schöne Gesicht schaute unter einer Krone aus gezackten Muscheln auf uns herab. Saesora, die Göttin, betrachtete uns mit warmem Blick.

Leonard kniete nieder, senkte den Blick voller Ehrfurcht. Alle fielen auf die Knie, Ayo und Sno, Danyo, Channa, und auch ich schob die Knie unter den Körper und neigte den Kopf. Tränen rannen unaufhörlich meine Wangen hinab. Der Gedanke, dass Sammy dies hätte sehen sollen, brachte mich schier um, und ich konnte mich nicht davon abhalten, erneut zu schluchzen. Wir hatten unser Ziel erreicht, doch was war der Preis gewesen?

Wendet mir das Gesicht zu. Saesoras Stimme klang über das Plateau. *Lasst mich euch in die Augen sehen. Meine Kinder, ich bin euch zu Dank verpflichtet.*

Wir hoben die Köpfe und sie blickte voller Zuneigung auf uns herab. Erst jetzt erkannte ich, dass sie tatsächlich *keinen* Körper hatte. Saesora schien aus Wolken und Licht zu bestehen, war gar nicht echt oder nicht ganz echt. Und unten vor einem weißen Altar, direkt vor oder *in* Saesora, in derselben anmutigen Haltung mit geöffneten Armen, stand Prinzessin Belén. Ihr Oberkörper steckte in dem schimmernden Schuppenkleid, ihr Gesicht war ausdruckslos und die Augen, die weit geöffnet waren, leuchteten in weißem Strahlen.

Alles war so dumpf. Ich schlang die Arme um den Körper, frierend, und konnte an nichts anderes denken als den Ausdruck auf Sammys Gesicht, als er die Seile zerschnitten hatte.

Seefahrer, sprach die Göttin. *Menschen, die mir seither dienten und unter meinem Schutz standen. Wie wunderbar ist es, euch endlich wieder zu erblicken. Und ihr – oh, ihr Mer'Etha. Mein Volk. Wie viel Zeit ist verstrichen, seit wir uns trafen, und welch furchtbares Schicksal musste euch ereilen? Saesoras Blick glitt über jeden von uns und ich schlug rasch die Augen nieder. Vier an der Zahl, sagte sie. Dann verdüsterte sich ihre Miene. Was ist mit diesem dort geschehen? Bringt ihn zu mir.*

Sie deutete auf Rami. Ayo hatte seinen Kopf in ihren Schoß gebettet und zog die Hände zurück, als die Gardisten aufstanden, um die verwundete Muschelhaut vom Boden zu heben und auf dem weißen Altar abzulegen. Der Weg zum Tempel war nicht zuträglich für Ramis Zustand gewesen, wenngleich das Boot der Fließenden nicht gekentert war. Die Muschelränder waren weiter aufgebrochen, die Schale bröckelte heraus.

Saesora und Belén hatten die Augen geschlossen, als würden sie ein unhörbares Gespräch führen. Als die Gardisten zurücktraten und sich in einigen Schritten Abstand postierten, hob Saesora die Arme an ihren Nacken. Sie schien etwas Unsichtbares aufzuknoten. Erst nach einem Augenblick wurde mir klar, dass es Belén war, die eine Kette an ihrem Hals löste. Ich hatte sie einmal gesehen und wusste, dass es sich um eine Muschel handelte.

Belén legte die Muschel auf Ramis Torso und ließ die Hände ruhen, die Augen geschlossen. Goldener Schein erblühte, und dann versank sie in Ramis Körper, glättete die Ecken und heilte seine fragile Haut. Als Belén und Saesora die Arme hoben, schlug Rami die Augen auf und erhob sich blinzelnd. Sno stieß ein glückliches Jauchzen aus und rannte näher, Ayo folgte ihm eilig und die beiden umarmten ihren Freund vorsichtig. Rami schien benommen und als sein Blick auf die Göttin fiel, wurden seine Augen groß. *Meine Schöpfung*, sprach Saesora voller Wärme. *All meine Meereskinder. Euer Wohl ist meine Priorität. Jeder, der aus dem Meer steigt, jeder, den das Meer zur Welt bringt, jeder, der auf den Meeren segelt, soll von mir beschützt werden.*

»Dann rettet auch Sammy!«, hatte ich gerufen, ehe ich mich daran hindern konnte. Meine Hand wanderte vor meinen Mund, als sich die Göttin mir zuwandte. Leonard neben mir warf mir einen Blick zu und auch Channa hob den Kopf.

Kind, sagte Saesora.

»Ihr müsst meinem besten Freund helfen!«, beharrte ich bebend. »D-das

Ungeheuer hat ihn mitgerissen, er ist da unten, ich konnte ihm nicht helfen. Bitte. Bitte!«

Ich kann keine Toten zum Leben erwecken, Kind, sagte die Göttin. Vergib mir.

Ich rang um Worte, doch ehe ich welche finden konnte, hatte Leonard mir die Hand auf den Rücken gelegt und mich in eine Umarmung gezogen. Wortlos schluchzend klammerte ich mich an seine Jacke. *Ich kann keine Toten zum Leben erwecken.* Keine Toten. Tränen rannen über meine Wangen und Saesora betrachtete mich still, ehe sie fortfuhr.

Euch muss Hochachtung entgegengebracht werden. Mer'Etha, Thaleaner, Fellonier, einander fürchtend und doch vereint. Ich sehe euch zusammenstehen, um mich zu erwecken. Sagt, was ist euer Gesuch? Sie hob eine Handfläche und wies auf Leonard. Kapitän? Sprecht.

Was half es? Sie konnte nicht mal Sammy retten. Leonard löste sich sanft, hielt nur noch meine Hand in seiner. Er schien etwas überfordert. »Herrin«, sagte er und ich hörte seine Stimme beben, »Herrin, unsere Reise war lang und unser Weg beschwerlich, doch wir kommen mit einer wichtigen Bitte, einem Flehen. Wir wollen unsere Mannschaft befreien, die in den Darcosgewässern von den Fließenden gefangen genommen worden ist. Allein können wir es nicht versuchen – es würde das Wohl Larounias aufs Spiel setzen. Das Fließende Volk würde die Ruby kapern und die Menschen ihrer Strafe unterziehen. Wir verstehen, dass es ihre Pflicht ist, weil es ihnen einst von Euch so aufgetragen wurde – doch die Menschen sind anders geworden und verdienen solche Strafe nicht. Unsere einzige Hoffnung, unseren Kapitän zurückzugewinnen und Larounia keiner Gefahr auszusetzen ... seid Ihr.«

Ich verstehe. Saesora sah ruhig zu ihm hinab. Ich soll die Mer'Etha für euch besänftigen. Und Frieden schaffen, wie ich es einst getan habe. Sie nickte langsam. Leider sind meine Kräfte nicht mehr, was sie einmal waren.

»Wir bitten Euch, es zu versuchen«, sagte Leonard. »Wenn Ihr die Fließenden nicht besänftigen könnt, könnt Ihr zumindest unsere Mannschaft aus den Gewässern befreien. Wir wollen sie zurück, um jeden Preis.«

Oh, du treuer Seefahrer, sagte sie traurig. Wie gern würde ich euch für solche Loyalität belohnen. Doch die Wahrheit ist – ich kann nicht. Ich habe keine Macht in diesem Zustand.

Der Kapitän blinzelte.

Saesora schlug die Augen nieder. *Ich will euch erzählen, warum ich so lange*

Zeit geschlafen habe. Nachdem ich die Flut über die Erde sandte, die ihr das Blaue Morgengrauen nennt, waren die Götter, die noch übrig waren, mir nicht gut gesonnen. Ich hatte allein die Entscheidung darüber getroffen, was das Beste für Larounia sein würde. Die Menschen waren schlecht und böse gewesen, sie hatten den Göttern ihre heilige Kraft gestohlen und sie für sich selbst genutzt. Auch heute würde ich nicht anders handeln.

Als ich allerdings so weit ging und im Alleingang die Fließenden erschuf, war es genug für meine Schwestern und Brüder. Es ist uns, den Abgesandten der Urgötter, nicht erlaubt, Völker zu erschaffen. Eralys, den meine Geschwister als den auserkoren, der mir Einhalt gebieten sollte, forderte mich zu einem letzten Kampf heraus. Licht und Gischt prallten aufeinander, Sonne und See, und es gelang ihm, mich in die Knie zu zwingen und hier zu versiegeln. Die Götter bestraften mich für meine Taten und ließen mich hier zurück. Seitdem schlafe ich. Seitdem schweige ich. Als sie auf uns herabblickte, war ihr Blick warm, der einer Mutter, die ihre Kinder lange Zeit nicht gesehen hatte. Oh, ihr alle. Ihr Mer'Etha, es schmerzt, dass ich euch nicht beschützen konnte, als die Menschen euch auf die Insel sperrten. Ihr Seefahrer, es tut mir leid, dass eure Schiffe im Sturm kenterten, dass euer Kapitän auf dieser Insel gefangen ist und von meiner Schöpfung bedroht wird, ohne dass ich etwas ausrichten kann. Und am meisten … Saesora schloss die Augen und nun stand Schmerz auf ihrem Gesicht. *Am meisten schmerzt es, zu sehen, dass die Fellonier den Glauben an mich verloren haben.*

Von Belén kam keine Reaktion, vielleicht, weil sie keine zeigen konnte. Mir war so kalt. Saesora war noch immer versiegelt, sie konnte nichts tun. Nicht für Vater, nicht für Sammy.

»Ihr … Ihr habt keine Macht mehr«, resümierte Leonard die Worte.

Es ist leider die Wahrheit, sagte Saesora.

»Ihr konntet das Monster zurückrufen.« Leonard schien es nicht begreifen zu wollen und auch ich konnte es nicht glauben.

Dafür war keine Magie notwendig. Nur mein Wort, sprach Saesora. *Mehr als das ist mir nicht möglich. Ich kann die Mer'Etha nicht besänftigen, solange ich nicht befreit bin. Kapitän, Ihr seid so weit für Eure Mannschaft gegangen.*

Ich hielt Leonards Hand fest umschlossen und hob den Kopf, sah der Göttin in die Augen, die uns keine Hilfe war. »Lebt mein Vater noch?«, fragte ich. »Beantwortet mir zumindest diese Frage.«

Ja, sagte Saesora. *Er ist am Leben. Alle sind am Leben.* Ein Luftzug kam auf und küsste meine nasse Haut, mein Haar, meine Kleider, und ich hob stirnrunzelnd den Kopf. Zuerst war es so leise, dass ich es für das Heulen des Windes hielt, doch als es anschwoll, erkannte ich die Stimme Vaters. Meine Muskeln erstarrten.

Er schrie. Er schrie keine Worte, nur gequälte Laute, er weinte und heulte. Ich war wie eingefroren, mein Herz zusammengekrampft und jeder Schlag schmerzend, mein Körper unbeweglich. Nie hatte ich ihn so gehört – vermochte es nicht mit der liebevollen Stimme des kühnen Kapitäns zu vereinen, der mir Seefahrergeschichten erzählt und mich sanft auf die Stirn geküsst hatte. Was taten die Fließenden ihm an? Was ließ ihn so schreien?

Wieso konnte ihm niemand helfen?

Danyo hielt sich die Ohren zu. Auch andere Matrosen wanden sich unter den Schreien des Kapitäns. Ich – war still. Konnte nur lauschen, dem Klagen lauschen.

»P-papa«, flüsterte ich.

Die Schreie schwollen an und flauten mit dem Rauschen der Wellen ab, und irgendwann – irgendwann ertrug ich es nicht mehr und kam wacklig auf die Beine. Es war die Liebe zu meinem Vater, die mich antrieb, der Schmerz, den Sammys Tod aufflammen ließ, und die Wut auf eine Göttin, die genug Macht hatte, uns mit Schreien zu quälen, aber zu schwach war, uns zu helfen.

»Oh, Saesora, du ewig Stürmische, die du uns schenkst das Glück der Wellen, das Glück der Winde, das Glück der Freiheit«, rief ich und die Stimme meiner Mutter, die das Gebet bei Anbruch des Abends am Esstisch sprach, klang mir in den Ohren. Bloß war in meinen Worten nichts Liebevolles – bloß Bitterkeit und klamme Enttäuschung. »Gepriesen sei dein Name, gepriesen seien deine Taten – magst du stetig über uns wachen. In deiner Gischt erhielten wir unsere Namen, zu dir beteten wir, wenn wir in Not waren. Wir sind gekommen, um deine Hilfe zu erbitten. Doch wir müssen hören, dass unsere Göttin uns nicht helfen *kann*?« Ich sah zu ihr hinauf und ballte die Hände zu Fäusten. »Ich will meinen Vater zurück!«, rief ich. »Wir sind den ganzen Weg gekommen! M-mein bester Freund … er ist gestorben! Soll es alles umsonst gewesen sein?« Ich rang nach Atem. »Du wirst ihn mir geben!«

Es tut mir leid, Kapitänstochter, sprach Saesora. Das Bedauern in ihrer

Stimme machte mich bloß wütender. *Ich will euch für das belohnen, was ihr auf euch genommen habt. Doch gegen die Macht eines Gottes wie Eralys kommt niemand an.*

»Das darf nicht wahr sein!«, rief ich. Leonard musterte mich aus traurigen Augen, während ich mir die Haare raufte. Alles, die Reise, jedes Gebet, war ohne Wert gewesen! Es war kein Wunder, dass alles schiefging. Ohne den Rückhalt von Saesora hatte all das nicht funktionieren können! Warum beteten wir, wenn niemand unsere Gebete erhörte?

Prinzessin Belén hatte recht behalten, irgendwie: Eine Göttin gab es, doch letzten Endes standen wir allein.

Eine Möglichkeit wäre da. Ich wandte mich um. Die schwache Göttin betrachtete uns. *Ein Weg, Eralys zu besänftigen, auf dass er mir wieder gesonnen ist. Ihr würdet eine noch weitere Reise auf euch nehmen müssen. Für Sterbliche ist es kein leichter Weg.*

Mein Blick glitt zu Leonard, der von einem zum anderen schaute. In seinen Zügen fand ich Entschlossenheit. »Wir sind so weit gegangen«, sagte der Kapitän. »Wir werden auch noch weiter gehen.«

Saesora nickte. *Eure Mannschaft hat Glück. Sie erfährt großen Rückhalt,* sprach sie. *Lauscht mir. Ich will Eralys drei Geschenke machen – drei meiner Schöpfungen, damit er mir für meine Taten vergibt und mir wieder wohlgesonnen ist. Ich selbst kann sie nicht beschaffen. Mein Körper ist an diesen Ort gebunden. Es bedarf eurer Hilfe, meinem alten Freund die Geschenke zu bringen.*

»Was für Geschenke sind das?«, fragte Leonard.

Der Quellkelch, sprach Saesora, *das Aquamarinei und die Rotfeuerfischkrone. Wenn ihr alles beschafft habt, übergebt es Eralys in einem seiner Tempel. Das wird mich befreien und ich kann euch eure Mannschaft bringen.*

»Es wird zu lange dauern«, sagte Leonard. »Das ist vergebens! Bis dahin werden die Fließenden sie längst getötet haben.«

Das werden sie nicht. Saesora sah ihn ruhig an. *Sie sind geduldig. Sie werden eure Männer und Frauen am Leben lassen.*

Ich wollte fluchen. Wir hatten geglaubt, am Ziel zu sein, und nun war Vater wieder so weit fort. Würden wir den Plan rechtzeitig in die Tat umsetzen, vorausgesetzt, wir würden überhaupt an die Gegenstände kommen? Mein Herz war schwer, die Schreie schwebten noch immer über dem Tempel wie die Nebelschwaden zuvor und ich konnte nicht begreifen, dass Sammy nicht bei mir war.

Eure Mannschaft ist euch lieb, sprach Saesora, doch ich verstehe, dass einige Dinge unmöglich sind. Ihr müsst die Bewährungsprobe nicht auf euch nehmen. Ich will euch nicht verpflichten.

War es nicht ein hoffnungsloses Unterfangen? Schon zweimal waren wir in tödlicher Gefahr gewesen, hatten Männer und Frauen eingebüßt und Schrecken durchlebt – in Jehra und nun hier. Die Ruby war ein Handelsschiff, keine Kriegsgaleone. Wir waren nicht dazu gemacht zu kämpfen. Hätte Vater dies von uns verlangt?

Nein. Vater hätte nicht gewollt, dass wir diese Reise für ihn antraten, und dennoch waren wir losgezogen. Wir hatten Hoffnung gehabt, obwohl wir uns Hoffnung eigentlich nicht hatten leisten können. Eine Göttin zu finden – wer hätte geglaubt, dass wir so weit kommen würden? Vater war am Leben! Und Sammy hatte seines gegeben. Was sollte uns davon abhalten, weiterzuziehen?

»Wir dürfen nicht aufgeben«, sagte ich zu Leonard. »Wir dürfen jetzt nicht aufgeben. Papa hätte das nicht getan. Für Saesora und für Vater.« Und für Sammy.

Leonard und ich sahen einander an, ganz ruhig und tief, und dann ... dann nickte er, wenngleich Zweifel in seinem Blick stand. »Wir wollen es wagen«, sagte er. »Ja, wir werden die Probe zu bestehen versuchen.«

Ich danke euch, sprach Saesora. *Seefahrer und Mer'Etha. Ihr steht vereint für eure Göttin. Ich schulde euch einen großen Gefallen und werde eure Wünsche zu erfüllen versuchen. Sie breitete die Arme aus und wie eine sich öffnende Knospe erblühte Licht aus ihr. Eine Seekarte schwebte auf den Altar herab. Ich wünschte, ich könnte euch mehr helfen, doch ich kann euch bloß meinen Segen mitgeben. Da draußen seid ihr auf euch allein gestellt.*

»Wir danken Euch«, sagte Leonard.

Nein. Ich bin euch zu größerem Dank verpflichtet. Ihr Blick legte sich noch einmal auf mich, nachdenklich – sie hob die Hand und beschrieb einen Wirbel, dann blitzte goldenes Licht auf. Ich kniff die Augen zusammen und blinzelte durch die zu Schlitzen verengten Lider. Ihre Gestalt aus Rauch und Gischt zerstob und zerfloss in Licht, rann an den Rändern des Plateaus hinab und verflog in der Luft. Das Gold, das auf dem Horizont gelegen hatte, schien sich herabzusenken und gab den Blick auf das sternenbedeckte, nun klare

Firmament frei. Zurück blieben Stille und die Prinzessin, die bewusstlos in sich zusammensackte. Leonard kam auf die Beine und lief zu Belén. Auch Ayo eilte näher und nahm sie in die Arme, zog sie in ihren Schoß. Die Ruby und die beiden Schiffe des Kaisers lagen auf dem dunklen Wasser, ruhig, doch die zerborstenen Bordwände sangen ein eigenes Lied des Leids. Schließlich legte sich mein Blick auf Channa, die sich einen Weg auf mich zu bahnte. Mich überlief ein Schauer, als ich sah, wie sie zitterte.

»Ist Sammy wirklich … ist er wirklich tot?«, fragte sie.

Ich strich mir das nasse Haar fort, versuchte, nicht zu weinen, und scheiterte dabei. »Er hat mich gerettet«, brachte ich hervor. »Götter, Channa. Es tut mir so leid, ich …« Die Fischerin wich zurück, schüttelte den Kopf – richtete den Blick auf das Meer und stockte da.

»Sieh mal«, sagte sie. »Sieh doch.«

Ich folgte ihrem Blick und erstarrte ebenfalls. Da war der Wirbel aus Wasser, der sich langsam, fast träge aus dem Meer erhob. Ich trat näher an den Rand des Plateaus, starrte auf das Licht und mein Herz setzte einen Schlag aus. Das letzte Geschenk Saesoras.

Der Wirbel war angeschwollen und senkte sich nun in einer sanften Welle in Richtung des Plateaus, direkt auf uns zu. Das Wasser gab den Blick auf einen Körper frei, eine Gestalt, und Channa weitete die Augen.

»Sammy«, sagte sie und wir tauschten einen raschen Blick. »Sammy!« In unserer Not griffen Channa und ich nacheinander, klammerten uns an die andere, als würde sich der Anblick in Luft auflösen, wenn wir uns losließen. Mit einem Mal schlug mein Herz wie wild – vor Erleichterung, bis mir klar wurde, wie lange Sammy unter Wasser gewesen war. Die Hoffnung wich blanker Panik. Hatte die Göttin uns tatsächlich einen Toten gebracht?

Die magischen Wellen erreichten das Ufer und Channa und ich rutschten auf die Knie und griffen nach der leblosen Gestalt. Meine Hände bebten heftig, als ich Sammy gemeinsam mit der Fischerin auf das Plateau hinaufhievte. Das Wasser machte ihn schwerer und ließ mich vor Anstrengung keuchen.

Sammys Körper war schlaff und reglos. Hemd und Locken klebten ihm nass am Körper, Tang und Teile des Netzes des Ungeheuers, das ihn unter Wasser gezerrt hatte, hatten sich darin verfangen. Bebend streckte ich eine Hand aus und strich ihm das Haar aus der Stirn. Sein Gesicht war beinahe friedlich.

»Er muss tot sein«, sagte ich bebend. »Keiner kann so lange unter Wasser überleben.«

»Er ist nicht tot«, knurrte Channa, die ihn mit fahrigen Bewegungen näher zog. »Wenn er hier ist, dann lebt er.«

Ich schüttelte den Kopf, legte die Stirn in Falten. »Channa …«

Die Matrosin hatte den Kopf auf seine Brust gelegt und hob ihn nun. »Hör«, sagte sie, winkte mich näher. »Hör selbst.«

Und unter den Sternen, die Sammy mir in der Takelage gezeigt hatte, beugte ich mich hinunter und legte das Ohr auf seine Brust.

Lauschte.

Heim

Man lud ihre Sachen auf eines der anderen Schiffe. Die Rote Ruby würde nach Jehra weiterreisen, um die Reparaturen erledigen zu lassen und den Rest der Mannschaft einzusammeln, der dort wartete, und dann würden die Seeleute aufbrechen und ihre Mission erfüllen. Und sie sollte zurück nach Thalheim gehen.

»Es ist bald alles bereit«, sagte Leonard, als sie oben auf der Brücke voreinander stehen blieben. »Der Überweg zum anderen Schiff befindet sich gleich da unten. Ihr braucht Euch nicht zu fürchten, wenn Ihr ihn überschreitet, wird man Euch behilflich sein.«

Belén blickte zu der Stelle, auf die er wies. Mit zusammengenagelten Planken war dort ein Weg zum thaleanischen Schiff geschaffen worden. Sie fürchtete sich nicht. »Das ist freundlich«, sagte sie dennoch und verschränkte die Finger ineinander. »Danke, Leonard.«

»Ich denke nicht, dass es etwas gibt, wofür Ihr Euch bedanken müsstet«, wehrte Leonard die Worte ab. »Viel eher muss ich mich bei Euch entschuldigen. Ich konnte mein Versprechen nicht halten.«

»Ihr habt mir da draußen das Leben gerettet.« Belén wies in Richtung der Stätte und Bilder erblühten vor ihrem inneren Auge – Erinnerungen daran, wie Leonard sie durch die Fluten getragen hatte, bis sie in Sicherheit war. »Dazu bin ich Euch zu Dank verpflichtet. Ihr habt dafür gesorgt, dass ich nicht sterbe, also habt Ihr Euer Versprechen gehalten, Kapitän.«

»Und dennoch heiratet Ihr nun einen Mann, den ihr hasst«, sagte er. »Das ist nicht verzeihlich. Das kann ich nicht wiedergutmachen, indem ich Euer Leben rette.«

»Leonard, es ist schon in Ordnung.« Sie nahm seine Hände und drückte sie, was den Kapitän den Kopf heben ließ. »Ihr habt getan, was in Eurer Macht stand. Ihr seid anständige Menschen hier auf der Ruby, wisst Ihr? Nur wenn ihr das nächste Mal die Möglichkeit bekommt, jemanden zu entführen … lasst es lieber bleiben.«

»Prinzessin …«, sagte Leonard.

Belén ließ seine Hände los. »Es ist schon gut«, wiederholte sie.

Der Kapitän schwieg unschlüssig. »Ihr … solltet nun auf das andere Schiff «, sagte er dann. »Es wird nicht mehr lange dauern, bis wir aufbrechen. Soll ich Euch begleiten?«

Belén hinderte ihre Lippen daran, das Lächeln abzulegen, und schaute sich suchend um. »Das ist nicht nötig, Ihr habt sicher viel zu tun. Lou kann das erledigen.« Sie deutete auf die Matrosin, die mit Gideon plauderte, anstatt zu arbeiten.

Auch Leonard schien das für eine angemessene Maßnahme zu halten. »Lou!«, rief er. »Zeit, sich wieder nützlich zu machen!«

Die Kapitänstochter blickte auf, drückte Gideon einen Kuss auf die Wange und kam die Treppe herauf. »Prinzessin.« Sie blieb stehen und neigte den Kopf. »Was gibt es, Leonard?«

»Sei so gut und begleite die Prinzessin bis zum Fallreep«, sagte der Kapitän.

»Aye.« Lou lächelte Belén an. »Kommt.«

»Auf Wiedersehen, Kapitän.« Belén neigte den Kopf und Leonard verneigte sich. »Gehabt Euch wohl.« Als sie sich abwandte und hinter Lou den Niedergang hinabtrat, spürte sie seinen Blick in ihrem Rücken, ehe er die Arbeit wieder aufnahm und einen Befehl rief.

»Es ist wohl Zeit, Lebewohl zu sagen«, meinte Belén.

»Oh, es ist ja kein endgültiger Abschied«, erwiderte das jüngere Mädchen. »Wir sehen uns wieder, wenn wir alle Sachen haben, nicht wahr?«

Belén lächelte. »Ja«, sagte sie nur.

Als Lou ihren müden Blick sah, verlangsamten sich ihre Schritte. »Prinzessin«, begann sie zögernd. »Wie war es, als Saesora … in Euch drin war? Ich meine, wie hat es sich angefühlt?«

Belén sah sich nach Zuhörern um und lotste Lou auf die andere Seite des Schiffs, wo die Leiter lag, über die sie in der letzten Nacht zum Beiboot geklettert war. Ein paar gestapelte Kisten boten Sichtschutz vor Blicken vom Achterdeck. Belén blieb stehen und betrachtete Lou ernst. »Wäre ich ihr ohne das Kettenhemd entgegengetreten, hätte sie mich zerfetzt«, sagte sie.

»Sie ist eine Göttin, ich ein Mensch. Mein Körper ist viel zu klein für sie. Aber auch ihr Schuppenkleid verfügt über enorme Kraft und so … so habe ich nur einen Druck gespürt, als sie mich eingenommen hat, wie wenn man tief unter Wasser ist.«

»Ich verstehe«, sagte Lou, die ihr aufmerksam lauschte.

»Aber was mir eigentlich Angst gemacht hat«, fuhr Belén fort, »was mir richtige Angst gemacht hat, war, wie machtlos ich war.« Ihre Hand glitt zu ihrem Hals, wo die Muschel gelegen hatte, die Kette von Hendryk. Scharfer Schmerz bohrte sich in ihr Herz. »Sie hätte mit mir tun und lassen können, was sie wollte.«

Und sie ist noch immer nicht ganz fort.

»Huch!« Belén erschrak, als Lou die Arme um sie schlang.

»Danke, dass Ihr das dennoch für uns gemacht habt«, sagte Lou an ihre Schulter. »Ihr habt leiden müssen, aber Ihr habt nicht aufgegeben! Ihr habt das für meinen Vater getan. Ihr seid echt toll! Danke!«

Auch wenn es sich ungewohnt anfühlte, legte Belén die Arme um die junge Matrosin und erwiderte die Umarmung liebevoll. Überrascht stellte sie fest, dass sie Lou vermissen würde. Und auch Leonard. Das Schwanken des Schiffs unter dem Sternenhimmel, die Kartenspiele mit Jermaine, Sammy, Danyo und Vince. Zumindest ein bisschen würde ihr all das fehlen.

»Alles Gute, Lou«, sagte sie.

»Aber es ist doch nicht für immer«, widersprach die Matrosin erneut. »Ihr kommt wieder, wenn wir zurück sind.«

»Davon hat Saesora nichts gesagt.«

Lou löste sich von ihr. »Heißt das, Ihr wollt nicht noch einmal mit uns herkommen?«

Belén blieb stumm und die Augen der jungen Matrosin wurden groß. »Prinzessin … was habt Ihr vor?«

»Ich muss dich um einen Gefallen bitten«, sagte sie und trat an die Reling. Das Meer unter ihnen rauschte und stieß gegen die Bordwand. In ihrem Rücken befand sich das thaleanische Schiff, doch vor ihr lag der weite Ozean.

Irgendwo war Fellonien.

»Um welchen?«, fragte Lou.

»Bitte sende eine Möwe an meinen Vater«, sagte Belén. »Sag ihm, Thale verfügt über Walölbomben und es wird womöglich einen neuen Krieg geben.

Und er soll ein Schiff auf direktem Weg hierher aussenden, dass die Inseln nach mir absucht, ja? Ich sende ihm Leuchtzeichen mit meiner Magie.«

»Aber …«

Belén wandte sich der Kapitänstochter zu. Irgendwo hinter ihnen rief jemand: »Kapitän! Wir können das Schuppenkleid nicht finden! Die Kiste ist leer!« Wegen der Fässer und Kisten bekam niemand im Heckteil des Schiffs mit, was Belén tat, und die Matrosen, die es hätten sehen können, blickten alle zu dem, der gerufen hatte. Als Belén ihr Gewicht verlagerte, blitzte unter ihrem Kleid etwas auf, das wie schimmernde Schuppen aussah. »Versprichst du es mir?«

Lou betrachtete sie verzweifelt, trat einen Schritt näher. »J-ja«, sagte sie. »Ja, ich verspreche es, aber …«

»Danke.« Belén lächelte die Matrosin an. »Danke, Lou. Und leb wohl.« Und dann stemmte sie sich hoch, kletterte über die Reling auf die Leiter. Nach einigen Tritten ließ sie sich fallen, bis ihre Füße aufs Meer trafen.

Belén hatte keine Angst mehr vor dem Wasser. Nicht, seit die Göttin Besitz von ihr ergriffen und nicht mehr gegangen war. Saesora war noch mächtig genug, um Belén zu helfen, in den Wogen nicht unterzugehen.

Das Salzwasser legte sich um Beléns Sohlen, verschluckte sie jedoch nicht. Es federte ihre Schritte, schubste sie an, als sie sich in Bewegung setzte, zu rennen begann. Sie spürte Saesoras Anwesenheit wie eine sanfte Umarmung. *Ich beschütze dich*, sagte Saesora. Belén lief, weg von den Schiffen. Weit weg von Thale.

Seeleute riefen ihr vom Schiff nach, doch Belén dachte nicht ans Umkehren. Mit sicheren Tritten rannte sie über die Wasseroberfläche, von der Spritzer aufstoben, ohne sie zu verschlucken. Es gebrauchte nur ein wenig Magie, ansonsten bloß Konzentration und Ausdauer – den Rest erledigte Saesora für sie. Als Belén innehielt, um Atem zu holen, war die Ruby nur noch so groß wie ihre Hand in der Ferne zu sehen. Ein irrwitziges Lächeln stahl sich auf Beléns Lippen, als sie darüber nachdachte, welches Chaos an Deck herrschen würde. Doch bis die Ruby ein Beiboot aufs Wasser gelassen und sich an ihre Fersen geheftet hätte, würde sie ohnehin längst weit weg auf einer der lebendigen Inseln sein. Die Kleidtaschen hatten sie mit Schiffszwieback gefüllt, den sie zuvor magisch präpariert hatte, damit er nicht durchweichte. Saesora würde sie mit Wasser versorgen. Sie musste nicht lang durchhalten – wenn sie die Leuchtzeichen sandte, würde es schon glücken!

Belén setzte sich wieder in Bewegung und das Wasser trug sie Richtung Horizont. Bald war sie so weit gekommen, dass das rot besegelte Schiff und seine Eskorte am Horizont verschwunden waren. Die Sonne hatte noch nicht den höchsten Punkt erreicht und Beléns Beine waren zwar müde, aber längst nicht erschöpft – das Wasser ließ sich leicht überschreiten, schob sie sogar voran. *Ich beschütze dich*. Saesora war ihre Freundin. *Ich halte dich fest. Ich gebe auf dich Acht, Erbin.*

Belén war erleichtert, auf dem Heimweg zu sein, doch in ihrem Herzen fand sie auch ein wenig Besorgnis. Würde Thaloan einen Krieg gegen Fellonien in die Wege leiten? Hätte sie das vermeiden können, wenn sie geblieben wäre? Belén konnte nicht sagen, wie dann alles ausgegangen wäre – doch ihrem Vater nun zu berichten, was sie in Thale über die Bomben erfahren hatte, würde ihnen sicher bloß zugutekommen.

Gesetzt den Fall, dass Rondys ihr lauschte. Denn Belén kam nicht allein. Nein, in ihr wachte eine Göttin, deren Existenz ihr Vater leugnen würde.

Es gab unzählige Sorgen, die sie aus ihren Gedanken zu bannen suchte – nur an eins hatte sie nicht gedacht: Das Bitterpinienharz wirkte nicht ewig und die Macht des Schuppenkleids drängte an die Oberfläche.

Zunächst war es nur ein kurzer Schlag, als hätte man zwei Feuersteine gegeneinandergeschlagen. Belén schüttelte den Kopf. Der nächste Funke ließ sie stärker zusammenzucken. Sie griff nach ihren Schläfen. Da war etwas in ihrer Brust, in ihrem Kopf. Da war etwas!

Der nächste Schlag war stärker und hielt so lang an, dass sie stolperte und ihr Fuß wegsackte, bis zum Knie ins Wasser hinein. Tröpfchen spritzten in die Luft, das Lodern in ihrer Brust entlockte ihr ein entkräftetes Stöhnen. Macht, so viel Macht. Oh, das Schuppenkleid! Ihre Magie kehrte zurück und sie trug das Schuppenkleid!

Aber warum jetzt? Elixiere hielten viel länger an!

Das Funken war zu einem beständigen Flimmern angeschwollen und Belén konnte sich nicht länger auf ihre Magie konzentrieren. Sie verlor das Gleichgewicht und stürzte ins Meer, schluckte Wasser, ehe sie hustend wieder an die Oberfläche gelangte. Keuchend und unkoordiniert bewegte Belén die Glieder. Sie musste die Zähne aufeinanderbeißen – zum einen, weil ihr stechender Schmerz durch den Kopf fuhr, und zum anderen, weil sie nicht *denken* durfte, damit die Magie sie nicht übermannte. Sie wollte nicht noch einmal die Kontrolle verlieren, vor allem nicht an etwas, das sich nicht mehr von selbst zurückziehen würde!

Bring mich in Sicherheit!, flehte Belén und spürte, wie sie angeschubst wurde und das Wasser sie weitertrug. In den Wellen entdeckte sie eine kleine Insel, wie eine Halluzination. Ihre Hände fanden den sandigen Boden und halb krabbelte sie, halb schwemmten die Wellen sie an den Strand. Sie ließ sich rückwärts in den Sand fallen und schrie, krümmte sich, während aus ihren Händen heiße Strahlen hervortretender Magie wichen.

Und es ist so mächtig. Ich kann Städte zermalmen. Göttlich werden.

Nein! Sie durfte nicht die Kontrolle verlieren! Nichts davon würde Belén werden, wenn sie nicht sie selbst war! Die gepeinigte Prinzessin, die sich auf den Bauch gerollt hatte, grub die Finger ins blonde Haar und zerrte so heftig, dass sie Strähnen herausriss, die feucht an ihrer rechten Hand kleben blieben. Hinter ihrer Stirn flammte der Schmerz. Sie ertrug das nicht!

Da wurde sie mit einem Mal gepackt. Ihre Hände schossen vor, als sie jemand aus dem Wasser zog und sich an der Schnürung ihres Kleides zu schaffen machte. Fest schlossen sich ihre Finger um den Hals der Gestalt.

Ihre Hände wurden mit Entschiedenheit gelöst und Belén landete im Sand. Vehement erwehrte sie sich des Griffs der Person, die die Bänder über ihrer Brust löste. Kaum war das Kleid offen und die Gestalt gezwungen, Beléns Hände loszulassen, stürzte sie sich mit zuckenden Blitzen auf ihren Helfer. Mit einer Kraft, die sich Belén niemals zugetraut hätte, packte sie den Fremden und schleuderte ihn in den Sand, um mit fremden Funken auf ihn loszugehen. Er wich zur Seite rollend aus, warf sich gegen sie und stieß sie zurück zu Boden. Die beiden kamen hart auf dem Strand auf und kugelten raufend über den Boden, wobei Muscheln und kleine Steine in Beléns bloße Schultern drückten. Belén war nicht sie selbst und das machte sie zu einer beinahe ebenbürtigen Gegnerin. Doch am Ende war der Fremde schlichtweg stärker als sie. Der Angreifer, ihr Retter, bekam das Kettenhemd zu fassen, zerrte es ihr über den Kopf und schleuderte es davon, ehe er von ihr abließ.

Stille.

Die Ruhe, die in ihrem Kopf zurückblieb, war beinahe unangenehmer als der Schmerz von zuvor. Belén sank in sich zusammen, rollte sich zur Seite und keuchte, das Haar wie ein Vorhang um ihr Gesicht fallend. Ihre Finger krümmten sich um die Sandkörner. Sie waren schwarz vom Ruß der Lichter, die aus ihren Händen entwichen waren, und auch das Atmen tat weh, als wäre ihre Luftröhre versengt. Belén schloss die Augen, atmete durch den Mund und tastete so vorsichtig nach ihrer Magie wie nie. Sie spürte nur das sicher verstaute Flämmchen in ihrem Inneren. Oh, das … so etwas wollte sie nie wieder erleben.

»Das war ziemlich knapp.«

Beléns Kopf fuhr in die Höhe. Instinktiv schloss sie die Hand um einen kleinen Stein im Sand und warf ihn der Gestalt entgegen. »Was zum –!«

Thaloan wich dem Stein aus und hob die Hände. »Eigentlich war ich sicher, dass wir einander jetzt nicht mehr angreifen müssen.«

Belén atmete schwer. »Du?!«, stieß sie hervor.

»Wer denn sonst? Meinst du, ich spreche zum Spaß Gebete mit dir und gebe dir was von meinem Minztee ab?« Der junge Kaiser hatte das Gesicht abgewandt und halb mit der Hand abgeschirmt. »Könntest du dich wieder richtig anziehen? Danach können wir einander gern anschreien.«

Belén blickte an sich hinab und zog ihr Kleid mit bebenden Händen nach oben. Sie fühlte sich irrational gedemütigt, äußerlich wie innerlich entblößt und vor allem furchtbar dumm. »Wie hast du das gemacht? Wie bist du hierhergekommen?«

»Auf demselben Weg, auf dem wir auch zurückkehren werden«, sagte Thaloan und streifte sich die Jacke ab, die er übergeworfen hatte.

Ihre Füße brachten Belén auf die Beine und sie zog das Kleid höher, wich vor seiner Jacke zurück. Aus dem Augenwinkel sah sie ein Schimmern, das auf ein Portal hinwies.

»E-eralys hat dir … gesagt, dass ich Hilfe brauche?«, brachte Belén hervor. »Er hat dir das Portal gemacht?«

Thaloan nickte. »Wie ich es dir versprochen habe.«

»Du hast gewusst, dass ich flüchten will«, stammelte sie.

»Ja, und dass ich das furchtbar bescheuert finde, muss ich nicht erwähnen, oder?«

Belén schnaubte. »Bescheuert? Weil ich deine Pläne durchkreuze? Dein Weißwalöl kannst du dir sonst wo hinstecken, sobald mein Vater davon weiß!«

»Ach ja? Und wie willst du ihm davon berichten, wenn du verhungert bist?«, fragte Thaloan. »Belén, du bist nicht dumm. Diese Inseln bewegen sich! Wie soll dich hier irgendjemand finden?«

»Ich werde Leuchtzeichen –«

»Heute Nacht kehrt der Nebel zurück und dann sieht kein Mensch deine Leuchtzeichen!«, fuhr er dazwischen. »Es wäre mir lieb, wenn du zumindest ein bisschen mehr Verstand benutzen würdest, wenn du schon *meine Pläne durchkreuzen* musst.« Den letzten Teil sagte er mit einer Abfälligkeit, die durchblicken ließ, wie verletzt er war.

»Was willst du von mir?«, brachte sie hervor. »Warum lässt du mich nicht in Ruhe?«

»Weil ich recht habe!«, rief er. »Ob du es begreifen willst oder nicht – wir können diesen Krieg nur gemeinsam verhindern! Geh nach Hause und meine Pflicht zwingt mich, Fellonien so rasch wie möglich anzugreifen! Such Hilfe bei deinem Vater und er wird derjenige sein, der zuerst gegen Thale vorgeht!« Er wies auf sich. »Es tut mir aufrichtig leid, dass du mich für so abscheulich hältst! Ich belästige dich ungern mit meiner Anwesenheit! Ich wäre gern in Gesellschaft von Menschen, die mich nicht ständig daran erinnern, wie furchtbar ich bin! Aber dir bleibt leider nichts anderes übrig, als mit mir zu kommen, wenn du keinen Krieg in die Wege leiten willst!«

Belén bebte. Sie war wütend, sie war traurig, sie fühlte sich klein. Sie schrie ihn an. »Ich will nach Hause! Was daran ist so schwer zu verstehen?«

»Nichts!«, stieß Thaloan hervor. »Das nächste Mal werde ich mich zurücklehnen und zusehen, wie du deinem Vater vertrauliche Informationen übergibst! Ich sehe ruhig mit an, wie du einen Krieg einleitest! Ich hindere dich nicht daran, dich umzubringen! Aber weißt du was? Eigentlich lasse ich mich viel lieber mit Steinen bewerfen, als dich tot zu sehen!«

Belén explodierte. Mit einem Wutschrei stürmte sie auf ihn zu und warf sich gegen seine Brust, um ihn ins Meer zu stoßen und von Saesora verschlingen zu lassen. Es war, als versuche sie, eine Wand umzuwerfen. Mit Tränen in den Augen warf sie sich gegen den Kaiser, hämmerte vergebens gegen seine Brust. Warum war sie so verflucht zartgliedrig? Sie schlug auf ihn ein, bis ihre Bewegungen erlahmten und sie hilflos die Fassung zurückzugewinnen versuchte. Ihr Herz war schwer und ihre Augen brannten.

»Geht es?«, fragte Thaloan.

»Warum musst du recht haben?«, knurrte sie. »Warum musst du verdammt nochmal recht haben?«

Der Kaiser war still. »Tut mir leid«, sagte er dann. Er trat vor ihr zurück, als er sicher war, dass sie eigenständig stehen bleiben würde. »Ich hätte es gern anders, ja? Aber ich kann dich nicht nach Hause bringen.« Er sammelte sich. »Im Übrigen ... wäre ich dir sehr ergeben, wenn du jetzt diese Jacke nimmst.« Erneut streckte er ihr das Kleidungsstück hin und dieses Mal griff Belén danach. Sie fühlte sich leer und machtlos. Doch als sie noch einen Blick in Thaloans Gesicht warf, war ihr mit einem Mal, als würde es ihm gar nicht anders gehen.

Belén schluckte die Tränen hinunter, als sich ein Gedanke in ihrem Inneren zu formen begann – einer, der gewagt war, aber eine Chance. Sie konnte nicht heim. Aber womöglich konnte sie etwas anderes. Womöglich konnte sie Thaloan überzeugen, das Richtige zu tun.

Belén warf einen Blick aufs Meer.

Irgendwo war Fellonien.

Und irgendwie würde sie schon dafür sorgen, dass alles gut wurde.

EINE NEUE CHANCE

Die See war merkwürdig ruhig und der Himmel erstaunlich blau, als ich das Deck betrat. Ich atmete vorsichtig ein, nicht zu stark, um keinen Stich meiner Seite zu riskieren, sog den Salzgeruch ein und ließ den lauen Wind mein Haar zerzausen. Die kühle Luft liebkoste meine geschundene Haut, und obwohl sich mein Körper noch immer anfühlte wie von einer Herde Pakos überrannt, war es mit einem Mal erträglicher. In meinen Mundwinkeln versteckte sich ein Lächeln, trotz allem. Wie lang hatte ich davon geträumt, das Oberdeck zu betreten und nur Meer zu erblicken? Und nun, wenn auch unter den unmöglichsten Umständen und obwohl sich das Seefahren ganz anders anfühlte, als ich erwartet hatte, tat sich dieses Meer so tintenblau und klar vor mir auf, wie ich es mir erträumt hatte.

Ich humpelte zur Reling und warf einen kurzen Blick hinauf zu den Matrosen, die in der Takelage kletterten. Ein großer Teil des stehenden Guts am Heck war abgerissen, als der Fischersmann die Ruby angegriffen hatte. Das Loch in der Flanke des Schiffs klaffte dort noch immer wie eine offene Wunde.

Dennoch hörte ich Lachen, als Vince Danyo beim Kartenspiel besiegte. Schiffsjungen führten die Pakos auf dem Deck spazieren. Ferry stand am Bug und nahm einen Schluck aus seinem Flachmann. Im Gegensatz zum gestrigen Tag war es beinahe friedlich – und etwas Schöneres als diesen Anblick konnte ich mir momentan nicht vorstellen.

»Solltest du nicht liegen bleiben?«, fragte eine Stimme und ich wandte den Kopf. Lou verschränkte die Arme vor der Brust.

»Ich hab lange genug ruhig gelegen«, sagte ich, auch wenn mein Körper und die gebrochene Rippe das leugnen wollten. »Ich habe verpasst, wie die Prinzessin über Bord gesprungen und auf Wasser gegangen ist. Wie lange soll ich noch *ruhig liegen* und die spannenden Ereignisse an mir vorüberziehen lassen?«

Lou lächelte schwach und rieb sich mit nachdenklichem Gesichtsausdruck den Nacken. Diese Geste kannte ich nur zu gut.

Sanft ergriff ich ihr Handgelenk. »Ihr wird schon nichts geschehen.«

Meine Schwester nickte. »Aye, Negro sagt das auch. Ich zitiere …« Sie verstellte die Stimme zu einer schlechten Imitation des Seebärs: »Ahhr! Um Saesoras Willen! Noch nie in meinem Leben habe ich falschgelegen! Prinzesschen Götterlos kommt da an, wo sie hingehört! Ihr könnt mir glauben, denn ich weiß immer alles. Ahrr. Arr!«

Wir lachten und ich verzog das Gesicht, als mir die Seite stach.

»Mal ehrlich«, sagte Lou und beugte sich mit funkelnden Augen vor, den Ellbogen auf die Reling gestützt. »Bin ich die Einzige, die das mit Negro unheimlich findet?«

Niemand sprach darüber, dass Negro beim Angriff des Fischersmanns von Bord gestürzt und ob seiner fehlenden Gliedmaßen wie ein Stein untergegangen war. Und niemand sprach darüber, dass er an Deck gestanden und inoffizielle Befehle gebrüllt hatte, als wir entkräftet die Leiter erklommen und an Deck gelangt waren. Wir waren sicher gewesen, dass er in den Wellen ertrunken war. Keiner wusste, wie er es zurückgeschafft hatte, niemand konnte es erklären.

»Hier geht so einiges nicht mit rechten Dingen zu«, sagte ich. »Negro taucht aus dem Nichts wieder auf, die Prinzessin läuft auf Wasser und Sammy …« Ich schüttelte den Kopf und nestelte an meinem Haarknoten. »Überhaupt, wir sind hergekommen, damit die Göttin uns hilft. Nun helfen wir der *Göttin*. Ich kann es nicht fassen, das muss ein schlechter Traum sein! So eine Tortur, und sie ist noch nicht vorbei? Wir haben doch schon so viel mitgemacht.«

Lous Gesichtsausdruck hatte sich bei meinen Worten langsam verändert und erinnerte mich an die Abende früher, als sie nicht hatte schlafen können und zu mir ins Bett gekommen war. Kindliche Sorge stand in ihrem Gesicht, als sie mich fragte: »Jen, denkst du, dass Vater so lange durchhält?«

Ich schluckte. Bisher hatte ich die Wahrheit vor Lou verborgen, weil ich sie hatte beschützen wollen – doch am Schluss war sie kein Kind mehr. Auch sie war unseres Vaters Tochter und hatte verdient zu erfahren, wie es um ihn stand. »Ja«, sagte ich. »Er wird leben – hoffe ich zumindest. Saesora hält die Fließenden für geduldig und Vater ist zu zäh, um leichtfertig nachzugeben. Aber wenn er zurückkehrt … vielleicht ist er dann nicht mehr der, den wir kannten.«

Fragend sah sie mich an.

»Ich habe in seinem Tagebuch gelesen«, sagte ich und behielt ihre Züge fest im Blick. »Ich hab mit Sammy darüber gesprochen. Und – und auf dem Maskenball bin ich Darjan Suwahi begegnet, der Vater vor seinem Verschwinden getroffen hat. Ich glaube, Darcos hat Papa verändert … hat ihn verrückt gemacht. Er konnte da nichts für, das hätte jedem geschehen können. Aber … wenn er zurückkehrt, dann wird er vielleicht nicht mehr so sein, wie wir ihn kannten.«

In Lous Augen schimmerten Tränen, die sich schwer auf mein Herz legten. »Kannst du mir das Tagebuch zeigen?«, fragte sie. Ihre Stimme war leise, aber bemerkenswert gefasst.

Ich nickte. »Sicher.« Später würden wir gemeinsam in Vaters Kajüte sitzen und das Tagebuch lesen, ein bisschen weinen und einander in den Arm nehmen. Wir würden unseren Vater betrauern, der womöglich nie mehr so sein würde, wie er gewesen war.

Lou schlang die Arme um mich und ich zog sie bereitwillig an mich. »Ich wünschte, die Kleinen wären hier«, murmelte Lou. »Und Mutter.«

Da verschwamm mir die Sicht. »Das wünsche ich mir auch.« Wir umarmten einander fest – zwei Loreleyschwestern, die ausgezogen waren, um ihre Familie wieder zusammenzusetzen. »Aber ich habe ja dich. Meine dumme und rebellische Schwester, die sich für die Liebe in einem Fass Reis versteckt.«

»Und ich hab meine blöde und unsensible Schwester, die die Emotionen eines Felsblocks hat, wenn es nicht gerade um Schiffe geht«, konterte Lou und streckte mir die Zunge raus. Ich erwiderte ihr Grinsen mit müdem Lächeln.

»Weißt du was?«, fragte ich. »Ich glaube, manchmal hast du recht mit Dingen.«

»Ach was?« Lou hob die Braue, ehe sie stockte. »Heißt das, du willst …?«

»Ich denke schon.«

»Jetzt gleich?«

Ich hob die Schultern, halb entschlossen, aber auch mit ungewohnter Aufregung. »Ich schiebe es ohnehin schon zu lange auf, nicht wahr?«

Lous Mundwinkel zuckten, ehe wir einander losließen. »Dann jetzt gleich, bevor du es dir anders überlegst«, sagte sie. »Viel Erfolg. Und verhau es nicht, ja?«

Sie hielt die gekreuzten Zeige- und Mittelfinger in die Höhe, als ich zurück zu den Unterdecks trat. Mühevoll humpelte ich die Treppen hinunter, spürte jeden Muskel und kam mir so angeschlagen und alt vor wie Negro. Und irgendwie ging ich auch absichtlich langsam. Nur ein bisschen mehr Zeit schinden – wenngleich die bloß das Risiko erhöhte, dass ich es mir anders überlegte.

Denn Negro war nicht der Einzige, der in der gestrigen Nacht von den Toten auferstanden war.

Ich blieb vor Amrars Tür stehen. Tief einatmend hob ich die Hand und versuchte, sie zum Anklopfen zu bringen. In den Augenblick hinein, in dem ich zögerte, drangen Stimmen von drinnen.

»… bist nicht ernsthaft noch immer überzeugt, dass das so richtig ist!«

»Wieso kannst du das nicht begreifen? Saesora, ich versteh das nicht. Ich verstehe *dich* nicht!«

Ich hielt ob der gedämpften, aber zweifellos aufgebrachten Stimmen der Geschwister inne.

»Du hast unter diesen Leuten gelebt. Das sind deine Freunde, Channa! Alles nur für Vater? Was hat er uns denn je gegeben, was das rechtfertigen würde?«

»Es geht hier nicht um Vater! Ich bin Saesora begegnet. Was meinst du, warum du da draußen überlebt hast, hm? Alles bloß wegen ihr! Das ist eine alte Pflicht …«

Ein Schnauben. »Götter, Channa, du bist durchgedreht. Du bist genau wie er!«

»Du versuchst nicht, es zu verstehen! Ich will dich nicht verlieren, Sammy. Gestern wäre es beinahe so gewesen! Sei nicht dumm und tu, was ich tue. Dann lässt Vater uns in Ruhe, wir machen, was Saesora gnädig stimmt, und …«

»Lauschen ist unanständig«, sagte eine Stimme neben mir und ich zuckte zusammen. Vor mir stand Amrar, die Lippen tadelnd geschürzt.

»Ich lausche nicht«, sagte ich und meinte es zur Hälfte ernst. »Ich hab nur Angst zu klopfen.«

»Meinst du, die Klinke beißt dich? Himmel nochmal!« Er stieß mich zur Seite und ließ die Tür auffliegen, was Channa und Sammy verstummen ließ. »Besuch für dich!«, sagte Amrar unfreundlich.

Sammy machte eine aufgewühlte Geste, als er mich erblickte. Seine Haare waren im Nacken zusammengefasst, das Gesicht hatte schon an Farbe gewonnen. Er hatte eine Decke über den Schultern und trug bereits wieder ein aufgekrempeltes Hemd, über das sich Hosenträger spannten. »Jermaine!«, sagte Sammy und nur Channa, die neben ihm saß, konnte ihn davon abhalten, auf die Beine zu springen.

»Liegen bleiben!« Amrar deutete mit einem Rührstäbchen auf ihn. »Ich habe es satt, dass alle einfach machen, was sie wollen!«

»Aber wir haben was zu besprechen«, protestierte Sammy.

»Das kannst du auch im Sitzen!«, gab der Schiffsarzt zurück. »Versuch beim nächsten Mal, nicht fast zu ertrinken, und du hörst keine Beschwerden.«

»Soll ich lieber wieder gehen?«, fragte ich.

»Nein!«, sagte Sammy und von Amrar war ein beinahe amüsiertes Schnauben zu vernehmen. »Channa, bitte, lass es uns auf später verschieben«, bat Sammy seine Schwester.

Channa erhob sich mit merkwürdigem Blick. »Ich denke, das wäre erstmal das Beste.« Als sich die Fischerin abwandte, bemerkte ich, wie ihre Hand vom Arm ihres Bruders glitt. Ich dachte daran, wie sie Sammys Körper gestern auf dem Plateau an sich gezogen und den Kopf auf seine Brust gelegt hatte, um seinem Herzschlag zu lauschen. Es war das erste Mal gewesen, dass ich etwas wahrhaft Liebevolles in einer ihrer Gesten gesehen hatte.

Worüber sie wohl gesprochen hatten?

Sammy und ich blickten beide zu Amrar hinüber, der ein paar Arzneien in eine Tasche packte.

»Keine Angst, ich hab schon verstanden«, sagte der Schiffsarzt. »Ich lausche nicht. Glücklicherweise habe ich anderes zu tun, es gibt genügend Verwundete. Nichts Neues!«

»Danke, Amrar«, sagte Sammy. Der Schiffsarzt griff nach seiner Tasche, die er mit Medikamenten gefüllt hatte.

Die Tür fiel ins Schloss und Sammy und ich waren allein. Wir musterten einander unschlüssig, wortlos, da niemand recht zu wissen schien, wie es nun weitergehen sollte.

»Wie geht es dir denn?«, fragte ich schließlich.

»Ganz in Ordnung für die Umstände.« Sammy richtete sich auf und schnitt eine Grimasse, was meine Hände unwillkürlich nach vorn zucken ließ. Als er es bemerkte, lächelte er gerührt. »Ich meine, ich sehe doch gar nicht so schlecht aus für einen Totgeglaubten, nicht wahr?«

»Weiß Amrar, warum du überlebt hast?«, fragte ich.

»Nein«, sagte er. »Keiner weiß es.« Er machte einige Geste neben sich auf das Bett und nach einem kurzen Augenblick des Zögerns setzte ich mich zu ihm. Meine Hände waren schwitzig, mein Herz klopfte ungewohnt schnell.

»Du warst so lange unter Wasser«, murmelte ich. »Und …«

»Das ist doch unwichtig«, unterbrach er. »Die Göttin hat mir geholfen und fertig.«

»Hast du darüber mit Channa gesprochen?«, fragte ich.

»Darüber? Äh, ja. Klar, nur wegen der Göttin.« Ich runzelte bei dieser offensichtlichen Lüge die Stirn, doch Sammy ergänzte sogleich: »Hast du an der Tür gelauscht?«

Hastig machte ich eine abwiegelnde Geste: »Nein! Ich hab natürlich nicht gelauscht! Ich hab nur ein paar Fetzen aufgeschnappt, als mich nicht getraut habe anzuklopfen.«

Sammy hielt inne. »Soll das heißen, du warst weder mutig noch neugierig?«, fragte er unmaßgeblich amüsiert.

Ich schnaubte.

»Warum hast du dich nicht getraut?«, hakte er vorsichtig nach.

Ich öffnete den Mund zu einer Antwort, schloss ihn wieder. »Ich muss mit dir reden«, brachte ich hervor, nachdem ich tief eingeatmet hatte. »Wegen … der Nacht.«

Das Lächeln wurde von Sammys Gesicht gewischt. »Ja«, sagte er gedehnt.

Kurz schwiegen wir und ich tippte die Fingerspitzen gegeneinander. Sammy nestelte an dem Ring in seiner Ohrmuschel. »Es tut mir leid«, platzte es dann aus mir heraus, und gleichzeitig sagte er: »Es war falsch von mir.«

»Saesora, nein«, stöhnte ich. »Das war nicht deine Schuld.«

»Hör mal – ich hätte dir das nicht erzählen dürfen«, sagte er. »Ich war betrunken und dumm. Ich hätte wissen müssen, dass du nicht dasselbe empfindest und aufgewühlt bist und … und dass das nur schlecht ausgehen kann. Sicher habe ich dir wehgetan, und das wollte ich nicht.«

»Du hast mir nicht wehgetan! Ich war fürchterlich, das ist allein meine Schuld«, erwiderte ich. »Sammy, ich war durcheinander. Die ganze Sache mit Vater ist aus dem Ruder gelaufen. Da waren dieses Tagebuch und diese Begegnung mit Darjan und … und wir waren so betrunken. Und dann bin ich einfach weggelaufen. Das war schrecklich ungerecht. Du warst immer für mich da, wenn ich dich gebraucht habe, und ich habe dich ausgenutzt. Das hast du nicht verdient.«

»Ich meinte nicht …« Sammy brach ab und machte einige unzusammenhängende Gesten. Als er mich ansah, stand in seinem Blick die leise Enttäuschung, die er nicht zu verbergen vermochte. »Was willst du mir jetzt sagen?«, fragte er. »Weißt du, wir sollten einfach Freunde bleiben. Lass uns so tun, als wäre das alles nie passiert, ja? Wir machen weiter wie gehabt – du vergisst, dass ich das alles jemals gesagt habe, und ich … vergesse, dass ich …«

»Sammy –«, setzte ich an.

»Es hätte sowieso nicht funktioniert«, fuhr Sammy rasch fort. »Es sprechen tausend Dinge dagegen. Das hätte ich wissen sollen, obwohl ich betrunken war! Aber weißt du …« Mit den Fingern strich er sich durch die Locken und ich spürte einen Kloß im Hals beim Klang seiner Stimme. »Ich schlag es mir aus dem Kopf, ja? Das kann ja nicht allzu schwer sein, schließlich bist du furchtbar leichtsinnig und selbstüberschätzt, unbelehrbar und sturköpfig, furchtlos, witzig und aufgeschlossen und –«

»Sammy«, ging ich dazwischen.

Sammy hob die Schultern, als könnte er sich nicht helfen. »Ich will dich nicht traurig sehen, und deswegen … vergessen wir das, aye?«

»Nein«, sagte ich, ehe ich mich daran hindern konnte. »Nein, wir vergessen gar nichts. Ich will uns eine Chance geben.«

Sammy stockte. Er betrachtete mich, irgendwie gerührt und zugleich traurig. »Jen – du brauchst das nicht zu sagen.«

»Aber es ist so«, entgegnete ich. »Als dich dieses Monster da draußen unter Wasser gezogen hat … ich dachte, du wärst tot. Saesora, ich … ich wusste nicht, wie ich ohne dich noch zurechtkommen konnte. Ich hatte Angst, dass du für immer fort bist, und da wurde mir klar …« Ich stockte unwillkürlich, ehe ich neu ansetzte: »Ich will bei dir sein, und ich will auch, dass wir mehr als Freunde sind.«

»Götter. Damit hätte ich jetzt nicht gerechnet.« Sammy bewegte sich unschlüssig. »Jermaine, wenn du dich wieder umentscheiden solltest …«

»Ich will dich nicht verletzen«, entgegnete ich sofort. »Ich würde es nicht aussprechen, wenn ich mir nicht sicher wäre. Ich bin furchtbar schwierig … aber ich möchte versuchen, alles richtig zu machen. Und ich sage das nicht bloß daher, Ehrenwort. Ich hab lange darüber nachgedacht.«

Nun richtete sich Sammy weiter auf, in seinen Augen ein aufmerksames Funkeln. Er musterte mein Gesicht, schien jede Sommersprosse genau zu betrachten, und mir wurde ganz warm. »Du machst also keine Scherze«, sagte er. »Du willst es wirklich versuchen?«

Mein Herz tat einen Satz. »Nur, wenn du das noch immer möchtest.«

»Natürlich.« Sammy griff sanft nach meinen Händen und umschloss sie mit seinen. »Jermaine«, sagte er und wir sahen einander an, waren mit einem Mal ganz nah. Mein Magen kribbelte. »Sag es nochmal«, bat er mich. »Das mit der Chance.«

Ich zögerte. »Ich möchte uns eine Chance geben«, wiederholte ich leise. »Bist du dabei?«

Sammy lächelte und seine Augen waren warm. »Aye. Ich bin dabei.« Dann fanden seine Hände mein Gesicht und er küsste mich, sanft und nur kurz und ganz anders als in jener Nacht, und als wir uns voneinander lösten, lächelte auch ich. Ich lehnte mich gegen seine Schulter und für einen Augenblick waren wir still, einfach zusammen.

Hinter uns lag eine lange Reise und vor uns eine unsagbar längere. Doch womöglich würde alles gut werden.

Denn zumindest waren wir nicht allein.

DANKSAGUNG

Wenn du dieses Buch in den Händen hältst, liegt eine lange Reise hinter meiner Geschichte und mir, die ich mit Sicherheit nicht allein hätte bestreiten können. Oft kommt es mir vor, als hätte auch ich eine Mannschaft, die mir zur Hand gegangen ist, während ich die Worte zu Papier gebracht habe.

In erster Linie gilt mein Dank meinem hochgeschätzten, wohlgeachteten und unersetzlichen Valentin, ohne den »das Buch ganz mies wäre«. Er hat alle Kapitel als erster betagelesen, mir sein Wissen und seine Beratung zur Seite gestellt, die witzigsten Scherze über meine Lieblingsfiguren gemacht und mir stundenlang beim Philosophieren über Schiffe gelauscht hat. Loreley wäre nicht dasselbe, wenn es dich nicht gäbe. Du bist super!

Danke an meine beste Freundin Elly, der Geschichten ebenso durch die Adern gehen wie mir, für lange Buchgespräche und Fangirling über genau die richtigen Figuren. Danke an Maren, mit der ich Seefahrer-Hintergrundwissen und stimmungsvolle Songs austauschen konnte und die wunderschöne Bilder von einigen meiner Figuren geschaffen hat.

Mein Dank gilt meiner Familie, ohne die das Meer für mich nur in weiter Ferne liegen würde – insbesondere meiner Tante, die mit mir jedes verdammte Schiffsmuseum besucht hat, in das ich gehen wollte. Und es waren viele.

Danke auch an das Team vom Wreaders Verlag, dass ihr Loreley ein Zuhause gegeben habt – und insbesondere dafür, dass mir diese wunderbaren Lektorinnen zur Seite gestellt wurden! Danke Solia und Johanna für eure unentbehrliche Hilfe und die schönen Worte, die mir beim Lesen immer wieder ein Lächeln auf die Lippen gezaubert haben. Und auch Jasmin für das wunderschöne Cover und die Karte, die meine Vorstellungen wahrlich übertroffen haben.

Selbstredend möchte ich auch all den lieben Menschen Dank aussprechen, die Loreley auf Wattpad gelesen und die Geschichte schon bei ihren ersten Schritten begleitet haben. Danke an Sabrina und Katharina, die nicht nur meine Worte gelesen, sondern auch Freundschaft mit mir geschlossen haben. An Katharina (Raya), die ein Lied über Loreley komponiert hat, was ich bis heute kaum glauben kann. Danke an Lora, die die Bücher einfach mehrmals gelesen und mich jedes Mal unglaublich glücklich gemacht hat. Vielen Dank für jede Zeichnung von meinen Figuren, meiner Ruby, meiner Welt! Es gibt für mich keine schöneren Komplimente als all das. Danke an all die wunderbaren Personen, die meine Tage mit ihren Kommentaren sonniger gemacht haben, bis zum Ende der Reise dabei waren oder sich einfach die Zeit nehmen wollten, um ein paar meiner Worte zu lesen.

Letztlich gilt mein Dank jedem, der mich beim Werdegang dieser Geschichte begleitet hat. Ein Schiff fährt nicht zur See, wenn es nur eine Kapitänin gibt. Danke an jeden, der Teil meiner Mannschaft geworden ist. Ich hoffe, dass wir gemeinsam noch viele weitere Abenteuer auf See bestreiten werden.